10634904

LADY BOSS

DU MÊME AUTEUR

ŒUVRES DE JACKIE COLLINS
CHEZ PRESSES POCKET

LE GRAND BOSS
LUCKY
ROCK STAR
LES AMANTS DE BEVERLY HILLS

JACKIE COLLINS

LADY BOSS

*Traduit de l'américain
par Marie-Thérèse Cuny*

FIXOT

Les noms, les personnages, les lieux
et les événements de ce livre sont
fictifs. Toute ressemblance avec la
réalité est pure coïncidence.

Ce livre a été publié par
Simon and Schuster, sous le titre :
Lady Boss

© Jackie Collins, 1990.
© Fixot, 1991, pour la traduction française.
ISBN : 2.266.05144.X

*A Tracy, Tiffany
Et Rory.
Les femmes peuvent tout faire!*

PROLOGUE

Septembre 1985.

Et la voix dit :
– Tuez-la.
– Qui ?
– Elle, Lucky Santangelo.
– C'est comme si c'était fait.
– J'espère.
– Ne vous inquiétez pas. La dame est déjà morte.

1

Lucky Santangelo entamait la trentaine en beauté. Une beauté de diamant noir : une chevelure somptueuse, enchevêtrement de boucles indisciplinées couleur de jais, de redoutables yeux noirs, un teint mat, satiné, des lèvres pleines, sensuelles, un corps svelte et élégant. Cette femme était réellement superbe et dotée, en outre, d'un tempérament furieusement indépendant, aventureux, mais incapable de la moindre compromission. Femme d'affaires depuis son avant-dernier mariage avec l'armateur Stanislopoulos, dont elle avait hérité la fortune, Lucky était d'abord et avant tout la fille de Gino Santangelo. Le superbe. Le célèbre Gino. Empereur du milieu selon les uns, homme d'affaires avisé selon les autres. Le père de Lucky, à soixante-dix-neuf ans, avait pris une drôle de retraite dorée. Peut-être comptait-il sur l'œil noir de sa fille et sur son caractère pour prendre le relais d'une existence aventureuse et bien remplie.

Le grand amour de l'indomptable Lucky Santangelo était désormais Lennie Golden, acteur de son état, trente-sept ans, beau, grand et mince, blond, l'œil vert d'algue marine, l'allure désinvolte, l'humour vif ; tout ce qu'il faut pour être adoré des femmes. Lennie venait d'atteindre le top-niveau de sa carrière d'acteur. Désormais, c'était une star de cinéma, de la nouvelle race des stars : un peu cynique, drôle, le style Eddie Murphy. Ses films faisaient donc de grosses recettes à Hollywood.

Lucky Santangelo et Lennie Golden formaient un couple fascinant. Excentriques et brillants, beaux, riches et célèbres. Deux personnalités aussi volontaires ne pouvaient pas vivre une union banale.

Il émanait d'eux une sorte d'incandescence, un flamboiement. Mariés depuis presque une année, ils allaient fêter leur premier anniversaire de mariage en septembre, avec un mélange de bonheur et d'étonnement.

Bonheur, car ils étaient très amoureux; étonnement, car personne, sauf eux-mêmes peut-être, personne n'aurait cru que leur union durerait.

Le mariage de ces deux êtres d'exception était fait à la fois de passion amoureuse et de légèreté. Une bulle de savon irisée, fragile, explosive.

A cette époque, Lennie tournait un film à Los Angeles pour les Studios Panther : *Macho Man*, une comédie inspirée de tous les super-héros hollywoodiens – Eastwood, Stallone, ou Schwarzenegger. Un rôle sur mesure, apparemment. Pour la durée du tournage, Lennie et Lucky avaient loué une maison à Malibu mais Lucky avait décidé de rester à New York. Elle était à la tête d'une compagnie de navigation – que lui avait abandonnée son second mari, Dimitri Stanislopoulos – pesant un milliard de dollars.

Bobby, le fils qu'elle avait eu de Dimitri, âgé de six ans et demi, était élevé en Angleterre. Et, à New York, elle était plus proche à vol d'oiseau de son école anglaise. Presque chaque week-end, elle prenait l'avion pour aller voir, soit son fils à Londres, soit son mari à Los Angeles. Elle en plaisantait avec une sorte de fatalisme devant ses amies : « Ma vie n'est qu'un voyage aérien permanent, disait-elle.

En réalité, tout le monde savait que Lucky préférait cette existence agitée. Jouer à l'épouse de la vedette, tricoter assise sur une chaise à Los Angeles ou à Hollywood ne lui aurait pas convenu du tout. Elle aurait trouvé cela mortellement ennuyeux. Lucky Santagelo était avant tout une femme d'affaires et d'action. Une *Lady Boss*.

Elle passait donc le plus clair de son temps à New York, et Lennie tout le sien à Los Angeles.

Or, le tournage de *Macho Man* était une cascade de déceptions pour Lennie. Chaque soir, au téléphone, il entamait une interminable litanie de récriminations, que Lucky écoutait patiemment : le producteur était débile; le directeur, un épouvantable vieux sac à vin; la vedette féminine couchait avec le producteur; les Studios Panther n'étaient dirigés que par des amateurs de fric et de pots-de-vin, etc. Il voulait s'en aller, abandonner ce film; c'était devenu quasiment une idée fixe.

Lucky l'écoutait en souriant intérieurement, car elle avait un plan à ce sujet. Elle travaillait sur un secteur de marché qui, si tout allait bien, libérerait bientôt Lennie de tous ces inconvénients. Il n'aurait plus à supporter un directeur qu'il ne respectait pas, un producteur qu'il détestait; il ne travaillerait plus avec un studio et des gens qu'il trouvait maintenant infâmes, alors qu'il avait imprudemment signé avec eux un contrat de trois films.

Pour la centième fois, il râlait, menaçait, et Lucky s'efforçait de le calmer au téléphone :

– Je veux m'en aller, Lucky.

– Ne fais pas ça!

– Je ne supporte plus ces cons!

– Ces cons, comme tu dis, pourraient te coûter une fortune en procès et, en plus, t'empêcher de travailler ailleurs!

C'était la voix de la logique et de la raison. Mais il préférait l'imprudence et le caprice :

– Qu'ils aillent se faire voir!

– Ne fais rien avant que je vienne. Promets-le-moi.

– Quand? Pour l'amour du ciel, quand? Je ne sais plus ce que c'est que l'amour... depuis que tu n'es plus là.

Elle eut un petit rire rauque, sous le compliment, et le taquina :

– J'ignorais que tu avais si mauvaise mémoire.

– Dépêche-toi, Lucky. Tu me manques vraiment.

– Il est possible que je sois là plus tôt que tu ne penses.

Elle avait pris un petit ton mystérieux et il répondit rageusement :

– Tu me reconnaîtras sûrement : j'ai la tête du type affamé d'amour, tu sais! Celui que tu as épousé! Ça te rappellera sûrement quelque chose?

– Très drôle.

Elle raccrocha, en souriant toujours.

Lennie serait stupéfait et enchanté de sa surprise. Et elle avait bien l'intention d'être avec lui ce jour-là, pour profiter de ce bonheur qu'elle lui offrait en cadeau.

Ayant raccroché, Lennie tournait maintenant en rond, énervé. Il avait la femme la plus sensuelle du monde, et voilà qu'elle l'envoyait balader proprement et simplement. Au lieu de dire tendrement : « Lennie, mon chéri, puisque tout va si mal, j'arrive tout de suite. »

Pourquoi était-elle incapable de tout laisser tomber pour être avec lui? Uniquement avec lui.

Cette femme, superbe à couper le souffle, forte, déterminée, si fabuleusement riche, était beaucoup trop indépendante à son goût. C'était pourtant Lucky Santangelo, sa femme...

Parfois, tout – leur mariage, sa carrière – lui apparaissait comme un mirage. Six ans auparavant, il n'était qu'un acteur quelconque, toujours à l'affût d'un engagement, de quelques dollars de cachet, de n'importe quoi pour exister.

Il n'était que Lennie Golden, le fils du vieil irascible Jack Golden, manœuvre à Las Vegas, et de l'incontournable Alice, dite « Alice Cocktail », ainsi que l'on surnommait sa mère à la fleur de son âge. Une effeuilleuse, une petite strip-teaseuse de Las Vegas.

A dix-sept ans, Lennie avait quitté New York et s'en était sorti sans l'aide de sa famille. Le père était mort depuis longtemps mais sa mère était toujours en vie. Soixante-cinq ans et le même entrain de starlette décolorée! Alice Golden refusait l'évidence du temps qui passe, incapable qu'elle était de se faire à la vieillesse. La seule chose qui l'obligeait à admettre qu'elle avait un fils, c'était sa célébrité. « Je me suis mariée enfant! » minaudait-elle, en battant de tous ses faux cils, avec une moue de ses lèvres peinturlurées et une œillade lascive pour ponctuer la suite : « J'ai mis Lennie au monde à douze ans. » Elle était incorrigible! Lennie lui avait acheté une petite maison à Sherma Oaks. Ça ne l'enchantait guère de se retrouver mise à l'écart dans cette vallée mais elle n'y pouvait pas grand-chose. Pauvre Alice Golden! Elle vivait encore dans le rêve d'être une star un jour. Elle disait volontiers : « Si on m'en donne l'occasion, on verra ce qu'on verra! »

– On vous demande sur le plateau, monsieur Golden!

Cristi, la seconde assistante, était à la porte de la caravane. Une vraie blonde de Californie, Cristi. Un curieux visage sérieux, des jambes longues, interminables, dans une salopette rapiécée. Lennie savait qu'elle était une vraie blonde, grâce aux indiscrétions et aux confidences de Joey Firello. Son camarade de tournage dans *Macho Man* avait une réputation non seulement de grande gueule, mais aussi de macho agressif et obsédé. Le genre d'homme qui ne parle que de « ça ».

Lennie ne s'intéressait pas à cette fille. Depuis que Lucky était entrée dans sa vie, il ne regardait plus ailleurs et n'appréciait pas vraiment ce perpétuel étalage des habitudes sexuelles de chaque « femelle », que Joey passait son temps à lui énumérer. Lorsqu'il s'en était plaint auprès de lui, Joey avait rigolé grassement : « T'es jaloux, mon vieux. Hors circuit ! Tu t'es retiré du marché ! »

Lennie, agacé, s'était contenté de moucher Joey d'une formule lapidaire : « Et si tu te résignais à devenir adulte ? »

Autrefois, il avait été lui-même coureur, avec une devise de collectionneur : « Épingler tout ce qui est blond et qui bouge. » Durant des années, il avait exploré la jungle féminine, en aventurier désinvolte, sans jamais s'engager à fond. Quelques femmes cependant avaient laissé leurs empreintes, tout au long de sa vie. Eden était l'une d'elles. Il y songeait parfois avec nostalgie. Eden... Elle était différente. Une artiste en amour. Pauvre Eden. En dépit de tous ses rêves, elle avait échoué dans les bras d'une sorte de gangster dépravé qui l'avait fait tourner dans des séries porno. Ce n'était pas exactement l'avenir qu'elle avait imaginé, la pauvre.

Il y avait eu aussi Olympia. Lennie avait épousé cette riche héritière un peu rondouillarde parce qu'il la trouvait émouvante. Elle l'était. Mais, malheureusement, Lennie n'était pas parvenu à la sauver de sa folie autodestructrice. Une overdose dans un hôtel sordide de New York en compagnie d'une rock-star, et il s'était retrouvé veuf et libre.

Maintenant, il y avait Lucky. Et ça n'allait pas mieux, en ce moment.

Lennie attrapa un paquet de cigarettes sur la table de toilette :

– D'accord Cristi, j'arrive !

La fille hocha la tête en un remerciement silencieux. Avec, toujours, cette curieuse expression grave, inamovible chez elle.

Travailler sur ce film n'était pas facile pour personne. La moindre coopération était donc un plus très appréciable.

Sur le plateau, Joey Firello se disputait avec le vieux réalisateur Grudge Freeport, à propos de la scène à venir. Grudge s'affublait d'un vieux plaid et mâchonnait du tabac, crachant d'énormes morceaux dans tous les coins, sans aucune gêne. Comme d'habitude, il était à moitié ivre.

Marisa Birch, le premier rôle féminin, avait le double emploi de partenaire de Lennie et de « fiancée » du producteur. Affalée contre un décor, elle soignait paresseusement les cuticules de ses ongles. Cette femme était renversante. Un mètre quatre-vingt-trois, des cheveux hérissés, argentés comme une étoile, et surtout... des seins de silicone, affreusement énormes. Un cadeau de son précédent mari. Il avait dû considérer que quatre-vingt-dix centimètres de tour de poitrine n'étaient pas suffisants pour réussir. De plus, Marisa était une comédienne épouvantablement mauvaise. Lennie estimait qu'elle était en grande partie responsable du fiasco de son film.

Il remuait aigrement cette idée dans sa tête. *Macho Man*... une comédie avortée, un échec assuré au box-office, et cela malgré le nom de Lennie Golden à l'affiche. Et il était vissé là, à attendre le désastre, sans rien pouvoir y faire. C'était sa faute au fond, il s'était laissé griser par la somme astronomique que Mickey Stolli, patron des Studios Panther, lui avait offert. Et il avait foncé comme un imbécile avide de dollars! Il avait signé un engagement pour trois films. Lucky l'avait pourtant mis en garde : « Ne fais pas ça, les avocats ont eu du mal à te sortir de ton dernier contrat et tu te remets la corde au cou. Quand est-ce que tu comprendras? Je te le répète, il faut toujours garder la possibilité de choisir ses rôles. C'est plus compétitif. »

D'évidence, sa femme préférait le défi, la gageure. Mais le problème de Lennie demeurait. Il se sentait incapable de résister à l'attrait des dollars, car ils le rapprochaient de l'incroyable fortune de sa femme. Évidemment, il aurait dû écouter Lucky. Elle possédait le don des Santangelo de repérer immédiatement les bonnes affaires au bon moment. Son père, Gino, était parti de rien. Le vieux avait de la classe et Lennie l'admirait. Mais un tas de dollars est un tas de dollars et il ne voulait surtout pas faire figure de parent pauvre. De mari pauvre.

Actuellement, il tournait en intérieur et en studio. Encore heureux! La semaine précédente, le tournage s'était déroulé en extérieur, en plein milieu des montagnes accidentées de Santa Monica. Un véritable supplice. Et il restait encore cinq semaines d'extérieur à Acapulco!

En descendant dans l'arène, Lennie fit un petit salut de la main et Marisa avança les lèvres en une moue fondante, pour lui envoyer un baiser. Elle lui courait après depuis leur première rencontre. Il s'était efforcé d'afficher une indifférence totale. D'ailleurs, même sans Lucky, ce silicone vivant n'aurait jamais réussi à le troubler. Une caricature de vamp pour calendrier en couleurs. L'énorme poitrine pointée dans sa direction, elle chantonna :

– Salut Lennie chéri...

Et il pensa : « Encore une belle journée, dans la joie et le bonheur du devoir accompli. »

Sur Park Avenue, Lucky sortait de l'immense immeuble de chrome et de verre en se hâtant. C'était toujours le building « Stanislopoulos » et elle n'éprouvait pas le besoin de changer de nom. Un jour, tout appartiendrait à son fils, Bobby, et à la petite fille de Dimitri, Brigette. Le nom de Stanislopoulos devait donc demeurer.

Lucky aimait beaucoup Brigette. A seize ans, elle lui rappelait sa mère, Olympia, au même âge. Lucky et Olympia étaient amies intimes, autrefois. Mais c'était il y a très longtemps et très loin d'ici. Il avait coulé beaucoup d'eau sous les ponts depuis leurs folles années d'adolescence, dans un pensionnat suisse, d'où elles avaient été renvoyées de concert.

La mort prématurée d'Olympia était une tragédie insensée dont le seul aspect positif était d'avoir libéré Lennie d'une vie accablante de responsabilités.

Lucky se sentait parfois coupable que tout ait si bien marché pour elle. Mais c'était la vie et la sienne n'avait rien à voir avec une journée de farniente sur la plage.

Quand on a découvert, à cinq ans, le corps de sa propre mère flottant dans la piscine familiale, on sait très tôt ce que vie et mort veulent dire. Des années plus tard, il y avait eu Marco, son premier amour, assassiné dans le parking du *Magiriano Palace*. Dario, son frère, avait subi le même sort. Trois meurtres, trois tragédies. Alors Lucky prenait sa revanche. Elle était une Santangelo et la devise familiale était : « On ne marche pas sur les pieds d'un Santangelo. »

En sortant de l'immeuble, elle aperçut Boogie, un peu affalé sur l'aile de la Mercedes vert foncé. En voyant arriver le *boss*, il se ressaisit aussitôt et ouvrit précipitamment la portière, côté passager.

Boogie était à la fois son chauffeur, son garde du corps et son ami. Ils étaient ensemble depuis de longues années et sa loyauté était au-dessus de tout soupçon. Grand, maigre, le cheveu long, il avait cette capacité fabuleuse d'être toujours là lorsqu'elle avait besoin de lui. Et Boogie la connaissait mieux que personne.

Lucky se glissa sur le siège avant :
— A l'aéroport, Boogie.
— On est pressés ?
Les yeux noirs de Lucky scintillaient d'excitation et d'amusement.
— On est toujours pressés, Boogie.
— C'est la vie.

2

En faisant son habituelle promenade matinale, Gino Santangelo suivait invariablement la même route. Il quittait son appartement de la 64e Rue, traversait Central Park en direction de Lexington et marchait ensuite rapidement le long des blocs d'immeubles de l'avenue. Il prenait plaisir à cette routine matinale. Les rues de New York à 7 heures du matin étaient encore relativement calmes et la température généralement plus supportable.

Il s'arrêtait pour boire un Danish dans son bistrot préféré et prenait son journal chez le vendeur du coin. C'était l'heure la plus agréable de la journée, sauf lorsque Paige Wheeler débarquait de Los Angeles pour lui rendre visite. Mais cela n'arrivait pas aussi souvent qu'il l'aurait souhaité. La balade matinale passait alors aux oubliettes, remplacée par des matinées de tendresse paresseuse à deux dans le grand lit. Pour un soi-disant vieillard de soixante-dix-neuf ans, c'était une sorte d'éternelle jeunesse. Et il était aussi fier de lui que de Paige.

Gino était terriblement amoureux de cette femme, même si elle refusait toujours obstinément, depuis vingt ans, de quitter son producteur de mari.

Longtemps, Gino avait espéré qu'elle divorcerait. Mais, pour une raison mystérieuse, elle s'y refusait, en répondant simplement :

— Si je n'étais plus là, Ryder serait fini.

Comme si l'explication était suffisante !

Un jour Gino avait explosé :

— Et moi alors ? Je ne compte pas ?

— Toi, tu es fort. Toi, tu continuerais à survivre sans moi. Mais Ryder, lui, s'écroulerait.

« Ryder s'écroulerait... mon œil », pensait Gino en arpentant la rue. Ryder Wheeler, l'un des producteurs indépendants ayant le plus de succès à Hollywood, s'écrouler ? Si Paige le quittait, il se jetterait tout simplement sur la première fille venue. Comment et pourquoi Paige pouvait-elle se considérer indispensable à ce point dans la vie de cet homme ?

De l'avis de Gino, c'était à lui qu'elle était indispensable. Pour Ryder, elle ne représentait qu'une épouse dont il avait en principe l'exclusivité depuis vingt ans. Mais il était sûrement du genre à se faire payer pour reprendre sa liberté. Et Gino avait même sérieusement envisagé de lui envoyer une sorte de négociateur pour plaider sa cause. Offrir à Ryder un million de dollars... « Adieu monsieur ! Je garde Paige ! »

L'ennui était que durant les dix-huit derniers mois, le monsieur s'était offert le luxe de produire deux films à grand succès et n'avait besoin d'aucun million de dollars... de personne ! Il nageait dans les dollars, cet imbécile. Et Gino marmonnait, grommelait, conscient du fait qu'il ne rajeunissait pas lui-même et que la présence permanente de Paige à ses côtés devenait pour lui d'une urgence vitale.

Il grognait à chaque pas et à voix haute :

— Disparais, salopard... Disparais, salopard... Évanouis-toi en fumée.

Une incantation sans grand danger pour le salopard en question.

Devant le kiosque à journaux, la bise était particulièrement mordante et il plaisanta un peu avec Mick. Un personnage, Mick ! Irlandais austère, affublé d'un œil de verre et d'une vilaine rangée de fausses dents jaunâtres, il régnait sur son petit royaume de papier journal avec une nostalgie et une mauvaise humeur folklorique.

En remontant frileusement son col, Gino posa la traditionnelle question matinale :

— Comment ça va dans le coin ?

Une lueur vengeresse dans son œil unique, Mick répondit :

— Des putes et des gangsters ! On devrait tous les descendre. Deux de ces salopards ont failli m'avoir l'autre jour. Heureusement, je n'ai pas perdu la tête. Je leur ai bien rendu !

Gino savait que, dans ces cas-là, il valait mieux ne pas poser d'autres questions, car Mick se lançait alors dans des histoires interminables, aussi imaginaires que compliquées.

Il lui donna la pièce de monnaie, s'empara du *New York Post* et se hâta sur le chemin de sa promenade.

Les gros titres étaient sinistres. Vincenzio Strobbino, le chef du syndicat du crime, abattu devant sa propre maison. Une photo de son visage baignant dans une flaque de sang à la une.

Gino était à peine surpris. Ça devait arriver. Ces jeunes loups, toutes ces têtes brûlées et stupides ne prenaient plus le temps de négocier, d'arranger les choses, comme dans le temps. Ils se contentaient de se descendre les uns après les autres, comme si le meurtre était la réponse à tout. Aujourd'hui Vincenzio, demain un autre; la violence était devenue un rite implacable.

Gino était heureux d'être en dehors de tout cela maintenant. Quelques années auparavant, il était dans ce milieu et il en avait vécu chaque minute de mort.

A présent, il n'était qu'un vieil homme. Mais un vieil homme riche, un vieil homme puissant. Il ne pouvait plus rien se permettre en matière de commentaires sur le milieu. A peine observer de loin.

Gino ne faisait pas ses soixante-dix-neuf ans. Il était réellement étonnant. On lui donnait facilement la soixantaine, avec sa démarche énergique, son épaisse tignasse de cheveux gris et ses yeux noirs pénétrants. Ses médecins étaient toujours surpris de sa vitalité, de son enthousiasme, de son bonheur de vivre. Sans compter de remarquables performances physiques. Récemment Gino avait demandé à son médecin personnel :

— Qu'est-ce que c'est cette histoire de sida? J'en entends parler sans arrêt.

— Vous n'avez plus de raison de vous en inquiéter, Gino. Et le médecin avait ri cordialement.

— Ah bon? Et qu'en savez-vous, toubib?

— Eh bien... disons que vous n'êtes plus... comment dire... actif!

Alors Gino avait rugi de son grand rire :

— Actif? Vous vous fichez de moi, docteur. Le jour où je ne serai plus actif en amour, je me coucherai pour mourir!

Et le médecin, un peu jaloux – il avait lui-même cinquante-six ans et se sentait fatigué – avait demandé à ce patient vivace et admirable :

— Vous avez un secret?

— Ne jamais me laisser emmerder et – excusez-moi...

Gino avait exhibé un sourire de toutes ses dents blanches et solides, intactes :

– ... ne pas supporter les imbéciles. J'ai lu ça quelque part. C'est plus correct, non ?

Gino Santangelo avait eu une vie d'aventures fascinantes, de toute évidence, et le pauvre médecin se remémorait tristement ses cinq années de fac de médecine, ses vingt années de pratique d'ordonnances, toute cette petite vie conventionnelle et bourgeoise. La seule aventure de cette existence en ligne droite avait été provoquée par l'une de ses patientes. Un petit détour furtif de six semaines, il n'y avait guère de quoi hisser la bannière de la liberté !

– Votre tension est parfaite, le cholestérol est bon... euh...

Le médecin hésitait.

– Il faudrait peut-être penser à investir dans le préservatif...

Gino éclata de rire.

– Préservatifs... Dans le temps, on appelait ça des caoutchoucs... ou des « tue-l'amour ». Vous savez, on disait que c'était comme « prendre un bain dans ses bottes ! »

– Je vois. Mais les choses se sont améliorées de nos jours...

Dieu ! que ce vieillard juvénile était direct !

– Le latex est fin... et il y a même des couleurs si vous voulez...

Et Gino de rire à nouveau devant la gêne du médecin.

– Sans blague ? Eh bien ! pourquoi pas ? Après tout, les femmes ne détestent pas la variété... J'essaierai peut-être.

Décidément, ni la vie ni l'amour ne lui faisaient peur à son âge.

Comme d'habitude, c'était la cohue à l'aéroport. Un jeune homme efficace se chargea de guider Lucky et de l'escorter de la voiture à sa cabine privée sur le vol TWA.

En costume trois-pièces, d'une courtoisie parfaite, il s'excusait, comme s'il était personnellement responsable de la chose :

– Votre vol a quinze minutes de retard, mademoiselle Santangelo. Puis-je vous offrir une boisson ?

Un coup d'œil automatique à sa montre – il était plus de midi – Lucky décida.

– Je prendrai un scotch et des glaçons.

– Je reviens immédiatement, mademoiselle Santangelo!

Lucky se laissa aller en arrière sur le fauteuil en fermant les yeux. Encore un voyage éclair à Los Angeles, dont elle ne pouvait pas parler à Lennie. Mais cette fois, elle espérait conclure ce marché qui devait rendre la liberté à son mari.

Ce séjour à l'Ouest devait être le point final. L'argument décisif, il avait pour nom Abe Panther.

3

Abedon Panercrimski, dit Abe Panther, portait bien ses quatre-vingt-huit ans, dans le sens où il avait l'air d'un homme de quatre-vingt-huit ans, mais ne se conduisait pas comme tel. Bien des femmes, y compris ses deux ex-épouses, avaient tenté de le tenir en laisse sans y parvenir.

Chaque matin, sur le coup de 6 heures, Abe se levait d'un bond, passait sous la douche et habillait sa mâchoire d'un appareil dentaire redoutablement blanc. Il organisait les quelques mèches de ses cheveux argentés, faisait gaillardement dix longueurs de piscine et se jetait sur un solide petit déjeuner composé d'un steak, d'œufs, et de trois tasses de café turc, noir et amer.

Après quoi, il allumait un énorme Havane et procédait à la lecture systématique des quotidiens du jour.

Abe adorait décortiquer les articles. Il dévorait le *Wall Street Journal*, passait au *Financial Times* et se plongeait ensuite avec un égal enthousiasme dans les feuilles de choux, en se délectant des faits divers juteux. Il aimait savoir tout, même les choses les plus inutiles. Du monde des affaires au monde des échos douteux, il absorbait l'information sous toutes ses formes, comme une éponge.

Après ce marathon de lecture accélérée, Inga Irving, sa compagne depuis longtemps, venait le rejoindre sur la terrasse de sa maison à Miller Drive.

Inga était suédoise ; une grande femme, solide comme le sont parfois les Suédoises. Forte ossature, dos droit, elle abordait la cinquantaine en force et en naturel. Ni maquillage, ni teinture. Ses cheveux gris et longs flottaient librement sur ses épaules. Elle affectionnait les pantalons larges et confortables, portait habituellement une veste informe, affichant ainsi un réel mépris de la mode. Malgré cela, Inga était une femme assez remarquable, qui avait été jadis d'une réelle beauté.

Au meilleur de sa carrière de producteur, alors que Abe était le magnat des magnats d'Hollywood, dépassant même les Goldwyn Mayer, Zanuck and Co – c'était il y a bien longtemps –, il avait tenté de faire d'elle une star. Sans y réussir : il semblait que la caméra n'aimait pas Inga Irving. La magie mystérieuse, qui fait d'un visage de femme, un visage de star ne fonctionnait pas. Alors, après plusieurs tentatives dans trois grandes productions des Studios Panther, Abe avait abandonné.

Cet abandon avait soulagé plus d'un directeur de production et plus d'un metteur en scène, sur les plateaux de la Panther. En dépit des vaillants efforts d'Abe, Inga ne serait pas la nouvelle Greta Garbo.

Quand ça la prenait, Inga pouvait se transformer en une sorte de call-girl de luxe, prétentieuse et insupportable. Ce genre de comportement aurait pu être acceptable si elle avait possédé une once de talent et un potentiel de star. Hélas! ce n'était pas le cas et, durant cette tentative d'ascension qui ne mena nulle part, elle s'était faite un certain nombre d'ennemis. Bien entendu, elle avait rendu Abe responsable de son échec de carrière, mais elle était restée avec lui : mieux valait être la compagne de l'ex-nabab Abe Panther que rien du tout!

A l'issue de son dernier divorce, Abe ne l'épousa pas pour autant. Et, de son côté, elle ne fit aucun chantage dans ce sens, c'était une question de fierté. De plus, elle était légalement sa concubine et avait bien l'intention de réclamer son dû à la mort du vieil Abe.

Et le vieil Abe vivait bien. Chaque jour, vers midi, il prenait un repas léger, des huîtres, selon la saison, accompagnées d'un verre de vin blanc sec. Il faisait une sieste après le déjeuner, se réveillait en pleine forme au bout d'une heure et regardait deux de ses feuilletons favoris à la télévision, en compagnie d'une bonne dose de whisky.

Il ne quittait plus la maison depuis dix ans, depuis son attaque. Six semaines d'hôpital l'avait contraint à transmettre la direction des Studios à ses gendres. Techniquement, il n'en avait jamais perdu réellement le contrôle, était toujours le président et le propriétaire de la Panther, mais ça ne lui disait plus rien.

Faire des films, de nos jours, n'avait plus rien à voir avec son époque. Abe travaillait dans le cinéma depuis l'âge de dix-huit ans et, à soixante-dix-huit ans, au moment de cette attaque, il avait pris la décision de faire une pause sabbatique et n'en faisait pas une affaire d'État. Mais cette pause durait depuis dix ans et plus personne ne s'attendait à son retour. Abe n'était pas dupe. On espérait de lui une seule chose : qu'il passe l'arme à gauche et lègue tous ses biens.

Le « on » était constitué de ses deux petites-filles, Abigaile et Primrose, augmenté de leur progéniture respective. Aussi différentes l'une de l'autre qu'il est possible de l'être, les deux sœurs ne pouvaient pas se supporter. Pas question d'amour fraternel, ni même d'un brin d'affection entre elles.

Abigaile était arriviste et cupide. Elle aimait le plaisir facile, les grandes soirées, la futilité avant tout. Sa vie était faite de shopping, de cocktails, de réceptions brillantes : une princesse hollywoodienne.

Primrose, la cadette, avait choisi un mode de vie totalement différent, en Angleterre. Elle y élevait ses deux enfants dans une atmosphère beaucoup plus saine, selon elle.

Il y avait aussi des gendres. Le mari d'Abigaile, Mickey Stolli, dirigeait les Studios ; celui de Primrose, Ben Harrison, s'occupait des contrats internationaux des Studios Panther en Europe. Et ils se haïssaient également tous les deux. Leur collaboration obligatoire les avaient cependant contraints à une trêve commerciale, sinon familiale, qui n'était d'ailleurs possible que grâce à leur éloignement géographique, chacun vivant des deux côtés de l'Atlantique.

Abe considérait ses deux gendres, ses deux « cancres » comme il les surnommait, sans aucune indulgence. Deux combineurs, deux tricheurs, qui le volaient de connivence à la moindre occasion.

Il aimait parler de ses « cancres » à Inga, qui souriait des détails sordides, l'air de ne pas y prêter une attention particulière alors qu'en réalité elle attendait impatiemment les derniers exploits de ces deux-là. Un jour, ils n'auraient plus tous les pouvoirs.

L'unique employé loyal et fidèle sur lequel Abe pouvait compter campait fermement sur ses positions dans les bureaux des Studios. Hermann Stone, un homme modeste affublé du titre ronflant et inutile d' « assistant personnel de monsieur Abe Panther » ! Une fois par mois, Hermann rendait visite à son patron pour lui faire le compte rendu des activités des Studios. Nul n'ignorait qu'il était l'espion d'Abe, on le tenait donc à l'écart et on ne lui donnait jamais d'information importante. Il occupait cependant un bureau confortable et disposait d'une secrétaire d'âge canonique, du nom de Sheila. Hermann et Sheila étaient deux reliques vivantes mais poussiéreuses du règne de Abe Panther, parfaitement inoffensives, mais aussi parfaitement « invirables » tant que le roi Abe ne mourrait pas de sa belle mort. Chose qui ne saurait tarder, selon l'un des gendres, Mickey Stolli. Sur cette mort, il bâtirait son empire, il aurait le contrôle total des Studios et réfléchirait au meilleur moyen de se débarrasser de l'autre gendre, Ben Harrison.

Ben Harrison espérait exactement la même chose. Il reviendrait à Hollywood, arracherait les Studios des griffes de son beau-frère. Leur complicité n'était donc que provisoire, elle s'éteindrait à la mort du vieux.

De leur côté, Abigaile et Primrose savaient pertinemment que cette mort les hisserait au top-niveau des femmes les plus influentes d'Hollywood.

Détail important, Abe n'avait jamais émis d'actions publiques de la Panther. Il possédait tout, jusqu'au dernier mètre carré de cette terre glorieuse sur laquelle étaient bâtis les Studios. Les deux filles hériteraient donc de la totalité.

Mickey Stolli envisageait de diriger ce royaume convoité à la manière des grands patrons d'autrefois. Ben Harrison caressait le projet de vendre le terrain en parcelles, comme cela s'était fait pour la 20th Century Fox, et de devenir multimilliardaire.

Les deux « cancres » étaient impatients – deux corbeaux attendant de dépouiller le cadavre –, et le vieil Abe Panther ne l'ignorait pas. En raison de quoi il avait quelques idées en tête, bien différentes. Si Abigaile, Primrose, Mickey et Ben avaient vent de ces idées-là, ils n'auraient plus qu'à se faire hara-kiri de concert, en pleine réception du dimanche soir.

Car Abe projetait de vendre les Studios. Et le plus tôt serait le mieux.

4

New York.

Steven Berkeley embrassa Mary-Lou, caressa tendrement
son ventre rond et, sur le pas de la porte, demanda :

– On ne sort pas ce soir ?

– Non.

– Pourquoi ?

Ce pourquoi était articulé sur le mode faussement plain-
tif, hypocrite et grognon.

– Quand le bébé danse le rock à l'intérieur de moi, je ne
vais nulle part!

Ils éclatèrent de rire tous les deux. Mary-Lou était une
jolie femme noire, pétillante de vie. Elle avait à peine
dépassé son vingt-troisième anniversaire, et le bébé, leur premier enfant après trois ans de mariage, devait naître dans
deux mois et demi.

Steven contrastait avec sa femme. Il avait la peau couleur
chocolat au lait, des cheveux noirs bouclés et des yeux verts
étonnants. De ceux que l'on dit impénétrables. A part cela
un mètre quatre-vingt-dix, quarante-sept ans, et une grande
forme qu'il entretenait en allant trois fois par semaine faire
de la gymnastique et en pratiquant la natation le reste du
temps.

Mary-Lou était alors la vedette d'un feuilleton populaire à
la télévision; Steven était un avocat renommé. Leur rencontre s'était faite professionnellement. Steven avait été
chargé de défendre Mary-Lou, qui poursuivait en diffama-
tion un magazine assez vulgaire pour avoir publié des photos
de nu, prises alors qu'elle avait seize ans.

Steven lui avait obtenu des dommages et intérêts d'un
montant de 16 millions de dollars. Le magazine avait fait

appel au premier jugement, les intérêts s'étaient réduits ; Steven, lui, avait épousé sa cliente.

Malgré leurs vingt-quatre ans de différence, ils étaient heureux, l'un et l'autre, comme ils ne l'avaient jamais été.

– Quel genre de soirée inoubliable est prévu pour ce soir ?

Mary-Lou fit la grimace. Elle savait bien, de toute façon, que Steven rentrerait plus tôt à la maison. Il adorait cuisiner, regarder la télévision, faire l'amour à sa femme, le tout dans un désordre affectueux.

– Nous étions censés aller chez Lucky. Mais sa secrétaire a téléphoné : elle s'est absentée. Alors, j'ai appelé ma mère, elle dînera avec nous.

– Ta mère !

Mary-Lou s'attendait à l'ironie du ton. Exaspérée, elle insista en hochant la tête pour marquer chaque mot :

– Ma mère, oui. Tu aimes bien ma mère. Arrête de me houspiller !

En imitant sa femme, Steven rétorqua :

– Évidemment que j'aime ta mère. Mais j'aime encore mieux ma femme. On ne pourrait pas passer une soirée tranquille à la maison de temps en temps ? Juste toi et moi ?

Mary-Lou lui tira la langue :

– Je sais que tu ne penses qu'à ça...

– Le « ça » ne te convient pas ?

– Steven, sors d'ici et va travailler ! Ne fais pas l'âne !

– Qui ça, moi ?

– Steven, au revoir !

Mais Steven voulait défendre son point de vue :

– Vouloir être seul avec sa femme, c'est criminel ?

Fermement, Mary-Lou le poussa vers la porte :

– Dehors !

– Un baiser, et je disparais !

Le ton de Mary-Lou se voulut ferme :

– Un seul baiser alors !

Mais le baiser accordé se transforma en deux, puis trois et, inévitablement, ils se retrouvèrent dans la chambre à coucher, sans même prendre le temps de respirer.

L'amour avec Mary-Lou, selon Steven, était une cavalcade tendre et sauvage. Steven se montrait particulièrement doux, il avait trop peur de faire mal au bébé. Mary-Lou ne semblait pas s'en préoccuper, de son côté. Son amour était toujours aussi exubérant. Le bébé été venu de leur amour et elle continuait à vivre cet amour avec le bébé, en animal instinctif.

Steven dut reprendre une douche et il était déjà en retard à son rendez-vous. Histoire de le faire guigner, Mary-Lou lui lança, alors qu'il quittait la maison en courant :

– Ce n'est pas ma faute!

En se précipitant dans la voiture, il cria en riant :

– Pas ta faute? Regarde-toi dans la glace, tu y verras un sex-symbol! Comment veux-tu que j'arrive à travailler?

– Veux-tu te taire, tout le monde va entendre!

La réprimande était douce. Le joli visage auréolé de bonheur, l'œil brillant, le corps douillettement enveloppé dans un kimono de soie, Mary-Lou s'étirait d'aise sur le pas de la porte, au mépris des voisins.

Pendant ce temps, au bureau de Steven, dans la salle de réception, son meilleur ami et collaborateur, Jerry Myerson, faisait les cent pas avec impatience, sur le parquet luisant de la compagnie juridique Myerson, Laver, Brandon et Berkeley.

A l'arrivée précipitée de Steven, Jerry, acerbe, tapota sa montre, comme pour prévenir une explication fallacieuse :

– Tu es en retard!

Très sérieux, Steven répondit :

– Je sais. J'ai dû accomplir mon devoir conjugal.

– Très drôle.

L'ironie de Jerry était une sorte de blâme. Play-boy célibataire de quarante-huit ans, il affichait la certitude absolue que le mariage tuait l'amour et assassinait proprement la libido. Avec impatience, il grogna :

– Allons-y!

Ils travaillaient ensemble exceptionnellement. La cliente qu'ils allaient voir était une femme extrêmement riche, du nom de Deena Swanson, épouse du milliardaire Martin Z. Swanson, président et propriétaire des industries Swanson, une organisation toute-puissante possédant la majeure partie de l'État de New York, des hôtels, des sociétés de cosmétique, des maisons d'édition...

En fait, Martin Z. Swanson était monsieur New York. Un homme de quarante-cinq ans, au charisme certain, au pouvoir presque sans limites, assoiffé de repousser les limites le plus loin possible. Deena avait su asseoir sa position sociale et mondaine d'épouse. Très vite, elle avait engagé un attaché de presse, afin de faire savoir à la haute société new-yorkaise qu'elle était plus encore qu'une épouse. Elle était passée brillamment de la frivolité mondaine à la gloire médiatique, en prêtant son nom à n'importe quoi. Du flacon de parfum à sa propre collection de jeans. Elle était à la tête de Swanson Style, l'une des nombreuses sociétés de son mari, et faisait en sorte que le nom de Swanson figurât régulièrement dans les journaux.

Les Swanson étaient mariés depuis dix ans. Ils s'entendaient bien et se ressemblaient. L'appétit de Deena en matière de célébrité et de pouvoir était aussi vorace que celui de son époux.

Lorsqu'elle avait appelé le cabinet juridique pour les convoquer, Jerry s'était montré enchanté. Certes, le bureau s'occupait en son nom de plusieurs affaires mineures; mais Jerry pensait que le fait d'être appelé personnellement à un rendez-vous chez Deena Swanson signifiait des contrats plus importants, voire la clientèle du mari. Cette idée lui plaisait énormément.

Steven ronchonnait à l'arrière de la voiture, dans le dos du chauffeur de Jerry qui les conduisait vers l'une des trois résidences de Deena Swanson, l'appartement de Park Avenue.

– Et pourquoi tu m'obliges à venir avec toi?

– Parce qu'on ignore ce qu'elle veut. Il est possible que ce soit simple, possible aussi que cela s'avère compliqué. Et deux cerveaux valent mieux qu'un.

Jerry expliquait avec patience. Il se tut un instant puis ajouta sournoisement :

– La rumeur dit aussi qu'elle aime prendre son « café noir »...

Pas très sûr de comprendre, Steven fronça les sourcils puis, brusquement :

– Qu'est-ce que tu dis?

Imperturbable, Jerry répondit :

– Tu as parfaitement entendu.

– T'es vraiment un salaud... Je me demande parfois si tu ne l'as pas laissée au collège!

– Laissée quoi?

– Ta cervelle pourrie!

– Merci infiniment.

La voiture s'arrêtait à un feu rouge et Jerry observait deux jeunes filles traversant la rue. Un instant, l'une d'elles, une rousse explosive, retint son attention.

– Tu crois qu'elle...

Steven l'interrompit brutalement :

– Épargne-moi la question. Tu devrais te marier, mon vieux, et cesser de te comporter en vieil avocat libidineux.

La voix de Jerry marqua une horreur réelle :

– Marié ? Moi ? Tu me crois stupide à ce point ?

Steven se demandait souvent comment leur amitié avait pu durer depuis le collège. Ils étaient si différents. Et pourtant, Jerry était un ami loyal, quelqu'un sur qui il pouvait compter. Steven s'en était rendu compte dans nombre de situations, y compris son mariage désastreux avec une danseuse portoricaine infernale, du nom de Zizi. Il y avait eu aussi les longues années à trimer comme assistant d'un procureur en croisade politique. Et puis, tout ce temps, tout ce mal, pour retrouver l'identité de son père... Lorsque Steven avait découvert qu'il était le fils de l'infâme Gino Santangelo, Jerry l'avait vivement félicité, usant de son humour particulier :

– Te voilà avec une oreille blanche et l'autre noire. De quoi jouer sur les deux registres. Tu as réussi ton coup, Steven. Au fond, il y a un peu du gangster chez toi !

Cette découverte avait été un choc pour Steven, mais la vie continuait et il s'accoutuma à la révélation de ses origines. Avec l'aide de Jerry, il se jeta littéralement dans le travail, en optant pour une spécialisation en droit criminel. Il venait de découvrir sa véritable vocation. Il eut bientôt la réputation d'être le meilleur avocat de New York. Et il était le premier à reconnaître que, sans l'aide de Jerry, il n'aurait jamais pu entrer comme associé dans l'un des cabinets d'avocats les plus renommés de la ville. Jerry l'avait toujours soutenu. Qu'y faire, s'il menait sa vie privée à l'image du lecteur de base de *Play Boy* ? Derrière cette attitude totalement sexiste, l'homme n'était pas dépourvu de cœur, cela seul comptait.

Deena Swanson était une femme froide mais bourrée de charme. Les traits finement ciselés, des yeux d'un bleu glacé sans éclat, la chevelure d'un roux clair et coiffée à la Jeanne d'Arc. Impossible de lui donner un âge précis. La peau blanche, tendue et lisse, pas une ride, le maquillage parfait, la silhouette alerte dans un tailleur gris et un ruineux chemisier de soie. Steven lui donna entre trente et quarante ans, sans pouvoir préciser. De toute évidence, elle n'avait pas l'air heureuse.

Elle les accueillit en les remerciant d'une molle poignée de main. Le salon était spacieux, décoré d'une multitude d'objets africains, de sculptures et de tableaux. Au-dessus de la cheminée, une toile impressionnante représentant monsieur et madame Swanson. Deena y figurait vêtue d'une robe rose, son mari en smoking blanc ; tous deux affichaient la même expression d'indifférence polie.

Un domestique libanais errait dans la pièce attendant de recevoir l'ordre de servir le café. Il se retira ensuite respectueusement.

Deena leur désigna un canapé confortablement rembourré et attendit qu'ils soient installés avant de parler. Elle avait un léger accent indéfinissable.

– Cette rencontre doit rester absolument confidentielle. Puis-je compter sur vous?

Jerry répondit promptement, l'air offensé qu'elle ait pu en douter:

– C'est évident!

– Mon mari lui-même n'est pas supposé en avoir connaissance.

– Madame Swanson, vous êtes une cliente importante. Quoi que vous ayez à nous dire, cela restera strictement entre nous.

– Parfait.

Elle croisa des jambes impressionnantes, habillées de soie, saisit une cigarette mince et noire dans un coffret d'argent. Jerry se précipita, le briquet à la main.

Deena prit une longue bouffée, regarda d'abord Jerry, puis Steven et dit enfin:

– Je n'aime pas perdre de temps, et vous?

– Tout à fait d'accord.

Jerry répondait avec empressement, on le sentait attiré par cette femme glaciale et richissime, bien qu'elle ne représente pas son genre habituel. Deena le fit taire d'un seul regard impérieux:

– Vous allez m'écouter bien sagement. Ne m'interrompez pas.

Jerry se raidit du dos à la nuque, peu habitué à ce qu'on lui parle comme à un domestique.

Sans prendre garde à sa réaction, Deena enchaîna calmement:

– Il m'est venu à l'esprit récemment qu'un jour prochain, je me verrai contrainte à commettre le crime parfait.

Un silence de plomb s'installa dans la pièce. Deena le laissa peser un long moment pour permettre aux mots qu'elle venait de prononcer d'imprégner les esprits.

Lorsqu'elle estima la chose faite, elle reprit:

– Si cela devait se produire et que j'échoue dans ma tentative de crime parfait, j'attends que vous fassiez, vous, l'impossible pour me défendre.

Un doigt long et pâle, orné d'un énorme diamant, pointa dans la direction de Steven:

– Vous, je veux que ce soit vous qui me défendiez. Il me semble que vous êtes le meilleur.

Steven l'interrompit alors avec précipitation :

– Une minute, je ne veux pas...

– Non! Vous, attendez une minute! Laissez-moi finir!

Cette femme habituée à suivre son idée jusqu'au bout ne supportait pas d'être contrariée. Le regard bleu et glacial passa de l'un à l'autre des avocats, les défiant de l'interrompre à nouveau.

– Une provision de un million de dollars sur le compte de votre cabinet, dès aujourd'hui. Tout ce que vous aurez à faire, messieurs Myerson et Berkeley, c'est d'être là quand et si, j'insiste sur le si, si j'ai besoin de vous.

Elle eut alors un étrange petit rire fragile avant d'ajouter après un temps de réflexion :

– Dans votre intérêt, souhaitons que ce jour n'arrive jamais.

5

Lorsque Lucky Santangelo se présenta chez Abe Panther, il était installé derrière son énorme bureau en noyer. Inga, la redoutable Inga, se tenait derrière lui. Lucky était accompagnée de son avocat sur la côte Ouest, Morton Sharkey.

Abe la salua d'un signe de tête amical. Ils ne s'étaient rencontrés qu'une seule fois auparavant, mais elle lui avait plu immédiatement. Il retrouvait en elle le même esprit d'indépendance, la même ambition d'aventurière qu'il avait à son âge.

Morton Sharkey s'adressa très poliment à Panther :

— Vous avez l'air en forme, monsieur Panther.

L'avocat était encore impressionné, agréablement d'ailleurs, par la volonté de Lucky de parvenir à ses fins. La première fois, lorsqu'elle était venue lui parler de ce projet insensé, il lui avait presque ri au nez, en la mettant en garde :

— Vous savez que vous demandez l'impossible ? Les Studios Panther sont contrôlés par Mickey Stolli et Ben Harrison ! Permettez-moi de vous avertir qu'ils n'ont jamais eu l'intention de vendre, j'en suis certain.

Mais Lucky l'avait interrompu sèchement :

— Vous oubliez qu'ils contrôlent à peine et, d'après ce que je sais, ils s'occupent surtout de leurs propres affaires. Ne craignez rien, Morton, j'ai vérifié chaque détail. Abe Panther possède les Studios à cent pour cent. Il est libre d'en faire absolument ce qu'il veut. Et moi, je veux qu'il me le vende.

Morton avait alors plaisanté :

— Le bonhomme a au moins cent six ans... c'est Mathusalem !

– Pas du tout, il a quatre-vingt-huit ans et il est en pleine possession de ses facultés physiques et mentales.

Elle semblait sûre d'elle-même mais Morton Sharkey n'aurait jamais cru la chose possible. A sa décharge, il n'avait jamais été en affaires avec un Santangelo et ignorait que, lorsque Lucky avait un projet en tête, elle allait toujours jusqu'au bout, ne relâchait pas la pression, et que son instinct était remarquable. Or, cet instinct lui avait dit que Abe Panther ne détesterait pas l'idée de se débarrasser de ses deux bandits de gendres et de leur reprendre les Studios. Ses Studios. Dès lors, elle avait entamé des négociations secrètes. Au début, Abe ne semblait pas plus intéressé que cela, jusqu'à ce que Lucky insiste pour aller le voir à Los Angeles afin d'avoir un entretien avec lui, face à face.

Abe Panther était peut-être un vieil homme mais elle sentait qu'ils pouvaient se comprendre, par affinités. Elle comptait sur le choc de leur rencontre, regard noir et direct des Santangelo contre regard pâle et rusé du vieil Abe.

Il démarra d'ailleurs sur un ton cassant et péremptoire :

– Bon dieu, que savez-vous de la direction d'un studio ou de la fabrication d'un film ?

Honnêtement, Lucky accepta la joute :

– Pas grand-chose en effet. En revanche, je suis capable de renifler une odeur de pourri, quand je passe à côté. C'est ce que vos studios sont en train de devenir. Une affaire pourrie et au rabais. Tout ce que je risque, c'est de faire du meilleur travail, non ?

Les yeux de Lucky brillaient de passion. Abe fit remarquer :

– Il n'empêche que les Studios font des bénéfices.

– Possible mais vous ne produisez que des films pourris. Je veux que Panther redevienne le géant d'autrefois. Et laissez-moi vous dire une chose : je peux y arriver. Je peux même vous l'assurer. C'est une promesse de Santangelo, et les Santangelo tiennent toujours leurs promesses.

Elle s'était tue et l'avait regardé fixement, son regard noir devenant dangereusement hypnotique. Puis, un défi :

– Prenez le pari !

Elle lui avait plu immédiatement. Cette fille avait de l'esprit, du culot, des certitudes, qualités éminemment appréciables chez une femme. Et Lucky avait deviné juste. Le vieil Abe se régalait d'avance à l'idée de couper l'herbe sous les pieds de ses gendres, en leur reprenant ce qu'ils avaient tort de considérer comme un héritage garanti.

Un contrat avait donc été préparé. Il ne manquait plus que la signature de Abe. Le vieil homme repoussa son fauteuil :

– Laissez-moi seul avec Lucky.

Ils avaient presque conclu mais Morton sentait venir un coup fourré. Avec plus de désinvolture qu'il n'en ressentait en réalité, il acquiesça poliment :

– Certainement.

Il lança un coup d'œil de côté à Lucky, qui lui répondit d'un signe de tête imperceptible voulant dire : « Vous pouvez partir. » Morton quitta donc la pièce mais Inga ne bougea pas d'un millimètre. Plantée derrière le bureau du vieil homme, comme la statue d'un monument suédois, inamovible. La voix de Abe s'éleva aussitôt et durement :

– Dehors!

Une minuscule crispation des lèvres minces de la statue fut, pour Lucky, la seule indication que l'ordre lui était insupportable. Mais elle claqua tout de même la porte en partant, histoire de signifier sa désapprobation d'être renvoyée.

Abe commenta rapidement :

– Elle déteste que je lui dise ce qu'elle doit faire. Elle m'en veut toujours de n'avoir pas fait d'elle une star... Comme si c'était ma faute. Aucune présence à l'écran! La moindre des choses pour une star, c'est de posséder au moins quelques qualités. Sans cela, elle est morte.

Il pencha légèrement la tête de côté, comme un professeur malin :

– Vous savez quelles qualités?

Lucky hocha la tête tranquillement; elle connaissait par cœur l'éternel credo d'Abe Panther et le récita sans hésitation :

– Sympathique au public et disponible en amour.

Impressionné tout de même, le vieil Abe sursauta :

– Comment savez-vous cela?

– J'ai tout lu à votre sujet. La moindre coupure de presse, le plus petit communiqué des Studios, y compris trois biographies non autorisées. Je n'oublie par les quelques autobiographies signées de certaines stars, parmi les plus belles, et qui n'ont pu faire autrement que de vous mentionner.

Lucky prit un petit temps pour sourire à Abe :

– Vous avez pas mal roulé votre bosse à une époque, il me semble? Vous êtes célèbre, monsieur Panther en ce domaine!

Tout à fait ravi de cette estimation sur son standing féminin de l'époque, Abe approuva fièrement :

– Eh oui! Je suis l'un des derniers. Le dernier des dinosaures du cinéma.

– Je ne vous comparerais pas à un dinosaure...

– Inutile de me flatter, jeune femme. Vous avez presque votre contrat.

– Je sais. J'attends votre prix, puisque vous êtes prêt à me vendre. Qu'est-ce qui vous retient, monsieur Panther ?

– Juste une petite chose, pour laquelle j'ai besoin de vous.

Lucky se contrôla pour ne pas laisser l'impatience transparaître dans sa voix. Elle supportait mal les atermoiements. Lorsqu'elle voulait obtenir quelque chose, c'était tout de suite. Énervée, elle demanda :

– De quoi s'agit-il?

– Une vengeance.

– Comment ?

– Les cancres et tous les vampires suceurs de sang qui les entourent...

– Oui ?

– ... je veux que vous les punaisiez au mur, jeune femme. Pour de bon.

– C'est bien mon intention.

– Oui, mais je le veux à ma façon.

– Et quelle est votre façon ?

Lucky s'impatientait réellement, à présent, devant ce vieillard méchant, car elle devinait les complications.

– Voilà, avant de prendre le contrôle des Studios, vous allez y occuper un petit emploi. Vous serez l'assistante d'Hermann Stone, c'est un homme à moi.

Le regard bleu pâle se mit soudain à briller d'excitation joyeuse :

– Quand vous serez en place, au cœur de la mêlée, vous n'aurez plus qu'à les prendre en flagrant délit. Ils font des choses qu'ils ne sont pas autorisés à faire.

La voix du vieil Abe caquetait de délice, il buvait du petit-lait :

– Six semaines au cœur du piège, et pan... Jeune femme, vous devenez le nouveau patron et vous les aurez fait couler. C'est un bon plan, hein ?

Lucky n'arrivait pas à en croire ses oreilles. C'était une idée complètement folle! Comment faire? S'évanouir dans la nature durant six semaines... prendre une autre identité... Alors qu'elle était à la tête d'un empire! Impossible de disparaître du jour au lendemain. Et Lennie? Et Bobby? Et Brigette? Sans compter tous les rendez-vous, toutes les réunions de travail.

Elle secoua négativement la tête, avec regret :

– Vous me demandez une chose totalement impossible.

– Si vous voulez les Studios, vous le ferez.

Abe fit cliqueter ses fausses dents d'une blancheur insolente :

– Si vous les voulez vraiment, ces Studios, bien entendu.

Alors Lucky se leva et se mit à faire les cent pas dans la pièce, les mains dans les cheveux comme pour y chercher la solution, l'unique solution parmi des milliers d'autres impossibles. Elle les voulait, ces Studios, bien entendu, mais elle n'allait tout de même pas sauter dans des cerceaux en flammes, sur une piste de cirque, pour accéder aux lubies de ce vieillard exigeant. Cela dit... au fond, pourquoi pas, après tout? L'idée n'était peut-être pas aussi folle qu'elle en avait l'air. Finalement, la proposition était tentante, c'était un pari, ni plus ni moins, et Lucky adorait les paris.

Complètement anonyme dans la place, elle pourrait prendre n'importe qui sur le fait, en train de faire, comme disait le vieil Abe, « ce qu'il n'était pas autorisé à faire »...

Abe l'observait attentivement, en plissant ses petits yeux perspicaces. Il prit un verre de jus de pruneau sur son bureau, le sirota, puis murmura tranquillement, pour être certain qu'elle avait bien compris la règle du jeu :

– Pas d'anonymat... pas de vente.

Lucky interrompit sa marche autour de la pièce, s'immobilisa et le regarda bien en face :

– Vous voulez dire que vous mettriez le contrat au panier comme ça? Tout cet argent?

Elle avait l'air incrédule et Abe sourit, en faisant à nouveau cliqueter sa rangée de dents de porcelaine, trop nettes, trop parfaites, qui n'allaient pas du tout avec son visage buriné et ridé. Du neuf sur du vieux.

– Jeune femme, j'ai quatre-vingt-huit ans, que voulez-vous que je fasse de cet argent? Retrouver l'amour? Courir après des gamines de vingt ans? Foutaises.

Avec une petite grimace, Lucky ironisa :

– Qui sait ?

– Moi, je le sais, jeune femme.

– Rien n'est certain dans la vie.

A nouveau, les dents trop neuves cliquetèrent d'avant en arrière, une manie tout à fait désagréable. Puis le cliquetis s'arrêta net et la voix, d'une fermeté surprenante, articula :

– Six semaines. Ou pas de contrat.

6

Brigette Stanislopoulos venait tout juste d'avoir dix-sept ans ; elle était incontestablement ravissante. De longs cheveux d'un bond naturel, un visage rond mais déjà sorti de l'enfance. Elle était surtout l'héritière : la moitié de la fortune des Stanislopoulos, léguée par son grand-père Dimitri, devait lui revenir un jour, alors qu'elle possédait déjà les biens considérables, venant de sa mère, en Fiducie. A vingt et un ans, Brigette serait donc l'une des femmes les plus riches du monde.

Or, cette idée la déprimait profondément car, bien qu'adolescente encore, elle avait déjà vécu une existence difficile, faite de drames successifs, de confusion aussi. Elle savait bien, instinctivement, que l'énorme, le fabuleux héritage qui allait lui revenir, l'écraserait encore plus de complications nouvelles. L'argent n'avait pas rendu sa propre mère heureuse, loin de là. Pauvre Olympia, découverte un jour dans un hôtel minable de New York, avec une star du rock, au nom prédestiné de « Flash » ! Tous les deux drogués à mort. Pauvre destin pour une femme qui, en principe, avait tout pour elle. Mais le principe de l'argent facile l'avait menée à sa perte. Trois maris et des excès de plaisirs égoïstes, superficiels, l'avaient sournoisement plongée dans le désespoir de la drogue, jusqu'à la mort.

Le jour de cette mort, Brigette n'avait que treize ans et n'avait jamais connu son véritable père, un homme d'affaires italien. Chaque fois que son grand-père y faisait allusion, c'était avec mépris : « Un chasseur de fortune, un coureur de dot. » Peu de temps après la naissance de Brigette, Olympia avait divorcé du coureur de dot et, quelques mois plus tard, il mourait dans l'explosion d'une voiture piégée à Paris, en compagnie d'un terroriste.

L'enfance de Brigette avait manqué de fées pour se pencher sur son berceau. Perdre sa mère et son père si tôt et de cette manière, c'était grandir dans une angoisse solitaire.

Les tragédies s'étaient accumulées. Un jour, avec le fils de Lucky, Bobby, Brigette fut victime d'un enlèvement. Le kidnappeur, un certain Santino Bonnatti, sorte de roi du crime et ennemi héréditaire de la famille Santangelo, les avaient enfermés dans la maison de sa maîtresse, une dénommée Eden Antonio, dans l'idée de leur faire subir certaines violences. Mais, avant qu'il ait mis son projet à exécution, Brigette avait découvert un fusil et tiré sur lui. Lucky arrivait juste à ce moment-là pour récupérer les deux enfants. Une seconde plus tôt, et Brigette n'aurait peut-être pas tiré à trois reprises sur cet homme. Mais s'en serait-elle mieux sortie pour autant ?

La police arriva sur les lieux presque aussitôt, mais Lucky avait déjà décidé de tout. Elle avait mis précipitamment les enfants à l'abri chez elle et décidé de prendre la responsabilité de la mort de Santino. Elle avait failli y parvenir. Failli seulement car, au procès, des mois plus tard, Brigette avait tout à coup réagi. Courageusement, mais aussi comme une libération nécessaire, elle avait tout avoué au public, incapable de supporter que Lucky soit condamnée à sa place. Il existait fort heureusement une bande d'enregistrement vidéo prouvant que l'adolescente avait agi en état de légitime défense. Brigette ne fut donc pas condamnée, mais mise en liberté surveillée pendant un an. Elle dut aller vivre chez sa grand-mère Charlotte, la première femme de Dimitri.

Une grand-mère difficile à vivre. Bourgeoise, mariée pour la quatrième fois à un acteur de théâtre anglais, de dix ans son cadet. Le couple partageait son temps entre leur résidence de Eaton Square à Londres et leur hôtel particulier, somptueux, tout de grès rouge, à New York.

Charlotte n'était pas spécialement douée, comme grand-mère, pour veiller au bien-être de sa petite-fille. Elle l'avait tout simplement mise en pension, dans un établissement privé, strict et austère, à une heure de voiture de New York. Brigette disait qu'elle s'en fichait. Elle ne désirait qu'une chose : qu'on la laisse seule et en paix. Avec son passé déjà lourd de pauvre petite fille riche, pavé de scandales, elle tenait le coup, refusant les amitiés, les liens. Elle connaissait déjà, malheureusement, le secret de sa survie : ne jamais faire confiance à personne.

– Hé... Stanislop ? téléphone pour toi !

Stanislop... le moindre des surnoms dont on l'affublait. Mais Brigette s'en moquait. Elle savait pertinemment qui elle était : elle était Brigette Stanislopoulos, une personnalité, un être humain. Rien à voir avec la gamine gâtée que décrivaient volontiers certains journaux. Ceux-là ne la laissaient jamais tranquille, elle était la proie du journalisme à scandales de bas niveau. Il se trouvait toujours quelqu'un, photographe ou échotier, pour l'espionner, la guetter. Toujours un photographe en planque dans les buissons, ou un reporter agressif pour la suivre dans ses déplacements. Elle se savait épiée en permanence.

Les feuilles à scandales jouaient de leur favorite du moment. Lisa Marie Presley, Stéphanie de Monaco, ou Brigette Stanislopoulos : trois héritières jeunes et jolies, sur lesquelles elles trouvaient toujours quelque chose à raconter. N'importe quoi, de préférence.

Brigette ignora l'interpellation stupide et prit le téléphone des mains d'une grande fille aux cheveux frisés et couverte de taches de rousseur. Elles auraient pu être amies, mais dans un autre temps ou une autre vie.

Brigette répondait toujours avec prudence au téléphone. Les appels la concernant étaient en principe contrôlés, mais personne ne s'en souciait réellement.

– Hé ma jolie ! c'est Lennie ! Comme toujours, j'ai une idée superbe. Tu as des projets pour l'été ?

– Aucun.

– Super ! Je vais dire à Lucky que tu vas venir nous rejoindre à Malibu. On a loué une maison formidable. Qu'est-ce que tu en dis ?

Brigette était ravie. Lennie Golden et Lucky était les deux seules personnes sur lesquelles elle comptait vraiment.

Lennie était son ex-beau-père et avait épousé Lucky, laquelle avait été autrefois mariée à son grand-père ! Un enchevêtrement de liens tout à fait bizarre. L'arbre généalogique des Onassis avait l'air d'une simplicité enfantine à côté de celui du clan Stanislopoulos.

Brigette était tout heureuse :

– J'adore ton idée !

– D'accord, Lucky va persuader Charlotte de te laisser partir quelques semaines.

– Alors ça! Inutile de la persuader. Dis-le-lui seulement et elle va sauter de joie à l'idée de se débarrasser de moi!

– Allons, allons! Ne sois pas méchante, gamine!

Lennie la taquinait mais n'en pensait pas moins.

– Je te jure que c'est vrai, Lennie.

– D'accord, quand j'aurai fini ce film, on ira peut-être en Europe, tous ensemble!

– Formidable!

– Tu dis ça mais je ne suis pas sûr que ça t'enthousiasme!

– Arrête! Je tuerais pour partir en voyage!

– Inutile, c'est presque au point.

– Je vais avoir du mal à attendre. Qu'est-ce qui se passe, tu ne travailles pas? Ce n'est pas l'après-midi à Los Angeles?

– Tu travailles, toi?

– Il est 17 heures 30, je suis libre!

– Alors, sors et va faire la fête!

Brigette eut un petit rire gêné:

– Je ne peux pas. On est en semaine. On n'a pas le droit de sortir les jours de semaine.

– Allez! Brûle un feu rouge ou deux! Saute par-dessus les règlements! Il faut vivre dangereusement.

– Lennie, tu n'es pas censé me dire des choses pareilles!

La seule fois où Brigette avait enfreint les règles s'était avérée une catastrophe, elle avait souffert des conséquences et ne l'oubliait pas.

– Eh zut! Moi, si j'étais à ta place, je filerais!

Filer. Pour aller où? Pas d'amis. Personne chez qui aller, ne serait-ce que pour se changer les idées de l'école. Et puis, elle ne voulait pas faire d'imprudence. Elle avait compris que le prix en était trop élevé. Pour changer de sujet, elle demanda rapidement:

– Alors, comment va le film?

Lennie grogna:

– Tu vas me gâcher ma journée.

– Lucky est avec toi?

Avec une feinte exaspération, Lennie marmonna:

– En voilà des questions! Tu me cherches parce que tu n'as rien de mieux à faire ou quoi?

Brigette lui rétorqua en riant:

– Tu sais bien que j'adore t'emmerder.

Riant aussi, il conclut :

– Alors, continue à vivre, ne change rien. Je t'appelle la semaine prochaine, avec un sac de projets. D'accord, séductrice ?

– D'accord, sale vieux mec !

Il n'y avait que Lennie pour lui remonter le moral. Surtout lorsqu'il l'appelait « séductrice ». Une manière de dire qu'elle était un appel au détournement de mineure. Lennie adorait ce diminutif et elle le traitait invariablement à son tour de « sale vieux mec ». Un jeu entre eux, leur manière aussi d'annuler le passé et ses drames. Lennie lui disait souvent : « Il faut rire de ce qui t'emmerde, pour le faire fuir. »

Peut-être avait-il raison, mais elle devait tout de même rester sur ses gardes. Elle était Brigette Stanislopoulos. Elle était quelqu'un. Une héritière à vie. Impossible d'en rire. Impossible de fuir ce genre de chose. Le piège.

En soupirant, elle retourna vers le dortoir, une prison qu'elle partageait avec trois autres filles. Il y avait là une tonne de devoirs empilés près de son lit et, sur le mur de son côté, une unique affiche de Boy Georges, souriant timidement sous un maquillage agressif et un flot de boucles à l'anglaise. Elle aimait sa musique, elle aimait qu'il ait l'air de se foutre de tout. C'était son genre de se foutre de tout.

Les autres filles avaient d'autres idoles en affiches. De Robe Lowe à Richard Gere, quasiment nu. Et après ? Les histoires d'amour, Brigette ne voulait plus en faire l'expérience.

Un moment, elle se laissa aller à ses souvenirs. Le pire de tous, le visage de Santino Bonnatti. Il était toujours là ce visage mauvais, ricanant. Il y avait aussi Tim Wealth. Jeune et beau. Acteur plein d'avenir mais qui avait eu la mauvaise idée de tenter de mettre sur pied un scandale financier avec Lucky et Bobby en vedette. Les journaux n'avaient jamais fait le rapprochement entre le meurtre du jeune acteur et l'affaire Bonnatti, Dieu merci. Brigette y songeait encore avec un frisson d'angoisse. Elle avait tant aimé Tim. Et il l'avait trompée. Malheureusement, il l'avait payé de sa vie, ce n'était pas sa faute, à elle. Les sbires de Bonnatti avaient exécuté les ordres et on leur avait dit que Tim Wealth était dans le coup.

Elle se secoua intérieurement : « Allez ! n'y pense plus. »

« N'y pense plus »... Pendant deux mois, on l'avait envoyée consulter des tas de psychiatres. Seul le dernier lui avait donné le bon mode d'emploi : « N'y pensez plus. »

Elle n'était pas solitaire et abandonnée. Elle se sentait forte. La force des survivants. Et Brigette Stanislopoulos estimait n'avoir jamais plus besoin de personne.

7

Les interviews n'étaient pas le passe-temps favori de Lennie, surtout lorsque le journaliste insistait pour se faufiler sur le plateau afin de tout regarder, d'écouter aux portes et d'accumuler les notes.

Shorty Rawlings, chargé des relations publiques sur le film, était responsable de cette interview. Il avait réussi à persuader Lennie, contre sa volonté, de recevoir un fouineur de plus. Il s'agissait, prétendument, d'un grand reportage qui ferait la couverture de *People* ou de *US Magazine*; Lennie ne se souvenait même plus duquel il s'agissait. Et le journaliste était une femme au visage chevalin, qui ne cessait de tournicoter autour de sa vie privée – sujet dont il ne discutait jamais, c'était un principe chez lui.

Non que sa vie privée soit un secret. Avoir épousé Olympia Stanislopoulos, puis Lucky Santangelo, ne lui faisait pas particulièrement honte. Mais il se refusait simplement à alimenter les ragots, mieux valait demeurer discret. En outre, Lucky avait un comportement paranoïaque vis-à-vis de la presse. Elle refusait les interviews et, comme son père Gino, elle avait eu beaucoup de mal à échapper aux photographes. Elle avait prévenu Lennie avant leur mariage :

– Je ne suis pas un personnage public et j'ai bien l'intention que ça dure.

Il aurait pu lui répondre :

– Pas facile quand on épouse une star de cinéma! Surtout quand on a eu un premier mari classé parmi les hommes les plus riches du monde et qu'on a un père, célèbre en son temps pour avoir fait les gros titres de la presse.

Malgré tout, Lucky était parvenue à conserver une certaine forme d'anonymat. Peu de gens savaient à quoi elle ressemblait et son nom était plus connu que son visage.

L'air de rien, le visage chevalin de la journaliste cherchait à en savoir plus.

— Et comment va votre femme ? C'est vrai que vous êtes séparés ?

Lennie la fixa durement de son regard vert, déconcertant – il en avait assez ! Il abandonna la chaise cannée où il prenait difficilement patience :

— Je dois retourner au travail.

Nullement ébranlée, la journaliste insista :

— Lucky Santangelo n'est pas une femme ordinaire. Elle est à Los Angeles ?

Lennie l'envoya promener sèchement :

— Vous n'avez jamais pensé à vous couper la langue ?

— Je vous demande pardon ?

La journaliste était abasourdie, son visage virait au rouge. Mais Lennie avait décidé de l'achever :

— C'est facile, un petit coup de ciseau, juste au bout. De quoi vous empêcher de poser des questions personnelles quand on vous a demandé de ne pas les poser...

Avant qu'elle ait pu répondre quoi que ce soit, Shorty Rawlings arriva et Lennie sortit dédaigneusement de la pièce, sans rien ajouter.

La journaliste, toujours rouge, s'attaqua à Shorty :

— Ça alors ! J'ai touché un point sensible ?

Anxieux, Shorty répondit prudemment :

— J'espère bien que non.

Cette saleté de film lui donnait des ulcères. Entre Joey qui couchait avec tout ce qu'il voyait, Grudge qui se soûlait pour oublier ce qu'il avait déjà oublié, Marisa Bitch qui passait des bras de sa doublure féminine à ceux de son procureur et Lennie Golden qui agissait comme un homme qui n'a pas besoin de publicité, il devenait fou.

Pour l'instant, ils étaient sur un plateau, en terrain connu. Qu'allait-il se passer quand tout ce joli monde se retrouverait isolé en extérieur à Acapulco, pendant cinq semaines ?

Shorty fronça les sourcils de mécontentement. Ce Lennie Golden, après tout, n'était ni Nicholson ni Robert Redford, ni De Niro ! Il n'était que la dernière trouvaille des Studios, avec deux films derrière lui qui avaient fait recette, certes, mais sans antécédents solides.

Shorty Rawlings avait cinquante-deux ans. Il avait vu défiler ces années à toute vitesse. Il savait que la publicité était le nerf de la guerre pour maintenir les stars à l'affiche. Lennie Golden aurait mieux fait d'être conciliant.

Il mit un bras autour des épaules de la journaliste, amical. C'était une grande sauterelle aux cheveux graisseux et au nez mal refait. Probablement une actrice ratée; Hollywood en abritait des milliers comme elles et elles se résignaient toujours à faire autre chose que du cinéma. Chaleureusement, Shorty lui caressa l'épaule :

— Viens, chérie, je t'offre un verre...

Après un petit silence, nécessaire pour prendre son courage à deux mains, il ajouta :

— Je me sens seul, ça te dirait une petite soirée à deux ?

Après tout, on était à Hollywood, c'était une coutume admise. Et agréable quand la partenaire était jolie! Mais à la guerre comme à la guerre...

Lennie regagnait sa caravane lorsque Joey Firello le coinça au passage :

— Qu'est-ce qui t'arrive ?

Diplomatiquement, Lennie se contenta de hausser les épaules :

— Oh! pas grand-chose, une journaliste à la noix.

Toujours aussi cavalier dans ses solutions, Joey affirma :

— Saute-la!

— Vas-y, toi!

Par principe, Joey n'était jamais hostile à ce genre de choses.

— A quoi elle ressemble ?

Là, Lennie ne put s'empêcher de rire. Joey ferait du gringue à un tabouret, pour peu qu'il le trouve agréable à regarder. Il se contenta de répondre :

— Je rentre à la maison. On se verra demain.

Comme si le mot était insupportable à entendre, Joey répéta :

— A la maison... la maison! Et ma soirée ?

— Je te l'ai dit, je ne peux pas.

— Tu vas rater une sacrée soirée.

Lennie devinait ce que « sacrée soirée » voulait dire pour Joey. Ce n'était plus son style.

— J'ai connu plus d'une sacrée soirée, j'ai des réserves pour sept vies! Merci!

— Tu ne sais pas ce que tu rates!

— Tout à fait, Joey, je suis un imbécile, c'est ça.

En s'éloignant, il croisa Cristi, qui se dirigeait vers sa voiture. C'était incontestablement une superbe Californienne, bronzée, avec les cheveux blond pâle et des dents blanches étincelantes. Lennie ne put s'empêcher de remarquer l'étonnante longueur de ses jambes.

– Bonsoir monsieur Golden, dit-elle poliment au passage. Monsieur Golden. Était-il vieux à ce point ?

En s'installant dans sa Ferrari, il se dit que, non seulement Lucky lui manquait terriblement, mais qu'il avait aussi besoin d'elle. Elle avait promis de passer deux semaines à Acapulco avec lui et il en avait assez d'attendre. Être ensemble, c'était le principe du mariage, après tout. Or, depuis dix mois maintenant, ils avaient été séparés la plupart du temps. Il savait bien que Lucky n'était pas le genre de femme à tout abandonner pour lui. Elle dirigeait une affaire de plusieurs milliards ; elle s'occupait de son fils, de son père et aimait disposer de temps pour être avec eux.

Sachant tout cela, Lennie s'était imaginé qu'il le supporterait, qu'il ferait avec, comme on dit. Et voilà que le temps ayant passé, il comprenait que les choses n'étaient pas aussi faciles pour lui. D'abord, elle lui avait beaucoup manqué. Il commençait à penser qu'un mariage traditionnel, une maison où l'on se retrouve midi et soir, ce n'était au fond pas si mal que cela. Et puis, il aimait bien être marié, cela lui donnait un sentiment de sécurité et d'équilibre. Sa vie avait un sens maintenant. Après sa vie d'errance un peu folle, il avait vraiment besoin d'une présence stable. Olympia n'avait pas pu assumer ce rôle d'épouse sécurisante, alors que Lucky en était capable. Du moins le supposait-il.

C'était peut-être le moment de songer à avoir un enfant. Un enfant Golden, bien à eux, avec le physique de Lucky et son caractère. Deux fois déjà, il avait évoqué ce projet, mais Lucky avait aussitôt changé de sujet, sans lui permettre d'approfondir.

Acapulco serait le bon endroit, le bon moment. Plus il y songeait, plus il en était certain.

Un peu de détente sous le soleil mexicain, le temps de la convaincre d'avoir un bébé puis, le film achevé, ils passeraient deux semaines à Malibu avec Brigette et Bobby. Après quoi, ils s'offriraient de vraies vacances d'été, en Europe, se baladeraient – le luxe de ne rien faire.

La première fois qu'ils avaient fait l'amour, tous les deux, c'était en Europe, à Saint-Tropez. Un souvenir inoubliable. Le soleil allait se coucher, la mer était calme, la plage déserte et l'air très doux. Un voyage exceptionnel. Ce souvenir le rendait enragé ; le manque était encore plus insupportable.

En faisant crisser les pneus de la Ferrari devant un feu rouge, il ressentit le besoin d'une douche froide immédiate. C'était bêtement physique.

D'une décapotable blanche vrombissant à côté de la sienne, une fille lui cria :

– Salut!

Elle portait un débardeur mauve et une visière assortie. Lennie se demandait s'il la connaissait ou non, mais elle résolut le problème d'un compliment ronronnant :

– J'adore vos films! Vous êtes aussi drôle que sexy! J'adooooore...

Voilà, c'était aussi simple que cela. Il n'avait qu'à vouloir et lui tomber dans les bras pour ne plus être seul. Elle était même assez jolie.

Mais ce temps-là était révolu. Il était un homme marié et heureux en ménage. Il avait une femme formidable et un bébé en route, dans la tête seulement, il est vrai.

Alors, il rendit à la fille un sourire poli, grommela un rapide « merci » et démarra au feu vert, en faisant grincer toutes les soupapes de la Ferrari. Une fuite résolue.

8

A son retour à New York, Lucky avait pris sa décision :
c'était oui. Elle allait faire ce que voulait le vieil Abe.
Puisque c'était le seul moyen d'obtenir les Studios Panther,
elle ne reculerait pas. Elle y entrerait incognito et découvrirait tout ce qu'il voulait savoir. Elle n'avait pas voulu en
convenir avec lui mais, finalement, son idée était excellente.
En procédant de la sorte, elle se donnait un avantage considérable sur tout ce petit monde. Elle saurait tout sur tout, en
prenant la tête des Studios.

Elle avait sauté immédiatement dans l'avion après sa rencontre avec Abe, pour rentrer à New York. Morton Sharkey
l'avait accompagnée dans la limousine jusqu'à l'aéroport et
n'avait cessé de lui parler durant tout le trajet. Il tenait à la
convaincre que, de toute évidence, Abe sombrait dans la
sénilité.

Comme elle gardait le silence, il demanda tout à coup,
incrédule :

— Ne me dites pas que vous songez à le faire ?

Elle avait souri d'un mince sourire presque imperceptible :

— Je vous le ferai savoir, Morton.

A présent, elle était décidée à dire au vieux : « Allons-y,
après tout ! »

Évidemment, Morton Sharkey piquerait une crise. Les
avocats créent toujours des problèmes, leur métier veut qu'ils
étudient tous les paramètres, qu'ils déterrent chaque angle
légal, qu'ils s'ingénient à dévoiler les traquenards possibles.

Et après ? Lucky Santangelo faisait ce qu'elle voulait. Ce
genre de farce était justement le style d'aventure qu'elle adorait. Elle pensait déjà au moyen de modifier son apparence
pour ne pas être reconnue.

En tant que fille de Gino, veuve de Dimitri Stanislopoulos et épouse de Lennie Golden, sa photo avait paru dans les journaux de temps en temps, mais pas tellement souvent. Et elle n'avait jamais accepté de collaborer avec la presse. Il n'y avait donc aucune photo officielle pour laquelle elle ait posé volontairement. Il ne s'agissait que de clichés saisis au hasard par des paparazzi.

Pour les cheveux, une perruque ferait l'affaire, pour les yeux, des lunettes. Quant à l'apparence générale, elle la voyait obséquieuse, humble, enveloppée de vêtements démodés. Ce serait drôle, ces six semaines de comédie. Et les Studios Panther lui appartiendraient en baisser de rideau.

Le seul problème était d'abandonner pendant six semaines ses habitudes de vie. Comment expliquer cela à Lennie ?

D'abord, elle décida de se confier à Gino. Le clan des Santangelo – le vieux père aux yeux noirs et sa fille indépendante – avait traversé tant de choses, bien plus que la plupart des familles en dix ans ! Et Lucky aimait son père d'une passion féroce et incontournable.

Elle l'appela pour lui dire qu'ils devaient se voir d'urgence. Habituellement, ils dînaient ensemble plusieurs fois par mois, mais elle avait dû malheureusement repousser leur dernier rendez-vous pour ce voyage à Los Angeles.

Au téléphone, Gino dit :

– Paige est ici, ça ne peut pas attendre ?

– Quand c'est urgent, c'est urgent.

– Et quand Paige est ici, ton vieil homme de père nage dans le bonheur.

– Arrête de nager, ça ne peut pas attendre.

– Lucky... Lucky... Tu es une femme infernale !

– Ça, ce n'est pas nouveau.

– Et si j'emmenais Paige avec moi ?

Lucky se montra inflexible.

– Surtout pas.

Elle n'était pas possessive, mais il était hors de question que Paige soit mise au courant de ses plans. Elle était trop bavarde. De plus, elle était mariée à un producteur de Hollywood. Le moindre mot de travers et tout était par terre. Or, Lucky voulait s'assurer, dans le moindre détail, que rien n'irait de travers. L'acquisition des Studios Panther était une chose bien trop importante pour elle. Elle ne pouvait se permettre aucun faux pas.

Le père et la fille se rencontrèrent donc, dans un petit restaurant italien de Lexington. En tête-à-tête. Lucky, cheveux noirs, yeux noirs, à la resplendissante beauté exotique, et Gino, se pavanant à ses côtés, son énergie et sa désinvolture démentissant vraiment son âge.

Et Lucky se dit qu'il avait toujours une allure folle. Elle l'admirait. En le rejoignant à leur table, elle imagina ce qu'il devait être dans sa jeunesse. L'oncle Costa, le plus vieux et le plus cher ami de Gino, lui avait raconté beaucoup d'histoires à ce sujet.

Autrefois, Costa Zennocotti avait été l'avocat de Gino. Il vivait maintenant en paisible et respectable retraité à Miami. Lorsqu'il se mettait à raconter les jours anciens, c'était un véritable régal. A l'entendre, Gino était incomparable, inégalable, unique. Gino le Bélier... en se remémorant cet étrange surnom, Lucky eut un sourire que Gino remarqua, bien qu'il soit occupé à faire un clin d'œil à sa serveuse habituelle, une énorme femme revêche qui n'avait d'amabilité que pour lui.

— Qu'est-ce qui te fait rigoler ?

— Je réfléchissais à ton sinistre passé...

— Tu n'en sais rien du tout, ma chérie.

— Ne crois pas ça.

— Ma fille est une grande dame, maintenant.

— Exactement ce que tu voulais, non ?

Leurs regards se croisèrent affectueusement.

Gino commanda son vin rouge préféré et du pain chaud et croustillant. Il semblait affamé et heureux, faisant du charme à la grosse serveuse, qui semblait d'ailleurs apprécier. Puis il demanda :

— Et comment va Bobby ? Ou plutôt, quand est-ce que je viens le voir ?

Il était fou de son petit-fils et se plaignait très souvent qu'on l'élève en Angleterre, loin de lui.

— Bobby va bien, on se téléphone tous les jours. Bien entendu, il ne t'oublie pas. Tu es son préféré ; d'ailleurs, tu le sais parfaitement !

— Ce gosse serait bien mieux à New York. Après tout, il est américain. C'est ici qu'il devrait être. Je me demande bien ce qu'on va lui apprendre dans ce genre d'école bidon.

Lucky se retint de lui rappeler que le père de Bobby était à moitié grec. Ce n'était pas le bon moment.

— On lui apprend les bonnes manières, par exemple.

— Laisse-moi rigoler ! Je t'ai envoyée en Suisse pour apprendre les bonnes manières, et regarde ce que tu es devenue !

– C'est visible, je suis passée à côté, c'est ça ?

Il prit le temps de goûter le vin que la serveuse lui présentait, d'accepter la bouteille avec une moue gourmande, puis, en regardant sa fille :

– Tu es bien une fichue Santangelo! Maligne comme moi, la classe de ta mère, et jolie femme par-dessus le marché. On t'a bien fabriquée, gamine!

– Merci beaucoup! Et moi, alors, je n'y suis pour rien ?

– Tout est dans les gènes, gamine.

– Bien sûr!

Le regard de Gino inspectait la salle du restaurant. Il sirotait son vin, grignotait le pain frais avec délice. La conversation n'était pas encore entamée sérieusement, Lucky attendait qu'il pose lui-même la question. Lentement, il demanda enfin :

– Alors... qu'y a-t-il de si important pour que tu m'obliges à abandonner Paige ? Elle est sûrement en train de s'imaginer que je lui cache une autre femme!

D'un ton sceptique et en haussant un sourcil, Lucky s'étonna :

– A ton âge ?

– Écoute-moi bien, gamine, l'âge n'a rien à voir avec rien! Souviens-toi de ça. Dans ta tête, tu auras toujours l'âge que tu veux. Et moi, je suis resté accroché à quarante-cinq ans. Compris ?

Lucky se dit soudain : « Mon père est un homme remarquable, il va probablement se tuer au travail, il arrivera au paradis complètement exténué. »

Gino la sortit de ses pensées :

– Tu fais encore la grimace. Qu'est-ce qu'il y a ? Tu es enceinte ? Lennie et toi, vous avez touché le gros lot ? C'est ça ? C'est ce que tu voulais me dire ?

– Sûrement pas.

– Bon... bon! Ne t'énerve pas. Ce serait pourtant le moment de faire un petit frère ou une petite sœur à Bobby, mais je ne faisais qu'en parler.

– Je me demande bien pourquoi, chaque fois qu'une femme a un secret, les hommes s'imaginent qu'elle est enceinte!

– *Mea culpa.* Tu es autorisée à me poignarder dans le dos, je n'ai pas deviné!

Lucky prit son courage à deux mains, une profonde inspiration, et dit tout à trac :

– Je vais acheter un st...io de cinéma.

– Tu vas faire quoi ?

Sur sa lancée, Lucky continua, les yeux brillants d'excitation :

– J'achète les Studios Panther, les studios avec lesquels Lennie a signé un contrat pour trois films. Tu comprends, en réalité, il déteste chaque minute de chaque séquence du film qu'il est en train de tourner. Il voudrait laisser tomber mais je vais arranger ça : il faut contrôler, au contraire. Il aura tout le contrôle qu'il voudra. Alors ? Ce n'est pas une idée formidable ? Moi, j'ai les Studios et lui sa liberté !

– Doucement, gamine... Et arrête-moi si je me trompe. Ton idée actuelle serait d'acheter un studio de cinéma simplement parce que ton bon vieux mari n'est pas content ? C'est ça ?

– Tu as tout compris.

Lucky se sentait maintenant soulagée, en pleine forme. L'adrénaline lui courait dans les veines, l'action toute proche la stimulait. Et le dire à Gino était un plaisir. A l'époque où elle avait financé elle-même la construction de l'hôtel *Magiriano* à Las Vegas, et que son père avait vu les résultats, elle avait connu un vrai triomphe. Et, d'une certaine manière, aboutir à cette affaire de cinéma était encore plus excitant.

Gino se mit à rire, ironiquement :

– Au nom du ciel, qu'est-ce que tu connais des studios de cinéma ?

– Et toi ? Que savais-tu de la direction d'un hôtel, quand tu as pris le *Mirage* en 1952 ?

– Pas en 1952, mais en 1951, petite maligne. Et j'en savais long.

Lucky le défia :

– Ah oui ? Et quoi, par exemple ?

– Plus que tu en sais sur ce fichu boulot de cinéma !

– Ce que je ne sais pas, je le découvrirai. J'ai dans l'idée de m'entourer de professionnels. Quand on voit le nombre de crétins qui sont responsables des grands studios... Ne me dis pas que c'est une affaire d'État ! Panther ne fait plus de vrais films ; ils exploitent au rabais et se contentent de flatter l'image de leurs stars et leur vanité. Je vais changer ces Studios et en faire quelque chose d'important, de neuf !

Gino haussa les épaules, l'air fataliste, sirota encore un peu de vin, puis hocha la tête :

– D'accord, tu es bien ma fille. Tu es bien une Santangelo.

Avec un petit sourire charmeur au-dessus de son verre, Lucky demanda :

— As-tu une autre question à poser, par hasard ?

Trois heures plus tard, ils avaient bu deux bouteilles de vin, avalé des montagnes de spaghettis à la sauce palourde, s'étaient convenablement attardés devant un étalage de pâtisseries maison. Ils arrivaient au café irlandais arrosé de whisky. Ils étaient bien. Lucky murmura avec un bonheur visible :

— C'est le paradis du cholestérol, ici. Tu es sûr que tu peux te permettre ça, à ton âge ?

Il eut un clin d'œil malin :

— J'ai quarante-cinq ans, tu te rappelles ?

Elle se pencha par-dessus la table pour lui planter un baiser sur la joue :

— Je t'aime, Gino... Je t'aime, papa...

Elle ne l'appelait « papa » que dans des occasions particulières.

— C'est réciproque, gamine. J'espère que tu n'en as jamais douté, n'est-ce pas ?

Cette marque d'affection la remplissait de bonheur. Elle avait envie de dire : « Si, papa, j'en ai douté, souvent. Quand maman a été assassinée et que tu as abandonné tes enfants... Quand tu as payé ce sénateur Richmond pour que j'épouse son idiot de fils, et que je n'avais que seize ans... Quand tu voulais m'éloigner des affaires de la famille, quand tu voulais me traiter comme une femme selon toi, comme si les femmes étaient de race inférieure, quand tu voulais épouser cette garce de Beverley Hills, Susan Martino, et adopter ses grands enfants horribles »... Il y en avait, des mauvais souvenirs. Beaucoup. Mais à présent, les choses ne pouvaient pas aller mieux. Ils formaient une équipe à eux deux. Et elle savait que, quoi qu'il arrive, ça ne changerait jamais.

9

Mary-Lou était occupée à masser le pied gauche de Steven qui regardait la télévision. Il ne souriait même pas à un monologue comique de Johnny Carson. Mary-Lou n'aimait pas la mine sombre qu'il affichait ces jours-ci.

– Écoute, Steven, depuis trois jours, tu as l'air énervé Qu'est-ce qui se passe, chéri ? Tu vas le dire, ou je suis condamnée à marcher sur la pointe des pieds comme un zombie, jusqu'à ce que tu exploses ?

Il leva le nez de l'écran :

– De quelle mauvaise humeur parles-tu ?

Exaspérée, Mary-Lou laissa retomber son pied.

– Bon ! Ou tu le dis, ou tu ne le dis pas. Apparemment tu t'en veux pas. Je t'en prie, ne me fais pas le coup des réponses télégraphiques et des silences interminables, ou je m'en vais.

Elle éleva la voix pour achever sa phrase :

– Tu m'écoutes, Steven ? Je m'en vais !

A peine amusé, il demanda :

– Et où irais-tu ?

– Où, moi ? Mais je suis une star, mon chéri, je peux aller où je veux, quand je veux. C'est tout.

Alors, il s'approcha d'elle paresseusement pour la taquiner :

– Tu partirais n'importe où avec ce gros ventre ?

Elle tenta de lui échapper :

– Pas la peine de me faire du charme, c'est trop tard

Mais les mains de Steven caressaient déjà avec tendresse le ventre prometteur de sa femme, sa poitrine douce et gonflée. Elle ne se sauvait pas, c'était bon signe. Il arriverait peut-être à couper à une dispute.

Mary-Lou se laissait toujours prendre par la tendresse. Elle murmura son nom d'une voix basse, qui ne signifiait ni un refus, ni une acceptation.

– Steven...

Elle n'était vêtue que d'une fine chemise de nuit de dentelle et se savait perdue d'avance.

– Steven... je te détes*e vraiment, tu sais.

Il avait gagné. Plus de dispute, plus de mots. Après trois ans de mariage, ils s'aimaient toujours autant. Johnny Carson pouvait continuer de faire le clown, ils ne regardaient plus l'écran.

Le lendemain matin, Mary-Lou se leva la première; elle prit une douche, enfila un vêtement confortable et s'assit sur le rebord du lit pour attendre le réveil de Steven.

C'était un samedi, son jour favori, il émergeait lentement des brumes du sommeil. A peine eut-il ouvert les yeux que Mary-Lou se jeta sur lui :

– C'est l'heure, mon amoureux... Nous pouvons continuer la discussion d'hier soir.

Bribe par bribe, elle lui arracha l'histoire jusqu'à ce qu'il raconte tout, que pouvait-il faire d'autre ? Elle exigeait jusqu'au dernier aveu. Il lui raconta ce rendez-vous bizarre chez Deena Swanson, et Jerry, cet idiot, qui avait cru bon tourner tout cela en plaisanterie, affirmant qu'ils avaient affaire à une folle, mais qu'il était hors de question de restituer la provision de un million de dollars. Il n'y songeait pas une seconde.

Mary-Lou réfléchissait :

– Après tout, elle est peut-être vraiment folle! Il faut être dingue pour annoncer son intention d'assassiner quelqu'un. Moi, je suis sûre qu'elle te fait marcher.

Steven sauta du lit brusquement et dit, ironique :

– Bravo, c'est ça! Félicitations! Puisque tu es sûre qu'elle nous fait marcher, le problème est résolu. Maintenant, je peux tranquillement vaquer à mes occupations, la conscience légère!

Furieux, il entra dans la salle de bains et en ressortit tout aussi en colère :

– Inutile de se faire du souci pour la malheureuse victime, je suppose?

Mary-Lou raisonnable, remarqua :

– Il n'y a pas de victime.

– Pas encore...

Steven était réellement inquiet.

– Il n'y en aura pas, Steven...

Plus qu'inquiet, il était exaspéré :

– Pour l'amour du ciel, Mary-Lou, ne fais pas toujours comme si tu savais de quoi tu parles!

Et il retourna dans la salle de bains en claquant la porte. Là, il se contempla dans le miroir. Une petite voix intérieure le taraudait : « Satisfait, Steven ? Tu viens de trahir la confiance d'un client, tu viens de heurter ta femme qui est enceinte, tout cela à peine levé. Tu te crois malin ? »

Lorsqu'il sortit de la salle de bains, Mary-Lou était partie en laissant un petit mot bref. Elle annonçait qu'elle ne rentrerait pas avant le soir.

Ce petit mot le mit en colère. Ils passaient toujours le samedi ensemble à faire des courses, à voir un film et déjeunaient dehors. Mary-Lou s'occupait de la maison lorsqu'ils rentraient. Il pouvait alors s'écrouler tranquillement et sans scrupule sur le canapé, devant la télévision pour regarder le sport.

Leur journée était fichue. Tout cela à cause de madame Deena Swanson.

Un moment, il pensa appeler Jerry pour lui expliquer crûment ce qu'il pouvait faire du million de dollars de cette madame Swanson. Mais il hésitait. Jerry avait peut être raison, après tout. Il était plus malin de garder l'argent et d'attendre qu'il ne se passe rien. Deena Swanson n'était pas une criminelle dangereuse, ce n'était qu'une femme très riche, cultivant une rancune particulière. Il n'y avait aucune chance pour qu'elle aille au bout de ses intentions. Un crime parfait ?... Impossible.

De plus, ni Jerry ni lui n'y pouvaient rien. Les mots restaient des mots, les intentions des intentions. Le privilège de la clientèle était de bénéficier du secret professionnel. Sacré.

Et il s'en voulait d'avoir débité toutes ces sornettes à Mary-Lou et d'avoir gâché ainsi une belle journée. Pourquoi s'était-il confié ? La réponse était simple : cette histoire le contrariait et lui déplaisait. Il se sentait comme pris dans un piège, avec la sensation de ne pas pouvoir en sortir, de quelque côté qu'il se tourne.

D'un geste impulsif, il saisit le téléphone et composa le numéro de Lucky. Il ne l'avait pas vue depuis quelques semaines et ça ne le gênait pas de lui en parler. Avec Lucky, c'était différent, elle était sa demi-sœur. Et aussi une femme exceptionnelle qui avait beaucoup influencé sa vie, surtout depuis la mort de sa mère, Carrie. Une mort paisible, une crise cardiaque en plein sommeil. Mais Carrie lui manquait énormément. Elle l'avait élevé seule, avec de terribles difficultés au début, mais elle lui avait donné le sens des valeurs, une bonne éducation et une chance de réussite. De longues années durant, elle lui avait menti au sujet de son père. Elle le prétendait mort, alors que Steven était tout petit. Elle n'avait consenti qu'à une révélation minuscule : il découvrit un jour que son véritable père était vivant et qu'il s'appelait Gino Santangelo. Elle ne l'avait rencontré qu'une fois dans sa vie. Steven était né de cette rencontre. Le père n'en avait jamais été averti.

Pour Gino également, la vérité fut difficile à admettre. Mais petit à petit, ces derniers mois, ils avaient réussi à se créer des liens. Une relation un peu spéciale, tout juste celle d'un père et d'un fils, plutôt un respect mutuel.

Lucky était différente. Elle l'avait aussitôt accepté et accueilli chaleureusement comme un frère. Elle l'avait reçu dans sa famille alors que Carrie était encore en vie. Il lui en serait toujours reconnaissant. Lucky était quelqu'un de particulier et il l'aimait.

Il n'y avait que le répondeur chez Lucky. Steven laissa un message, puis appela Gino.

– Ça te dirait de déjeuner avec moi ?

Bourru, Gino grommela :

– Mais qu'est-ce qui se passe avec mes enfants, cette semaine ? Paige est ici ! Vous vous en fichez ?

Steven apprécia d'être nommé « enfant » par Gino. Ils y avaient mis du temps tous les deux, mais il était son enfant.

– Bon ! Si je vous invitais tous les deux ?

– Fils, quand Paige est là, je ne mange pas. Tu sais bien.

– D'accord, désolé d'avoir insisté.

– Ne te désole pas. Appelle-moi plutôt lundi.

Paige Wheeler pouvait se permettre de déambuler en petite tenue. Malgré la cinquantaine approchante, elle était encore très attirante. Une silhouette de Vénus miniature, une chevelure couleur cuivre, frisée, et une voix étrange, enrouée, sensuelle.

Gino avait eu plus de femmes dans sa vie que la plupart des séducteurs de Hollywood ou des stars du rock, mais il ne se lassait pas de Paige. C'était la compagne parfaite pour vieillir en beauté. Maligne, effrontée, amoureuse, adorant Frank Sinatra et capable de soutenir une conversation intelligente... Tout cela convenait à Gino.

Il venait de raccrocher, Paige demanda :

– Qui c'était ?

– Steven. Il voulait nous inviter à déjeuner. J'ai refusé.

– Pourquoi ?

Elle paradait en petite tenue, prenant des poses de danseuse. Gino appréciait toujours ce spectacle.

– On t'a déjà dit que tu étais une pousse-au-crime ?

– Toi, tu me le répètes sans arrêt. D'ailleurs, j'adore ça.

Mais, quelques minutes plus tard, Gino s'écroulait, épuisé, sur son oreiller ; le cœur battant follement la chamade. Et il se dit : « Gino, mon vieux, tu devrais faire attention. Maintenant, tu n'es plus tout à fait aussi jeune. »

Lorsque son cœur eut repris un rythme normal, il se souvint de l'appel de Steven et regretta de s'être montré un peu brusque. Il voulut le rappeler mais personne ne répondait.

Paige s'était endormie, le visage enfoui dans les draps. Cette femme était unique. Lorsqu'il était avec elle, aucun fantôme, aucune mauvaise ombre du passé ne venait le tourmenter.

Il se leva doucement et alla chercher dans un tiroir, en haut à droite de l'armoire de la chambre, un écrin précieux de chez Winston. Il l'ouvrit pour admirer la bague de diamant, taille Élisabeth Taylor, une merveille.

Il avait souvent offert des cadeaux à Paige et avait ses habitudes dans la 47e Rue, chez des amis, où il savait pou voir faire des affaires intéressantes. Mais cette bague était différente des autres. Celle-là, il l'avait achetée au prix fort.

Si Paige la voulait, elle l'aurait. Elle pourrait même l'admirer d'avance, la tenir dans ses mains. Mais elle ne l'obtiendrait définitivement qu'en divorçant d'avec Wheeler. Il ne lui donnerait plus aucune excuse, il fallait qu'elle l'épouse.

Gino Santangelo avait attendu assez longtemps.

Brigette comptait les semaines jusqu'aux vacances : le 15 juin, elle serait libre pour tout le reste de l'été. C'était un soulagement formidable d'échapper aux cours quotidiens, à cette école étouffante et ennuyeuse. Elle avait déjà parlé à sa grand-mère de ses projets d'été avec Lennie et Lucky.

Charlotte n'avait rien objecté. Elle avait répondu vaguement : « Comme tu veux, ma chérie. »

Elle était probablement enchantée de se débarrasser d'elle.

Assise en cours d'anglais, Brigette rêvait tout éveillée aux plaisirs futurs de ses vacances. Plus question de se lever le matin, de supporter la compagnie d'une bande de gamines stupides et sans intérêt; plus question de subir le défilé des professeurs qui n'avaient pas su captiver son attention et ne parlaient jamais de ce qui l'intéressait vraiment.

Malibu en compagnie de Lennie et Lucky... un rêve!

— Stanislopoulos!

Monsieur Louthe, le professeur d'anglais, un bonhomme aux cheveux gris, aux dents de furet, à la moustache tombante, venait d'interrompre brutalement sa rêverie.

— Qu'est-ce que je viens de dire?

Le regard absent, brusquement interpellée, Brigette ne trouva rien à répondre :

— Hein?

Deux de ses camarades de classe l'imitèrent aussitôt en exagérant le « hein » et en pouffant stupidement. Sévèrement, monsieur Louthe interrompit ce début de chahut :

— Silence! Et vous, Stanislopoulos, venez me voir après la classe!

C'était la barbe! Elle serait en retard pour l'entraînement de tennis, son unique plaisir. Et Louthe était célèbre pour ses sermons de curé.

A la fin du cours, Brigette vint attendre à côté du bureau. Le professeur rangeait ses papiers et la fit poireauter quelques minutes. Puis il s'adressa enfin à elle :

— Stanislopoulos, je serai bref!

« Grâce à Dieu », se dit-elle.

— Vous êtes intelligente et jolie.

Oh non! Pas lui. Il n'allait pas faire ça. Depuis Santino Bonnatti, elle ne supportait plus ce genre de choses.

— Vous êtes également une jeune fille extrêmement seule et peu sociable.

« Merci infiniment », se dit-elle avec aigreur. « Ça le regarde? »

Monsieur Louthe pérorait toujours d'une voix sonore :

— Dans la vie, il y a toujours un prix à payer pour toute chose. Et je ne veux pas parler ici d'argent. Vous devez réaliser, jeune fille, qu'avec tout votre argent et vos relations, vous ne serez jamais heureuse si vous vous contentez de passer vos jours dans un cocon personnel. Il faut apprendre à partager, lire, se mêler aux autres et donner de vous-même. Ce sont là des expériences enrichissantes. Apprenez à grandir, mademoiselle Stanislopoulos, et votre vie aura peut-être un sens. Merci. Vous pouvez disposer.

Et il se remit au travail, penché sur son bureau, laissant Brigette abasourdie.

Comment osait-il lui parler ainsi ? Elle savait comment apprendre, mais ce n'était pas important. Elle savait comment partager, mais pourquoi le faire ? Quant à se mêler aux autres... il fallait encore que les autres l'acceptent !

Elle fulminait intérieurement en retournant au dortoir. Que savait-il de sa vie, ce type ? Et qu'est-ce que ça pouvait bien lui faire ? Quel imbécile ! Non mais ! Quel vieil imbécile ! Vieil imbécile stupide à moustache !

Inexplicablement, elle fondit en larmes. Puis, ce fut un torrent, comme si la douleur et la frustration, tout le mal de ces dernières années coulaient à flots d'un seul coup. Elle réalisa qu'elle pleurait pour la première fois depuis la mort de Tim Wealth et tous les cauchemars qu'elle avait vécus ensuite.

Après ce déluge, elle se sentit mieux. Mais elle n'avait pas aperçu Nona, une de ses récentes compagnes de chambre, debout devant la porte. Mon Dieu ! en plus du reste, voilà qu'on allait lui coller une réputation de pleurnicheuse.

Gentiment, Nona demanda :

– Ça va ?

Brigette se frotta les yeux :

– Juste une crise. J'étouffais. Rien de grave.

Tranquillement, Nona approuva :

– Je sais ce que c'est. Ça m'arrive tout le temps. En particulier après un sermon de monsieur Louthe.

– Oh ! ce n'était pas trop dur.

Voilà qu'elles étaient en train de bavarder ! Chose que Brigette avait toujours réussi à éviter.

Gaiement, Nona annonça :

– Bon ! Je sors, j'ai un billet pour aller en ville.

En prenant son sac, elle hésita, puis :

– Ça te dirait de venir ?

En temps normal, Brigette aurait refusé. Aujourd'hui, c'était différent. Aujourd'hui, c'était le début de quelque chose, une nouvelle amitié. Timidement, elle répondit :

– J'aimerais bien.

Et Nona fut totalement prise de court. Les autres filles allaient la tuer. Traîner cette pauvre petite fille riche avec elle... mais c'était trop tard, et Brigette avait l'air si seule, si perdue.

Alors, en l'attrapant chaleureusement par le bras, elle décida :

– Viens. Je ne sais pas ce que t'en penses mais plus tôt je sortirai de cette prison, mieux ça ira.

10

Tout s'enclenchait remarquablement bien et Lucky se sentait envahie par une extraordinaire exaltation. Tout d'abord, elle effectua un court voyage à Londres, en Concorde, pour voir Bobby. Il avait l'air en excellente forme. Son fils grandissait, il était beau, il parlait avec un terrible accent britannique qui allait faire sauter en l'air le vieux Gino!

Après cette visite à son fils, Lucky s'envola cette fois pour Los Angeles afin d'y passer deux jours avec Lennie, avant de s'embarquer pour la grande aventure. Si elle voulait disparaître six semaines, il était nécessaire de tout organiser minutieusement. Elle ne pouvait se permettre la moindre faille.

A la maison qu'ils avaient louée à Malibu, Miko, le minuscule domestique japonais, l'accueillit d'un sourire tout aussi minuscule mais d'une grande courtoisie, en l'informant que monsieur Golden devait rentrer à 19 heures.

Elle avait donc tout le temps de se reposer. Lennie croyait qu'elle prendrait le vol du dimanche, elle avait fait exprès de lui réserver la surprise.

– Miko... voilà 500 dollars pour que tu disparaisses. Ça devrait te payer l'hôtel et tes frais. Je ne veux pas te voir pendant quarante-huit heures... On se comprend?

Avec une petite courbette impeccable et toute conventionnelle, Miko accepta l'argent et répondit :

– Je suis déjà parti, Madame.

Miko s'étant évanoui dans la nature avec la discrétion impartie à son emploi, Lucky respira de bonheur. Elle ouvrit les portes donnant sur la plage, secoua les coussins des canapés de rotin, mit un disque sur la stéréo et appela Trader Vic's, le traiteur. On allait lui livrer à 21 heures des côtes d'agneau à l'indonésienne, le plat préféré de Lennie. Ensuite, elle se concocta un super-Margarita. Tout était prêt, elle pouvait s'autoriser une douche de détente et enfiler un short blanc et un tee-shirt sur sa peau nue. Il était rare que Lucky s'embarrasse de sous-vêtements. Elle n'en voyait pas l'intérêt. Un corps tel que le sien pouvait d'ailleurs s'en passer. Elle enroula ses longs cheveux noirs en chignon sur le haut de sa tête, se passa un peu de brillant sur les lèvres et un nuage de poudre fauve sur les pommettes saillantes... elle était prête. La trentaine l'avait encore embellie. Une beauté de plénitude. Elle n'y prêtait guère attention et ne s'occupait d'elle qu'avec une certaine désinvolture. Son apparence n'était pas une idée fixe.

La plage était tentante, le crépuscule approchait, des silhouettes couraient le long du rivage, des chiens s'ébrouaient dans les vagues. Un nageur solitaire bravait la fraîcheur du Pacifique. La lumière était superbe, dans les bleus et les roses.

Lucky n'était venue dans cette maison que pour y passer quelques week-ends de détente, mais elle commençait à s'y attacher. Tout était si calme et si paisible ici. Pas le moindre bruit de voitures, l'autoroute de la côte était lointaine. Il n'y avait que le vent léger et le rythme apaisant des vagues frappant sur la plage, comme une musique du cœur.

Elle se disait qu'ils devraient l'acheter. La Californie n'offrait pas exactement son genre de vie mais, une fois devenue propriétaire des Studios Panther, elle aurait forcément beaucoup plus de temps à y passer. Elle nota dans sa tête qu'il fallait appeler l'agence immobilière pour savoir si la maison était à vendre. 19 heures approchaient.

Lucky versa les Margaritas dans de grands verres givrés et s'assit sur la terrasse, devant l'océan.

Sur la stéréo, Luther chantait *Superstar*. Tout était bien, dans la rumeur des vagues et du soleil couchant. Elle s'endormit tranquillement, à peine les yeux fermés. Le décalage horaire y était pour beaucoup.

Incontestablement, Cristi faisait des avances à Lennie. A la manière des filles californiennes, sans grande équivoque. Toute la journée, elle s'était employée à attirer son attention, sans en faire trop, mais Lennie n'était pas dupe.

Joey s'approcha de lui :

– J'emmène la nana à Spago. Tu viens avec nous ?

Il profitait décidément de toutes les occasions. Pour lui, les femmes étaient des nanas, la vie un « tas de nanas ». Il les trouvait délicieusement comestibles; et Cristi devait l'être, comestible.

Lennie refusa.

– Tu préfères rentrer chez toi, dans ta maison vide, sur la plage, à t'emmerder, au lieu de venir manger une bonne pizza avec des bons copains ?

Joey jouait à l'ami déçu. Mais ça ne prenait pas.

Petit, vigoureux, Joey Firello était un personnage étrange. Des lèvres épaisses, presque caoutchouteuses, un visage typé, nerveux, toujours sur le qui-vive. Il ne représentait pas le séducteur traditionnel dont la beauté fait vaciller les femmes mais, apparemment, elles ne lui résistaient pas.

Il faisait souvent ce commentaire résigné :

– Elles veulent me materner. Mais le jour où je dirai non à un décolleté qui me passera sous le nez, sera mon dernier jour, mon vieux.

Joey avait énormément soutenu Lennie à son arrivée à Los Angeles, alors qu'il avait raté un engagement à Las Vegas, et qu'il était fauché comme les blés. A cette époque, Joey démarrait lui aussi dans le métier. Il avait trouvé du travail à Lennie au *Foxies Club* sur Hollywood Boulevard. La boîte légendaire. En fait, Joey avait toujours été présent lorsque Lennie avait eu besoin de lui, ce que Lennie n'oubliait pas. Lorsque sa propre carrière démarra, qu'il prit son envol alors que Joey, lui, était sur une mauvaise pente, essentiellement due à la cocaïne, Lennie lui assura toujours un rôle dans ses films. Actuellement, la carrière de Joey s'améliorait.

– Alors ? Tu viens dîner avec nous ou quoi ?

Lennie se laissa fléchir. Après tout, la maison de Malibu était vide. En rentrant, il ne trouverait que le petit Miko, égal à lui-même, silencieux et souriant. Solitude. De plus, il était fatigué de s'escrimer à travailler sur un script qui n'aboutissait à rien.

– Bon ! Je vais peut-être me laisser faire, si tu m'offres une pizza.

Joey avait l'air très content. Depuis des semaines, il s'acharnait à faire sortir Lennie de sa coquille.

– On passe chez moi, tu pourras prendre une douche et, après, on fait la fête toute la nuit ! Olé !

– Joey... On a parlé de dîner, c'est tout.

Désappointé, Joey se mit à faire des grimaces pour imiter Lennie :

– Dîner... c'est tout... Et alors, où il est le vieux copain déchaîné, celui que j'ai connu dans le temps ? Il est où, le roi de la fête ?

– Il s'est marié.

– Ah bon ! Il s'est marié. Il n'est donc pas mort.

La sonnette de la porte d'entrée réveilla Lucky en sursaut. Elle s'était endormie profondément sur la terrasse et la fraîcheur du soir la fit frissonner. Un vent vif fouettait la plage, l'océan était devenu noir et les vagues faisaient un bruit de tonnerre en s'écrasant sur le sable.

Un bref coup d'œil à sa montre lui apprit qu'il était 21 heures. Elle n'avait rien allumé. Elle traversa la maison dans l'obscurité pour aller ouvrir la porte au livreur. Il transportait des cartons qu'elle lui fit déposer dans la cuisine, sur le buffet.

21 heures ! Lennie n'était pas là. Miko lui avait pourtant dit qu'il rentrait à 19 heures, mais, comme une idiote, elle n'avait pas pensé à vérifier. Elle voulait tant lui faire une surprise, c'était idiot. Lennie devait se balader Dieu sait où, par monts et par vaux ; elle n'avait pas la moindre idée du premier endroit où le chercher. Alors, elle se morigéna intérieurement : « Santangelo, c'est bien fait pour toi, ça t'apprendra à faire des mystères. »

Puis elle se demanda si Abe Panther était encore debout, ou si la féroce Inga l'avait déjà bordé dans son lit à 20 heures. Elle aurait bien aimé parler au vieil Abe. C'était un homme subtil, avisé, malin, et elle l'aimait bien.

Morton Sharkey, l'avocat, avait insisté pour que deux psychiatres indépendants et un médecin examinent le vieillard, avant d'autoriser Lucky à conclure son marché. Morton pensait à tout :

– Et s'il meurt, pire même, que fera la famille ? Marche arrière ? Elle pourrait très bien mettre en doute son état mental à la signature du contrat. Il faut nous couvrir.

Abe n'avait rien objecté. Ça ne le gênait pas, ça l'amusait plutôt, comme Lucky. Il avait même entraîné son propre avocat dans le jeu et fait vérifier le moindre détail. A présent, il avait mis au point un contrat extrêmement précis. Et Lucky devait commencer lundi. Anonyme. Lundi était impératif, elle ne pouvait pas reculer.

Joey connaissait quasiment tout le monde dans ce restaurant. Le dîner, qui s'annonçait calme, à trois, se transforma peu à peu en folie.

A 22 heures, Lennie en avait assez :

– Je m'en vais.

Joey fit la grimace. Il était entouré d'un éventail de femmes, de tailles, de formes et de couleurs différentes. Tout ce qu'il aimait.

– Eh Lennie ! J'ai le talent qu'il faut pour assumer, d'accord, mais j'ai besoin d'aide. Tu ne vas pas me laisser tomber, vieux.

Lennie était debout :

– Tu crois ça ? Regarde-moi partir.

Les yeux pleins d'espoir, Cristi demanda aussitôt :

– Tu peux me raccompagner jusqu'à ma voiture ? Je n'aime pas vraiment les auditions en groupe...

... Autrement dit, la grappe de femmes autour de Joey. Lennie pouvait comprendre ce dégoût. Et comment refuser de l'aide à Miss Californie elle-même ? Cela dit, il ne débordait pas d'enthousiasme.

– Tu es sûre ? Tu ne veux pas rester avec Joey ?

Elle eut encore un regard sur les sept filles littéralement suspendues aux lèvres de Joey Firello.

– Donne-moi une chance d'y échapper, Lennie...

Elle avait déjà repoussé sa chaise et s'était levée, sans lui laisser le choix de l'emmener ou non avec lui. Alors, à l'unisson, ils lancèrent :

– Au revoir, Joey !

Joey battit des mains, en signe de bravo. Quatre vodkas et plusieurs lignes de coke qu'il avait reniflées en douce, et il était sur une autre planète, il planait en solo. Il était pourtant censé avoir arrêté la drogue définitivement après plusieurs tentatives.

Instinctivement, Lennie orienta Cristi vers la porte du fond qui donnait directement sur le parking. Il arrivait souvent qu'un groupe d'admirateurs ou de photographes la guette à l'entrée et il ne voulait pas être pris en traître, bien que sa situation avec Cristi soit parfaitemment innocente. Mais, à Hollywood, il suffisait d'être photographié avec une femme, Cristi par exemple, et les ennuis commençaient. Or, il n'avait aucune envie de tester la compréhension de Lucky en la matière.

En se laissant glisser sur le siège-passager de la Ferrari, Cristi laissa échapper un petit soupir théâtral. Dans le style californien, avec une précision sans équivoque, elle murmura :

– J'aimerais beaucoup faire l'amour avec toi, Lennie.

Cette façon de faire, la phrase, le style, donna à Lennie l'impression qu'elle disait cela, comme une politesse habituelle. Mais la main qui glissait doucement sur sa cuisse en une reptation soyeuse et lente lui ôta jusqu'au dernier doute. Elle le désirait vraiment.

Lucky marchait le long de l'océan, enveloppée d'un tricot épais et d'un jean délavé. La plage était déserte, sombre et ventée. Près du rivage, immobile, elle écoutait le choc des vagues sur le sable; cette solitude était agréable, un grand sentiment de paix l'envahissait. Ça ne l'ennuyait jamais d'être seule. Mis à part les moments passés avec son frère Dario, la plus grande partie de son enfance avait été solitaire. Elle y était parfaitement habituée.

Dario. Elle frissonna en pensant à lui. Autrefois, ils ne faisaient qu'un, leur ligne de vie était commune, et ils partageaient tous les secrets. Et puis, on avait mis Lucky au pensionnat. Elle avait été renvoyée et Gino avait décidé ensuite ce mariage stupide avec le fils aussi stupide du sénateur Richmond. Épouser Craven... C'était plus qu'un ordre. Et Gino, lui, pensait faire une grande faveur à sa fille. Étrange faveur. Le désastre, oui.

Lucky revoyait le premier amour de sa vie, Marco... Merveilleux Marco. Ses cheveux sombres bouclés, son visage de pirate méditerranéen, son corps d'athlète et son sourire bon enfant. Marco. Elle était tombée amoureuse de lui à quinze ans et n'avait fait l'amour avec lui qu'à vingt-deux.

Au début, il était garde du corps de Gino. Puis il était devenu directeur du casino.

Le jour où Marco avait été assassiné, Lucky l'avait tenu dans ses bras, longtemps, jusqu'au dernier souffle. Elle avait vu sa vie s'en aller.

La vengeance faisait du bien. La vengeance soulageait. Et par-dessus tout, elle était une Santangelo. La fille de Gino. Lui qui l'appelait toujours son enfant sauvage.

Elle avait grandi à présent et obtenu tout ce qu'elle avait toujours désiré. Y compris Lennie qui la faisait rire, merveilleusement rire! Il était son roc, son assurance, sa certitude. Toujours si drôle, si chaleureux, et toujours amoureux. Avec lui, elle se sentait protégée, en sécurité. Il lui donnait plus de force qu'elle n'aurait cru. Et elle l'aimait davantage pour cela. Pour le remercier, lui rendre la pareille, quel meilleur cadeau que des studios de cinéma ?

Le vent arrachait les épingles de ses cheveux et les mèches flottaient autour de son visage humide d'embruns.

Il était temps de rentrer.

Une fraction de seconde, Lennie eut cette réaction masculine, presque automatique. Après tout, pourquoi pas ? Personne ne le saurait. Puis il repoussa la main tentatrice de Cristi, changea de vitesse et dit très vite :

— Merci. Mais je ne préfère pas.

De toute évidence, c'était la première fois de sa jeune vie facile que Cristi était repoussée par un homme. A son crédit, elle eut une réaction assez digne. Sa réponse fut immédiate :

— Ma voiture est devant chez Joey.

Lennie fit faire un demi-tour à gauche à la Ferrari sur Sunset Boulevard. Il reprit le chemin de Nichols Canyon. Ils roulaient maintenant en silence.

Joey était le propriétaire d'une grande maison à mi-chemin sur la colline, un endroit sauvage, avec une vue à couper le souffle et des serpents dissimulés dans les buissons. On les devinait se faufilant silencieusement alentour.

Une fois parvenu dans l'allée, Lennie se pencha pour ouvrir la portière. Il fallait qu'il fournisse une forme d'explication :

— Ne le prends pas mal, Cristi. Tu sais, je suis un mari heureux.

Cristi ne semblait pas du tout vexée.

— Pourquoi le prendre mal ? Tu changeras d'avis.

Le ton était confiant. Elle se savait jolie. Elle descendit de la voiture, marcha vers la porte d'entrée, se retourna une dernière fois, ses cheveux blonds et pâles reflétant la lumière du porche.

Avant Lucky, les choses auraient été différentes. Alors qu'à présent il était impatient de rentrer à la maison, de se jeter sur le téléphone pour appeler sa femme à New York. Sa jolie femme. La sienne.

Pendant ce temps, Lucky avait fait demi-tour et retournait à la maison à petites foulées. La plage était toujours déserte, les vagues cognaient le sable avec la même régularité. En frissonnant, elle se demanda ce que cachait le vaste et sombre océan. Dans un reportage récent, elle avait entendu parler des requins qui s'aventuraient très près de la terre. Ils n'allaient pas sortir de l'eau et se glisser sur la plage jusqu'à elle, mais elle ressentit tout à coup le besoin d'accélérer sa marche et de rentrer très vite à la maison, comme si elle les sentait dans son dos.

La Ferrari fit tout à coup un bruit inconvenant pour une voiture de sport italienne aussi chère. Elle se mit à crachoter et s'arrêta en plein milieu de Sunset, à l'opposé de Roxy, là où des bandes de drogués chevelus, des fans de Heavy Metal, attendaient le prochain concert.

– Eh merde! marmonna Lennie.

Il avait autant besoin de ça que d'une scarlatine, à une heure pareille.

Une voiture de patrouille le dépassa et s'immobilisa devant lui. Le policier qui émergea de la portière portait bien l'uniforme et était plus beau que Tom Selleck. Il roulait des mécaniques en avançant tranquillement vers Lennie. Genre baroudeur de charme, aussi fier de sa virilité que de son fusil – l'un n'allant pas sans l'autre.

D'une voix traînante, avec un accent du Sud, il demanda :

– Un petit problème ?

– Pas grave. Je suppose qu'il suffira de changer le moteur.

Le flic hésita un moment, il se concentrait sur une idée.

– Vous n'êtes pas... ?

Puis il annonça triomphalement :

– Lennie Golden! C'est ça! Vous êtes un drôle de type!

« Encore heureux de tomber sur un fan », se dit Lennie. Parfois, c'était le contraire : le policier lui cherchait des poux dans la tête, précisément à cause de sa célébrité.

– J'imagine que vous avez envie d'arranger ça avant que la foule ne vous tombe dessus ?

Cela dit, il ne bougeait pas d'un millimètre de la Ferrari, alors qu'un embouteillage se formait déjà derrière eux et que des klaxons impatients retentissaient.

Lennie acquiesça.

– Évidemment, ça vaudrait mieux.

Mais le flic avait envie de parler :

– Je suis arrivé à Los Angeles il y a dix ans. Je voulais être acteur. Mais ça n'a pas marché.

En désignant son étui à revolver, il ajouta :

– Remarquez, flic, c'est pas si mal. Des fois, je me sens dans la peau d'un acteur. L'uniforme, ça plaît aux femmes.

Il souriait, content de lui.

– Enfin, ça leur plaît... si vous voyez ce que je veux dire...

– Je sais...

Lennie s'efforçait de rester amical, en suppliant le ciel pour que cet imbécile se décide à s'occuper de la circulation, qui devenait infernale.

Mais l'uniforme lui jeta un clin d'œil de connivence :

– Eh !... Je suppose que toutes les filles vous courent après ! Des tas de femmes, hein ?

Lennie ignora le commentaire et, en essayant de ne pas paraître énervé, demanda :

– Bon ! On téléphone à l'Automobile-Club ou non ?

Le flic laissa courir un doigt boudiné sur la carrosserie satinée de la Ferrari et dit d'un ton neutre :

– Si jamais vous avez un rôle de flic, un vrai, en chair et en os, appelez Marian Wolff.

– Qui ?

– Marian Wolff. C'est moi, c'est mon nom. Ma mère s'est dit que si on avait pu donner le prénom de Marian à John Wayne à sa naissance, c'était aussi bon pour moi. Et vous savez quoi ? Elle avait raison, ma vieille mère. J'aime bien le prénom de Marian. Ça a du caractère. Qu'est-ce que vous en pensez ?

Lennie, qui avait d'abord froncé les sourcils d'impatience, imaginait à présent la scène, transposée dans une comédie. Un réflexe. Il ne la jouerait pas, – il avait laissé tomber ce genre de sketch classique depuis longtemps – mais ce serait une trame drôle pour une pièce de Letterman ou Carson.

Un second policier, plus âgé, sortit à son tour de la voiture de patrouille. Le cheveu grisonnant, la démarche pesante, il hurla d'un ton rogue :

– Marian ! Qu'est-ce que c'est que ce bordel ! Qu'est-ce que tu cherches ? Que tout Sunset Boulevard se bloque au même feu rouge ou quoi ? Vire-moi ce tas de ferraille italienne de là !

Fièrement, le premier flic annonça :

– Wally, je te présente Lennie Golden !

Absolument pas impressionné, le vieux cracha par terre avec désinvolture et répondit d'un ton las :

– Marian... Qu'est-ce qu'on en a à foutre?

Lucky pensa tout à coup que Lennie était peut-être avec une autre femme. Cette idée ne lui était jamais venue à l'esprit auparavant. Elle savait qu'ils formaient un couple à part, et que ni l'un ni l'autre ne le mettrait en danger. La jalousie était un sentiment qui lui était étranger, mais elle se sentait mal à l'aise. Et pourtant, il était difficile d'ignorer le fait que Lennie était un homme attirant, très célèbre et donc très courtisé. Or, elle l'avait passablement négligé depuis quelques semaines, trop prise par la réalisation de ce contrat avec les Studios Panther. Des « si » et des « pourquoi pas » défilaient dans sa tête. Et « si » Lennie avait une autre femme? Et « pourquoi pas » plusieurs femmes? « Et si »... Le téléphone interrompit sa réflexion et elle répondit très vite :

– Oui? Qui est-ce?

– Lucky?

– Lennie?

D'une même voix, ils s'écrièrent :

– Où es-tu?

Le taxi mit plus d'une heure à ramener Lennie devant la porte de la maison. Lucky s'élança pour l'accueillir, en lui tombant dans les bras. Il l'enlaça, l'embrassa avec une telle fougue que le chauffeur de taxi, émerveillé, se crut au cinéma. Enfin, Lennie s'arracha des bras de sa femme :

– Paye-le. Rentrons, fermons la porte, mets le répondeur et ne parle plus à un seul être humain, sauf à moi, pendant vingt-quatre heures!

Le chauffeur de taxi buvait la scène, il en aurait applaudi, l'œil soudain devenu égrillard.

Lennie le renvoya d'un billet :

– Au revoir.

Le lit les accueillit. Odeurs, toucher, baisers... il se retrouvaient comme deux orphelins, silencieux, uniquement occupés de leurs corps et de leurs désirs. Vifs, purs, d'une telle intensité qu'ils en avaient presque les larmes aux yeux. Lennie retrouvait avec émotion le corps souple, la peau soyeuse de la femme qu'il aimait, ses cheveux emmêlés, sauvages, s'égarant comme des algues entre leurs baisers. Lucky se fondit dans le rythme de ces retrouvailles, dans le langage de ce corps qu'elle voulait captif d'elle, de son amour, de ce désir aigu, taillé dans le diamant. Lennie murmura enfin :

– Je t'aime, ma femme.

– Je t'aime, mon mari.

L'ultime seconde du plaisir sembla durer une heure.

Plus tard, bien plus tard, ils se régalèrent des côtes d'agneau indonésiennes réchauffées dans une sauce au beurre de cacahuètes ainsi que des petits pois chinois. Affamés, ils dévoraient avec leurs doigts dans les assiettes en papier, mordaient dans la viande, trempaient des morceaux dans la sauce onctueuse, comme des gosses, se nourrissant l'un l'autre et riant de bonheur.

– Je ne veux plus te quitter, jamais. C'est comme ça, Madame. Plus jamais.

– Il nous en a fallu du temps pour en arriver là.

– Que de temps perdu, Lucky...

– Non, pas perdu. Nous sommes ensemble et nous le resterons pour toujours. Nous ne le savions pas vraiment jusqu'à aujourd'hui.

Il prit tendrement son visage dans ses deux mains, l'approcha, l'embrassa lentement et passionnément. Elle parcourait le torse solide de ses deux mains fines, le redécouvrait encore et encore.

– J'aurais détesté te rencontrer à vingt ans... Je parie que tu étais le plus coureur du quartier.

– Menteuse. Tu aurais adoré ça. C'est le plus grand fantasme de ta vie.

Elle rit :

– C'est vrai.

– Et moi, je t'aime, belle dame.

– Dis-le encore.

– Je t'aime.

Ils échangèrent un regard qui rassemblait, en quelques secondes, des semaines de solitude. Puis elle eut un sourire malin :

– Donne-moi encore de cette sauce de cacahuètes. J'ai plein de projets.

Il feignit d'être inquiet :

– Quels projets ?

– Mets ta tête là, sur l'oreiller, et ne pose pas tant de questions.

Ils ne firent surface que le lendemain, un peu avant midi, enlacés et ils s'aimèrent encore dans un demi-sommeil, en petit déjeuner câlin. L'amour, leur amour, était le plus naturel du monde. Au-dehors, le soleil filtrait à travers les rideaux, un chien aboyait régulièrement. Mais dehors était un autre monde.

Enfin, Lennie demanda :

— Que veut faire la femme de ma vie, aujourd'hui ?

Lucky s'étira comme un chat heureux et sourit :

— D'abord prendre une douche avec toi. Faire une promenade sur la plage avec toi. Et puis revenir dans ce lit avec toi, sans autre forme de procès.

— Voilà qui me paraît une journée parfaite. Et si on supprimait la douche et la promenade ?

L'air innocent, Lucky répondit :

— Tu ne crois pas que nous avons besoin d'un peu d'exercice ?

— Je connais d'autres exercices que ceux de Jane Fonda...

— Ah oui ?

— Je serai ton moniteur attitré.

— Formidable.

Plus tard, ils reprirent une conversation plus habituelle. Lucky écoutait patiemment Lennie et sa litanie de plaintes à propos du film, en se disant que, bientôt, elle allait faire en sorte que cela change. Tout rentrerait dans l'ordre.

— Écoute, dit Lennie, voilà le genre de ce petit con de directeur : « J'écris un nouveau dialogue, Lennie, un truc super, fantastique ! » Et le lendemain, cet imbécile ne veut plus le tourner. Alors, je vais à la réunion de production quotidienne, je donne mes idées, il s'en fout. Bon dieu, il me tue de fatigue, ce type. Ils vont arriver à me mettre à plat.

Elle approuva de la tête, lui massant doucement le cou et les épaules. Pour la première fois depuis longtemps, Lennie se sentait complètement détendu. Lucky était réellement la seule femme au monde capable de supprimer le stress qu'il supportait tous les jours. Il se sentait bien dans sa peau.

— On va réfléchir au moyen de te sortir de ce contrat infernal.

Il admit son erreur :

— Comme d'habitude, tu avais raison. Je vais en parler à mon avocat.

— Attends. Laisse-les finir *Macho Man*. Ce sera le bon moment pour changer les choses.

— Peut-être. Je suppose que tu as raison. Comment se fait-il que tu aies toujours raison ?

Elle éclata d'un grand rire :

— Parce que je suis la fille de Gino et qu'il m'a tout appris. Et bien !

– Drôlement bien!

– Non, très bien. Ne l'oublie pas, mon mari.

Il roula sur lui-même pour l'enlacer :

– Passons à la question du jour. Quand viens-tu à Acapulco avec moi ? J'ai besoin de toi, maintenant.

C'était le moment critique. Elle respira profondément avant de répondre :

– Voilà... Écoute, Lennie, il faut que l'on parle d'Acapulco.

– Parler ? Pourquoi ?

Il devint soupçonneux. Et elle prit les devants :

– Attends, ne te fâche pas.

– Ne pas me fâcher ? Je deviens fou! Qu'est-ce qu'il y a ?

Elle commença prudemment le discours qu'elle avait répété plus d'une fois dans sa tête :

– Voilà. Il s'agit d'une affaire énorme au Japon, dont je dois absolument m'occuper. Si tout marche comme prévu, je serai de retour dans deux semaines, je ferai un tour à Londres pour voir Bobby et j'aurai besoin de quelques jours à New York au bureau. Après, je serai complètement à toi.

La voix de Lennie était devenue blanche d'émotion :

– Tu plaisantes ?

– Non, ce n'est pas une plaisanterie.

– Lucky, tu avais promis, pour Acapulco!

Alors, elle mentit :

– Je serai là.

Mais il ne la croyait pas, le ton devint accusateur :

– Ah oui! Et quand ?

– Dès que possible.

Assis sur le lit, visage tendu, il était en colère à présent.

– Je ne te crois pas, nom de Dieu! Je ne te crois pas!

– Ça ne m'enchante pas, Lennie, mais les Japonais sont très particuliers, surtout en matière de contrat.

Fébrilement, elle chercha une cigarette :

– Évidemment, je pourrais y envoyer l'un des directeurs de la compagnie, mais c'est moi qu'ils veulent. C'est une question d'honneur et de préséance chez eux. Le patron de leur compagnie ne signera pas un marché avec un sous-fifre. Il ne le fera qu'avec son homologue. Et, jusqu'à ce que les enfants, Brigette et Bobby, aient atteint leur majorité, le patron, c'est moi. Et puis, c'est un marché énorme, on y travaille depuis plus d'un an. Je ne peux prendre le risque de tout rater.

Heureusement, Lennie ignorait tout de ce qui se passait à la compagnie Stanislopoulos. Il n'y avait jamais porté le moindre intérêt et elle ne l'en avait jamais informé spontanément. Son histoire pouvait donc être plausible.

Il grognait, assis en tailleur sur le lit :

— Merde! J'ai épousé un magnat des affaires! Pourquoi, bon sang? Je ne te vois jamais! Pourquoi? Mais pourquoi?

Là-dessus, il sauta du lit et fila dans la salle de bains. Elle cria derrière lui :

— Parce que tu ne peux pas te passer de moi! Parce que tu t'ennuierais avec n'importe qui d'autre, reconnais-le Lennie!

Le seul bruit de la douche lui répondit. Il prenait mal la nouvelle. Elle écrasa sa cigarette et le rejoignit. Sous la douche, elle enroula ses bras nus autour de sa taille, l'enveloppant tendrement. Mais il voulut se dégager et dit durement :

— Arrête!

Elle s'accrocha à lui :

— Lennie, ce n'est que partie remise. Je viendrai. Après tout, tu n'es pas libre tout le temps, ni tous les jours. Tu travailles et tu sais que je déteste me cantonner dans le rôle de l'épouse passive.

En attrapant le savon, il répondit, vexé :

— J'avais d'autres projets.

Lucky essayait de le distraire de la douche et de sa mauvaise humeur, en l'attirant contre elle.

— Quel genre d'autres projets?

— Écoute-moi bien, tu ne t'en sortiras pas en me faisant l'amour.

L'eau tiède dégringolait en cascades au-dessus d'eux, les yeux de Lucky avaient une lueur tentatrice. Elle savait jouer de l'érotisme de la situation, il faiblissait déjà.

— Tu n'as pas le droit de me faire ça...

— Tu crois?

Il tentait encore faiblement de la repousser mais, lorsqu'elle prenait l'initiative en amour, il se savait perdu d'avance.

— Tu peux me torturer si tu veux, je ne te dirai rien de mes projets...

— Tu crois?

Elle connaissait son point faible, un seul baiser au creux des reins et il perdait souffle et résistance :

– Dis-le-moi. Dis-le, ou tu auras de graves ennuis dans les secondes qui suivent.

– Sûrement pas...

Mais elle avait gagné. Il frissonnait à nouveau de désir.

– Dis-le, Lennie, ou je vais te faire souffrir...

Il avait déjà rendu les armes. La crise était passée. Plus rien ne comptait que leurs deux corps pressés sous l'eau tiède. Elle était belle, si belle dans ses cheveux répandus. La sirène avait gagné.

Elle se faufila hors de la douche mais, d'un geste rapide, il la rattrapa et ils tombèrent nus tous les deux sur le carrelage glissant dans la mousse, riant comme des adolescents heureux.

Lennie la plaqua au sol, triomphalement, bras et jambes étendus, offerte, prisonnière. Elle s'immobilisa.

Il l'observa une seconde, dominateur :

– D'accord.

Et il se fondit en elle, en une volupté étrange, haletante, presque religieuse. Les mots lui vinrent tout à coup, les surprenant tous les deux :

– Je veux... que tu portes notre bébé... et je ne veux aucune excuse. D'accord, Lucky ? D'accord ?

11

Les Studios Panther avaient considérablement changé sous la direction de Mickey Stolli et n'avaient plus rien à voir avec l'époque Abe Panther. La grande époque, celle où l'un des plus importants et des plus anciens studios produisait de vrais films. La classe et le style avaient disparu. Mickey s'en était chargé. Sa formule habituelle dans les réunions de production était la suivante : « Nous vivons dans ces imbéciles d'années quatre-vingt, donnons à ces imbéciles de prolos ce qu'ils ont envie de voir. »

Selon Mickey, le public réclamait une surenchère de violence et une avalanche de « fesses et de seins ». Et il ne s'agissait pas de laisser entrevoir, en flou artistique, une poitrine romantique : il fallait du porno, il fallait montrer des filles déshabillées, violentées, terrifiées, mutilées, violées et assassinées pour finir. Dans les films, bien entendu. N'importe quoi sortant de l'imagination de son équipe d'auteurs, à condition qu'ils l'imposent aux producteurs. Ce n'étaient pas de grands films, au niveau du casting des vedettes, mais ils rapportaient chacun d'énormes quantités d'argent dans le monde entier. Peu chers à tourner, peu chers à distribuer, faciles à produire.

Les délices de la grande Amérique, de l'Amérique profonde, prenant son plaisir avec des femmes de pellicule ou se contentant d'un bon meurtre, faute de sexe... un scénario devait répondre à ces impératifs. Et Panther s'était spécialisé désormais dans la fabrication de ces films super-érotiques et peu coûteux. Grâce à Mickey Stolli et à sa passion des dollars. Toutefois, aussi puissant qu'il soit, Mickey devait quand même couvrir ses arrières, affirmer son pouvoir personnel et faire taire son beau-frère, Ben Harrison, lequel rouspétait en permanence et se plaignait amèrement de cette « camelote » cinématographique. Pour pallier cet inconvénient, Panther signait des contrats avec les plus grandes stars. Il les payait beaucoup plus que les autres studios, tout en leur imposant des contrats de longue durée, incluant dans les accords leurs propres compagnies de production et leur offrant une suite de bureaux dans les studios.

Ainsi, chaque année, Panther produisait trois ou quatre films d'importance. *Macho Man*, par exemple, le film actuellement en cours avec Lennie Golden, Joey Firello et Marisa Birch ; ou encore *Strut*, un drame à deux personnages : l'un, style charmant escroc ; l'autre, style « jeune femme à l'école de la rue », interprétée par Vénus Maria, la brûlante révélation de l'année, avec Cooper Turner en covedette. Un coup faramineux. En post-production, Panther avait les droits de la nouvelle comédie d'action de Johnny Romano, *Motherfaker*.

Abigaile Stolli insistait pour que Mickey produise des films avec de grandes vedettes. C'était indispensable à son standing. Très franchement, Mickey Stolli s'en fichait éperdument. Pour lui, les stars de cinéma ne représentaient que des soucis ; elles provoquaient toujours des problèmes, bloquaient la production et réclamaient beaucoup plus d'argent et d'attention qu'elles n'en méritaient.

Leur nombrilisme était monstrueux.

Mickey préférait tourner des navets – une bonne production rapide et sans histoires, avec de gros bénéfices à la clé. Mais il devait tenir compte des sentiments d'Abigaile. Elle était tout de même la petite-fille de Abe Panther et c'était grâce à elle qu'il se trouvait là.

Au fait, où était-il, ce Mickey Stolli ?

Il était dans son bureau avec air conditionné et une table de travail bien plus grande que la maison où il avait grandi. Il avait quarante-huit ans, mesurait 1,60 m. Il était chauve et ne portait pas de perruque. Un bronzage éclatant, des dents blanches éclatantes – les siennes, ce qui compensait la calvitie. Un corps solide, entretenu par le tennis quotidien – sa passion. Une voix rude, tranchante. Un accent aux relents du Bronx lorsqu'il était en colère.

Mickey vivait à Hollywood depuis trente ans. Il s'y était installé à dix-huit ans, comme apprenti comédien, puis avait abandonné lorsqu'il avait perdu ses cheveux. Il s'était reconverti en agent. Il avait aussi abandonné ce métier en épousant Abigaile et en devenant le bras droit de Abe Panther, il y avait dix-huit ans de cela. Voilà dix ans maintenant que Abe avait eu son attaque et Mickey avait donc tout repris – il était un homme heureux. Il avait une femme et une fille de treize ans, Tabitha. Tout le monde ignorait l'existence de son fils illégitime, né alors qu'il avait lui-même vingt-neuf ans et n'était pas encore l'époux d'Abigaile. Il avait aussi une maîtresse noire, deux maisons, l'une à Bel-Air, l'autre à Trancas, trois voitures, une Rolls, une Porsche et une jeep, et des Studios de cinéma.

Quel homme pouvait demander plus ?

Olive, sa secrétaire particulière, pénétra dans le bureau. La quarantaine, élégante et mince, faite au moule, elle possédait une classe certaine.

– Bonjour, monsieur Stolli, dit-elle, tendue.

Mickey grogna. Tous les lundis matin, Olive lui présentait le rapport confidentiel sur les activités hebdomadaires des Studios. Elle le lui tendit comme d'habitude. Ça ne la gênait pas d'avoir à travailler tout le week-end pour que ce rapport soit prêt à la réunion de 8 heures.

Mickey le survola rapidement, rajoutant des notes dans la marge à l'aide d'un gros stylo-feutre rouge. Puis, il le lui rendit, afin qu'elle le retape avec les notes et l'enferme avec les autres dans une armoire fermée à clé. Après quoi, il aboya :

– Café ! Jus de carotte !

Olive se précipita aussitôt dans la petite cuisine rutilante attenant à son bureau et prépara le jus de carotte frais.

Mickey Stolli entretenait sa forme physique avec fétichisme. C'était sa phobie, avec celle de la propreté. Personne, à l'exception d'Olive, n'était autorisé à lui préparer ses jus de fruits ou de légumes.

Tandis qu'Olive s'activait au mixer et aux carottes, Mickey appela son chef de production, Ford Werne, à son domicile. Il l'avertit qu'il voulait avoir une conversation privée avec lui avant la réunion du lundi matin qui rassemblait tous les chefs de département.

Ford acquiesça, mécontent toutefois d'avoir à sortir de chez lui une heure plus tôt.

Mickey sirota son jus de carotte d'une fraîcheur idéale, en relisant la liste des stars sous contrat avec Panther. Une liste importante, ne comprenant que six noms, mais quels noms ! Six superstars... Que Mickey Stolly avait ficelées, ligotées, dans des contrats léonins.

Au début, Virginia Vénus Maria Sierra n'était rien d'autre qu'une maigre gamine italienne, née en Amérique, vivant à

Brooklyn avec un père veuf et quatre frères aînés. Sa vie était celle d'une Cendrillon moderne, consacrée à ses frères, à la cuisine, au ménage. Elle faisait les courses, lavait, repassait... bref, elle faisait tout. C'était son emploi.

Virginia était une jeune fille consciencieuse, loyale, qui avait voué sa jeune vie à cette famille de mâles, lesquels considéraient la chose tout à fait normale. Pour eux, c'était son devoir, sa mission de femme, de pourvoir à leurs moindres besoins. Évidemment, le choc fut rude le jour où elle quitta la maison familiale pour s'enfuir avec Ron Machio, le fils des voisins, un bambocheur insouciant qui gagnait sa vie comme danseur dans les shows de Broadway. Cette fuite fut une surprise monumentale, insupportable. Pris d'une colère épouvantable, le père hurlait :

– J'ai élevé une putain ! Une garce !

La même colère animait les frères :

– On va lui casser la gueule à ce pédé !

Mais Virginia Vénus Maria Sierra avait oublié d'être bête. Elle avait pris la route immédiatement avec Ron et gagna la Californie en faisant de l'auto-stop. La Californie... La Terre promise. Et, au bout du chemin, après de multiples aventures : Hollywood.

Ah !... Hollywood... le nirvana, le paradis sur terre. Les palmiers, le soleil et les agents artistiques. Virginia et Ron vivaient en paix sous ce soleil. Ils avaient enfin trouvé le paradis, la chance planait quelque part au-dessus de leurs têtes, ils n'avaient qu'à tendre la main pour la saisir. C'est ce qu'ils croyaient. En réalité, ils durent faire beaucoup plus que tendre la main.

Il fallait commencer par le début, au bas de l'échelle, et s'élever progressivement. Ron travaillait comme chorégraphe et Vénus Maria – elle avait opté pour ce nom raccourci – jouait les figurantes dans des boîtes – chanteuse, danseuse ou actrice, à la demande.

Entre chaque représentation, ils faisaient une quantité de petits boulots. Ron devint serveur, coursier, chauffeur, tandis que Vénus travaillait dans un supermarché ou une banque – elle fut même modèle nu pour une classe des Beaux-Arts.

Ron se sentait tout de même un peu jaloux :

– Tous ces inconnus qui te regardent, qui étudient ton corps nu, ça ne te donne pas des idées ?

– Aucune chance ! Mais j'adore ça ! J'adore les regarder me regarder. C'est un vrai plaisir.

Elle était confiante, à l'aise, secouait ses boucles, jadis brunes, maintenant platine, avec une désinvolture toute fraîche, comme le rouge de ses lèvres. C'est ce jour-là, en l'observant, que Ron sut avec certitude que Virginia Vénus Maria Sierra serait une grande star. Cela prendrait du temps mais c'était inévitable. Effectivement, Maria fut découverte un jour par un producteur de disques insignifiant, traînant dans les boîtes de nuit qu'ils fréquentaient tous les deux.

A force de persuasion, elle arriva à le convaincre de lui faire enregistrer un disque. Après quoi, elle tourna avec Ron un vidéo clip d'un érotisme à la limite du scandaleux, ce qui provoqua une controverse. Vénus Maria s'occupait du look et du style, Ron travaillait les attitudes.

Elle réussit ainsi du jour au lendemain. Un météore. Durant six semaines, le disque fut classé numéro 1; Vénus Maria était lancée.

Trois ans plus tard, à vingt-cinq ans, c'était une superstar, une idole, un culte, une icône du showbiz.

Charlie Dollar, inculpé soixante-dix fois pour détention de drogue, défoncé en permanence, c'était autre chose. Un joint n'était jamais hors de sa portée. Il ne correspondait pas du tout à l'image classique de l'idole. Gros, bedonnant, cinquante ans, il perdait ses cheveux mais dès que Charlie Dollar souriait, le monde entier s'éclairait et les femmes tombaient comme des mouches hypnotisées. Dieu sait où va se nicher le sex-appeal! Cet homme avait un charme à lui, particulier, sauvage, agressif. Aucun homme, aucune femme ne lui résistait.

Un film avec Charlie Dollar était donc une garantie de succès grand public, grâce à cette magie, cette présence étrange, ses performances d'acteur, brillantes et originales. Charlie avait sa façon d'entrer dans la peau d'un personnage, de s'en imprégner jusqu'à entrer dans la même peau.

Certains le considéraient comme un génie, d'autres le traitaient de pantin, tout juste bon à se démener sur un écran pour attirer l'attention.

Personne, toutefois, ne connaissait la véritable histoire de Charlie. Il était apparu un jour sur l'écran à trente-cinq ans, dans le rôle d'un raté, pour un film de rock *underground*. Il y interprétait le personnage du manager dingue d'un groupe, Heavy Metal. Après cet exploit unique, brillant, complètement fou dans l'interprétation, il n'avait plus jamais regardé derrière lui. Passé aboli.

Charlie Dollar était le héros de l'Amérique *junkie*. Il aimait la gloire, tout en prétendant la détester. La vie était plus simple de cette façon. Il lui fallait une éthique, il l'avait trouvée. Il en donnait l'impression, du moins.

Suzie Rush, elle, était passée par la télévision. Agréablement jolie, présentant les qualités émotives de « Mademoiselle tout-le-monde », elle avait fait de ses deux séries télé à succès la base d'une carrière solide au grand écran, dans le créneau de la comédie légère.

Suzie était une femme de compétition, une femme de tête qui ne laissait personne entraver sa route.

Elle avouait trente-deux ans, alors qu'elle en avait quarante, ce qui la terrorisait. Elle militait pour les bonnes causes, pour l'écologie, contre la drogue. Elle croyait avoir vécu des vies antérieures et le racontait avec une sincérité naïve.

Le public l'avait mise sur un piédestal au-dessus de tout soupçon. Mais ceux qui travaillaient avec elle l'avaient baptisée la « pute du quartier »; on l'avait même affublée du surnom de « chatte sur un toit brûlant ».

A l'écran, elle était mièvre, jouait les délicates, les délaissées, les victimes. Dans la vie, c'était un tyran femelle; son mari avait abandonné tout pouvoir depuis longtemps et vivait humblement dans son ombre, totalement soumis et émasculé – ce qui, d'ailleurs, semblait lui convenir. En tant qu'acteur, il n'avait aucun succès. Que serait-il devenu sans elle et ailleurs qu'à Hollywood ?

Suzie Rush était la petite fiancée de l'Amérique. Pauvre Amérique...

Johnny Romano était espagnol. Immense, mince, le buste développé à coups de musculation, il aimait faire jouer ses pectoraux puissants. Ses lèvres épaisses et sensuelles, son sourire de renard, ses yeux bruns profonds, moqueurs, étaient un défi; mieux, une invite permanente à se faire aimer. A lui non plus les femmes ne résistaient pas.

A vingt-huit ans, il était la vedette de trois films à succès extraordinaires. *Hollywood Dick, Lover Boy* et *Hollywood Dick 2*. Ce genre de films-bombes avait fait de lui une valeur sur le marché, sa célébrité était fantastique. Afin que nul n'en ignore, il voyageait toujours avec une escorte constituée de deux assistantes agressives et effrontées, l'une blanche, l'autre noire – deux gardes du corps efficaces, dont la fonction essentielle était de lui ramener des femmes. L'escorte comportait également un oncle esclave et un meilleur ami, remplaçant éventuel dans la fourniture de jeunes femmes, au gré de la fantaisie de Johnny.

Une jeune vierge par jour était un régime assez courant. Mais, constamment préoccupé des dangers du sida, Johnny prenait toutes les précautions possibles. Le sida ne devait pas croiser sa route : il était une mégastar et il avait tous les droits, y compris celui d'être une mégastar prudente.

Cette prudence n'était en fait qu'une sorte de jeu avec le Bon Dieu, censé le protéger de façon exclusive. Une manière de dire : « J'aime les femmes, mais je me comporte en humain responsable. Que la luxure me soit pardonnée. »

Au fond, pourquoi pas! Il avait travaillé dur, selon lui, pour avoir le privilège d'inviter dans son lit les « morceaux de son choix ».

Pour le moment, ledit choix s'était fixé sur Vénus Maria. Il la voulait, mais elle ne voulait pas de lui. C'était incompréhensible, il n'avait jamais vu ça; c'était d'un ridicule achevé! Personne ne pouvait refuser Johnny Romano.

Évidemment, elle était la reine, ici. La jeune star la plus célèbre, laissant loin derrière elle les Madonna, Kim Basinger et les autres dans son sillage. Sans aucun doute, elle était très recherchée mais de là à repousser Johnny Romano! Elle était sûrement folle!

Et puis, il y avait Cooper Turner. Le beau, le mystérieux Cooper Turner. L'insomniaque Cooper Turner, vivant dans un appartement à l'intérieur d'une sorte de château haut perché à Wilshire. Il n'avait fait que quelques films ces dernières années mais il était toujours considéré comme un acteur important.

Son allure démentait ses quarante-cinq ans. Une beauté juvénile, des cheveux bruns, un regard pénétrant d'un bleu d'acier et une silhouette étonnamment préservée.

Cooper refusait systématiquement les interviews. Il préservait étroitement sa vie privée, bien qu'il ait toujours à demeure la compagnie d'une femme, en général d'une beauté époustouflante ou de grand talent. Cooper aimait découvrir la femme du moment; ses amours étaient légendaires.

En dépit de cette passion pour les femmes, il ne s'était jamais marié. Il lui était arrivé quelquefois de frôler l'alliance et la corde au cou, de justesse. Mais il préférait réellement cette vie de célibataire perpétuel. Il n'était pas du genre à épouser.

Ces jours-ci, la presse regorgeait de potins sur ses relations supposées avec Vénus Maria. La routine.

Il était directeur, covedette du film *Strut* avec elle, et les langues allaient bon train. La dernière rumeur faisait état d'une dispute en public qu'ils auraient eu sur scène, ainsi que de la manière dont elle se serait terminée. Selon le journal *Faits et Vérités*, l'une des publications les plus vulgaires, ils auraient quasiment fait l'amour sur le plateau devant tout le monde, en guise de réconciliation.

Cooper n'avait pas pris la peine de démentir ou de confirmer cette histoire scandaleuse. Il préférait rester sur son quant-à-soi.

Également lié à Panther par un contrat de trois films, dont il tournait le premier, il y avait enfin Lennie Golden, le favori de Tabitha qui harcelait constamment Mickey :

– Papa, je veux le rencontrer. Tous mes amis l'adorent. Comment est-il ? Est-ce que je pourrai l'épouser un jour ?

Mickey ne comprenait abolument pas cette attirance. Pour lui, Lennie n'était qu'un acteur de plus, qui avait de la chance pour le moment. Comme d'autres. Cette chance avait suscité un contrat; Mickey savait saisir les bonnes affaires. Il y excellait. C'était son talent, les affaires. Les idoles n'étaient donc que des affaires.

Six superstars lui appartenaient, à lui, Mickey Stolli. Il les avait liées aux Studios Panther par des contrats en béton, les meilleurs de tout Hollywood. Il les possédait. Entièrement.

Les Studios Panther et Mickey Stolli représentaient un pouvoir fascinant. Le beau-frère, Ben Harrisson, n'existait qu'à peine. Dès que le vieil Abe mourrait, Mickey comptait dédommager Ben, qu'il désire vendre ou non.

Il ne resterait que les Studios Panther et Mickey Stolli. Une combinaison gagnante.

Et gare à qui se mettrait en travers du chemin.

12

Panther était le dernier des grands territoires des studios hollywoodiens. Construit il y avait environ quarante-cinq ans, on ne l'avait modernisé que partiellement. Il y avait tout de même un immeuble flambant neuf de six étages en acier et chrome rutilant, la fierté de Mickey Stolli, qui le considérait comme une sorte de chef-d'œuvre d'architecture.

Il y abritait naturellement la suite somptueuse de ses bureaux, ceux de Ford Werne, son chef de production, et ceux des chefs du marketing, de la distribution et de la production internationale.

Ils constituaient l'équipe de Mickey Stolli, son « équipe A », comme il aimait à le préciser. Le « A » était symbolique. Il voulait parfois signifier « A » comme « As »; mais il pouvait tout aussi bien indiquer « A » comme « Anes », ou comme « Abrutis » – l'appellation dépendant de l'humeur de Mickey et des performances de l'équipe.

Dissimulé derrière l'immeuble de Mickey, restait l'ancien bâtiment de la publicité, complet, avec studios de photos et des bureaux guère plus grands que des trous à rats. Beaucoup plus éloigné, à l'extrémité du terrain, s'élevait le plus ancien de tous les studios, un bâtiment essentiellement administratif à l'allure de prison, baptisé « Alcatraz » pour son côté lugubre et déprimant. Alcatraz, coincé entre deux des plus grands plateaux réservés au son – des sortes de tours massives occultant toute la lumière – était voué à la démolition et abritait le bureau de Hermann Stone, l'homme de confiance du vieil Abe sur le terrain.

Pour l'arrivée de Lucky – rebaptisée, dans les Studios, Luce pour la circonstance – le scénario était le suivant : au cas où quiconque se poserait la question, ou s'en soucierait une seconde... Sheila – la secrétaire d'Hermann Stone – était censée s'absenter pour rendre visite à un parent malade et Luce devait la remplacer temporairement.

Le lundi matin donc, Lucky-Luce se présenta pour travailler aux Studios Panther, à 10 heures très précises. Elle avait choisi son costume : une robe informe, longue, un cardigan à l'avenant et des chaussures plates. Ses cheveux noirs comme du jais étaient dissimulés sous une perruque approximative assez laide, d'un brun queue-de-vache, avec une frange épaisse. Pour compléter le tout, d'épaisses lunettes abritaient son regard, l'obligeant presque à loucher.

Elle utilisait provisoirement la voiture de Sheila, ainsi que son appartement, un deux-pièces déprimant situé à Hollywood-Ouest. Tôt le matin, elle l'avait utilisé pour s'y changer, après avoir quitté Lennie. Elle était supposée prendre l'avion pour New York, puis pour le Japon.

Lennie l'avait longuement embrassée, en la serrant fort contre lui :

– N'oublie pas ce que tu m'as promis, chérie.

Oublier ? Comment pourrait-elle oublier qu'elle lui avait promis un enfant ? Mais elle n'avait pas dit quand. Dans deux ans peut-être, histoire d'y réfléchir. Pour l'instant, elle ne pensait qu'aux Studios, elle ne devait penser qu'à cela.

En immobilisant la modeste Chevrolet devant la vitre du gardien de la sécurité, Lucky frissonna de délice. C'était excitant de pénétrer dans le saint des saints, de déclarer son travail de remplaçante à ce garde-chiourme. Pénétrer dans les Studios Panther était le rêve de bien des historiens du cinéma d'Hollywood. Circuler dans un tel décor ! Les énormes portes voûtées, sculptées de marbre en dessins compliqués, les arcades d'acier style Arts déco, la panthère lisse et noire perchée au-dessus du portail, le corps étiré, prête à s'envoler... M.G.M. avait son lion rugissant, mais Panther avait choisi le véritable symbole du pouvoir et de la force. Un jour, tout cela appartiendrait à Lucky ; l'idée en était stimulante.

Le gardien, lui, était rogue. Il la questionna sans ménagement et lui indiqua vaguement l'endroit où elle était supposée pouvoir garer sa voiture. Lucky redémarra en marmonnant entre ses dents :

– Attends un peu, toi, dans six semaines, on reparlera de ton avenir.

Après avoir fait deux fois le tour des Studios, elle dut bien admettre qu'elle était complètement perdue. Elle stoppa la voiture dans ce qui lui parut être une rue principale et aperçut une femme mince, en robe imprimée à fleurs. Elle lui demanda de lui indiquer le parking du bureau de Hermann Stone.

La femme lui répondit, avec un fort accent anglais, en s'étonnant :

– Ce n'est pas la voiture de Sheila ?

C'était le premier test. Sans hésiter, Lucky répondit :

– Si. Sheila a dû partir. Quelqu'un de malade dans sa famille. Je m'appelle Luce, je suis sa nièce, je viens la remplacer pour deux semaines.

L'air compatissant, la fille en robe à fleurs, s'inquiéta :

– J'espère que ce n'est pas grave.

– Je ne crois pas.

– Tant mieux.

Puis elle lui indiqua la direction avant de pénétrer dans l'immeuble voisin.

Lucky trouva enfin le parking, y gara la voiture et dut marcher encore assez longtemps. Il était clair que les secrétaires n'avaient pas le privilège de garer leur voiture tout près des bureaux de leurs patrons.

« Tu devrais commencer à prendre des notes, Santangelo », se dit Lucky. Tout en marchant d'un pas décidé, elle dépassa un groupe d'ouvriers torses nus et ne put s'empêcher de remarquer qu'aucun d'eux ne sifflait ou ne l'interpellait sur son passage. Pas la moindre invite, du genre : « Alors, chérie, on est seule ? On cherche un homme ? C'est moi l'homme de ta vie, ma chérie ! », et autres interpellations, plus précises, mais courantes.

Ce silence sur son passage était une première. Son déguisement dépassait ses espérances ! Elle avait réussi à se transformer en une fourmi quelconque et démodée. Lennie lui-même ne la reconnaîtrait pas, si toutefois ils étaient amenés à se rencontrer, ce qui était en principe exclu puisqu'il devait partir à Acapulco l'après-midi même, pour cinq semaines.

En ce qui concernait les dates, tout était parfait.

Elle accéléra le pas, en avant, tête haute, direction l'Aventure.

Hermann Stone avait les nerfs en pelote. Il bouscula Lucky pour la faire pénétrer dans son bureau en agitant les bras et en marmonnant dans sa barbe des choses inaudibles. Il la poussa presque sur la chaise du bureau de la secrétaire, vindicatif :

– Vous êtes en retard!

– Vous savez, j'ai dû marcher des kilomètres pour arriver jusqu'ici. Pourquoi ne peut-on pas se garer devant le bureau?

– C'est le parking réservé aux cadres!

Lucky marmonna :

– Mon œil...

– Pardon?

Hermann Stone était dans le secret, mais Lucky se demanda s'il tiendrait six semaines. Grand et décati, l'homme paraissait plus vieux que le vieil Abe lui-même. Il semblait tout craindre, jusqu'à l'aspect de son costume bleu lustré.

Elle lui aurait bien offert un verre de Brandy pour le calmer. Mais il était préférable de lui parler doucement, calmement, pour le rassurer. Calée sur sa chaise, Lucky dit d'une voix apaisante :

– Monsieur Stone, tout ce que je vous demande, c'est de me donner des informations. Tout ce que vous savez sur chaque personne qui travaille ici. Ensuite, quand je me serai familiarisée avec les acteurs, vous pourrez m'envoyer sur le terrain pour y jouer ma partie. D'accord?

Hermann respirait bruyamment, à petits coups rapides, avec des secousses et des hoquets brefs, comme si on allait lui couper le souffle à tout moment.

Toujours rassurante, Lucky lui sourit :

– Ne vous en faites pas. Cette expérience se déroulera facilement. Votre travail ici est tout à fait tranquille et sûr. On se relaxe, d'accord?

Hermann avala une nouvelle bouffée d'air, lugubrement, puis il répondit aigrement :

– Tout ce que voudra Monsieur Panther, je le ferai...

Lucky acquiesça d'un petit signe de tête, tout en se disant que ça ne serait peut-être pas aussi facile que prévu.

La matinée s'étira lentement. Elle écouta Hermann répéter tout ce qu'elle savait déjà sur les cadres principaux des Studios. A savoir que Mickey Stolli était le numéro 1, suivi par le chef de production, Ford Werne, par Teddy T. Lauden, le directeur de l'entreprise, par Zev Lorenzo, chef de la division télévision. Les trois vice-présidents les plus anciens étaient Buck Graham pour le marketing, Eddie Kane pour la distribution et Grant Wendell pour la production internationale.

C'étaient là les personnages les plus importants, mais il en existait d'autres, très influents sur le terrain. Plusieurs producteurs avaient des contrats pour plusieurs films; les deux plus conséquents étant Frankie Lombardo et Arnie Blackwood. Bien entendu, il y avait aussi les six stars à demeure de Mickey Stolli.

Lucky savait tout cela. Elle bouscula un peu Hermann :

– Ce que je cherche, c'est la boue dans tout cela, la vraie. Le reste, on peut le trouver dans les biographies des Studios.

Hermann se racla la gorge, tripota ses lunettes à épaisse monture d'écaille et demanda enfin, d'une voix blanche :

– Mais quelle boue ? Je vous ai dit tout ce que je savais !

Quel remarquable espion Abe avait dissimulé sur son territoire ! Hermann était beaucoup trop vieux, ou alors dépassé, hors du coup. Un mélange des deux probablement. Lucky réalisa qu'elle devrait tout découvrir, et toute seule, afin de savoir qui faisait quoi, et à qui.

Elle était assise à ce bureau depuis deux heures et demie, et le téléphone n'avait pas sonné une seule fois.

– Qu'est-ce que vous faites habituellement dans la journée, Hermann ?

– Je vérifie des documents.

– Quel genre de documents ?

– Les archives des contrats.

– Et quel genre d'archives de contrats ?

– Ça dépend...

– Je n'en vois pas aujourd'hui ?

– D'habitude, on les envoie en fin de semaine.

– Je peux regarder ceux de la semaine dernière ?

– Si vous voulez.

Hermann Stone était décidément un vieil homme fatigué. De toute évidence, il devinait que sa petite vie bien tranquille allait être bousculée et remise en cause.

Lucky pouvait comprendre son malaise et son inquiétude, mais elle ne pouvait pas l'accepter. Il devait savoir, au moins, dans quels placards se cachaient les cadavres.

Les archives des contrats en question se révélèrent n'être qu'un paquet de duplicatas de documents concernant les affaires banales et quotidiennes des Studios. Aucun d'eux ne présentait le moindre intérêt.

Lucky décida qu'il était temps de s'y mettre. Elle dit brusquement :

– Appelez Mickey Stolli, dites-lui que vous voulez

consulter les copies des budgets des films suivants : *Motherfaker, Strut* et *Macho Man.*

— Mais pour quoi faire ?

Hermann, apeuré, clignait des paupières nerveusement.

— Parce que vous êtes censé protéger les intérêts de Abe Panther dans ces studios. Parce que vous êtes habilité à consulter ce que vous voulez. Dites-lui que vous lui envoyez votre secrétaire pour prendre les papiers. D'accord ?

Hermann blêmit mais il obéit, visiblement à contre-cœur.

Retraverser à pied tout le terrain des Studios n'avait rien de spécialement enthousiasmant. En plein midi tout particulièrement. En atteignant enfin les limites extérieures des quartiers de Mickey Stolli, Lucky était épuisée. Ses vêtements démodés lui collaient à la peau, et la lourde perruque n'arrangeait rien. Chaque centimètre carré de sa peau dégoulinait de sueur, elle avait du mal à empêcher les grosses lunettes de verre de lui glisser du nez. Ce déguisement n'avait rien de drôle. Elle aurait préféré un dîner avec Al Pacino !

La jeune femme en robe imprimée et à l'accent anglais, qui lui avait indiqué le chemin quelques heures plus tôt, était là :

— Tiens, c'est encore vous ?

Lucky s'efforça d'être aimable :

— C'est encore moi, j'en ai peur... Monsieur Stone m'a envoyée chercher des papiers concernant les productions de *Strut, Macho Man* et *Motherfaker.*

Olive eut l'air ennuyé :

— Ah oui ! Monsieur Stolli les lui donnera dans la semaine.

Lucky aurait bien voulu mettre les pieds dans le plat, en demandant : « Et pourquoi pas maintenant ? » Elle se contint et ironisa :

— Ne me dites pas que j'ai fait tout ce chemin pour rien ?

Olive prit une mine de compassion sympathique :

— Il fait chaud, hein ?

Ayant remarqué la présence d'un rafraîchisseur d'eau, Lucky demanda la permission de boire quelque chose.

— Mais certainement...

Le ton était crispé. Olive dardait un regard inquiet en direction de la porte du sanctuaire de Mickey Stolli, comme si elle avait besoin de son approbation pour accorder un verre d'eau.

Lucky s'approcha de la fontaine, but un grand verre d'eau rafraîchissante, à petites gorgées, en prenant le temps d'observer autour d'elle. Le bureau était peint en beige rose avec une moquette assortie; une large fenêtre moderne donnait sur un paysage agréable. Terrible différence avec l'espace carcéral et lugubre réservé à Hermann Stone! Sur les murs, des portraits de Mickey Stolli, de célébrités diverses, de politiciens même!

Un événement soudain bouleversa l'atmosphère tranquille de la pièce. Une femme surgit à la porte, prit une pose théâtrale et demanda :

— Olive, ma chérie, est-ce qu'il est là?

Olive bondit sur ses pieds :

— Il vous attend, Mademoiselle Rush.

Un rire tintant et sonore ponctua la réplique :

— Évidemment qu'il m'attend!

Suzie Rush était petite, mince, avec des cheveux blonds bouclés sur les épaules, de grands yeux pâles et un teint de porcelaine. Mais des lèvres minces. Elle était presque jolie, certainement vive et pétillante, sans posséder toutefois la présence et l'éclat d'une star. Elle représentait plus le genre «Madame tout-le-monde» que Marilyn Monroe.

Olive prévint son patron par le téléphone intérieur et ce dernier n'hésita pas une seconde en apprenant qui était là. La porte de son bureau s'ouvrit. Presque aussitôt, il apparut, les bras tendus devant lui, en s'écriant :

— Suzie, mon chou! Entre!

Suzie-mon-chou s'élança tout droit dans les bras accueillants et s'y blottit quelques secondes. Quelques murmures inaudibles, des petits cris, des miaulements de petite chatte affectueuse, puis Suzie et Mickey, enlacés, s'enfermèrent dans le bureau en claquant la porte derrière eux.

Les narines d'Olive frémirent. Signe de réprobation? Lucky n'en était pas sûre.

Avec l'air de faire une découverte étonnante, elle demanda :

— Ce n'est pas Suzie Rush?

Olive l'avertit durement :

— Vous ne devez jamais demander d'autographe! C'est une règle des Studios.

— Je n'avais pas l'intention de le faire!

Lucky n'avait pas pu s'empêcher de répondre aussi fermement. Mais Olive l'ignorait déjà, occupée à trier une pile de documents sur son bureau. Pour elle, la présence de Suzie Rush dans le bureau du patron n'était pas, de toute évidence, un événement palpitant.

Le plus poliment du monde, espérant convaincre Olive de lui accorder un peu d'attention, Lucky demanda :

– Il y a un endroit pour déjeuner par ici ?

– La cantine.

Olive n'avait même pas relevé la tête. Lucky s'aventura un peu plus :

– On pourrait peut-être déjeuner ensemble ?

– Je déjeune rarement. La cantine est à mi-chemin entre ici et votre bureau. Transmettez mes amitiés à votre tante.

C'était une fin de non-recevoir en bonne et due forme. Un renvoi en exprès, du genre : « Vous encombrez. »

Voilà qui était intéressant. Cette Olive anglaise devait avoir quelque chose en commun avec son patron. De toute évidence cela concernait la présence ou le charme de Suzie Rush. Peut-être plus. Voilà qui était très intéressant.

Et Mickey Stolli refusait de fournir les états des budgets de ses trois plus grosses productions en cours. De plus en plus intéressant.

Ce n'était pas là des découvertes de grande importance, mais c'était un début. Lucky avait pu, du moins, jeter un premier coup d'œil sur le « cancre en chef », Mickey Stolli. L'homme était basané, avec le front têtu, des yeux de cobra et un sourire faux, plus blanc que blanc.

A l'extérieur de ce grand immeuble miroitant, Lucky découvrit une grande allée-promenade, bordée d'arbres ombrageux, de parterre de fleurs avec, en son milieu, une fontaine tarabiscotée. Il y avait aussi un banc, où elle s'offrit une petite pause. L'endroit était idéal pour observer les faits et gestes des gens qui se hâtaient en entrant ou sortant du bâtiment principal.

Quelques secrétaires allaient et venaient. Deux cadres, reconnaissables à leur uniforme de Californien moyen. Une grande femme, en tailleur cintré, jaune, signé Donna Karan. Et enfin Suzie Rush surgit, dissimulée derrière d'énormes lunettes de soleil à monture blanche. Elle attendit à peine une minute avant qu'une limousine reluisante, d'un brun chocolat, vienne se glisser silencieusement à sa hauteur. Elle disparut à l'intérieur.

Cinq minutes plus tard, ce fut au tour de Mickey Stolli

d'apparaître sur les marches, accompagné de deux hommes. Ils s'éloignèrent rapidement tous les trois.

Lucky leur emboîta le pas et les suivit jusqu'à la cantine où on les fit entrer dans une salle à manger privée. Elle dénicha une table pour deux dans la foule du restaurant principal et s'assit. Elle ressemblait à une simple employée et se sentait presque invisible aux yeux des autres. Les gens ne semblaient pas remarquer son existence. Le meilleur moyen d'engranger un maximum de complexes d'infériorité, dans la réalité. Fort heureusement, ce n'était qu'un jeu et elle savait pertinemment qu'à la minute où elle ôterait son déguisement, les choses et les gens changeraient instantanément. Le pouvoir de l'apparence était réellement primordial. L'habit du moine. Luce et Lucky, deux personnages différents, vivant dans deux mondes différents. Un dédoublement.

Lucky se mit à réfléchir.

« Dans quel pétrin je me suis fourrée ? A peine une matinée et me voilà déjà démangée par l'envie d'arracher ce déguisement stupide et de retourner en courant dans ma vraie vie. Quelle horreur ! Comment faire pour tenir six semaines ? Pourquoi tenir d'ailleurs ? Parce que c'est un pari ? D'accord. »

— Vous êtes assise à ma table !

Un homme. Il venait de surgir au beau milieu de sa rêverie, maigre, portant lunettes, l'air sous-alimenté, la voix énervée.

Lucky l'examina une seconde et lui donna une cinquantaine d'années. Puis elle rétorqua froidement :

— Je n'ai pas vu de carton de réservation !

Il était nettement fâché :

— Tout le monde sait que c'est ma table !

— Dans ce cas, pourquoi ne pas vous asseoir ? Il y a une autre chaise.

C'était une réponse logique. L'homme hésita un moment, puis réalisa qu'il n'avait pas d'autre solution. Il sortit un mouchoir propre de sa poche, épousseta soigneusement la chaise libre et s'assit.

Deux yeux rapprochés, dissimulés par des lunettes à monture d'acier, se mirent à faire le tour de la salle, regardant tout, sauf Lucky.

Une serveuse grassouillette apparut. Ses lunettes étaient mouchetées de brillants et elle les rajustait constamment. Amicalement elle s'adressa à l'homme :

– Comme d'habitude, Harry?

– Oui. Merci, Myrtie.

Il frottait une tache sur la nappe et l'examinait attentivement.

Myrtie se tourna ensuite vers Lucky, son plateau en équilibre :

– Et vous, chère amie, avez-vous choisi?

– Je peux tenter la salade Suzie Rush?

– Pourquoi pas! Tout le monde l'a fait un jour!

Elle pouffa de sa plaisanterie mais Harry ne lâcha pas l'ombre d'un sourire.

– Et comme boisson?

– Un jus d'orange pressée.

– En boîte, ou frais? Choisissez...

– Je prendrai seulement de l'eau.

Myrtie regarda alternativement Lucky et Harry :

– Vous faites un joli couple. Pas dépensier pour un sou!

Une fois Myrtie partie, Lucky remarqua :

– Elle est sympathique.

– Ce n'est pas la meilleure serveuse. Ici, c'est Leona. Jamais elle n'aurait laissé quelqu'un occuper ma table. Malheureusement, elle est à l'hôpital en ce moment pour ses varices. J'espère qu'elle reviendra bientôt.

C'était vraiment un homme étrange. Soudain, Lucky dit avec désinvolture :

– Ça urge!

Il se pencha par-dessus la table et la regarda enfin :

– Je vous demande pardon?

« Cesse de faire la maligne, Santangelo. Concentre-toi et agis comme tu es censée agir... »

Gentiment, Lucky éluda :

– Vous travaillez ici?

Harry réfléchit intensément à la question avant d'y répondre et d'annoncer :

– Je suis aux Studios Panther depuis trente-trois ans. Les Studios Panther sont ma maison.

– Votre maison?

– J'ai dû passer plus de temps ici que dans ma propre maison. Ma femme m'a quitté à cause de ça.

– Vraiment? Et vous faites quoi, ici?

Lucky s'efforçait d'avoir l'air intéressée. Mais la question provoqua chez Harry une réaction bizarre. S'il avait été debout, il se serait redressé de toute sa hauteur; assis, il ne put que redresser les épaules en répondant fièrement :

– Je suis le chef projectionniste.

Il avait l'air de sous-entendre une montagne de choses importantes.

– Comme c'est intéressant.

– Quand il était là, je travaillais pour monsieur Abe Panther lui-même.

Il prit un temps pour affirmer sa dignité.

– Et les Studios étaient bien différents alors; ça, je peux vous l'assurer.

Réalisant que sa réflexion pouvait passer pour une récrimination, il se tut brusquement.

Lucky l'encouragea :

– Je parie que vous regrettez le bon vieux temps.

Harry repéra une nouvelle tache sur la nappe et se mit à la frotter vigoureusement. Puis, diplomatiquement :

– Les choses changent. Je le comprends. Et vous, vous êtes en visite? Ou employée ici?

– Un peu les deux. Je suis Luce, la nièce de Sheila Hervey. Vous savez, Sheila, la secrétaire de monsieur Stone... Elle a dû s'absenter et je la remplace quelque temps.

Harry, étonné, cligna des yeux à plusieurs reprises :

– Sheila n'a pas de nièce!

Le salaud!

Sans perdre son sang-froid, Lucky répliqua vertement :

– Vous êtes assis devant elle!

– Elle a une sœur qui n'a pas d'enfant. Et aucun parent vivant. C'est mon hobby de savoir des choses sur les gens.

Harry rajusta ses lunettes, l'air vexé, et Lucky dit avec désinvolture :

– Il faut croire que Sheila a ses secrets, comme tout le monde!

Harry hochait la tête, comme s'il ne la croyait toujours pas, mais il ne posa pas d'autres questions. Il préféra se réfugier dans le mutisme.

Myrtie apporta deux verres d'eau glacée, les posa sur la table et désigna Johnny Romano. La star faisait une entrée flamboyante dans la salle à manger privée, flanquée de son éternelle escorte, aux aguets.

– C'est pas un bel homme, ça? Et tellement sexy...

Myrtie s'attendrissait et donna un coup de coude complice à Lucky :

– Je vais vous faire une confidence, ma chère... Ça ne me gênerait pas d'aller ramper sous sa tente, pour une nuit romantique... Pas vous?

D'un ton irrité, Harry réclama :

– Et mon poisson ?

– Il nage encore !

Elle se hâta, en riant de bon cœur.

Une heure plus tard, Lucky était à nouveau installée dans le bureau de Hermann.

– Pourquoi Mickey Stolli ne veut-il pas vous donner les budgets ?

Hermann tapotait un lourd presse-papier de verre et admit :

– Pas la moindre idée.

Lucky prit une cigarette et l'alluma :

– Il faut insister.

Hermann n'aimait pas l'intonation de Lucky. Mais il ne dit rien, il attendait.

– A propos, qui est ce type, ce projectionniste, Harry quelque chose ?

Hermann réfléchit un instant.

– Vous voulez parler de Harry Browning ?

– Je suppose.

Lucky souffla un mince filet de fumée, patiemment.

– Un homme maigre, la cinquantaine. Il frisera peut-être la soixantaine avant l'âge. Un petit mec, maniaque, méticuleux.

Hermann toussa ostensiblement pour faire comprendre que la fumée le gênait :

– C'est ça, c'est Harry Browning. L'un des plus anciens employés. Pourquoi me demandez-vous ça ?

– Parce que quand j'ai dit qvi j'étais, il n'a pas pu s'empêcher de me faire remarquer que Sheila n'avait pas de nièce !

Hermann eut un gloussement :

– Harry s'imagine toujours tout savoir. Ignorez-le. Il est bizarre.

– Hermann... Merde ! Si ce Harry sait tout, il peut peut-être me renseigner sur Mickey Stolli, non ?

– Je ne comprends pas exactement ce que vous cherchez !

Hermann avait pris soudain l'air fermé, le ton sec, offensé non seulement par la fumée de cigarette, mais par ce langage aussi peu distingué.

Lucky enchaîna, mordante :

– Ce que je cherche ? Les choses que vous avez ratées !

Dans six semaines, elle mettrait ce vieux croûton

dehors, à contempler les étoiles. Ses jours, en qualité de cadre des Studios, étaient comptés.

— D'accord Hermann, je vais vous dire ce qu'il faut faire. Appelez ce Harry machin... S'il vous demande qui je suis, dites-lui que je suis la nièce de Sheila. Inventez une histoire, perdue de vue depuis longtemps, quelque chose comme ça. Et, pendant que vous y êtes, arrangez une projection de rushes journaliers de *Macho Man*. Je veux voir à quoi ça ressemble.

— Mais...

Lucky écrasa sa cigarette. Fumer était une mauvaise habitude dont elle devait de débarrasser.

— N'essayez pas de vous rebeller, Hermann. Vous êtes supposé avoir de l'influence, servez-vous-en, pour une fois. N'oublions pas que vous êtes le représentant de Abe Panther, et le moment est venu pour vous de botter quelques derrières. Si vous ne le faites pas, c'est moi qui serais tentée de le faire!

Hermann se crispa tout entier.

— Pour l'instant, je m'en vais. J'ai chaud, je suis fatiguée. Demain ça recommence. Je vous verrai dans la matinée.

La voiture de Sheila choisit Hollywood Boulevard pour expirer. Lucky se fit mal au pied en tapant sur la carrosserie, de rage. Elle pénétra dans le hall d'un cinéma porno, devant lequel la voiture avait rendu son dernier souffle.

Une blonde mastiquait un chewing-gum derrière un guichet.

— Je peux utiliser votre téléphone?

La blonde chuinta dans une bulle de gomme:

— Dans la rue, à deux blocs d'ici!

— Vous n'avez pas le téléphone, ici?

— Il est privé.

Lucky se débarrassa des énormes lunettes qui la rendaient folle et fixa la fille de son regard meurtrier:

— 10 dollars, ça suffit pour le rendre public?

La fille n'hésita pas.

— Donnez-moi le fric!

Lucky fit voler en l'air un billet de 10 dollars. La fille l'attrapa, le fourra dans son décolleté marbré d'une peau rose et extirpa un téléphone blanc mais immonde, dissimulé à ses pieds.

Pendant que Lucky composait son numéro, un client

qui prenait un ticket pour *Désir brûlant*, actuellement sur l'écran, lui donna un coup de coude suggestif :

– Tu entres avec moi ? Je te paye le billet, ma belle.

Lucky lui planta un sourire glacial sous le nez :

– Tu prends ton ticket et le mien, tu les roules bien serré et tu te les mets quelque part, d'accord mon beau ?

L'homme prit son billet et s'enfuit sans demander son reste.

Hermann serait devenu cramoisi devant ce langage.

Lucky lança un appel au secours dans l'appareil.

– Boogie ? Viens me chercher. L'école est finie et j'ai eu mon compte !

13

– Où est Lucky? demanda Steven avec impatience. Je veux savoir où est Lucky. J'essaye de la joindre depuis des jours et des jours, et personne n'est capable de me donner une réponse logique!

Le visage impassible, Gino énonça le mensonge :

– Au Japon. Tu sais à quel point elle tient à établir les contrats elle-même. J'ai cru comprendre que celui-là était considérable.

Les deux hommes s'étaient installés confortablement dans une *Steak House*, aux murs recouverts de photos et d'autographes de boxeurs et au sol recouvert de sciure.

Plus il passait de temps avec Steven, plus Gino appréciait sa compagnie. Steven n'était pas le genre de type à qui on pouvait raconter des histoires. Le même genre que lui, en somme. Il n'allait pas jusqu'à partager totalement les mêmes principes, mais une certaine complicité s'était installée entre eux.

En apprenant l'existence de Steven, Gino avait reçu un choc terrible. On ne s'était pas contenté de lui dire : « Vous avez un fils! » On lui avait annoncé : « Vous avez un fils et il est noir! » Il avait vraiment chancelé sous le choc.

Lucky, elle, avait pris la chose avec excitation : « J'ai toujours eu envie d'un autre frère. Et voilà qu'il est noir en plus! Merci Gino, tu t'y connais en surprises! Il n'y a que toi pour ça! »

Gino s'était trituré la mémoire, il avait fouillé dans ses souvenirs pour retrouver la seule fois, l'unique fois où il avait couché avec la mère de Steven. Finalement, il s'était souvenu : Carrie. Elle s'appelait Carrie; quelques heures de plaisir et quarante-cinq ans plus tard, un fils lui tombait du ciel.

Cette révélation avait eu lieu cinq ans auparavant. Le choc s'était atténué, il s'était habitué. Steven avait organisé une rencontre avec Carrie, avant sa mort. Gino avait rencontré une femme élégante, dans la soixantaine, qui ne ressemblait plus du tout à l'adolescente de jadis. Mais ils s'étaient bien entendu, sinon reconnus.

Certes, Steven ne pouvait pas remplacer Gino, le fils perdu, assassiné jadis par la famille rivale, les Bonnatti. Mais il était devenu néanmoins un élément important de son entourage. Sans compter Mary-Lou, sa jeune, jolie et talentueuse épouse. Elle faisait les meilleures pâtes du quartier de la Petite-Italie.

— Tu as une raison de vouloir joindre Lucky ?

— Rien d'important, mais j'aime bien bavarder avec elle de temps en temps. D'habitude, elle me rappelle toujours.

— Je l'aurai peut-être au téléphone ces jours-ci. Tu veux que je lui laisse un message pour toi ?

Steven secoua négativement la tête :

— Non, ça peut attendre. Elle rentre quand ?

— Dans une semaine, peut-être plus, peut-être moins.

Gino attaqua son steak pour faire diversion :

— Raconte-moi comment va la grossesse ? Elle est de mauvaise humeur ? De bonne humeur ? Comment ça se passe ?

Steven fit la grimace :

— Ce n'est pas facile tous les jours.

L'air de s'y connaître en matière de femmes enceintes, Gino hocha la tête :

— Quand Maria était enceinte de Lucky, elle m'a rendu fou ! Il se passait toujours quelque chose. Je n'arrivais plus à suivre. Et pourtant, à l'époque, j'étais jeune et solide !

Affectueusement, Steven sourit à son père :

— Allons ! Tu seras toujours jeune et solide. A propos, il serait temps de nous confier le secret de ton éternelle jeunesse de séducteur. Si j'en crois ce qu'on me dit, tu es toujours incroyable avec les femmes ?

Sur le ton du philosophe, sage, Gino répondit sérieusement :

— Si tu veux mon avis, la sexualité préserve la jeunesse et, dans ce domaine, je n'ai pas l'intention de vieillir.

En rentrant chez lui, Steven trouva Mary-Lou au lit.

— Qu'est-ce que tu fais au lit ?

– Je regarde la télé, Tonny Danza est formidable, je passe une journée fantastique! Comment va Gino? Tu l'as embrassé pour moi?

Elle dévorait du chocolat avec délice.

– Évidemment. Il était désolé que tu ne sois pas là. Je lui ai dit que, si tu sortais de la maison, tu ferais peur aux autres femmes et effraierais même les chevaux! Il a compris.

En tirant un coussin de derrière le dos, elle lui lança :

– Eh! Je ne suis pas si affreuse que ça, tout de même!

– Tu es merveilleuse, mon poussin.

– Poussin? C'est Gino qui t'a appris ce nouveau langage?

Steven défit sa cravate et s'approcha du lit.

– Il m'a appris en tout cas le secret de l'éternelle jeunesse. Faire l'amour. Ne jamais cesser de faire l'amour. Qu'est-ce que tu en penses?

– Steven, tu commences à ressembler à Jerry!

– Tu veux que je te montre?

Mary-Lou se mit à rire :

– J'adore quand tu joues les vulgaires. Ça te ressemble si peu.

– Comment ça, vulgaire? J'essaie simplement de te parler d'amour et de plaisir.

– Alors tu devrais essayer la glace au beurre de pécan, avec énormément de chocolat. Ça, c'est mon plaisir. Désolée, mon chéri. Je te promets qu'on en reparlera dès que je serai sortie de l'hôpital.

– C'est ça, c'est ça...

Il se dirigea vers la salle de bains, en semant ses vêtements un peu partout au passage. Puis il cria de loin :

– Tu sais, j'ai bien failli raconter à Gino l'histoire du contrat de Deena Swanson!

– J'espère que tu n'as pas fait ça!

– Non. Je l'ai gardé pour moi.

– C'est bien, Steven. Tu es avocat. Rappelle-toi que tu es supposé garder les secrets de tes clients.

– Oui, madame.

Parfois, Mary-Lou avait l'impression d'avoir vingt ans de plus que Steven, alors que c'était le contraire. L'histoire insensée de Deena Swanson et de son contrat de vengeance le contrariait, elle le savait bien. Mais pourquoi n'était-il pas capable, comme Jerry, de ne pas s'en faire? Au fond, ce n'était pas si terrible. Il s'agissait tout simplement d'une femme trop riche, faisant un numéro pour se faire remarquer, et qui payait pour s'offrir ce privilège.

Il fallait que Steven apprenne à prendre les choses calmement. Quand le bébé serait là, elle lui apprendrait le calme. Oui, elle le lui apprendrait, plutôt deux fois qu'une.

Paige Wheeler n'avait pas repoussé la proposition de Gino. Elle n'avait pas exactement dit oui, cependant.

L'argument de Gino était simple :

– Tes enfants sont élevés, c'est le moment. Ce système de parenthèses, j'en ai marre. Une fois de temps en temps... C'est fini, je veux tout ton temps.

Paige avait examiné l'énorme bague de diamants qu'il lui offrait. Elle l'avait essayée complaisamment, admiré longuement l'éclat et le scintillement des pierres à son doigt, puis avait donné son verdict :

– Jamais je ne pourrai vivre à New York!

– Qu'à cela ne tienne! Pas de problème, on vivra où tu voudras. Tokyo ou Tahiti, dis un nom!

Mais elle avait remis la bague dans son écrin et la lui avait rendue à contrecœur.

– Laisse-moi un peu de temps. Je te donnerai une réponse, je te le promets.

Il avait plaisanté, mi-figue, mi-raisin :

– Je paye la bague ou non?

Et elle avait plaisanté en retour :

– Laisse des arrhes.

Deux semaines s'étaient écoulées depuis cette conversation et pas un mot de Paige. Gino faisait semblant de ne pas y attacher d'importance et jouait à l'homme à qui tout est égal. C'était faux. Vieillir ne diminuait en rien la force de ses sentiments.

Il avait beau avoir soixante-dix ans et des poussières, il n'était pas encore mort; il y avait bien des douleurs et des petits maux par-ci, par-là, mais ce n'était pas son genre de se plaindre. Il avait eu une vie extraordinaire, une vie d'aventure, et il ne regrettait rien de ce qu'il avait vécu. Rien. Gino Santangelo avait vécu intensément chaque instant de cette vie-là. Il ne souhaitait plus qu'une chose : s'installer avec Paige quelque part et vivre tranquillement le reste de ses jours.

Lucky l'avait appelé la veille. Elle était vraiment sa fille, toujours prête à tenter n'importe quoi, voire l'impossible. Il se reconnaissait tellement en elle.

Cela dit, elle se plaignait au téléphone :

– Dieu sait où j'ai mis les pieds ! Je ne découvre rien, je m'ennuie, j'ai besoin d'action.

Ils avaient discuté un bon moment. Elle lui parlait d'Olive, la secrétaire tellement anglaise de Mickey Stolli, elle lui racontait Harry, le projectionniste, et aussi Hermann, l'« Eunuque de marbre », comme elle l'avait surnommé. Gino avait donné un conseil :

– Sympathise avec ce projectionniste. Il en sait plus long que tu ne penses.

– Et comment il en saurait plus long ?

– C'est simple, il est toujours là, tu comprends. C'est l'ombre dans cette petite pièce sombre, personne ne le voit, mais je parie que lui, il voit tout et entend tout.

– Tu as probablement raison.

– Bien sûr que j'ai raison, gamine. Vois-tu, quand je sortais avec cette star de cinéma, Marabelle Blue, j'ai remarqué qu'elle s'arrangeait toujours pour sympathiser avec les petits, les sous-fifres. C'est comme ça qu'elle obtenait toujours un tuyau sur les intentions des gros bonnets. Vu ?

– Vu.

Gino se demandait bien comment Lucky allait s'en sortir, le deuxième jour de ce prétendu travail. Il prendrait peut-être l'avion pour la Californie pour aller voir lui-même. Histoire de visiter Los Angeles. Histoire aussi – c'était peut-être la vraie raison – d'aller chercher la réponse de Paige.

De toute façon, un voyage sur la Côte, ce n'était pas une mauvaise idée. Il avait son petit train-train ici, mais le train-train pouvait devenir ennuyeux. Il fallait savoir secouer un peu les habitudes. Et il n'y avait rien de mal à rendre visite à Paige, à lui faire une petite surprise sur son territoire.

Alors il saisit le téléphone et appela son agence de voyages. Ce n'était pas son fort de rester tranquillement assis sur une chaise.

– Tu l'as sautée ?

Lennie sursauta, surpris :

– J'ai sauté quoi ?

Joey se pencha plus près de son oreille, avide :

– Je te demande si tu as sauté mademoiselle Jambes-en-l'air ! Cristi !

– Arrête, Joey.

– Ben quoi! Je posais la question sérieusement.

– Sois raisonnable, tu veux. Je suis rentré chez moi retrouver ma femme.

– Lucky? Elle n'était pas là.

– Mais si. Elle avait pris un avion pour le week-end.

– Ah oui?

– Ah oui.

– Dommage. T'as raté quelque chose.

– Et quoi donc?

– Cristi vaut le voyage...

Lennie soupira d'ennui. Les conversations de ce genre avec Joey tournaient toujours sur le même sujet. Une idée fixe.

– Écoute, Joey. Écoute-moi bien une fois pour toutes : je n'ai besoin d'aucun voyage. Je suis marié, ça me plaît, je suis très bien comme ça. Est-ce que cette idée peut pénétrer enfin dans ce qui te sert de cerveau?

Joey haussa les épaules.

– Ce que la vache ignore, c'est ce que le taureau ne lui dit pas.

Il était vraiment stupéfiant. Lennie en était sidéré :

– Tu ne sais vraiment pas ce que c'est que de vivre avec une femme? Une vraie? Un couple? C'est ça?

– Ne me laisse pas le supposer, c'est trop effrayant.

Il frissonnait en rigolant bêtement. Irrécupérable.

Ils étaient dans l'avion privé de Panther, en direction d'Acapulco. De charmantes hôtesses de l'air leur servaient des boissons, tandis que Marisa Birch mobilisait l'attention de son producteur et amant, Ned Magnus.

Grudge Freeport et Shorty Rawlings faisaient également le cercle autour d'elle – trois admirateurs pour elle toute seule...

Lennie observait la scène et désigna à Joey la grande amazone si bien entourée.

– Si tu veux parler de quelque chose d'effrayant, parle-moi de vivre avec elle! C'est le genre de femme à assommer Schwarzenegger d'un coup de poitrine!

Voilà qui fit rire Joey :

– Je pourrais peut-être essayer!

– Et peut-être que tu n'aurais aucune chance. Marisa couche pour un rôle, et le rôle pour lequel elle couche n'est pas dans tes cordes, Romeo.

– Si elle me connaissait mieux, elle ne dirait pas non. Elles ne disent jamais non. J'ai un don. Si tu vois de quoi je parle.

– Tu n'aurais pas un autre sujet de conversation ?

C'était lassant, cette perpétuelle gaudriole. Mais Joey ne semblait pas s'en rendre compte. Il répondit tout simplement, comme une évidence :

– Ben non. Pas vraiment.

Toute la presse attendait à l'aéroport d'Acapulco. Toute la presse attendait à l'hôtel. Lennie détestait cela. Il ne pouvait plus passer inaperçu. Au début, c'était un plaisir. Il avait aimé sourire aux photographes, offrir son image, séduire les journalistes. Il ne les supportait plus. Pour le prochain contrat, il réclamerait une clause à ce sujet. La publicité le fatiguait. Il se demandait d'ailleurs à quoi elle servait, quel sens avait toute cette agitation publicitaire. Parfois, il lui prenait l'envie d'envoyer tout promener, tout ce vedettariat imbécile; de s'en débarrasser pour toujours. Ce film était une épreuve permanente. *Macho Man*... n'importe quoi ! Surtout pas de quoi faire la une, ce n'était jamais qu'un film.

Marisa Birch s'offrait aux regards. Elle se donnait aux photographes. Elle leur donnait ses yeux, ses dents, ses cheveux. Elle leur offrait ses seins de silicone, à peine dissimulés par un fin corsage de soie. L'offrande de sa poitrine miraculeuse passait à travers l'objectif, jusqu'à l'inconscient collectif du public.

Et Ned Magnus, à l'écart, contemplait cette poitrine d'un air lubrique. Monsieur le producteur, l'homme marié, convenable; le monsieur bien, le monsieur ignoble.

Lennie connaissait sa femme, Anna, Américaine bon teint, blanche, protestante, origine anglo-saxonne, la bouche mince, maigre, quasiment anorexique avec un penchant pour les bonnes causes.

Lennie préféra penser à Lucky. Dieu merci, il pouvait penser à elle dans ces moments-là ! Et il ne pouvait pas imaginer une seconde quelqu'un d'autre dans sa vie. Elle était tout ce qu'il avait toujours voulu. Et bientôt, ils auraient un enfant, elle serait enceinte, ils formeraient une famille, une vraie.

Il prit une décision à cette seconde : après ce film, un an d'arrêt. Se reposer, ne rien faire d'autre qu'être avec elle. L'important était là. Les Studios Panther pouvaient toujours lui faire un procès. Tant pis. Il méritait d'avoir le temps d'être avec sa femme, de vivre avec elle. Depuis leur mariage, ils n'avaient rien fait d'autre que travailler. C'était trop. Dès que Lucky arriverait à Acapulco, il l'appellerait, il la convaincrait, il y arriverait. Et il était sûr qu'elle comprendrait.

Un an. Toute une année sans responsabilités. Ni cinéma, ni travail. Un an sans rien.

Formidable.

14

Deena Swanson et son mari, Martin, formaient l'un des couples les plus brillants et les plus adulés de Hollywood. Ils possédaient tout ce que l'on peut désirer dans la vie : de l'argent, une position sociale, le pouvoir, la beauté... On les invitait à toutes les soirées de la ville ; ils participaient à tous les événements importants.

D'apparence froide, glaciale même, Deena était rousse, d'un roux pâle, décoloré, et coiffée à la Jeanne d'Arc. Tout aussi pâles les yeux bleus. Mais son allure et son comportement – Regardez-moi, je suis une célébrité – provoquaient la jalousie des autres femmes et une certaine forme de désir instinctif chez les hommes. Elle était froide et désirable à la fois ; le syndrome Grace Kelly ; le genre de femme à qui on a envie d'arracher son tailleur Chanel, son soutien-gorge de dentelle, son slip de soie. Histoire de faire exploser le zéro de sa température de façade.

Tout le monde pensait que Martin avait de la chance de pouvoir dormir avec elle, enroulé dans des draps de satin...

Deena était la tigresse indomptée capable de rendre fou de passion n'importe quel homme. Martin ne déméritait pas, dans le genre – profil viril, sourire toujours prêt, tonus physique et charme charismatique.

A dire vrai, même si la chose est lamentable, leur histoire était désespérante derrière cette brillante façade de couple parfait. Deena était amoureuse de son superbe mari, elle était prête à tout pour lui, mais Martin n'aimait qu'une chose : coucher avec des stars célèbres et au top niveau. Or, sa femme était célèbre, mais elle ne l'était qu'à travers lui. Et cela ne l'intéressait pas.

De plus, on savait bien que Deena n'était qu'un prête-nom. Elle ne représentait pas elle-même la marque de jean à laquelle elle avait donné son nom; elle n'avait pas créé le parfum qui portait sa signature.

En l'épousant, Martin avait cru qu'elle avait un formidable potentiel de réussite. Deena avait débarqué de sa Hollande natale quelques années plus tôt. Elle s'était rapidement intégrée à une société de décoration intérieure, qui semblait progresser sur le marché. Elle était belle, intelligente, tout ce que Martin recherchait chez une femme – une épouse –, elle l'avait. A l'époque, sa propre carrière marchait bien, il s'était élevé au-delà des espérances les plus folles, le moment était donc venu de choisir la partenaire idéale.

Au cours de leur lune de miel, dans une villa isolée de Barbados, Deena avait annoncé à son mari qu'elle abandonnerait son travail à leur retour à New York. Martin avait aussitôt objecté, fermement :

– Tu ne peux pas faire ça. Tu es leur associée à part entière. Ils ont besoin de toi.

Elle avait fait alors son premier aveu :

– En fait, je suis plus une employée qu'autre chose. Ils se sont servis de mon image, ils m'ont associée uniquement parce que c'était meilleur pour les affaires. Ça ne t'ennuie pas si je laisse tomber ?

Si, ça l'ennuyait. D'abord, parce que Deena n'était pas la femme qu'il avait cru. De discrètes enquêtes avaient aussi révélé qu'elle n'était pas issue de l'une des meilleures familles d'Amsterdam. Son père était tout simplement hôtelier, sa mère, traductrice à l'ambassade américaine. De plus, Deena avait six ans de plus que l'âge qu'elle avait annoncé. Elle n'était donc plus jeune que lui que de deux ans, au lieu de huit.

Et Martin Z. Swanson fut extrêmement déçu et mécontent lorsqu'il apprit tout cela. Il y eut une confrontation violente, au cours de laquelle Deena resta parfaitement calme en reconnaissant les faits :

– C'est vrai, et alors ? Quelle importance ? Je te signale que si je suis capable de duper un homme aussi intelligent que toi, je peux le faire avec le reste du monde, ce qui devrait normalement faire de moi l'épouse parfaite que tu voulais; non ?

Or, elle avait raison. Elle était là, l'idée. Alors, pourquoi se soucier du passé ?

C'est ainsi que les Swanson s'embarquèrent dans le

mariage, bien déterminés tous les deux à atteindre les sommets. Par deux fois, Deena fut enceinte; par deux fois, elle fit une fausse couche. Après la deuxième, Martin prit une première maîtresse; une comédienne de théâtre, qui venait de remporter le prix Tony Award. Elle avait la lèvre boudeuse et un appétit sexuel démesuré. Pour Martin, l'important était qu'elle fût célèbre, extrêmement talentueuse et insatiable en amour. Elle réunissait ces trois désirs, ce qui l'excitait énormément.

Après la comédienne, il y eut la « première danseuse », la *prima ballerina*. Ensuite, une romancière blonde et voluptueuse, qui écrivait des romans érotiques, des best-sellers toujours classés dans les meilleures ventes par le *New York Times*.

La romancière céda la place à une pilote de voitures de course, laquelle s'effaça devant une avocate particulièrement habile professionnellement.

A cette époque, Deena s'était habituée aux infidélités de son mari. Cela ne lui plaisait pas, mais qu'y faire? Il était hors de question de divorcer. Elle était devenue madame Martin Z. Swanson pour la vie et ne permettrait à personne de l'oublier, tout particulièrement à son mari volage.

Lorsque Deena prit la décision de monnayer sa célébrité contre des dollars, Martin ne fut pas le moins du monde impressionné. Elle avait beau lui montrer tous les bénéfices des produits qu'elle lançait, il demeurait imperturbable et lui rétorquait froidement :

– L'argent n'a rien à voir avec le talent.

Ce à quoi elle répondait triomphalement :

– C'est pourtant la seule chose que tu possèdes, l'argent!

– La vérité, c'est que je suis plus proche du véritable talent que tu ne le seras jamais.

– Si tu crois que coucher avec des garces, c'est se rapprocher du talent, tu te fais des illusions!

Alors Martin eut un sourire exaspérant de contentement :

– Essaie... et tu verras...

Elle essaya. Elle eut une histoire d'amour avec un chanteur de blues, un Noir à la peau luisante. Nu, il était l'homme le plus magnifique qu'elle ait jamais rencontré. Mais ce n'était pas Martin, c'était une liaison satisfaisante physiquement, mais insuffisante. Elle abandonna. Elle le quitta juste à temps d'ailleurs, car lorsque Martin s'en aperçut, il fut pris d'une fureur terrible et la prévint :

– Si tu veux rester mariée avec moi, ne va plus jamais

coucher ailleurs! Tu es ma femme, Deena, c'est compris? Ma femme. Tu ne me ridiculiseras pas comme ça!

Elle l'affronta avec colère :

– Et tu es mon mari, c'est ça? Tu t'imagines que je vais accepter de te voir courir ailleurs, sans jamais poser de questions? Je n'ai fait que ce que tu fais tous les jours. Qu'est-ce que tu as à répondre?

– J'ai à répondre que tu es une femme. Et pour une femme, ce n'est pas pareil. Je ne veux plus d'histoires.

– Je suis censée devenir quoi? Tu ne me fais jamais l'amour!

Elle criait d'indignation et de frustration :

– Je me transforme en bonne sœur!

Alors ils conclurent un marché. Le dimanche soir, Martin accomplirait son devoir conjugal, et le dimanche soir uniquement, en échange de quoi Deena resterait fidèle.

Elle accueillait Martin dans son lit, en usant de tous les artifices possibles et imaginables. Non que Martin fût un prodigieux amant... il ne s'attardait même pas aux tendresses préliminaires. Il ne s'occupait que de lui. Il faisait l'amour d'une manière rapide et simplement hygiénique. Pour l'acte lui-même. Rien d'autre. Deena se réconfortait à l'idée qu'au moins, elle le retrouvait dans son lit. C'était ce qui comptait finalement, non?

Évidemment, elle n'avait aucune amitié pour les maîtresses de Martin, mais ne pouvait s'empêcher de les plaindre un peu.

Ceux qui connaissaient Martin savaient que son travail comptait avant tout. Cet homme éprouvait un insatiable désir d'argent et de pouvoir. Il adorait aussi faire la une des journaux.

Ces dernières années, le nom de Swanson s'étalait partout. Il y avait le stade Swanson, la chaîne de magasins Swanson et un prototype de voiture de luxe qui serait signé Swanson.

Martin voulait voir son nom imprimé, mais uniquement pour la bonne cause, car il détestait les ragots. Il considérait le scandale essentiellement comme un handicap.

Il était furieux chaque fois que les journaux se permettaient de suggérer ceci ou cela à propos de ces aventures et, comme rien ne pouvait jamais être prouvé, il entamait toujours un procès. Si bien que la presse avait fini par comprendre qu'il valait mieux laisser Martin Swanson en paix et ne parler de lui que sur des choses positives, à moins de pouvoir apporter la preuve de ses infidélités.

Deena en était sûre ; un de ces jours, Martin se fatiguerait de ses infidélités et il serait à nouveau tout à elle. Rien qu'à elle. Plus de garces talentueuses, plus de bombes sexuelles. Elle attendait impatiemment le moment.

C'est alors qu'arriva la Putain. La vraie.

Et Deena comprit que son existence, presque parfaite, était menacée. Tout d'abord, elle considéra l'intrusion d'une nouvelle maîtresse dans la vie de Martin comme une passade habituelle. Les femmes allaient et venaient, en général un mois ou deux suffisaient à Martin pour se débarrasser d'une liaison. Mais... la dernière en date était différente. Celle-là allait durer, on le voyait. Deena fut persuadée qu'elle allait mettre son grand mariage en péril. Elle imagina donc plusieurs manières d'y parer.

Lui donner de l'argent, peut-être ? Mais non. La Putain gagnait un argent fou et se moquait des dollars.

La terroriser physiquement, par la violence, alors ? Ce n'était pas une solution non plus, elle irait se réfugier tout droit dans les bras de Martin.

La tuer ? Solution extrême mais, si elle devenait effectivement une trop grande menace, c'était là la seule réponse.

La tuer.

Deena y pensait depuis plusieurs mois. Au début, elle s'était dit que louer les services d'un professionnel était le plus efficace. Il y avait toujours des hommes à acheter, elle connaissait des gens qui pourraient probablement arranger ce genre de contact. Mais le risque encouru était extrême. Et pour que l'on ne remonte pas jusqu'à elle, la filière devait être d'une rare complexité. Sinon, elle prêterait le flanc à un chantage qui pourrait durer toute sa vie. Il n'en était pas question. En aucun cas, elle ne pouvait prendre le risque d'être compromise.

Il ne restait donc qu'une seule possibilité. Si elle voulait que la Putain meure, elle devait le faire de ses propres mains. Étant parvenue à cette conclusion capitale, Deena se sentit rassurée.

Restaient trois grands points d'interrogation : Comment ? Où ? Quand ?

Le « comment » était facile. Deena avait grandi en Hollande, très proche de son père, un fort bel homme qui avait deux passions dans la vie : la chasse et la pêche. Il avait enseigné les deux à sa fille unique et elle avait bien appris les leçons.

Parfait. Deena était championne de tir. Elle s'y connaissait en armes, en fusils. Mettre une seule balle dans la tête de la Putain, c'était simple.

Le « où », c'était une autre affaire. Tout dépendrait du moment. Et le « quand » était entièrement entre les mains de Martin. S'il cessait de voir la Putain, rien de tout cela n'arriverait.

Malheureusement, Deena avait le sentiment qu'il ne romprait pas cette liaison. Elle avait l'intuition qu'il parlerait tôt ou tard de divorce. Alors, si ce jour arrivait, elle devait être prête à mettre son plan à exécution.

Elle avait déjà pris toutes les garanties. Le bureau d'avocats de Jerry Myerson était l'un des meilleurs. Mais la véritable raison qui avait guidé son choix, c'était Steven Berkeley et sa réputation de meilleur avocat de la ville. Au moment où elle serait contrainte d'agir, elle aurait un plan préventif. Car, bien entendu, il n'était pas question de se faire prendre. Mais les événements peuvent toujours mal tourner, et Deena voulait être parfaitement prête.

La seule chose qu'elle savait en toute certitude, l'unique chose, c'est que personne ne lui volerait Martin.

Absolument personne.

15

Depuis un certain temps, Harry Browning s'était mis dans la tête d'inviter Olive Watson, la secrétaire de Mickey Stolli. Ou plutôt, ainsi qu'elle aimait à se présenter elle-même, « l'assistante personnelle de Mickey Stolli ».

L'inviter à sortir. Il ne s'agissait pas exactement d'un rendez-vous intime, mais plutôt d'une soirée, entre bons copains. Il avait l'intention de lui offrir le restaurant, bien entendu. Il y pensait depuis huit mois. Depuis qu'Olive lui avait souhaité son anniversaire au jour dit. Mais il ne s'y était pas pris à temps et sa déception fut immense, lorsqu'elle lui annonça froidement et calmement qu'elle était fiancée.

– Fiancée ?

Harry avait répété le mot, un peu blême. Ils étaient au téléphone et venaient d'organiser pour la semaine les horaires de la salle de projection demandés par monsieur Stolli.

Olive paraissait heureuse :

– Oui. Mon fiancé vient de me demander en mariage, depuis l'Angleterre. Ça s'est passé au téléphone, la nuit dernière. Une drôle de surprise !

Drôle de surprise aussi pour Harry, car il avait toujours imaginé qu'Olive serait à sa disposition à la seconde où il la voudrait. Quel ennui ! Harry était réellement contrarié. Toutes ces heures perdues à penser à Olive, et tout ça pour quoi ? Pour découvrir qu'elle n'était plus libre !

Pour la troisième fois consécutive, Lucky Santangelo venait de s'asseoir à la table de Harry. Il ne la connaissait que sous le nom de Luce. Pris d'une impulsion soudaine, il attaqua abruptement :

– Voulez-vous sortir un soir avec moi ?

Lucky examina le petit homme à lunettes, silencieux jusque-là et dont Gino avait l'air de penser qu'il détenait tous les secrets des Studios Panther. Croyait-il vraiment qu'elle allait accepter de sortir avec lui ? Si oui, son déguisement était une réussite spectaculaire.

Prudemment et pour ne pas le vexer, elle demanda :

— Où ça ?

Harry ne s'attendait pas à la question. Il s'attendait à un oui ou à un non, mais certes pas à un « où ». Il admit sincèrement :

— Je ne sais pas.

Pour lui donner de l'espoir, Lucky ajouta aussitôt :

— Peut-être.

Harry la scruta attentivement. Ce n'était pas Olive. Avec ses vêtements mal fichus, sa coiffure démodée et ses lunettes impénétrables, elle avait une allure assez bizarre. Mais, même plus attirante, il n'aurait pas osé l'inviter en temps normal. Ni même voulu le faire. Harry connaissait trop ses limites. Un jour, il avait obtenu un rendez-vous avec une jolie fille, une rousse, et l'histoire avait tourné au désastre. Elle s'était adressée à lui devant tout le monde, en criant sur le mode aigu : « Si tu n'es pas capable de me faire rencontrer Mickey Stolli, qu'est-ce que je fous avec un imbécile dans ton genre ? »

Cet incident humiliant s'était déroulé cinq ans auparavant et Harry n'avait jamais pu l'oublier.

Il était très prudent avec les femmes. Il considérait la plupart du personnel féminin des Studios, y compris les secrétaires, comme des paumées. Le genre à porter des décolletés suggestifs et à coucher avec n'importe qui.

L'année précédente, à quatre reprises, il était tombé par hasard sur des couples très « occupés » dans des salles de projections qu'il pensait tranquilles. Et, à chaque fois, il les avait fichus dehors sur le même ton menaçant :

« Monsieur Stolli est attendu ici dans cinq minutes ! »

Il pouvait s'en tirer de cette manière avec des gens peu importants. Mais vis-à-vis des autres, c'était une autre paire de manches. Ceux-là pouvaient faire ce qu'ils voulaient, et ils ne s'en privaient pas. C'était fréquent.

Gino Santangelo avait raison. Harry n'avait plus grand-chose à découvrir, il avait presque tout vu durant ces années passées dans sa cabine de projection, à observer les magnats du cinéma, les producteurs, les directeurs de stars, les stars. Ces gens oubliaient jusqu'à son existence et agissaient à loisir dans l'obscurité des salles de projection.

Souvent Harry se disait qu'un jour, peut-être, il écrirait un livre. C'était un rêve agréable qui donnait énormément de valeur à ses secrets. Car il n'avait jamais raconté à personne tout ce dont il avait été le témoin privilégié.

Lucky soupira profondément. Elle n'arrivait à rien pour l'instant. En rencontrant Harry en dehors des Studios, elle pouvait espérer qu'il lui dévoilerait certaines histoires. Cela valait le coup d'essayer.

Penchée au-dessus de la table, elle le regarda amicalement :

– En fait... ce soir, je fais une mousse de saumon. Si vous veniez dans l'appartement de Sheila ? Je sais que vous aimez le poisson.

Elle ne pouvait pas ignorer qu'il aimait le poisson. Il en avait mangé trois jours d'affilée.

Harry soupesa l'invitation. Il y avait quelque chose chez cette femme d'un peu étrange. D'un autre côté, une soirée loin de sa télévision Sony et de ses trois chats était une perspective tentante. Et la mousse de saumon était son plat favori... Il hocha la tête, d'un air décidé :

– D'accord.

– Parfait.

Lucky se morigénait intérieurement : « Mon Dieu, qu'est-ce que je fabrique »...

– On dit 19 heures 30 ?

Harry avait presque l'air impatient :

– Oui, oui.

Il clignait des yeux à toute vitesse. Peu bavard, cet homme. Lucky eut un sourire forcé et se leva. Comment se procurer cette satanée mousse de saumon ? Si seulement elle avait suggéré pizza, pâtes, quelque chose de simple. Ses lourdes lunettes dérapèrent sur son nez et elle les remonta avec exaspération.

– A plus tard, Harry. Je vous attendrai.

Et elle s'enfuit précipitamment.

En apprenant la chose, Hermann Stone eut l'air horrifié :

– C'est dangereux de rencontrer quelqu'un en dehors des Studios.

Lucky haussa ironiquement les sourcils :

– Dangereux, Hermann ? Je ne cherche pas de la cocaïne, que je sache. Je veux simplement me faire un petit aperçu de ce qui se passe ici et maintenant.

– Vous faites marcher Harry Browning. C'est un type bien.

Lucky était outrée. Hermann était tellement minable! Elle rétorqua froidement :

– Je n'ai pas l'intention de coucher avec lui, vous savez. Qu'il tire un peu la langue seulement.

Hermann se leva, cramoisi :

– Je ne peux pas participer à cette mascarade. Je vais appeler Abe. Vous parlez comme un... un...

Pour l'aider, Lucky suggéra tranquillement :

– Comme un homme!

Hermann se rassit. Il prit un stylo et le jeta sur la table. Depuis dix ans, il menait une petite vie tranquille. Deux heures au bureau, quatre heures sur le terrain de golf. Aucun stress. Pas le moindre mal de crâne, pas la moindre femme au langage ordurier n'étaient venus le harceler.

– Appelez Abe si ça vous chante. Mais n'oubliez pas que c'est pour moi que vous devrez travailler.

Ils savaient pertinemment tous les deux que c'était faux. Elle le mettrait dehors à la seconde où elle aurait le contrôle des Studios. Quant à lui, il ne travaillerait pas pour Lucky Santangelo, même si elle triplait son salaire.

Hermann murmura :

– Faites comme bon vous semble.

– Merci infiniment. Vraiment. Votre permission m'ouvre le chemin.

– Cherry?

Harry Browning refusa :

– Je ne bois pas.

Lucky demanda poliment :

– Jamais?

Il hésita à répondre :

– Seulement pour fêter un événement.

Elle remplit le verre de Brandy et le lui tendit d'autorité :

– Ceci est un événement.

Harry, lui, pensait sombrement que l'événement en question, c'était les fiançailles d'Olive. Il avala le liquide brun pâle. Il l'avait bien mérité, ce verre.

Lucky estimait que le minuscule appartement de Sheila était l'endroit le plus déprimant qu'elle ait connu. Les murs étaient peints d'un marron particulièrement lugubre, le mobilier sinistre – un mélange de chêne massif et de plastique moderne à bon marché. Le tout était bien trop imposant pour un si petit appartement. D'immenses rideaux de velours épais augmentaient encore le sentiment de claustrophobie.

Un vieux tourne-disque ne proposait comme distraction que du Julio Iglesias. Lucky en avait marre. Tandis que Julio sussurait avec un accent hésitant des refrains doucereux, Harry Browning avala coup sur coup deux verres de Brandy. Il attendait patiemment la mousse de saumon.

Boogie avait livré la fameuse mousse un quart d'heure avant l'heure limite, et Lucky l'avait complimenté :

— Je sais maintenant que vous êtes capable d'accomplir l'impossible.

— Le plus important, c'est que ce soit bon.

Boogie était exaspéré. A peine un signe de tête en arrivant. Comme Hermann Stone, mais pour des raisons différentes, il n'approuvait pas du tout les aventures de sa patronne. Il est vrai que travailler avec Lucky n'était jamais de tout repos.

Avec un léger sourire rusé, Lucky avait demandé :

— Vous l'avez faite vous-même, Boogie ?

— Ça vient du meilleur restaurant de poissons de Los Angeles. Attendez la note.

Il avait lancé laconiquement, en partant :

— Appelez-moi dans la voiture quand vous serez décidée à rentrer.

Elle était prête à rentrer à la minute où Harry Browning arriva. Seulement, elle n'avait pas fait tout cela pour rien. Il n'était plus question de reculer sans donner à Harry une chance de tout lui raconter.

Quelque part, ailleurs, loin, la vie continuait, alors qu'elle jouait une triste comédie à un minable petit projectionniste du nom de Harry Browning. Lequel, probablement, ne lui dirait rien de ce qu'elle cherchait, de toute façon.

Merde ! Pour couronner le tout, il fallait en plus avaler la mousse de saumon. Elle détestait la mousse de saumon. Quelle soirée !

Finalement, Harry se décida à parler. Comme une prostituée qui raconterait par le menu comment elle en est arrivée là et pourquoi, il sortit tout ce qu'il avait sur le cœur.

Deux heures durant, patiemment, Lucky l'avait materné, flatté, nourri, encouragé, en lui versant copieusement des rasades d'un excellent vin blanc, providentiellement fourni par Boogie. Elle l'avait enchaîné au Brandy. C'était le moment de récolter les bénéfices de son travail.

Dès la première gorgée de Courvoisier, le tranquille petit Harry Browning se transforma en Harry le bavard. Lucky n'en revenait pas. Cette histoire valait peut-être le coup, finalement.

Harry, l'air fier et content de lui, affirmait avec force :

– Quand Abe Panther était en activité, on avait des Studios convenables. Monsieur Panther était un vrai patron. Et les gens le respectaient.

Lucky chuchota :

– Les gens ne respectent pas Mickey Stolli ?

Harry fit mine de cracher avec dégoût :

– Lui ! Il s'en fiche complètement de faire des films. Il n'y a que l'argent qui l'intéresse.

L'air innocent, Lucky enchaîna :

– Au moins, c'est honnête. Mickey surveille les intérêts de Abe, non ?

– Les seuls intérêts qu'il surveille, ce sont les siens.

– Comment savez-vous ça ?

– J'en vois tellement...

Harry attrapa la bouteille de Brandy :

– Et... j'en entends beaucoup !

– Quoi, par exemple ?

Harry réalisa vaguement qu'il en disait peut-être trop. Et après ? Il avait tout de même le droit de parler s'il le voulait. Il se sentait drôlement bien ici, avec cette femme qui semblait fascinée par le moindre mot sortant de sa bouche. Il y avait si longtemps qu'il n'avait pas séduit de femme. Peut-être allait-il l'impressionner encore davantage avec ce qu'il savait.

– Vous connaissez Lionel Fricke ?

Lucky s'efforça de prendre l'air suffisamment impressionné :

– L'agent ?

– Oui. Exactement.

Il la contemplait, derrière ses lunettes cerclées de métal. Son image dansait devant ses yeux. Elle ne valait pas Olive, mais c'était une femme et si elle pouvait seulement ôter ses horribles lunettes...

Lucky le pressa un peu :

– Et alors ? A propos de Lionel Fricke ?

Harry se demandait jusqu'où il pouvait aller. Il avala une autre gorgée de Brandy et posa sa main sur le genou de Lucky :

– Je les ai vus ensemble ! Tous les deux, Mickey Stolli et Lionel Fricke. Je les ai entendus convenir d'un contrat pour Johnny Romano. Un énorme contrat.

Lucky se pencha vers lui, le regard brillant d'excitation :

– Ah oui ?

– Un coup de 5 millions de dollars pour Johnny Romano. Seulement voilà, il n'en voit jamais la totalité. Lionel Fricke vend Johnny Romano aux Studios Panther pour 4 millions. Ensuite il vend un script à une compagnie bidon pour 100 000 dollars. Et un mois plus tard, Panther rachète le même script pour 1 million de dollars.

Lucky conclut :

– Ce qui fait que Lionel et Mickey détournent ce million, moins les 100 000 dollars, et les mettent dans leurs poches. C'est ça ?

Harry approuva en hochant la tête :

– Je les ai bien entendus. Je ne peux pas me tromper.

Lucky ôta prosaïquement la main de son genoux et dit :

– Je suis sûre que non. Mais racontez-moi, qui d'autre encore vole de cette manière ?

– Tout le monde. Eddie Kane, Ford Werne, la plupart des producteurs en place. Ils ont chacun leur propre technique, vous savez...

Lucky remplit à nouveau le verre de Harry en murmurant :

– Je suppose.

Mais soudain, il se raidit et demanda, soupçonneux :

– Pourquoi ça vous intéresse autant ?

– N'importe qui serait intéressé. Vous avez vu tellement de choses. Vous devriez écrire un livre !

Harry se sentit flatté. Cette femme si étrange venait de toucher là son rêve le plus secret. Il acquiesça :

– Un jour, peut-être.

Et il reprit son verre pour une longue gorgée, avant de continuer :

– Je pourrais vous en dire, des choses, sur la drogue, le sexe, les filles paumées et tout ce qu'elles font.

– Quel genre de choses, Harry ?

– Ils comptent sur les femmes pour le sexe. Ils les utilisent.

– Qui les utilise ?

Sombrement, Harry répondit :

– Tout le monde. Ils promettent un rôle à la fille dans leurs films si elle accepte de tourner certaines scènes dégoûtantes.

– Comment le savez-vous ?

– Parce qu'ils le font dans ma salle de projection, impunément.

– Je suppose que vous avez tout vu, en effet.

Harry continuait à murmurer. Il se plaignait de la qualité des films produits par Panther, du bas niveau de l'administration. Il détestait particulièrement Arnie Blackwood et Franckie Lombardo. Deux producteurs apparemment plus coupables que les autres lorsqu'il s'agissait de sexe dans la salle de projection.

Au bout d'un moment, il commença à rouler bizarrement des yeux. Anxieusement, Lucky demanda :

— Vous vous sentez bien, Harry ?

— Pas trop...

Elle l'aida à se mettre debout :

— Il est peut-être temps de prendre un taxi. Vous ne pouvez pas conduire votre voiture.

Harry répétait :

— Ils s'asseoient dans la salle de projection et moi, je vois tout. Il y a des gens qui n'ont aucune honte.

Elle l'entoura d'un bras pour le soutenir et le guida vers la porte tandis qu'il grommelait :

— La drogue et le sexe, ils ne pensent qu'à ça.

Puis il eut un violent hoquet :

— Je ne me sens pas très bien.

— On pourra se revoir et en reparler ?

— On verra.

Il hocqueta à nouveau et trébucha. Lucky parvint tout de même à le faire sortir. Elle héla un taxi en maraude et le tassa à l'intérieur.

Pas question de le laisser s'écrouler sur son parquet. Elle serait obligée de passer la nuit à le surveiller et c'était bien là la dernière chose qu'il lui fallait. Harry Browning lui avait livré bien assez pour cette première séance.

C'était un début prometteur.

16

Brigette comptait les jours. Plus que deux semaines et l'école serait finie. Les deux semaines précédentes, elle comptait chaque seconde. Aujourd'hui elle avait une amie, tout allait mieux, c'était très différent.

Nona Webster, sa nouvelle amie, était une jeune fille drôle, vivante, sa mère était dessinatrice de mode, son père éditeur à New York.

Nona avait les cheveux longs, d'un roux naturel, les yeux étrangement bridés et un teint couvert de taches de rousseur. Son visage était intéressant. Elle était mince et extrêmement grande. Comme Brigette, elle en avait déjà beaucoup vu dans sa jeune vie. Après avoir discuté entre elles, elles se découvrirent beaucoup de choses en commun. Nona avait vécu en Europe et rencontré beaucoup de gens célèbres, elle avait eu un amant de dix ans plus âgé qu'elle et avait tâté de la cocaïne à maintes occasions.

Brigette se confia à elle, lui parla de son propre passé agité, y compris de son kidnapping et de la mort de sa mère par overdose. D'un commun accord, elles décidèrent que la drogue ne servait à rien et ne rapportait que des maladies de cœur ou des troubles graves.

Très excitée, Nona s'aperçut que leur anniversaire tombait le même mois :

– Nous sommes jumelles cosmiques! C'est incroyable qu'on ne se soit pas parlé avant. Je n'ai pas fait attention à toi. Tout le monde disait que tu étais une épouvantable snob! et insupportable! Il faut bien le dire, tu n'encourages pas vraiment l'amitié, non?

– C'est vrai. Mais c'est pas facile d'être dans ma peau, tu sais, il y a l'argent et tout ça...

Brigette avait l'air embarrassée, Nona était plutô
envieuse :

– Mon Dieu, j'aimerais bien hériter d'une fortune, moi
– Ta famille a de l'argent.
– Comparée à la tienne, je peux me plaindre. On est plutôt pauvres! En plus, mes parents ne croient pas à l'héritage
apparemment; ils dépensent tout ce qu'ils gagnent. Je ne
trouve pas ça chic. Mon frère est furieux, il a même menacé
de les tuer tous les deux avant qu'ils aient tout perdu.

Brigette éclata de rire :

– Quel âge a ton frère ?
– Vingt-trois ans, et il est beaucoup trop fasciné par sa
petite personne. Il s'intéresse aux femmes plus riches, plus
âgées, à l'argent en fait. Dans cet ordre-là. J'essaye de sauver
son âme, mais c'est un bien triste combat, tu peux me croire.

Immédiatement intriguée, Brigette questionna :

– Sauver son âme? Mais de quoi?
– Alcool, cocaïne et femmes. Il est complètement paumé
mais je l'aime.

Brigette eut un soupir de regret :

– J'aurais bien aimé avoir un frère.
– Je partagerais bien le mien avec toi si tu me promettai
de m'aider à le sauver.
– Et comment je pourrais faire?
– Épouse-le. Avec tout ton argent, tu feras de lui un
homme heureux.

Elles rirent ensemble. Les conversations les plus ridicules
pouvaient ainsi devenir drôles. Les autres filles n'avaien
pas, en revanche, changé un iota de leur attitude envers Bri
gette. Un après-midi, alors qu'elles allaient en ville toutes les
deux, Nona déclara :

– Laisse tomber les filles. Elles sont tout simplemen
jalouses.

Brigette n'arrivait pas à comprendre en quoi on pouvait la
jalouser.

– Mais pourquoi?
– Parce que tu es jolie et que tu as une grosse poitrine, er
plus! Le comble!

Nona plaisantait, mais Brigette était heureuse qu'elle la
trouve jolie. En réalité, elles savaient bien toutes les deux
que le problème n'était pas là. Le problème était l'argent
L'argent représentait une barrière infranchissable, qui sépa
rait Brigette du reste du monde.

En se traînant le long de l'allée qui menait à l'arrêt du bus
Nona demanda :

– Tu fais quoi, cet été?

– Je dois passer quelques jours avec ma grand-mère. Après ça, je rejoins mon ex-beau-père et sa femme en Californie. Ils louent une maison près de Malibu. Et toi?

Nona shoota négligemment dans un caillou:

– Moi, je passe quelque temps à Montank. On a une baraque là-bas. Ce n'est vraiment pas marrant. Malibu, ça a l'air vachement mieux.

Impulsivement, Brigette s'exclama:

– Hé, j'ai une idée super! Si tu venais avec moi? Ça ne dérangerait pas Lucky, ni Lennie! Je t'assure, ils sont formidables!

– Lennie? Comme Lennie Golden? Lucky comme Lucky Santangelo?

Nona fronçait les sourcils d'étonnement. Brigette rectifia:

– Elle s'appelle Lucky Golden maintenant!

– Non! Tu parles d'une différence...

Brigette se mit à rire:

– Alors?

– Alors... Comment veux-tu que je refuse une pareille invitation! Rencontrer une vraie star de cinéma, en chair et en os! Lennie Golden est merveilleux!

Brigette sourit:

– Disons qu'il est bien.

Nona semblait ravie.

– C'est une chouette bonne idée, mais à condition que tu viennes d'abord chez nous. Tu feras la connaissance de mon frère, Paul. Quel pied! Peut-être même que tu l'épouseras! S'il te plaît, fais-moi une faveur, débarrasse-moi de lui pour toujours!

Brigette prit la plaisanterie en marche:

– Bien sûr! Pourquoi pas? Je ferais n'importe quoi par devoir envers une amie!

Elles éclatèrent de rire ensemble et Brigette promit:

– Demain, j'appellerai Lennie.

Et pour la première fois depuis des années, elle eut le sentiment de tenir vraiment à quelque chose.

Marisa en rajoutait. Tout contre Lennie, elle tenait un volume considérable: grands bras, grandes jambes, seins énormes, lèvres épaisses, humides et un baiser beaucoup trop habile, beaucoup trop insistant pour la caméra.

– Lennie, tu es trop froid. Pourquoi es-tu si glacial avec moi? Qu'est-ce que je t'ai fait?

Le pire, c'étaient les scènes d'amour, en particulier avec quelqu'un qu'on déteste. Et entre Lennie Golden et Marisa Birch, c'était le mur de Berlin. Il haïssait tout ce que cette femme représentait : l'éclat factice, le soi-disant prestige du show-biz. Il la considérait comme une comédienne atrocement mauvaise. Sans compter le fait qu'elle couchait avec Ned Magnus et avec sa propre doublure féminine, Hylda, un autre genre d'amazone à la poitrine tout aussi énorme.

L'équipe technique, en revanche, était aux anges. Marisa ne portait qu'un string minuscule, couleur chair, pour cette scène où elle abreuvait Lennie de provocations pornographiques sous un drap léger. Elle prenait son pied de cette façon en se donnant en spectacle aux hommes; et ça la démoralisait de ne pas parvenir à troubler Lennie.

Une fille comme Marisa était habituée à une admiration immédiate. Elle ressentait une sorte d'insécurité lorsqu'un homme ne réagissait pas devant ses charmes évidents. Beaucoup trop évidents au goût de Lennie, qui répondit patiemment :

— Marisa, on a une scène à interpréter.

Tout en disant cela, il s'efforçait de ne pas remarquer un sein à la pointe dangereusement tendue vers son visage.

— Je te rappelle que ça s'appelle jouer la comédie. Tu es une actrice, tu t'en souviens ?

Ils tournaient en extérieur, dans la somptueuse chambre à coucher d'une villa extraordinaire, perchée tout en haut d'une falaise. Un décor spectaculaire.

Marisa fit signe à l'habilleur de s'écarter. L'homme persistait à vouloir recouvrir cette chair ondulante et nue entre chaque prise de vues. Elle confessa à Lennie :

— Mon chéri, quand je fais l'amour, je ne joue jamais...

Grudge Freeport arpentait le plateau à grandes enjambées en discutant avec ses vedettes. Il décida soudain :

— On la retourne. Lennie, écoute-moi. Tu es censé t'amuser dans cette scène. Cette nana est à poil. Vas-y, bon sang !

Et il se détourna pour cracher une énorme chique de tabac dans un plat jaune que sa jeune assistante tenait à la main.

Marisa grogna, fâchée :

— Ne me traite plus de nana ! Appelle-moi star.

Elle s'étira langoureusement et, repérant Ned Magnus qui venait d'arriver, elle lui fit un signe de la main, en envoyant des baisers :

— Salut chéri !

Ned paraissait content.

Lennie demanda tranquillement :

— Est-ce que la femme du chéri en question est au courant ?

Marisa sourit de toutes ses dents blanches. De grandes dents. Des dents de carnivore, des dents faites pour mordre un homme. Très gentiment, elle répondit :

— Les épouses sont toujours les dernières à savoir. Et quand c'est l'épouse qui s'amuse à ça, c'est le mari qui est au courant le dernier. Tu ne savais pas ?

Un autre étirement langoureux pour ponctuer sa phrase. Un autre régal pour les techniciens.

— A propos, Lennie... Où est ta femme ? J'avais entendu dire qu'elle nous rejoindrait sur le tournage. Il lui est arrivé quelque chose de plus intéressant ?

Grudge Freeport hurla à ce moment-là :

— On tourne !

Gino Santangelo s'installa à l'hôtel *Beverly Willshire* en arrivant et appela Paige aussitôt. Une employée laconique l'informa :

— Madame Wheeler est sortie. Vous désirez parler à Monsieur ?

Non. Il ne désirait pas parler à Monsieur. Il raccrocha.

Le *Beverly Willshire* lui rappelait toutes sortes de bons souvenirs. Des rendez-vous amoureux l'après-midi avec Paige ; amour et champagne sans respirer, des séances de marathon palpitantes...

Gino fit une grimace en passant un doigt le long d'une cicatrice de jeunesse, légèrement estompée sur sa joue. Ah !... si Paige l'avait connu à cette époque ! Elle n'aurait pas hésité. On le surnommait alors Gino le Bélier !

Gino Santangelo, le premier des garçons de son quartier à avoir fait la découverte du grand secret, le plaisir des femmes. Il avait vingt-deux ans alors. Il était fougueux lorsqu'il rencontra Clémentine Duke, une femme incroyable, l'épouse d'un sénateur assez âgé. Mais quelle femme ! Elle l'avait pris comme un matériau brut et l'avait modelé à sa façon. Elle lui avait tout appris : comment s'habiller, quoi boire, comment soutenir une conversation mondaine. Et elle lui avait vraiment appris l'amour. Il s'était laissé faire avec délice et bonne volonté, car il voulait apprendre.

Mais, plus que tout, il avait le désir de réussir. Clémentine et le sénateur l'avaient aidé à atteindre chacun des buts qu'il s'était fixés.

Et voilà qu'après toutes ces années, il se souvenait encore avec nostalgie de cette femme, de ses vêtements de soie sensuels, de la douceur ferme et parfaite des longues cuisses blanches et fuselées, du parfum musqué de sa chevelure.

Il avait connu beaucoup de femmes dans sa vie, mais il se souvenait de peu d'entre elles. Son premier amour, ce fut Leonora, qui se révéla une véritable garce. Vint ensuite Cindy, sa première femme – un autre succès –, suivi de Bee, qu'il avait failli épouser. Et Carrie. Steven était le résultat de cette nuit unique et si courte. Il y avait eu ensuite Maria, sa deuxième femme, le véritable amour de sa vie, la mère superbe et innocente de ses deux autres enfants.

Lorsqu'il pensait à Maria et à la tragédie de sa disparition, c'était presque insupportable. Pourtant, il avait continué, vécu sans elle malgré une tristesse profonde et indéracinable au fond de son âme.

D'innombrables femmes suivirent Maria.

Une passade avec Marabelle Blue, la star de cinéma, l'avait occupé un moment. Une veuve du nom de Rosaline s'était attachée à lui en Israël. Finalement, il avait épousé, pour la troisième fois, Suzan Martino, la parfaite épouse classique hollywoodienne.

Et la seule réussite de Suzan dans ce mariage avait été de lui présenter Paige. En réalité, Gino les avait surprises au lit ensemble; Paige n'avait jamais donné d'explication ni d'excuse, bien qu'à cette époque leur liaison était déjà entamée. Gino comprenait la sexualité débordante de Paige. Ça ne le dérangeait pas. De son côté, il en avait autant à son service. Mais il voulait l'épouser à présent. Et le plus tôt serait le mieux.

Il saisit le téléphone et composa à nouveau son numéro.

Cette fois, Ryder Wheeler décrocha lui-même. Gino se décida. Il en avait assez de ce petit jeu. Si elle ne mettait pas les choses au clair, il le ferait.

– Est-ce que Paige est là?

D'un ton brusque, Ryder interrogea :

– Qui la demande?

– Moi, je la demande, Ryder. C'est Gino Santangelo. Vous vous souvenez de moi?

17

Lucky Santangelo savait comment mettre les gens au pas; elle avait acquis suffisamment d'expérience au fil des années. Tout d'abord avec ses hôtels de Las Vegas, ensuite avec l'empire Dimitri. Elle gouvernait les affaires avec une égale confiance en elle. Les gestionnaires ne l'influençaient jamais, elle ne suivait que ses intuitions, lesquelles s'avéraient rarement mauvaises. Se retrouver assise dans ce petit coin des Studios Panther, contrainte de regarder sans pouvoir agir, la rendait littéralement folle.

Hermann ne lui était d'aucun secours. Son incompétence était totale. Rien d'étonnant à ce que Mickey Stolli ne soit nullement dérangé par la présence de cet espion de Abe. Il savait pertinemment qu'Hermann était incapable de lui nuire.

Lucky avait demandé à Hermann de se procurer les copies des budgets des trois grands films que tournait Panther. Et depuis, rien. Elle avait réclamé des projections des rushes de *Macho Man*, même cela il ne l'avait pas fait. Il suffisait qu'on lui oppose une bonne raison et il la gobait.

Pour son deuxième lundi de travail chez Panther, Lucky était bien décidée à ce que les choses changent.

Depuis cette fameuse nuit de la mousse au saumon, Harry Browning lui avait à peine adressé la parole. Il avait modifié son heure de déjeuner et s'enfuyait dès qu'il la voyait arriver. Le souvenir de cette soirée lui était insupportable. C'était trop pour lui.

Alors, elle avait mis sur pied un sérieux travail d'approche avec Olive. Des félicitations pour ses fiançailles, accompagnées d'une médiocre bouteille de champagne. Des intrusions répétées sous le prétexte de réclamer les budgets pour monsieur Stone, ou de faire une petite pause, histoire de discuter mollement de choses sans intérêt.

Olive s'était un peu dégelée à la longue et lui avait avoué en riant :

— Vous êtes tout à fait différente des secrétaires de la maison. Je dois dire que la plupart d'entre elles ne s'intéressent qu'aux hommes, à l'argent, ou au maquillage.

Toujours pour gagner sa confiance, Lucky avait enchaîné sur le sujet :

— Et vous ? Qu'est-ce qui vous intéresse ?

— Ma seule et unique grande fierté, c'est d'être la meilleure assistante personnelle que Monsieur Stolli ait jamais eue. Nous autres, Anglaises, nous avons le sens du dévouement vous savez.

— Depuis quand travaillez-vous pour lui ?

— Cinq ans. Et il m'apprécie. Il m'a offert une voiture à Noël.

Olive ne cachait pas sa fierté. Lucky renchérit :

— Une voiture ? Mais c'est formidable !

— Oui. Monsieur Stolli est un patron extrêmement gentil.

Mais toute allusion directe à la personnalité de Mickey Stolli ne conduisait Lucky nulle part. Olive était muette comme une carpe et loyale envers son patron. Un trait de caractère typiquement anglais. Mais fort ennuyeux.

Lucky réussit à passer un week-end intéressant mais épuisant. Le vendredi après-midi, un vol pour Londres, où elle arriva le samedi pour passer le reste de la journée et le dimanche matin avec Bobby. Ensuite, elle reprit le Concorde pour New York et une correspondance rapide pour Los Angeles.

Cette coupure était nécessaire et Bobby était enchanté de la revoir. Ils avaient pris une barque dans Hyde Park, mangé des hamburgers au café *Herd Rock*, visité le rayon jouets de chez Harrod's et vu un film. Épuisant.

Bobby était un enfant assez extraordinaire. A six ans et demi, il ressemblait à Gino comme une miniature de son grand-père. Les mêmes yeux noirs, les mêmes cheveux noirs avec cette petite démarche désinvolte, et déjà une personnalité aiguë, curieuse de tout. Juste avant le départ, il avait déclaré sérieusement :

— Tu me manques, maman.

Alors, elle l'avait serré dans ses bras en promettant :

— Tu seras avec moi tout l'été. Tu viendras en Californie, nous serons ensemble dans une grande maison sur la plage.

Il y aura toi, Lennie, Brigette et moi. D'accord, mon chéri ?
Ça te plaît ?

Il avait hoché solennellement la tête et elle avait dû l'abandonner à sa nurse et à ses deux gardes du corps habituels. C'était triste pour un petit garçon, cette existence tellement protégée, mais, après l'enlèvement, elle ne voulait plus courir de risques. En fait, ce ne devait pas être si terrible. Il aimait bien son école, il adorait Cee Cee, sa ravissante nounou jamaïquaine qui s'occupait de lui depuis sa naissance.

De retour à Los Angeles, revigorée par cette parenthèse, Lucky appela Lennie à Acapulco. Il demanda comment marchait le contrat. Pour le préparer à une plus longue attente, Lucky répondit que les choses allaient lentement.

– Tu connais les Japonais.
– Tu t'amuses bien ?
– Sans toi, c'est impossible.
– Lucky, ce film me mine les nerfs.
– Tu m'as déjà dit ça 7 000 fois.
– Ça fait 7 0001.
– Je t'aime, Lennie.

A cet instant, elle souffrait de ne pas être avec lui, elle le désirait violemment.

– Tu m'aimes ? Prouve-le.
– Comment ?
– Laisse tomber ce contrat et saute dans le prochain avion.
– Tu ne sais pas ce que patience veut dire ?
– J'essaye.
– Continue.

Lorsqu'il découvrirait qu'elle était partie pour acheter les Studios, tout cela aurait un sens. Il ne regretterait pas ces petites chamailleries permanentes.

C'était lundi matin, à présent. Hermann l'observait, elle était décidée à agir. A peine arrivée, il dit :

– Monsieur Panther désire vous parler.
– Ah bon ? Pourquoi ?

Hermann s'agita sur son siège :

– Je l'ignore.

C'était une journée particulièrement torride. Lucky ajusta son horrible perruque avec dégoût. Revenir à ce déguisement affreux après deux jours de liberté, c'était un véritable calvaire. Elle s'effondra dans son fauteuil et appela Abe.

Inga répondit au téléphone. Le ton était inamical, la voix pincée.

– Qui ?

– Lucky Santangelo.

– Je vais voir si Monsieur Panther est libre.

– Inga, c'est lui qui m'a appelée, je suis certaine qu'il est libre.

– Je vais voir.

Un dragon serrant les fesses... Il y eut une courte attente, puis Abe surgit à l'appareil, volubile et excité.

– Lucky, qu'est-ce qui se passe, qu'est-ce qui vous arrive ? Comment se fait-il que vous ne m'ayez pas appelé ? Vous avez oublié que nous devions rester en contact ?

– Abe, nous avons un contrat de six semaines, vous et moi. Je ne pensais pas que vous attendiez un appel.

– Je suis impatient d'avoir votre rapport, fillette. Je veux tout savoir.

– Je ne l'ai pas encore.

– Venez dîner ce soir, vers 18 heures.

– Seulement vous, Inga et moi ?

– Oui... oui...

Il était terriblement impatient. Lucky accepta, sarcastique :

– Je ne manquerai ça pour rien au monde.

Elle avait à peine raccroché que, sans attendre, Hermann lui demanda ce que voulait Abe. Sèchement, Lucky rétorqua :

– Mon corps.

Mais son humour ne fonctionnait pas sur ce pauvre Hermann. Il prenait tout au premier degré et la fixa, livide, tandis qu'elle allumait négligemment une cigarette :

– Ils ont envoyé les budgets ?

Il fit non de la tête.

– Décrochez ce téléphone et dites à Mickey Stolli en personne que vous les voulez aujourd'hui, ou sinon...

– Ou sinon quoi ? demanda Hermann, le souffle court.

– Bonne question.

Lucky suçota le bout d'un crayon en réfléchissant.

– Ou sinon, dites à Mickey que vous devrez informer monsieur Panther de ce refus de coopération, et que Abe aurait intérêt à mettre quelqu'un de plus jeune à son poste. Mickey n'aimera pas ça.

Hermann dénoua sa cravate. Il avait un cou de poulet, parsemé de taches de rousseur. Il grogna :

– Qu'est-ce qu'il fait chaud aujourd'hui.

Lucky soupira, en triturant à nouveau sa perruque :

– Ne m'en parlez pas. Et ça ne fait qu'empirer. Passons ce coup de fil, Hermann, vous êtes prêt ?

Il acquiesça à contrecœur.

Lucky appela Olive, laquelle lui répondit que monsieur Stolli était en conférence. On ne pouvait pas le déranger.

– Monsieur Stone a absolument besoin des copies des budgets, ceux qu'il lui a demandés il y a une semaine. Je vous l'ai rappelé, Olive. Quand pouvons-nous les avoir ?

L'air vraiment contrarié, Olive répondit :

– Il ne les a pas obtenus ? Il me semblait qu'on les avait envoyés.

– Pas encore.

– Oh ! zut !

– Je peux passer les prendre ?

– Laissez-moi en parler à monsieur Stolli après sa réunion. Je vous rappelle.

Lucky raccrocha.

– Hermann, elle nous raconte des salades, comme on dit vulgairement. Ou plutôt, comme dit toujours mon père, elle cherche à nous « baiser ».

Hermann se crispa et Lucky annonça avec emphase :

– Mais je vais m'en occuper.

Elle sauta sur ses pieds, animée d'une énergie soudaine.

– Aujourd'hui, nous aurons les budgets. Restez-là tranquillement, Hermann, et faites-moi confiance. Je vous verrai tout à l'heure.

Au-delà du bâtiment principal régnait l'activité habituelle. Des gens allaient et venaient. Des cadres en jeans serrés, chemises ouvertes sur l'éclat de chaînes en or. Une tonne de laque sur les cheveux, des bronzages de joueurs de tennis, le corps tonique, forme et santé. Ça, c'étaient des hommes !

Les femmes se divisaient en deux catégories : travail et plaisir. Celles qui travaillaient portaient tailleur sévère et chemisier de soie, l'air déterminé. Les autres, celles qui couraient après le plaisir, offraient tout aux regards : bustier moulant, ou débardeur suggestif, avec minijupe et slip invisible.

Il était parfois difficile d'imaginer qui faisait quoi. Une secrétaire par exemple, habillée tout à fait conventionnellement, superbe, belle à tomber par terre, ne se distinguait pas d'une star de cinéma. Un homme jeune, l'air riche, portant tout l'accoutrement d'or nécessaire, pouvait aussi bien être un coursier.

Les deux producteurs les plus en vue de la place, les spécialistes des films à gros succès – horreur et sexe – chers au cœur de Mickey Stolli, ressemblaient, quant à eux, à deux clochards des rues.

Lorsqu'ils pénétrèrent dans l'immeuble, Lucky les reconnut grâce à une photo récente parue dans *Variety*. Frankie Lombardo et Arnie Blackwood étaient associés. Arnie : maigre et efflanqué, cheveux gras serrés en queue-de-cheval, lunettes de soleil dissimulant son regard vitreux. Franckie : tignasse de cheveux châtains, barbe en broussaille, petits yeux, sourcils épais et estomac tout en rondeur.

On les surnommait les « Deux Immondes ». La plupart des employées de sexe féminin changeaient de direction pour les éviter. Le portrait approximatif des deux personnages se résumait à ceci : sexistes libidineux.

Lucky garda ses distances, en les suivant tout au long de l'allée jusqu'au bureau de Mickey Stolli, où Olive les arrêta brusquement, nerveuse, crispée :

– Ayez l'obligeance de prendre un siège, messieurs. Monsieur Stolli vous recevra dans un moment.

– Quel accent ! s'exclama Frankie en s'asseyant sur un coin de son bureau, sa grosse main pataude s'emparant d'une photo encadrée du fiancé d'Olive.

Arnie se joignit aussitôt à lui :

– Quelle classe ! Quelle chute de reins ! Frankie, il me faut une Anglaise pour faire le sale boulot, qu'est-ce que tu en dis ?

– Tout ce que tu veux, Arnie.

Frankie remarqua alors la présence de Lucky, dissimulée dans la porte d'entrée. D'une voix arrogante et forte, il l'interpella :

– Salut, merveille ! Tu n'as jamais eu l'idée de changer de coiffeur ?

La remarque fit s'esclaffer Arnie :

– On dirait une perruque ! Ça vous change une tête, hein ?

Cela eut le mérite de faire s'écrouler de rire son associé.

Lucky dut se mordre la langue pour ne pas expédier ces deux vulgaires imbéciles à la renverse. Elle se souvint des confidences d'Harry Browning sur le comportement ignoble de ces deux hommes, en salle de projection.

Mais Olive bondit sur ses pieds, deux plaques rouge vif marbrant son teint de porcelaine anglaise. La voix tendue, elle dit très vite :

– Monsieur Stolli va vous recevoir. Entrez, s'il vous plaît.

Frankie abandonna le coin du bureau et se dirigea vers la porte de Mickey Stolli, suivi de près par Arnie. Lorsqu'ils ouvrirent cette porte, Lucky aperçut Mickey installé derrière son bureau monumental, affalé en arrière dans un gigantesque fauteuil de cuir, discutant au téléphone. Il agita la main en saluant ses deux incontournables producteurs. Arnie claqua la porte d'un coup de sa botte de cow-boy poussiéreuse.

Olive se retourna vers Lucky, de toute évidence fort embarrassée :

– Je suis désolée. Ils ne pensent pas à mal. Ce sont deux grands écoliers mal élevés.

Lucky se contint avec difficulté. Il était dur de se taire. Elle avait entendu parler de Frankie et Arnie par Lennie, qui avait dit d'eux : « Un couple de nuls absolus. Ils se baladent en tee-shirts imprimés avec ce genre de texte : " Je baise si on ne me baise pas d'abord ". »

Lucky avait répondu : « Tout à fait charmant. »

Et Lennie avait rétorqué en riant : « On me tuerait plutôt que de faire un film avec eux. Comparés à ces deux-là, Ned Magnus a de la classe ! »

Olive attendait une réaction de Lucky.

– Vous êtes vexée, n'est-ce pas ? Ne le soyez pas, je vous prie. Vous avez de très beaux cheveux.

« Parle toujours, Olive. Parle. Te voilà bien emmerdée. Mes cheveux, c'est un désastre. Une perruque ! Arnie l'a bien appelée par son nom. »

Puis Lucky réussit à s'exprimer d'une voix sourde, en espérant avoir l'air suffisamment vexée :

– Ça va...

Vivement, Olive proposa :

– On déjeune ? A une heure ? C'est moi qui invite.

– Je croyais que vous ne déjeuniez pas.

– Pas tous les jours, évidemment. Mais je ne me fiance pas tous les jours non plus. Disons que nous allons fêter ça. C'est oui ?

Lucky accepta et décida de ne pas ennuyer Olive avec les budgets. Si elle n'en parlait pas maintenant, cela lui donnerait un prétexte pour revenir le lendemain. Elles convinrent d'un rendez-vous à la cantine et Lucky s'en alla.

Une fois dehors, elle aperçut cette grande femme étonnante, qu'elle avait déjà vue entrer dans l'immeuble, la semaine précédente. Lundi dernier, elle portait du Donna

Karan. Ce lundi, c'était Yves-Saint-Laurent. Il y avait quelque chose, chez cette femme, qui détonnait un peu.

D'instinct, Lucky fit demi-tour pour la suivre. Les talons hauts claquaient dans le couloir de marbre et s'arrêtèrent face à une porte marquée : « Eddie Kane, premier vice-président de la Distribution ». La femme entra et disparut.

Lucky patienta quelques minutes avant d'ouvrir cette porte à son tour. Deux secrétaires bavardaient de Tom Selleck. L'une d'elles lui jeta un coup d'œil. Elle avait des ongles griffus, d'un rouge sang et les lèvres assorties. D'une voix acerbe, elle demanda :

— Je peux faire quelque chose pour vous ?

— J'ai dû me tromper, je cherche le bureau de monsieur Stolli.

— Étage au-dessus, dit « Ongles griffus », en ajoutant généreusement :

— Vous pouvez prendre l'ascenseur si vous voulez.

A ce moment-là, la grande femme sortit du bureau personnel d'Eddie Kane. Vue de près, son visage, recouvert d'un maquillage d'une rare perfection, paraissait sculpté dans le granit. Les yeux durs étaient implacables. Lucky reconnut ce regard. Un regard particulier, commun aux prostituées et aux camés. Las Vegas était un repaire de prostituées de luxe et Lucky avait grandi en les observant.

La femme s'adressa à la secrétaire :

— Merci.

Et elle se dirigea vers la sortie, au moment où Johnny Romano arrivait dans l'immeuble. Il marchait le bassin en avant – sex-symbol –, le reste – sa petite cour personnelle – suivant derrière. La femme ne jeta pas même un coup d'œil dans sa direction. Elle se hâta vers une Cadillac Seville grise, s'y installa rapidement et démarra.

Lucky se sentait l'âme d'un détective. Elle releva le numéro de la plaque d'immatriculation et se dépêcha de retourner au bureau d'Eddie.

Ongles griffus était au téléphone, tandis que l'autre secrétaire, une jeune fille noire, feuilletait un numéro de *Rolling Stones*.

— Excusez-moi... dit Lucky.

Ce petit jeu de personnage humble et soumis la déprimait et cette fichue perruque au sommet de son crâne la rendait folle. Particulièrement ce lundi matin, où la température était exceptionnellement chaude et humide.

La fille qui lisait *Rolling Stones* daigna baisser le magazine pour articuler un « oui ? » désinvolte.

– Cette femme qui était là à l'instant, elle travaille aux Studios ?

– Non, pourquoi ?

– Euh ?... eh bien, parce que je viens d'apercevoir quelqu'un qui a abîmé sa voiture. J'ai pensé qu'il fallait la prévenir.

Ongles griffus abandonna son téléphone pour demander :

– Qu'est-ce qu'il y a, Brenda ?

Brenda haussa les épaules :

– C'est à propos d'un accident de voiture.

Lucky insista fermement :

– Il faut que je prévienne cette femme, vous avez un téléphone où on peut la joindre ?

C'était maintenant au tour de Ongles griffus de hausser les épaules.

– Sais pas. Eddie sait peut-être.

Brenda l'interrompit en rectifiant, comme un avertissement :

– Monsieur Kane.

Mais Ongles griffus la rembarra d'une grimace :

– J'ai horreur d'appeler qui que ce soit « monsieur » quelque chose, c'est tellement humiliant. Comme si on était inférieure à eux, ou quelque chose comme ça. Je l'appellerai Eddie, si je veux !

– Fais comme tu veux. Je te rappelle seulement ce qu'il a dit.

– Ouais. Qu'il me virait si j'oubliais. Tu peux être sûre qu'il a de la chance d'avoir une secrétaire, avec ces manières, cette façon qu'il a de balader ses mains vicieuses. Elles sont partout, ses mains. Dans ce bureau, on ne peut pas se pencher sans prendre des risques !

Brenda ne put s'empêcher de glousser et, soudain, elles se rendirent compte toutes les deux que Lucky était toujours là.

Ongles griffus déclara sur le ton professionnel :

– Je crois me souvenir que son nom est Smith. Laissez-moi vérifier dans le Rolodex.

Brenda vint à son aide :

– Si vous n'arrivez pas à la joindre, elle sera là lundi prochain. Elle vient une fois par semaine pour s'occuper de son poisson.

– Pardon ?

– Un poisson tropical. Il le garde dans un aquarium, dans son bureau.

– Vraiment ? Et qu'est-ce qu'il en fait exactement ?

Brenda bâilla d'ennui :

– Qui sait ? Il le nourrit, je suppose. Il est complètement obsédé par ça, en tout cas. Un lundi, elle n'est pas venue et il a failli piquer une crise. Il hurlait et vociférait, exactement comme Stallone dans une crise de rage.

Ongles griffus commenta avec admiration :

– Parfait Brenda. Tu devrais écrire des scénarios.

Brenda rit et se replongea dans son *Rolling Stones*. Elle devait avoir suffisamment parlé pour la journée. Il lui importait plus de savoir si oui ou non David Lee Roth se teignait les cheveux.

– Nous y voilà, dit Ongles Griffus, J. Smith... Poissons tropicaux.

Elle gribouilla sur un morceau de papier et le tendit à Lucky :

– Vous travaillez ici ?

– Je suis l'assistante temporaire de monsieur Stone.

– Qui est-ce ?

– Un cadre.

– Dans quel secteur ?

– Il était là du temps de monsieur Panther.

Ongles griffus s'ennuyait déjà :

– Ah bon ?

Lucky prit la fuite. « Poissons tropicaux... Tu parles », se dit-elle en retournant vers les quartiers de Hermann.

Jusqu'ici, la matinée s'était avérée intéressante. Elle avait pu observer les Deux Immondes en action, provoqué la sympathie d'Olive et aussi croisé une femme qui, si elle se fiait à son instinct, devait être, à coup sûr, la pourvoyeuse de drogue de Eddie Kane.

Voilà qui n'était pas mal. Pas mal du tout.

A présent, il y avait ce déjeuner en compagnie d'Olive et ce dîner avec Abe et Inga.

Cette journée était tout à fait passionnante. Jusqu'où le serait-elle encore ?

18

Abigaile Stolli donnait une réception; en tout cas, elle s'y préparait visiblement. On la voyait parcourir en tous sens son hôtel particulier de Bel-Air, vérifier le moindre détail, suivie à la trace par ses deux bonnes espagnoles, Consuela et Firella.

Abigaile était une petite bonne femme aux cheveux auburn, épais et longs jusqu'aux épaules. Avec cela, des traits repoussants et une abondante garde-robe signée par les grands couturiers. Ce n'était pas une beauté mais, en qualité de petite-fille de Abe Panther, elle n'avait nul besoin de l'être. Abigaile était une véritable reine d'Hollywood.

A l'âge de quarante ans, elle était parvenue à conserver un visage de petite fille grâce à Jane Fonda, un teint frais – grâce à Aida Fhibiant – et un sens aigu de la compétitivité avec les autres reines d'Hollywood.

Lorsque Abigaile entreprenait quelque chose, il fallait que ce soit un *must*. Elle s'échinait à donner les meilleures réceptions, les meilleures ventes de charité et les meilleurs petits dîners intimes. La cuisine était toujours merveilleuse, le service impeccable. Mais son véritable talent secret était de savoir mêler les invités.

Cette soirée était un exemple parfait. Un dîner pour douze personnes, où les rencontres seraient explosives. Un politicien noir, une féministe célèbre, un rocker légendaire et son épouse exotique, un mannequin de renom. Le plus était représenté par deux stars de cinéma : Cooper Turner et Vénus Maria. Il y avait aussi un jeune réalisateur à succès et sa petite amie. Enfin, pour compléter le groupe, le tout nou-veau directeur des Studios Orpheus, Zeppo White, un brillant causeur accompagné de son épouse excentrique et un peu droguée, Ida.

Avant cela, Zeppo était un agent important et Ida une productrice qui n'avait jamais rien produit. Ils étaient généralement les invités principaux de toute bonne réception qui se respecte. Zeppo et ses allures de snob, ses propos acides; Ida et sa passion pour les derniers ragots. Abigaile s'efforçait toujours de les inviter. Ils étaient sa meilleure assurance contre l'ennui.

Elle était tout particulièrement heureuse que Cooper Turner ait accepté son invitation. Il était bien connu pour se montrer nulle part. C'était donc un joli coup de l'avoir à sa table. Vénus Maria se laissait difficilement inviter, elle aussi.

Abigaile était donc satisfaite, sa soirée serait l'événement dont on parlerait. Elle téléphonerait personnellement à Georges Christy pour lui donner la liste de ses invités. Que la ville lise le journal et en pleure!

— Hum...

Abigaile venait d'apercevoir un verre à vin portant un minuscule éclat sur le bord. Elle le prit, se tourna vers les deux domestiques, le regard accusateur. Les mots étaient superflus.

Consuela bredouilla aussitôt :

— Désolée, Madame. Je m'en occupe.

Elle acceptait d'emblée la responsabilité de ce verre offensant. Abigaile était irritée :

— Bon. Peut-être pourriez-vous me dire qui est responsable ? Ces verres valent une fortune, plus de 150 dollars pièce. Quelqu'un devra payer. Et ce quelqu'un n'est sûrement pas moi.

Consuela et Firella échangèrent un regard catastrophé. 150 dollars pour un verre! Ces femmes américaines devaient être folles.

Abigaile acheva son inspection sans autre incident et se rendit au salon de beauté dans sa Mercedes crème.

En fonçant sur Sunset Boulevard, elle utilisa son téléphone de voiture pour joindre Mickey aux Studios. Il semblait épuisé :

— J'allais déjeuner, qu'est-ce qu'il y a ?

— Tu étais censé me faire apporter du bureau trois douzaines de bouteilles de Cristal Roederer. Où sont-elles ?

Il dirigeait ces énormes Studios et sa femme lui parlait comme à un vulgaire marchand de spiritueux. Il aboya :

— Demande à Olive!

Et elle aboya en retour :

– Non! Toi, tu en parles à Olive.

Dans la plupart des mariages hollywoodiens, les hommes étaient assis sur le fauteuil du pouvoir et les femmes tournaient prudemment autour, afin de ne pas troubler leurs délicats « egos ». Dans le ménage Stolli, Abigaile détenait le pouvoir. Elle était la petite-fille d'Abe Panther, personne ne devait l'oublier, particulièrement Mickey.

– Et puisque tu vas parler à Olive, assure-toi bien qu'elle confirme l'invitation, l'endroit et l'heure, à Cooper Turner et Vénus Maria. Je ne veux pas de faux bonds.

– C'est ça, c'est ça...

Mickey marmonnait avec impatience et se permit d'ajouter avec sarcasme :

– Rien d'autre? Il faut peut-être que je passe aussi à la teinturerie, ou que je m'arrête chez Gelson?

– Au revoir, Mickey.

Le ton sur lequel était prononcé cet « au revoir » en disait long.

Abigaile stoppa devant l'employé qui garait les voitures, en face de chez Ivana, le nouveau salon de beauté à la mode. Elle pénétra rapidement à l'intérieur.

Abigaile Stolli donnait ce soir l'un de ses célèbres dîners intimes. Il n'y avait pas de temps à perdre.

19

Olive Watson parlait avec ardeur de son fiancé, un analyste programmeur. Elle avait fait sa connaissance un an auparavant au cours de son voyage annuel en Angleterre et ils s'étaient écrit depuis lors.

Avec curiosité, Lucky demanda :

— Vous avez passé combien de temps avec lui, en réalité ?

— Dix jours. Il m'a fait la cour comme un tourbillon.

Lucky aurait bien aimé savoir s'ils avaient couché ensemble. Mais la modeste Luce qu'elle incarnait ne pouvait pas se permettre une question aussi intime. Elle se tut donc discrètement et se contenta d'un :

— Comment s'appelle-t-il ?

Amoureusement, Olive répondit :

— Georges. Il est plus âgé que moi. Extrêmement distingué.

Lucky s'aventura un peu :

— Plus âgé de combien ?

Olive pinca les lèvres avant de révéler :

— Cinquante et quelques.

— Il n'y a rien de mal à aimer un homme plus vieux.

Lucky voulait la rassurer, elle pensait à son propre mariage avec Dimitri Stanislopoulos, alors qu'elle avait une vingtaine d'années, et lui la soixantaine.

— Vous êtes très compréhensive.

Olive picora légèrement dans sa salade, hésita un instant puis ajouta :

— J'espère que vous ne m'en voudrez pas de vous dire ça, mais, en fait, vos cheveux mériteraient d'être un peu arrangés. J'aimerais bien vous emmener chez le coiffeur. Mais seulement si vous le voulez bien !

Elle avait hésité avant de prononcer la fin de sa phrase à la hâte, anxieuse de ne pas vexer Lucky, qui répondit vivement, en portant instinctivement la main à l'affreuse perruque :

— Merci, j'aime bien cette coiffure. Bien sûr, je ne prétends pas que ce soit très joli.

— C'est très joli.

Olive était évidemment déconcertée et mentait du mieux qu'elle pouvait.

Pour la première fois, Lucky se sentit prise en fraude. Olive s'intéressait sincèrement à elle, ce n'était peut-être pas très correct de jouer ce jeu. Puis elle décida qu'il n'y avait pas de problème : quand elle serait à la tête des Studios, elle accorderait à Olive une augmentation et une promotion importantes. Cette femme le méritait, après toutes ces années de travail au service de Mickey Stolli. Lucky changea de sujet :

— Vous avez l'intention de vous marier quand ?

— Georges voudrait que ce soit immédiatement.

Olive fronça légèrement les sourcils, l'air préoccupée, songeant à toutes les difficultés qui l'attendaient.

— Je lui ai dit que c'était impossible. Il y a tant de choses à mettre au point, et je ne désire pas quitter mon job. Je ne suis pas sûre que Georges soit décidé à vivre en Californie.

— Vous devriez en parler tous les deux.

Olive approuva vigoureusement.

— En effet, Georges sera à Boston durant deux jours, la semaine prochaine, pour son travail. Ce serait le moment idéal pour discuter de tout cela.

Elle soupira :

— Il veut que je le rejoigne. Malheureusement, c'est impossible.

Lucky sentit venir une occasion d'en savoir davantage :

— Pourquoi impossible ?

— Parce que Mickey Stolli a besoin de moi. C'est un homme très particulier. Avec lui, les choses doivent se dérouler comme il le décide.

— Vraiment ? Il n'accepterait pas que quelqu'un vous remplace ?

— Sûrement pas.

— Même pas une fille du bureau ?

— C'est absolument hors de question.

— Et moi ?

— Vous !

C'était un pari difficile mais Lucky pouvait le gagner.

– Oui, moi! Je peux le faire pendant deux jours. Vous n'aurez qu'à me montrer ce que je dois faire et je vous promets qu'il n'y aura aucun problème.

– Mais vous travaillez pour monsieur Stone.

– Il part en vacances la semaine prochaine. D'ailleurs, même lorsqu'il est là, je n'ai rien à faire. C'est un travail ennuyeux. Pour vous dire la vérité, j'étais en train de me dire que j'allais m'en aller.

Olive se réfugia dans le silence un long moment. L'offre était tentante.

Luce paraissait compétente. Finalement, elle dit d'une voix mal assurée :

– Il faudrait que j'en parle à monsieur Stolli. Après tout, c'est à lui de décider et, comme je vous le disais tout à l'heure, c'est un homme très particulier, avec des habitudes précises.

– D'accord, je comprends.

Lucky souhaitait que l'idée fasse son chemin dans l'esprit d'Olive, sans la bousculer. Mais elle hocha la tête tout à coup en se décidant :

– Je vais lui demander. Ce voyage est tellement important pour moi. Mieux vaut organiser les choses le plus tôt possible.

Lucky acquiesça :

– Tout à fait.

Et Olive approuva de nouveau :

– Je vous tiens au courant.

Lucky demanda à Boogie de retrouver la trace de la voiture de la fameuse dame aux poissons tropicaux qu'elle avait aperçue chez Eddie Kane. Elle était immatriculée au nom de Kathleen Lee Paul. J. Smith n'existait pas sur les fichiers. Le moindre naïf disposant d'une moitié de cerveau l'aurait deviné. Lucky donna ordre à Boogie d'enquêter sur cette madame Lee Paul et de lui rapporter des informations le plus tôt possible. Mais Boogie assura :

– C'est déjà fait.

Hermann voulut aussitôt savoir ce qui se passait. L'air conditionné était en panne dans son bureau et il avait plus d'une raison pour être congestionné. Son visage était rouge et tendu. Lucky était désolée pour lui. Elle lui dit fermement :

– Vous allez prendre des vacances!

Il s'agita aussitôt :

– Quoi ?

– Des vacances! Vous en avez besoin. Vous les avez méritées. Une semaine à Palm Spring. Il faut que vous partiez, afin que je sois libre de remplacer Olive. D'accord ?

Hermann n'avait aucunement l'intention de discuter. N'importe quoi était le bienvenu, pourvu qu'il parte d'ici. Avec une certaine raideur, il demanda :

– Et quand dois-je partir ?

– Restez ici jusqu'à mardi. Nous pourrons peut-être obtenir les projections que vous avez demandées. En fait...

Lucky s'interrompit pour attraper le téléphone :

– Je vais arranger ça tout de suite.

La salle de projection était décorée d'un cuir vert somptueux, d'une moquette épaisse et de quelques agrandissements des plus grandes stars des Studios Panther. On y voyait Vénus Maria, l'expression moqueuse, vêtue de cuir noir. Un gros plan du très beau Cooper Turner, et Suzie Rush en effrontée sainte-nitouche dissimulée derrière un parasol rose. Il y avait aussi Charlie Dollar et sa petite grimace de maniaque, Johnny Romano, entouré de filles en robes courtes, Marisa Birch, debout, immense, les cheveux coupés en brosse et la poitrine énorme. Lennie Golden était placé plus loin, l'air étrange avec ses cheveux blond clair, ses yeux verts pénétrants et son petit sourire cynique.

Lucky s'attarda devant la photo. Il était formidable comme toujours; et, comme toujours, il lui manquait terriblement.

Harry Browning sortit de la cabine de projection afin d'accueillir personnellement Hermann Stone. Ignorant Lucky, il serra la main d'Hermann en disant :

– Comme c'est agréable de vous voir, monsieur Stone, ça faisait longtemps.

Hermann prit un ton bourru, jouant son rôle exactement comme Lucky le lui avait ordonné :

– Qu'est-ce qu'il est possible de voir ?

– J'ai les derniers rushes de *Macho Man*. Et un extrait de montage de *Motherfaker*.

– Ça ira.

Hermann se fraya un chemin vers les rangs du fond, où se trouvaient un téléphone d'ordre en liaison avec la cabine de projection, ainsi qu'un petit réfrigérateur contenant un assortiment de boissons non alcoolisées.

Harry demanda :

– Que voulez-vous voir en premier ?

Lucky répondit :

– Les rushes de *Macho Man.*

Elle rectifia rapidement :

– Monsieur Stone désire voir en premier les rushes de *Macho Man.*

– C'est exact.

L'air guindé et évitant de croiser le regard de Lucky, Hermann joua son rôle :

– Certainement.

Dès que le personnage de Lennie envahit l'écran, Lucky se sentit pleine de fierté. Il était non seulement drôle et intelligent, mais terriblement attirant. Et c'était son mari.

La première scène était une séquence brève entre Lennie et Joey Firello. Ils fonctionnaient bien ensemble. Leurs dialogues étaient vifs, pleins d'entrain. Lucky reconnut Lennie, soutenant un rythme excellent dans cette séquence. De quoi se plaignait-il donc ?

Puis Marisa Birch apparut à l'écran. Sous tous les angles. Sa présence physique dominait la scène mais elle ne possédait pas une once de talent pour la soutenir. Son jeu était d'une affectation totale.

La scène où elle était au lit avec Lennie n'était qu'une plaisanterie de mauvais goût. De toute évidence, Grudge Freeport avait perdu les pédales en la dirigeant. Les seins énormes de Marisa étaient son unique point de mire. Il était parvenu à leur faire occuper chaque plan. Ces deux choses énormes, élastiques, répandues sur l'écran, paraissaient presque menaçantes. Lennie n'était pas heureux, cela se voyait. Sans parler d'atomes crochus, Marisa et Lennie ensemble ne provoquaient pas d'étincelles. A peine quelques grésillements.

En regardant les cinq prises que Grudge avait donné l'ordre de faire, Lucky se sentit réellement embarrassée. Il n'était pas besoin de se demander pourquoi Lennie se plaignait sans arrêt, c'était pire que ce qu'elle avait pu imaginer.

L'air en détresse, Hermann demanda :

– Mais quel genre de films ils tournent en ce moment ? C'est du porno que je vois.

Lucky l'interrogea avec curiosité :

– Quand avez-vous visionné pour la dernière fois un film de Panther ?

Hermann ne sut que répondre. Il n'avait probablement pas vu de films depuis *Autant en emporte le vent.* Pauvre vieil

Hermann. Quel choc il ressentirait si jamais il faisait surface, un jour, dans la réalité.

Le montage de *Motherfaker* apparut sur l'écran, avec la première image de Johnny Romano en dur – blouson de cuir et roulant des mécaniques le long d'une rue luisante de pluie, de sa démarche habituelle, désinvolte, le bassin en avant. Soudain, un homme l'aborde et le bloque :

Johnny Romano

– Qu'est-ce que tu veux, enfoiré de ta mère ?

L'autre acteur

– Je veux ce qui est à moi, sac à merde.

– Tu ferais mieux de te mordre la queue, t'auras rien de moi, tête de nœud.

– Comment tu m'as appelé, enfoiré ?

– Tête de nœud, enfoiré de ta mère. Tu veux que je t'appelle comment ?

– Tu baises pas le bon mec, Latino...

– Ah ouais ?

– Ouais, connard de pédé de mes deux.

Suivait un gros plan serré sur Johnny Romano. Son regard occupant la totalité de l'écran. Des yeux sombres profonds qui en disaient long sur son personnage. Des yeux qui exprimaient à la fois la colère et une menace secrète. Des yeux revolvers.

La caméra revint en arrière pour montrer l'autre personnage s'approchant avec un fusil. Johnny donna un coup de pied dans la main de l'homme, sortit son arme et l'exécuta.

Les rythmes violents d'une musique *rap* scandaient la scène, annonçant les bénéfices qui couleraient à flots.

Hermann suffoqua :

– C'est consternant !

Et Lucky répondit sèchement :

– Bienvenue à bord des années quatre-vingt.

20

Le salon de beauté Ivana était un centre de ragots. Chacun savait quelque chose que les autres ne savaient pas. Le nerf de la guerre était la formule classique : « Promettez-moi de ne le répéter à personne. »

Naturellement tout le monde promettait... et tout le monde répétait.

L'histoire de Vénus Maria faisant l'amour sur scène avec Cooper Turner circulait toujours, mais la légende s'était embellie avec le temps. Elle ne s'était pas seulement jetée sur Cooper, mais aussi sur la moitié de l'équipe du plateau.

Une maigre fille noire lavait la tête d'Abigaile en lui racontant cette fable, et elle aboya selon son habitude :

— Complètement absurde !

Mais la fille insista, sûre d'elle en affirmant :

— Mais c'est vrai, Abigaile !

— Ayez l'amabilité de m'appeler Madame Stolli ! Avec considération ! N'oubliez pas, ma chère, que mon mari est à la tête des Studios Panther, où ce genre d'événement est supposé avoir eu lieu ! Et si vous persistez à répandre ces ragots malveillants, je vous ferai un procès !

Les yeux écarquillés, la fille noua une serviette de toilette autour des cheveux humides d'Abigaile et disparut sans demander son reste.

Lorsque Saxon, le propriétaire des lieux, vint la coiffer, Abigaile se plaignit à lui. Saxon ne privilégiait personne. Grand, musclé, la tête couverte de boucles blondes jusqu'aux épaules, il avait le corps d'un haltérophile et le style d'une star de rock Heavy Metal. Il venait d'arriver de New York et avait ouvert ce salon dix mois plus tôt. A trente ans, il était déjà le coiffeur le plus couru de la ville. De sa voix grave, au ton un peu brusque, il stoppa les jérémiades :

– Cessez de rouspéter, Abby, j'ai horreur de vous voir pleurnicher.

Personne n'était capable de dire s'il était homo ou hétérosexuel. Et personne n'osait le lui demander.

Abigaile rétorqua aigrement :

– Je ne pleurniche pas! J'imagine que ce n'est pas trop demander à votre personnel temporaire de s'adresser à moi avec respect. Pour eux, je suis Madame Stolli. Madame!

Avec un certain manque de respect, justement, Saxon répondit :

– Mais oui, très chère...

– Merci.

Les yeux d'Abigaile étaient à hauteur de la ceinture de Saxon. Il portait des jeans incroyablement serrés pour un homme. Il s'aperçut du regard de sa cliente et Abigaile se dépêcha de regarder ailleurs. En rejetant en arrière sa crinière de cheveux blonds qui faisait des jaloux, il demanda :

– Alors? A quoi veut ressembler Madame Stolli aujourd'hui?

Abigaile répondit sèchement :

– Faites de votre mieux.

– Mais je fais toujours de mon mieux, ma chère. Toujours.

Pour obtenir des informations très rapidement, Boogie était prodigieux. Lucky revenait à l'instant de la salle de projection et un message l'attendait déjà, demandant de le rappeler.

Hermann était écroulé derrière son bureau. Il avait quitté la projection vingt minutes après le début du film, en marmonnant son indignation.

Lucky n'était certes pas prude et détestait toutes les formes de censure, mais *Motherfaker* avait réussi l'exploit de choquer presque tout le monde. A chaque dialogue, il était question « d'enfoiré », ou pire. La violence y était une institution. Les personnages féminins n'étaient que des putains ou des victimes particulièrement stupides... Curieuse image de la femme.

Johnny Romano avait écrit et produit le film et il jouait lui-même dans ce morceau d'anthologie décadent. C'était là le message important qu'il avait à transmettre.

Lucky interpella Hermann, toujours effondré :

– Abe sait-il quel genre d'immondes violences sexistes fabriquent les Studios?

Hermann haussa les épaules, désespéré :

– Un film de Johnny Romano fait des recettes.

– Une pute à 1 000 dollars la nuit en fait aussi, on n'est pas obligé pour autant de la sauter, non?

Hermann fit reculer sa chaise et se leva, écœuré :

– Je m'en vais.

Elle avait bien envie de lui dire : « Et ne prends pas la peine de revenir. Reste donc chez toi, Hermann, plante des fleurs, joue au golf. Ta maison, là est ta place. » Mais elle lui rappela :

– N'oubliez pas, vous prenez des vacances la semaine prochaine.

Il acquiesça et quitta le bureau lentement, en vieil homme fatigué, brusquement propulsé dans le présent.

Un moment, Lucky eut pitié de lui. Mais elle se dit aussitôt : « Après tout, il recevait un gros chèque pour rester assis là à ne rien faire. Très exactement rien. Il aurait pu au moins visionner la production de temps en temps. »

Boogie répondit au téléphone à la seconde.

– Que se passe-t-il, Boogie? C'est urgent ou ça peut attendre?

– Comme d'habitude, vous aviez raison. Je vous admire. Vous devriez fréquenter les champs de course et parier sur les chevaux.

Lucky coinça le téléphone sous son menton pour atteindre un paquet de cigarettes et demanda impatiemment :

– Racontez-moi l'affaire.

– Kathleen Lee Paul alias Cathy Pauslon, alias Candy Ganini. Trente-quatre ans. A commencé sa carrière à seize ans comme stripteaseuse, a épousé un loubard, est devenue call-girl, puis s'est mise à passer les frontières avec de la came pour n'importe qui, à condition qu'il paye suffisamment. Arrêtée en 1980 pour trafic de drogue. Elle portait trois sacs de cocaïne pleins à craquer.

– C'est charmant!

– Elle a fait son temps en prison. Elle est sortie, a épousé un agent sans envergure. Elle a eu un enfant et elle est retournée à ses anciennes amours. Aujourd'hui, elle est la maîtresse du *boss* de la drogue colombienne à Los Angeles, Umberto Castelli. Cette fille est le plus gros dealer du monde du show-biz. On lui fait confiance. Elle s'habille haute couture.

– J'avais remarqué, dit Lucky, sèchement.

– Rien d'autre ?

– De quelle couleur les slips ?

– Mauve le mardi !

– Très drôle.

– A propos, votre père est ici.

La nouvelle surprit Lucky :

– Gino est à Los Angeles ?

– Il est descendu au *Willshire*. Il veut dîner avec vous ce soir.

– Je ne peux pas, Boog. Ce soir, je dîne avec Abe Panther, chez lui. Appelez Gino, dites-lui que je le contacterai demain. Oh... faites aussi une petite enquête sur Eddie Kane. Il est premier vice-président de la distribution chez Panther. Je veux tout savoir sur lui.

– C'est comme si c'était fait.

Lucky pensa soudain à son fils. Bobby lui manquait terriblement. Elle demanda anxièusement :

– Vous avez appelé Londres aujourd'hui ?

– Oui. Bobby va bien, rassurez-vous.

– Et au bureau ?

– Ça tourne tranquillement.

Lucky soupira :

– Je suppose que je ne manque à personne.

– Vous manquez toujours.

– Merci, Boog.

En raccrochant, Lucky se mit à réfléchir aux dernières informations recueillies par Boogie. Eddie Kane était donc un gros consommateur de cocaïne. Qui d'autre pouvait avoir la même petite manie ?

Une défonce à la cocaïne revient cher. A quelles autres escroqueries Eddie Kane était-il mêlé ?

Dans la salle à manger réservée aux cadres, Suzie Rush vint poser sa délicate main blanche sur le poignet, bien moins délicat, de Mickey Stolli :

– Mickey, la prochaine fois, nous devrions déjeuner chez moi.

Elle battit des cils, en une invite séductrice qu'il n'appréciait pas. Cette fille lui faisait des avances depuis des semaines et il ne parvenait pas à s'en sortir. C'était l'une des stars les plus importantes de Panther, mais d'une tristesse tout aussi énorme en amour. Il n'avait pas du tout envie d'elle.

Le problème était de se sortir élégamment de ce guêpier. Chaque jour, mademoiselle Rush faisait montre d'intentions de plus en plus claires à son sujet.

Mickey s'éclaircit la gorge :

— Suzie, mon chou, si jamais j'allais déjeuner chez vous, tout serait fini.

— Que voulez-vous dire, Mickey ?

Elle prit le ton innocent d'une petite fille naïve, tout en sachant parfaitement ce qu'il voulait dire.

— Je veux dire que je ne pourrais pas m'empêcher de sauter sur votre corps merveilleux... Ce ne serait pas bien, n'est-ce pas ?

Suzie gloussa, inclina la tête avec coquetterie :

— Pourquoi ?

Mickey ne put s'empêcher de remarquer les petites rides fines autour des yeux bleus larmoyants et les deux sillons plus profonds, entre les sourcils. Cette fille n'était plus dans sa première jeunesse. C'est miraculeux ce que peut faire un grand directeur photo.

S'efforçant d'avoir l'air sincère, Mickey répondit :

— Nous sommes mariés, vous comme moi, vous vous en souvenez ?

Elle caressa légèrement du doigt le poignet crispé sur la table :

— Vous êtes tendu, Mickey. Relaxez-vous... ce n'est que moi.

C'était aller trop loin. Mieux valait ramener la conversation sur le plan professionnel.

— Suzie, je suis marié, très marié même...

Et, pour qu'elle reste de bonne humeur, il ajouta :

— Si je ne l'étais pas, qui sait ?

Suzie tapota le poignet et retira sa main.

— Vous savez quoi, Mickey ?

— Quoi ?

— En dépit de votre réputation féroce, vous êtes un homme vraiment charmant et loyal...

Elle le gratifia d'un sourire malicieux.

On avait qualifié Mickey de beaucoup de choses dans sa vie. Mais « charmant » et « loyal » était une première. Pourvu qu'aucune oreille ne traîne dans les parages. Un Mickey Stolli charmant et loyal... voilà qui pouvait détruire sa réputation.

Il changea abruptement de sujet :

— Parlons du script.

– Quel script?

Suzie effeuillait délicatement un artichaut et plongeait chaque feuille dans la sauce au beurre.

– *Sunshine!*

Elle devint aussitôt agressive :

– Je ne veux pas faire *Sunshine*. Si vous m'aviez écoutée, vous sauriez depuis longtemps que je refuse de le faire.

Elle s'interrompit pour ménager son effet dramatique :

– Je voudrais interpréter le premier rôle de *Bombshell*.

Mickey s'esclaffa. Une erreur. Suzie le fixa :

– Qu'est-ce qu'il y a de si drôle?

Il se ressaisit rapidement :

– Il n'y a rien de drôle. Simplement que Vénus Maria est prévue pour le rôle de *Bombshell*.

– Elle n'a pas encore signé.

– Elle le fera.

Le regard de Suzie se durcit méchamment :

– Je veux faire un essai pour ce rôle, Mickey. Et je serai très mécontente si je ne l'obtiens pas.

Il prit le ton le plus idiot possible :

– Allons, mon minou!... De quoi parle-t-on? *Bombshell* n'est pas pour vous. Ça ne va pas avec votre image. Le public n'aimerait pas vous voir là-dedans. Vous êtes Suzie Rush, la fiancée de l'Amérique. Ce personnage vous colle à la peau. D'ailleurs, actuellement, vous êtes la reine du box-office.

Ce n'était pas strictement exact. Son dernier film avait déçu. A peine 60 millions de recette, alors que d'habitude elle dépassait la barre des 100 millions.

Très professionnelle, soudain, Suzie déclara :

– J'ai besoin de changer de style.

Que signifiait donc cette caresse de la main, dix minutes plus tôt?

Mickey réalisa avec amertume que toute cette cour qu'elle lui faisait depuis des semaines ne signifiait rien. Rien d'autre que ça. Elle n'avait absolument pas envie de lui, elle n'avait envie que de son film. Il soupira avec lassitude. Toutes les mêmes, ces actrices. Grande vedette ou petite starlette, elles étaient prêtes à tout pour un bon rôle. Même à se déshabiller.

Tout le monde savait ici que *Bombshell* était le projet de Mickey, un projet tout à fait spécial. Un scénario développé sur une idée à lui, un film qu'il voulait produire personnellement. *Bombshell* était l'histoire vraie, impressionnante, d'un sex-symbol d'Hollywood.

Il voyait déjà l'affiche sur Sunset Boulevard. Avec Vénus Maria dans le rôle principal, ce film ne pouvait pas rater.

Vénus Maria était l'actrice la plus en vogue d'Amérique. Elle avait cette qualité, fascinante, de se transformer – un véritable caméléon –, une sexualité d'un style nouveau qui semblait séduire tout le monde. Les gamines copiaient ses vêtements, les plus grandes admiraient son style de révoltée tirant la langue aux conventions bourgeoises. Tous les hommes de seize à soixante ans ressentaient cette chaleur fauve que dégageait son corps. Actuellement, elle était la meilleure, la femme du moment.

Suzie fit une moue interrogatrice ; elle attendait un commentaire sur son désir d'être la vedette de ce film. Mickey répéta la sentence :

– Vous ne convenez pas au rôle.

– Je suis prête à faire un essai.

Elle s'entêtait. Mais Mickey refusa d'un signe de tête. Alors, elle le fixa droit dans les yeux. La fureur d'une actrice humiliée n'a d'égales que les flammes de l'enfer :

– Je demande à faire un essai et vous dites non ?

– Chérie, je ne peux pas vous engager, Vénus Maria est pressentie. C'est un contrat conclu.

– Cette fille fait bon marché. Trop banale.

Mickey était suffisamment intelligent pour ne faire aucun commentaire superflu lorsqu'une femme en démolissait une autre devant lui. La fréquentation d'Abigaile lui avait au moins appris cela.

Il haussa les épaules diplomatiquement, en silence.

Suzie soupira, d'un soupir profond et feint, avant d'étaler sa carte d'atout :

– Zeppo White veut me faire lire un script, pour Orpheus. Je ne voudrais pas me montrer déloyale, mais je crois que je vais y jeter un œil. Qu'en pensez-vous ?

« Je pense, se dit Mickey, je pense que tu es une garce de maître chanteuse ». Et tout haut :

– Faites, si ça vous fait plaisir, Suzie. Mais j'aimerais bien que vous pensiez à tourner *Sunshine*.

Elle eut un sourire factice :

– Merci, chéri. Je savais bien que ça vous serait égal.

Olive appela trois fois Lucky durant l'après-midi.

La première fois pour la remercier de l'avoir écoutée raconter ses problèmes durant le déjeuner ; la seconde fois pour l'informer de sa décision : elle allait résolument aborder la question de son remplacement par Luce, les deux jours de la semaine suivante, pour aller rejoindre son fiancé à Boston. Mais au troisième appel, elle semblait déçue :

— Monsieur Stolli est d'une humeur de chien. Je n'ose pas lui parler de mes projets avant qu'il se soit calmé.

Curieuse, Lucky questionna :

— Qu'est-ce qui lui arrive ?

Olive baissa la voix dans le téléphone :

— C'est Suzie Rush. Elle refuse de jouer dans le film que monsieur Stolli avait prévu pour elle.

La voix d'Olive baissa davantage :

— Et elle menace de partir chez Orpheus.

— C'est vrai ?

— Il est très contrarié. Pas un mot à quiconque, Luce.

— Il n'en est pas question.

— Il faut que j'y aille maintenant. Je dois faire porter du champagne à sa femme.

— Elle ne peut pas appeler un magasin ?

— Trois douzaines de bouteilles... Si elle le prend aux Studios, elle ne paye rien !

Encore une autre petite combine. Lucky enregistra en répétant, l'air de rien :

— Vraiment ?

Olive s'inquiéta tout à coup :

— Zut ! J'aurais mieux fait de me taire.

— Ne vous en faites pas. A qui voulez-vous que je raconte ça ?

— Merci, Luce, vous êtes gentille de vous préoccuper de moi. On pourrait peut-être déjeuner ensemble demain ?

— Ça me ferait plaisir.

Lucky avait pris sa voix la plus agréable. Peu après ce coup de téléphone d'Olive, elle s'en alla. La chaleur était réellement insupportable dans ce petit bureau mal aéré. Elle était impatiente d'enlever ses horribles vêtements, de se débarrasser de la perruque et des lunettes, pour revenir à sa véritable personnalité.

Harry Browning était sur le parking.

Et Harry Browning la regardait.

21

Virginia Vénus Maria Sierra était dans sa maison de Hollywood Hills, dans sa salle de gymnastique blanche, à proximité de sa chambre blanche; elle observait sa propre image sur le mur tout en miroir.

Elle s'était installée sur le Stair Master, cette machine d'enfer simulant le mouvement d'une montée d'escalier. Vêtue d'un sweat-shirt bleu pâle, un bandeau maintenant ses cheveux blonds platine en arrière, elle s'entraînait consciencieusement. Des haut-parleurs, habilement dissimulés dans le plafond, diffusaient les derniers Eurythmics, pour la distraire. Elle admirait Annie Lennox mais n'écoutait pas vraiment, trop d'idées lui tournaient dans la tête.

Ron par exemple.

Et Emilio, l'un de ses frères.

Et ce dîner stupide chez les Stolli, qu'elle avait accepté sans réfléchir.

Dieu! qu'elle détestait ces dîners d'Hollywood! Ces grands trucs prétentieux, avec leur tralala. De plus, elle se devait d'être aimable avec les Stolli, tout spécialement avec Mickey Stolli, Monsieur « Gros Bonnet » en personne.

Avec Ron, elle avait surnommé Mickey Stolli Monsieur Gros Bonnet lorsqu'ils l'avaient rencontré. Il représentait le modèle du parfait patron de studio.

Le casting n'aurait pas trouvé mieux dans le style de personnage. Il avait l'allure d'un gros bonnet, la voix d'un gros bonnet, le charme dégoûtant d'un gros bonnet.

Vénus Maria savait que ce charme ne durerait que le temps d'une mode. Car Vénus Maria n'était pas bête. Elle avait de la jugeote, de la débrouillardise, et gardait l'œil sur son argent. Avec elle, pas question de beaux discours, dans le genre : « Je ne vous prendrai que 20 % de vos cachets. » Elle savait où allait chaque dollar et signait chacun de ses chèques avec Ron. Ils s'étaient constitués rapidement en société. Les Productions Marco, où ils étaient associés à cinquante-cinquante. Sur le moment, l'idée leur avait paru merveilleuse. Les deux meilleurs amis du monde réunis pour toujours. Mais Ron avait fait la connaissance d'un nouveau petit ami qui se mêlait de tout et passait son temps à dénigrer Vénus Maria.

Non qu'elle en soit jalouse. Dieu sait que Ron avait eu suffisamment de petits amis, depuis leur arrivée à Hollywood! C'était il y a trois ans. Mais celui-là était particulièrement insupportable. Le genre je-sais-tout. Et extrêmement beau, à condition d'aimer le style « suivez-moi-jeune-homme ». Dans son dos, elle l'appelait la « poupée Ken ». A vingt-huit ans, il se comportait comme s'il en avait cinquante.

Et Ron était amoureux. Ron offrait à la poupée Ken des costumes, des blousons, des tableaux, des scultpures, des bijoux, en veux-tu? en voilà! et, pour finir, une Mercedes! Nom d'une pipe, elle n'avait même pas de Mercedes.

Ses jambes travaillaient rageusement sur la machine.

Il fallait rompre cette association et, bien que ce soit la seule chose à faire pour assainir leurs rapports, ça lui faisait mal tout de même. Ron était toute sa famille, une sorte de frère spirituel, et elle l'aimait.

Seulement elle n'allait pas rester sans rien faire et le laisser dépenser son argent pour un paumé.

Elle avait demandé son avis à Cooper Turner qui avait répondu : « Faites-le. C'est une association stupide de toute façon. Il a plein de fric, ce n'est pas comme si tu le laissais sans rien. »

C'était vrai. Ron était un chorégraphe à succès, très demandé depuis qu'il avait conçu tous les numéros de danse de *Danceflash*, un film qui avait fait un succès aussi énorme qu'inattendu. Et il continuait de concevoir les chorégraphies des vidéos de tous les tubes. Y compris les siens.

Donc, il n'était pas fauché. Il avait beaucoup d'argent et s'il lui plaisait de le dépenser pour la poupée Ken, c'était son affaire. Du moment qu'il achetait les cadeaux avec son argent à lui, elle n'aurait plus aucune raison d'être en colère.

Restait maintenant à le lui annoncer.

Problème suivant : son frère Emilio. Il s'était présenté chez elle sans y être invité : « Je suis venu pour être une star comme toi, petite sœur. »

Petite sœur! C'était le même Emilio qui criait contre elle sans arrêt! Le frère qui la giflait pour une chemise mal repassée, pour une rendez-vous le samedi soir! C'était le même Emilio qui la traitait de « face de rat » devant tous ses amis, en lui répétant sans cesse qu'elle était la plus laide, la plus bête, la plus nulle!

C'était lui, le même Emilio. Trente ans et bien trop gras pour avoir l'air d'autre chose qu'un gros lard.

Vénus avait dit : « Fous-moi le camp. Rentre à la maison. Je ne peux pas t'aider. »

Alors, il s'était faufilé dans la maison et avait tout inspecté. Il s'était installé devant le grand écran de télévision en disant : « Je ne resterai que quelques jours, jusqu'à ce que je trouve du boulot, petite sœur. »

La petite sœur avait de la chance. Cinq semaines plus tard, il était toujours là, confortablement installé devant la télévision, n'ayant nullement l'intention de partir.

Un autre problème qu'il allait falloir régler.

Ce que Maria détestait le plus, c'étaient les disputes. Dès qu'il y avait confrontation, elle n'était plus bonne à rien. Cela durait depuis son enfance; petite fille, elle avait toujours envie de s'enfuir pour ne pas faire face aux conflits. C'était une faiblesse qu'elle cherchait à corriger.

Heureusement le film de Cooper marchait bien. Elle se plaisait bien dans les rushes. Il lui semblait qu'elle était mieux que dans les autres films. Les cours de comédie l'avait aidée et elle était en progrès sur les séances d'entraînement physique.

Mais c'était une gageure de partager l'écran avec Cooper Turner. Elle se souvenait parfaitement, sans jamais l'avoir dit à Cooper car il était chatouilleux sur son âge, de la première fois où elle l'avait vu. Elle avait onze ans, sa mère était encore en vie et, grande admiratrice de Cooper, avait emmené sa petite fille voir un de ses premiers films. Vénus l'avait trouvé sexy, même à son âge. Et elle avait rêvé toute la nuit de jouer au docteur avec lui.

Ce détail amuserait sûrement beaucoup Cooper, mais elle n'était pas prête à lui donner ce plaisir.

En ce moment, il jouait un peu trop les dictateurs, à sens unique. Il croyait tout savoir mais, sur le plan professionnel, Vénus Maria avait ce talent instinctif et rare qui lui permettait de sentir exactement la suite d'un mouvement et la manière dont il devait être exécuté. C'était comme ça, personne n'y pouvait rien. Pas même Cooper Turner, qui s'obstinait pourtant à la conseiller sur son jeu : « Fais-en moins. Tu es trop stylisée. Moins de maquillage. Fonce tes cheveux. N'en fais pas trop. » Elle avait la sagesse de ne pas l'écouter, sachant pertinemment que sa manière d'interpréter le rôle était la bonne. Et si tout se passait selon le plan, son plan à elle, elle lui ravirait la vedette du film.

Cooper était mécontent et ils se disputaient souvent. Vénus Maria était remarquablement maligne et comprenait très bien le comportement de Cooper, idole vieillissante, refusant la vieillesse. Il avait quarante-cinq ans, vingt de plus qu'elle; c'était visible à l'écran. Alors, consciemment ou inconsciemment, il s'efforçait de minimiser sa présence. C'était dommage. Vénus Maria savait qu'elle était exactement le personnage que son public d'admirateurs réclamait et elle refusait de faire autrement. Surtout pas à ce stade de sa carrière.

L'entraînement terminé, Vénus sauta de l'appareil, ôta ses vêtements de travail trempés de sueur et prit une douche glacée de dix minutes. L'eau froide tonifiait sa peau. Après quoi, elle utilisait une lotion pour le corps, l'étalant soigneusement sur le moindre centimètre carré de chair. Une chair qui valait son prix au box-office. Elle était occupée à cela lorsque la porte de la salle de bains privée s'ouvrit brusquement sur Emilio.

Elle était complètement nue, une jambe sur un tabouret, appliquant consciencieusement la lotion. Emilio s'exclama :

– Oh là, excuse-moi!

Mais ses yeux ne perdaient rien du corps de sa petite sœur.

Vénus Maria ne fit pas un geste. Elle n'allait pas lui donner le plaisir de s'affoler, de courir après une serviette pour se couvrir. Au lieu de cela, elle le fixa d'un regard menaçant pour le remettre à sa place :

– Fous le camp de là!

Elle était glaciale.

Il chercha une réplique, ne la trouva pas, contempla sa poitrine, son ventre, dévorant ce corps des yeux, puis recula enfin lentement derrière la porte.

Cette fois, c'en était trop. Elle était furieuse de cette intrusion. Emilio dépassait les bornes.

Une fois, c'était il y a longtemps, l'un de ses frères avait profité de la nuit pour s'introduire dans son lit. Il était complètement ivre et excité. Vénus Maria l'avait tellement roué de coups de pied dans le ventre, au bon endroit, qu'il avait boité durant plusieurs jours. Une semaine plus tard, elle s'enfuyait de la maison familiale, en compagnie de Ron, son sauveur. Sans lui, elle n'aurait jamais eu le courage de traverser le pays en stop jusqu'à Hollywood. Elle lui devait beaucoup. Mais tout de même pas la moitié de son argent.

Une fois Emilio dehors, Vénus Maria claqua violemment la porte et la verrouilla. Elle écumait de rage et décida que cinq semaines de sa présence, c'était largement suffisant. Il fallait qu'il parte, elle n'avait aucune raison d'héberger ce salaud.

Le téléphone sonna et elle décrocha rapidement. Emilio avait pris la douteuse habitude de répondre avant elle, ou avant que la femme de ménage puisse le faire, pour discuter avec ses amis. Un jour, elle l'avait entendu parler à son agent : « Salut, je suis Emilio, le frère de Vénus. »

Il y avait eu un silence, durant lequel l'agent avait dû répondre quelque chose de poli, puis Emilio à nouveau : « Ouais ! J'ai du talent, mec ! J'ai plus de talent qu'elle en a dans les fesses ! »

Elle avait arraché le téléphone de sa main molle :

– Comment oses-tu répondre à ma place ?

Mais cela ne l'avait pas dissuadé de continuer.

Vénus modifia sa voix, prudemment, pour demander :

– Qui est à l'appareil ?

– Salut chérie ! C'est Johnny. C'est quoi, cet accent bizarre ?

Ça lui allait bien.

Pourquoi était-elle obligée de se mettre dans une telle position humiliante ? Johnny Romano était une vraie peste, incapable d'admettre qu'elle n'avait aucune envie de sortir avec lui ; elle mentit :

– Johnny, je vous rappellerai, je suis sur l'autre ligne.

– Ne joue pas à ça avec moi, chérie. Raccroche avec l'autre. C'est moi. En personne.

Elle essaya de prendre l'air grave et important :

– Je parle avec Michael Jackson.

– Michael, hein ?

Il y avait une nuance de respect dans sa voix.

– Et comment va le garçon ?

– Je vais sûrement le savoir. Je vous rappelle.

– Quand ?

– Bientôt.

– Mais quand ça ?

– Plus tôt que vous ne pensez.

– Chérie, il faut qu'on parle tous les deux.
– Nous le ferons.
– Quand?
– Au revoir, Johnny.

Elle ne sautait pas de joie devant ses avances et elle savait que son attitude le déstabilisait totalement. Mais il n'y avait pas de quoi sauter de joie. Johnny Romano n'était pas son genre. Cet homme n'était qu'une usine à femmes, collectionnant tout ce qui respirait dans le genre femelle. Elle espérait qu'il aurait compris le message cette fois, et qu'il la laisserait tranquille. Il y avait trop d'hommes comme lui à Hollywood. Et Johnny était une star un peu plus en vue que les autres, sans plus.

Il était temps de se préparer pour la soirée chez les Stolli. Vénus Maria se maquilla soigneusement, teint d'albâtre, yeux foncés, lèvres rouge éclatant. Elle épingla ses cheveux platine en chignon haut sur la tête et examina le contenu de sa penderie.

La secrétaire d'Abigaile avait prévenu : « Cravates pour les hommes, beauté pour les femmes »... Beauté? Ça rimait à quoi, cette injonction?

Vénus Maria choisit un tailleur noir à fines rayures, de coupe masculine, un chemisier assorti couvrant juste la poitrine. Elle enfila des bas blancs et des bottines noires à lacets, style grand-mère. Puis, elle choisit soigneusement les bijoux. Anneaux d'argent et trois petits diamants incrustés dans chaque oreille. Huit bracelets fins or et argent à chaque poignet. La touche finale du look Vénus Maria.

Une star était prête à affronter le monde.

22

Le chemin menant à la villa de Abe Panther était plongé dans l'obscurité totale. De quoi donner la chair de poule. Certes, Lucky n'avait pas peur du noir; elle songeait simplement que le vieux avait les moyens de s'offrir quelques lampadaires.

Elle avait choisi de venir sans Boogie, qui aurait dû rester dehors, assis dans la voiture à attendre toute la nuit sans bouger. Depuis les Studios, elle était allée directement à la maison qu'elle avait louée, sans passer par le sinistre appartement de Sheila Hervey. Boogie y avait installé un répondeur avec un renvoi d'appel, de telle sorte que, si quelqu'un appelait, Olive ou Harry Browning par exemple, elle le saurait.

Une fois dans la maison, elle s'était empressée d'envoyer promener l'affreuse perruque, les énormes lunettes et les vêtements immondes, pour plonger dans la piscine, une façon de se retrouver elle-même, en une baignade revigorante. Elle fit vingt longueurs de bassin avant d'en sortir et se dépêcha de se préparer pour cette soirée en compagnie du bon vieil Abe. Pas même le temps d'appeler Gino.

A Miller Drive, c'est Inga qui l'accueillit. Inga, et sa grande carcasse osseuse, ses cheveux courts et sa mine aigre. Poliment, Lucky fit « hello! ». Mais Inga répondit à peine par un signe de tête et s'ébranla lourdement comme si, de toute évidence, Lucky allait la suivre. Ce qu'elle fit.

Abe était dans la salle à manger, installé au bout d'une table de chêne sculptée.

Il aboya impatiemment, en lui désignant une place à ses côtés:

— Vous êtes en retard!

Lucky rétorqua :

– Je ne pensais pas que nous devions respecter un emploi du temps aussi strict !

Les doigts noueux tapotaient sur la table, en un rythme nerveux :

– Je mange toujours à 18 heures.

Jetant un coup d'œil à sa montre, Lucky répliqua :

– Il n'est que 18 heures 12 !

– Ce qui veut dire que je suis assis là depuis douze minutes !

Il était réellement de mauvaise humeur. Lucky fit une tentative pour le faire sourire :

– Allons, allons, Abe ! Secouez-vous ! Quelques minutes de retard pour dîner, ce n'est pas un désastre. Je dirais même franchement que je ne refuserais pas quelque chose à boire.

– Vous buvez quoi, jeune femme ?

– Un Jack Daniels !

Elle le regarda avec défi :

– Et vous ?

Il admira manifestement son attitude :

– N'importe quoi qui fasse envie, nom d'une pipe.

– Alors, de quoi auriez-vous envie ce soir ?

– Je me joins à vous. Deux Jack Daniels et de la glace. Vite, vite !

Il donna ses ordres à une Inga complètement guindée, qui s'éloigna sans mot dire.

Abe commenta :

– Avant, la maison était pleine de domestiques. Je détestais ça. Pas moyen d'éternuer sans qu'on vous tende un mouchoir. Ou de poser culotte sans que quelqu'un s'en mêle.

Lucky éclata de rire. C'était bon de rire tout à coup. Elle se rendit compte soudain qu'elle prenait bien trop au sérieux ce contrat avec les Studios Panther. Il était temps de faire une pause, de décompresser. Pas trop, mais pour une soirée, c'était bien.

– Mon père, Gino, est en ville en ce moment, vous savez. J'aimerais beaucoup l'amener ici un de ces jours.

Lucky sentait que les deux vieillards s'entendraient parfaitement.

Mais Abe répondit, mordant :

– Et pourquoi ? On se connaît, lui et moi ?

– C'est possible. Il a construit l'un des premiers hôtels de Las Vegas. *Le Mirage.*

Bourru, Abe admit :

– Je me souviens du *Mirage*. J'ai perdu 10 000 dollars à ses saloperies de tables. C'était au temps où 10 000 dollars représentaient quelque chose. De nos jours, on n'a plus rien pour 10 000 dollars.

– De toute façon, vous n'avez pas envie d'acheter quoi que ce soit, vous ne quittez jamais cette maison.

– Et pourquoi la quitter ?

Il s'excitait tout à coup.

– Vous croyez que je suis dingue ? Je sais bien ce qui se passe dehors, aujourd'hui. Si vous croyez que j'ai envie de me faire attaquer ou descendre. Non merci, jeune femme ! Merci beaucoup.

Inga réapparut portant les boissons. Elle les posa avec désapprobation sur la table, en faisant se heurter les verres.

Abe marmonna, en avalant une bonne rasade :

– Elle déteste que je boive. Elle croit que je suis trop vieux pour ça. Elle pense que ma vieille horloge ne le supportera pas. Pas vrai, Inga ?

Austère, Inga répondit :

– Tu fais ce que tu veux. Je ne peux pas t'en empêcher.

Il pointa un index osseux dans sa direction, pour la prévenir :

– Et n'essaie pas !

Chaleureusement, Lucky approuva :

– On est vieux si on se sent vieux. C'est ce que dit mon père. Il a décidé de s'arrêter à quarante-cinq ans. En fait, il en a soixante-dix-neuf, mais vous ne le croiriez jamais. Ce bonhomme est étonnant.

– Soixante-dix-neuf ? Ce n'est pas vieux. Je dirigeais encore les Studios quand j'avais dans les soixante-dix.

Sa propre remarque l'amusa. En réalisant que Inga était restée plantée derrière Lucky, il agita les bras comme un grand oiseau, pour lui faire signe de partir.

– Allez, allez ! Va chercher à manger. Je suis un vieux dinosaure affamé ! Je veux manger maintenant. Dépêche-toi, femme !

Et une fois de plus, Inga s'en alla faire son devoir.

Avec curiosité, Lucky demanda :

– Que pense-t-elle de notre marché ?

Abe haussa les épaules :

– J'en ai rien à faire.

Lucky insista :

– Vous devriez vous en soucier pourtant. Inga vit avec

vous depuis longtemps. Elle prend soin de vous. Vous dépendez d'elle de manière évidente. Je ne vois personne dans votre entourage capable d'assumer tous vos besoins.

— J'emploie deux jardiniers, un homme pour la piscine, deux fois par semaine, et deux femmes de ménage.

Abe avait pris un ton emphatique.

— Et, pendant ce temps, Inga reste assise sur son gros derrière suédois à longueur de journée, à ne rien faire. Elle devrait me baiser les pieds en remerciement de la vie qu'elle a ici.

Lucky admit la chose :

— J'en suis certaine. Mais pouvez-vous lui faire confiance ? Je veux dire qu'il ne faudrait pas qu'elle trahisse ma couverture. On ne peut pas dire qu'elle soit amicale à mon égard, vous savez.

Abe se mit à ricaner :

— Elle fait ce qui est bon pour elle. Elle est maligne. Elle y a réfléchi. Elle sait parfaitement qu'il vaut mieux pour elle que je vende les Studios avant de mourir. Ainsi elle touchera du liquide. Alors que si je ne vends pas les Studios, il faudra qu'elle se batte de ses propres mains avec mes petites-filles. De toute façon, ces deux-là lui feront un procès.

— Pourquoi ?

— Parce qu'elles sont cupides, voilà pourquoi. C'est de famille. Elles voudront tout ce que je possède. Pas de partage.

— Mais elles vont hériter en plus de tout votre argent.

Il inclina la tête de côté. Le vieillard rusé avait son plan.

— Peut-être. Mais peut-être pas. Je pourrais déménager à Bora Bora, et tout donner à un refuge pour chats avant de partir.

— Alors là, vous auriez une vraie bataille à gagner.

— Pas moi, jeune femme. Moi, je serai six pieds sous terre, et finis les soucis.

Il tapota la table de ses doigts noueux :

— Parlons affaire à présent. Je veux savoir tout ce que vous savez, jusqu'au moindre fichu détail.

Mickey Stolli s'apprêtait à quitter les Studios, le plus tôt possible. Il donna ses instructions à Olive :

— Si ma femme appelle, dites que je suis en réunion importante, et que je ne veux pas être dérangé. Quoi qu'il se passe, ne lui dites pas que je suis parti.

– Bien, monsieur Stolli.

Mickey n'était pas de bonne humeur. Et il était suffisamment malin pour remédier à cet état de choses avant d'affronter le parfait petit dîner d'Abigaile. Dieu! Qu'il détestait ces soirées! Conversations superficielles, nourriture trop riche. Chacun s'ennuyait secrètement, comme lui. Pourquoi fallait-il qu'elle lui impose cela? Juste pour lire son nom dans la rubrique de Georges Christy? La belle affaire! Il travaillait comme un esclave aux Studios toute la semaine. Ce serait bien plus agréable de rentrer chez soi, pour y jouir d'un repos bien mérité, et se décontracter.

Ce soir, Cooper Turner allait certainement le coincer à propos de son film. Vénus Maria ferait de même. Ils avaient tous une raison ou une autre de se plaindre. Les stars de cinéma sont toutes les mêmes : leur rôle n'est jamais assez important, leur pourcentage jamais satisfaisant, les gros plans trop dispersés au montage et pas assez nombreux.

Zeppo White, cet enfoiré d'ex-agent, ce snob qui grimpait dans la hiérarchie sociale, voudrait parler boulot. Zeppo devait croire qu'il dirigeait les Studios Orpheus, alors qu'il était incapable de diriger un garçon livreur. Mickey regrettait le temps où Howard Salomon occupait ce poste. Howard était entreprenant, peut-être un peu cinglé, surtout quand il prenait de la cocaïne, mais c'était un véritable homme de studio. Howard savait de quoi il était question. Et il était question de faire du fric, pas d'organiser des dîners oiseux.

Au moment où Mickey allait quitter les Studios, Eddie Kane l'agrippa par le bras :

– Il faut que je te parle! C'est important, Mickey.

Il se libéra d'un geste rapide. Il détestait qu'on le touche, à moins qu'il n'en prenne l'initiative lui-même.

– Alors quand?

Eddie était un homme charmant – la quarantaine, le cheveu couleur de sable, une barbe de quelques jours, des yeux bleus translucides, et une préférence pour les vêtements de sport un peu froissés. Devenu une star alors qu'il était encore enfant, il avait été célèbre, autrefois, pour ce côté naïf qui avait laissé place, avec l'âge, à une maturité ahurie.

Eddie et Mickey avait un passé commun. Presque vingt-cinq ans déjà. Pendant un moment Mickey avait été son agent mais il avait réduit à néant sa fulgurante carrière. Lorsque Eddie avait abandonné la comédie, ou, plutôt, quand la comédie l'avait laissé tomber, Mickey lui avait trouvé un travail dans son agence. Un travail bien trop terre à terre pour Eddie; en peu de temps, il s'y était ennuyé et avait filé à Hawaii Là, il était devenu directeur de production d'une série télévisée, dont le héros était un détective privé. A Hawaii, on trouvait de la drogue à profusion et de bonne qualité, si bien qu'il s'était attiré des ennuis et avait dû partir une fois de plus. A son retour à Los Angeles, Mickey usa de son influence pour lui procurer un job chez Panther.

Au fur et à mesure que Mickey accédait au pouvoir, il entraînait Eddie dans son sillage. Connaissant bien la sagesse qui consiste à s'entourer de personnes reconnaissantes.

A présent, Eddie Kane avait beaucoup d'influence, une femme superbe, une petite maison toute simple de 2 millions de dollars, sur la plage de Malibu, et un besoin incontrôlable de cocaïne.

Mickey était déjà en route :

– Vois ça avec Olive. Elle arrangera tout.

Eddie était anxieux :

– Demain ? Il faut qu'on en parle, mon vieux, c'est une drôle de merde!

– Vois ça avec Olive.

Mickey quitta l'immeuble à la dérobée et se dirigea rapidement vers sa voiture. Il pouvait disposer, s'il le désirait, d'une limousine avec chauffeur, vingt-quatre heures sur vingt-quatre. Mais il y avait un temps pour les conventions et un autre temps pour la vie privée. Or, aujourd'hui, il avait besoin de vie privée, pas d'Eddie Kane pour le rendre cinglé. Le crédit d'Eddie pouvait basculer à chaque instant dans le passif, à la banque. Les drogués étaient toujours porteurs de mauvaises nouvelles. Et Mickey songeait depuis longtemps à s'en séparer. Mais comment ? Eddie en savait trop...

Mickey nota dans sa tête d'appeler Leslie, la femme d'Eddie, et de lui conseiller de le faire désintoxiquer. Depuis quelque temps, il avait l'air défoncé en permanence, ce n'était pas bon pour le travail.

Au volant de sa Porshe, Mickey renaissait. Il avait un équipement stéréo, une chaîne pour disques compacts, un téléphone et même des provisions de secours, au cas où il serait pris dans un tremblement de terre.

Mickey pensait beaucoup aux tremblements de terre.

Il fantasmait sur toutes sortes de scénarios possibles. Son favori était le suivant : Abigaile faisait des courses chez Magrin ou Saks, achetant un énième sac de soirée à 5 000 dollars, lorsque le premier coup ébranlait la terre. La malheureuse Abby se retrouvait enterrée sous une montagne de gadgets design, étouffée par un superbe manteau de zibeline à 200 000 dollars. Fort heureusement, dans ce fantasme, le tremblement de terre épargnait les Studios et les deux maisons de Mickey. Tabitha, leur fille, était, bien entendu, saine et sauve, ainsi que les voitures. Abby seule était touchée. Naturellement, il organisait de magnifiques funérailles. Abe Panther aurait pu s'en occuper, mais le choc du tremblement de terre ayant été trop fort pour lui, ce fils de pute vindicatif avait rendu le dernier soupir. Un rêve. Mickey Stolli était enfin un homme libre. Les Studios Panther lui appartenaient légalement. Et, lorsque Primrose et Ben Harrison débarquaient à Los Angeles pour réclamer leur part, le pont supérieur d'une autoroute s'écroulait sur leur voiture et les faisait disparaître définitivement.

Quel fantasme formidable ! Le meilleur des scénarios !

Mickey fit un signe de la main au gardien des Studios qui lui ouvrit la barrière. L'homme le salua. Tout le monde l'aimait aux Studios. Il était leur roi, leur chef. Il était Mickey Stolli, tout le monde aurait voulu être à sa place.

Tout était en ordre. La porcelaine, les cristaux, le linge de table le plus fin, et l'argenterie.

Vêtue d'une robe de soie ample, Abigaile rôdait dans sa maison impeccable, vérifiant chaque détail.

Il y avait une armée de serviteurs. Le personnel : Jeffries, son maître d'hôtel anglais ; madame Jeffries, son épouse potelée, la gouvernante de la maison ; Jacko, le jeune Australien, qui briquait les voitures et faisait les courses pour Tabitha. Ce soir, il assisterait Jeffries. Il y avait aussi Consuela et Firella, ses deux femmes de ménage espagnoles. Pour la soirée, elle avait aussi engagé trois gardiens pour le parking, deux barmen, un cuisinier et ses deux aides, ainsi qu'un chef pâtissier exceptionnel pour les desserts. Au total, le personnel comptait quatorze personnes, pour s'occuper de douze invités. Abigaile aimait faire bien les choses. Après tout, elle était une reine d'Hollywood, la petite-fille de Abe Panther. Les gens attendaient d'elle une certaine classe.

Sa mère, – morte depuis longtemps dans un accident de bateau en même temps que son père – était jadis une hôtesse raffinée, qui recevait de façon somptueuse. Lorsque Abigaile et Primrose étaient enfants, on les autorisait à jeter un coup d'œil lors de certaines soirées d'une extravagance particulière. Grand-père Abe était toujours présent, entouré des grandes stars du cinéma de l'époque. Souvent, il promenait à chaque bras une créature d'une beauté éblouissante.

Abigaile avait toujours éprouvé du respect pour son grand-père. Mais elle n'avait pu avoir de véritables rapports avec lui qu'après sa maladie. A présent, elle lui rendait visite le plus rarement possible, avec le secret espoir qu'il allait disparaître tranquillement et lui laisser le centre de la scène.

Elle haïssait Inga et Inga la haïssait de même. Elles se parlaient à peine, lorsque Abigaile amenait à la maison la petite-fille d'Abe, Tabitha.

Tabitha était une adolescente précoce de treize ans. Il était très difficile pour Abigaile de la persuader de l'accompagner – un peu de chantage faisait l'affaire en général – car elle refusait d'y aller seule. Elle se plaignait sans cesse :

– Pourquoi faut-il que j'y aille à chaque fois ?

– Parce que tu seras, un de ces jours, une petite fille vraiment très riche. Et il vaut mieux que tu te souviennes d'où vient l'argent.

– Mais papa en a de l'argent ! Le sien !

Abigaile avait bien envie de dire : « Papa ne pourrait pas aligner un radis, sans ton grand-père. » Mais elle se mordait les lèvres, à temps.

– Êtes-vous satisfaite, madame Stolli ?

Jeffries, ce vieil imbécile, la suivait pas à pas. Le fait d'être anglais lui donnait un plus. Mais il était incroyablement fouineur, ainsi que sa femme. Abigaile le soupçonnait capable, à l'occasion, de vendre ses secrets à un journal de ragots, sans le moindre remords.

Non qu'il connaisse un seul secret. Non qu'elle ait des secrets... Enfin, quelques-uns peut-être.

– Non, Jeffries !

Elle avait répondu avec aigreur en désignant une branche morte dans une composition élaborée d'orchidées.

Elle arracha la brindille offensante et de la terre se répandit sur le petit tapis chinois de grand prix. D'un ton accusateur, elle demanda :

– De quoi s'agit-il exactement ?

Jeffries attendit un moment.

– Si vous vous souvenez, madame Stolli, vous avez donné ordre à tout le personnel de ne jamais toucher aux plantes de la maison et aux compositions florales.

Avec humeur, elle rétorqua :

– Et pourquoi aurais-je fait cela ?

Petit instant de triomphe pour Jeffries.

– Parce que vous avez dit, madame Stolli, que seul l'homme qui s'occupe des plantes devait en prendre soin.

La chose s'aggravait :

– J'ai dit ça ?

– Oui, madame Stolli.

– Et où est cet homme ?

– Il ne vient que le vendredi.

Mon Dieu, les damnés domestiques ! Et spécialement les domestiques anglais !

– Merci, Jeffries. En attendant, faites en sorte que quelqu'un nettoie ce désordre avant que monsieur Stolli rentre à la maison.

« Quand il voudra bien rentrer à la maison », ajouta-t-elle pour elle-même, en silence.

Car Mickey avait la mauvaise habitude d'être régulièrement en retard à ses propres dîners. Ce qui mettait Abigaile en fureur.

Mickey Stolli n'était vêtu que d'une paire de chaussettes de soie italiennes gris clair. Rien d'autre. Il avait un problème : il trouvait ses pieds laids et ne les montrait à personne. Curieusement, bien qu'il n'ait plus un cheveu sur la tête, son corps était couvert de touffes de poils noirs. Un petit carré par-ci, un autre par-là, comme d'étranges éruptions pileuses.

– Tu es merveilleux.

Warner, sa maîtresse noire, le lui affirmait, en tout cas. Grande, maigre, la poitrine généreuse, les cheveux noirs coupés très court, elle lui faisait l'amour avec une aisance d'amazone, et une sensualité de cavalière.

– Tu es merveilleux.

C'était sa manière de scander le rythme de leur étreinte. Personne n'avait jamais dit à Mickey qu'il était merveileux. Warner était la première et la seule, et elle n'était sa maîtresse que depuis dix-huit mois. Elle était flic. Un jour, elle lui avait fait sauter une contravention, la suite s'était déroulée classiquement, comme un rêve érotique.

Ce que Mickey aimait le plus chez elle, c'était sa nature extraordinaire. Une simplicité unique. La première fois qu'ils avaient fait l'amour, elle n'avait pas posé la moindre question, elle ne savait ni qui il était, ni ce qu'il faisait. Simplement, ça n'avait pour elle aucune importance.

Mickey sentit venir le plaisir, il eut un long soupir rauque et Warner l'accompagna, de tous ses muscles magnifiques, cavale noire fabuleuse.

Elle le dominait, elle aimait cela. Elle aimait l'envelopper de ce plaisir qui parcourt le corps de la tête aux pieds, qu'il explose en un feu d'artifice éblouissant. Elle n'était ainsi qu'avec lui. Seulement lui. Mickey était le seul homme de la vie de Warner Franklin. Elle le lui avait dit et répété si souvent qu'il la croyait.

« C'est un voyage au paradis, Mickey. Chaque fois que nous faisons l'amour, je t'aime davantage. Tu es le meilleur amant du monde. »

Personne n'avait jamais dit à Mickey Stolli qu'il était le meilleur amant du monde. A l'exception de Warner. Elle savait comment s'y prendre pour lui donner le sentiment qu'il était capable d'escalader l'*Empire State Building* et de se jeter dans le vide sans se briser le corps.

Warner Franklin avait trente-cinq ans. Elle n'était pas particulièrement jolie, vivait seule dans un petit appartement de West Hollywood, en compagnie d'un chien bâtard efflanqué et, au grand soulagement de Mickey, elle ne manifestait pas la moindre intention de devenir actrice. Elle n'en voulait pas à sa fortune non plus. Elle ne réclamait pas de faveurs. Elle avait même refusé les cadeaux qu'il voulait lui faire, une Condo Wilshire et une Mercedes blanche. Les seuls présents qu'elle avait acceptés, c'était une télévision couleurs à écran géant et une platine vidéo. Simplement parce qu'elle avait un faible pour les rediffusions des séries *Hill Street Blues* et *Hunter*. Elle s'en expliquait ainsi : « Il faut bien que je fasse quelque chose quand je ne travaille pas, et que je ne suis pas avec toi. »

Il se disait qu'il pourrait tomber amoureux, l'aimer. Mais la crainte le retenait. L'idée était si inquiétante qu'il s'efforçait de ne pas l'approfondir.

En étouffant un léger bâillement de plaisir, il dit :

– Abby donne une de ses réceptions ce soir.

Warner écarquilla les yeux, en plaisantant :

– Et je sais à quel point tu adores ça... mais ne t'en fai
pas, mon chéri, tu es l'homme le plus élégant que j
connaisse.

En quittant l'appartement de Warner Franklin, Mickey
Stolli marchait sur un nuage. Il était le plus merveilleux,
le meilleur amant, l'homme le plus élégant de ce fichu
monde !

Abby pouvait aller se faire voir. Elle ne lui avait jamai
dit que des horreurs.

Contempler Abe en train de dîner fascinait Lucky. I
piquait la nourriture, tel un singe vorace, utilisant rare
ment couteau ou fourchette, dans la mesure où ses doigt
pouvaient en faire office. Pour un homme de quatre-vingt
huit ans, il faisait montre d'un appétit extraordinaire. Ing
ne mangeait pas. Inga ne s'asseyait pas non plus. Ell
n'était présente que pour laisser traîner une oreille e
écouter les propos des convives. Lucky se demandait ave
curiosité si Inga et Abe discutaient ensuite des sujets d
conversation.

Quel genre de relations avaient-ils exactement tous le
deux ? Une star de cinéma ratée, un ancien président d
studio, de quoi pouvaient-ils bien parler ?

Au cours de son enquête sur Abe, Lucky avait vu passe
un grand nombre de photos d'Inga. Il y avait beaucoup d
clichés pris par les Studios, mais peu de photos de Abe e
Inga ensemble, prises fortuitement.

Vingt-cinq ans auparavant, alors que Abe avait à pein
soixante-trois ans et Inga un peu plus d'une vingtain
d'années, elle était d'une beauté ravageuse. Sa peau étai
lumineuse, ses grands yeux gris et son sourire ensorcelants
Lucky se demandait ce qu'il arrive aux gens, en vieillis
sant. Pourquoi certains, comme Gino et Abe, avaient l
chance d'exister comme des survivants de naissance ; pour
quoi d'autres, comme Inga, vieillissaient en se flétrissan
telle une carcasse misérable. « Ainsi va cette saleté de vie »
pensa-t-elle.

Elle avait dit à Abe tout ce qu'elle savait, à ce jour, su
les Studios. Mais il semblait déçu et en voulait davantage

Alors elle s'exécuta.

Quelques petits scandales financiers. Pas de quoi e
faire une histoire. Bien sûr, Mickey se faisait livrer so

champagne personnel aux frais des Studios. La belle affaire! Quant à Eddie Kane, il était certainement drogué à la cocaïne, et après?

Mickey faisait une affaire louche avec un agent, ce Lionel Fricke, à partir d'un script complètement bidon. C'était finalement l'unique information qui valait la peine de s'énerver quelque peu. Combien de fois Mickey s'était-il livré à ce genre d'acrobaties? Il restait à Lucky à le découvrir.

Abe pencha la tête d'un côté pour interroger Lucky :

– Vous vous amusez, jeune femme? Vous aimez les histoires de cinéma?

Honnêtement, Lucky répondit :

– Je crois que je vais aimer cela. Lorsque j'aurai le pouvoir.

Abe aimait qu'une femme sache ce qu'elle veut dans la vie.

23

Cooper Turner savait à peu près tout sur les femmes. Il avait possédé les pires comme les meilleures, avec toutes les nuances intermédiaires. En fait, tout lui était passé entre les mains.

Élevé à Ardmore, une petite ville près de Philadelphie, Cooper avait connu ses premières expériences féminines à l'âge de treize ans. Découper des pin-up dans les journaux ou magazines, ce n'était pas son genre. Certes non. D'instinct, le sexe était devenu rapidement la quête de sa vie. Il ne pensait qu'à cela — les filles, les filles, les filles.

Lorsqu'il avait dix-neuf ans, sa sœur aînée se moquait de lui à ce sujet : « Tu aurais dû être gynécologue. Qu'on te paye au moins pour ce que tu fais. »

S'il n'était pas devenu acteur, il aurait pu être gigolo. Le genre d'homme uniquement consacré au service du sexe féminin.

A vingt ans, il partit pour New York, s'installa au Village, et se mit à rôder autour de l'Actor's Studio. Les jeunes de son âge trouvaient des petits boulots, serveurs ou pompiers, en attendant le grand jour. Cooper n'eut jamais besoin d'un emploi quelconque. Il trouvait toujours un repas chaud et un bon lit tiède. Sans parler d'une femme.

En arrivant enfin à Hollywood, la première semaine de son séjour en ville, il rencontra une belle actrice de théâtre. Il ne lui fallut que quelques jours pour devenir son amant attitré. Cette relation aboutit à faire paraître sa photo dans les journaux et cette photo aboutit sur le bureau d'un agent, une femme, qui lui offrit un second rôle dans un film à petit budget.

A l'âge de vingt-quatre ans, Cooper Turner était devenu une idole.

Au fil des années, sa carrière prit de l'ampleur, jusqu'au sommet : une nomination pour un oscar à l'âge de trente-deux ans.

Mais il n'était pas heureux. Son caractère s'aigrit. Il cessa de participer à sa propre publicité et évita la presse. Les films dans lesquels il acceptait d'apparaître étaient rares, de plus en plus espacés.

Moins Cooper en faisait, plus il était demandé. Il tenta de réussir sa vie privée. Impossible. Les femmes ne faisaient que passer ; certaines d'entre elles restaient assez longtemps pour lui soutirer un engagement. Il aurait aimé avoir des enfants. Mais le prix à payer pour ne vivre qu'avec une seule femme était trop élevé.

Et puis il rencontra Vénus Maria. Et là, les choses changèrent. Avec Vénus Maria, tout était possible.

Elle était jeune, incroyablement belle et sexy. Des yeux malins, une bouche à dévorer les hommes. Elle était vive et intelligente. Avec un corps fait pour le tango, et le cerveau d'un comptable.

Elle était sensuelle, sensationnelle, et surtout tellement vivante.

Contrairement à la rumeur publique et aux gros titres des journaux populaires, il ne couchait pas avec elle, et elle ne couchait pas avec lui. Cette fameuse histoire d'étreinte sur un plateau devant tout le monde n'était même pas vraie, bien qu'il l'ait maintes fois entendue de sources différentes. Y compris venant de Mickey Stolli, qui en avait ri en lui tapant dans les côtes : « J'aime bien que mes stars se plaisent. C'est un bon exemple. »

En revanche, Vénus Maria couchait réellement avec l'un des meilleurs amis de Cooper Turner. Un homme marié. Un homme très marié, même. Et Cooper se trouvait en réalité dans la position de l'homme éconduit et ridicule.

Cooper Turner éconduit ! Quelle plaisanterie !

Il se regarda dans la glace et hocha la tête avec une grimace.

Il s'était habillé, pour le dîner chez les Stolli, d'un costume bleu foncé de chez Armani, d'une chemise blanche et d'une cravate de soie nouée avec désinvolture. Il en portait toujours avec un costume bien coupé. Les femmes préféraient les hommes dont elles supposaient pouvoir chiffonner les vêtements.

Cooper passa une main dans ses cheveux bruns. Quelques mèches grises apparaissaient sur les tempes, mais rien qu'un coiffeur de talent ne puisse dissimuler. Son regard avait toujours ce bleu intense. Sa peau était légèrement hâlée. Cooper se savait beau. Il n'avait plus vingt-cinq ans, mais il demeurait le tombeur de ces dames.

Vénus Maria ne savait pas ce qu'elle ratait.

24

Steven Berkeley prit l'initiative de rendre une visite à Deena Swanson. Il n'en parla pas à Jerry. Il ne se confia même pas à Mary-Lou. Il téléphona à Deena pour lui dire qu'une rencontre était nécessaire. Elle commença par refuser, puis changea d'avis et lui donna rendez-vous chez elle, pour le lendemain matin, à 10 heures.

Il y était.

Elle l'accueillit en survêtement, d'un vert citron, avec bandeau assorti, qui maintenait en arrière ses cheveux roux clair. Elle portait des chaussures de course. Mince et séduisante, elle avait de l'allure, mais pas du tout celle d'une sportive.

Elle avança une main délicate.

Il la saisit. C'était une poignée de main molle, sans caractère. Allant droit au but, il déclara :

– Notre dernière rencontre m'a beaucoup perturbé.

Elle haussa un sourcil finement dessiné :

– Pourquoi ?

– Il est question de meurtre.

– De survie, monsieur Berkeley.

– Un meurtre, madame Swanson.

Elle joignit les mains et baissa les yeux.

– Vous défendez tout le temps des gens. Quelle différence cela fait-il d'être un peu averti à l'avance ?

Son attitude était bizarre. Cette femme était étrange.

– Vous plaisantez peut-être ?

– Cela vous ferait-il plaisir d'apprendre que je ne voulais pas dire cela ?

Il insista :

– Vouliez-vous le dire ?

Elle leva les yeux pour l'observer. Des yeux d'un bleu éteint dans un visage pâle.

– Je pense écrire un livre, monsieur Berkeley. Il me fallait une réaction authentique. Je suis désolée de vous avoir dérangé.

– Vous avez donc pas l'intention de tuer qui que ce soit ?

Elle eut un rire de gorge, bas et rauque.

– J'ai l'air d'une femme qui projette une telle chose ?

– Et le million de dollars que vous avez déposé sur le compte de notre société ?

– Le jeu est terminé à présent, je veux que vous me le rendiez. Naturellement, je vous paierai un bon salaire pour votre dérangement et votre peine.

Steven était en colère.

– Votre jeu n'est pas drôle, madame Swanson. Je n'apprécie pas du tout de servir de cobaye pour vos recherches.

Il se leva dans l'intention de partir.

Elle le regarda s'éloigner. Un avocat à principes. Voilà qui était inhabituel ! Rien d'étonnant à ce qu'il soit bon. Elle attendit quelques minutes avant de décrocher le téléphone.

– Jerry ?

– En personne. Qui d'autre ?

C'était bien la peine pour Jerry Mayerson d'avoir une ligne directe. Nul n'y faisait attention.

– Jerry, j'ai dit ce que vous m'aviez dit.

– Il vous a crue ?

– Je pense.

– Je suis désolé pour tout cela, madame Swanson. L'ennui, avec Steven, c'est qu'il a une conscience.

– Et pas vous ?

– Je suis fidèle à une règle que je ne romps jamais.

– Laquelle ?

– Le client passe toujours en premier.

– Je suis ravie de l'entendre.

Elle se tut un moment, puis ajouta, d'un ton banal :

– Oh ! A propos, si quelque chose devait arriver...

– Steven vous défendrait.

– Puis-je compter là-dessus, Jerry ?

– Absolument.

Jerry Mayerson reposa le combiné de sa ligne privée, et réfléchit à ce qu'il venait de faire. Il avait flatté une femme excentrique, et sauvé 1 million de dollars à sa société. Pas mal en une seule matinée de travail.

Plus tard dans la soirée, Steven régala Mary-Lou de l'histoire de son rendez-vous avec Deena Swanson.

Mary-Lou était absorbée par un film à la télévision, avec Ted Danson en vedette. Elle mangeait une glace. Elle était pleinement satisfaite d'être enceinte et devenait chaque semaine de plus en plus grosse.

Elle le gronda mollement :

– Il faudra que tu apprennes à m'écouter un jour, Steven Berkeley. Je t'avais bien dit que cette femme vous faisait marcher. Et tu t'inquiétais! Grand nigaud!

Il se sentait soulagé d'un poids, et pourtant... pas totalement convaincu.

– Ouais...

– Tu l'as dit à Jerry?

– Bien entendu.

– Et qu'est-ce qu'il en dit?

– Il était furieux de perdre 1 million de dollars. Tu connais Jerry.

Mary-Lou suçait toujours sa glace :

– Évidemment. Qui ne connaît pas Jerry? Il a dû être très déçu.

Steven se dirigea vers la porte de la chambre.

– J'ai faim.

Il s'attarda, dans l'espoir qu'elle proposerait de lui faire quelque chose à manger. Mais elle répondit, sans saisir l'allusion :

– C'est bon signe.

Il se décida :

– Tu me fais un sandwich?

– Chéri, dit-elle patiemment, nous avons dîné il y a deux heures. Tu as pris un steak et des frites. Tu as mangé du gâteau. Tu as mangé de la glace. Je te ferai un sandwich quand j'aurai eu le bébé.

– Je ne crois pas pouvoir attendre aussi longtemps.

Elle fit une grimace :

– Essaye, Steven. Essaye.

Martin Swanson pénétra dans la chambre à coucher pour annoncer :

– Je m'envole pour la Côte, pour quelques jours.

Deena fixa son mari dans les yeux. Monsieur Beau. A condition d'être sensible au menton faible et au regard lâche. Monsieur New York, à condition de supporter le charme en autopromotion. Monsieur l'Infidèle, Monsieur le Menteur, le Tricheur, Monsieur le Fils de pute!

Mais il était son fils de pute à elle et elle l'aimait. Elle ne voulait pas le perdre.

Deena sourit. Elle avait de jolies dents régulières, bien à elle; pas de prothèse de star de cinéma pour Deena.

Elle suggéra :

— Je vais peut-être venir avec toi.

Martin répliqua froidement et calmement :

— Trop fatigant. J'ai des tas de réunions au sujet de l'achat de ce studio, dont je t'ai déjà parlé.

Ah oui! L'affaire du studio. Le studio que Martin désirait contrôler, afin de faire jouer sa petite Putain dans ses films.

Martin ignorait qu'elle savait. C'était mieux ainsi. Le laisser dans le brouillard. Le noyer de gentillesse.

— Quand pars-tu ?

— Je pense prendre l'avion demain.

— Tu es sûr, tu ne veux pas que je vienne ?

— Je me débrouillerai.

Ça oui. Il se débrouillerait même très bien, avec sa Putain qui devait l'attendre au lit.

— Tu va semer la panique chez toutes les maîtresses de maison de New York. Il y a un opéra demain soir. Un déjeuner chez le maire, mardi. La soirée de Gloria. Le dîner de Diana...

Martin s'en fichait complètement.

— Tu iras sans moi, on t'adore.

« Et toi, on t'aime encore plus, pensa Deena. Avec combien de ces femmes as-tu couché ? Uniquement avec celles qui sont célèbres, ou bien aussi pour l'argent et la position sociale ? »

— Je suppose que j'irai. Si j'en ai envie.

Il s'approcha d'elle pour l'embrasser — une bise affectueuse sur la joue en guise d'au revoir, pas plus.

— Je partirai tôt demain matin.

Deena se releva d'un mouvement fluide, et défit la fermeture éclair de sa robe. Elle portait des jarretelles de dentelle noire, des bas de soie et un soutien-gorge très décolleté.

Martin fit un pas en arrière.

Deena se souvenait de leurs premiers jours ensemble. A cette époque, elle avait le pouvoir de susciter son désir.

Elle avança lentement vers lui, d'une manière on ne peut plus explicite :

— Tu ne seras pas là dimanche...

25

A la table du dîner, la conversation allait bon train. Abigaile jeta un regard sur ses invités. Ils semblaient tous s'amuser. Le politicien noir discutait avec la féministe célèbre. Le jeune réalisateur en vogue avait pris Vénus Maria comme point de mire, tandis que sa petite amie s'attirait les faveurs de Cooper Turner. Ida White bavardait comme d'habitude, sur un nuage, avec la vedette de rock et son épouse exotique, pendant que Zeppo et Mickey discutaient en aparté.

Abigaile pouvait souffler et se détendre.

« Conne ! »

Le mot, articulé à voix haute et avec énormément de méchanceté, réduisit soudain la table tout entière au silence.

La féministe, manifestement furieuse, hurla :

– Comment m'avez-vous appelée, espèce de couillon de Noir ?

Le politicien noir hurla en retour :

– Je vous ai appelée « conne », parce que c'est ce que vous êtes !

De toute évidence, aucun d'eux ne se souciait du reste des invités, pas plus que de leurs hôtes.

S'attendant au désastre, et voyant Mickey demeurer sans voix, bouchée bée, Abigaile se leva rapidement et prit un ton conciliant :

– Allons, allons !... Calmons-nous...

– Va te faire foutre !

L'injonction venait de la féministe, qui recula sa chaise pour s'écarter de la table. Elle avait un teint d'albâtre, des cheveux raides, style années soixante et un regard direct. La cinquantaine, l'air d'avoir dix ans de moins.

– J'en ai ma claque de ce minable, ce nul! Ce coureur de jupons!

Mickey se sentit obligé de faire quelque chose. Il prit la féministe par le bras :

– Allons, Mona! Si vous avez un problème à cette table, allons en parler dans l'autre pièce.

Mona Sykes le foudroya du regard, sarcastique :

– Un problème, Mickey? Pourquoi aurais-je un problème? J'adore être traitée de conne par ce merdeux coureur de femmes!

Elle désigna d'un doigt accusateur le politicien noir, du nom de Andrews J. Burney.

Lequel Andrew J. prit très mal cette dernière remarque. Il se leva lui aussi. Il mesurait deux mètres de haut, les cheveux coiffés à l'afro, le visage rond, les yeux exorbités, la voix doucereuse. Âgé de cinquante-deux ans, il était marié, avec cinq enfants. Sa famille résidait à Chicago et ne l'accompagnait jamais dans ses fréquents déplacements à Los Angeles :

– Vous, les femmes, vous êtes toutes pareilles. Quand vous êtes mal baisées, vous ne pensez qu'à emmerder le monde autour de vous.

Ce fut le comble. Mona saisit un verre de vin rouge, le lança à travers la table. Le verre et son contenu.

Le verre s'écrasa sur le sol de marbre italien. Malheureusement, la grande majorité de son contenu atterrit sur Ida White, tranquillement assise dans son coin, gentiment défoncée, et qui ne s'occupait de rien, en attendant qu'on la ramène chez elle.

Alors ce fut au tour de Zeppo de redresser ses un mètre soixante-dix.

– Vous ne pourriez pas vous conduire comme des êtres humains civilisés?

Il agitait ses bras courts, et son avertissement s'adressait à Andrew J., qui l'interpréta immédiatement comme une allusion raciale déguisée, et répliqua en conséquence :

– J'en ai rien à foutre!

Cela dit, il se dirigea dédaigneusement vers la porte. Et Mona, furieuse, grogna en lui emboîtant le pas :

– Moi non plus!

Avant que quiconque ait pu ajouter un mot, ils avaient franchi la porte tous les deux.

Abigaile se montra magnifiquement à la hauteur de la situation :

– Des gens civilisés ne se conduisent pas de la sorte!

Vénus Maria eut l'impression d'avoir assisté à un match de tennis particulièrement accéléré : c'était plus amusant que l'ambiance de la soirée jusque-là. Bien que le jeune réalisateur à sa gauche soit plutôt agréable. D'ailleurs, elle s'était consacrée à lui, tournant délibérément le dos à son hôte, Mickey Stolli, qui l'agaçait avec ses regards en douce.

Tandis que Firella et Consuela épongeaient Ida White, la star du rock demanda d'un ton railleur :

– C'était à quel sujet tout ça?

Zeppo grogna :

– Paysans! Autrefois, à Hollywood, les gens étaient bien élevés et savaient s'amuser.

Abigaile n'avait pas l'intention d'accepter ce genre de remarques, habituelles à Zeppo White, sans se rebiffer. Ce type était un épouvantable snob. Elle dit poliment :

– Mon grand-père m'a dit que vous aviez commencé votre carrière en vendant du poisson dans un camion à Brooklyn. Racontez-nous ça, je suis sûre que c'est passionnant.

Zeppo la regarda. Il était capable d'inventer une bonne histoire à partir de n'importe quoi, sauf à propos de ses humbles débuts, qu'il préférait oublier.

Cooper Turner sauva la situation. Hochant légèrement la tête en souriant, il annonça :

– Ils sont allés se mettre au lit ensemble, vous savez...

– Comment? crièrent à l'unisson Abigaile et la vedette de rock.

– Vraiment? remarqua Vénus Maria, tout à fait intriguée.

En y réfléchissant, Cooper Turner avait probablement raison. Il s'y connaissait bien dans ce genre de choses. Mickey demanda :

– Qui ça?

Et Cooper en ricanant lui répondit :

– Andrew et Mona!

Abigaile s'exclama :

– Ne soyez pas ridicule!

Cooper grogna :

– Abby, est-ce que j'ai l'habitude de vous faire marcher? Ils sont partis ensemble, c'est évident!

Et chacun renoua la conservation aussitôt.

Le dîner d'Abigaile était une réussite.

Lucky conduisait lentement en rentrant chez elle. Son « chez elle », autrement dit la planque louée dans les collines, où elle n'avait que Boogie pour toute compagnie. Lennie lui manquait. Bobby lui manquait. Gino lui manquait Sa vie lui manquait.

Soudain elle se souvint que Gino était en ville et qu'i n'était pas trop tard pour l'appeler. Il pourrait peut-être lu rendre visite. Elle ne pouvait prendre le risque d'être vue n'importe où et de rencontrer quelqu'un de connaissance qui s'empresserait de raconter à Lennie qu'elle traînait à Los Angeles. Ce serait trop bête. Elle avait bien envie, pourtant d'aller dans une boîte écouter de la musique *soul*. L'une des passions de sa vie. Et si elle mettait son déguisement pour se faufiler incognito dans une boîte ? Hors de question. Elle n'allait pas porter cet horrible déguisement plus que nécessaire.

Quand tout sera fini, tu le brûleras, tu le brûlera, Lucky..

La maison que Boogie avait louée pour elle était discrètement dissimulée dans le haut de Doheny Drive. Un garage menait directement dans la maison. Comme elle tournait à gauche pour pénétrer dans ce garage, elle eut la sensation que, derrière elle, une autre voiture ralentissait, probablement pour tourner à gauche, elle aussi. A moins que le viei Abe ne l'ait fait suivre jusque chez elle. Mais pourquoi aurait-il fait une chose pareille ? Elle se sentait devenir paranoïaque et se dit en riant : « J'ai trop lu de romans policiers. »

Boogie feuilletait des catalogues de voitures dans la cuisine.

– Boogie, fais-moi plaisir. Va jusqu'à Tower Records e achète-moi quelques disques. Je commence à observer che moi des symptômes de manque.

Boogie redressa sa longue et maigre silhouette :

– Bien sûr, qu'est-ce que vous voulez ?

– Je suis d'humeur à écouter Luther, Bobby Womack Teddy P., Marvin, et Isaac.

Boogie savait exactement de qui elle parlait. Il ajouta

– Mais pas Billie Holiday ?

– Uniquement quand Lennie est là.

Elle avait répondu avec une petite grimace forcée. Boogie se hâta. Elle prit le téléphone et appela Gino. Personne ne répondit. Elle ne laissa pas de message.

Harry Browning était assis dans la voiture, devant la maison de location de Lucky, et il attendait. Il ignorait ce qu'i attendait. En fait, il ignorait aussi ce qu'il faisait là. Mais quoi que ce soit, c'était excitant. Son corps était parcouru d'électricité. Cette sensation était ce qu'il avait vécu de mieux depuis des années. Il avait suivi Lucky toute la nuit. Il l'avait suivie depuis les Studios, comme une impulsion soudaine. Il avait toujours pensé qu'il y avait quelque chose de mystérieux chez cette femme et était décidé à en savoir plus. Était-il le seul à avoir remarqué qu'elle portait une perruque ? Lorqu'elle avait visionné le film, elle avait ôté ses lunettes un moment, sans en mettre d'autres. Ses vêtements aussi étaient remarquables. Ils pendaient sur elle, comme si elle voulait se cacher derrière eux. Qui, de nos jours, portait de pareils vêtements ? Surtout à son âge, car elle était jeune et, si on l'observait de plus près, tout à fait jolie. Harry Browning n'était pas resté assis dans une cabine de projection pendant trente-huit ans, à regarder les films des Studios Panther, pour rien ! Il avait appris énormément de choses sur la beauté féminine.

Par ailleurs, le lien avec Sheila Hervey était à prendre en considération. Luce prétendait être la nièce de Sheila. Mais Sheila n'avait pas de parents, mise à part sa sœur, laquelle n'avait pas d'enfant. Elle le lui avait répété suffisamment, lorsqu'elle espérait un rendez-vous avec lui. Évidemment, il y avait quelques années de cela. Mais Harry Browning n'avait pas oublié. Il avait une excellente mémoire.

Si Luce l'avait laissé tranquille, il l'aurait certainement laissée tranquille aussi. Au lieu de cela, elle l'avait invité à dîner, et il y était allé par curiosité. C'était à peu près tout ce dont il se souvenait. Le lendemain, il s'était réveillé dans son propre lit, sans savoir comment il y était arrivé, la bouche sèche, assoiffé, le crâne douloureux. Il y avait urgence de punition, n'importe laquelle, envers cette femme qu'il l'avait entraîné à se remettre à boire.

Durant dix-neuf ans, Harry Browning était resté sobre. Mais il était tout de même alcoolique. On ne cesse jamais d'être alcoolique.

En cet instant, il pensait à boire. Une bière fraîche, ou un verre de vin, voire une gorgée de scotch. L'idée le tenta. Mais il était bien décidé à ne plus jamais succomber. Jamais.

La filature de Luce lui avait pris toute la soirée, finalement.

D'abord il l'avait suivie jusqu'à cette maison devant laquelle il était garé à présent. Puis il l'avait à nouveau suivie jusqu'à la résidence d'Abe Panther, à Miller Drive.

Il savait qu'il s'agissait de la résidence de Abe, pour y avoir passé de nombreux après-midi à projeter des films dans la salle privée. C'était il y a de nombreuses années, mais il était certain que Abe vivait toujours là. Certain, parce que chaque année il adressait au grand Monsieur Panther une carte de Noël, signé : « Harry Browning, votre employé fidèle. »

Et il était fidèle car c'était grâce à ce vieil Abe qu'il n'avait pas été renvoyé le jour où on l'avait surpris complètement ivre à son travail. Abe avait empêché qu'on le vire et il avait dit : « Allez donc voir les Alcooliques Anonymes, Harry. Prenez deux semaines et revenez-nous comme un homme neuf. »

Harry Browning n'oublierait jamais la gentillesse de Abe Panther.

Luce était restée deux heures dans la résidence de Abe Panther. Harry l'avait attendue patiemment, dans la rue devant les grilles ouvragées. Lorsqu'elle était sortie, il avait pu jeter un coup d'œil sur elle, au passage de sa voiture.

Luce avait l'air différent, bien qu'il soit certain que ce soit elle. La perruque avait disparu. Plus de lunettes. Ses cheveux couleur queue-de-vache étaient à présent d'un noir profond et lustré.

C'était tout ce qu'il avait pu voir.

Il l'avait suivie sur le chemin de retour à la maison de Doheny Drive. Et, à présent, il attendait. Patiemment. Car Harry Browning était un homme patient. Et il devinait qu'il allait tomber sur quelque chose d'intéressant.

La seule question, l'unique, était : sur quoi ?

Cooper Turner raccompagna Vénus Maria chez elle. Ils rirent de l'incident durant tout le trajet.

— Vous avez vu la tête d'Abby quand il a hurlé « conne » ?

— Vous avez vu quand Ida a reçu le vin sur elle ? répliqua Cooper.

— J'ai bien cru qu'elle allait jouir de plaisir !

— Pour la première fois en vingt ans !

— Non, trente !

— Quarante !

— Cinquante !

— Cent.

La conversation était stupide mais ils riaient aux larmes.

— Et la tête de Zeppo ? Quand Abby lui a balancé cette horreur d'histoire de poissons !

— Il est devenu tout rouge !

— Violet !

— Orange !

Ils riaient tellement tous les deux que Cooper dut garer la Mercedes noire sur le bas-côté.

Ils étaient seuls dans la voiture. Personne alentour. Pas d'équipes de tournage, pas de gens connus, pas de paparazzi. Il était terriblement attiré par elle, tout en sachant qu'elle le repousserait.

Il se pencha pour l'embrasser et, durant quelques secondes, elle répondit à son baiser.

Lèvres douces, lèvres tendres et humides. Une langue délicate et pointue fouilla sa bouche quelques instants, puis disparut comme si elle réalisait soudain ce qu'elle était en train de faire :

— Cooper !

Elle gronda encore :

— Cooper !

Fâchée contre lui, se sentant coupable de s'être presque laissée aller à y prendre du plaisir.

— Comment résister ?

Il avait immédiatement ressenti un violent désir, malgré son recul.

— Nous sommes amis, vous vous souvenez ?

— Tout le monde croit que nous couchons ensemble, alors...

— Pas Martin.

Ah oui. Il y avait Martin. Mais pourquoi l'avait-il présentée à Martin Swanson !

26

Le mercredi, Olive appela Lucky :
– Le boulot est à vous!
– Fantastique! s'exclama Lucky. Il vous a accordé le voyage?
– Et comment!

Olive paraissait enchantée :
– Venez au bureau après le déjeuner, je vous présenterai à monsieur Stolli. Quand vous l'aurez vu, je vous mettrai au courant de la routine. Il est très particulier.
– Que lui avez-vous dit sur moi?
– Que vous êtes discrète, digne de confiance, et travailleuse. Il a répondu qu'il me croyait sur parole, alors ne me laissez pas tomber, Luce!
– Je ne ferais pas ça, Olive!
– Vous êtes sûre que ça ira avec monsieur Stone?

Olive se tracassait, elle espérait ne pas faire une bourde. Lucky la rassura :
– Affirmatif. Il part en vacances demain.
– Parfait. Vous m'observerez toute la journée de demain et vous commencerez vendredi. Ça vous va?
– Oui. Ça me convient parfaitement.

Réellement, cela lui convenait parfaitement. Depuis le cœur du bureau de Mickey, elle serait à même de découvrir tout ce qu'elle voulait savoir.

Dès qu'elle eut raccroché, elle s'adressa à Hermann :
– Vous partez, Hermann. Je viens d'obtenir ma promotion.

Hermann était impressionné et également soulagé. Maintenant, il pourrait aller jouer au golf, sans interruption, et oublier les Studios Panther pendant un bout de temps.

– Je vous appellerai quand il sera temps de revenir, Hermann. En attendant, si vous donniez des instructions pour qu'on repeigne ce bureau ? C'est un vrai taudis.

– C'est à vous de vous en occuper. Vous êtes ma secrétaire.

C'était un échange de balles usé depuis longtemps mais revigorant.

– Je m'en occuperai. Et je commanderai aussi une nouvelle installation d'air conditionné. Vous vivez au Moyen Âge ici. Vous avez vu le bureau de Mickey Stolli ?

– Non.

– Vous auriez un sacré choc. C'est un vrai palace.

Hermann n'arrivait pas à s'habituer à ce langage direct qui l'énervait.

Olive remercia chaleureusement Lucky :

– Vous utiliserez mon bureau. Je vous expliquerai le système du téléphone. Ensuite, nous passerons aux exigences personnelles de monsieur Stolli.

Exigences personnelles ? Quel genre ? Une séance porno toutes les deux heures ? Deux blondes au petit déjeuner ? Lucky ne put s'empêcher de sourire. Olive prit ce sourire pour de l'enthousiasme pour son nouveau travail. Elle la prévint en agitant un doigt menaçant :

– Ne vous donnez pas trop de mal à vous occuper de monsieur Stolli. Ce n'est que pour quelques jours, et je serai vite de retour.

Rencontrer Mickey Stolli pour la première fois, voilà qui était intéressant. L'homme était assis derrière son bureau, souverain en son royaume, chauve, bronzé, et l'air dur.

Fièrement, Olive conduisit Lucky en son domaine. Et annonça respectueusement :

– Voici Luce, l'assistante dont je vous ai parlé.

Mickey parcourait du regard quelques documents. Sans même relever la tête, il agita une main distraitement :

– Oui, oui...

Lucky regarda, sur le dessus de cette main, une touffe de poils noirs insolite. Si seulement on pouvait la transplanter au sommet de son crâne, ce serait le début d'une grande aventure...

– Elle commencera vendredi, dit Olive.

La ligne privée se mit à sonner. Il décrocha, en couvrant le récepteur de sa main :

– Vous voulez bien sortir d'ici ?

Olive fit quasiment la révérence :

– Merci, monsieur Stolli.

Quelque chose n'allait pas quelque part. Olive avait bien besoin d'un recyclage en matière de respect de soi, pour lui rafraîchir la mémoire. Elle expliquait :

– Il arrive que monsieur Stolli soit débordé de travail, au point de ne plus pouvoir faire face. Vous vous habituerez à ses humeurs. Il n'est pas méchant.

Ce soir-là, Lucky dîna avec Gino. Elle se rendit à son hôtel, entièrement déguisée, ce qui le sidéra complètement et il commença par rire :

– Tu es incroyable, gamine. Tu aurais dû être comédienne.

– Je parie que tu ne m'aurais pas reconnue ?

– Je suis tout de même ton père.

– La question n'est pas là.

Lucky s'effondra sur une chaise, retira la perruque et la jeta au travers de la pièce. Il l'observa d'un air interrogateur.

– Je suppose que j'aurais dû dire non ?

Elle éclata de rire.

– C'est tout à fait intéressant de changer d'identité. J'aurais pu faire une excellente espionne, probablement.

– Tu ferais une excellente n'importe quoi, du moment que tu l'as décidé.

– Merci, dit-elle, ravie.

Ils commandèrent à dîner dans la chambre. D'énormes steaks juteux, des pommes de terre en purée à l'ancienne, et du maïs grillé en épi avec du beurre.

Ils discutèrent tout en mangeant. Gino lui raconta sa rencontre avec le mari de Paige.

– Je suis allé le voir chez lui. C'est drôle, il savait tout sur Paige et moi.

Lucky recula son assiette anxieusement :

– Ah oui ? Est-ce que ça signifie que je vais devenir demoiselle d'honneur ?

– Ça ne signifie rien, gamine. Il a simplement dit que Paige pouvait faire ce qu'elle voulait. Si elle veut le divorce, il le lui accordera. Seulement il y a un problème.

– Lequel ?

– Elle ne lui a jamais demandé.

– Oh ! Ça, c'est pas croyable !

– Ensuite, Paige est rentrée. Quand elle m'a vu chez elle, elle a fait exactement comme si de rien n'était, alors que Ryder et moi on s'entendait comme deux bons vieux copains. Madame n'a pas d'angoisses, apparemment.

– Que s'est-il passé ensuite ?

– Ryder m'a demandé de rester à dîner. J'ai refusé. Paige avait l'air mal à l'aise, alors je me suis barré. Et depuis ce jour-là, je n'ai entendu parler de personne, ni d'elle ni de lui.

Gino mâchonnait un épi de maïs, songeur :

– Je rentre à New York demain Je vais me remettre à draguer.

– Draguer ! Gino, allons ! Je sais que tu es un vrai miracle, mais tu as tout de même soixante-dix-neuf ans !

– Tu trouves que je les fais ?

– Non.

– Est-ce que je me comporte comme tel ?

– Eh bien, non !

– Alors, bon sang, gamine ! Il faut que je trouve une femme !

Ils se firent la grimace mutuellement. Lucky et son vieux bonhomme de père. Complices. Ils allaient bien ensemble.

Leslie Kane était bien trop jolie, et trop fraîche, pour être une ancienne prostituée. C'était pourtant ce qu'elle était, très exactement.

Leslie avait de longs cheveux roux bouclés, tombant sur ses épaules d'un blanc laiteux, des yeux immenses, un nez effronté, une bouche pleine et gourmande. Elle était longue, svelte, avec de jolis seins ronds, une taille fine et de longues jambes.

Elle n'était mariée avec Eddie que depuis un an. Elle avait exercé le métier de call-girl durant onze mois, avant cela.

Leslie était folle d'Eddie et Eddie fou de Leslie.

Ils s'étaient rencontrés dans une station de lavage de voitures sur Santa Monica Boulevard et tout en suivant la progression de leur véhicule dans le système de lavage, ils s'étaient convaincus que l'amour était là.

Leslie avait dit à Eddie qu'elle était secrétaire, ce qui était vrai en un sens, puisqu'elle avait commencé comme secrétaire et que certains des hommes auxquels elle offrait ses services aimaient bien qu'elle s'habille en secrétaire. Toutefois, le cuir noir et le déguisement d'écolière était beaucoup plus populaires.

Eddie, lui, avait dit qu'il était président de la distribution aux Studios Panther et Leslie, qui n'avait pourtant aucune ambition d'actrice, s'était dit : « Hmm... voilà un homme pour moi. »

Et un véritable amour s'épanouit entre eux.

Eddie rompit avec une célèbre actrice de télévision, qui en fut fort mécontente.

Leslie abandonna son appartement et sa profession.

Ils se marièrent à Marina Del Ray sur le yacht d'un ami.

Le mariage avait du bon ; ils étaient heureux tous les deux de vivre une relation conventionnelle. Ça changeait.

Eddie avait toujours été coureur. Il aimait les femmes et les femmes l'aimaient. Et, dans ce milieu du cinéma, il n'y avait jamais pénurie de talents nouveaux en la matière. Mais, depuis sa rencontre avec Leslie, il n'avait plus du tout envie de draguer. Non seulement elle était superbe, mais elle lui prenait tout son temps au lit.

Un jour, avec une mimique interrogative, il avait demandé :

– Où as-tu appris tout ça ?

Elle avait répondu en le regardant droit dans les yeux :

– Dans *Cosmopolitan*.

Il l'avait crue.

Leslie n'avait jamais été une prostituée du trottoir. Arrivée à Los Angeles à l'âge de dix-huit ans, elle avait décroché un petit boulot à Rodeo Drive, dans un magasin de haute couture. Et là, une certaine Madame Loretta l'avait découverte et installée dans ses meubles.

Madame Loretta était une petite femme trapue et courte sur jambes, venue en Amérique, depuis sa Tchécoslovaquie natale, plusieurs années auparavant. Elle s'était spécialisée dans la découverte de jeunes filles, belles et fraîches. Elle fournissait les stars d'Hollywood, les cadres et les magnats du cinéma, qui lui réclamaient des beautés originales.

Elle donnait toujours à ses filles le sentiment d'être spéciales et belles en toute circonstance. Et, en retour, les filles donnaient toute satisfaction à ses clients.

Leslie ne faisait pas exception.

Lorsqu'elle annonça à Madame Loretta qu'elle voulait se marier, personne ne fut plus heureuse qu'elle. La vieille dame l'invita à prendre le thé dans sa demeure à flanc de côteau et l'abreuva d'un certain nombre de généralités sur l'existence. Par exemple, elle l'avertit en agitant un doigt dodu sous son nez :

« Mon petit, il y a trois manières de garder un homme. Trois règles d'or qu'il ne faut jamais oublier. Règle numéro un : découvrir chez cet homme quelque chose dont vous pensez que c'est la chose la plus merveilleuse au monde et le lui répéter constamment. Il peut s'agir de ses yeux, de ses cheveux, ou de ses fesses. Peu importe. Et quoi que ce soit, faites en sorte qu'il sache que vous l'aimez. Règle numéro deux : quand vous êtes au lit ensemble, dites-lui qu'il est l'amant le plus extraordinaire que vous ayez connu. Règle numéro trois : quoi qu'il dise, ayez l'air fasciné par sa culture. Regardez-le avec adoration, convainquez-le qu'il s'agit de la chose la plus intelligente que vous ayez jamais entendu dire. »

Madame Loretta parlait en connaissance de cause. « En observant ces trois règles, vous ne pourrez jamais vous tromper. »

Leslie écouta attentivement et retint bien la leçon. Elle connaissait plus d'une façon de plaire et Eddie se montrait réceptif à ce déploiement de charmes.

Leslie était donc heureuse et n'avait qu'une seule crainte : tomber un jour sur l'un de ses anciens clients. Elle savait bien qu'Eddie ne supporterait pas son passé s'il découvrait un jour la vérité, et cela l'effrayait. Durant les réceptions, elle inspectait toujours la pièce de ses grands yeux perpétuellement en alerte. Elle était toujours sur le qui-vive au restaurant. Combien de clients avait-elle connus durant ces onze mois ? Impossible de s'en souvenir.

Leslie savait que son mari se droguait à la cocaïne. Elle décida de l'ignorer. Si un peu de poudre blanche le rendait heureux, qui était-elle, elle, pour en discuter ?

Elle y avait goûté une fois, mais ça ne lui avait pas plu. Trop confortable. Trop dangereux. Elle devait tenir son passé à distance, ça ne valait pas le coup de tout risquer.

Depuis peu, Eddie était nerveux et instable. Il se fâchait sans raison, se levait à 4 heures du matin pour déambuler dans la maison, il avalait une double dose de vodka avec son jus d'orange matinal...

Et Leslie ne pouvait pas s'empêcher de se faire du souci. Peut-être avait-il tout découvert et s'apprêtait-il à lui dire que tout était fini entre eux...

Que ferait-elle en ce cas ? Que pourrait-elle faire ? Elle n'avait pas la moindre envie de retourner à la prostitution. Elle ne pouvait pas, non plus, retourner chez elle en Floride d'où elle s'était enfuie en emportant 1 000 dollars appartenant à son beau-père. Si Eddie ne voulait plus de leur mariage, sa vie était fichue.

Un jour, elle posa la question, en lui caressant la nuque et lui ébouriffant les cheveux, comme il aimait :

– Quelque chose te tracasse, mon chéri ?

– Rien du tout, chérie.

Il avait sursauté et s'était mis à faire les cent pas dans la chambre :

– Rien, en tout cas, qu'un million de dollars et un peu d'aide de Mickey Stolli ne puisse arranger.

Lucky entama son travail d'assistante temporaire de Mickey Stolli, le vendredi matin à 7 h 45, car elle voulait être la première.

Le goût subtil d'Olive était encore dans l'air : du papier toilette anglais, absolument craquant, des pastilles de menthe et une petite azalée en pot.

En s'installant derrière le bureau d'Olive, Lucky prit une profonde inspiration. Elle était prête à l'action. N'importe quelle action. Mais elle ne s'attendait pas à ce que le premier coup de téléphone vienne de Lennie! Elle reconnut sa voix, immédiatement :

– Olive! dit-il brutalement, passez-moi monsieur Stolli, c'est urgent!

Lennie! Une urgence! Lucky fut prise de panique, ce qui lui arrivait rarement, et raccrocha. Sur ce, Mickey fit son entrée en tenue de tennis, et en sueur.

– Dans mon bureau dans dix minutes!

Et il claqua la porte sur son domaine privé.

Elle se dit que Lennie allait rappeler, et agit très vite. Elle appela Mickey :

– Lennie Golden est en ligne, il dit que c'est urgent.

Dieu était avec elle. Juste au moment où Mickey grommelait un « passez-le-moi » tranchant, le téléphone sonna de nouveau et elle transmit rapidement l'appel, en espérant que c'était bien Lennie.

C'était lui.

Lennie représentait une difficulté à laquelle elle n'avait pas songé. Elle pouvait se déguiser physiquement, mais n'avait pas pensé à sa voix.

Fort heureusement, il n'avait pas appelé sur la ligne privée et elle put appuyer sur un bouton pour écouter la conversation.

– J'en ai marre de cette merde, Mickey. Ou Grudge s'en va, ou c'est moi. Ce type n'est qu'un amateur!

Lennie était très en colère.

Mickey rétablit les choses :

– Ce type, comme tu dis, est dans le métier depuis plus longtemps que nous deux.

196

– C'est ça, le problème. Il s'imagine tout savoir. C'était peut-être vrai il y a vingt-cinq ans. Mais les choses changent. Il faut aller avec son temps.

La voix apaisante de Mickey, à nouveau :

– Ne t'en fais pas, je m'en occupe.

– J'en ai ras-le-bol de tes promesses. Si rien ne se passe, je me tire.

– Ce n'est pas une menace, par hasard ?

– Tu peux parier là-dessus tous les bijoux de ta femme !

– J'ai horreur d'avoir à te rappeler quelque chose qu'on appelle un contrat.

Le ton tout à fait raisonnable, Lennie enchaîna :

– Je vais te dire une chose, Mickey. Prends-le, ton contrat, mets-le dans un moulin à légumes avec un sac de ciment, et fourre-le-toi quelque part. Il y aura encore de la place après ça.

Et bang ! il raccrocha.

Et bang ! Mickey surgit de son bureau, bondissant de rage. Il hurla :

– Donnez-moi le contrat de Lennie Golden !

Il lui jeta une clé, en désignant un classeur :

– J'en ai marre de ces enfoirés d'acteurs !

Elle observa un ton bas et soumis et, supposant que c'était le style imposé par Mickey Stolli à son personnel :

– Oui, monsieur Stolli.

– Et ne me passez plus aucun de ces enfoirés d'acteurs, ce matin ! Compris ?

Les ombres de son Brooklyn natal resurgissaient. Reste calme, Lucky. Ne le traite pas d'ordure. Tu as tout le temps pour ça. Quand tu auras le pouvoir.

– Oui, monsieur Stolli.

– Et débarrassez-moi d'Eddie Kane ! Repoussez le rendez-vous de 10 heures !

– Dois-je lui donner un motif ?

– J'emmerde les motifs ! C'est moi qui dirige ces Studios ! Pas de motifs ! Rappelez-vous de ça !

Il retourna dans son bureau et claqua à nouveau la porte.

De toute évidence, travailler pour Mickey Stolli ne s'annonçait pas triste.

Elle alla vers le classeur, l'ouvrit avec la clé et se mit à chercher.

27

Martin Z. Swanson possédait son propre jet privé, modestement baptisé *Swanson*. Il disposait d'un équipage de sept personnes et, durant son voyage de New York à la Côte Ouest, n'accepta aucun autre passager.

Deux hôtesses de l'air veillaient au moindre de ses désirs. C'étaient deux jolies filles, l'une brune, l'autre rousse, vingt-cinq ans chacune, un mètre soixante-quinze et soixante-cinq kilos.

L'uniforme Swanson était constitué d'une courte jupe blanche et d'une veste assortie, sur un tee-shirt bleu marine orné de l'inscription SWANSON en blanc sur la poitrine. Le tour de poitrine des hôtesses de l'air était de 95, taille B. Martin était un intransigeant sur ce détail.

Les hôtesses de l'air l'appelaient monsieur Swanson et souriaient beaucoup. De bonnes dents étaient également requises pour le poste. Mais Martin ne se compromettait jamais avec le personnel, aussi séduisant soit-il. En fait, c'est à peine s'il les remarquait. Elles étaient embauchées dans un but précis, celui de maintenir l'image de marque de Swanson. Martin organisait beaucoup de réceptions d'affaires et, si ses invités avaient envie de prendre du bon temps avec ses employées, c'était leur droit.

Martin exigeait trois choses des gens qui travaillaient pour lui : loyauté, intelligence et tenue décente.

Si on ne correspondait pas à ces critères, on était renvoyé.

D'un autre côté, si on se pliait aux traditions Swanson, on en était largement récompensé.

A quarante-cinq ans, Martin estimait que sa vie était à peu près réussie. Après de très modestes débuts, il était parvenu bien plus haut qu'il ne l'avait jamais imaginé. On le savait brasseur d'affaires, charismatique, dynamique, capable de réaliser n'importe quel rêve. Il avait des amis puissants et célèbres, autant dans les milieux politiques que dans le show-biz, les sports et la vie sociale. C'est à lui qu'il fallait en demander les invisibles connexions. Et il avait aussi une femme, belle et, de toute évidence, intelligente et brillante.

Mais jusqu'à quatre mois auparavant, Martin n'avait jamais connu la véritable passion.

– Un autre verre d'Évian, monsieur Swanson ?

L'hôtesse rousse s'inquiétait de lui avec sollicitude.

Il acquiesça, et un verre de cristal gravé se posa devant lui en quelques secondes. Eau d'Évian, fraîche et pure, tranche de citron frais, deux cubes de glace. Exactement comme il l'aimait.

– Voulez-vous déjeuner, monsieur Swanson ?

C'était l'autre hôtesse de l'air. Il remarqua une tache sombre sur la jupe blanche étroite et la fixa jusqu'à ce que la jeune femme soit contrainte de regarder vers le bas à son tour. Elle s'exclama d'une voix embarrassée :

– Oh !

Il détestait les femmes qui disaient ce genre de choses – « Oh », par exemple – ça leur donnait l'air de petite fille attardée. Il ordonna brièvement :

– Arrangez-ça.

– Oui, monsieur.

Deena avait dessiné leurs uniformes selon ses directives : « A la mode, sexy, pas trop classique. » Elle savait exactement ce qu'il aimait.

Deena. Son épouse. Une femme d'acier. Semblable à lui, lorsqu'elle voulait arriver à quelque chose.

La première fois qu'il l'avait rencontrée, il avait eu l'impression de contempler dans un miroir la version féminine de lui-même. Une femme tenace, travailleuse. Une femme sachant ce qu'elle voulait et faisant ce qu'il fallait pour l'obtenir.

Deena. Il l'avait beaucoup aimée. Et il l'avait épousée.

Lorsqu'il avait découvert son mensonge à propos de son âge et de son passé, quelque chose s'était brisé. Martin n'avait pas supporté qu'elle lui ait menti.

Leur mariage était à présent un mariage de convenance. Vu de l'extérieur, le couple Swanson donnait l'impression de tout avoir. En réalité, Martin travaillait dix-huit heures par jour, tandis que Deena s'efforçait de tenir bon. Des enfants auraient peut-être arrangé les choses mais, après deux fausses couches, Deena apprit qu'elle ne devait plus tenter d'avoir d'autres enfants et on lui avait ligaturé les trompes, pour plus de précaution.

Bien qu'il lui ait galamment assuré que cela n'avait pas d'importance, Martin était un homme déçu. Il aurait aimé avoir un fils. Une image miniature de lui-même qu'il aurait pu modeler. Martin Z. Swanson Junior. Un garçon qu'il aurait emmené au foot et au base-ball, à qui il aurait enseigné la réalité subtile des affaires.

Qui allait perpétuer le grand nom de Swanson ?

Qui allait hériter de tout son argent ?

Deena l'avait abandonné.

Le sexe n'était pas très important pour Martin. Il était resté puceau jusqu'à dix-sept ans, et sa première expérience s'était déroulée en compagnie d'une prostituée de quarante-trois ans, qui lui avait dit de se dépêcher, d'un air boudeur ! La chose lui avait coûté 10 dollars et une maladie vénérienne malencontreuse. Une leçon qu'il avait apprise de bonne heure : on paye pour ce qu'on obtient.

La seconde expérience eut lieu avec une call-girl à 500 dollars la nuit, qui demeurait dans un luxueux appartement de Park Avenue. Il avait dépensé toutes ses étrennes de Noël et, désappointé, avait trouvé la seconde expérience guère plus excitante que la première.

Ensuite, il y avait eu un défilé de jeunes femmes qui faisaient cela pour rien. Il n'avait pas exactement couché avec tout le collège, mais s'en était bien sorti.

Après le collège, les affaires passèrent en premier.

Puis Deena. Puis les fausses couches. Puis les maîtresses.

Martin ne s'intéressait pas à la seule beauté physique. Il courait après les femmes ayant un « petit quelque chose ». La drague était passionnante. Cibler la femme qu'on veut, et calculer le temps nécessaire pour l'obtenir, c'était le meilleur du jeu. Il lui était arrivé parfois d'y consacrer un mois ou deux.

Il avait découvert une chose, ainsi : elles avaient toutes un prix. Et découvert aussi qu'il pouvait payer le prix.

Puis vint Vénus Maria et, à l'âge de quarante-cinq ans, Martin Z. Swanson avait enfin découvert l'amour, le désir et la vie.

Et la passion l'engloutit.

Il se renversa en arrière, revivant leur première rencontre à tous les deux. Vénus Maria contre Martin Z. Swanson. Un volcan en attente d'éruption.

« Salut ! » Vénus Maria lui souriait. Elle avait de petites dents blanches et un sourire provocant.

« Je suis l'un de vos admirateurs. » Il répondait, charmant, beau parleur, le style Swanson, avec un clin d'œil cavalier.

Le sourire ne quittait pas le visage de la jeune femme :

« Vous êtes nul. Je parie que vous n'avez jamais rien vu de moi.

— Faux.

— Alors, racontez-moi.

— Raconter quoi, exactement ?

— Dans quoi m'avez-vous vue ?

— Vous étiez en couverture de *Times*.

— Ce n'est pas une création, c'est de la publicité.

— Je le sais.

— Alors ?

— Vous êtes chanteuse.

— Oh ! Quelle finesse !

— Et actrice.

— En réalité, vous ne m'avez jamais vue, dans rien, n'est-ce pas ?

Il avait haussé les épaules :

— Vous m'avez eu.

Toujours souriante elle avait dit :

— Vous voyez bien, j'avais raison, vous êtes nul. »

Martin n'avait pas l'habitude de se faire traiter de nul. En particulier par une jeune femme – aussi célèbre soit-elle – aux cheveux platine, au regard provocant, couverte de la plus étrange tenue vestimentaire qu'il ait jamais vue. Elle ressemblait à une sorte de bohémienne, parée de bijoux en argent accrochés à une longue jupe multicolore et d'un chemisier doré qui laissait son ventre nu.

Ils étaient à une soirée donnée par les Webster.

Effie Webster était une styliste d'avant-garde. Yul, son mari, publiait des livres. Tous deux étaient célèbres, à la fois pour leur entourage étrange et leur penchant pour la drogue. Bien que Deena soit une excellente amie des Webster, Martin était venu seul. Deena était restée à la maison avec la migraine. Sa première erreur. La soirée était donnée en l'honneur de son vieux camarade et compagnon de chambre, Cooper Turner.

« Maintenant que nous savons que vous êtes nul, qu'allons-nous faire ? »

Vénus Maria s'amusait à picorer des sandwiches aux crevettes sur le plateau d'un serveur qui passait par là. Elle enfournait chaque bouchée entre deux lèvres pleines, outrageusement rouges.

Le « nous » attira l'attention de Martin. Il venait de rompre avec une avocate féministe par trop exigeante et était donc libre pour la prochaine aventure. Mais cette fille ne ressemblait à aucune autre. Trop jeune. Trop sauvage. Autant de signaux d'alarme qui lui recommandaient de se tenir à distance.

Tout à fait confiant, sûr qu'elle le connaissait, il avait demandé :

« Savez-vous qui je suis ? »

Nonchalamment, elle avait répondu :

– Non. Bien que vous ayez l'air familier. Vous faites de la politique ? Sénateur ou quelque chose comme ça ?

– Je suis Martin Swanson. »

Il avait dit cela de la manière dont il aurait annoncé : « Voilà l'*Empire State Building,* ou la Tour Eiffel. »

Vénus Maria avait incliné la tête de côté, charmante. Et il avait remarqué que ses boucles d'oreilles n'étaient pas assorties.

– Voilà qui ne me dit rien. Vous avez un indice ? »

Il avait commencé à trouver exaspérante cette créature étrange. Ses sourcils étaient trop foncés par rapport aux cheveux. Ses yeux avaient l'air d'avoir vécu. Beaucoup trop vécu pour le reste du visage.

« Vous n'êtes pas la seule à faire la couverture du *Times.* »

Cooper Turner s'était avancé à ce moment-là. Le beau Cooper Turner en personne. Cooper, qui devait coucher probablement avec cette petite célébrité d'un quart d'heure.

Il avait sa réputation à maintenir. Avec une petite grimace, Cooper avait dit :

« Je vois que tu as fait connaissance avec Vénus ? Elle t'a déjà insulté ?

– Je n'en suis pas sûr.

– Accroche-toi à ton pantalon, mon vieux. Tu en auras peut-être besoin. »

Vénus Maria avait ri gaiement, en les saluant d'un geste désinvolte.

– Je dois m'en aller. J'ai été ravie de vous rencontrer... euh... Martin ? J'ai la mémoire qui flanche, mais je n'oublie pas les gens... »

Sur ses entrefaites, elle les avait plantés là pour flâner à travers les pièces, en attirant les regards sur elle à chaque pas.

Cooper avait dit avec regret :

« Ah ! J'aurais bien aimé la connaître plus tôt. La jeune Vénus Maria est ce que nous appelions autrefois un « stimulus sexuel ». Tu te souviens de ça ? C'était dans les bonnes vieilles années soixante.

Martin avait alors demandé avec curiosité :

– Tu veux dire que tu ne couches pas avec elle ?

Avec une petite grimace d'amertume, Cooper avait répondu :

– Difficile à croire, n'est-ce pas ? Je crois bien avoir fait chou blanc. Elle a ri quand je lui ai suggéré la chose. Tu crois qu'on devient vieux, Martin ? »

Mais Cooper avait dit cela avec l'air d'un homme qui a la certitude de ne jamais devenir vieux en quoi que ce soit.

Tout le reste de la soirée, Martin n'avait pas quitté Vénus Maria des yeux. Elle voletait à travers le salon, comme un oiseau fureteur, sans jamais rester en place, toute de cheveux platine, de lèvres pleines et rouges, dans le sillage de son parfum entêtant.

A un moment, leurs regards se croisèrent. Une seule fois. Elle soutint son regard comme un chat, le forçant à détourner les yeux en premier. Un nouveau petit triomphe pour elle. Martin était très intrigué.

Le lendemain, il fit demander son dossier de presse.

Sa secrétaire lui amena une avalanche de magazines et de coupures de presse. Elle était plus célèbre qu'il ne l'avait pensé.

Puis il demanda des copies de ses films télé, et les deux longs métrages qu'elle avait tournés. Elle avait une présence à l'écran extrêmement dynamique. Une sorte de sirène, de symbole sexuel, doté d'une solide dose d'esprit et d'originalité. Elle savait danser, elle savait chanter, elle savait même jouer.

A la fin de cette journée, Martin était tombé amoureux. Il découvrit qu'elle était descendue à l'hôtel *Chelsea* et il lui fit envoyer une douzaine de roses Sterling Silver, avec un mot.

Le mot disait : « Moi aussi. Martin Swanson. »

Ce n'était pas tout à fait vrai. Il n'avait jamais réellement prêté attention à une femme au point de ne pas l'oublier. Il n'en avait jamais eu besoin.

Elle ne donna aucun signe de vie et ne remercia jamais pour les fleurs.

Il se demanda même si elle les avait reçues, car il apprit qu'elle était retournée à Los Angeles le lendemain. Vénus Maria. Une histoire inachevée.

Martin aimait les contrats difficiles.

Six semaines plus tard, Deena avait décidé qu'elle voulait aller à une soirée à Los Angeles. C'était une grande vente de charité et elle avait envie de porter son nouveau collier de saphirs et diamants qui flattait son regard bleu pâle et sa peau transparente.

Martin avait répondu avec plaisir : « Allons-y. »

Deena s'était montrée surprise, elle savait qu'il détestait Los Angeles.

Il avait dû deviner instinctivement qu'elle serait là. Vénus Maria assistait à la soirée, vêtue d'un cuir noir. Une avalanche de Valentino, de Ungaro et d'Adolfo. Ses cheveux étaient teints en noir dur. Ce qui allait très bien avec les sourcils, cette fois, et ses lèvres pleines, maquillées d'un violet éclatant. Sous la veste de motard en cuir noir, elle portait un bustier de peau, d'un noir plus doux, parsemé de clous argentés. Sa poitrine, sous le cuir, était une invitation veloutée à découvrir le reste, dissimulé sous un autre cuir noir.

Deena s'était exclamée : « Mon Dieu, que cette fille est horrible ! Tu as vu Vénus Maria ? »

Aurait-il pu ne pas la voir ?

Non.

Et cette fois, il n'avait pas l'intention de rater le coche.

Cooper Turner n'était pas du tout décidé à lui donner son numéro de téléphone.

« Ce n'est pas une fille pour toi, Martin, je te préviens. Cette fille danse une valse que tu ne connais pas. Oublie-la.

Martin avait demandé :

— Tu as peur de la compétition ?

— J'essaie seulement de te mettre en garde. Vénus est différente. Admettons que ça marche avec elle – ce qui, je peux te le dire, n'arrivera pas – ce n'est pas le genre de femme à rester tranquillement chez elle pendant que tu vas et viens avec Deena. Oublie ça, Martin. C'est une drôle de fille !

— Tu me donnes son numéro, ou je vais le demander ailleurs ? »

Il obtint le numéro et l'appela sans intention précise.

D'une voix indifférente, elle dit :

« J'ai ramené mes roses à Los Angeles. Oh ! Ma secrétaire m'a trouvé le *Times*. Mais je n'aime pas la photo. Vous avez l'air d'un minable très content de lui. Vous voulez poser devant mon objectif ? »

Il trouva une excuse pour laisser Deena à l'hôtel et se précipita vers la maison de Vénus Maria à Hollywood Hills. Elle lui offrit une tasse de thé aux herbes et effleura son visage de ses longs doigts soyeux. Puis elle dit doucement :

« Je ne ferai pas l'amour avec vous avant de bien vous connaître. Cela peut prendre deux ans, non ? »

Non.

Cela prit cinq semaines, durant lesquelles il fit six voyages sur la Côte et visita New York deux fois.

Cela se passa dans la maison d'un ami, au-dessus de Big Sur, dans un lit à colonnes, avec une vue incroyable sur l'océan.

Et Martin Swanson, le magnat de la finance, le milliardaire, le sophistiqué, l'homme du monde, sut enfin, à quarante-cinq ans, ce qu'était l'amour, la sensualité, la passion.

Ce fut une révélation.

La première chose que fit Martin en arrivant à Los Angeles fut d'appeler Vénus Maria depuis sa limousine. Elle était sur le plateau. Mais il la fit venir quand même, en utilisant leur nom de code secret : « monsieur Wacko ». Il se sentait ridicule d'utiliser un nom pareil, mais Vénus Maria avait insisté, en lui assurant : « Il n'y a qu'un nom aussi stupide pour marcher. »

Et elle avait probablement raison.

Il était donc devenu monsieur Wacko.

— A quelle heure je viens ?

— C'est impossible. Mon frère est encore chez moi.

— Bon sang, je croyais que tu t'en étais débarrassée ?

— Je m'y efforce, mais ça prend du temps. J'aime autant qu'il ne se précipite pas à la rédaction du *National Enquirer* pour y vendre mes secrets.

— Il le fera de toute façon.

— Tu crois ?

— J'en suis sûr.

— Je vais lui louer un appartement.

— Quand ?

— Aujourd'hui.

— Tu m'as manqué.

— Bon.

— Alors ?

— Quoi ?

— Tu sais quoi. Est-ce que je t'ai manqué ?

— Martin, quand tu es là, tu es là. Quand tu n'es pas là, c'est une autre vie. Que tu me manques serait de l'énergie perdue inutilement. Je n'ai pas le temps.

Elle pouvait se montrer exaspérante. Elle ne se rendait pas compte de ce que cela représentait pour lui de dire : « Tu me manques ? »

Il ne l'avait jamais dit à personne de sa vie. Et elle n'en faisait aucun cas.

— Je suis venu signer un contrat d'achat de studio.

Comme si cela pouvait l'impressionner.

— Tu me l'as dit à ton dernier voyage.

— Ce contrat-là n'a pas abouti.

— Alors, qu'est-ce qui se passe ?

— De nouvelles négociations.

— Il faut que j'y aille. On m'appelle.

— Fais-les attendre.

— Martin ! Tu m'étonnes ! Je suis une professionnelle.

— Débarrasse-toi de ton frère. Je veux venir chez toi.

— J'essaierai.

— N'essaie pas. Fais-le.

— A plus tard.

Plus tard... Plus tard, il la tiendrait dans ses bras. Ce jeune corps vibrant, palpitant de vie, d'énergie. Il le tiendrait tout contre lui. Ce corps le rendait fou de désir au moindre contact, ce qui ne lui était jamais arrivé.

Au travail à présent. Martin Z. Swanson voulait conclure cet achat de studio. Et lorsque Martin Z. Swanson voulait quelque chose, il l'obtenait toujours.

28

Lucky alluma une cigarette. Un jour, il y a bien longtemps de cela, elle s'était promis d'arrêter de fumer. Impossible. L'habitude était trop ancienne. De plus, elle aimait bien ce rite. Allumer, inhaler, regarder la fumée s'échapper lentement.

Boogie, lui, ne fumait pas. Boggie s'adonnait aux flocons d'avoine, à diverses céréales, au riz brun et à toutes sortes de graines. Il avait découvert la santé à outrance et jetait des regards désapprobateurs à Lucky lorsqu'elle avalait un café noir, bien serré, non décaféiné bien entendu, ou qu'elle s'attablait devant un énorme steak bien juteux au dîner.

On était le samedi matin et il y avait énormément de choses à faire.

Pas le temps de faire un saut à Londres. Peut-être à Acapulco, dans la journée, bien qu'elle soit supposée être au Japon.

Mais bon sang, elle avait bien besoin de Lennie.

A tout hasard, elle l'appela. D'après le ton de sa voix, la veille, lorsqu'il avait appelé Mickey, il n'avait pas l'air très content. Elle avait vu juste.

Sa première question était agressive ;

– Où es-tu ?

Elle répondit calmement :

– Je rame un peu et je bois du thé...

Mais le ton s'aggravait de minute en minute :

– Tu sais que les gens qui travaillent pour toi sont des imbéciles ?

– Tout le monde, c'est ça ?

– Écoute, Lucky, je ne plaisante pas. Les employés de ton bureau sont nuls, ou complètement abrutis.

A qui avait-il parlé?

– Pourquoi dis-tu cela?

Elle était anxieuse. Ce serait vraiment trop bête de tout fiche en l'air, en ce moment.

– Parce que figure-toi que durant les dernières vingt-quatre heures, j'ai essayé de savoir où tu étais exactement au Japon. Un téléphone, une adresse, n'importe quoi. Et on m'a répondu: «Aucune idée, monsieur Golden...» Comme si j'étais le dernier des cons.

Deux semaines seulement, et elle était déjà dans une drôle de merde. La voix blanche, elle répondit:

– Mais ils ne savent pas où je suis. Moi-même, je ne sais pas où je suis. Monsieur Tagazwaki est un homme bizarre et merveilleux à la fois, qui dirige ses affaires d'une manière un peu excentrique.

Lennie parut écœuré:

– C'est quoi, cette connerie?

– Oh! Difficile à expliquer. C'est à cause de ce genre de contrat. Il est un peu dingue. Je vais m'en aller bientôt.

Elle avait répondu très vite, mais Lennie ne se calmait pas. D'une voix dure, il lança:

– Tu couches avec ce connard de Japonais, c'est ça?

– Ne sois pas ridicule.

– Ah non, Lucky! C'est toi qui es ridicule.

A son tour de se mettre en colère:

– Je travaille sur un contrat. Est-ce que je me mêle de la façon dont tu travailles?

– Sans arrêt.

Oh, mon Dieu! Elle ne voulait surtout pas que cette conversation dégénère en bataille rangée. Gentiment, elle calma le jeu:

– Lennie, s'il te plaît, comprends-moi. Pour une fois.

– Non, je ne comprends pas. Ramène tes fesses ici.

Ce ton accusateur commençait à l'agacer. Mais toujours prudemment, elle rétorqua:

– Je fais ce que je veux.

– Alors, continue comme ça, chérie, et tu pourras faire tout ce que tu veux, mais toute seule.

– Chéri!

Il était réellement furieux.

– Chéri, écoute, ce contrat est important pour moi. Tu ne pourrais pas me laisser faire les choses à ma manière? Après ça, je serai entièrement à toi. On ne bougera plus de tout l'été. On restera à Malibu, on y fera des châteaux de sable.

Elle adoucit encore le ton.

– D'accord, chéri ?

Il se calma.

– Je voulais seulement te faire une surprise ce week-end. Arriver comme ça. A condition qu'il y ait un endroit où arriver...

– Et le film ?

– Rien à foutre du film. J'ai dit à Mickey Stolli que, s'il ne se décide pas à lâcher Grudge, je me tire.

– Je te prépare une surprise, pour bientôt.

– Comment ?

– Un peu de patience.

Il n'abandonnait pas.

– Et depuis quand je suis patient ? Quel est ton numéro de téléphone ?

– Il n'y en a pas.

– Tu me parles d'où ? De la rue ?

– D'un hôtel.

Il avait l'air exaspéré.

– Je ne sais pas à quoi tu joues, Lucky. Mais fais-moi plaisir, et à toi aussi, reviens. J'ai besoin de toi.

– Je serai là plus tôt que tu ne penses.

Ce n'était pas la conversation téléphonique idéale. Combien de temps allait-il croire encore à ses excuses grossières ?

Ensuite, elle appela Bobby à Londres. Il était allé voir un film de James Bond et voulait à tout prix lui raconter l'histoire. Elle l'écouta patiemment, lui dit qu'elle l'aimait et raccrocha.

Santangelo, tu es en train de bousiller ta vie. Mais ce n'est que provisoire.

De retour aux Studios le lundi matin, elle en savait bien plus que le vendredi soir lorsqu'elle était partie en emportant une serviette bourrée de documents et de contrats, en provenance de l'armoire fermée à clef de Mickey. Elle avait eu tout le temps de les étudier pendant le week-end. Il était évident que Mickey distribuait de l'argent un peu partout. Le président du bureau des affaires devait être dans le coup, complice en priorité.

Mickey arriva tard, en courant, et en claquant des doigts :

– Appelez-moi Zeppo White au téléphone. Remettez mon rendez-vous de 9 heures avec Eddie Kane. Dites à

Teddy Lauden de m'attendre après la réunion. Et faites-moi un jus de fruits frais! Pamplemousse! Amenez-vous vite fait!

Ce type était incroyable. Que faisait-il du « bonjour » ? Il y avait un minimum de courtoisie, tout de même.

Elle le suivit dans son bureau. Il ôtait déjà sa chemise de tennis, révélant un torse extrêmement velu. S'il allait jusqu'au short, elle sortirait.

Il gagna au trot sa salle de bains privée, fit un pipi sonore la porte grande ouverte, et dicta un fax concis destiné à Grudge Freeport :

Les acteurs angoissés me font mal au ventre. Et ne je supporte pas d'avoir mal au ventre. Vous êtes interchangeable. Il n'y a que les stars qui ne le soient pas. Faites un effort, quelque chose de gentil, que tout le monde soit content.

Puis il dicta un fax identique à Ed Magnus, le producteur du film de Lennie, auquel Lucky ajouta une phrase :

Soyez accommodant avec Lennie Golden, par tous les moyens. Laissez-le faire tous les changements qu'il voudra.

Mickey disparut ensuite sous la douche, tandis qu'elle se dépêchait de lui faire ses appels téléphoniques. Il en resurgit en hurlant pour son jus de fruits.

Lucky se faufila dans la cuisine en acier inoxydable, coupa un pamplemousse en deux, au risque d'y perdre un doigt, et le plaça dans le presse-agrumes. Un éclat de rire intérieur la fit presque sursauter. C'était fou! Au nom de quoi faisait-elle tout cela?

Pour l'aventure.

Pour les Studios.

Pour Lennie.

Eddie Kane était nerveux. Il avait à discuter de choses urgentes avec Mickey et cet imbécile l'évitait.

Eddie s'offrit un joint dans les toilettes pour hommes, dix minutes avant la réunion du lundi matin avec les pontes. Il aurait préféré un peu de coke, mais il n'en avait plus et Kathleen Lee Paul ne lui rendait jamais sa visite hebdomadaire avant le déjeuner.

Un joint ferait l'affaire. Approximativement. Pas vraiment. Merde! Il était dans un sale pétrin. Il lui fallait absolument un rendez-vous tranquille avec Mickey, pour parler franchement boulot.

En s'observant dans le miroir des toilettes, il remarqua un tic persistant. Presque imperceptible, mais en y regardant de près, il était bien là. Mais qui regardait de près, pour l'amour de Dieu!

Eddie le Tic, Eddie Kane. L'ex-enfant star. Toujours à la mode, avec son look à la *Miami Voice*.

Il était en plein dedans, Eddie. Dans les films porno. Il les distribuait. Il les dissimulait dans le lot officiel des productions Panther. Il faisait un joli bénéfice. Il réussissait de jolis coups.

Eddie se regarda longuement. Personne n'avait une femme comme Leslie. Elle était bien plus belle qu'une star de cinéma. Plus sexy aussi. Il donnerait cher pour la contempler en porte-jarretelles de diamants. Elle méritait bien cela. Porte-jarretelles de diamants et rien d'autre. Fabuleux spectacle.

– Bonjour Eddie.

Zev Lorenzo, directeur du nouveau secteur télévision, venait de le heurter au passage.

Zev était un homme élégant – la quarantaine finissante, une ombre de moustache, des cheveux fins et une allure précieuse. S'il avait dû le définir, Eddie aurait dit qu'il était le seul cadre chez Panther à ne pas y travailler pour lui-même, d'une façon ou d'une autre.

– Salut Zev.

L'homme mûr répondit d'un signe de tête et se regarda dans la glace. « C'est la reine des toilettes », se dit Eddie. Quelqu'un lui avait dit un jour que Zev était la reine des toilettes. Mais qu'en 1986, on puisse se préoccuper de quelqu'un qui s'attarde dans les toilettes, dépassait totalement Eddie. En passant négligemment une main dans ses cheveux longs, il grommela :

– Comment ça va, Zev ?

– Excellemment

Il utilisait souvent des mots comme cela. « Suprêmement », « Primauté », « Se surpasser ». Eddie ne l'avait jamais entendu prononcer un gros mot. Pas le moindre « enfoiré ».

– Parfait. C'est parfait. A propos, un de ces jours, il faudra que je te présente ma femme.

– J'ai entendu dire qu'elle était ravissante !

Zev remonta sa fermeture Éclair et sortit. Il n'avait même pas pris le temps de se laver les mains.

Eddie se contracta de nouveau. Il ne se sentait pas bien. Il se trouvait minable. Il était minable. Il avait effrayé Zev.

Lucky demanda :

– Je dois assister à la réunion, monsieur Stolli ?

– Ouais, ouais ! Prenez des notes. Écrivez tout. Vous prenez en sténo, j'imagine ?

Elle approuva de la tête.

– Qu'est-ce qu'ils ont, vos cheveux ?

– Euh...

– Oubliez ça. Suivez-moi et n'ouvrez pas la bouche.

Elle le suivit dans la salle de conférence. Trois pas en arrière. Telle une geisha obéissante.

Les hommes étaient ensemble. Pas de femme.

Une honte.

C'est ça, Hollywood.

Elle prit tranquillement un siège dans le fond, son bloc-notes en équilibre sur un genou. La sténo était une technique bien utile, qu'elle avait apprise en Suisse, à l'école. Elle regarda autour d'elle, mettant silencieusement un nom sur les spéculateurs, les comparant à leurs images dans le brillant rapport financier annuel de Panther.

Ford Werne, chef de production. Terriblement malin, en costume italien et lunettes de soleil d'aviateur à 500 dollars. Il frisait la cinquantaine, mais avait toujours fière allure.

Teddy T. Lauden, directeur financier, était exactement à l'opposé. Mince, précis, quelconque.

Zev Lorenzo, à la tête du secteur télévision, impeccable et charmant.

Alors qu'Eddie Kane, Monsieur Distribution, Monsieur Cocaïne, donnait l'impression qu'il allait s'écrouler. Miteux était un qualificatif amical. Il était encore beau, sans caractère. Mais complètement fichu.

Restaient deux cadres, plus anciens. Grand Wendell, vice-président de la production internationale, jeune, le regard perçant, portait des pantalons larges et une chemise à boutons-pression.

Enfin, Buck Graham, chef du marketing. Personnage jovial, rondouillard, avec des joues flamboyantes et un sourire engageant.

Age moyen du groupe : la quarantaine. Ce qui expliquait l'absence de femmes cadres. Ces gens-là n'avaient pas eu de mères féministes avancées. Que connaissaient-ils aux femmes ?

Lucky se fit une petite grimace personnelle. Sous ses lunettes et sa perruque lugubre, le corps dissimulé sous les vêtements amples, elle était invisible à cette assemblée presque entièrement constituée de phallocrates.

Deux femmes firent leur apparition, pour servir le thé et le café. L'une était la secrétaire d'Eddie Kane, Brenda. Elle avait revêtu pour l'occasion une robe serrée de cuir rose qui s'achevait quelque part à mi-cuisse. Ses longues jambes portaient des collants à résille provocants. Chaussures à talons hauts, rouge brillant. Le tout était mieux adapté au travail d'une call-girl qu'à celui d'une secrétaire.

Brenda était aux petits soins avec les hommes, les nommant par leur prénom respectif, en offrant le café, ongles dorés, recourbés, enveloppant la poignée de la cafetière.

L'autre femme était une blonde à queue-de-cheval, en minijupe également. Apparemment, elle appartenait à Grant Wendell.

Les hommes ignoraient totalement les deux femmes, mais Lucky avait remarqué qu'Eddie avait rapidement effleuré la secrétaire de Grant au passage, et sous la jupe.

Mickey Stolli, Monsieur le Charmeur, dit soudain :
– Ça va... les filles, dehors. On ne dirige pas un restaurant.

Brenda jeta à Lucky un coup d'œil mauvais, l'air de dire : « Qu'est-ce que vous fichez là ? » Il était évident que la plupart des secrétaires auraient été ravies de prendre ce poste de remplacement.

Et la réunion commença.

Mickey avait la vivacité d'une mitraillette, fusillant les uns les autres de questions et parlant très vite. Il voulait connaître chaque détail, chaque événement des Studios et du monde lui-même, si le monde avait quelque chose à voir avec Panther.

Ford Werne ajusta ses lunettes noires de pilote et évoqua un script d'un million de dollars, qu'il fallait acheter à son avis.

Grant Wendell parla de son souhait de faire signer un contrat multiple à Cher et Madonna.

Zev Lorenzo se vanta de l'indice d'écoute de deux shows télévisés et annonça qu'il négociait les droits de télévision d'un livre de Norman Mailer. On l'adapterait sous forme de longues séries, comme celle d'Irwin Shaw, *Le riche et le pauvre*.

Mickey intervint :
– Trop bon genre. Il nous faut quelque chose de choc. A ce propos, il nous faut cette ex-vedette du porno, de 17 ans, elle monte en flèche. Elle est douée.

Avec un rire gras de patron de bistrot, Buck Graham demanda :

– Douée en quoi, Mickey ?

Teddy Lauden se réveilla soudain :

– Je l'ai vue dans *Derrière le miroir*. Elle avait seize ans à l'époque. Quel corps !

Grant intervint :

– Le corps on s'en fout. Elle sait jouer ?

Mickey le coupa :

– Ça intéresse qui ? Elle va nous apporter une vraie fortune. De la chair jeune et fraîche. Ça grimpe au box-office à tous les coups. Cooper lui donnera quelques lignes de texte dans son film.

Et Lucky pensa :

« Quel bonheur d'être en compagnie de vrais hommes ! Quelle admirable et décilieuse brochette de mâles. »

Eddie la croisa après la réunion, il ressemblait à une bombe à retardement sur le point d'exploser.

– Hé ! Vous ! Hé ! Madame !

– Je m'appelle Luce.

– D'accord Luce. Faites quelque chose d'important pour moi.

– Oui ?

– Arrêtez de remettre ces fichus rendez-vous avec Mickey. Il faut que je le voie aujourd'hui. Boulot. Urgent.

Elle remarqua qu'il avait un tic. C'était fascinant.

– Ce n'est pas moi qui déplace vos rendez-vous, monsieur Kane. C'est monsieur Stolli lui-même. Je me contente de faire ce qu'on me dit.

Sainte esclave. Voilà qu'elle se mettait à parler comme Olive.

– Vien sûr. Donc, lorsqu'il vous demandera de remettre le prochain, oubliez-le ! Comme ça, j'arrive, l'air de rien. Vous comprenez ce que je dis ?

– Pourquoi devrais-je faire cela, monsieur Kane ?

– Vous allez comprendre. C'est le seul moyen avec Mickey. Il fait faux bond à tout le monde. Olive vous le dira elle-même. Elle revient quand ?

– Demain.

– Il faut que je le vois aujourd'hui. Arrangez-moi ça.

– Je vais essayer.

– Vous êtes une gentille fille.

– Mon nom est Luce.

– Si j'étais vous, j'en changerai.

A son retour au bureau, elle trouva une montagne de messages. Mickey Stolli était un homme très demandé.

Elle feuilleta le carnet de rendez-vous. Il était plein pour un mois. Olive avait noté chaque détail, de son écriture nette.

Lucky frappa à la porte du bureau de Mickey, elle attendit qu'il braille son « ouais » habituel, et entra.

Sur un ton très professionnel, elle annonça :

– Monsieur Kane souhaiterait un nouveau rendez-vous.

– Je ne supporte pas la vue d'un clochard.

– Pour quand le rendez-vous ? Il dit que c'est urgent.

– Urgent mes fesses ! Eddie peut attendre.

– Vous êtes certain ?

– Ne me contrariez pas. Quoi d'autre ?

– Vous déjeunez avec Franck Lombardo et Arnie Blackwood. Ensuite, à 15 heures, réunion avec Martin Swanson à l'hôtel *Beverly Hills*.

– Remettez le déjeuner. Il faut que j'aille quelque part.

– Puis-je vous demander où ?

– Non.

– Merci, monsieur Stolli.

Prévenu par Lucky, Boggie était sur place lorsque Mickey Stolli quitta son bureau. Il le suivit sur le chemin qui menait à son modeste immeuble de Hollywood Ouest. De là, il le vit garer sa Porsche dans un parking souterrain à l'emplacement réservé à l'appartement numéro 4.

En vérifiant la liste à la porte d'entrée, Bobbie apprit que l'appartement numéro 4 appartenait à Warner Franklin.

Mickey Stolli avait-il une petite amie l'après-midi ?

C'était évident.

Boogie appela Lucky pour lui transmettre l'information.

– Tu es sûr ?

– On dirait.

– Balade-toi dans le secteur, ils vont peut-être sortir ensemble.

– J'en doute. Ils ne sont pas censés se montrer en public, non ?

– Qui sait. Mickey est l'homme le plus malin du monde, ou presque.

– Je vais voir ce que je peux trouver.

– Personne ne fait mieux que toi, Boogie.

Galvanisé par le compliment de Lucky, Boogie découvrit effectivement beaucoup de choses.

Le facteur, un voisin curieux, un gosse de neuf ans enrhumé qui n'allait pas à l'école, lui racontèrent l'histoire.

Les faits. Nom : Warner Franklin ; race noire ; sexe féminin, profession : flic.

Boogie reniflait déjà les pots-de-vin.

29

Martin Swanson s'était entouré d'une armée d'avocats. Il les avait appelés et ils étaient arrivés en courant.

De leur côté, les avocats en question disposaient d'une armée de relations haut placées. Ils firent courir le bruit selon lequel Martin Swanson était fortement intéressé par l'acquisition de parts majoritaires dans un studio important, et les offres se présentèrent en masse.

Martin avait examiné chacune d'elles, il avait des rapports confidentiels sur United Artist, la Columbia, la Fox, etc., et il en était arrivé en fin de compte à la conclusion suivante : Orpheus et Panther étaient les plus viables.

Orpheus était mûr pour un rachat. Panther, propriété privée de Abe Panther, à lui tout seul, pouvait être racheté, à condition d'en offrir un bon prix. C'est en tout cas ce que les avocats lui avaient laissé supposer. Et Martin avait demandé : « En admettant que je veuille Panther, à qui dois-je m'adresser ? »

Il lui avait été répondu : « Mickey Stolli. »

Martin déclencha donc immédiatement une enquête sur ce Mickey, lequel, bien que président et directeur de Panther, n'était certainement pas habilité à vendre sans l'accord de son beau-père.

Intéressant. Intéressant, car Mickey avait réalisé un excellent travail chez Panther depuis son arrivée. Les Studios faisaient de gros bénéfices.

Martin avait depuis longtemps dans l'idée d'acquérir de gros intérêts dans un studio de cinéma, et cela bien avant que Vénus Maria entre dans sa vie. Hollywood l'attirait.

L'argent était le nerf de la guerre. Et le marché du

cinéma, en tant que pourvoyeur d'argent frais, offrait un intérêt irrésistible.

De leur côté, les Studios Orpheus étaient dans une mauvaise passe. Propriétés d'une compagnie plus importante, dont l'activité principale consistait en la fabrication d'éléments d'avions, ils perdaient de l'argent en permanence depuis trois ans. Avec Zeppo White comme dernier agent en titre, les choses n'avaient fait qu'empirer.

Actuellement, Orpheus avaient cinq films en production. Quatre d'entre eux avaient déjà dépassé leur budget de plusieurs millions de dollars et, à moins d'un miracle, ils avaient peu de chance de faire du profit un jour.

Martin Swanson ne croyait pas aux miracles.

Orpheus était achetable. En y mettant le prix.

Panther était achetable, ou non. Mais Martin était convaincu, en tout cas, que Mickey était achetable. S'il réalisait son projet d'acheter Orpheus, pourquoi ne pas prendre Mickey comme directeur ? Il avait certainement les qualités nécessaires.

Martin avait donc organisé une rencontre avec Mickey Stolli. D'une façon ou d'une autre, ils feraient bien affaire ensemble.

Mickey n'avait aucune idée de ce que voulait Martin Swanson. Il avait entendu les rumeurs selon lesquelles il désirait prendre le contrôle d'un studio. Mais l'homme était certainement assez malin pour faire une enquête. Et s'il le faisait, il découvrirait ce que tout le monde savait, à savoir que Mickey Stolli n'était qu'un simple employé appointé, tout aussi incapable de lui vendre Panther que de faire le saut de l'ange du haut d'un plongeoir.

Cette situation ennuyait Mickey. Suffisamment pour que cela provoque de sérieuses disputes, deux fois l'an, avec Abigaile, laquelle n'y comprenait rien du tout. Elle le regardait comme une mère qui aurait surpris son fils unique en extase devant une photo de nu de Hitler.

Elle disait alors ce genre de choses : « Mon grand-père s'est montré très gentil avec toi. » Ou encore : « Le jour où il disparaîtra, nous n'aurons que ce que nous méritons »...

L'argument de Mickey était plus frappant : « Et pourquoi attendre ? Qu'est-ce qu'ils attendent, les avocats, pour le déclarer sénile ? »

Abigaile ne voulait pas de cette solution. Elle savait pertinemment que son grand-père avait fait un testament extrêmement précis et compliqué et que le moindre chamboulement ne ferait que provoquer des complications inutiles.

Elle savait également que, malgré son âge, Abe Panther était loin d'être sénile. Il était aussi malin que Mickey, et ce dernier aurait dû s'estimer heureux que le vieil Abe ne soit pas revenu prendre la direction des Studios et ait laissé Mickey faire ce qu'il voulait.

Évidemment, il y avait les restrictions financières imposées par les avocats de Abe. Ces restrictions faisaient la fureur de Mickey. En clair, son salaire ne pouvait pas dépasser un million de dollars par an. Cela pouvait paraître beaucoup, mais c'était à peine suffisant en comparaison du cachet de n'importe quel idiot d'acteur – 5 ou 6 millions de dollars par an – sans compter les énormes pourcentages éventuels, en cas de succès du film.

Abigaile possédait son propre portefeuille, héritage de ses parents. Mickey, lui, devait se contenter de son misérable million et une fois les impôts payés...

C'était insupportable, rien que d'y penser, et Mickey y pensait souvent. Généralement pas lorsqu'il était avec Warner, mais ce jour-là, il faisait chaud, une mouche bourdonnait dans l'appartement, et elle venait tout juste de lui apprendre sa promotion aux mœurs. (Était-ce bien une promotion ?) Il n'était pas d'humeur non plus à faire l'amour par cette chaleur. Warner demanda :

– Qu'est-ce qu'il y a, mon amour ?

Il la tenait dans ses bras à cet instant et ne pouvait guère dissimuler son absence de désir. D'une voix faible, il dit :

– Il y a une mouche...

Surprise, Warner répéta :

– Une mouche ?

– Une guêpe peut-être...

Ça faisait plus sérieux, une guêpe.

Warner ne put s'empêcher de plaisanter. Après tout, elle avait été élevée dans une maison où les rats se promenaient tous les jours.

– Et alors ? Tu as peur qu'elle te pique les fesses ?

C'en était trop. Il ne pouvait pas continuer à cacher cela aujourd'hui. La délaissant, il voulut reprendre son pantalon. Mais Warner dit :

– Stop !

Il s'obstina à tirer sur son pantalon. Alors, elle s'assit tranquillement sur le lit :

– Stop ! Je te mets en état d'arrestation et je te passe les menottes.

Le désir revint aussitôt. Mickey abandonna son pantalon. Warner alla chercher les menottes. Tout allait bien à nouveau entre eux.

Le *Polo Lounge* était l'endroit idéal pour un rendez-vous à 3 heures de l'après-midi. C'était relativement calme, discret, et l'air conditionné y était agréable.

Martin Z. Swanson et Mickey Stolli ne s'étaient jamais rencontrés auparavant, bien qu'ils connaissaient l'un et l'autre leur existence. Ils se serrèrent la main, devant le box de cuir rouge, faiblement éclairé. Martin dit :

– On aurait pu se rencontrer dans mon bungalow, à l'hôtel.

– Ou aux Studios, rétorqua Mickey.

Ils se mirent d'accord tous les deux :

– Finalement, c'est mieux ici.

Mickey se sentait littéralement flapi. Martin, lui, se demandait à quelle heure il pourrait se libérer pour retrouver Vénus Maria. Il dit :

– Parlons business.

Mickey corrigea d'un sourire finaud :

– Show-business.

D'un ton qui n'admettait pas la discussion, Vénus Maria annonça :

– Je veux que tu t'en ailles. Je t'ai loué un appartement sur Foutain Avenue. Il y a une piscine, la télévision et un service de femmes de ménage. C'est gentiment meublé. Je paierai le loyer pendant six mois, ensuite tu le paieras toi-même. Je suis certaine que tu peux y arriver.

Émilio, son frère, la regarda dans les yeux. Ils avaient les mêmes yeux, grands, marron et émouvants. En dehors de cela, ils ne se ressemblaient pas du tout.

Plaintivement, Emilio demanda :

– Mais pourquoi ?

– Parce que j'ai besoin d'un peu d'intimité.

– On est en famille, toi et moi.

Emilio la regardait toujours, l'air vexé, comme si elle venait de le laisser tomber.

Or, elle était bien décidée à ne pas céder.

– C'est bien pour cela que je te paie six mois de loyer.

Il soupira profondément et dit à contrecœur, comme s'il avait le choix :

– Je m'en irai alors...

Vénus Maria approuva d'un hochement de tête.

– Bien.

– Quand je serai prêt.

Il la poussait à bout. C'était insupportable. Mais elle avait son caractère aussi et refusait la discussion :

– Tu t'en vas aujourd'hui. Dans l'heure qui suit. Ou alors, mon offre ne marche plus et tu peux bien aller traîner ta flemme sur Santa Monica Boulevard, où tu voudras, je m'en fous complètement.

Il murmura :

– Putain.

Les yeux de Vénus Maria se rétrécirent :

– Comment ?

– Je peux avoir une voiture ?

Elle décida d'ignorer l'insulte et accepta d'un air contrarié :

– Tu peux emprunter le break.

Emilio se renfrogna. Pourquoi conduirait-il un break minable alors que sa sœur se promenait en limousine ou en Porsche ? Il ne voyait pas les choses ainsi, et pourtant, cela paraissait inévitable. Vénus Maria se montrait intraitable. Il se traîna pour aller emballer ses affaires.

Vénus Maria frissonna de triomphe. Un petit frisson, mais agréable. Elle expédia le domestique pour qu'il achète des fleurs fraîches et se dépêcha de s'enfermer dans l'immense salle de bains, en réfléchissant à la tenue parfaite. Martin aimait la voir en blanc, il le lui avait dit. Elle préférait le noir. Elle trouvait le noir plus sophistiqué, et plus érotique. Elle s'y sentait plus désirable. Pourquoi pas du blanc à l'extérieur et du noir sur la peau ? Et pourquoi pas, rien... sur la peau ?

Martin n'était pas le meilleur amant du monde. Il avait des complexes, c'était un homme inhibé, trop rapide, qui ne prenait aucun plaisir à la sensualité. Alors elle lui apprenait. Lentement... Très, très lentement.

A vingt-cinq ans, Vénus Maria avait eu quatre amants. Martin était le quatrième.

La presse en ferait toute une histoire, si elle découvrait qu'il n'y avait eu que quatre hommes dans sa vie. Après tout, elle était une femme libérée, la grande prêtresse de la sensualité. Tout ce qu'elle faisait avait une odeur de sensualité. Depuis les films vidéo jusqu'aux prestations d'actrice. Elle exhibait son corps et ses secrets publiquement. Même en ces temps troublés où flottait l'ombre sinistre du sida, elle était supposée avoir eu plus d'amants que cela. Quatre hommes...

Amant numéro un : Manuel. Un champion en amour
Cheveux noirs, yeux noirs, teint olivâtre. Une souplesse de
danseur, une douceur exquise. Un plaisir... à en mourir

Elle l'avait rencontré une semaine après son arrivée à Lo
Angeles. Il s'était emparé de sa virginité avec une ardeur ter
rible, une passion qu'elle avait trouvé étouffante. Trois moi
durant, ils s'étaient aimés, jour après jour, puis il l'avait aban
donnée pour une employée de plage californienne.

Lorsqu'elle était devenue célèbre, il avait tenté de reveni
auprès d'elle. Peine perdue.

Amant numéro deux : Ryan. Un sensuel. Des cheveu:
blonds ébouriffés, des yeux de chiot perdu, une peau hâlé
par le soleil. Le plus beau corps qu'elle ait jamais vu. Il lu
avait appris le plaisir tendre et fou. Ils avaient fait un bout de
chemin ensemble, puis il était tombé amoureux du manage
barbu d'un groupe de rock anglais. Surprenant. Mais il
étaient restés amis.

Amant numéro trois : Innes. Un sensuel lui aussi, et ur
dieu de l'amour. Un mélange follement excitant. Ils res
tèrent ensemble presque une année, jusqu'à ce que sa car
rière devienne trop prenante.

Manuel, Ryan, Innes, c'était ses vingt ans.

Martin avait quarante-cinq ans. Il aurait pu être leur père
Il aurait pu être son père. Elle l'aimait. Sans savoir pourquoi

Elle choisit une robe d'un blanc virginal, tout en dentelle
et l'assortit d'une courte veste de brocart étroite, de dix-sep
bracelets d'argent, et d'anneaux d'oreilles dépareillés. Ell
chaussa des bottines de patineuse. Puis, elle téléphona
Martin, à son hôtel, et laissa un message : « La famill
Wacko sera chez elle après 18 heures. »

Lorsque Mickey rentra chez lui, il tremblait d'excitation
Tabitha et ses treize ans l'accueillirent d'un air boudeu:

— Maman dit que je dois pas aller à Las Vegas avec Lou
lou et son père. Je veux y aller. Pourquoi je ne peux pas
aller ?

Tabitha avait des cheveux bruns et raides, une taille qu
prenait de l'ampleur, et d'horribles appareils dentaires. Ell
ne se ferait sûrement pas sauter dessus par tous les garçon
des alentours. Mickey entama une phrase :

— Si ta mère dit non...

— Je veux y aller, papa ! Parle-lui, toi ! Arrange ça. Tu e
tellement malin, tu peux tout arranger !

Ma parole, elle avait pris des cours chez Warner ! Il prom:
sans trop d'enthousiasme :

– Je vais essayer.

Tabitha l'entoura de ses bras, lui griffant même la joue avec ses appareils.

Comme si elle avait deviné cette complicité, Abigaile surgit dans l'entrée et, ignorant sa fille, occupée à faire des signes cabalistiques dans le dos de son père pour le pousser à dire quelque chose, elle interpella Mickey avec mauvaise humeur :

– Tu as rencontré Martin Swanson au *Polo Lounge* aujourd'hui ?

Décidément, pas moyen de garder un secret. A Beverly Hills, le téléphone arabe fonctionnait plus vite que l'éclair. A moins que cette nouvelle fille (comment s'appelait-elle déjà ? Lucy... Luce – un prénom idiot –) ait trop parlé. Olive était assez maligne pour comprendre que, si son patron désirait que Abigaile sache quelque chose, il le lui dirait lui-même. Instinctivement sur la défensive, il demanda :

– Qui t'a raconté ça ?

– Papa...

Tabitha geignait dans son dos, impatiente.

Abigaile se rebiffa aussitôt :

– Quelle importance, qui me l'a dit ? L'important, c'est que tu ne m'as pas dit que tu rencontrais Martin Swanson. J'aurais aimé faire une soirée en l'honneur des Swanson.

Ah... Encore un petit dîner intime pour cinquante personnes.

– Et pourquoi ça ? Tu ne les connais même pas.

Abigaile objecta, indignée :

– Bien sûr que je les connais. J'ai souvent rencontré Deena.

– Elle n'est pas avec lui.

– Papa, Vegas !

Tabitha sautillait nerveusement derrière lui.

– Euh... Pourquoi Tabitha ne peut pas aller à Las Vegas ?

Abigaile le fusilla du regard. Elle était douée dans l'art de réduire les hommes en cendres.

Haussant un sourcil impérieux, elle demanda :

– Tu es sérieux ?

– Oui, je suis sérieux. Elle veut aller là-bas avec son amie Loulou et le père de Loulou. Ça me paraît correct.

– Tu sais qui est le père de Loulou ?

– Euh... Un chanteur, c'est ça ?

– Un chanteur de rock !

Abigaile détacha le mot « rock » avec mépris.

– Et pas très célèbre dans sa spécialité, à moins que tu ne prennes en compte son séjour aux Alcooliques anonymes, et une cure de désintoxication de drogue. Ma fille n'ira nulle part avec cette famille.

« Ma » fille. C'était toujours « ma » ceci, « ma » cela. Parfois Mickey avait l'impression qu'Abigaile changeait de trottoir, afin de prouver qu'il n'existait pas.

Il tremblait toujours d'excitation, mais à présent, il avait l'intention de garder la nouvelle pour lui..

Qu'Abby aille se faire voir. Si tout ce passait comme il l'espérait, elle le découvrirait assez tôt.

30

Olive Watson se cassa une jambe... excellente nouvelle pour Lucky! Elle compatit au malheur d'Olive, par téléphone, en se sentant un peu coupable tout de même d'en éprouver de la joie.

Mickey prit mal la chose. Il appela Lucky dans son bureau en vociférant et en hurlant comme si c'était sa faute. Calmement, très « parfaite secrétaire », elle dit :

– Nous nous en sortirons très bien, monsieur Stolli.

– Vous vous en sortirez peut-être, hurla-t-il, mon existence est un vrai merdier!

« Ça c'est bien vrai », se dit Lucky.

Eddie Kane arriva pour son nouveau rendez-vous. Mickey avait tenté de l'annuler, mais Lucky avait prétendu ne pas pouvoir le joindre.

Eddie semblait manquer de sommeil. Il fit un clin d'œil à Lucky, en chuchotant : « Brave fille » et en lui tapotant les fesses, puis il pénétra dans le repaire de Mickey Stolli.

Assise à son propre bureau, Lucky mit l'interphone en marche, pour pouvoir écouter la conversation.

Mickey paraissait las :

– Qu'est-ce qui se passe, Eddie ? Je t'avais prévenu que, si nous nous engagions là-dedans, je ne voulais pas avoir d'ennuis!

– Oui, seulement, je n'avais pas pensé à ces deux crétins au nez camus, qui me tannent pour obtenir davantage.

– Qu'est-ce que tu veux dire ?

– C'est simple. On prend leurs productions de porno, on les distribue hors frontières, en même temps que les productions légales de Panther. On partage les ventes, et ils récupèrent de l'argent propre. Quant à nous, on a un joli compte, sain, sans aucun problème.

– Justement, et alors ?

– Alors, ils se plaignent que le partage n'est pas équitable.

Le ton de Mickey devint menaçant :

– C'est vrai ?

Le mensonge était facilement discernable dans la voix d'Eddie :

– Tu crois que je prendrais le risque de baiser mes patrons ?

– Je crois que tu baiserais un manteau, pour peu qu'il se tourne dans le bon sens.

Lucky entendit un bruit proche. Elle referma brusquement l'interphone, en s'emparant précipitamment d'une pile de courrier.

– On travaille dur, poupée ?

Les deux Immondes en personnes. S'ils avaient monté un groupe de maîtres chanteurs, Eddie Kane aurait parfaitement complété le trio.

A l'instar d'Olive, Lucky les accueillit d'un ton guindé :

– Monsieur Lombardo, monsieur Blackwood, que puis-je faire pour vous ?

Arnie se pencha sur le bureau et, avant qu'elle ait pu l'en empêcher, il lui retira rapidement ses lunettes aux verres épais :

– T'as de beaux yeux, poupée. Mets des verres de contact.

Elle essaya de récupérer ses lunettes. Il les agitait sous son nez tout en les gardant hors de portée.

Tristement elle dit :

– Monsieur Blackwood, je ne vois plus rien...

Le regard méchant, Frankie affirma :

– Les filles bigleuses, ça m'excite.

– Ouais... Vaut mieux pas voir la queue qui te sert à t'exciter.

Cette remarque de Arnie les fit rire tous les deux, et Lucky saisit l'occasion pour récupérer ses lunettes et les remettre sur son nez. Quels imbéciles graves, ces deux-là !

En désignant le bureau de Lucky, Frankie demanda :

– Qu'est-ce qu'il fait ?

– Monsieur Stolli est en rendez-vous avec monsieur Kane.

– Oh ! Alors, je suppose qu'on peut le déranger sans problème !

Arnie riait de bon cœur...

– Vous ne pouvez pas...

Mais, avant qu'elle ait achevé sa phrase, ils étaient déjà dans le bureau de Mickey.

Lucky se mit aussitôt en communication avec Mickey :

– Je suis navrée, monsieur Stolli, ils ont fait irruption dans votre bureau sans que je puisse les retenir. Je...

Familièrement, Mickey l'interrompit :

– C'est ça, ouais. Commandez-nous du café.

– Et un gâteau à la banane ! hurla Frankie du fond de la pièce.

Et Lucky ajouta pour elle-même : « Exactement ce qu'il faut pour t'arrondir les fesses ! »

Messieurs les machos sont en réunion ! Que Messieurs les machos mangent donc du gâteau !

Le soleil d'Acapulco peut être lassant. Tous les jours pareil, ciel bleu, soleil brûlant et paysage de carte postale.

Jess et Matt Traynor, deux amis de Lennie, venaient d'arriver pour quelques jours. Jess était la plus vieille amie de Lennie. Ils avaient grandi ensemble à Las Vegas, avaient fréquenté le même collège et, depuis lors, ils étaient restés très proches. Jess était ravissante, mais minuscule – pas plus d'un mètre cinquante – et avait l'air d'une jolie poupée miniature. De grands yeux, une toison fauve lui tenant lieu de chevelure, des taches de rousseur et un corps superbe. Matt, son second mari (le premier, un clochard abruti, l'avait laissée tomber) entrait dans sa soixantième année et était, par conséquent, de trente ans son aîné. Mais il ne faisait pas son âge. Sa chevelure argentée, épaisse, était coupée ras, et il s'habillait toujours parfaitement, avec un côté séducteur.

Lennie était ravi d'avoir des invités. Combien de soirées serait-il encore capable de supporter avec Joey Firello ? Joey ne cessait jamais de courir après les femmes, et c'était lassant à la longue. Quant aux nuit solitaires, ce n'était pas marrant non plus, mais il n'avait absolument aucune envie de sortir avec Grudge, ou Marisa, ou Ned... Le trio des rigolos, ainsi qu'il les appelait.

La présence de Jess et Matt était un réel soulagement. Ils étaient arrivés armés des photos de leurs jumeaux de seize mois, un garçon et une fille. Et Jess avait dit avec fierté :

– Voilà tes filleuls ! Quand est-ce que tu auras des enfants, toi aussi ?

On pouvait faire confiance à Jess pour ce genre de remarques, pas vraiment taillées dans la dentelle. En cela, elle ressemblait à Gino.

Avec un petit air ironique et désabusé, Lennie répondit :

– Le jour où Lucky se décidera à me consacrer un peu de temps entre deux affaires.

– Qu'est-ce que tu racontes ?

– Elle est toujours occupée.

– Voilà ce qui arrive quand on épouse une femme qui travaille.

– Je suis bien placé pour le savoir.

Jess avait cessé de travailler plusieurs mois avant la naissance des jumeaux. C'était Jess, en fait, qui était à l'origine du début de la carrière de Lennie, qui lui devait beaucoup. Ensemble, ils avaient fait un bon bout de chemin.

Légèrement déprimé, il dit à Jess :

– Tu me manques, ma petite guenon.

Elle détestait ce surnom qui datait de leurs années de collège :

– Ne m'appelle pas comme ça !

– Pourquoi ?

– Parce que tu sais parfaitement que je le déteste !

– Pourtant ça te va bien.

– Va te faire voir.

– Je voudrais bien.

– Oh ! Très drôle !

Il s'affala sur une chaise et observa son amie :

– Alors ? Tu reviens travailler avec moi, ou pas ? Si tu t'occupais de ma carrière, je ne serais pas coincé dans cette saleté de film.

– Quand Matt demandera le divorce.

– Et c'est pour quand ?

Avec une petite grimace de malice, Jess ajouta :

– Jamais ! Je suis très heureuse.

– Ravi de savoir qu'il y a au moins quelqu'un d'heureux.

Il l'enviait. Tandis que Matt s'éclipsait, Jess s'assit sur le bras du fauteuil :

– Je suis peut-être lente à comprendre, mais je sens une sorte d'insatisfaction chez toi.

Il l'agressa immédiatement :

– Tu plaisantes ? Pourquoi insatisfait ? Je fais un film que je déteste. Je suis coincé au Mexique, ma femme est probablement dans les bras d'un Japonais pour ajouter quelques millions de plus sur son compte en banque. Ça ne peut pas aller mieux, Jess. Parle-moi de ta vie.

Jess lui ébouriffa amicalement les cheveux :

– Chéri, tu veux que j'en parle à Lucky ?

– Si tu la trouves.

– Donne-moi son téléphone.

Là, il eut l'air écœuré :

– Je te le donnerais si je l'avais !

– Où est-elle ?

– Je n'en sais fichtre rien !

Jess posa plus de question. Elle connaissait Lennie, inutile d'aller plus loin.

Plus tard, elle raconta à Matt sa conversation.

– Je ne suis pas conseillère conjugale. Mais j'ai l'impression que je devrais faire quelque chose dans cette histoire. Lennie n'est pas loin de faire ses valises.

Matt la prévint :

– Ne te mêle pas de ça.

Mais que savait-il du problème ?

Mickey passa toute la semaine à courir, en demandant à Lucky de l'accompagner partout. Il passait d'une réunion à une projection, s'arrêtait entre-temps pour prendre une douche, avaler un jus de fruits, ou se plaindre de telle ou telle chose.

Lucky l'accompagnait parfois aux tournages de ce qu'il appelait « ses films alimentaires ». Il voulait qu'elle note, dans le noir évidemment, tout ce qu'il disait en salle de projection. Des remarques du genre : « Jolie poitrine »... « Belle croupe », ou alors « Trop vieille », « Je veux un gros plan sur le visage au moment où il la poignarde. »

Il n'avait pratiquement jamais rien à dire sur les acteurs masculins, toujours impeccablement habillés, même au milieu des flots de sang et des scènes de sexe.

Lucky découvrit, à cette occasion, la différence hollywoodienne entre pornographie dure et douce. Dans les films durs, les hommes eux aussi ôtaient leurs vêtements. Dans les doux, tout allait mal pour les femmes. Elles devaient toujours se déshabiller, feindre l'orgasme, ou se faire égorger. C'était classique. Avec, pour faire bonne mesure, des scènes de viols en supplément. C'était un état de fait assez triste. Lucky n'avait aucune intention de le prolonger. Dès qu'elle serait la patronne...

Les trois films bon marché en cours de tournage étaient produits par la belle équipe Blackwood-Lombardo. « Tout s'explique », pensa Lucky, fort mécontente.

En consultant attentivement les livres de comptes, auxquels elle avait libre accès maintenant qu'elle avait pris ses quartiers chez Mickey, elle découvrit que ce genre de films bon marché rapportait énormément de bénéfices à Panther. Surtout grâce aux ventes à l'étranger, où on les voyait partout – en salles, en cassettes vidéo, et en système de télévision payante. Mais les films bon marché maintenaient Panther dans l'ombre.

Il arrivait que les films à gros budget et d'excellente qualité rapportent parfois, eux aussi. Parfois seulement. N'importe quel imbécile sait parfaitement que l'industrie du cinéma est une entreprise à risques. Parfois l'on gagne, parfois c'est le bouillon. Avec ses films minables, Mickey avait de bonnes cartes en main.

Lucky estimait qu'il y avait là un défi intéressant à relever. Comment faire des films, sans exploiter l'image de la femme ? En exploitant l'image des hommes, pour changer ?... Après tout, ce n'était pas une mauvaise idée.

En rentrant chez elle à la nuit tombée, elle était recrue de fatigue. Boggie l'attendait un verre à la main, pour la remonter. Elle commanda à dîner une pizza ou un repas chinois, au choix du livreur, mangea, prit quelques notes et s'endormit très vite.

Par deux fois, elle avait appelé Lennie. Sa voix était de plus en plus froide. Pour finir, il la prévint d'un ton exaspéré que cela lui était parfaitement égal d'avoir de ses nouvelles à moins qu'elle ne lui dise enfin où elle se trouvait exactement.

Parfait.

Qu'il le prenne comme ça. Quand il saurait la vérité, il s'en mordrait les doigts !

L'idée que Grudge Freeport se faisait de quelque chose de joli ou qui pouvait plaire à tout le monde était : ne pas roter dans les salons. A l'exception de cette petite concession à la dignité humaine, il poursuivait son petit bonhomme de chemin.

Lennie eut droit à une semaine de tournage supplémentaire. Jess et Matt étaient là pour le calmer provisoirement, mais lorsqu'ils s'en allèrent, il explosa :

– Je vais te dire un truc, Grudge ! Tu n'es qu'un lèchecul. Tu n'as aucun talent ! Tu n'es qu'un minable confit dans l'alcool ! Et je m'en vais !

C'était un jour où Grudge venait de rater une scène – une fois de plus – et Lennie s'était mis à hurler. Grudge prit cette diatribe en bon vétéran qu'il était et tonna :

– Eh bien va te faire foutre! Les acteurs ne devraient jamais quitter le sein de leur mère!

Sans penser aux conséquences, Lennie fit ses bagages et sauta dans un avion pour rentrer à Los Angeles. Il passa deux jours tout seul dans la maison de Malibu, puis repartit pour New York.

Mais il n'alla pas dans l'appartement qu'il partageait avec Lucky. Il disparut. Lucky apprit la chose, car Mickey Stolli le fit immédiatement rechercher.

– Le salaud de fils de pute! Je le poursuivrai en justice! Je lui prendrai tout ce qu'il possède! Tout! Il ne va pas s'en sortir comme ça! J'ai toute une équipe immobilisée à Acapulco, des acteurs, des techniciens, ils n'ont plus rien à faire qu'à compter les mouches! Ça coûte une fortune aux Studios. Ce pédé va me payer! Ça oui alors, il va payer!

Et Lucky avait la tâche ingrate de retrouver la trace de Lennie Golden! Elle dut changer de voix pour appeler son agent. Les secrétaires ne lui apprirent rien; personne ne savait où il était.

Mickey hurla :

– Et sa femme? Il n'est pas marié à une bonne femme pleine aux as, la fille d'un gangster?

Il n'était pas question de Lucky Santangelo, la grande femme d'affaires. Pas question de Lucky Santangelo, épouse et mère de famille. Il était question d'une « bonne femme pleine aux as » et de son gangster de père. Charmant!

S'efforçant au calme, Lucky répondit :

– Je ne sais pas, monsieur Stolli!

– Trouvez-les-moi! Dites-leur qu'on va les poursuivre en justice!

Plus tard, dans la journée, Lucky eut l'extrême plaisir d'informer Mickey qu'elle avait réussi à joindre l'épouse de Lennie Golden.

– Et alors?

– Je n'ose pas répéter ce qu'elle a dit, monsieur Stolli...

– Crachez le morceau, bon dieu!

– Elle a dit que... vous n'étiez qu'un misérable trou du cul, sans rien dans le pantalon, et un sans-cœur.

Mickey était complètement stupéfait, et abominablement vexé :

– Vous vous foutez de moi?

– Je suis désolée, monsieur Stolli.

Et Mickey fit un vœu solennel :

– Tant que je serai ici, Lennie Golden ne travaillera jamais plus pour ces damnés Studios!

Complaisamment, Lucky approuva :

– Vous avez bien raison, monsieur Stolli.

Cette même nuit, elle chargea Boogie d'installer un système d'écoute ultra-sophistiqué dans le bureau de Mickey. Ce qu'il y avait de mieux pour savoir, très précisément, tout ce qui s'y tramait.

31

Vénus Maria avait les cuisses dures comme du marbre, grâce à ses exercices quotidiens avec un entraîneur. Son ventre était plat et ferme, ses épaules légèrement musclées depuis qu'elle utilisait régulièrement des haltères. Elle faisait du jogging tous les jours, nageait cinquante longueurs dans sa piscine privée. Elle traitait son corps comme un instrument minutieusement accordé, sans jamais relâcher son emploi du temps, très rigoureux. Et Martin Swanson savait apprécier chaque centimètre de ce corps extraordinaire. Avec Vénus Maria, il avait l'impression de n'avoir jamais rien connu de meilleur en amour, sinon qu'à chaque fois, c'était meilleur encore.

Vénus Maria avait beaucoup appris de Manuel, Ryan, et Innes. Elle s'était attachée à connaître très exactement ce qui provoquait leurs désirs. Ryan avait une préférence pour les douches en commun. Manuel adorait qu'elle le masse sensuellement à l'aide d'une lotion parfumée, hors de prix. Innes aimait être attaché au moyen de foulards de soie, les plus fins possible – l'exploit consistait, lui avait-il dit, à ne jamais rompre les liens...

Vénus Maria avait découvert très vite l'intérêt de tout cela. La torture exquise consistant à ne pas rompre les liens de soie était une extase insupportable. Elle avait gardé en réserve pour Martin cette expérience très particulière.

La nuit précédant le retour de Martin à New York, elle lui offrit le septième ciel. Pour commencer, ils dînèrent au champagne et au sushi. Ensuite, ils jouèrent dans la baignoire débordante d'eau chaude, sur la terrasse surplombant tout Hollywood. Pour finir, elle le mena dans sa chambre, ôta la serviette qui lui couvrait les reins, lui demanda de s'allonger nu sur le grand lit à baldaquin, puis l'attacha avec des foulards de soie. Elle les noua légèrement autour de chaque poignet et aux montants du lit. Elle fit de même aux chevilles.

En faisant mine d'opposer une résistance, Martin demanda :

– Qu'est-ce que tu fais ?

Elle lui sourit :

– Relaxe-toi. Étends-toi bien et rêve à ton fantasme favori.

– Je n'ai pas de fantasmes.

– Pauvre de toi...

Elle s'installa près de lui, assise, pour admirer son œuvre. Il était à sa merci, tant qu'il ne luttait pas, et son désir était évident.

Vénus Maria sourit encore. C'était une sensation d'intense excitation que de contempler Martin Swanson, le roi de New York, entièrement à sa merci.

– Il s'agit d'un défi. Une sorte de jeu. Si tu romps les liens, le jeu est terminé. Si tu es habile, alors nous pourrons jouer toute la nuit.

Martin se prit au jeu :

– Quel est le gage ?

Audacieusement, elle fixa le prix :

– 10 000 dollars le foulard.

– Tu joues gros.

– Tu peux te le permettre ?

Il rit :

– Et toi ?

– C'est moi qui mène le jeu, je n'ai pas à parier.

– D'accord, mais donne-moi un temps limite. Si je ne romps pas les liens dans, disons dans une heure, je gagne et tu paies.

– Deux heures et c'est d'accord.

– Une et demie.

– Martin, on ne marchande pas l'achat d'un immeuble.

Le désir de son partenaire croissait en permanence. Le marchandage était apparemment un autre de ses jeux favoris :

– Une heure trois quarts.

– Une affaire est une affaire. Au revoir.

– Au revoir qui ?

– Au revoir, toi. Je reviendrai quand j'en aurai envie.

– Tu es vraiment sérieuse ?

234

– Je ne l'ai jamais été autant.

– Vénus, allons! Quelle sorte de jeu est-ce là?

– C'est un défi, je te l'ai dit. Voyons si tu es à la hauteur, Martin.

Elle quitta la chambre.

Quel chemin parcouru! La petite Vénus Maria Sierra de Brooklyn ligotant le roi de NewYork et le tenant à sa merci.

Elle se souvint alors en souriant de cette première fois où elle avait posé les yeux sur lui. C'était il y a dix ans. Elle n'avait alors que quinze ans...

En ce temps-là, Vénus Maria s'échappait parfois de la maison familiale. Cela n'arrivait pas très souvent. Avec quatre frères dont elle devait s'occuper et un père exigeant, il y avait toujours du travail. Oh, bien sûr! elle sortait pour aller à l'école, mais ce n'était pas s'amuser. Ron, son voisin et son confident, l'encourageait toujours à s'échapper pour l'accompagner dans ses promenades à Broadway ou à Time Square.

Ron était un peu plus âgé qu'elle et lui paraissait extraordinairement excitant et audacieux. Il était grand et tendre, très rieur, pas du tout comme ses frères, des machos fiers de leur force et de leurs muscles, dont le seul intérêt était de coucher avec les filles du voisinage. Toutes les filles qu'ils pouvaient avoir. Vénus Maria avait toujours le sentiment qu'ils essaieraient même de coucher avec elle, pour peu qu'elle leur en laisse l'opportunité. Mais elle ne leur en avait jamais donné l'occasion.

Lorsqu'elle le pouvait, elle se promenait avec Ron, au hasard dans les rues de New York, pour le plaisir. Parfois, ils se cachaient dans les coulisses de l'un des grands spectacles de Broadway, en attendant la sortie des vedettes. Ron avait toujours sur lui un carnet d'autographes, et il l'avait convaincue de faire pareil. C'était passionnant de voir qui, de ces vedettes, s'arrêterait et accepterait de signer. Qui passerait rapidement devant eux, pour s'engouffrer dans une limousine et disparaître dans la nuit.

Et Ron de dire avec un sourire: « Fascinant non? »

Et Virginia Vénus Maria d'approuver. Parfois Ron lui confiait:

« Un jour, je serai danseur.

– Comment faire pour t'entraîner? Qui va payer?

Ron affirmait qu'il allait se présenter à une audition de l'école du spectacle. Vénus Maria était dévorée de curiosité:

– Comment vas-tu te préparer?

– Avec mon talent. »

Un samedi après-midi, alors qu'ils se promenaient le long de Park Avenue, ils virent une foule rassemblée à l'extérieur d'une église. Ron était tout excité.

« C'est un mariage! J'adore les mariages, pas toi ?

Vénus Maria avait hoché la tête avec force.

– Tu sais, Vénus, les jeunes mariées sont toujours belles. »

Et Vénus Maria hochait toujours la tête, en pensant qu'elle ne serait jamais belle. Des cheveux châtains raides et un joli minois, mais rien de particulier, à son grand désespoir. Ils se joignirent à la foule devant l'église, pour regarder et attendre. Lorsque le couple heureux fit son apparition, Virginia Vénus Maria posa les yeux sur Martin Swanson pour la première fois.

Elle recula d'émerveillement à sa vue. Il était beau, incroyablement beau. Beau comme ces hommes dans les magazines de luxe. Des cheveux d'un blond sable, des lèvres bien ourlées et un sourire fabuleux pour les photographes. Il portait un costume et un œillet rouge à la boutonnière.

Virginia Vénus Maria jeta un rapide coup d'œil sur la mariée, pâle et mince, les cheveux roux, vêtue d'une robe de dentelle blanche fort chère. C'était un couple de conte de fées. On aurait dit qu'ils venaient d'un autre monde. Et Vénus avait demandé à Ron :

« Qui est-ce ?

– Des riches. Comme nous, un jour. »

Le lendemain, elle découvrit la photo du jeune marié et de sa nouvelle épouse dans le journal. Il se nommait Martin Swanson. Un nabab de l'immobilier. Actuel époux de la belle Deena Akveed, une Hollandaise de la haute société.

Virginia Vénus Maria découpa cette photographie dans le journal et la dissimula dans un tiroir de sa commode, sous sa lingerie. Cette photo symbolisait tout un monde fantasmagorique, un monde inaccessible, dont elle voulait cependant faire partie un jour. Et pourquoi pas ? Virginia Vénus Maria avait de l'ambition.

Ainsi, l'image de Martin Swanson l'avait-elle accompagnée toutes ces dernières années. Elle lisait des articles sur lui, suivait toutes ses activités, le regardait à la télévision et lisait tout sur lui dans les rubriques mondaines. Puis, un beau jour, elle fit sa connaissance.

Évidemment à l'époque de cette rencontre, elle était déjà Vénus Maria, La Vénus Maria, et elle fit semblant de l'ignorer. Cooper Turner les présenta l'un à l'autre.

Martin lui avait souri, d'un sourire prétentieux, et avait flirté outrageusement. Vénus avait cherché sa femme parmi l'assemblée, mais la belle et glaciale Deena semblait passer la nuit ailleurs.

Lorsque Martin lui envoya des fleurs, le lendemain, elle fut ravie, bien sûr, et le fut plus encore lorsqu'il revint quelques semaines plus tard à Los Angeles.

A ce moment-là, elle savait davantage de choses à son sujet et avait posé des foules de questions à Cooper, qui s'en était amusé ironiquement. D'un haussement de sourcils :

« Tu en pinces pour Martin ?

– Pourquoi ? Ça t'ennuierait si je répondais oui ?

– Je ne sais pas. Je me voyais déjà ton chevalier servant.

Vénus Maria lui avait ri au nez :

– Mais tu es le chevalier servant de tout le monde.

– Tu prends Martin pour un puceau ?

– Tout ce que je sais, c'est qu'il est fascinant.

Cooper l'observa un long moment avant de dire :

– Mieux vaut que je te prévienne. Martin a eu beaucoup de petites amies. Beaucoup de belles et talentueuses petites amies. Mais il revient toujours à Deena. Aucun doute là-dessus. Deena est dans sa vie pour toujours.

– Tant qu'il le voudra ainsi.

– Je te trouve bien déterminée.

– Personne n'a jamais dit que j'étais timide. »

Lorsque Martin téléphona, Vénus ne fut même pas surprise. Elle l'invita chez elle et il arriva en moins d'une heure. Elle l'avertit aussitôt :

« Je ne coucherai pas avec vous avant de mieux vous connaître. Ce qui peut prendre deux ou trois ans.

– Moi, j'ai déjà l'impression de vous connaître. J'ai lu tous les articles que j'ai pu dénicher. Vous ne voulez pas jeter un coup d'œil sur mon dossier de presse ? On pourrait gagner du temps.

– Vous voulez gagner du temps ?

– J'ai envie d'être avec une femme comme vous. »

Cinq semaines plus tard, tout était consommé. Entre-temps, ils avaient fait trois voyages sur la Côte, et elle était venue deux fois à New York.

Le flirt était passionné. L'attente presque meilleure que l'aboutissement lui-même. Mais cet aboutissement n'était pas mal non plus. Vénus Maria organisa un long week-end dans la maison d'un ami, à Big Sur. Souper aux chandelles, champagne, musique, lit à baldaquin et érotisme... à la carte.

Leur histoire durait depuis plusieurs mois et elle voulai davantage à présent. Il n'y avait qu'à attendre que Martin quitte sa femme et divorce pour l'épouser.

Vénus Maria avait le don troublant de deviner exactemen les fantasmes des autres. De là son énorme succès dans le films vidéo. Elle recherchait toujours l'interdit en lui adjoi gnant une note de gaieté. Elle était capable de joue n'importe quel rôle, depuis la petite fille éperdue, jusqu'à l superwoman de charme. Son côté sexy était aussi efficace que son côté naïf et gentil. Elle pouvait être dure, domina trice, ou se pelotonner dans les bras d'un homme avec l même aplomb.

Elle pouvait, si elle le voulait, s'adapter à tous les fan tasmes masculins.

Martin Swanson affirmait ne pas avoir de fantasmes.

Stupidité.

Idiotie.

Martin Swanson était un homme. Il avait donc aussi se fantasmes. Et Vénus Maria avait imaginé celui qui pourrai le troubler à coup sûr. Le vieux bon fantasme de deux femmes ensemble.

Toutefois, elle ne voulait pas être l'une d'elles. L'aventur de groupe ne l'intéressait pas. Elle aimait les rapports sexuel entre deux individus, en privé et en toute liberté sensuelle

Or, Martin avait besoin d'être un peu secoué. Il s'étai endormi, ankylosé, plus soucieux de son prochain contra que de plaisir sexuel. Pourtant Vénus Maria l'avait déjà considérablement dégelé.

Parfois, tard dans la nuit, seule dans son lit, seule à Lo Angeles, elle se demandait si Deena profitait des nouvelle expériences de son mari. Il jurait ne jamais dormir avec elle mais ce n'était qu'un homme, et tous les hommes menten dès qu'il s'agit de sexe. Surtout les hommes mariés.

Vénus Maria était amoureuse de Martin. Sans savoir pour quoi, sauf qu'il devait lui appartenir. Pas pour l'argent, ell en avait elle-même énormément. Pas pour son physique no plus, il était beau, mais ce n'était pas Mel Gibson. Pas pou son caractère car, même lorsqu'il usait de son charme, il n réussissait pas à être vraiment agréable.

« L'amour est une putain », pensait Vénus Maria, en avan çant à la rencontre de Ron qui lui avait amené à domicil deux prostituées, fort chères, fournies par son amie Madame Loretta – Ron avait d'étranges relations, bien utile dans ce cas.

Les filles n'avaient pas l'air de prostituées. L'une, vêtue comme une collégienne, ressemblait à une gamine. L'autre était orientale – un mètre cinquante et une longue chevelure luisante qui lui arrivait jusqu'aux reins.

Ron adorait les complots.

– Je te présente Taï et Orange, dit-il en souriant.

Vénus Maria haussa les sourcils d'étonnement :

– Orange ?

– C'est moi, glapit la collégienne, c'est mon véritable nom. J'adore vos disques ! »

C'était là le problème : lorsqu'on est célèbre, tout le monde sait ce que vous faites.

En s'efforçant de rester calme, inodore, comme étrangère à l'affaire, Vénus Maria expliqua aux deux jeunes filles ce qu'on attendait exactement d'elles, en ajoutant pour s'excuser :

– C'est pour l'anniversaire d'un ami, vous savez. Un cadeau spécial.

Avec une grimace espiègle, Ron ajouta :

– Très spécial.

Vénus Maria soupira :

– Tais-toi donc.

Les filles étaient de vraies professionnelles. Elles comprirent exactement ce que l'on voulait d'elles. Elles se déshabillèrent, en conservant leurs lingeries de soie, elles préparèrent tout un matériel étonnant, des huiles parfumées, puis entrèrent dans la chambre où Martin Swanson était étendu.

Vénus Maria estima qu'il était resté seul durant une vingtaine de minutes. Assez pour le rendre fou. Elle s'installa derrière le miroir sans tain, qu'elle avait fait installer pour l'occasion.

Ron la suivit en demandant :

– Je peux regarder aussi ?

Mais elle répondit sèchement :

– Non, tu ne peux pas. Tu attends et tu ramènes les deux filles, quand je serai prête.

– Rabat-joie

– Depuis quand aimes-tu regarder les filles ?

– Oh ! je me fiche bien d'elles ! C'est lui que j'aimerais bien lorgner...

– Ron ! Tiens-toi correctement !

Martin était toujours attaché lorsque les filles entrèrent dans la chambre. Bien déterminé à ne pas perdre son pari, il ne bougeait pas d'un pouce.

Taï et Orange l'ignorèrent complètement, en commençant à faire l'amour. Elles s'embrassèrent, se caressèrent, frottant délicatement la soie de leur lingerie en un bruissement musical et érotique.

Retenant son souffle, Vénus Maria observait le désir de Martin.

Taï détacha le soutien-gorge d'Orange et la jolie poitrine apparut, étonnamment forte et ferme.

Martin soupira.

Taï déposa un baiser sur cette poitrine superbe, tendue vers elle.

Martin eut un gémissement cette fois.

Orange ôta son slip de dentelle. Le pubis était nu, rasé, et la peau très blanche à cet endroit.

Les longs cheveux de Taï balayèrent le sol, tandis qu'elle se penchait pour embrasser sa compagne. Orange s'offrait sans pudeur.

Martin s'efforçait toujours de ne pas bouger. Il murmura :

– Mon Dieu... Vénus !

Taï abandonna Orange un instant pour dégrafer son soutien-gorge et faire glisser elle aussi le slip de dentelle. Elle était intimement brune. Et Orange l'embrassa à son tour, le visage enfoui dans sa chevelure blonde, répandue sur le ventre de Taï.

Vénus Maria observa Martin. Fou de désir, il souhaitait désespérément une délivrance. Mais il n'avait toujours pas rompu ses liens.

Taï abandonna Orange et se servit du flacon d'huile parfumée pour en masser leurs deux poitrines.

Enfin Orange s'empara d'un vibromasseur, l'approcha du ventre de Taï.

Et Martin eut un orgasme subit.

Il était temps d'arrêter le jeu. Vénus Maria entra dans la chambre et fit signe aux deux filles de s'en aller. Elles saisirent leurs vêtements rapidement et s'échappèrent aussitôt.

Alors, Vénus Maria contempla son prisonnier, comme hypnotisée.

– En voilà des manières... regarde ce désordre...

Désespérément, il l'appela :

– Viens...

– Attends.

– Viens, je t'en supplie.

Elle se dirigea lentement vers la salle de bains et revint avec une serviette éponge d'un blanc immaculé, avec laquelle elle l'essuya en soupirant :

– Ce n'était pas désagréable après tout.
– Tu es insensée
– Je voulais te faire plaisir.
– Je veux faire l'amour avec toi.
– Quoi d'autre ?
– Je veux...
– Quoi ?
– Être plus souvent avec toi.
– C'est gentil. Et ta femme ?
– Elle est à New York.
– Je sais.
– Viens ici. Détache-moi. Le pari est fini.

Elle jeta un coup d'œil à sa montre Cartier, cadeau de Martin, lors de son dernier voyage en ville.

– Il reste trente-cinq minutes.
– Détache-moi.
– Paye-moi.
– Non.
– Alors, reste où tu es et tiens-toi tranquille. Un pari est un pari.
– Je connais les paris.

Elle portait des jeans courts et un tee-shirt blanc. Elle était au pied du lit, debout, et se mit à se déshabiller lentement. Elle apparut en slip de dentelle rouge et en soutien-gorge de cuir noir. Un équipement uniquement destiné à susciter le désir pur, comme une prostituée. Les bras légèrement étirés, le sourire provocant, elle dit :

– Je crois que je vais rejoindre Cooper.

Martin déchira les foulards de soie, d'un bond et se jeta sur elle.

– Tu es quelqu'un d'extraordinaire.
– Toi aussi...

Elle soupira légèrement :

– Oui. Toi aussi.

32

Harry Browning eut besoin de temps pour réfléchir à la manière dont il devait se comporter avec Luce. Il rumina la chose deux ou trois semaines avant de l'approcher à nouveau. Il avait remarqué sa promotion subite. Voilà que, tout à coup, cette femme étrange, débarquée aux Studios en qualité de nièce de Sheila Hervey, se retrouvait bombardée secrétaire personnelle de Mickey Stolli. Où était passée Olive ? On prétendait qu'elle s'était cassé une jambe et ne reviendrait pas au bureau avant un bon bout de temps. Comme c'était pratique cette rumeur !

Harry patienta jusqu'à ce que Luce soit seule, au restaurant des Studios. C'était un jour à midi. Il se décida à l'approcher.

Elle lui jeta un coup d'œil rapide :

— Salut Harry.

Sans y être invité, il s'assit à sa table. Le ton accusateur, il entama la conversation :

— Quelles sont tes intentions ?

Luce le fixa droit dans les yeux, calmement. Encore deux semaines à supporter cette histoire.

— Je te demande pardon ?

Il tripotait ses lunettes ; il les ôta, les nettoya avec une serviette de papier, les remit sur son nez, avant de répéter nerveusement :

— Quelles sont réellement tes intentions ?

Lucky garda son calme :

— Je ne comprends pas le sens de ta question.

— Je ne suis pas idiot, tout de même...

Il était un peu agité :

— Tu m'as traîné jusque chez toi, tu m'as saoulé pour

242

essayer de me soutirer des renseignements, en me faisant même des avances.

C'était inattendu. Et Lucky se demandait comment interpréter la scène à présent. Quel jeu jouer ? Elle se décida pour une neutralité provisoire :

– Je ne sais pas de quoi tu parles. Je ne t'ai jamais traîné nulle part. Tu as proposé de sortir avec moi, je t'ai proposé de dîner chez moi, un point c'est tout. C'est pas ma faute si tu as trop bu.

Harry cligna des yeux derrière ses lunettes cerclées de métal. La manière dont se déroulait l'entretien ne le satisfaisait pas. Il avait cru pouvoir la déstabiliser plus facilement et surtout qu'elle perdrait son sang-froid. Déterminé à aller droit au but cette fois, il insista lourdement :

– Je les connais, tes intentions.

La réponse fut glaciale :

– Si tu les connais, pourquoi me les demander ?

Harry eut le bec cloué un instant. Il n'aimait pas l'attitude de cette femme. Il n'aimait pas cette femme. Et il aimait encore moins le fait qu'elle ait réussi à le faire boire à nouveau. Il posa la question brutalement, presque passionnément :

– Mickey Stolli sait qui tu es ?

Elle ne détacha pas son regard une seconde :

– Qui je suis ?

Il insista encore :

– Qui tu es, oui. Pourquoi ne pas me le dire ? Ou bien faut-il que j'aille poser la question moi-même à monsieur Stolli ?

– Et tu demanderais quoi exactement ?

– De faire une enquête sur ton passé. Je sais bien que tu portes un masque. Que tu n'as pas besoin de lunettes. Je sais également que tu as rendu visite à Abe Panther, l'autre soir.

Elle le toisa :

– Eh bien ! tu pourrais peut-être poser directement la question à monsieur Panther.

Harry se renferma dans un mutisme grognon. Apercevant une tache sur la nappe, il se mit aussitôt à la frotter avec sa serviette.

Lucky s'accorda un moment de silence avant de demander d'un ton uni :

– De quel côté es-tu, Harry ?

Aussitôt soupçonneux, il marmonna :

– Que veux-tu dire ?

– Harry, tu sais parfaitement ce que produisent les Studios actuellement. Et tu sais comment étaient les choses autrefois...

Avec force, il affirma :

– C'était formidable !

Elle l'approuva d'un hochement de tête amical :

– Et ça pourrait redevenir formidable, Harry. Fais-moi seulement confiance.

Indigné, il reprit le terme :

– Confiance ? Pourquoi je ferais confiance à quelqu'un qui a voulu me saouler ?

– J'ignorais que tu avais un problème de ce genre-là.

Il haussa le ton :

– C'est monsieur Panther qui te l'a dit ?

– Abe Panther n'a jamais parlé de toi.

Elle ne savait pas s'il la croirait ou non, mais décida de ne pas attendre pour le savoir. Elle se leva, prête à partir :

– Harry, tu me rendrais un énorme service si tu ne parlais de cela à personne.

– Je ferai ce que je voudrai.

Il avait répondu sèchement, alors elle dit lentement :

– Dans deux semaines, tout sera plus clair.

– Je ferai ce que je voudrai. Fais attention à toi, je te surveille.

En se hâtant de retourner au bureau, elle réfléchit à tout cela. Encore une semaine de travail avec Mickey Stolli. Puis une autre semaine, et elle arriverait au bout de ses peines. Qu'avait-elle découvert ? Que la plupart des gens, ici, volaient impunément. Qu'il y avait beaucoup de petites arnaques dans l'air. Et aussi que les hommes dans le monde du cinéma se servaient des femmes comme matière première.

Lorsqu'elle se remit à son travail, Mickey Stolli était parti, ainsi que la plupart de ses compères. Elle avait déjà demandé à son avocat, Morton Sharkey, de préparer une liste de remplaçants convenables. Elle avait également suggéré de prendre quelques femmes, comme cadres, et Morton était d'accord. Il avait même fait quelques propositions dans ce sens, bien que le choix soit réduit.

Et Lennie était toujours porté disparu.

Nul ne semblait savoir où il se trouvait.

Mais elle savait pourquoi il agissait ainsi. Lennie avait conservé cette attitude infantile, qui consiste à user des mêmes représailles. Elle lui avait fait « ça », alors il s'imaginait lui rendre la monnaie de sa pièce. Elle ne pouvait vraiment l'en blâmer, elle aurait fait de même.

Cette conversation avec Harry Browning l'ennuyait. Que savait-il au juste ? Elle aurait dû rester davantage avec lui, peut-être, et lui parler plus longtemps. Mais une esquive rapide, face à une situation délicate, lui paraissait la meilleure retraite.

Elle était de retour au bureau cinq minutes avant Mickey. Il rentra de bonne heure de son déjeuner et s'enferma, en lui disant de faire attendre Leslie Kane quand elle arriverait. Et il ajouta :

– Si Eddie appelle, ne lui dites pas que sa femme est ici.

D'après la précédente conversation entre Mickey et Eddie, Lucky s'était rendue compte qu'il existait réellement une combine dans la distribution, avec les gens du milieu. Elle avait donc demandé à Boogie d'enquêter et il avait découvert qu'Eddie Kane était en affaire avec Carlos Bonnatti.

C'était une coïncidence à la fois étrange et très désagréable. Carlos... le salaud de frère de Santino, le fils d'Enzio ! Des Bonnatti ! Et les Bonnatti étaient depuis toujours les ennemis des Santangelo. Leur querelle remontait au vieux temps de Las Vegas. Santino et Enzio étaient morts à présent, et Carlos contrôlait la famille – drogue et empire du porno.

« C'est étrange, pensa Lucky, étrange comme les Bonnatti se retrouvent toujours dans ma vie. Quel bonheur si je parvenais à ne plus jamais entendre leur nom ! »

D'après ce que Boogie avait pu apprendre, Eddie Kane avait pris un accord avec les Bonnatti pour la distribution de leurs films pornos en Europe. Il le dissimulait dans la production officielle de Panther. Si Lucky avait bien compris Mickey, ce dernier n'avait qu'un désir, se retirer de l'affaire au plus vite. Et c'était sage ! Se mêler aux Bonnatti était une grosse erreur.

Leslie Kane arriva à 15 heures. Elle sourit amicalement à Lucky, en annonçant gaiement :

– Je viens voir monsieur Stolli. Mon nom est Leslie Kane, j'ai rendez-vous.

Lucky fut assez surprise. Elle n'avait pas imaginé Eddie marié à une jeune femme d'une beauté aussi fraîche.

– Il vous attend. Asseyez-vous, je vais lui dire que vous êtes là.

Leslie prit un siège et un exemplaire de la revue *People*, pour le feuilleter. Au bout d'un moment, elle abandonna le magazine et demanda, légèrement anxieuse :

– Je n'arrive pas trop tôt, j'espère ?

– Vous êtes parfaitement à l'heure. Vous aviez rendez-vous à 15 heures.

Leslie approuva :

– C'est ça.

Mickey la fit attendre cinq minutes et n'alla pas l'accueillir à la porte de son bureau. Lucky avait noté qu'il n'avait ce comportement particulier que pour des stars importantes. Dès que Leslie fut dans le bureau, Lucky mit en marche le magnétophone et écouta la conversation dans les audiophones miniatures.

– Asseyez-vous, dit Mickey en montrant un siège à Leslie. Elle s'assit sur une simple chaise en face de lui, très attentive :

– Vous vouliez me voir, monsieur Stolli ?

Il s'éclaircit la voix, remua quelques papiers sur son bureau :

– Euh... appelez-moi Mickey...

Leslie, beauté aux grands yeux, l'observait attentivement.

– Merci.

Mickey se demandait bien où Eddie avait déniché cette reine de beauté de l'Iowa. Elle avait encore des grains de maïs dans les cheveux...

– Ma belle, nous avons un problème.

Anxieusement Leslie demanda :

– De quoi s'agit-il, monsieur Stolli... je veux dire... Mickey ?

Mon dieu, on avait dû découvrir quelque chose sur son passé !

Platement Mickey déclara :

– Votre mariage est une connerie. J'ai essayé de l'aider. Dieu sait si j'ai essayé. Pendant des années, je lui ai donné du travail, des tas de boulots, et il a tout bousillé. Chaque fois que je lui ai tendu la main, il l'a retournée contre moi. Cette fois, il nous a mis dans une merde dont je refuse de prendre la responsabilité.

Leslie baissa les yeux. Elle avait de longs cils épais, ravissants. Soulagée que le problème ne la concerne pas, elle dit dans un souffle :

– Je suis désolée.

Mickey se demanda comment elle se comportait au lit, en répliquant :

– Ce n'est pas votre faute.

– Alors pourquoi suis-je ici ?

Il mâchonna le bout de son stylo, pensivement :

– Vous êtes ici parce que Eddie a des ennuis. Et que cette fois je ne peux pas l'aider.

Les longs cils battirent plus vite :

– Quel genre d'ennuis ?

– Un million de gros ennuis.

Leslie ressentit soudain un grand vide au creux de l'estomac. Deux ou trois semaines auparavant, elle avait justement demandé à Eddie s'il avait des ennuis. Et elle n'avait pas pris sa réponse au sérieux, lorsqu'il avait répondu : « Pas plus d'un million de dollars et l'aide de Mickey Stolli. »

Gravement, elle demanda en se penchant vers Mickey :

– Qu'est-ce que je peux faire ?

– Dire à Eddie qu'il vide ses poches et ramène l'argent ! Parce que, s'il ne le fait pas, il se retrouvera un jour avec des bottes de ciment, du mauvais côté de la digue de Santa Monica.

Il avait parlé durement.

– Monsieur Stolli... euh, Mickey... Eddie m'a parlé de cela il y a deux ou trois semaines, mais je croyais qu'il plaisantait.

– Quand on se met dans la tête de faire des affaires, il faut envisager les conséquences. Eddie a arrangé une affaire. Il me l'a apportée. Après quoi, il m'a trahi, en même temps que ses autres partenaires. Il faut qu'il paye le prix maintenant. Il prétend qu'il n'a pas d'argent. Qu'est-ce qu'il en a fait ? Il l'a dépensé pour vous ?

Elle eut un haut-le-corps :

– Certainement pas !

– C'est bien. Parce qu'il va en avoir besoin, et je ne peux pas l'aider. S'il croit que je vais le tirer de là une fois de plus, il se trompe. Il est tout seul et il a intérêt à payer, sinon ça ira mal pour lui.

Mickey s'empara d'un manuscrit sur son bureau et se mit à le feuilleter, en ajoutant brutalement :

– C'est tout.

L'entrevue était terminée.

Leslie se leva pour sortir et murmura :

– Je ferai ce que je pourrai.

Elle avait des jambes... à écœurer une girafe ! Le ton bourru, il grommela :

– Ça vaudrait mieux.

Mais elle insista sérieusement :

– Je le ferai.

– Rendez-nous un autre service en même temps ! Emmenez donc votre imbécile de mari faire une cure de désintoxication! Il fout sa vie en l'air à force de sniffer. J'espère qu'il ne vous a pas entraînée là-dedans!

– Je ne touche pas à la drogue.

Leslie était indignée.

– Faites gaffe d'en rester là.

Leslie partit du bureau en courant. Lucky la regarda passer. Ce Mickey Stolli était un vrai salaud. Que pouvait faire une jeune femme comme Leslie, dans le merdier épouvantable où il s'était fourré avec Eddie?

Mickey quitta son bureau presque tout de suite, en disant :

– Je sors.

– A quelle heure serez-vous de retour, monsieur Stolli?

Lucky posait la question si poliment! Cette sècrétaire trop parfaite le rendait fou.

– Je serai de retour... quand vous me verrez arriver!

– Que dois-je faire de vos rendez-vous de cet après-midi?

– Annulez! Et allez vous faire foutre!

– Oui, monsieur Stolli.

Il était surprenant que des gens n'aient pas peur de faire des affaires avec cet homme. Il n'avait de considération pour personne, à part lui.

Vingt minutes après qu'il ait quitté l'immeuble, Vénus Maria fit son apparition dans le bureau. Elle portait des jeans lacérés à la mode, un tee-shirt trop grand, des tennis et une casquette de base-ball au sigle des Lakers.

Lucky pensa d'abord qu'il s'agissait d'un coursier.

– Que puis-je pour vous?

– Il me faut cinq minutes d'entretien avec Mickey. Seulement cinq minutes, le temps de lui dire ce que je pense et de m'en aller d'ici.

Lucky reconnut alors sa voix :

– Je suis désolée, il n'est pas dans son bureau.

Elle s'exclama :

– Eh merde! J'avais absolument besoin de lui parler aujourd'hui.

– Je peux lui transmettre un message?

Vénus Maria lança un script sur le bureau de Lucky :

– Ça oui! Dites à monsieur Stolli que ce scénario pue! Il m'avait promis un personnage de femme forte, et naturellement il me propose encore la même, la victime éternelle, la pute innocente! Il est hors de question que je continue à interpréter ce genre de conneries sexistes!

Lucky ramassa le script. Il s'agissait de *Bombshell*, le projet favori de Mickey.

248

– Je serai heureuse de le lui dire.

Vénus Maria se laissa tomber sur une chaise.

– Ce n'est pas votre faute, bon sang! Mais quand donc vont-ils comprendre, ces imbéciles!

Enfin une femme qui plaisait à Lucky. Elle demanda :

– Vous ne voulez pas le faire parce que c'est mal écrit?

– Vous pouvez parier la prunelle de vos yeux là-dessus, je ne ferai pas ça!

Vénus Maria ajouta avec véhémence :

– Je ne fais que des rôles auxquels je crois.

Lucky l'encouragea, en oubliant presque son rôle de secrétaire :

– C'est une excellente habitude.

Vénus Maria lui jeta un regard curieux :

– C'est gentil d'être d'accord avec moi. Solidarité entre femmes, hein?

– Il est temps que quelqu'un affronte ces... ces producteurs.

– Eh vous! Faites attention que votre patron ne vous entende pas parler comme ça.

Elle regarda autour d'elle, étonnée :

– Où est passé le petit ange anglais?

– Olive est en congé de maladie. Elle s'est cassé la jambe.

Vénus Maria réprima un éclat de rire :

– Qu'est-ce qu'il lui a fait, ce Mickey? Il l'a jetée dehors à coups de pied au derrière?

Lucky ne répondit pas. Pour ne pas prendre le risque d'être dévoilée. Dommage, elle avait en face d'elle une femme avec laquelle elle pourrait s'entendre.

Vénus Maria se leva en bâillant et en s'étirant :

– Bon! Je suppose qu'il faut que je retourne travailler. Je suis sur le plateau, s'il a le courage de me parler. Il peut m'appeler dans ma loge, ou chez moi dans la soirée. Dites-lui seulement que ce n'est pas le sujet dont nous avions parlé. Le personnage féminin est une victime et moi, je refuse de jouer les victimes.

Lucky était ravie. Vénus Maria avait un grand avenir chez Panther. Elle en ferait une affaire personnelle.

33

Eddie faisait les cent pas, de long en large, sans relâche d'un bout à l'autre de la maison, lorsque Leslie rentra. Depuis trois jours, il ne s'était pas montré aux Studios. Il avait l'air complètement abattu – cernes sous les yeux, des traces de barbe. Il l'accueillit, accusateur :

– D'où viens-tu ?

Leslie se demandait s'il fallait ou non lui parler de sa rencontre avec Mickey. Elle décida d'être honnête, c'était finalement la meilleure façon d'agir. En ôtant son blazer, elle répondit :

– Eh bien ! Je suis allée voir Mickey Stolli.

Eddie explosa immédiatement :

– Merde ! Pourquoi es-tu allée le voir ?

Patiemment, elle lui fit face :

– Parce qu'il me l'a demandé.

– Et s'il t'avait demandé de coucher avec lui ? Tu l'aurais fait aussi ?

Elle alla se réfugier dans la cuisine :

– Eddie, ne sois pas ridicule.

– Ne me prends pas pour un con ! Tu vas voir Mickey, sans rien me dire. Après quoi, tu rentres à la maison, et tu cherches à m'humilier. A quoi tu joues, Leslie ?

Elle le regarda de ses grands yeux :

– Eddie, nous avons des ennuis, n'est-ce pas ?

Il bougonna, gêné :

– Des ennuis... Quelle sorte d'ennuis, chérie ?

Elle prit la théière pour la remplir d'eau.

– Mickey affirme que nous avons des ennuis. Il prétend que tu lui dois beaucoup d'argent.

Eddie se remit à marcher de long en large.

– Oh! Il dit que je lui dois de l'argent? C'est ça? Eh bien!
je vais te dire quelque chose, ma jolie. Les Studios doivent de
l'argent. C'est eux qui sont responsables. Mickey est dans le
coup autant que moi. Et lui, il n'a aucun moyen de s'en sortir.

– Mickey affirme que tu lui dois un million de dollars.

Brusquement, Eddie se fâcha :

– Pourquoi diable t'a-t-il mêlée à tout ça?

– Il pense peut-être que je peux t'aider.

Eddie eut un rire triste et désabusé.

– Aider... ? Toi? Tu plaisantes?

Leslie, blessée, tenta de se défendre :

– Je peux peut-être.

– Allons, chérie! Il est question d'un million de dollars,
pas d'une pièce de dix cents. Sois raisonnable.

– Qu'est-ce que tu vas faire?

– Je ne sais pas encore. Mais quelle que soit la solution,
Mickey sera autant impliqué que moi. Panther peut payer
sans sourciller. Pourquoi ce serait moi?

– Eddie, Mickey m'a dit aussi que tu as un problème de
drogue. Il croit que tu devrais faire quelque chose pour t'en
sortir.

Cette fois, Eddie explosa violemment :

– A quoi ça rime, ce jeu de con! Ça ne le regarde pas, que
j'aie ou non un problème. Et après? Je prends un peu de
coke de temps en temps... en voilà une affaire!

– Plus que de temps en temps.

– Eh! Je suis marié avec qui? Mère Teresa?

– Je veux seulement t'aider.

– Je vais te dire comment m'aider, chérie. Tu la fermes,
et tu me fiches la paix. Compris?

Leslie hocha la tête :

– Compris.

Warner n'était pas chez elle. Mickey était furieux de s'être
donné le mal de venir jusqu'à son appartement pour rien. La
veille, ils étaient convenus tous les deux de ce rendez-vous.
Ce n'était pas le genre de Warner de poser un lapin. Il
sonna, s'énerva, donna des coups de pied dans la porte avant
de regagner le garage souterrain, complètement furieux. Il
fit ronfler le moteur de la Porsche, au risque de l'emballer.

Mickey Stolli avait besoin de faire l'amour régulièrement.
Warner le contentait, à condition d'être là quand il en avait
besoin.

Assis devant son volant, il appela Ford Werne. Ford disait souvent, comme ça, en passant, qu'il ne croyait pas aux liaisons. Il prétendait qu'il valait mieux payer, et Mickey lui riait au nez. « Payer pour l'amour ? Dans cette ville ? A Los Angeles, l'amour est gratuit ! »

Ford rétorquait calmement, logiquement : « Tu paies pour ça, Mickey, et tu sais parfaitement ce que tu obtiens pour le prix. Tu sais qu'elles ne cherchent pas un rôle dans ton film. Qu'elles ne veulent pas partager un bout de ta vie. Elles ne te demandent pas de les emmener en week-end à Hawaii histoire de se faire payer des robes et de baiser au clair de lune. Quand tu payes, elles font ce que tu veux. C'est la situation idéale. Le sexe sans la culpabilité, servi sur un plateau. »

Mickey rêvait d'une pute chicano. De celles qu'on rencontre au coin de Vermont et Sunset, en minijupe de similicuir, en bustier fluo, perchée sur des talons de vingt centimètres. Et, comme s'il avait lu dans ses pensées, Ford avait ajouté : « Je vais te dire autre chose. Les filles que je baise sont bien plus belles que toutes les petites amies de passage. »

Curieux, Mickey avait demandé :

« Tu les trouves où ?

— C'est le plus important : je ne les trouve pas, c'est Loretta qui me les trouve.

— Qui est Loretta ?

— La meilleure tenancière de bordel de la ville. Elle possède une maison dans les collines, avec les filles triées sur le volet. Elle ne les emploie que quelques mois, et je peux te dire qu'elles sont superbes. »

C'était apparemment une bonne solution pour ceux que la chose intéressait. Après Ford, Mickey entendit prononcer le nom de Madame Loretta par d'autres gens. Il n'avait jamais essayé, puisque Warner était là. Mais aujourd'hui, il lui fallait quelqu'un pour lui remonter le moral, et tout de suite.

Lorsque Ford répondit au téléphone, et qu'il lui demanda le numéro de Madame Loretta, il eut un rire étouffé :

« Je vois que tu as adopté mon point de vue, tout à coup.

Mickey baissa la voix, comme si quelqu'un pouvait l'entendre :

— Elle est discrète, cette femme ?

Ford le rassura.

— Elle a donné au mot « discret » un sens nouveau. Je l'appelle, et je lui dis que tu arrives d'un moment à l'autre.

— Oui. Vas-y. »

Mickey avait horreur de demander service à quelqu'un, mais aujourd'hui, il n'avait pas le choix.

Madame Loretta le reçut comme une mère juive, bourrée de sollicitude. C'était une femme empâtée, lourde, avec une peau superbe et un chaleureux sourire.

– Bienvenu... Bienvenu...

Elle l'entraîna au salon, dont la vue dominait toute la ville.

– Je peux vous offrir un rafraîchissement ? Du thé ? Du café ? Un verre ?

Allant droit au but, Mickey l'interrompit :

– Vous savez pourquoi je suis là.

Loretta offrit à nouveau son sourire chaleureux :

– Mais oui. Et vous ne serez pas déçu. A présent, dites-moi vos préférences.

Mickey s'éclaircit la voix.

– Vous avez des filles... noires ?

– J'ai une très jolie noire. Elle a son bac, elle est propre et travaille bien. Vous serez content.

– Je peux la voir maintenant ?

Madame Loretta n'était jamais prise au dépourvu. En quittant la pièce, elle dit :

– Donnez-moi cinq minutes.

Mickey contempla la vue en attendant. Ce serait plus simple d'avoir des rapports sexuels avec sa propre femme. Mais, avec Abigaile, il y avait des montagnes d'obstacles à franchir, et des discussions interminables, avant même de pouvoir envisager la chose. En fin de compte, c'était beaucoup de tracas.

Madame Loretta revint dans le salon en souriant, rassurante :

– Yvette sera là dans un instant.

– Je voudrais la voir d'abord, avant de me décider.

Madame Loretta hocha la tête, l'air de ne pas douter :

– Je peux vous assurer que vous serez content. Je ne me trompe jamais.

Lucky s'efforçait de débrouiller l'écheveau compliqué des affaires des Studios Panther. Boogie avait engagé une secrétaire. Elle venait tous les soirs à la maison, s'installait dans une pièce et tapait les enregistrements des conversations de Mickey. C'était une lecture très intéressante.

Lucky connaissait maintenant les combines de la distribution à l'étranger en matière de porno. Mais Mickey semblait

considérer que c'était là le problème d'Eddie, et non celu
des Studios. Sa position était simple : Eddie les avait entraî
nés dans cette histoire, c'était donc à lui de les en sortir. I
était tout à fait évident qu'Eddie avait détourné de l'argen
et que Mickey se fichait comme d'une guigne de le sorti
d'affaire. Il y avait ensuite le problème posé par Harry Brow
ning. Qu'allait-il faire ? La dénoncer avant qu'elle ne soi
prête ? Il n'y avait qu'à attendre, on verrait bien.

Mais travailler de 9 heures à 17 heures était épuisant pou
Lucky. Tromper Mickey Stolli chaque jour, durant de
heures, était plus que déprimant. Et puis, Lucky n'avait pa
l'habitude d'occuper un poste subalterne, ça lui pesait énor
mément.

Il était tout aussi déprimant d'ignorer où était Lennie
Boogie s'efforçait de trouver sa trace.

Et, depuis Londres, Bobby se plaignit au téléphone, ce qu
ne lui ressemblait pas.

– Maman... Maman... Tu viens quand ? Ça fait si long
temps que je t'ai pas vue. Où es-tu ?

– Ne t'inquiète pas. Nous serons bientôt ensemble, mo
chéri.

Elle le rassurait, mais se sentait coupable.

Elle se souvint ensuite de Brigette. Depuis qu'elle avai
entamé ce travail, elle n'avait pas pris de ses nouvelles. Ell
composa rapidement le numéro de la pension. Une secré
taire l'informa que l'école était fermée pour l'été et que Bri
gette était repartie chez sa grand-mère à New York.

Lucky se surprit à parler toute seule : « Liberté... tu a
besoin de liberté, Lucky. »

34

Nona Webster appartenait à une famille de fous. Brigette n'avait jamais rencontré des gens comme eux. Effie, la mère de Nona, était extraordinaire. Guère plus de un mètre cinquante, maigre. Des cheveux encore plus roux que ceux de sa fille la faisaient ressembler à un perroquet, tant la coupe était étrange. Une magnifique mèche de cheveux verts luminescents lui tombait sur le front. Son maquillage était voyant et original. Quant à ses vêtements, ils reflétaient l'image d'une femme refusant carrément les conventions.

Paradoxalement, Yul Webster, le mari d'Effie, était très convenable. Grand, imposant, il portait des costumes de Savile Row, des chemises de soie et des chaussures cousues main. La seule concession faite aux goûts exotiques de sa femme concernait les cravates dessinées tout spécialement pour lui par Effie elle-même. Les cravates de Yul étaient donc peintes à la main et représentaient soit des femmes nues, soit des oiseaux en vol, ou des avions à l'atterrissage, tout ce qui pouvait passer par la tête d'Effie. Et il les portait avec panache.

Avant d'arriver à New York, Nona avait prévenu Brigette : « Mes parents sont un peu étranges. »

Pour ne pas dire davantage.

Étranges, peut-être, mais certainement chaleureux et sympathiques. Ils accueillirent Brigette comme un membre de la famille.

Un peu gênée, Nona dut avouer :

– Ils prennent de la drogue. J'ai appris à m'en passer. En fait, ils prennent un peu de coke de temps à autre et fument un peu d'herbe. Tu sais ce que c'est. Ils sont encore embarqués dans le trip des années soixante. Fais comme si de rien n'était. Et s'ils te proposent quoi que ce soit, tu dis non.

Brigette comprit parfaitement :

— Tu sais, j'ai dépassé l'étape de la drogue quand j'avais quatorze ans.

Nona approuva pleinement :

— Moi aussi. Autre coïncidence.

— Le karma.

— Sûrement.

Nona prit chaleureusement son amie par le bras, en lui confiant :

— Tu sais, je me sens vachement bien avec toi. On se ressemble.

— Semblables, mais différentes.

— Tu vois ce que je veux dire.

L'appartement des Webster en plein New York était un jaillissement de couleurs. Un ensemble de meubles modernes étonnants. Des murs peints en noir, ornés de toiles contemporaines, en un contraste saisissant.

Une fois par semaine, ils donnaient une réception énorme, où accourait une foule de gens à la mode et bourrés de talent.

— Il y a quelques semaines, Vénus Maria était là. C'est la meilleure. Je l'ai contemplée toute la soirée.

Brigette était impressionnée et curieuse d'en savoir davantage :

— Super ? Où est ton frère ?

— T'en fais pas. Il va venir. Dès qu'il a besoin d'argent, il rapplique.

Nona eut une expression philosophe :

— C'est son truc. Piquer du fric à qui il peut.

— Comment s'appelle-t-il ?

— Paul. C'était probablement un jour normal quand ils l'ont baptisé.

Brigette prit une photo dans le cadre sur le piano et l'examina.

— C'est lui ?

— Il est beau, hein ?

— Pas mal.

Brigette mentait. En réalité, elle le trouvait superbe.

— Qu'est-ce qu'il fait ?

— C'est un artiste qui n'a pas réussi. Il peint des toiles de gigantesques, pleines de personnages nus. S'il te demande poser pour lui, refuse.

– D'accord. Je dirai oui, en refusant.

Nona était heureuse :

– On va passer un été formidable. J'en suis sûre. Pas toi ?

Brigette approuva silencieusement.

Deena Swanson et Effie Webster étaient d'excellentes amies. Association étrange, mais qui semblait fonctionner. En fait, elles étaient amies depuis de longues années, depuis l'arrivée de Deena aux États-Unis. Effie avait visité la salle d'exposition où Deena travaillait, elle y avait acheté des meubles... et rencontré Deena.

Lorsque Deena se mit à sortir avec Martin Swanson, Effie avait tout de suite pensé au mariage.

– « Chérie... cet homme ira loin. Tu ne devrais pas le lâcher. »

Deena en était persuadée. Elle trouvait Martin séduisant et extrêmement habile. Cet homme allait réussir, sans aucun doute. De leur côté Martin et Yul ne s'entendaient pas très bien. Yul trouvait Martin ennuyeux et disait toujours à Effie : « Cet homme a un ego, grand comme l'*Empire State Building*. »

Ce à quoi elle lui rétorquait gaiement : « Tant qu'il ne s'agit que de son ego... »

Lorsque Martin se mit à coucher à droite et à gauche, Effie fut la première dans la confidence. Deena pleurnichait sans cesse :

« Qu'est-ce que je peux faire ?

– L'ignorer. La plupart des hommes se conduisent comme ça. Leur fichue libido. Si tu n'y prêtes pas attention, ils s'ennuient très vite et reviennent à la maison retrouver maman. Après tout, une fille facile n'est qu'une fille facile. Alors qu'une épouse représente l'engagement de toute une vie. Rien qu'à l'idée de la pension alimentaire, ils te retombent dans les bras. »

Deena voulait savoir si Yul était pareil. Mais Effie avait répondu abruptement :

« Ça, je m'en fiche complètement. Du moment qu'il rentre à la maison.

– Tu ne t'en ficherais plus, si ça devait perturber ton mariage.

Très fermement, Effie avait assuré :

– Rien, jamais, ne perturbera mon mariage. »

Évidemment, Effie Webster adorait sa fille unique. Elle emmena Nona et Brigette à Saks, puis à la Trump Tower, où elles firent du shopping jusqu'à ne plus pouvoir porter les paquets.

Tout ce que demandait Nona, sa mère le lui achetait. Et elle chuchotait à Brigette :

– Je te l'avais dit. Mes parents sont dingues.

Après le shopping, Effie emmena déjeuner les deux adolescentes au salon de thé russe, où elles purent apercevoir Rudolf Noureev et Paul Newman, déjeunant à des tables différentes.

Nona engloutissait de délicieux blinis :

– Qu'est-ce que tu fais avec ta grand-mère, d'habitude ?

Brigette fit la grimace :

– Charlotte est super ennuyeuse. Elle ne m'emmène jamais nulle part.

– Et ta mère, elle était comment quand elle était vivante ?

– Eh bien...

Brigette réfléchit un instant, puis dit lentement.

– Elle était amusante. Au moins, on faisait des trucs ensemble. Souvent on prenait l'avion pour aller voir mon grand-père sur son île. Ou alors, on allait voir les défilés des grands couturiers à Paris. On faisait le tour du monde. C'était super.

Avec un geste de sympathie, Nona posa la main sur le bras de son amie :

– Elle doit te manquer, alors ?

– Oui.

Brigette était triste. Pour la première fois, elle se rendait compte qu'Olympia lui manquait beaucoup.

Paul, le frère de Nona, débarqua le dimanche. En jeans sales, traînant des bottes éraflées, vêtu d'un tee-shirt noir et d'un blouson de motard en piteux état. Il était mince, avec un regard profond, sous des cils épais, mais sans les cheveux roux de la famille. Au contraire, il était brun et portait une longue queue-de-cheval.

Nona l'accueillit joyeusement, tandis qu'il annonçait :

– Je suis venu pour le fric !

– Ça, c'est l'histoire de sa vie, soupira Nona. Tu ne me dis pas bonjour ? Même pas un baiser ? Une étreinte ? N'importe quoi ?

– Je te dirai bonjour quand tu auras du fric.

– Merci beaucoup. C'est si agréable de retrouver une telle tendresse fraternelle.

Paul se laissa choir sur une chaise, leva un cil en direction de Brigette, puis demanda brusquement :

– C'est qui ?

– La seule fille à laquelle tu ne puisses pas résister.

– Trop jeune.

– Hum ! Hum ! attends de savoir ce qu'elle possède, et que tu cherches...

– Trop jeune quand même.

Brigette n'était pas sûre d'apprécier ce genre de conversation. Il se prenait pour qui, cet imbécile ?

Nona la présenta enfin :

– Voici mon amie Brigette, ma meilleure nouvelle amie.

– Salut Brigette ! dit Paul, sans plus.

Mais Nona ajouta sournoisement :

– Brigette Stanislopoulos.

Cette fois Paul haussa les sourcils, son visage s'éclaira et il demanda aussitôt :

– Comme dans le... ?

Nona eut une grimace de triomphe :

– C'est ça.

Le regard de Paul se fit plus attentif :

– J'aimerais bien vous demander en mariage.

Brigette entra dans le jeu :

– Trop tard, vous êtes beaucoup trop vieux pour moi.

Nona riait de bon cœur. Et Paul jouait au suppliant :

– Vous ne m'accordez pas une deuxième chance ?

– Tu vois, je te l'avais dit, Brigette : l'argent, c'est tout ce que ce bandit désire ! Il a un tiroir-caisse à la place du cœur.

En observant Brigette qui s'en allait, Paul s'écria :

– Qu'est-ce qu'il y a d'autre ?

Effie entra, vêtue de la tête aux pieds d'un orange flamboyant. Et Paul remarqua :

– On dirait un ménate qui vient de prendre un sale choc. C'est quoi, ce déguisement ?

Effie lui sourit. Les Webster avaient l'habitude du comportement de Paul et ne se rendaient même plus compte de son impolitesse. Elle le menaça du doigt :

– En voilà une manière de demander de l'argent, vilain garçon.

– Comment se fait-il que tout le monde s'imagine que je ne vienne ici que pour réclamer de l'argent !

– Parce que c'est vrai.

Tout en observant cette scène de famille, Brigette décida qu'en dépit de son impolitesse monstrueuse, Paul était l'homme le plus beau qu'elle ait rencontré. Mais elle savait parfaitement ce que « beau » signifiait. Cela voulait dire danger, émotion et encore danger.

Elle était devenue suffisamment sage pour se tenir à l'écart.

Il est des moments dans la vie où il faut savoir prendre le large. C'était le moment. Lennie loua un loft dans Greenwich Village et s'y terra complètement. Tant qu'il avait du café instantané, une bouteille de scotch et un paquet de feuilles pour écrire, il était heureux.

Lâcher ce film était la meilleure chose qu'il ait faite de sa vie. Lennie Golden et les compromissions n'allaient pas ensemble. Il avait besoin de créer et, parfois, les pressions dues à sa célébrité étouffaient complètement ce côté créatif. Sans parler de Lucky qui avait disparu au Japon.

Le style « Je suis un acteur qui souffre dans un mauvais film »... fini pour lui. Terminé. Du passé. Il était temps de se remettre au travail.

L'idée lui était venue que, s'il voulait un film à succès, il n'avait qu'à s'asseoir et écrire lui-même le scénario. Et surtout être seul. C'était précisément ce dont il avait besoin.

Il savait pertinemment que son agent était probablement à ses trousses. Mais aussi qu'il n'était pas d'humeur à se laisser déranger. Alors il effaça ses traces, en retirant une bonne somme d'argent à la banque pour ne plus faire de chèques.

Il ne téléphona qu'à une seule personne : Jess.

— Écoute, il faut que je reste seul quelque temps. Si Lucky appelle, dis-lui qu'on t'a donné de mes nouvelles, que je vais bien, et rien de plus.

Jess lui répondit qu'ils jouaient tous les deux à un drôle de jeu, et qu'il faudrait grandir un jour.

— Je ne fais pas ça pour me venger. Lucky est au Japon. Quand elle rentrera, j'irai la voir. Pour l'instant, elle veut pas que j'entre en contact avec elle. Donc, je ne le ferai pas. Il ne s'agit pas d'un jeu.

Jess était un peu sceptique :

— Allons!... Vous êtes pires que des enfants.

— Bon. De toute façon, je te rappellerai dans une semaine.

Et il raccrocha.

Lennie aimait la solitude. Elle lui fournissait la liberté dont il avait besoin. Dès le matin, tôt, et jusque très tard le soir, il s'asseyait devant une grande table, près de la fenêtre, pour écrire. Écrire lui faisait du bien. Ça le détendait.

Dès qu'il n'écrivait pas, il pensait à Lucky, en essayant de comprendre ce qui se passait réellement entre eux. Elle travaillait à New York. Lui à Los Angeles. Et ils ne se retrouvaient que pour de courts moments.

Oh! bien sûr, leurs relations sexuelles étaient au beau fixe. Mais cela ne suffisait pas. Il avait besoin d'autre chose.

Une idée prenait forme dans sa tête. Celle de se retirer du monde pendant un an. Il avait le pressentiment que, s'il n'agissait pas ainsi, leur mariage ne tiendrait pas. Il ne voulait pas cela.

Il continua d'écrire et se rendit compte que son scénario était en fait l'histoire de leur couple. Pour l'instant, il en ignorait la fin. Il ne pouvait qu'espérer que cette fin serait heureuse.

35

Lucky appela Abe pour l'informer que Harry Browning avait des soupçons.

Il demeura silencieux un moment avant de réagir

– Je me souviens de Harry, effectivement. C'est un alcoolique. Soyez prudente avec lui.

– Merci beaucoup, mais qu'est-ce que je peux faire ? Il ne faut pas laisser circuler des rumeurs sur notre projet de contrat.

– J'espère que vous n'allez pas le mettre à la porte quand vous prendrez la direction des Studios ?

– Je mettrai à la porte une foule de gens, Abe, mais jusqu'à présent, il n'en fait pas partie.

– Bien. Laissez-le-moi, jeune femme. Je m'en occupe.

– Merci.

– Il faut que je raccroche à présent. Ma petite-fille est venue me rendre une visite familiale...

Lucky connaissait le pourquoi de cette visite. En espionnant les conversations de Mickey, elle avait découvert la raison de son rendez-vous avec Martin Swanson. Le magnat de New York avait l'intention d'acheter ou de prendre le contrôle d'un studio de cinéma. Et, d'après la conversation de Mickey avec Ford Werne, à qui il s'était confié, Panther était l'un des studios auxquels Martin s'intéressait.

Mickey avait dit à Ford :

« Je vais demander à Abigaile d'en parler à son grand-père. Pour voir si le vieux vendrait ou non. Elle ne lui dira pas combien ils offrent de payer. Elle suggérera simplement un arrangement avec moi, de telle sorte que ce soit moi qui vende. Ça me permettra de m'installer pépère, ici, le reste de mes jours. Et toi aussi, Ford. Toi et moi, on travaille bien ensemble. »

Ford avait demandé :

« Et s'il refuse de vendre ?

— Dans ce cas, j'ai un autre plan. Mon contact s'intéresse à un autre studio. S'il l'achète, j'y serai aussi.

— Et Panther ? Tu le quitterais ?

— Eh ! Un contrat est un contrat. Je traite le vieux comme il me traite, et il ne me traite pas si bien que ça.

— Tu partirais vraiment ?

— Comme je t'entends... Mais seulement si le contrat est correct, Ford. Tout est affaire de contrat. »

Plus Lucky écoutait Mickey, et plus elle se rendait compte que cet homme était amoral. Sa vie consistait uniquement à mener ses affaires, voir sa maîtresse, et faire de brèves apparitions chez lui. Quoique depuis quelque temps, il semblait avoir ajouté Madame Loretta à cette liste.

Boogie avait découvert que cette Madame Loretta était la « Madame » la plus importante de la ville. Elle dirigeait une maison de passe de grand luxe, dans Hollywood Hills. Elle fournissait de belles jeunes femmes aux hommes d'affaires riches, à la seule condition qu'ils acceptent de payer le prix exhorbitant qu'elle demandait. De toute évidence, Warner ne suffisait pas à Mickey. Il était insatiable.

Olive revint à Los Angeles et se présenta aux Studios en boitillant, à l'aide de béquilles.

Toujours sympathique, Mickey surgit de son bureau, la regarda et dit d'un air accusateur :

— Comment avez-vous pu me faire ça, à moi ?

— Je suis désolée, monsieur Stolli.

Olive s'excusait, elle ne pouvait jamais s'empêcher de s'excuser. Si elle avait pensé que cela lui ferait plaisir, elle lui aurait embrassé les pieds.

Mickey la regarda à peine et retourna en trombe dans son bureau.

Lucky se sentit obligée de lui poser la question :

— Comment ça s'est passé avec votre fiancé ? Ça a marché ?

Olive baissa tristement la tête :

— Ça n'a pas marché. Je n'aurais pas dû y aller.

Lucky s'efforça de paraître suffisamment compatissante.

— Ce n'est qu'une erreur. Ça arrive.

Olive inspecta le bureau pour vérifier que chaque chose était à sa place :

– Comment vous vous en sortez ?

– Très bien, dit Lucky, prudemment.

– Hum...

Olive n'avait pas l'air contente. Elle avait dû espérer que tout s'écroulerait, en l'absence de sa main consciencieuse.

– Monsieur Stolli n'est pas un homme facile.

– Je suis contente de vous dire que vous m'avez bien mise au courant. J'ai l'impression de faire l'affaire.

Olive parut plus déçue encore et dit aigrement :

– Je devrais revenir dans six semaines environ. Quand on m'aura ôté le plâtre.

Lucky s'efforça de la mettre à l'aise :

– C'est parfait. Tout le monde vous regrette ici.

Olive rougit instantanément :

– Et monsieur Stone ? Vous n'êtes pas censée travailler pour lui, en plus ?

– J'en ai parlé à monsieur Stolli. Il a estimé qu'il valait mieux que je reste ici. Monsieur Stone s'en fiche, d'ailleurs. Ça lui prolonge ses vacances.

Après quelques minutes de bavardage, Olive se résigna à quitter le bureau.

Plus tard, Lucky put la voir en train de déjeuner à la cantine avec Harry Browning. Pourvu que Abe ait déjà parlé à Harry et lui ait demandé de se taire !

Il ne restait plus qu'une semaine à tirer, et Lucky avait l'impression d'arriver au bout d'une longue peine de prison. Il lui paraissait surprenant que certaines personnes vivent ainsi. Jour après jour sous les ordres d'un patron irascible dur, mal élevé. Supporter tous ces gens qui passaient par le bureau. Supporter les commentaires humiliants, sexistes de tous ces hommes. Elle s'était pourtant rendue la moins attirante possible. Dieu seul savait ce que les autres filles devaient endurer, toutes ces secrétaires en minijupe, en boléro, avec leurs longs cheveux blonds... Après tout, elles aimaient peut-être ça. On leur avait peut-être mis dans la tête que se faire draguer par des hommes mariés et pervers était un compliment.

Eddy Kane ne s'était pas montré depuis des semaines. Lucky décida de rendre une petite visite à Brenda et à Ongles griffus, les deux secrétaires dévouées qui montaient la garde en bas, pour savoir ce qui se passait.

À présent qu'elle était officiellement l'assistante personnelle de Mickey Stolli, la plupart des secrétaires ne pouvaient plus l'ignorer.

Comme d'habitude, Brenda était plongée dans des magazines, tandis qu'Ongles griffus passait des coups de téléphone personnels, dans un coin.

Lucky demanda :

– Monsieur Kane est là ? On ne l'a pas vu depuis un moment, et monsieur Stolli le demande.

Brenda répondit d'un air impérieux :

– Il est malade.

Et Ongles griffus ajouta, en couvrant le téléphone de sa main :

– Il a la grippe.

Lucky se demanda s'il avait été battu à mort par les sbires de Carlos Bonnatti, ou s'il bénéficiait d'un sursis provisoire, le temps de se débattre pour trouver un million de dollars.

– Vous pourriez peut-être nous dire quand il sera de retour ? Lucky avait pris un ton très professionnel, alors Brenda lâcha son magazine, une expression ironique sur le visage :

– Je peux vous demander quelque chose ?

Ongles griffus lâcha son téléphone, et jeta à Brenda un regard insistant, pour lui faire comprendre de faire attention à ce qu'elle allait dire.

Lucky demanda tranquillement :

– Quoi ?

Agressivement, Brenda enchaîna :

– Nous nous demandions...

Ongles griffus intervint :

– Brenda se demandait...

Et Brenda la coupa durement :

– Merde ! Tu te le demandais autant que moi.

Poliment, Lucky intervint :

– Peut-on en venir au fait ?

– Comment ça se fait qu'en arrivant de nulle part, vous avez dégotté le poste clé dans cette maison ?

Elle la fixait, l'air accusateur, et Lucky se dit : « Au fond, qu'est-ce que ça change ? Ça serait vraiment embêtant, si je sortais de mon humble personnage juste une fois ? »

La tentation était trop forte. Sans lâcher le regard de Brenda, elle dit :

– J'ai couché avec le patron.

Et elle fit une sortie.

Brenda et Ongles griffus en restèrent bouche bée.

Comme toujours, Abigaile insistait pour que Tabitha l'accompagne en visite chez son grand-père et, comme toujours, Tabitha rechignait. Mais Abigaile ne cédait pas. Elle insistait fermement, au contraire :

– Tu viens avec moi, que ça te plaise ou non, et ça te plaît !

– Je viens avec toi, mais ça ne me plaît pas.

Tabitha se mit à bouder, et Abigaile à prendre un air grandiloquent :

– Jeune fille... le moment est venu d'apprendre à me traiter avec respect. Je n'apprécie pas du tout ton attitude.

L'air dégoûtée, Tabitha répondit :

– S'il te plaît... ne te mets pas à jouer les mères avec moi, c'est un peu tard.

Abigaile regarda la jeune fille. Treize ans, et des réparties plus intelligentes que celles de son père.

Inga avait l'air aussi contente de les voir, qu'elles d'être là. Arrogante, elle les reçut avec un : « Entrez » tout à fait sommaire, avant de s'en aller en les laissant se débrouiller seules.

Elles dénichèrent le vieil Abe, installé dans le patio, environné de journaux et de magazines, avec la télévision qui hurlait. Respectueuse de ses devoirs, Abigaile l'embrassa sur la joue. Respectueuse du même devoir, Tabitha l'imita.

Se protégeant du soleil trop brillant, Abe remarqua :

– Ça fait encore un mois de passé ?

– Je te demande pardon ?

– Un mois de plus. Tu ne me visites que toutes les quatre semaines... Je parie que Mickey dit la même chose, en ce qui le concerne !

Et il s'étrangla de rire à sa propre plaisanterie douteuse. Tabitha esquissa un sourire. L'idée de sa mère « visitant », comme disait le vieux, lui paraissait grotesque. En fait, l'idée des parents ayant une activité sexuelle était la chose la plus surprenante qu'elle ait jamais entendue.

Abigaile se mit à épousseter une chaise du patio, à l'aide d'un mouchoir en papier, et s'assit, dignement, puis elle demanda avec sollicitude :

– Comment te sens-tu, grand-père ?

Le regard usé du vieil homme se mit à pétiller. L'air soupçonneux, il rétorqua :

– Pourquoi ? Qu'est-ce ça peut te faire ?

– Ne sois pas ridicule, grand-père. Pourquoi es-tu toujours ironique avec moi ?

– Parce que je dis tout simplement les choses comme je les vois, fillette.

– Je suis navrée que tu les voies de cette façon.

Abigaile tira sur la jupe de son tailleur Adolfo. Toujours pincée, collet monté, elle enchaîna :

– Maintenant, grand-père, je voudrais discuter de quelque chose avec toi.

Abe fit un clin d'œil malin à Tabitha qui gloussa, avant de répondre :

– Alors, vas-y, tire !

Abigaile, décidée à ignorer ces piques irascibles, plongea tête la première :

– Eh bien ! je constate que tu ne rajeunis pas.

Abe se mit à rire :

– Bravo ! Ma petite-fille devient enfin intelligente ! Je ne rajeunis pas, j'ai quatre-vingt-huit ans, et voilà qu'elle constate enfin la chose !

Abigaile prit une profonde inspiration. Ça s'annonçait difficile. Elle avait bien dit à Mickey qu'il aurait dû venir avec elle. Égoïstement, comme d'habitude, il avait refusé. Courageusement, elle poursuivit :

– Euh. Que dirais-tu si je t'annonçais que Mickey a la possibilité de vendre les Studios ?

Tabitha réagit sur ce sujet précis, l'air renfrogné :

– Et pourquoi tu veux vendre les Studios ? Ils sont à papa. Il doit les garder. C'est là que je veux fêter mes seize ans !

– Chuttt..., gronda Abigaile.

– Pas question de chut... Tu m'as obligée à venir avec toi, alors, pourquoi « chut » ?

Abigaile fixa sa fille dans les yeux. Le ton aurait calmé l'armée russe :

– Veux-tu, s'il te plaît, rester tranquille !

Abe intervint, de sa voix légèrement caquetante :

– Pourquoi devrais-je vendre mes Studios ?

D'un ton ferme et se voulant raisonnable, Abigaile répliqua :

– Parce que nous pouvons en obtenir un bon prix.

– Qui est le « nous » ?

Rapidement, Abigaile rectifia :

– Inga et toi. Et aussi moi, bien sûr, et Tabitha.

Abe se leva :

– Que voilà une grande nouvelle ! Si j'avais voulu vendre Panther, j'aurais déjà trouvé une centaine d'acquéreurs.

– Alors, pourquoi tu ne l'as pas fait ?

Le ton d'Abigaile était aussi acerbe que la réplique :

– Parce que je ne voulais pas. Et quand bien même je l'aurais fait, ce n'était pas tes oignons, gamine !

Sans se retourner, Abe s'éloigna dans la maison.

Abigaile n'avait aucune envie de le suivre. Elle s'était toujours montrée très respectueuse envers son grand-père mais, depuis qu'il était un très vieil homme, elle se sentait toujours mal à l'aise en sa présence.

Tabitha geignait :

– Dis, on peut rentrer à la maison maintenant ?

Abigaile se leva et répondit fermement :

– Oui. Allons-y.

A 4 heures, Vénus Maria fit son entrée dans le bureau de Mickey, en souriant :

– Salut, comment allez-vous ?

Dès que la porte de Mickey fut refermée sur elle, Lucky prit les écouteurs.

Vénus Maria ne perdait pas de temps en politesses, elle alla droit au but :

– Mickey, je déteste ce scénario. Je le hais passionnément. Il est impossible que je joue ça, à moins de le faire réécrire complètement. Pour l'instant, le scénario raconte l'histoire du point de vue d'un homme. Or, vous m'aviez affirmé qu'il s'agissait d'un personnage de femme forte. D'une battante. Dans ce tas de merde, le personnage est encore une victime, et je ne joue pas les victimes.

– Allons, chérie !... C'est un grand rôle pour n'importe quelle actrice, c'est un grand rôle ! Un rôle qui peut valoir un Oscar !

Mickey avait pris sa voix la plus charmeuse pour rien.

– Ne me sors pas les vieilles salades que tu sers à toutes les actrices des Studios, et je pèse mes mots. Ou bien c'est réécrit, ou bien je ne participe pas au projet. Encore autre chose : mes fesses...

– Quoi ?

– Je ne me déshabillerai qu'à la seule condition que mon partenaire masculin se déshabille aussi !

Mickey eut l'air soudain écœuré :

– Réveille-toi, chérie. Les femmes n'ont aucune envie de voir des mecs à poil à l'écran. Ça ne les intéresse pas de contempler un mec exhibant ses roupettes...

– C'est là où tu te trompes! C'est exactement ce qu'elles ont envie de voir.

C'était dit avec tant de conviction que Mickey eut l'air choqué.

– C'est peut-être ton cas.

– Non, pas seulement le mien. Les femmes voudraient bien voir des types à poil, dans tous leurs états. La raison pour laquelle on ne les voit jamais, tu la connais : ce sont des hommes qui dirigent l'industrie du cinéma! Et les hommes ont horreur de la compétition, alors ils ne supportent pas qu'on jette un seul regard sur leur nudité. Je vais te dire une chose, Mickey, je n'ai pas l'intention de me balader sur un écran les fesses à l'air, si mon partenaire reste habillé. C'est hors de question.

– Tu es d'une exigence!

– Oui. Et je suis dans la position la plus confortable pour pouvoir exiger tout ce que je veux! On reste en contact?

Mickey se leva, mondain :

– Tu veux qu'on réécrive, on va réécrire, d'accord?

– Bien. Et si je décide de signer pour ce film, je veux aussi participer au choix du metteur en scène, et à celui de mon partenaire.

Cette femme le rendait fou avec ses exigences...

– Mais c'est déjà dans ton contrat.

– Je n'ai pas encore signé de contrat pour ce film.

– C'est dans l'ancien contrat.

– Ça ne veut rien dire, et tu le sais. Il faut que ce soit dans le contrat. Écrit noir sur blanc. Et je ne signerai rien avant d'avoir lu le script, réécrit. Est-ce qe je suis suffisamment claire?

Écœuré, Mickey marmonna :

– Ouais... Ouais!

Vénus Maria quitta le bureau sans ajouter un mot. En passant dans celui de Lucky, elle eut ce commentaire :

– Comment pouvez-vous travailler pour un crétin pareil, et demeurer saine d'esprit?

Lucky rit :

– Ce n'est pas facile.

Dès que Vénus Maria fut partie, Mickey sortit en courant, en criant, en hurlant même :

– Pour qui elle se prend, cette imbécile de bonne femme! Les actrices! Toutes pareilles! A peine vedettes, voilà qu'elles s'imaginent avoir réussi toutes seules! Si cette gamine n'avait pas les Studios derrière elle, et un bon metteur en scène, et un bon cameraman, et un bon éclairage, elle serait en train de faire les poubelles à Safeway! Les actrices!

Il n'aimait pas les actrices. Il n'aimait pas les acteurs. Qui aimait-il?

D'un ton bourru il annonça:

– Je m'en vais.

Et Lucky savait bien qu'il valait mieux ne pas demander où il allait.

Dix minutes après le départ de Mickey, Johnny Romano fit une entrée imprévue, en se déhanchant dans le bureau, plus macho que jamais, jusqu'au bout des bottes.

– Salut beauté! Le grand homme est là?

La suite fidèle de Johnny marchait deux pas derrière lui.

– Monsieur Stolli a dû sortir.

– Zut! Je voulais lui faire une petite visite! Un genre de célébration.

Lucky demanda poliment:

– Qu'est-ce que vous fêtez, monsieur Romano?

– Mon film! Beau produit. Il démarre cette semaine! Vous n'êtes pas au courant, ici? *Motherfaker* va apporter aux Studios la plus grosse montagne de dollars de l'année.

Il pencha sur le bureau de Lucky son beau visage arrogant, l'approcha tout près du sien:

– Vous savez ce que ça veut dire *Motherfaker*, ma beauté?

Intérieurement elle répondit: «Oui, toi, petit trou du cul. »

– Alors? Vous savez?

Elle secoua négativement la tête. Johnny Romano se mit à rire. Sa suite se mit à rire. Ils attendaient qu'elle rie aussi.

Lucky le regardait, imperturbable. Il se pencha plus près:

– Eh! Jeune dame! Réveillez-vous un peu! C'est dur de travailler pour Mickey, hein? Vous voulez mon autographe?

Lucky pensa encore intérieurement: «Sur mes fesses. »

Sans attendre la réponse, Johnny claqua des doigts.

Quelqu'un s'avança avec une photo signée. Magnanime, il chuchota :

– Je vais vous faire une fleur, pour le personnaliser. Donnez-moi votre prénom, chérie...

– Luce...

– Lucie! A Lucie! Je vais écrire *A Lucie*!

Johnny gribouillait sur l'image une dédicace presque illisible, à côté d'un texte déjà imprimé : *Amour et tendresse, Johnny Romano*.

C'était d'un ridicule achevé. Il lui tendit la photo dédicacée, d'un grand geste large :

– Dites que je suis passé! Et prenez du bon temps, vous entendez? C'est Johnny Romano qui vous le dit!

Quel marché pourri! Lucky comprenait soudain ce que Mickey voulait dire. Les acteurs, on les trompait si facilement.

Le jour où elle dirigerait, les choses seraient différentes ici.

36

Le téléphone réveilla Gino à 3 heures du matin. Steven lui annonça d'une voix pressée :

– Le bébé est en train de naître. Tu peux venir à l'hôpital ? .

Gino attrapa ses vêtements d'une main, en répétant avec délice : « Le bébé est en train de naître... »

– Mary est dans la salle d'accouchement en ce moment. Steven paraissait complètement angoissé. Gino lui jura.

– Je suis déjà en route.

– Où est Lucky ?

– Je vais essayer de la contacter.

– Elle devrait être avec nous en ce moment ! Mary-Lou la réclame.

Gino était dans tous ses états. Il ne voyait presque jamais Bobby, qui vivait en Angleterre, et le regrettait. Et voilà que Steven et Mary-Lou lui faisait un autre petit-fils. C'était un moment d'exaltation.

Il enfila ses vêtements. Appela le portier, demanda un taxi. Puis se précipita hors de chez lui.

Lorsqu'il arriva, Steven faisait les cent pas à l'hôpital. Gino lui tapota l'épaule :

– Il faut rester calme. Respire un peu. Ce sont des choses qui arrivent tous les jours, tu sais.

– Oui, mais pas à moi.

Steven était contracté.

– Tu ne devrais pas rester avec elle, à l'intérieur ?

Steven haussa les épaules :

– Elle ne veut pas de moi. Elle m'a mis dehors.

– Comment ça se fait ?

– Sa mère est avec elle. Tu sais comment sont les mères.

Et c'est le genre démodé. Elle refuse que les hommes soient présents. M'en fous, ça m'est égal. Qui voudrait assister à ça? C'est un travail horrible.

– Je suis passé par là deux fois. Quand Lucky est née, et pour Dario. J'aurais aimé être là pour toi.

C'était un moment d'une intensité particulière entre eux. Leurs regards se rencontrèrent, puis se fuirent.

– Tu as pu joindre Lucky?

– J'essaye. Ne t'inquiète pas. Elle ratera pas l'occasion d'être tante.

Mary-Lou mit au monde une petite fille de trois kilos et demi, à 3 heures du matin. Ils l'appelèrent Carioca Jade.

En rentrant chez lui, Gino contacta Lucky en Californie et lui apprit la nouvelle:

– Oh non! Le bébé était en avance! Et je l'ai raté! Tout le monde va bien?

– Tout le monde va bien. Mary-Lou s'en est tirée comme un vétéran.

– Je vais lui envoyer des fleurs. Je suis tellement désolée de n'avoir pas été là. Mais la bonne nouvelle, c'est que je rentre la semaine prochaine.

– Ne crois pas ça. Tu vas prendre la direction des Studios. C'est maintenant qu'il va falloir que tu passes tout ton temps à Los Angeles.

– Je suppose que tu as raison. Mais au moins, je serai libre de faire ce que je veux. Je pourrai prendre un avion pour New York tous les week-ends. Je dirigerai Panther tranquillement... et alors...

Elle parut réaliser soudain.

– Oh, mon Dieu! Ça me prendra tout mon temps, c'est ça?

– Ben oui.

– Lennie m'aidera. Il sera fou de joie quand il saura ça.

Gino en était moins sûr.

– Où est-il?

– Je me soucierai de ça quand je serai aux commandes.

– Si tu es sûre de toi...

– Je suis sûre de moi.

Mickey venait de lui faire l'amour, et Warner en tremblait encore. Pour lui, c'était un sentiment de pouvoir extrême que de voir une femme noire d'un mètre quatre-vingts, flic des mœurs, trembler parce qu'il lui faisait l'amour avec délicatesse.

Encore extasiée, elle murmura :

– Mickey... tu es le meilleur amant que j'aie jamais eu.

C'est drôle. Une des prostituées de Madame Loretta lui avait dit exactement la même chose, deux jours plus tôt. Quelle preuve plus importante pour un homme que celle-là ? D'abord une putain, ensuite Warner. Mickey n'était pas n'importe qui au lit. Incroyable qu'Abigaile ne le lui ait jamais dit.

Il essaya de se souvenir du jour où ils avaient fait l'amour pour la dernière fois tous les deux. Il y avait bien eu un rapport entre l'anniversaire d'Abigaile et un bracelet de diamants – et ça ne s'appelait pas « faire l'amour ». Une fellation. Mais ce genre de chose ne se refuse pas quand on est marié. C'était mieux que rien. En fait, dans une ville où ce genre d'activité semblait élevé au rang d'un art raffiné, Abigaile était à la hauteur.

D'ailleurs, il se demandait où elle avait appris cet art. Ils n'avaient jamais parlé de leur passé. Jusqu'à aujourd'hui, Abigaile ne savait même pas qu'il avait un fils illégitime, vivant avec son ancienne compagne, dans la banlieue de Chicago.

Abigaile n'aurait pas aimé apprendre cela. Et Mickey n'avait aucune intention de le lui dire. A son crédit, pourtant, depuis toutes ces années, il subvenait à l'entretien de son fils par un chèque mensuel conséquent. Il avait promis à son ancienne compagne que l'argent continuerait d'arriver tant qu'elle se tairait. Il n'avait jamais vu son fils. C'était une tranche de son passé qu'il gardait secrète. Il ne voulait pas qu'elle vienne compliquer l'avenir.

Il se leva pour prendre une douche, et Warner demeura allongée sur le lit, véritable statue d'ébène impressionnante.

– Mickey, tu es trop viril pour moi.

S'il l'avait abreuvée de bijoux et de fourrures, il aurait douté de ses louanges. Mais Warner ne lui demandait rien. Alors, il était tenté de la croire.

Il se dépêcha de filer dans la petite salle de bains pour prendre sa douche. Malheureusement, il n'y avait pas de douche à proprement parler. Seulement un appareil suspendu au-dessus de la baignoire. Ça le contrariait réellement.

– Je vais t'offrir une nouvelle salle de bains, et je me fiche de ce que tu diras!

– Pas question, Mickey. Tu ne dépenseras pas ton argent de cette façon pour moi.

Elle entra dans la salle de bains, complètement nue. Elle avait vraiment des seins incroyables. La poitrine faisait saillie, anguleuse, avec d'énormes mamelons noirs, comme des fruits comestibles. La fille noire de Madame Loretta avait de petits seins. Rien de comparable à ceux de Warner. Ils venaient en droite ligne d'une authentique et fière tribu africaine.

– Tes parents venaient d'Afrique ?

Warner rit :

– Non, pourquoi ?

Il tendit la main pour les toucher encore une fois, avant de se débattre sous la douche, au risque de trébucher. Enfin, il s'enveloppa dans une serviette de bain trop petite, se sécha comme il pouvait, s'habilla et partit.

A la maison, Abigaile avait mis le signal d'alerte rouge. Elle le regarda droit dans les yeux :

– Dis-moi, pourquoi c'est toujours à moi de faire le sale boulot ?

– Qu'est-ce qui se passe ?

– Il se passe que j'ai vu mon grand-père aujourd'hui. Il n'a absolument pas l'intention de vendre. Qu'est-ce qui t'a fait croire une chose pareille ? Il est très content comme ça et, très franchement Mickey, on devrait l'être aussi. Parce que, quand il mourra, Panther nous appartiendra. Et on pourra faire ce qu'on veut :

Mickey répondit avec aigreur :

– Ça c'est toi qui le dis.

Elle était prête à la bagarre.

– Qu'est-ce que ça signifie ?

– Personne ne sait ce que le vieux va faire.

– Eh bien, justement ! C'est pour cela qu'il faut en parler. Tu m'as dit l'autre jour que tu réfléchissais à une proposition pour un autre poste. Si tu le fais, qui dirigera Panther ? Plus important, qui va hériter de Panther ?

– Tu en hériteras de toute façon. Toi et ta charmante sœur.

– Oui, je sais Mickey. Mais si quelqu'un d'autre que toi dirige les Studios, ça pourrait créer des problèmes.

Elle hocha la tête et décida pour eux deux.

– Il faut que tu refuses l'offre de Martin Swanson.

– Abigaile ! Je ne vais pas dire non à Swanson, si ça représente plus d'argent !

– Pourquoi ? Tu gagnes un million de dollars par an, plus tout ce que tu peux voler. Ce n'est pas suffisant ?

Il la regarda avec dégoût.

— Merci. C'est formidable une femme qui vous soutient vraiment. Je suis bouleversé par tout le réconfort que tu m'apportes, Abigaile !

Elle encaissa le sarcasme, l'avala comme si de rien n'était :

— Merci Mickey. J'adore faire plaisir.

37

Effie Webster aimait donner des soirées. C'était l'essentiel de sa vie. Elle ne pouvait pas l'imaginer autrement. D'ailleurs, Effie et Yul Webster étaient célèbres pour leurs soirées.

La moitié du plaisir consistait en l'art de réaliser un mélange d'invités éclectiques. N'importe qui, depuis les artistes et les acteurs au chômage jusqu'aux producteurs à succès de Broadway.

Effie connaissait tout le monde. Ce n'était pas difficile pour elle d'organiser une soirée pour l'anniversaire de Martin Swanson, puisque Martin et Deena connaissaient également tout le monde. Le plus difficile était de savoir qui ne pas inviter.

Effie décida qu'une soirée à thème serait amusante. Elle envoya des invitations sur carton noir imprimé en lettres d'or :

Venez avec votre costume imaginaire favori.

Charmante façon de sonder les âmes riches ou célèbres. Venir costumé selon son rêve favori était une invitation à révéler son moi le plus secret. Invitation à laquelle la plupart des gens ne pourraient résister.

Effie choisit le costume de la reine Néfertiti. Elle expliqua à Deena, au téléphone, la raison de son choix :

– Chérie, j'ai toujours rêvé d'être reine, c'est l'occasion idéale. Quel costume as-tu choisi ?

Deena y avait beaucoup réfléchi.

– J'ai décidé de venir en Marlène Dietrich. Dans son rôle de l'*Ange bleu*.

– Quelle merveilleuse idée !

Effie regrettait de ne pas y avoir pensé avant.

– Tu feras sensation, avec les jambes que tu as! Je suppose que tout est dans les jambes, n'est-ce pas?

– Oui. Je suppose.

Deena raccrocha le téléphone en pensant à Martin. Il n'avait pas dit un mot à propos de divorce. En fait, depuis qu'il était rentré à Los Angeles, il s'était jeté dans le travail à outrance. Il concentrait son énergie sur le stade de sports Swanson, où il projetait d'organiser le prochain championnat des poids lourds. Il y avait aussi la nouvelle automobile de luxe, qui devait sortir : la Swanson.

Martin était passionné par la Swanson. Une voiture puissante, à carrosserie luisante. Une voiture qui représentait tout ce que le public devait savoir sur lui.

Il avait prévu de la présenter au cours d'un lancement publicitaire très médiatisé, à Détroit.

Deena était certaine que son époux volage n'allait pas compromettre la publicité prévue pour la Swanson, en faveur d'une petite salope en toc comme Vénus Maria.

Elle essaya d'imaginer le comportement de cette fille. Il était sexuel bien sûr. Mais pourquoi? Martin n'était pas particulièrement intéressé par le sexe.

Deena hochait la tête sans comprendre. Elle ne pouvait que rester à l'écart, attendre, et voir ce qui arriverait. Et, si le pire arrivait, elle avait une solution.

Brigette était tout excitée à l'idée de cette soirée, mais ne le laissait pas paraître devant Nona qui l'envisageait, elle, le plus simplement du monde. Pour Brigette, c'était un retour à la vraie vie. On l'avait enfermée au pensionnat depuis très longtemps et, lorsqu'elle obtenait une autorisation de sortie, c'était toujours avec Charlotte, qui ne l'emmenait jamais nulle part. A présent, la vie était là, à nouveau, excitante. A nouveau la grande ville.

Nona hésitait.

– Je n'arrive pas à décider si on y va ou pas. Pourquoi on n'irait pas plutôt voir un film? On couperait à cette soirée!

Brigette était pleine d'enthousiasme, et mourait d'envie d'y aller, bien sûr.

– Je vote pour la soirée. Ça va être terrible.

– Mon point de vue sur ce qui est terrible, comme tu dis, c'est justement d'éviter les folles soirées de mes parents.

Brigette finit par la persuader que ce pourrait être drôle. La question suivante était : comment se déguiser?

Nona décida :

– Je serai en Janet Jackson.

– C'est pas la plus facile à réaliser.

Nona réfléchit à l'objection de son amie.

– Peut-être, mais pourquoi pas? Je trouverai un maquillage très noir. Je trouverai une perruque à la Janet Jackson. Des jeans serrés, une veste de motard. Je peux emprunter celle de Paul. Il vient à la soirée, tu sais?

S'efforçant de ne pas avoir l'air trop intéressée, Brigette demanda :

– C'est qui, son personnage favori?

– Probablement un mélange de Picasso et de Donald Trump, pour l'argent.

Elles décidèrent finalement qu'il serait plus drôle de se déguiser en Vénus Maria.

Nona rigolait.

– Ça va épater tout le monde.

– J'espère qu'elle ne vient pas?

Brigette était inquiète, en se disant que ce ne serait pas agréable de la rencontrer, dans ce cas.

– Ça! On ne sait jamais qui vient aux soirées de mes parents!

Elles firent des achats extravagants, au Village, courant les tas d'endroits que Brigette n'aurait jamais imaginé fréquenter. Elles rentrèrent avec un choix de vêtements incongrus. Du n'importe quoi, depuis les longs manteaux du surplus de l'armée, jusqu'aux minijupes froncées, en passant par les bustiers de cuir, et les débardeurs qui laissent le ventre à l'air.

– Vénus Maria a toujours une allure fantastique...

Nona parcourait une interview de Vénus dans un magazine récent.

– Je la trouve formidable. Ça se voit qu'elle en a rien à foutre, de personne!

Brigette rit :

– Tout à fait comme toi, non?

– Qu'est-ce qu'il y a de mal à ça. Mon opinion, c'est que les femmes font ce que les hommes pensent qu'elles devraient faire. Quand je serai vieille, je ne serai pas comme ça.

– Comment ça, vieille?

– Ils disent là-dedans que Vénus Maria a vingt-cinq ans. J'imagine que c'est un peu vieux.

Brigette rit à nouveau.

– Arrange-toi pour que ta mère ne t'entende pas.

Avec une petite grimace maligne, Nona répondit :

– Effie ? Elle est jeune pour l'éternité. Elle sera encore jeune à quatre-vingts ans. Je parie qu'elle aura toujours sa mèche folle de cheveux verts, et qu'elle portera encore des vêtements bizarres. Maman est un sacré personnage !

D'un air d'envie, Brigette confia :

– Tu as de la chance de l'avoir.

– Je sais. Oh ! A propos, tu as parlé à ton beau-père ? Quand est-ce qu'ils vont à Malibu ? Effie voudrait le savoir. Ce n'est pas qu'elle ait hâte de se débarrasser de nous, mais elle a prévu un petit voyage à Bangkok, et elle ne veut pas nous traîner derrière elle.

– J'ai laissé un message à l'agent de Lennie pour qu'il me rappelle ici. J'ai entendu dire qu'il avait laissé tomber le film, personne n'a l'air de savoir où il est. Mais il va réapparaître. Lennie ne me laissera pas tomber. Il m'a promis Malibu, et il tient toujours ses promesses.

– Super ! Je ne sais pas pour toi, mais moi, j'en meurs d'envie.

Emilio Sierra et Dennis Walla formaient une espèce d'association. Leur relation était plutôt fondée sur l'avidité que sur la confiance. Ils s'étaient rencontrés à deux reprises et s'étaient chamaillés les deux fois, à propos d'argent. Chacun à son tour. Emilio refusait tout simplement de dire qui était l'amant de Vénus Maria, avant qu'ils aient décidé du prix. De son côté, Dennis insistait en disant qu'il n'y aurait pas de prix avant qu'Emilio ne révèle l'information.

Après leur première rencontre au café *Roma*, ils se retrouvèrent dans une cafétéria minable sur Pico et s'efforcèrent de venir à bout de leur différend. Pour finir, ils se retrouvèrent dans les bureaux de *Truth and Fact* à Hollywood.

Emilio voulait 50 000 dollars. *Truth and Fact* acceptait de payer si le nom en valait la peine. A présent, ils avaient à nouveau rendez-vous, pour conclure le contrat.

– Salut vieux.

Dennis accueillit Emilio sans se lever de son bureau en désordre. Il fumait un cigare bon marché, à l'odeur épouvantable.

– Alors, c'est le grand jour ?

Un ange passa.

Emilio acquiesça d'un signe de tête, mal à l'aise. Il n'était pas sûr du bien-fondé de sa présence ici. Venir dans les bureaux de *Truth and Fact*, c'était perdre complètement l'anonymat. En traversant les bureaux de la salle principale, il avait remarqué des gens derrière leurs machines à écrire, qui le suivaient des yeux. Il se sentait un peu traître. Et pourtant, au nom de quoi ne pas le faire ? Si ça rapportait de l'argent ?

Dennis le présenta à un collègue, un Anglais, petit, trapu, à la face de rat, sourcils en broussaille et petite moustache tombante.

Soupçonneux, Emilio demanda :

— Qui est-ce ?

— Je t'explique. Il nous faut un témoin. Je ne peux pas donner un chèque sans témoin. Tu dois nous révéler les faits, Emilio, les heures, les endroits, les noms. Tout.

Emilio approuva d'un hochement de tête :

— Je sais tout ça.

Mais il était quelque peu mal à l'aise. Il aurait cru la chose plus facile. Mon Dieu, pourquoi ne pouvait-il pas simplement leur dire avec qui elle couchait, prendre l'argent et filer ?

— Assieds-toi, Emilio. Tu veux une bière ?

Emilio refusa. Toute la semaine dernière, il avait travaillé ses abdominaux, ce qui signifiait l'arrêt de la bière. Une vraie misère. Pour profiter des 50 000 dollars, il voulait être en meilleure forme. Il achèterait une voiture convenable, des vêtements neufs, et déménagerait dans un appartement luxueux. Emilio Sierra progressait dans la société.

Dennis appuya sur une touche de magnétophone.

— Allons-y, en route pour le spectacle !

Affolé, Emilio demanda :

— Pourquoi tu fais ça ?

Patiemment, Dennis lui expliqua :

— Je te le redis. Il nous faut une preuve. On n'a pas l'intention de se payer un procès, tu comprends ?

Emilio réfléchit à cela un instant, puis demanda encore :

— Pourquoi un procès si tout ça est exact ?

— Tu serais surpris de savoir le nombre de gens qui nous font des procès sans arrêt : Sinatra, Romano, Reynolds, tous les gros. C'est stupide, parce qu'ils ne gagnent jamais. Finalement, ça leur coûte beaucoup d'argent. Mais on aimerait mieux ne pas se faire traîner devant les tribunaux à longueur d'année.

— Évidemment.

Emilio se demandait si Vénus Maria intenterait une action en justice.

Dennis relâcha le bouton de pause du magnéto :

– On y va !

Emilio avait chaud tout à coup. Une mince rigole de sueur dégoulinait le long de son cou. Il avait une crampe à l'estomac. Bref, il ne se sentait pas bien.

– Bon, voilà ce qui se passe...

Il s'assit.

– Euh. Il est où, mon chèque ?

Dennis ouvrit le tiroir de son bureau, en sortit un chèque de 5 000 dollars, l'agita sous le nez d'Emilio :

– Tu prends ça maintenant, le reste quand l'histoire sera prête à la publication.

Emilio voulut l'attraper. Dennis le maintint hors de sa portée :

– Pas si vite ! Je te le montre seulement. Avant que je te le donne, il nous faut le nom. Si ça vaut quelque chose pour nous, si tu as des preuves, il est à toi, et le reste à venir.

« Merde ! pensa Emilio. Ça ira mieux quand tout sera fini. »

– Le nom du petit ami, c'est Martin Swanson.

Il lâcha sa phrase rapidement, en savourant le choc et la surprise sur le visage des deux hommes.

Dennis laissa échapper un long sifflement sinistre.

– Martin Swanson ? Le magnat de New York ?

Et l'Anglais répéta :

– Martin Swanson... ça c'est juteux...

Dennis s'exclama alors, tout heureux :

– Merde alors ! Si tu peux nous prouver ça, tu nous auras filé le bon tuyau, vieux.

– Oh, mais je peux le prouver ! J'ai même une photo d'eux, ensemble !

Emilio se vantait. La photo était sa carte maîtresse.

De plus en plus excité, Dennis remarqua :

– Une photo ? Tu n'as jamais mentionné de photo.

Emilio réfléchit à toute vitesse.

– Ouais. Eh ben ! Si vous voulez la photo, c'est en plus.

– Ah ! La photo est en plus.

– Si vous la voulez...

– Nous la voulons.

Martin Swanson était dans sa chambre. Installé devant un miroir grossissant, il scrutait son visage. Il prit la pince à épiler, et arracha quelques poils gênants au milieu des sourcils. Il recula, s'admira dans le miroir sur pied. Il s'était habillé en soldat de la confédération. Deena avait pensé que c'était là

282

un déguisement original. Il devait admettre que le costume lui allait bien.

Habituellement, les anniversaires le plongeaient dans une dépression profonde. Aujourd'hui, il se sentait particulièrement bien. L'impression d'avoir beaucoup d'amis. Depuis le matin, les cadeaux n'avaient cessé d'arriver, avec des fleurs, des ballons, des télégrammes de joyeux anniversaire.

Deena lui avait offert un cadre en or massif, dans lequel elle avait placé la photo de leur mariage. Ils étaient là tous les deux, Deena et Martin Swanson, debout devant l'église, exemple du couple heureux.

Était-ce il y a dix ans seulement ? Cela paraissait avoir duré toute une vie. Quand il avait épousé Deena, il était décidé à s'installer en ménage. Qui aurait cru qu'il rencontrerait une femme comme Vénus Maria ?

Un peu plus tôt, Vénus l'avait appelé au bureau. Sa voix venait de loin :

– Joyeux anniversaire, Martin. Je suis déçue que tu ne sois pas là pour le fêter avec moi.

– C'était difficile. Le boulot...

Elle le réprimanda comme un gamin :

– Tu ne devrais pas laisser le boulot diriger ta vie. Du travail, et pas de récréation. Cela fait de Martin un garçon très triste, vraiment.

Alors il avait ri.

– Je ne suis jamais triste quand je suis avec toi, n'est-ce pas ?

– Mon chéri, j'en suis sûre.

Ils avaient parlé quelques minutes encore. Elle n'avait pas demandé : « Je te verrai quand ? » Elle n'avait pas besoin de ça. Il savait qu'elle l'avait en tête. Et lui aussi. Leur relation était arrivée à un point où il leur fallait plus que des promesses.

Ce n'était pas facile. Bien sûr, il pouvait divorcer d'avec Deena. Ce qui lui coûterait certainement une fortune, bien qu'il lui ait fait signer un contrat, et qu'ils aient subi des pertes de bénéfices, au cours d'une période particulièrement mauvaise. Après, il serait libre de faire ce qu'il voulait. Voilà. Jusqu'à présent, ils étaient les Swanson. Ils possédaient New York, à eux deux. Mais Martin Swanson pouvait encore posséder New York à lui tout seul.

La décision était difficile à prendre, et il n'y était pas tout à fait préparé. Il avait conclu sa conversation avec Vénus Maria sur la promesse de prendre l'avion pour Los Angeles, la semaine suivante. Cette seule idée l'excitait. Elle savait vraiment comment s'y prendre pour lui faire perdre la tête. Avec ses inventions, ses surprises, elle était réellement différente des autres.

Un moment, il laissa courir sa pensée sur le souvenir des deux putains et des foulards de soie. Un grand événement dans sa vie. Vénus Maria savait comment garder un homme réticent.

Après un dernier coup d'œil sur sa tenue, il sortit de la chambre, satisfait.

Deena était en bas, un long manteau de couleur sable dissimulant le déguisement qu'elle avait choisi pour la soirée.

Très à l'aise, Martin dit :

– Laisse-moi regarder...

Elle virevolta en laissant choir le manteau.

– Oh! Oh!

Martin était impressionné. Il avait épousé une très jolie femme.

Deena portait un formidable déguisement. Ses longues jambes recouvertes d'un collant noir et soyeux. Le reste du costume était la copie conforme de celui de Marlène Dietrich dans l'*Ange bleu*. Quand elle le voulait, Deena pouvait se métamorphoser en véritable splendeur.

Elle s'approcha pour lui caresser les cheveux :

– Tu es beau ce soir, Martin.

– Et toi? Que dire? Tu as vraiment fait fort...

Il rit.

– Effie sera jalouse.

– Pourquoi ça?

– Parce que, ma chère – il lui prit le bras – ce soir, tout le monde va te regarder. Moi y compris.

Deena sentit une vague de triomphe l'envahir. Elle haussa un sourcil :

– Vraiment?

– Vraiment... dit-il.

38

La vie de Vénus Maria n'était pas des vacances. Depuis le moment où elle se levait le matin, jusqu'au soir au coucher, elle avait toujours quelque chose à faire. Si elle n'était pas en tournage en extérieur, elle était en répétition pour les vidéos. Si elle n'était pas en répétition, elle enregistrait en studio. Ou bien encore, on la trouvait en compagnie des deux compositeurs avec lesquels elle aimait travailler les paroles de ses chansons. Plusieurs fois par semaine, elle travaillait aussi avec Ron. Ils étaient toujours bons amis, malgré l'existence de la poupée Ken, et il s'occupait de la chorégraphie de ses numéros.

Enfin, il y avait aussi son métier de comédienne. Elle s'efforçait de lire tous les scénarios qu'on lui envoyait et, si elle manquait de temps, un lecteur s'en chargeait pour elle.

Très sincèrement, cela l'ennuyait que Martin ne soit pas venu pour son anniversaire, ainsi qu'il l'avait promis. Elle s'en confia à Ron, alors qu'il transpirait sur la mise au point d'un nouveau numéro de danse dans la salle de répétition. Comme à son habitude, Ron lui parla franchement :

– Mais qu'est-ce que tu attends de cet homme ?

– Qu'il soit avec moi tout le temps.

Ron s'étonna, la réalité était tout autre selon lui.

– C'est ridicule, Martin Swanson est installé à New York et toi, tu es ici. Dis-moi, quel genre de vie vous auriez tous les deux ? Il courrait par monts et par vaux et toi aussi. Je te connais, Vénus.

– Tu ne me connais peut-être pas aussi bien que tu le crois.

Elle était vexée.

– Arrête, Vénus. Je te connais mieux que n'importe qui.

N'oublie pas que je t'ai connue avant... avant tout ce bazar de vedettes à gros contrats. Je te connaissais alors que Vénus Maria n'était encore qu'un embryon d'elle-même.

– Et moi, je te rappelle que je t'ai connu avant que tu deviennes le prince des homos de Hollywood.

– Le quoi ?

– Tu as très bien entendu... répliqua-t-elle avec aigreur.

– Merci beaucoup, madame. J'ai toujours rêvé d'être un prince homo.

– J'ai sûrement été la première à reconnaître que tu faisais un travail formidable, non ? Toi et la poupée Ken, vous êtes devenus la coqueluche des mecs de la ville.

Ron était irrité :

– Arrête de l'appeler la poupée Ken ! Je te l'ai dit un million de fois.

Elle passa une main dans ses cheveux platine.

– C'est pourtant ce qu'il est.

– Écoute, chérie, ne parle pas de mon amant et je ne parlerai pas du tien, d'accord ?

Ils s'affrontèrent du regard une seconde, puis se remirent à la répétition.

Ron était un vrai tyran. La chorégraphie d'un numéro devait être parfaite. Il obligeait Vénus Maria à refaire chaque geste, chaque mouvement, avant de la mêler aux autres danseurs. Elle était son élève vedette.

Ron s'estimait absolument responsable de son propre succès. Vénus le savait bien et cela ne la gênait pas. Si ça lui faisait plaisir d'y croire, après tout, pourquoi pas ! Elle aurait atteint le succès, avec ou sans Ron, elle en était persuadée. Certes, il lui avait été d'un grand secours, surtout au début. A présent, elle n'avait plus besoin de lui. Elle n'avait plus besoin de personne.

Sauf de Martin.

Effie accueillit personnellement chacun de ses invités. Elle ne voulait pas d'une armée de domestiques, c'eût été trop facile. Effie estimait qu'une touche personnelle était importante dans la réussite d'une soirée.

Elle était donc à la porte lorsque Deena et Martin arrivèrent.

Deena laissa glisser de ses épaules le long manteau couleur sable. Yul, qui se tenait derrière Effie, s'exclama :

– Mon dieu ! Je n'avais jamais réalisé que tu avais d'aussi jolies jambes !

Deena sourit de son habituel sourire froid. Ce soir, elle allait chauffer à blanc les imaginations masculines et elle le savait. Effie se montra enthousiaste :

– Tu es absolument divine! Et Martin... Tu es superbe en soldat, ça te va bien. Tu devrais faire ça plus souvent. J'ai une passion pour les uniformes.

Parfaitement à l'aise, Martin se moqua.

– Je me sens ridicule.

Yul, qui s'était costumé en homme des cavernes, grommela :

– Tu te sens ridicule? Essaie donc mon déguisement dix minutes, pour voir!

Martin rit et se perdit dans un océan de congratulations. Chacun voulait lui souhaiter un joyeux anniversaire. Il était la coqueluche de tout le monde. Dans un coin du salon, Brigette, Nona et Paul contemplaient les festivités.

Nona déclara avec assurance :

– Ce Martin Swanson est trop mielleux, il est vieux et sans intérêt. Observez sa manière de traverser la pièce. Tu parles d'un brasseur d'affaires!

Paul fit :

– Oh! T'as vu les jambes de sa vieille?

Hargneusement, Nona le rembarra :

– Elle est bien trop vieille pour toi et en plus elle est mariée.

– Oui, mais elle est riche!

– Qu'est-ce que tu pourrais en tirer? Elle n'est pas aussi riche que Brigette.

– Ouf! on le sait que personne n'est aussi riche que Brigette, d'ailleurs pendant qu'on y est, expliquez-moi pourquoi vous n'avez pas trouvé de déguisements potables? On dirait deux poules toutes les deux.

Nona se renfrogna :

– On est supposées représenter Vénus Maria! Ça ne te rappelle rien?

– Non. Vous avez quand même l'air de deux clochardes.

Nona était vraiment vexée :

– Ah oui? T'es qu'une merde!

– J'en connais une autre!

Brigette intervint avec curiosité :

– Dites, vous vous disputez tout le temps comme ça?

– On ne se dispute pas, dit Paul.

– Pas du tout, affirma Nona. Il faut nous voir quand on se dispute pour de vrai.

Paul avait refusé de jouer le jeu et d'abandonner ses vêtements noirs. Personne ne semblait le remarquer, à part Brigette, qui n'arrivait pas à détacher son regard de lui, bien malgré elle.

Elle se souvenait de sa première rencontre avec son petit ami, Tim Wealth. Cela semblait si vieux et il n'y avait pas plus de deux ans. Tim était grand et dégingandé, avec un visage mince et un si joli sourire. La première fois, c'était à l'inauguration de l'hôtel de Lucky. Leur rencontre fut un coup de foudre. Plus tard dans la soirée, il l'avait entraînée dans sa suite à l'hôtel. Il lui avait fait essayer de la coke, expliqué comment se déshabiller. Il ignorait complètement qui elle était et son âge – elle n'avait que quatorze ans. Ensuite, il lui avait fait l'amour. Rapidement, violemment.

Tous ces souvenirs de Tim lui donnèrent chaud tout à coup, et la rendirent mal à l'aise. Elle ôta sa courte veste de brocart. Elle ne portait en dessous qu'un léger soutien-gorge blanc et une jupe minuscule.

Paul la contempla à nouveau :

– Pas mal... C'est une honte d'être encore une petite fille...

Brigette se dit qu'elle était encore plus petite fille quand elle avait rencontré Tim Wealth et ça ne l'avait pas dérangé.

Les yeux de Paul accompagnèrent les jambes fabuleuses de Deena, à travers le salon. Il soupira de désir :

– C'est vrai qu'elle est belle, ce soir.

L'air désapprobateur, Nona le contra aussitôt :

– C'est vrai, aussi, qu'elle est assez vieille pour être ta mère.

– Pas tout à fait.

– Mais presque.

Paul se leva.

– Je vous abandonne, les nymphettes, débrouillez-vous toutes seules. Je reviens dans une minute.

Nona s'exclama après son départ :

– Je n'arrive pas à y croire ! Il s'est mis dans la tête de draguer Deena Swanson ! Tu imagines ? Le voilà qui va draguer la meilleure amie de maman.

Brigette eut un rire forcé. Elle était jalouse, mais ne voulait pas le laisser voir, car tomber amoureuse, c'était souffrir. Et Brigette savait trop bien ce que souffrir veut dire.

– Comment allez-vous, madame Stolli ?

Deena se retourna pour regarder le jeune homme mince, au regard profond, qui l'abordait.

Froidement, elle répondit :
— On se connaît ?
Leurs yeux s'affrontèrent. Le regard de Paul était franc, direct :
— C'est moi, Paul. Le fils d'Effie.
Elle était sincèrement surprise.
— Oh mon dieu, Paul ! Comme tu as changé ! Il y a si longtemps que je ne t'ai pas vu.
— Longtemps en effet. Je voyageais en Europe, sac au dos. Pas tout à fait votre style, hein ?
— Tu étais encore un petit garçon, la dernière fois que nous... que nous nous sommes rencontrés.
Il la regarda intensément.
— C'est très sexy... Deena.
Il lui faisait la cour ? Non. Impossible. Ce n'était qu'un gamin, attirant certes, mais un gamin.
— Je te demande pardon ?
— Eh bien !... C'est ce que vous avez dit « la dernière fois que nous nous sommes rencontrés »... C'est une formule un peu sexy... vous ne croyez pas ?
— Paul... est-ce que tu me fais la cour ?
Il était temps d'utiliser le sourire charmeur :
— J'espère bien. Sinon, c'est que je suis très maladroit.
Deena ne put s'empêcher de lui rendre son sourire.
— C'est très agréable de te revoir, mon cher, je dirais que tu as hérité du sens de l'humour de ta mère.
Il revint au regard enjôleur :
— Suffit, avec « mon cher ». N'essayez pas de me laisser tomber, Deena.
— Je n'en ai pas l'intention.
C'était le moment de faire un pari avec elle.
— De quoi n'avez-vous pas l'intention ?
— De te laisser tomber, Paul. Où est ta mère ?
— Elle est là, pourquoi ? Vous avez besoin d'elle pour vous sortir d'un mauvais pas ?
Deena fit mine que non, et Paul des grimaces :
— Vous avez peur ?
— De toi ? Je ne crois pas, mon cher.
Elle lui tourna le dos et s'éloigna rapidement. Mais il eut le temps de dire :
— Jolies jambes...
Il sentit qu'il venait de remporter une victoire. Satisfait, il retourna près de Nona et Brigette, et plaisanta :
— Elle voulait absolument que mon corps lui appartienne, j'ai dû refuser.

– Vraiment? rétorqua Nona, sarcastique. Comme c'est charmant de ta part. J'ai toujours su que tu étais le plus grand menteur de la terre.

– Ne me crois pas. Si tu savais comme je m'en fous.

Nonchalamment, il se tourna vers Brigette:

– Je peux vous demander une petite avance? Peut-être 100 000 dollars, par exemple? Je vous rembourserai dès que je serai riche et célèbre!

Nona ironisa:

– Ah oui?

Brigette chuchota:

– Je n'ai pas le contrôle de mon argent. Il est investi dans différents trusts.

Mais Nona l'interrompit:

– Et même si elle le contrôlait, tu serais la dernière personne à en obtenir. C'est moi la première, n'est-ce pas?

Brigette ne l'aurait jamais reconnu devant personne, mais elle trouvait Paul plus attirant que Tim Wealth.

Emilio signa enfin le contrat. Il aurait mieux fait d'engager un bon avocat d'Hollywood pour s'en occuper. Mais Emilio croyait savoir ce qu'il faisait. Son instinct du commerce était le bon. Après tout, il avait réussi à négocier lui-même 50 000 énormes dollars sans l'aide d'un quelconque rapiat d'avocat. Il n'avait plus qu'à leur livrer l'exclusivité de l'histoire de Vénus Maria et de son amant marié.

Il commença par ouvrir un compte en banque. Puis il retira aussitôt 3 000 dollars en liquide, pour aller traîner dans les clubs de la ville.

Ceux qui le connaissaient s'étonnèrent:

– Où t'as gagné tous ces dollars, mec?

Chacun savait parfaitement qu'Emilio était passé maître dans l'art d'utiliser le nom de sa sœur. Il savait se mêler aux consommateurs, s'asseoir à leur table et se débrouiller pour ne pas payer ses consommations.

La réponse d'Emilio consista en un clin d'œil désinvolte et en une petite phrase:

– Ma sœur me les a donnés.

Dans un sens, c'était vrai. Sans Vénus Maria, il n'aurait jamais obtenu 50 000 dollars... En fait, 5 000 seulement, mais le reste viendrait quand l'histoire serait écrite et les informations vérifiées.

Au bout de plusieurs Margaritas, il leva une prostituée dans un bar. Il ne s'était pas rendu compte qu'il s'agissait d'une putain. Elle avait prétendu être actrice.

Elles se disaient toutes actrices ou modèles. C'était le jeu à Hollywood.

La fille avait de longs cheveux blonds décolorés et des jambes minces encore plus longues. Elle portait une robe très courte, largement décolletée dans le dos et plus encore sur la poitrine. Il ne restait plus grand-chose offert à l'imagination.

Emilio n'imaginait pas. Il célébrait l'événement.

Il ramena la fille dans son appartement et lui fit l'amour, cinq petites minutes. Rapides.

Lorsqu'il eut terminé, la fille demanda, indignée :

– C'est tout ? J'étais venue ici pour passer un bon moment. J'espérais mieux qu'un coït de lapin !

– Je t'ai donné du bon temps.

Emilio grommelait, pressé qu'elle s'en aille.

Elle exigea 50 dollars pour le taxi qui la ramènerait chez elle. Ça le rendit furieux :

– 50 dollars ! Pour un taxi ?

– Chéri, je ne suis pas venue ici pour ton sourire.

Emilio lui en donna 20, en grognant, et la mit dehors.

Dès qu'elle fut partie, il alluma la télévision et regarda Gloria Estefan. Ça c'était une vraie femme ! Il pariait qu'une femme comme elle ne lui aurait pas demandé 50 dollars !

Il finit par s'endormir. Le lendemain, il avait une nouvelle séance d'enregistrement avec Dennis. Ils progressaient dans l'histoire. Bientôt, ils auraient les gros titres des journaux. C'était tout de même une réussite.

Emilio Sierra allait devenir célèbre.

39

Eddie Kane se sentait devenir fou, complètement défoncé. Personne ne voulait l'aider. Personne en qui il aurait pu avoir confiance. Le désert. Il tournait en rond chez lui comme un possédé. Bon sang! Dix jours auparavant, il possédait tout. Un tas d'argent, une femme merveilleuse. La vie s'écoulait tranquillement. La cocaïne pour lui tenir chaud... un tout petit peu de cocaïne et la vie était en rose. Il lui en fallait plus qu'un petit peu, à présent, pour arriver à le sortir du lit le matin.

Il avait compris que les ennuis étaient là, dès que Mickey avait cessé de lui parler. Mickey, dont il dépendait depuis des années, et vers qui il s'était toujours tourné en cas de besoin.

Il les avait tous mis dans la mélasse. Dieu lui était témoin, ça n'était tout de même pas la guerre. Ce n'était qu'un merdier d'un million de dollars à résoudre. Mickey Stolli et les Studios Panther devaient trouver cet argent. Et vite.

Au lieu de cela, Mickey agissait en homme supérieur, en prétendant qu'il n'était pas responsable. Mickey était une merde.

Les coups de téléphone, au début, étaient pourtant gentils:

– Hé, Eddie! Tu nous dois de l'argent... Ça vient quand?

Puis le ton avait changé:

– Hé, Eddie! Tu ferais mieux de le rendre le plus vite possible: monsieur Bonnatti n'est pas du genre patient!

Aujourd'hui, c'était:

– Eddie, le délai est écoulé. Monsieur Bonnatti n'aime pas qu'on le fasse attendre.

Au début, oui, le contrat avait paru attrayant, irrésistible même. On avait présenté Eddie à monsieur Carlos Bonnatti à New York, au *Club*. En fait, il avait commencé par faire la connaissance de l'un des membres Bonnatti, une femme, Kathleen Lee Paul, son fournisseur de cocaïne à Los Angeles. Puis Kathleen l'avait présenté à Carlos et ils avaient discuté :

Les films Panther, hein ? Moi aussi, je suis dans cette branche...

– Ah bon ? s'était étonné Eddie, surpris de n'avoir jamais entendu parler de lui.

Ce qui avait fait rire Carlos :

– Eh ouais ! On ne produit pas tout à fait votre genre de films.

On accusait Eddie de pas mal de choses, mais pas d'être lent d'esprit, par exemple. Il avait répondu courtoisement à Carlos :

– En somme, vous êtes de l'autre côté du filet de tennis ?

– Il y a beaucoup d'argent à faire là-dedans. Beaucoup. Mon frère Santino a démarré l'affaire. Lorsqu'il a malheureusement disparu, c'est moi qui ai pris le relais. J'ai un type sur la Côte Ouest pour diriger tout ça. Et des gens à moi à New York. Le seul vrai problème, c'est l'étranger.

Tout avait commencé là. Bonnatti cherchait un moyen d'exporter ses pornos en Europe. Certains pays, comme l'Espagne et l'Italie, faisaient barrage à l'importation du matériel pornographique.

Eddie trouva la solution idéale. Mélanger le porno avec les produits légaux. Qui se mêlerait de poser des questions à Panther sur l'exportation des grands films ?

Bonnatti se laissa convaincre facilement. Lorsque Eddie flairait un contrat, il fonçait sans attendre.

– Je peux peut-être vous rendre service...

Et ils avaient aussitôt travaillé à l'élaboration d'un projet d'association.

Eddie n'avait qu'à en confier la direction à Mickey, en lui promettant un gros intérêt dans l'histoire.

Il y avait réfléchi longtemps, consciencieusement, avant d'en parler à Mickey. Il avait commencé par former sa propre compagnie, complètement bidon, au Liechtenstein, en espérant y introduire les fonds européens, sans être impliqué personnellement.

Mickey fut immédiatement intéressé par l'idée.

– Alors, comme ça, on gagne de l'argent et aucun risque, Eddie ?

– C'est le contrat. On partage 50/50 avec Bonnatti. Je te refile la moitié de mon bénéfice. C'est aussi facile que ça.

Et Mickey avait dit « d'accord ».

Que Mickey aille se faire foutre à présent. Il avait été bien content de palper du fric pendant trois ans, quand tout allait si bien. Maintenant que les ennuis étaient là, il ne voulait rien savoir.

Eddie aurait bien voulu savoir, lui, comment on avait découvert qu'il se réservait la meilleure part du marché. Merde ! C'était lui qui faisait tout le boulot, qui organisait les contrats dans les différents pays, qui faisait revenir l'argent. Si quelqu'un devait avoir des problèmes, ce serait lui en premier. Alors, pourquoi ne pas prendre plus que sa part ?

Leslie, inquiète, suivait Eddie, pas à pas, à travers la maison. Pour la dixième fois, elle demandait :

– Comment je peux faire pour t'aider ?

Mais il n'était pas d'humeur à supporter la compassion de sa femme.

– En la fermant !

Il lui vint soudain à l'esprit que le seul moyen de s'en sortir était de vendre ce qu'il possédait, leur unique bien : la maison.

– On va mettre cette maison en vente ! Appelle un agent immobilier, dis-lui qu'on a besoin d'argent liquide et qu'on en a besoin très vite !

Leslie était consternée, mais elle obéit tout de même, alors qu'ils savaient pertinemment tous les deux que la vente ne serait jamais assez rapide.

Eddie transpirait la peur. La peur de Bonnatti. Et il ne savait pas quoi faire d'autre, ce jour-là. Dès son réveil, il avait eu le sentiment que la journée serait mauvaise. C'était vendredi. Un brouillard épais flottait sur la plage. Le même brouillard épais flottait dans sa tête. Il se sentait au-delà de la déprime. Écroulé sur son lit, il empoigna le téléphone pour appeler Kathleen Lee Paul.

– Venez chez moi ! J'ai besoin de médicaments.

Il avait dit cela comme un ordre.

Mais elle répondit, irritée, pas vraiment contente d'avoir de ses nouvelles :

– Je ne vais jamais chez les gens.

La tête d'Eddie allait exploser :

– Mais je ne suis plus au bureau.

– Je l'avais remarqué. Si vous m'aviez prévenue, j'aurais évité un déplacement inutile.

– Écoutez, chérie, j'ai la grippe. Vous ne pouvez pas m'en vouloir. Venez à la maison. Amenez la marchandise.

– Vous avez du liquide ?

– Ouais, ouais !

– Vous me devez 1 500 dollars de la semaine dernière.

– Ils vous attendent.

Elle accepta à contrecœur. Et ils convinrent d'un rendez-vous pour midi.

Leslie était dans la cuisine en train de faire frire des œufs et du bacon. L'odeur le rendait malade. Elle chantonna un peu trop gaiement :

– Je te prépare un bon petit déjeuner.

– Déshabille-toi !

Elle se retourna, sidérée :

– Comment ?

– Déshabille-toi ! Ça te dirait de préparer mon petit déjeuner les fesses à l'air ?

Il y avait de la souffrance dans la voix de Leslie, mais il fit semblant de ne pas le comprendre lorsqu'elle dit :

– Eddie, ne sois pas comme ça...

– Oh ça va, laisse tomber.

Il retourna dans la chambre. Et là, il se sentit très mal. La pauvre gosse, il lui en faisait baver ! Mais qui d'autre le supporterait ?

Cinq minutes plus tard, Leslie fit une entrée surprise. Elle arriva dans la chambre, ne portant que des talons aiguilles et un tablier à bavette.

Quel corps ! Pour la première fois depuis des semaines, il sentit certaines ardeurs se réveiller en lui.

– Hé, viens voir papa !

L'air compassé, un peu raide, elle demanda :

– C'est ce que tu voulais, n'est-ce pas ?

– Je n'étais pas sérieux...

Il lui pinça les seins.

– Mais maintenant que tu es là...

Il s'allongea et la laissa faire. Elle savait s'y prendre. Pour une fille de l'Iowa, elle en savait beaucoup.

Un peu plus tard, il avala son petit déjeuner, ingurgita deux vodkas, fuma un joint et sortit pour une longue promenade sur la plage. Lorsqu'il rentra, Carlos Bonnatti était assis dans la salon.

Leslie, toute blanche, lui dit :

– Je ne savais pas que tu attendais un invité.

Eddie aperçut Carlos. Il sentit sa peau frémir des pieds à la tête.

– Moi non plus.

Carlos Bonnatti était un homme trapu, dans la quarantaine, des cheveux frisés, les paupières tombantes, le teint olivâtre, il affichait une attitude indolente :

– Je passais par là... Je me suis dis que je pouvais m'arrêter une minute.

Il avait l'air très à l'aise. Eddie bredouilla :

– Depuis quand vous passez par la plage ?

Carlos agita la main, vaguement :

– A peu près depuis que vous me devez un million de dollars... Depuis que je n'ai pas l'impression d'obtenir de réponses à mes questions. Je me suis dit que je pourrais faire une petite promenade par ici, pour voir ce qui se passe. Vous avez quelque chose à dire, Eddie ?

Leslie recula au fond de la pièce, paralysée de peur. Elle avait compris que c'était grave, en voyant la limousine longue et noire s'arrêter devant la porte et Carlos Bonnatti en descendre, encadré par deux colosses. Lorsqu'elle avait ouvert la porte, il n'avait même pas demandé s'il pouvait entrer, il l'avait quasiment repoussée pour se frayer le passage, en disant :

– Je suis là pour Eddie !

Comme si c'était une explication suffisante.

Eddie annonça froidement :

– Vous n'auriez pas dû venir ici. J'ai pas besoin de tout ce bordel. Vous aurez votre argent, je vous l'ai dit la semaine dernière.

– La semaine dernière est passée... Maintenant, c'est maintenant. Je veux mon fric lundi matin, ou alors vous savez ce qui vous attend.

Gonflé d'une fausse bravoure, Eddie plastronna :

– Vous me menacez ?

– Appelez ça une menace si vous voulez... Vous devriez savoir que Carlos Bonnatti ne fait pas de menace. Il arrive les choses qui doivent arriver, c'est tout. Ou bien je récupère mon fric lundi matin, ou bien on ne fait plus d'affaires, vous et moi. En fait...

Le ton était doucereux, mais il se leva comme une menace :

296

– En fait... vous ne serez plus en mesure de faire des affaires avec qui que ce soit...

Il avança en direction de la porte, s'arrêta pour effleurer l'épaule nue de Leslie :

– Jolie femme... Très jolie...

Et il partit.

Eddie se précipita aussitôt dans la salle de bains et vomit. Lorsqu'il en sortit, Leslie l'attendait, elle le regardait, l'air paumée, avec ses fichus grands yeux qui le fixaient, cherchant désespérément une réponse à tout cela. Il dit très vite :

– Je vais voir Mickey. Ne t'en fais pas, chérie. Je vais arranger ça aujourd'hui.

– Tu vas le faire ?

– Je te le promets.

Il la serra dans ses bras et se hâta vers sa voiture.

C'était au tour de Leslie à présent de tourner en rond dans la maison. Elle ne savait pas quoi faire. Tout ce qu'elle savait c'est qu'Eddie avait des ennuis et qu'il y avait sûrement un moyen de l'aider. Sûrement un moyen. Alors elle décrocha le téléphone et appela Madame Loretta.

Lorsque la vieille femme fut au bout du fil, Leslie lui débita toute son histoire, en la suppliant :

– Vous pouvez m'aider ?

– Quittez-le. Vous êtes encore jeune et belle. Il y a des tas d'autres hommes. Revenez travailler, je vous en trouverai un.

Leslie fut choquée du conseil :

– Mais je n'en veux pas d'autre ! J'aime Eddie.

– C'est mauvais, l'amour. Il vous fera tomber avec lui. J'ai déjà vu ça. Quittez-le, Leslie, avant qu'il ne soit trop tard.

Mais elle répondit gravement :

– Non. Je ne pourrais jamais abandonner Eddie. Je l'aime.

– Alors, je ne peux pas vous aider... dit Madame Loretta brusquement.

Et elle raccrocha le téléphone.

40

La Maserati blanche filait vers l'autoroute le long de la côte Pacifique. Eddie Kane accéléra et le moteur s'emballa. Cinq minutes plus tard, il était arrêté par un motard.

Le flic s'approcha de la voiture, d'une démarche de cow-boy, il se pencha vers la vitre, en sortant son carnet. Il était aussi beau qu'une vedette de cinéma.

– Hé mec! on s'entraîne pour le championnat du monde, ou quoi?

Eddie tenta de discuter avec lui. Il avait une bonne tête.

– Euh... J'ai un rendez-vous important... Vous savez ce que c'est...

Le flic fit la moue, l'air de comprendre.

– Jolie voiture...

Mais le stylo était prêt à faire son devoir.

Eddie joua aussitôt à l'humble propriétaire :

– Vous savez, j'ai travaillé dur pour me la payer.

– Vous avez bu?

Eddie eut un rire forcé. Il savait qu'il avait l'allure d'un clochard. Mais la voiture lui donnait une certaine crédibilité :

– Qui? Moi? Vous êtes sérieux?

Le flic se balança négligemment d'avant en arrière sur ses bottes.

– Je suis très sérieux. Vous avez bu?

Eddie se força à lui sourire amicalement :

– Laissez-moi me présenter. Je m'appelle Eddie Kane. Je suis chef de la distribution aux Studios Panther... Dites, vous n'avez jamais songé à devenir acteur?

– Si, si, j'y ai pensé. Comme tout le monde dans cette ville.

– Je vais vous dire quelque chose...

Eddie prit sa voix la plus persuasive :

– Voilà... je vais vous donner ma carte, appelez-moi aux Studios. Je verrai si on peut vous faire passer une audition.

Eddie dénicha une carte de visite et la lui tendit :

– Je suis sérieux, vous savez! Pourquoi riez-vous?

Le flic rit de plus belle :

– J'ai entendu dire qu'on pouvait découvrir des gens comme ça, mais c'est ridicule.

Eddie sauta sur l'occasion :

– Vous avez de l'allure, du charme, et le sens de l'humour. Allez! c'est dit, j'essaie de vous aider. Et vous pouvez m'aider aussi? Je peux partir? Hein? Je suis en retard à mon rendez-vous.

Ce fut la seule chose positive pour Eddie ce jour-là. Le flic empocha la carte de visite et lui fit signe de s'en aller. Nullement impressionné, Eddie ne ralentit pas et roula plein gaz durant tout le trajet jusqu'aux Studios Panther.

Mickey était en réunion avec un auteur, à propos d'un de ses sujets favoris. Lorsque Eddie fit irruption dans son bureau, il fut pris par surprise. Lucky l'avait laissé passer sans poser de question. C'était son dernier jour aux Studios, et elle se fichait pas mal de ce qui pouvait arriver. L'auteur, un jeune homme sérieux, se leva aussitôt. Eddie avait l'air d'un fou : une barbe de dix jours, des vêtements sales, et un regard dément, les yeux injectés de sang.

Il plaqua ses deux mains sur le bureau de Mickey en criant :

– Je suis dans la merde! Carlos Bonnatti est venu chez moi! Chez moi, bon dieu, jusque dans ma putain de maison! Ça suffit, Mickey, tu es dans le bain avec moi, tu ne peux pas reculer. Panther doit payer!

Mickey fronça méchamment les sourcils. Voilà ce qui arrivait quand on essayait d'aider son ami. Il hurla :

– Luce!

Pas de réponse.

– Faites venir les gardiens!

Eddie l'agrippa par les revers de sa veste de sport :

– Fais venir les gardiens et tu auras encore plus de problèmes que tu le crois! J'irai voir Abe Panther. Je lui raconterai tout! Tes grosses fesses ne vaudront plus un centime!

L'auteur recula lentement et prudemment vers la porte.

Il avait déjà entendu parler de ce genre de scènes entre magnats du cinéma, où les gens se comportent comme des dingues. Parfois, ils se tiraient même dessus. Ça pouvait tourner au vinaigre. Alors, il dit humblement :

– Je reviendrai plus tard, monsieur Stolli.

Mickey gronda :

– Ote tes mains de ma veste !

Eddie l'insulta :

– Va te faire enculer !

Et la bagarrre éclata.

L'auteur s'éclipsa rapidement, en claquant la porte derrière lui. Lucky eut le temps de jeter un coup d'œil depuis son bureau. Paniqué, l'auteur lui demanda :

– Vous avez appelé les gardiens ?

Et elle lui répondit gentiment :

– Ils sont capables de se débrouiller tout seuls, vous ne croyez pas ?

L'auteur fila en courant. Il était payé pour écrire, et non pour se mêler à un combat de fauves.

Leslie se remettait lentement de l'attitude complètement insensible de Madame Loretta. C'est à ce moment qu'on sonna à la porte. Prudemment, elle regarda par l'œil-de-bœuf. Une femme était derrière la porte, une femme bien habillée, très maquillée. Leslie cria au travers du chambranle :

– Oui ? Je peux vous aider ?

La femme avait l'air en colère lorsqu'elle répondit :

– Où est Eddie ?

– Il n'est pas là.

– Merde ! On avait rendez-vous !

– Je suis madame Kane. Qui êtes-vous ?

– Kathleen Lee Paul ! Ouvrez cette foutue porte !

Leslie entrouvrit prudemment de quelques centimètres, en maintenant la chaîne de sécurité.

– Que voulez-vous ?

– Eddie m'a demandé de venir à midi. Je n'ai pas fait tout ce chemin pour rien. Il m'a laissé de l'argent ?

– Quel argent ?

– L'argent... pour sa commande. J'ai un paquet pour lui.

Avec curiosité, Leslie demanda :

– Il vous doit combien ?

Kathleen se dit qu'elle devenait sûrement trop vieille pour ce genre de chose. Si seulement Umberto Castelli divorçait de sa grosse Colombienne et venait à Los Angeles, alors elle vivrait dans le luxe, au lieu de faire le coursier.

– Il me doit 1 500 dollars en espèces...

– Mais il ne m'a pas parlé de ça. Ni de vous, ni de l'argent.

Kathleen tapa du pied impatiemment sur le trottoir. Un pied chaussé d'un escarpin Chanel :

– Allez voir, cherchez... Il a peut-être laissé quelque chose pour moi.

Leslie lui referma la porte au nez avant d'aller fouiller dans la chambre.

Effectivement, il y avait bien une pile d'argent, en haut de l'armoire d'Eddie. Un instant, elle se demanda quoi faire. Si elle refusait le colis, Eddie serait peut-être en colère. D'un autre côté, si elle l'acceptait et donnait l'argent à la femme, il pouvait aussi se mettre en colère. Elle réfléchit à toute vitesse, en essayant de le joindre par le téléphone de voiture. Elle n'obtint pas de réponse.

Pendant ce temps, Kathleen Lee Paul cognait de nouveau à la porte. Leslie se dépêcha de revenir.

– Écoutez... Je ne vais pas poireauter ici toute la journée. Vous avez l'argent ou pas ?

Leslie respira profondément et prit la décision de payer. Elle retourna à l'armoire, compta 1 500 dollars et les remit à la femme.

En retour, Kathleen lui tendit le paquet et partit.

Leslie emporta ce petit paquet bien enveloppé dans la cuisine, le posa sur la table et l'ouvrit avec un couteau.

Il y avait à l'intérieur un petit sac de plastique, rempli de poudre blanche. Avec précaution, Leslie ouvrit le sac et versa un peu de poudre sur la table.

La cocaïne.

Elle gâchait leur vie.

Elle prenait tout leur argent et détruisait leur mariage.

Leslie savait ce qui lui restait à faire.

41

C'était le dernier jour de purgatoire. Lucky trouvait cela grisant. Elle allait redevenir libre. Fini la peau de Luce la sage petite secrétaire bien obéissante. Dans quelques heures, elle allait retrouver sa véritable identité : Lucky Santangelo. Elle était gagnante sur tous les tableaux.

C'était un vendredi après-midi et à la fin de cette journée, elle serait enfin sortie de tout ça.

La première chose qu'elle allait faire avec bonheur serait de brûler cette maudite perruque et ces horribles vêtements. Jeter ces affreuses lunettes. Et danser autour d'un feu de joie, comme une folle, en chantant des cantiques de gratitude.

Ensuite, elle prendrait le premier avion pour rejoindre Lennie à New York. Elle avait appris par Jess qu'il était à New York, et Boogie cherchait où il s'était caché précisément.

Elle ne pouvait plus attendre. Un long week-end ensemble, elle et son mari, voilà ce qu'il leur fallait à tous deux. Un très long week-end, tout au fond d'un grand lit, pour rattraper le temps perdu depuis leur séparation.

Et pendant ce week-end, elle lui dirait la bonne nouvelle.

« Cher mari, je t'ai apporté un cadeau, j'espère qu'il te plaira. » Naturellement, ils dirigeraient les Studios Panther ensemble, tous les deux. Quel bonheur !

Bobby serait bientôt en vacances pour l'été. Il viendrait en Californie avec sa gouvernante. Lennie avait aussi parlé de Brigette, elle devait les rejoindre. Ce serait un été merveilleux. Une véritable réunion de famille. Elle arriverait peut-être aussi à persuader Gino de venir passer une semaine ou deux avec eux.

Lorsque Eddie Kane avait débarqué en courant comme un malade, elle n'y avait guère prêté attention. Eddie Kane était le problème de Mickey, pas le sien. En fait, à partir de demain, Mickey allait avoir énormément de problèmes à régler. Découvrir, un lundi matin, qu'il n'avait plus d'emploi, n'était pas le moindre de ces problèmes.

Lucky avait fait son plan. Aujourd'hui, elle quittait le bureau. A 18 heures, il était prévu une réunion chez Abe, avec leurs avocats à tous les deux pour signer les derniers papiers. Lorsque tout serait signé, les Studios vendus, le pouvoir transmis, elle serait enfin chez elle à Panther, officiellement.

Abe avait demandé comme un plaisir personnel d'annoncer lui-même la vente, lundi matin. Il avait déjà expédié un télégramme urgent à Londres, à sa petite-fille Primrose et à son mari, Ben Harrison, pour les convoquer à cette réunion.

Abe avait également décidé, pour la première fois en dix ans, de se rendre lui-même aux Studios. Il était très excité, en le disant à Lucky :

— J'ai hâte de voir leurs têtes. Je suis impatient de vous les présenter, jeune femme.

Pourvu qu'elle puisse passer ce week-end avec Lennie, elle voulait bien tout le reste.

Les bruits en provenance du bureau de Mickey devinrent plus violents. La situation s'aggravait. Flegmatiquement, Lucky se demandait qui prenait les coups. Dans un combat, elle aurait parié sur Mickey. Il était plus vieux et plus petit qu'Eddie, mais réellement costaud. Mickey était un bagarreur de rue. Elle avait deviné cette qualité chez lui à leur première rencontre.

L'interphone sonnait à tous crins. Mickey hurlait :

— Appelez la sécurité ! Faites-les venir tout de suite !

Elle entendait aussi la voix d'Eddie, qui montait le ton :

— N'essaie pas de me baiser, Mickey. Tu te trompes de mec !

Et Mickey de crier :

— Je me trompe de mec, moi ? Débrouille-toi tout seul, espèce de merdeux ! Fous-le-camp ! Hors de ma vue !

Lucky appela le garde de l'entrée.

— Voulez-vous envoyer un garde de la sécurité chez monsieur Stolli, s'il vous plaît ?

– Bien sûr, madame. C'est urgent?

Calmement Lucky déclara :

– Tout dépend de ce que vous appelez urgent.

– Il y a danger de mort?

– Presque.

Avant même que le gardien ait eu le temps d'arriver, Eddie sortit du bureau le nez en sang.

Lucky se dit : « Bon, j'avais raison. Dans un combat, c'est toujours le bagarreur de rue qui a le dessus. » Eddie était un peu trop faible aux entournures. Trop de nuits sans sommeil. Trop de cocaïne.

Mickey était dans une fureur noire.

– Espèce d'imbécile de connasse! Ne laissez jamais entrer qui que ce soit sans que j'en aie donné l'ordre! Mettez-vous en travers de la porte, qu'on vous piétine le corps, mais ne laissez entrer personne ici! Est-ce clair?

En s'efforçant d'ignorer l'insulte – personne d'encore vivant n'avait jamais traité Lucky Santangelo d' « imbécile de connasse » – elle répondit sèchement :

– Non!

– Quoi?

– Non! Ce n'est pas clair. Je ne permets à personne de me piétiner le corps et je ne prendrai sûrement pas de risque pour vous!

Il la regarda, stupéfait. Il n'en croyait pas ses oreilles. C'était une secrétaire qui lui répondait comme ça? Fou furieux, il sauta quasiment en l'air :

– Vous voulez vous faire virer?

Lucky haussa les épaules.

– C'est comme vous voulez. A vous de choisir.

Il n'arrivait pas à croire ce qu'il entendait. Jusqu'ici cette bonne femme était une secrétaire parfaite. Elle avait filtré ses coups de téléphone, organisé ses rendez-vous, fait son café, pressé ses jus de fruits. Elle lui aurait même pressé autre chose, s'il l'avait demandé. Et voilà qu'elle devenait insolente? Nom de dieu!

Il se précipita dans son bureau en claquant la porte. Quand est-ce qu'Olive allait revenir, bon sang!

Lucky s'offrit paresseusement un dernier déjeuner à la cantine, dans la peau de Luce.

Après quoi, elle se dirigea vers la table d'Harry Browning :

– Ça vous ennuierait que je me joigne à vous?

Il lui jeta un coup d'œil mécontent :

– Oui, ça me gêne.

– J'aimerais vous expliquer quelque chose.

Elle se sentait encore un peu coupable vis-à-vis d'Harry. Si elle avait su qu'il était alcoolique, elle ne lui aurait jamais donné à boire, cette fameuse nuit de la mousse au saumon. Elle s'assit :

– Harry...

– Pour vous, je suis monsieur Browning...

– Vous imaginez que je joue à un jeu bizarre, j'en suis sûre.

– Oh! mais je sais ce que vous faites! Tout le studio sait qui vous êtes!

Lucky leva un sourcil interrogateur :

– Et je suis qui?

– Vous êtes la taupe d'Abe Panther! Son espion. Il vous a envoyée ici pour coucher avec Mickey Stolli!

Elle éclata de rire :

– Hein?

– Vous avez raconté à Brenda, dans le bureau d'Eddie Kane, que vous couchiez avec Mickey Stolli! Maintenant, tout le studio est au courant!

Harry était furieux. Lucky presque choquée. La seule idée d'effleurer le corps de Mickey aurait choqué n'importe qui. Aigrement, elle répondit :

– Vous plaisantez, j'espère? C'est une blague que j'ai racontée à Brenda.

Harry tambourinait des doigts sur la table, il affirma tout aussi aigrement :

– Une mauvaise langue.

– Vous avez raison. Mais tout de même, qu'est-ce que ça veut dire : « tout le studio est au courant »?

– Brenda l'a raconté à tout le monde. A toutes les secrétaires, aux coursiers, aux assistants. Et eux l'ont raconté à tout le monde.

« Fantastique! Quelle réputation! Coucher avec Mickey Stolli. L'homme de mes rêves. » Lucky soupira.

– Tout le monde croit vraiment que je suis l'espion d'Abe?

– Non. Je suis le seul à le savoir. Je suppose que c'est pour cela que vous couchez avec Mickey Stolli. Monsieur Panther vous l'a demandé.

Elle commençait à s'énerver à présent.

– Ça suffit comme ça, Harry. Je ne couche pas avec Mickey. Tout sera très clair, dès lundi.

Il la regarda, d'un air suspicieux :
— Ah oui ?
— Oui.
Elle le salua d'un mouvement de tête et se leva.
— N'oubliez pas. Lundi matin. Il va s'en passer des choses ici.

Abigaile Stolli téléphona à 15 heures. La voix était contrariée, aiguë et impérieuse. Comme si tout le monde devait se mettre au garde-à-vous quand elle parlait. Elle demanda :
— Qui est à l'appareil ?
— Luce. Et vous, qui êtes-vous ?
Hautaine, Abigaile répondit :
— Madame Stolli. Vous êtes la nouvelle ?
— Je suis là depuis quelques semaines.
— Olive revient quand ?
Abigaile semblait estimer particulièrement pénible de parler à cette Luce.
— Bientôt.
— Est-ce que vous avez commandé notre voiture ?
— Quelle voiture, madame Stolli ?
— La limousine, pour la première de ce soir. Vous êtes sûrement au courant !
— J'ignorais que vous aviez besoin d'une voiture !
Abigaile explosa :
— Mon dieu ! Il faudrait que je m'occupe de tout moi-même ? Monsieur Stolli ne vous l'a pas dit ? Il nous faut une limousine des Studios. Et mon chauffeur habituel. La voiture doit être garnie de champagne Cristal et de Perrier. Et qu'elle soit chez moi à 18 heures 30 ! Pas vingt-cinq ou trente-cinq ! 18 heures 30. Arrangez ça.
Lucky se dit que, décidément, Abigaile et Mickey faisaient un couple parfait. Bourrés de charme, ces deux-là ! En parfaite secrétaire, elle assura :
— J'y veillerai, madame Stolli.
Toujours irritées, Abigaile demanda :
— Où est mon mari ?
Pendant un moment, Lucky fut bien tentée de répondre : « Essayez donc l'appartement de Warner... Vous savez bien... ce flic noir, ce flic des mœurs qu'il va baiser deux fois par semaine, depuis Dieu sait quand... »
Au lieu de cela, toujours parfaite secrétaire, elle répondit :

– Je n'en ai aucune idée, madame Stolli. Mais je lui laisserai un message disant que vous avez téléphoné.

Abigaile aboya, avant de raccrocher :

– C'est ça !

Lucky appela le régisseur.

– Marty... Madame Stolli a besoin d'une voiture pour ce soir. Mais pas de sa limousine habituelle. Elle a demandé une petite berline, d'accord ? Vous l'envoyez chez elle à 18 heures 45 précises. Merci.

Pendant qu'elle était encore en sécurité, seule dans son bureau, et sans Mickey, elle appela Boogie.

– Tu as réglé l'avion pour ce soir ?

– Tout à fait.

– Tu sais où est Lennie ?

– Oui.

– Qu'est-ce que je ferais sans toi, Boogie ?

– Vous seriez dans de beaux draps.

Elle sourit, car il avait sûrement raison.

42

Warner demanda soudain à Mickey :

— Est-ce que tu vois d'autres femmes ?

Il la regarda, surpris :

— A quoi ça ressemble, ce genre de question stupide ? Pourquoi je verrais d'autres femmes ?

— Je posais simplement la question. Je peux, n'est-ce pas ?

Mickey n'aimait pas le ton de sa voix :

— Tu peux tout ce que tu veux, mais c'est une question vraiment stupide !

Warner l'observa attentivement. Toute la journée, il s'était montré de mauvaise humeur. D'habitude, elle respectait son humeur et marchait même sur la pointe des pieds, mais ce jour-là, on lui avait rapporté certains ragots ennuyeux, qui la préoccupaient. Certains flics des mœurs avaient récolté des informations sur un bordel de Hollywood Hills. Une maison close de grand standing, dirigée par une certaine Madame Loretta. Warner avait entendu dire au vestiaire de son unité que beaucoup de gens importants du cinéma fréquentaient cet endroit. Et l'un des noms mentionnés parmi d'autres était celui de Mickey Stolli.

Mickey abandonna le lit de Warner. Leur rapport s'était mal passé, cette fois, et il valait mieux s'en aller. Il dit encore :

— Ça m'emmerde que tu poses des questions comme ça, vraiment... Pour ce genre d'interrogatoire, je serais aussi bien chez moi, avec ma femme. Pas besoin de venir ici.

Warner eut l'impression qu'un sentiment de culpabilité

le mettait en colère. Elle serra les dents, se tut et préféra s'occuper dans la cuisine minuscule à remplir la bouilloire.

Elle lui cria de loin :

— Qu'est-ce que tu dirais d'une tasse de café, salopard ?

En fait, s'il s'amusait réellement avec d'autres femmes, et en particulier des prostituées, elle ne le supportait pas. Elle en serait incapable.

Il la rejoignit dans la cuisine en maugréant :

— Qu'est-ce que tu cherches ? A me tuer ? Avec toute cette caféine, il faut que je surveille ma santé.

Elle ravala une réponse amère. « Il surveillait sa santé quand ça lui convenait. Il se moquait de qui ? »

Un peu durement, elle demanda :

— Tu n'as pas oublié mes billets pour ce soir ?

L'air coupable, Mickey bafouilla :

— Hein ? Quoi ?

— Tu m'avais promis quatre billets pour la première de *Motherfaker*, tu ne te rappelles plus ?

Elle sortit de la cuisine et il la suivit en marmonnant dans son dos :

— Oh ! Merde !

Il avait oublié. Et elle lui avait demandé cela depuis des mois. Johnny Romano était l'une de ses vedettes préférées en plus. Merde !... Il lui avait ramené une photo dédicacée de Johnny, c'était pas suffisant ? Voilà qu'elle réclamait des billets pour cette fichue première, en plus !

Il prit le téléphone, et en attendant que cette imbécile de secrétaire réponde, il se dit que la première chose à faire lundi matin, était de la virer, celle-là. Il prendrait Brenda, la jolie noire, du bureau d'Eddie Kane. Au moins, il aurait quelque chose d'agréable à regarder.

— Luce ?

— Oui. Monsieur Stolli ?

— Trouvez-moi quatre billets supplémentaires pour la première de ce soir. Inutile qu'ils soient bien placés. Et je les veux... euh... merde ! Envoyez-les... Heu...

Il posa sa main sur l'appareil :

— Warner, je ne peux pas leur donner ton adresse. Où est-ce que je fais envoyer les billets ?

Elle répondit, agressive :

— Et pourquoi tu ne peux pas leur donner mon adresse ?

Elle commençait vraiment à l'exaspérer.

— Parce que c'est pas très malin.

– J'irai les chercher. Je passerai dans la journée.

L'image de Warner se présentant dans ses bureaux pour y prendre les billets était une vision insoutenable. Il dit très vite :

– Il vaudrait mieux les laisser au guichet, à ton nom.

– Si tu préfères.

Mickey grommela dans le téléphone :

– Laisse-les au guichet, au nom de Franklin.

Il raccrocha, mécontent :

– Tu emmènes qui ?

– Ne te fais pas de bile, Mickey. Je ne m'approcherai ni de toi, ni de ta femme.

Il n'aima pas du tout la manière dont elle avait dit ça. Ni la manière dont leur relation évoluait. Il avait cru Warner différente des autres et qu'elle n'exigerait jamais rien. Mais les femmes étaient toutes pareilles, au fond. Elles finissaient toujours par se plaindre de quelque chose, et à réclamer plus qu'un homme normal ne peut leur donner.

Il prit ses vêtements :

– D'accord, d'accord. Il faut que je m'habille, et que je m'en aille.

La scène avec Eddie l'avait perturbé. Il détestait encore plus les scènes que les bagarres. Dieu seul savait ce qu'il allait inventer maintenant. Ce type n'avait pas du tout un caractère équilibré. Et si Leslie n'était pas aussi bêtement stupide, il y a longtemps qu'elle aurait dû le faire désintoxiquer.

En retournant en voiture aux Studios, Mickey était encore plus contrarié, et mécontent. Tout à coup, il décida de faire un détour chez Madame Loretta. Ford Werne était dans le vrai, finalement. Payer pour « ça » et n'avoir aucun ennui. Il n'y avait qu'à payer pour « ça » et on était libre de vivre à sa guise.

Madame Loretta lui fit un accueil chaleureux. Pas de tracasseries, pas de billets de faveurs. Aucune question. Exactement comme s'il s'adressait à un boucher de super-marché pour avoir les meilleurs morceaux, Mickey demanda :

– Qu'est-ce que vous avez de bien aujourd'hui ?

Madame Loretta proposa d'une voix apaisante :

– Une belle Orientale. Très jolie. Très douce. Très experte. Vous aimerez.

– Oui. Ça me va.

Tout ce qu'il voulait, c'est qu'on le dorlote.

Eddie appela Kathleen Lee Paul, depuis son téléphone de voiture :

– Je suis désolé, j'ai oublié.

– Tout va bien, votre femme m'a donné l'argent.

Eddie prit un choc :

– Elle a fait ça ?

– Vous l'aviez laissé pour moi, non ?

– Ouais... ouais... bien sûr. J'ai dû filer aux Studios. Un imprévu.

Kathleen soupira :

– Un de ces jours, il faudra faire un grand nettoyage dans votre vie, Eddie.

– Pas grâce à vous, en tout cas.

– Qu'est-ce que vous voulez dire par là ?

– C'est vous qui m'avez présenté Carlos Bonnatti. J'ai de sérieux problèmes en ce moment.

– Quel genre de problèmes ?

– Me faites pas croire que vous n'êtes pas au courant. Tout le monde le sait en ville.

La voix de Kathleen eut une résonance métallique :

– Qu'est-ce que vous avez fait ? Vous lui avez volé quelque chose ?

– J'ai fait ma vie, c'est tout. Ma vie. Qu'est-ce qu'il y a ? C'est un crime ? Les Studios vont payer.

– Eddie... Eddie... Décidément, vous n'aurez jamais de plomb dans la cervelle. On ne baise pas un type comme Carlos ! Ou on est mort !

Merde alors. Eddie Kane n'avait pas du tout l'intention de mourir. La seule solution était peut-être de quitter la ville. Il avait pensé fuir à Hawaii il y avait vécu de bons moments autrefois. Un flot de drogues à bon marché, et des filles merveilleuses.

Minute. Et Leslie ? Il oubliait Leslie ? Que faire d'elle ?

Merde ! Comment s'était-il laissé embarquer dans cette salade ? Pourquoi avait-il laissé se dégrader sa petite vie tranquille ?

Abigaile fut prise au dépourvu par l'appel de sa sœur. Depuis Londres, Primrose braillait au téléphone :

– Mais qu'est-ce qui se passe ?

Abigaile tremblait d'exaspération. Primrose avait encore réussi à ce que ce soit sa faute. N'importe quoi, le moindre détail de l'existence, était toujours la faute d'Abigaile.

Avec Primrose, on ne pouvait pas dire simplement : « Comment ça va ? » ou « Les enfants vont bien ? » Non. Elle lui sautait dessus comme si Abigaile lui devait une explication.

– J'ignore complètement de quoi tu parles.

Impatiemment, Primrose cria :

– Le télégramme !

– Mais quel télégramme ?

– Oh, pour l'amour du ciel ! Ne va pas me dire que tu n'en sais rien ! Ben est furieux.

Abigaile répondit lentement, et en articulant, pour être sûr que sa sœur comprenne chaque mot l'un après l'autre.

– Primrose... Je n'ai absolument pas la moindre idée de ton problème !

– Ben et moi, on a reçu un télégramme de grand-père, aujourd'hui !

Le ton était accusateur, comme si Abigaile se devait d'être au courant. Or elle était complètement surprise :

– Ah bon ? Et qui disait quoi ?

– Qui disait qu'il voulait nous voir aux Studios lundi matin, pour une réunion urgente.

Abigaile fronça les sourcils en réfléchissant. « Ce télégramme avait-il quelque chose à voir avec sa visite au vieil Abe ? Était-il sur le point de les informer personnellement que Mickey essayait de vendre les Studios sans son consentement ? » Abigaile soupira :

– Je ne sais vraiment pas de quoi il s'agit.

– C'est bien dommage, c'est tout ce que j'ai à dire. Tu réalises qu'on doit prendre l'avion demain matin ? J'ai à peine le temps de m'organiser pour les enfants. C'est tout simplement impoli !

– Tu veux que je te rappelle ? Je vais téléphoner à Mickey. Il sait peut-être quelque chose.

Primrose répondit sèchement :

– Parfait !

Abigaile raccrocha. Le plus simple était de joindre immédiatement son grand-père. Seulement, elle ne s'en sentait pas le courage. Comme d'habitude, Abe lui répondrait quelque chose de désagréable, voire d'insultant, du genre : « T'occupe fillette, ça ne te regarde pas. »

Alors, elle rappela Mickey et retomba évidemment sur la nouvelle secrétaire.

– Il est rentré ?

– Non, madame Stolli.

— Vous êtes certaine de ne pas savoir où il est ? C'est très urgent !

« Là, je ne résiste pas », se dit Lucky :

— Eh bien... J'ai en effet un numéro que vous pourriez essayer...

Abigaile répliqua, péremptoire, sur un ton qui ne supportait aucune discussion :

— Donnez-le-moi !

— Un moment, s'il vous plaît.

Lucky alla feuilleter le répertoire dans le bureau de Mickey et nota le numéro de Warner.

« Santangelo... Tu es une vraie salope, se dit-elle. Et après ? Ce type m'a traitée de connasse. Ce sera sa punition. »

Elle retourna à l'appareil et donna à Abigaile le numéro de Warner Franklin.

Abigaile s'attendait à tomber sur un bureau quelconque. Elle demanda aussi impérieusement que d'habitude.

— Monsieur Stolli est là ?

Et Warner répondit :

— Qui est à l'appareil ?

— Sa femme !

— C'est vous qui m'appelez ?

— Je vous demande pardon ?

— Est-ce que c'est bien moi que vous appelez ?

Abigaile vivait décidément une journée confuse. En colère, elle répondit :

— Mais non ! Ce n'est pas vous que j'appelle ! Vous êtes la secrétaire de qui ?

— Je ne suis la secrétaire de personne. Je suis Warner Franklin.

Elle se nommait comme si Abigaile était censée savoir qui elle était.

Immédiatement, Abigaile renifla le danger.

— Vous êtes actrice ?

— Ah non ! pas actrice. Je suis flic.

— Un flic ?

— C'est ça.

Là, Abigaile se sentit confuse. Elle avait dû se tromper. Mais Warner prit son élan. Il était temps que la femme de Mickey apprenne son existence :

— Et je suis aussi la maîtresse de votre mari.

43

Le vendredi après-midi, après les Studios, Vénus rentra chez elle de bonne heure. Une grande enveloppe l'attendait. Elle contenait des actions d'IBM d'une valeur de 20 000 dollars à son nom. Il y avait également une carte « Tiffany », signée de Martin. Il avait écrit son nom en haut, à la main et une phrase :

Pour que tu ne dises jamais que je ne paye pas mes paris.

Vénus Maria eut un sourire. Certes, Martin pouvait s'offrir ce genre de luxe. Mais c'était tout de même agréable qu'il s'en soit souvenu. Une manière astucieuse, aussi, de régler son pari sans sortir d'argent liquide.

Comment allait-elle répondre ? Il fallait trouver quelque chose d'original. Ron avait toujours de bonnes idées, elle l'appela.

Naturellement, il était sorti. Avec la poupée Ken. Ils devaient faire des achats chez Fred Segal, à Melrose. Ils ne rentreraient sûrement pas avant deux heures. Ron devait encore chercher des cadeaux pour son amant. Il ne pensait qu'à dépenser de l'argent pour lui.

Elle réfléchit. Qui appeler d'autre ? Malheureusement, elle n'avait aucune amie intime. C'était difficile dans sa situation. Elle était riche, jeune et célèbre. Elle avait tout ce que les autres femmes désiraient. Le facteur jalousie était trop important pour qu'une amitié féminine lui résiste.

Bien sûr, il y avait les femmes des patrons. Mais elle ne se voyait pas copiner avec Abigaile Stolli, ou d'autres du même genre. Elles ne s'intéressaient qu'aux sempiternelles ventes de charité, aux robes de haute couture, aux déjeuners interminables consacrés à dire du mal de toute la ville.

Ce serait agréable, pourtant, d'avoir une amie intime à qui se confier. Durant son enfance à Brooklyn, elle avait toujours été différente des autres filles. Pendant qu'elles traînaient au drugstore du coin, au cinéma ou aux concerts de rock, flirtaient avec les garçons en sirotant des sodas, Vénus courait de l'école à la maison pour s'occuper du ménage et des corvées. Il fallait prendre soin de son père et des quatre frères. C'était extrêmement contraignant. Elle avait souvent l'impression d'être une cendrillon moderne. Aucun des hommes de la famille n'appréciait son dévouement. Ils le considéraient comme une chose acquise. Normale.

Alors elle s'était rapprochée de Ron, le voisin. « Le pédé d'à côté », pensa-t-elle soudain, avec un petit rire nerveux. Ils s'étaient tout de suite entendus. Deux âmes similaires s'étaient rencontrées, reconnues, dans le dédale de Brooklyn.

Ron l'avait encouragée à partir. Il l'emmenait en virée, à Time Square, à Broadway où ils aimaient bien flâner. Ils parlaient tous deux le même langage, rêvaient de la même chose, le show-biz. Et ils savaient exactement ce qu'ils voulaient, tous les deux, bien décidés à l'obtenir, contre vents et marées. La gloire, la célébrité. Pour cela, il fallait quitter Brooklyn, et être prêts à travailler dur. Vénus Maria avait toujours aimé danser, chanter et jouer la comédie. C'était un plaisir, une distraction très importante. Elle se dépensait énormément pour réussir ce qu'elle entreprenait et y réussissait en général.

Quant à Ron, il aimait aussi la danse, la réalisation de chorégraphies fantastiques. L'acharnement, le travail, la ténacité leur avaient finalement rapporté la récompense méritée.

Le père et les trois autres frères de Vénus Maria vivaient encore à Brooklyn, au même endroit. Elle avait offert de leur acheter une autre maison, plus belle. Mais ils avaient refusé sa proposition, tout en suggérant qu'ils ne refuseraient pas une nouvelle voiture pour le père, et un peu d'argent liquide pour les frères. Deux d'entre eux étaient mariés. Vénus se doutait du travail de leurs femmes. Elles devaient certainement tout faire.

Elle avait donc acheté une Chevrolet flambant neuve pour son père, et distribué 10 000 dollars à chacun de ses frères. Personne ne s'était soucié de la remercier. Charmante famille! Surtout Emilio. Celui-là l'avait poursuivie jusqu'à Hollywood, il s'était installé chez elle et s'était permis de fulminer lorsqu'elle lui avait demandé de partir. Mais depuis, elle n'avait plus entendu parler de lui. Pas même un merci pour le loyer. Pas le plus petit mot du genre : « C'est gentil de payer pour moi, c'est gentil de m'offrir une voiture. » Rien.

D'accord, elle était riche. Mais elle avait travaillé dur pour en arriver là. On ne lui avait jamais donné rien pour rien. Personne.

Vénus Maria prit l'enveloppe avec les actions et la rangea dans sa chambre. Une pièce claire, spacieuse, surplombant l'indispensable piscine hollywoodienne. D'un côté, elle avait installé sa salle de bains, de l'autre une salle de gymnastique, aux murs recouverts de miroirs.

Sur un mur, un poster géant, tiré d'un portrait d'elle, par Helmut Newton. La photo était remarquable. On la voyait assise sur un tabouret, en justaucorps de couleur chair. Les jambes en arrière, le corps arqué, la tête de profil et rejetée en arrière. Cette pose lui donnait l'air sensuel et innocent à la fois. Impudique et lointaine. C'était sa photo préférée. Elle datait d'avant sa rencontre avec Martin.

Amèrement, elle réalisa que sa vie était partagée en deux. Il y avait l'avant et l'après Martin. Elle aurait peut-être mieux fait de s'arrêter avant. Pourquoi se laisser obséder par un homme ?

Elle actionna un bouton dissimulé et la photographie glissa sur le mur, révélant la présence d'un coffre de taille moyenne. Elle manipula la poignée, composa le chiffre et il s'ouvrit. Elle gardait là son passeport, des actions de bourse, des lettres d'anciens amants, et une photographie d'elle avec Martin que Cooper avait prise un soir chez elle. C'était la seule photo qu'elle possédait de leur couple, et elle l'adorait. Ils étaient assis tous les deux sur un canapé du salon. Martin avait un bras autour de ses épaules, et elle le regardait tendrement. C'était une photo très intime, et n'importe qui, en la voyant, saurait qu'ils étaient amants. C'est pourquoi elle ne l'avait pas encadrée et exposée. C'était trop risqué. Une manière de crier au monde entier : « Regardez, c'est lui mon amant. » Elle ne voulait pas être la première à révéler leur relation. Il appartenait à Martin, et à lui seul, de prendre une décision.

Johnny Romano avait laissé un message sur le répondeur, en chanson : « Hé, chérie! Tu avais promis de me appeler. C'est Johnny. Tu devais me confirmer que tu m'accompagnais à ma première de ce soir... »

Curieuse mélodie plaintive venant d'une superstar comme lui. Bien sûr, Johnny aurait aimé qu'elle arrive à son bras. Pour faire saliver la presse et les médias sur ses prétendues relations avec Vénus Maria. Johnny Romano et Vénus Maria enfin réunis! Quelle photo! Quel article! Sans oublier une publicité sensationnelle pour son film.

On disait, aux Studios, que ce film était une véritable bombe. Mais on était à Hollywood, un pays de dingues. Le film ferait une fortune de toute façon. Même si Johnny Romano se mettait à pisser sur Rodeo Drive, il ferait de l'argent!

Curieux tout de même qu'il l'appelle. Elle n'avait pas dit une seule fois qu'elle envisageait de l'accompagner. Il prenait ses désirs pour des réalités. Ce type ne supportait pas d'être repoussé. Il l'appelait régulièrement et régulièrement, elle disait non. Pourquoi s'obstinait-il? Il avait toutes les filles qu'il voulait. Or, il s'entêtait à la vouloir, elle.

Elle rangea les actions IBM et referma le coffre. Puis, se sentant quand même vaguement coupable vis-à-vis de son frère, et sans savoir pourquoi, elle décrocha le téléphone pour appeler Emilio.

Il avait évolué depuis son départ, et s'était offert un répondeur. Le message disait : « Emilio Sierra est absent. Mais Emilio Sierra aimerait savoir qui l'appelle. Alors, rappelez et je rappellerai. N'oubliez pas, laissez votre numéro maintenant. »

Vénus Maria attendit le bip sonore et dit d'une voix gênée :

— Emilio, c'est Vénus. Je voulais simplement savoir si tu étais bien installé.

Elle se devait d'appeler par devoir fraternel. Maintenant c'était fait. Non qu'elle lui doive quelque chose, mais tout de même...

Tant qu'elle y était, elle appela aussi son père à New York. Il refusait d'admettre son succès. Il était heureux d'accepter le chèque mensuel qu'elle envoyait régulièrement, mais n'avait jamais un mot d'encouragement ou de félicitation. Et malgré elle, elle recherchait toujours la reconnaissance paternelle. Bien que ce soit une bataille perdue d'avance.

Elle était sûre qu'il était à la maison, assis devant la télévision, l'estomac déjà plein de bière, avec une énorme pizza, deux sacs de chips salées, et une canette de Heineken.

– Salut papa, c'est Vénus.

– Virginia ?

Il refusait d'utiliser son nom professionnel.

– Ouais ! Comment tu vas, papa ? Je venais aux nouvelles, sans plus.

La voix bourrue du père répondit :

– J'ai pas à me plaindre. Pourquoi tu appelles ?

Pourquoi elle appelait ? Il avait son numéro, mais il ne l'avait jamais utilisé, sauf une fois, pour se plaindre d'un film vidéo. Il avait râlé : « Tu ressembles à une petite putain bon marché. Tu penses à ce qu'ils disent au boulot ? Y'a des mecs qui n'arrêtent pas de se foutre de moi ! »

C'était au début. Mais lorsque l'argent se mit à arriver, les moqueries, au boulot, n'eurent plus la même importance tout à coup.

Se sentant rejetée comme d'habitude, elle dit humblement :

– J'appelle pour savoir si tout le monde va bien. Rien d'important ?

– On va bien, dit-il d'un ton rude. On aimerait bien un peu plus d'argent.

Ce n'était pas nouveau. Elle soupira :

– Je vais en parler à mon homme d'affaires.

C'était là l'essentiel, toujours, de leur conversation.

Si jamais Martin Swanson quittait Deena pour l'épouser, le mariage provoquerait une émeute. Elle imaginait son père et ses frères mêlés à la haute société de New York et à la crème d'Hollywood...

Dieu qu'elle avait faim ! C'est parfois terrible la célébrité. Si elle n'était pas si connue, elle aurait sauté dans sa jeep pour se précipiter chez Fred Segal, rejoindre Ron et la poupée Ken, pour s'empiffrer, au restaurant, de sandwiches délicieux. Mais, Dieu lui pardonne, elle n'était pas au mieux de sa forme. Pas maquillée, pas coiffée. Les gens diraient : « Regardez... C'est Vénus Maria ! Elle est moins bien que dans ses films ! » Et il y aurait les autres, les amateurs d'autographes. Elle s'efforçait toujours d'être polie avec eux, mais cela tournait au cauchemar. Elle vivait aussi dans la terreur qu'un maniaque, sortant de nulle part, lui tombe dessus avec un poignard, en criant « Putain ».

Seuls les gens célèbres pouvaient comprendre des terreurs semblables. Cooper, par exemple, Cooper comprenait tout. En fait, il était le seul à qui elle pouvait parler vraiment.

Strut s'achevait. Elle avait fini toutes les scènes qui la concernaient. C'était drôle : tant qu'ils étaient dans le feu de l'action, Cooper et elle, ils se disputaient tout le temps. A présent, elle découvrait qu'il lui manquait. La fin d'un tournage est toujours difficile. Pendant le film, chacun représente un membre d'une grande famille, tout le monde travaille dans le même but. Lorsque tout est fini, que tout le monde se sépare, que cette famille, sur laquelle chacun comptait, disparaît, c'est un déchirement.

Elle décida d'appeler Cooper.

Il était aux Studios, dans son bureau, et répondit chaleureusement :

— Alors, quoi de neuf ?

— Je me demandais si tu allais à la première ce soir.

Il rit.

— Tu es folle ! Je n'irais pas voir *Motherfaker*, même si on me payait. Même pour des tonnes de dollars.

— Alors, pourquoi on n'irait pas manger un morceau ?

La proposition parut l'amuser :

— Ça te dirait *Spago* ?

— Si ça te convient.

— Je te préviens, ça signifie qu'on aura droit à une photo ensemble. Martin dira quelque chose ?

Sur la défensive, elle répondit :

— Je ne lui raconte pas tout ce que je fais.

— Content de l'entendre. Alors, on dîne chez *Spago* et on s'amuse.

Elle était contente, tout en espérant qu'il ne se fasse pas de fausses idées :

— Cooper, j'ai besoin de parler à quelqu'un. Je ne t'appelle pas pour que tu me sautes dessus.

Indigné, Cooper demanda :

— Je t'ai déjà sauté dessus ?

— Tu sais...

Il la coupa fermement :

— Ne t'en fais pas, chérie. On va se faire un petit dîner au calme. On parlera. Je te ramènerai chez toi. Je te laisserai à ta porte, je rentrerai chez moi, et je me ferai ça tout seul. Ça te va ?

Elle ne put s'empêcher de rire.

– Le jour où tu seras obligé de faire ça, ce sera un drôle de jour, sûrement!

– Pas sûr. Avec le sida qui traîne à tous les coins de rue, tout ça ne m'intéresse plus tellement.

Elle n'en croyait pas un mot :

– Cooper, s'il te plaît... c'est à moi que tu parles!

Il eut un rire triste :

– Ouais. Je sais. Tu ne me crois pas, hein?

– Non.

– A quelle heure je passe te prendre?

– 20 heures.

– J'y serai.

Elle raccrocha, tout à fait contente. Une soirée avec Cooper. Et Cooper était un ami. Également l'ami de Martin, ce qui voulait dire qu'elle était libre de parler de Martin toute la soirée si elle voulait.

C'était exactement ce qu'elle allait faire, bien entendu.

44

Eddie se frotta le nez du dos de la main. Il était couvert de sang séché. Se faire corriger par Mickey Stolli était une humiliation de trop. Il était allé le voir en espérant que les choses s'arrangeraient, sûrement pas pour se faire taper dessus. Ce Mickey Stolli était un fils de pute!

La Maserati le ramena chez lui en un temps record. Il fit irruption dans la maison, surexcité, prêt à tout casser. Leslie l'attendait. Avec la sollicitude de la bonne épouse qu'elle était.

– Je me faisais du souci pour toi.

Il la traitait bien mal, il le savait, mais ne pouvait pas s'en empêcher. Ses premiers mots furent pour la drogue :

– Où est ma livraison?

Alors Leslie eut le courage de lui faire face, de le regarder en tremblant, de ses grands yeux sincères :

– J'ai payé la femme qui est venue. J'ai payé ta dette.

– D'accord, d'accord. Où est la marchandise?

Il n'était pas d'humeur à discuter. Il avait besoin, rapidement, de se défoncer. Elle lui fit face à nouveau, elle, la tendre épouse. Et annonça tranquillement :

– J'ai tout jeté, Eddie. On commence une nouvelle vie.

Abigaile ne cessait de se poser des questions, en allant chez Warner Franklin. En atteignant la rue, elle fit deux fois le tour du bloc de maisons, sans trouver à se garer. Elle avait tellement pris l'habitude de faire garer sa voiture par un chauffeur, depuis des années, qu'elle n'arrivait plus à se débrouiller seule. Elle abandonna finalement la Mercedes sur un endroit interdit, marcha jusqu'à l'immeuble et appuya sur la sonnette marquée FRANKLIN. Une voix désincarnée lui ordonna de monter au troisième étage.

Le cœur battant, Abigaile prit l'ascenseur. Que faisait-elle là ? C'était de la folie pure !

Au premier coup d'œil qu'elle jeta sur Warner, son cœur cessa de battre presque instantanément. Alors c'était ça, la petite amie de Mickey ? C'était ça, la femme avec laquelle il avait une liaison ? Une Noire ? Une géante de deux mètres ?

Son cœur était mis à rude épreuve, les palpitations s'accéléraient. C'était une mauvaise plaisanterie ?

Warner voyait la femme de Mickey pour la première fois.

– Entrez...

Abigaile était persuadée d'avoir commis une grossière erreur, une folie. On allait sûrement la kidnapper, l'enfermer dans le coffre d'une Ford, l'emmener en un endroit isolé. Là, on appellerait Mickey, pour la rançon, et il refuserait de payer. On allait la violer, la tuer et la balancer de l'autre côté de Mulholland. Elle recula :

– J'ai dû me tromper. C'est une erreur.

Warner se mit à tourner autour d'elle :

– Quelle erreur ?

– Vous et mon mari ! C'est impossible !

– Oh si, chérie ! C'est tout à fait possible.

Abigaile fit encore deux pas en arrière.

– Non.

– Faites-moi confiance.

Mais Abigaile ne faisait jamais confiance à quelqu'un qui lui disait justement : « Faites-moi confiance. » Elle fit rapidement demi-tour en direction de l'ascenseur, appuya fébrilement sur le bouton d'appel, en priant pour qu'il arrive avant qu'on l'attaque. Warner cria derrière elle :

– Il faut qu'on parle !

– Non !...

Abigaile avait du mal à contrôler une véritable crise d'hystérie.

– Non ! Il ne faut pas !

Elle entra enfin dans l'ascenseur, appuya sur le bouton comme une folle. Quand Mickey apprendrait cela, il serait furieux. Il aurait pu lui arriver n'importe quoi ! En regagnant la Mercedes, et la sécurité, elle s'effondra de faiblesse sur le volant. Mon Dieu ! Au moins elle était saine et sauve. De justesse.

Elle reprit son souffle un moment et se souvint tout à coup qu'elle avait rendez-vous à l'institut de beauté. La première de *Motherfaker* était pour ce soir, suivie d'un grand dîner de charité.

Dans sa panique, elle avait aussi oublié de rappeler Primrose. Oublié qu'Abe avait convoqué sa sœur et son beau-frère à une assemblée urgente, le lundi matin. Elle fila droit chez Ivana et se réfugia entre les mains douces et tendres de Saxon.

Saxon rejeta sa crinière de cheveux blonds en arrière, en prenant les poses, comme d'habitude, à l'aise dans un pantalon blanc, d'une étroitesse pourtant provocante. Il se permit un commentaire :

— Vous avez l'air un peu pâle, madame Stolli.

— Je viens de vivre une sale expérience.

Il se regarda dans le miroir, passa sa silhouette en revue :

— Ah oui ?

— Très mauvaise.

Nonchalamment, il conseilla :

— Vous devriez faire attention à vous, madame Stolli.

— Je sais.

Elle semblait contrariée. Il demanda simplement :

— Vous voulez que je prévienne votre mari ?

C'était la dernière chose à faire.

— Non... Non... Ça ira...

Il recula, plissa les yeux et observa Abigaile dans le miroir :

— Alors... A quoi voudrions-nous ressembler ce soir ?

— Ça m'est égal.

Saxon se mit au travail.

Mickey revint aux Studios, requinqué par cette parenthèse de détente avec une putain chinoise. Lucky n'attendit pas pour lui annoncer les bonnes nouvelles :

— Monsieur Panther a appelé, au sujet d'une réunion, lundi matin à 10 heures. Il sera là personnellement, et il a demandé que vous soyez présent, ainsi que madame Stolli. Il a également contacté votre beau-frère, Ben Harrison, et sa femme. Ils prendront l'avion depuis Londres. Oh ! Il y a également une certaine Miss Franklin qui attend que vous la rappeliez. Elle a déjà appelé deux fois. Elle dit que c'est très urgent.

Mickey regarda sa secrétaire. Cette Luce. Cette femme

timide. Cette vieille sorcière. Il grogna avant de claquer l
porte de son bureau.

– Merde!

Décidément, ce n'était pas une bonne journée pou
Mickey Stolli.

45

Le troupeau des photographes en attente devant *Spago* se mit en transe à l'arrivée de Cooper Turner et de Vénus Maria. Ils n'attendaient que ce genre d'événement. Le couple magique. La photo qui se vendrait des milliers de dollars.

Vénus et Cooper refusèrent de poser. Ils ne rebroussèrent pas chemin pour autant. En se tenant la main, ils franchirent la petite rampe jusqu'à l'entrée du restaurant, donnant ainsi la possiblité aux photographes de réaliser d'excellents clichés.

Bernard les accueillit, à l'entrée, d'une poignée de main amicale et Jannis les conduisit à une table près de la fenêtre.

Vénus commanda aussitôt un Margarita glacé et la fameuse pizza au saumon fumé et au fromage à la crème, du célèbre Wolfang. Cooper la regardait faire, amusé.

— Je croyais que tu étais du genre courageux. Tu sais, le genre de femme qui n'avale rien de ce qui fait grossir...

Insouciante, elle répondit :

— Ce soir, je fais ce qui me fait plaisir et rien d'autre.

Il approuva d'un air complaisant :

— Et ça veut dire aussi qu'on va coucher ensemble ?

Elle éclata de rire :

— Cooper ! Tu es le meilleur ami de Martin. Conduis-toi comme tel. De toute façon, tu as promis.

— Tu sais bien que je plaisante.

Il fit signe de la main à Ida et Zeppo White, en train de dîner en compagnie de Susie Rush et de son mari. Vénus sourit :

— Je sais.

Cooper avait quarante-cinq ans, même âge que Martin,

mais elle aimait son air juvénile. Il avait beau être le célèbre
Cooper Turner, pour elle il était avant tout un ami, un vrai.
   L'air de rien, elle demanda :
   — Tu connais bien la femme de Martin ?
   — Deena ? Je la connais depuis aussi longtemps que Martin. On s'est rencontrés avant leur mariage.
   — Comment est-elle ?
   — C'est une femme intéressante.
   — Dans quel sens ?
   — C'est un vrai mec.
   — Comme moi ?
   — Personne n'est comme toi.
   Vénus Maria attaqua la pizza. Tout en la dévorant avec
appétit, elle insista :
   — Elle est au courant, pour moi ?
   — Tu sais, Martin n'est pas un modèle de fidélité. Je te l'ai
déjà dit. Un tas de jolies femmes est passé dans sa vie. Je suis
sûr que Deena le sait. Mais elle préfère l'ignorer.
   Véhémente, Vénus Maria affirma :
   — Je ne représente pas simplement une femme de plus !
   — Je sais.
   — Tu es sûr que tu le sais ? Tu lui en as parlé ?
   Elle le pressait de répondre en dégustant sa Margarita.
   — Non. Mais tu ne pourrais pas être simplement « une
femme de plus » dans la vie de personne. Tu es unique,
gamine.
   Cooper la réconfortait. Elle se sentait bien.
   — C'est ce que tu penses ?
   — C'est ce que je constate.
   Il prit son verre et le leva en son honneur :
   — Tu es incomparable !
   — Merci, Cooper. Venant de toi, j'apprécie.
   Le serveur les interrompit pour présenter la liste des spécialités de la maison. Vénus commanda du canard en sauce à
la prune, Cooper du rôti de bœuf en tranches fines.
   Une fois le menu commandé, il dit :
   — A propos, je voulais t'en parler...
   Anxieusement, elle l'encouragea :
   — De quoi ?
   — Je suis bien obligé de l'admettre. Tu représentes réellement quelque chose pour la presse. J'ai essayé de minimiser
ton succès, je l'avoue. Pourtant, quoi que tu fasses, ça
marche. Tu as le truc, gamine. J'ignore lequel, mais tu l'as.
   Venant de lui, ces compliments étaient appréciables.

– C'est parce que je suis dans les mains d'un bon réalisateur, toi!

– Tu sais t'y prendre pour flatter un mec, hein?

Elle répondit provocante:

– Je sais m'y prendre pour un tas de choses.

Il approuva, l'air de savoir.

– Oui...

Elle se pencha au-dessus de la table, une expression d'intense réflexion sur le visage:

– Cooper...

– Quoi?

– Tu crois que Martin quittera Deena un jour?

Il la regarda d'un air railleur:

– On en revient encore à ça?

– Désolée.

Il soupira.

– Tu veux qu'il le fasse?

Elle n'en était pas très sûre.

– Parfois, je pense que c'est la chose au monde que je désire le plus. Parfois, je ne sais plus.

– Tu ferais mieux de te décider, son attitude dépendra de la tienne.

Il ne faisait que lui dire ce qu'elle savait déjà.

– Tu dois avoir raison.

– Mais je vais te confier quelque chose. S'il décide, effectivement, de se séparer de Deena, ce ne sera pas facile. C'est une sacrée bonne femme.

Vénus Maria redressa le torse:

– Moi aussi!

– Chérie, à côté de Deena, tu es un ange.

A l'autre bout de la ville, Emilio mettait la touche finale à l'histoire qu'il avait enregistrée dans le petit bureau de Dennis Walla. Il avait dégoisé tout ce qui lui passait par la tête. Tout, depuis la couleur des slips de sa sœur, jusqu'à la tête qu'elle avait en se levant le matin.

Dennis était content de tenir une bonne histoire, mais il en voulait encore plus:

– Et la photo, tu nous la montres quand? On a besoin d'une copie.

– Je vais l'avoir.

– Je croyais que tu l'avais déjà.

– Bien sûr que je l'ai. Elle est en sécurité quelque part.

Emilio s'affala sur la chaise, content de lui:

– Tu ne crois tout de même pas que je me balade avec une photo de cette valeur sur moi ? On pourrait fouiller mon appartement. N'importe qui pourrait s'en emparer. En plus, on ne s'est pas mis d'accord sur le prix.

Dennis avala une bonne rasade de bière :

– Le prix dépend de la photo. Si elle en vaut la peine, tu auras ton fric.

Emilio se gratta la tête, en signe de réflexion, et promit :

– Je te l'aurai bientôt.

Dennis se balançait sur sa chaise avec impatience :

– Ouais ? Eh bien, le bientôt, c'est dans vingt-quatre heures, si on veut la publier.

– T'en fais pas. Je l'amène demain.

Emilio avait l'air sûr de lui, tout en se demandant ce qu'il était en train de promettre. Il existait bien une photo, il le savait, il l'avait vue un jour où Vénus Maria avait été obligée de sortir d'urgence. Elle avait oublié de fermer son coffre. Et quand il était chez elle, il aimait bien faire de petites explorations dans la maison, en son absence. Ce jour-là avait été particulièrement fructueux. Il avait inspecté le contenu du coffre et découvert la photo de Martin et Vénus Maria. Il aurait dû la prendre à ce moment-là et en faire un double. Mais sur le coup, il n'y avait pas songé.

Maintenant, il fallait trouver un moyen de revenir chez elle, d'ouvrir le coffre et de voler la photo.

Intelligent comme il l'était, Emilio n'était pas sûr de pouvoir réaliser cet exploit.

Dennis se leva, s'étira en grognant :

– Ça suffit pour ce soir mec. J'en ai marre.

Il écrasa une boîte de bière vide et la lança dans une poubelle.

Emilio lui fut reconnaissant d'arrêter. Il avait un rendez-vous intéressant. Étonnant comme les femmes avaient changé d'attitude à son égard, depuis qu'il avait de l'argent. Il s'était déjà offert une voiture convenable et quelques vêtements neufs. Maintenant, il avait rendez-vous avec une petite danseuse, qui, deux semaines plus tôt, ne lui aurait même pas jeté un regard. Mais lorsqu'il l'avait appelée pour l'inviter à sortir avec lui, elle avait roucoulé : « Bien sûr, Emilio chéri... »

Elle s'appelait Rita. Une vraie bombe, explosive ! Mi-portoricaine, mi-américaine, c'était une femme de rêve pour Emilio. Elle ressemblait un peu à Vénus Maria. Mais la moitié des starlettes de Los Angeles s'étaient mises à lui ressembler.

Dennis et Emilio se serrèrent la main. Dennis ajouta une tape sur l'épaule de son client :

— A demain, mec ; j'attends ton coup de fil.

— Euh... D'accord.

Et ils se séparèrent.

Cooper Turner était attentif aux autres. Et son avis était toujours constructif. Il dit à Vénus, avec sympathie :

— Je sais ce que tu traverses en ce moment. Tu es amoureuse de ce type. On ne peut pas expliquer pourquoi on tombe amoureux de certaines personnes. Martin et toi, vous êtes un drôle de couple. Tu sais certainement que vous n'avez rien de commun tous les deux. Mais tu l'aimes, et je comprends.

Vénus Maria était songeuse.

— J'aimerais bien savoir pourquoi je l'aime.

Cooper se fit psychologue :

— Tu es peut-être à la recherche d'une image paternelle. Il a tout de même vingt ans de plus que toi.

— Toi aussi, Cooper. Et je ne te vois pas comme une image paternelle.

Il lui prit la main par-dessus la table.

— Tu me vois comment ?

Elle sourit :

— Comme un homme très attirant, un homme avec qui je pourrais vivre, si je n'étais pas engagée ailleurs. Et même si ta réputation te précède.

— Quelle réputation ?

Il faisait l'ignorant, et elle se mit à rire :

— Tu ne peux pas le cacher, Coop. Tu es un vrai matou. Depuis le temps que tu vis dans cette ville, il n'y a pas une femme de plus de trente-cinq ans que tu n'aies pas eu dans ton lit. Y compris les femmes mariées.

Cooper eut une lueur maligne dans l'œil :

— Ça, c'était dans ma jeunesse et parce que je ne m'intéressais à rien d'autre.

— Tu deviendrais sénile ?

Il changea brusquement de sujet :

— Tu veux que j'en parle à Martin ? Pour connaître ses sentiments réels ?

Vénus tapota ses boucles platine, pensive :

— Je sais qu'il est fou de moi. Mais j'aimerais bien savoir comment il voit notre avenir.

— Je vais le faire.

– Tu vas le faire ?

– Pour toi, je ferai n'importe quoi.

– Pas un mot de notre conversation, d'accord ? Tu seras discret ?

Elle était très anxieuse.

– Vénus, je suis quelqu'un de discret selon toi ?

– Tu le seras ?

– Chérie, je ferai tout ce que tu veux.

Vénus Maria lui parut grave tout à coup :

– J'ai confiance en toi, Cooper.

Alors il planta son regard immense et sombre dans le sien :

– Tu fais bien.

Il la ramena chez elle. Et elle se disait que ce serait simple, si simple d'être amoureuse de Cooper. Mais non. Il fallait que ce soit Martin. Il fallait que ce soit Monsieur New York en personne.

En arrêtant la voiture, Cooper demanda :

– Je peux entrer ?

– Ça dépend de ce que tu attends...

Il eut un sourire forcé :

– Une tasse de café.

– Alors tu peux entrer.

Une fois à l'intérieur de la maison, Vénus enclencha le répondeur. Il y avait plusieurs messages. Deux en rapport avec le travail, le troisième de Martin. Sa voix disait : « Tu as reçu mon paiement ? Je règle toujours mes dettes. »

Le quatrième message venait d'Emilio. « Hé, petite sœur, c'est gentil de m'appeler. J'ai travaillé vachement dur. Je me suis fait un peu de fric. Ça t'ennuie pas que je vienne le planquer dans ton coffre, dans la matinée ? Merci. J'aime pas le laisser traîner dans l'appartement. On se verra demain. »

Cooper demanda :

– Qui est-ce ?

– Mon frère. Dieu sait ce qu'il a fait pour avoir de l'argent liquide. Et pourquoi le mettre ici ? Il ne peut pas louer un coffre ?

Elle soupira :

– Tu sais... La famille !

Cooper hocha la tête avec sympathie.

– Je sais ce que tu veux dire.

Il la regardait aller et venir dans la pièce. Elle le rendait particulièrement nerveux.

– Qu'est-ce que tu dirais d'un Brandy ? Ça m'ennuie de faire du café.

Il se leva brusquement :

— J'ai changé d'avis. Je rentre. Je t'appellerai en début de matinée.

— Tu es sûr ?

— Écoute... Si je reste, je te saute dessus. Il vaut mieux que je parte, tant qu'on est encore en bons termes. D'accord ?

Elle rit :

— Tu es un homme honnête.

— Je suis un homme qui te désire.

— Je suis désolée de ne rien pouvoir faire.

Il la regarda tristement :

— Mais non, tu ne l'es pas.

— Tu as raison.

Elle le raccompagna jusqu'à la porte, se dressa sur la pointe des pieds pour l'embrasser sur la joue.

— Merci, Cooper. Ce soir, tu t'es conduit comme un véritable ami.

Une fois seule, elle songea à Martin. L'ennui, quand on couche avec un homme marié, c'est qu'il est impossible de lui téléphoner quand on en a envie.

Nerveusement, elle alla fouiller dans le congélateur, en sortit une glace au chocolat et s'installa devant la télévision.

Elle s'endormit très vite.

La jeune superstar la plus séduisante d'Amérique dormait seule.

46

Abe Panther était habillé, prêt pour son rendez-vous. Il était encore coquet pour un homme de quatre-vingt-huit ans. Pantalon blanc, chemise blanche, blazer bleu, une écharpe rouge nouée avec désinvolture autour de son cou décharné. Lucky arriva avec Morton Sharkey. Elle s'était dépêchée de regagner la maison qu'elle avait louée, pour se doucher, se laver les cheveux et se maquiller. Elle avait entassé la perruque, les lunettes et les vêtements de Luce sur le sol de la salle de bains, dans un paquet à brûler. Elle voulait s'offrir cette petite cérémonie symbolique avant de partir pour New York.

Abe l'accueillit avec un léger haussement d'épaules admiratif et un clin d'œil carrément fripon. Il exultait :

– Ça y est, jeune femme... Ça y est!

Elle lui rendit la pareille :

– Vous aviez fière allure, Abe!

– J'attends lundi matin avec impatience. Ce sera un véritable carnage!

Inga fit son apparition. Elle avait l'air réellement contente.

– Bonsoir, Lucky!

« Bonsoir Lucky »? Inga reconnaissait enfin son existence! Abe avait dû lui promettre un pactole.

– Alors jeune femme, demanda Abe, vos projets sont-ils solides?

– Je peux vous dire une chose, Abe. Je vais tout changer à la production de Panther. Plus d'exploitations de films. Plus d'utilisation de l'image de la femme. Les Studios Panther vont devenir les meilleurs.

Le vieil homme ricana.

– Et vous croyez vraiment faire de l'argent comme ça ?

Elle réfléchit un instant :

– Il est parfois plus important de respecter des principes que de faire de l'argent.

Abe inclina sa vieille tête de côté :

– Vous savez, jeune femme... J'aimerais bien rencontrer ce père dont vous m'avez parlé. Il vous a bien élevée.

– Entendu. Nous dînerons ensemble la prochaine fois qu'il sera là.

– Si je suis encore là moi-même.

– Ne me faites pas ce coup-là. Vous êtes éternel.

Les avocats attendaient en file indienne. Morton avait amené deux assistants avec lui, les avocats d'Abe avaient l'air de deux hommes d'affaires en cravate et costume trois-pièces.

Cérémonieusement, Abe signa les documents. Il avait demandé à Inga de sortir ses plus beaux verres pour boire le champagne.

Juste avant de signer, il tendit à Lucky un écrin de chez Cartier, très content de lui :

– J'ai trouvé ça pour vous, jeune femme. Je voulais que vous gardiez un souvenir de cette journée.

Très touchée, Lucky ouvrit l'écrin. Il contenait une broche en or, exquise, en forme de panthère. Une inscription au dos disait : « A Lucky, de Abe Panther. Tue-les, ma fille ! »

Elle se pencha pour l'embrasser.

– C'est beau, Abe. Je le porterai avec fierté. Et je prendrai grand soin de vos Studios. Vous pouvez y compter.

Les yeux noirs de Lucky brillaient comme des diamants.

Abe mit son paraphe sur les documents et le champagne coula à flots. Il porta un toast à Lucky :

– C'est la fin d'une époque ! Le début d'un renouveau !

– Ce sera nouveau et bien. Je vous en fais la promesse et je la tiendrai. Les Studios Panther vont redevenir de grands studios.

Ils eurent un clin d'œil de connivence. Lucky Santangelo et Abe Panther, que près de soixante ans séparaient, s'entendaient parfaitement.

Une heure plus tard, Boogie conduisait Lucky à l'aéroport. Elle était très heureuse, pleine de folles espérances. Lucky Santangelo était maintenant propriétaire et présidente des Studios Panther ! Bon sang, qui l'aurait cru ? Elle était impatiente de voir la tête de Lennie... Et Lennie tout entier.

Elle monta triomphalement dans l'avion.

Boogie s'assura que les bagages étaient bien à bord, puis il la rejoignit.

La nuit était claire sur Los Angeles. Lucky regarda par le hublot, tandis que le jet parcourait la piste d'envol avant de se lancer dans le ciel nocturne et étoilé.

Elle commanda du champagne au steward, porta un toast à l'océan de lumières qui s'étalait en un voile étincelant au-dessus d'elle :

– A ta santé, Los Angeles! Et à Panther!

Une nouvelle aventure commençait.

47

Longue, interminable, la limousine blanche se glissait à travers la foule devant le théâtre chinois Graumann, sur Hollywood Boulevard. Un tapis rouge traçait un chemin, du trottoir au théâtre. De chaque côté de ce tapis, les journalistes, les équipes de cinéma s'étaient alignées. Le reste de la foule, énorme, s'était entassé dans la rue. Lorsque la limousine blanche approcha, une rumeur monta :

– Johnny, Johnny! Johnny! hurlait la masse humaine. Vive Johnny Romano! Vive Johnny Romano!

En sécurité au fond de la limousine, Johnny Romano écoutait ce cri tribal. Il sourit à la jeune et belle actrice qui l'accompagnait – poitrine provocante et dents étincelantes. Johnny l'avait appelée au dernier moment, puisque la femme qu'il aurait souhaité avoir à son bras, Vénus Maria, avait refusé. Comme elle ne voulait pas lui faire l'honneur de sa présence, il se contentait de celle-là. Dans la voiture, également, les deux fidèles gardes du corps et son manager. La limousine stoppa et ils restèrent à l'intérieur sans bouger, durant quelques minutes, pour laisser monter l'enthousiasme autour d'eux. La jeune actrice s'en étonna :

– Que se passe-t-il? Qu'est-ce qu'on attend?

Johnny la gratifia d'un clin d'œil grivois :

– C'est le jeu.

Le manager sortit de la voiture le premier, suivi des gardes du corps, eux-mêmes suivis par la jeune compagne de Johnny. Et, enfin, le grand Johnny Romano, en personne.

Un hurlement hystérique s'éleva de la foule. Johnny salua ses admirateurs d'un geste royal, debout à côté de la limousine durant quelques secondes, puis s'engagea sur le tapis rouge, flanqué de ses deux gardes du corps, la jeune femme derrière lui et le manager fermant le rang. Les équipes de reportages photos et de cinéma réclamèrent un instant de pose, mais il les ignora, jusqu'au moment où il aperçut les représentants de *Entertainment Tonight*. C'était son programme de télévision favori, il le regardait tous les soirs.

Il y avait là Jeannie Wolf, son micro et son sourire habituel de bienvenue :

— Johnny, êtes-vous content de ce film ?

— Ouais, Jeannie. Ça fait plaisir de vous voir. Comment allez-vous ?

Il jouait jusqu'au bout le rôle de la star humble devant le succès :

— Je crois... que je suis plutôt content. *Motherfaker* sera une surprise pour beaucoup de gens. J'y ai beaucoup travaillé. Mes fans l'aimeront. Ma mère l'aimera. Mon père sera fou de joie.

La foule gronda son approbation à ce discours. Elle voulait un succès pour Johnny. Elle lui était totalement soumise.

Jeannie eut un rire poli.

Johnny adressa à la caméra un long regard destiné au public :

— Vous tous qui nous regardez, achetez vos billets pour *Motherfaker*. Vous passerez un bon moment. C'est Johnny qui vous le promet.

— Merci, Johnny, dit Jeannie.

— Merci à vous, Jeannie, répondit Johnny, en adressant à ses admirateurs de grands signes de main.

Puis il avança, viril, les hanches en avant, en direction du théâtre.

Il avait réussi son entrée, façon Johnny Romano.

Pendant ce temps, sur Hollywood Boulevard, Abigaile et Mickey Stolli se traînaient lamentablement, pris dans un embouteillage affreux, coincés dans leur petite voiture. Ils se chamaillaient depuis la maison. D'abord, la voiture était arrivée en retard, ensuite Abigaile avait réalisé, terrorisée, qu'elle devrait se rendre à une première dans une ridicule petite berline. Elle avait piqué une crise de nerfs, engueulé le chauffeur, un acteur au chômage qui avait failli partir et la plaquer là.

— Jamais je n'ai vu une voiture pareille ! Je ne suis

jamais montée dans une voiture comme ça de ma vie! Où est ma limousine?

Poliment d'abord, le chauffeur avait répondu :

– C'est écrit sur le papier, Madame. C'est la voiture que vous avez demandée.

Abigaile fronçait les sourcils de rage, s'en prenant évidemment à Mickey :

– Je vais l'assassiner, cette secrétaire! C'est une imbécile! Et c'est ta faute!

Pour la calmer, Mickey avait répondu :

– Ne t'inquiète pas. La première chose que je ferai lundi matin, c'est de la virer.

– Lundi matin, ce n'est pas encore assez tôt!

Abigaile avait lancé sa menace avant de s'occuper à nouveau du chauffeur :

– Et vous, pourquoi êtes-vous en retard?

– 18 heures 45, Madame, c'est l'heure à laquelle on m'a dit d'être là.

Les dents serrées, Abigaile écumait :

– J'avais demandé une voiture à 18 heures 30. C'est insupportable, vraiment.

Mickey s'était contenté de hausser les épaules. Il avait suffisamment de problèmes en tête et nul besoin d'entendre hurler Abigaile en plus.

Elle voulait qu'il renvoie la voiture noire et réclame une limousine, mais il lui avait fait remarquer qu'ils n'avaient plus le temps, tout en la rassurant :

– Je ferai le nécessaire pour que le chauffeur arrange ça pendant que nous serons au théâtre. La limousine sera là quand nous sortirons.

Abigaile avait enfin accepté, elle était montée dans cette voiture à contrecœur. Humiliée.

L'apparence était la chose la plus importante pour elle, et toute cette histoire était bizarre. Un peu plus tôt, déjà, lorsque Mickey était revenu des Studios, ils avaient parlé de cette réunion décidée par Abe Panther pour le lundi matin, sans les prévenir. Abigaile en était contrariée :

– Je ne comprends pas ce qui se passe. Il a contacté Primrose et Ben avant moi. Pourquoi? Je l'ai vu cette semaine, il aurait pu m'en parler facilement.

Mickey grognait de son côté :

– Pourquoi venir aux Studios lui-même, de toute façon... Il se passe quelque chose de louche.

Abigaile avait marmonné qu'elle était d'accord là-dessus,

en se demandant si c'était bien le moment de lui parler de Warner.

En fin de compte, elle décida que non. Il la traiterait de folle si elle lui racontait l'histoire. Reconnaître qu'elle avait composé un numéro de téléphone au hasard, qu'elle était allée voir une femme, laquelle femme prétendait avoir une liaison avec lui...

Mickey, lui, n'avait pas rappelé Warner, après son appel urgent. Pourquoi le faire ? Il avait décidé qu'il était temps de rompre et le fait qu'elle ait appelé au bureau à deux reprises l'avait vraiment contrarié.

Ils furent donc les derniers à arriver au théâtre. Les équipes de télévision remballaient déjà leur matériel. Il ne restait que les traînards. Mickey poussa Abigaile à l'intérieur.

Un portier officiel leur barra le chemin :

– Désolé, les portes sont fermées.

Mickey répliqua en colère :

– Vous savez qui je suis ?

Mais le portier s'obstina fermement :

– Désolé, les portes sont fermées.

– Je suis Mickey Stolli ! Président des Studios Panther ! Vous feriez mieux de nous laisser entrer tout de suite, si vous voulez garder votre emploi !

Le portier changea de ton immédiatement et s'exécuta :

– Certainement, Monsieur.

Pour atteindre leurs fauteuils, ils durent déranger Johnny Romano, mécontent, qui souffla à Mickey, comme si celui-ci ne le savait pas :

– Vous êtes en retard !

Ils s'installèrent enfin. Abigaile regarda l'écran, mais son esprit vagabondait ailleurs. Mickey s'efforça de se concentrer sur le film.

A ce moment-là, Johnny Romano était en gros plan, son beau visage envahissait l'écran, il éructait :

« Enfoiré de ta mère !

– Qui c'est que t'appelles enfoiré de sa mère ? répondait l'acteur, son partenaire.

Et Johnny, menaçant :

– Essaye pas de me baiser, mec. Fais pas ça !

Et l'autre de répondre :

– Écoute bien, enculé de ta mère ! J'encule qui je veux ici !

« Tout à fait charmant », se dit Abigaile. Encore une de

ces productions de classe signées Mickey. Elle se pencha vers son mari pour lui murmurer à l'oreille, le ton sarcastique :

– Avons-nous une chance d'entendre parler normalement dans ce film ?

A quoi Mickey grogna, bourru :

– Ça fait de l'argent.

Durant la soirée qui suivit, tout le monde dit à Johnny Romano qu'il était merveilleux, que le film ferait un malheur, que son jeu était original, intelligent, et à quel point il s'était montré créatif dans le scénario et la réalisation.

Johnny Romano accepta tous les compliments avec modestie, quelques haussements d'épaules faussement gênés, un sourire de-ci, de-là.

Un bruit courait en privé : les gens se demandaient comment il se faisait que « ce trou du cul arrive à s'en sortir dans une merde pareille ».

Et Johnny, lui, se promenait au milieu de ses invités, donnait des interviews, remerciait ses amis, jouait la superstar à fond.

Quelques-unes parmi les premières critiques du film n'étaient pas très positives. En fait, on l'avait descendu. Mais Johnny s'en fichait. Il savait pertinemment que tout lui était permis, que le public l'accepterait, parce qu'il était Johnny Romano, que les gens l'aimaient, et que ces gens accepteraient d'avaler tout ce qu'il voulait leur faire avaler.

Au cocktail qui suivait la projection, Abigaile et Mickey s'installèrent à une table avec plusieurs dirigeants de Panther.

Mickey sentit que la situation était grave lorsque Ford Werne se pencha par-dessus la table pour lui demander :

– Qu'est-ce que c'est, cette réunion de lundi matin ?

Mais il feignit l'ignorance :

– Hein ?

– J'ai reçu un communiqué de Abe Panther. Apparemment, il vient aux Studios lundi, il a demandé une réunion de tous les cadres à midi.

– Vraiment ?

Mickey eut une crampe soudaine à l'estomac. Ce vieux roublard d'Abe Panther sortait de son trou et il allait sûrement entreprendre quelque chose de sérieux. Peut-être revenait-il pour reprendre la direction.

Mickey décida d'appeler Martin Swanson. Il falla
savoir ce que devenait l'autre contrat, car si Abe Panthe
se remettait au travail, Mickey Stolli ne pouvait que partir
Il était impossible de tenir tête à un vieil homme sénile e
décrépi. Complètement impossible.

Tandis qu'il réfléchissait à tout cela, il aperçut pa
hasard Warner, et son mètre quatre-vingts, en minirob
pailletée et en conversation avec Johnny Romano. Mor
Dieu! Elle parlait réellement à Johnny Romano!

C'était un second choc pour Mickey. Au nom du ciel
que faisait-elle ici? Il lui avait donné des billets pour l
film, mais sûrement pas d'invitation à la soirée!

Sans nul doute, cette secrétaire stupide avait encore tou
foiré et expédié les invitations en même temps que les bil
lets. Alors qu'elle s'était montrée une remplaçante parfaite
Luce était tout à coup devenue la reine des connes d
l'année! Il n'attendrait pas une seconde de plus pour l
renvoyer.

Apercevant Warner, à son tour Abigaile s'exclama :
— Oh, mon dieu! C'est elle, cette horrible femme!
— Quelle femme? Où ça?

Mickey pensait qu'elle ne pouvait pas parler de Warner
C'était impossible!

Abigaile désigna Warner du doigt :
— Là-bas... Celle qui parle à Johnny Romano. C'est elle

Mickey blêmit.
— C'est une petite amie de Johnny. Qu'est-ce qui te tra
casse autant?

Très énervée et rougissante, Abigaile chuchota :
— Il s'est passé quelque chose aujourd'hui.
— Quoi?

Mickey n'était pas d'humeur à écouter le récit de l
journée d'Abigaile.
— J'ai... euh... appelé ton bureau. Je voulais savoir où tu
étais pour te parler du télégramme de Primrose et de Ben

Il eut tout à coup le sentiment lugubre que la suit
n'allait pas lui plaire du tout...
— Oui?
— Ta secrétaire m'a donné un numéro de téléphone. J'a
appelé, et cette femme m'a répondu.
— Quelle femme?
— Celle qui parle à Johnny.
— Tu veux en venir aux faits, Abigaile? Qu'est-ce que
ça veut dire, pour l'amour du ciel!

– Une femme m'a répondu au téléphone; elle m'a dit qu'elle était flic et qu'elle était ta maîtresse. Peut-on croire à une telle absurdité? De toute façon, je ne savais pas quoi faire.

Abigaile hésitait à poursuivre.

– Tu vas me tuer, Mickey... Mais j'étais tellement troublée que j'ai pris la voiture pour aller la voir. Elle vit dans un appartement minable. Elle a essayé de me faire peur. Je suis sûre qu'il s'agit d'une espèce de plan pour me kidnapper. Bien sûr, j'ai filé aussi vite que j'ai pu.

Mickey se gratta la tête, l'air de n'y rien comprendre:

– Merde! J'en crois pas mes oreilles. N'importe quelle bonne femme te dit au téléphone qu'elle est ma maîtresse et tu le gobes? Et tu fonces dans un appartement inconnu?

Il secoua la tête d'un air navré:

– Abby... Abby... cette fois, tu es allée trop loin.

Abigaile baissa les yeux.

– Je sais, Mickey. C'était une folie de faire ça. J'ai eu de la chance de m'en sortir.

Pendant qu'elle parlait, Mickey réfléchissait à toute vitesse. Quand Abigaile aurait réalisé ce qui s'était passé, elle comprendrait que cette histoire n'était pas claire. Il fallait trouver une explication plausible au fait que son idiote de secrétaire ait donné le numéro de Warner. Ensuite, il faudrait expliquer qui était Warner.

– Écoute... dit-il rapidement, je ne voulais pas te mêler à ça, mais je suppose qu'il vaut mieux te le dire.

Abigaile s'affola:

– Quoi? Mickey... Quoi?

– Johnny Romano est complètement drogué!

– Pas possible!

– J'ai dû, euh... J'ai dû engager un flic privé pour le surveiller et, de toute évidence, Luce s'est trompée et t'a donné un mauvais numéro. Cette femme a dû croire que c'était la petite amie de Johnny qui l'appelait.

– Pourquoi aurait-elle pensé ça? Je lui ai donné mon nom!

Mickey aboya méchamment:

– Je ne suis pas devin! Tout ce que je sais, c'est que tu n'aurais pas dû aller là-bas. Tu réalises dans quelle situation tu t'es mise?

– Pourquoi cette femme est-elle là ce soir? Elle surveille Johnny?

– Ouais, ouais! C'est ça. C'est un flic des narcotiques en civil. Il faut bien protéger Johnny.

– Je n'aurais pas cru que tu devrais te mêler de ce genre de choses.

– Chérie, quand on dirige un studio, il faut faire attention à tous et à chacun.

Mickey espéra qu'il avait suffisamment brouillé les pistes pour le moment. Il jeta un rapide coup d'œil à Warner. Elle était toujours aux côtés de Johnny Romano. Il rêvait, ou Johnny avait l'air de lui répondre?

Durant leur liaison, Mickey n'avait jamais eu l'occasion de voir Warner habillée. Elle n'avait pas du tout vilaine allure. Elle possédait certainement les plus longues jambes de la ville et, bien que n'étant pas très jolie, elle avait un charme bien à elle. En y repensant, il ne l'avait vue que dans son uniforme de flic, ou nue. Mais ce soir, c'était une nouvelle Warner, séduisante, excitante. Mickey ressentit soudain quelque chose de nouveau. Une pointe aiguë de jalousie.

Abigaile chuchota :

– Quand est-ce qu'on rentre? J'ai détesté le film. Je déteste cette soirée. Je déteste l'idée de ne pas savoir à quoi rime cette réunion de lundi matin. Allons-y, Mickey.

– Tu as raison. Donne-moi cinq minutes et on s'en va.

– Où vas-tu?

– Il faut que je passe un peu de pommade à Johnny. Tu comprends? Par exemple, qu'il est la chose la plus extraordinaire depuis l'invention du yaourt à la banane. J'en ai pour deux secondes.

– Je viens avec toi?

– Non. Reste ici. Demain, tu lui enverras un cadeau de chez Cartier.

Mickey se dirigea vers Johnny et arriva juste à temps pour l'entendre dire à Warner :

– Eh chérie! Vous avez les jambes les plus longues que j'aie jamais vues. Elles font presque la taille de ma petite amie, en entier! Je parie que vous en faites, des choses, avec des jambes pareilles!

Warner, le flic d'un mètre quatre-vingt, ce flic qui avait tout vu, tout fait, ce flic pourtant difficile à impressionner, regardait Johnny comme s'il était Dieu en personne. En extase.

Fatigué de traîner sa compagne qui se promenait dans les salons, Johnny suggéra :

– Et si on se retrouvait plus tard, vous et moi ?

Mickey révéla sa présence :

– Eh bien ! Johnny, nous tenons là un film qui va nous rapporter beaucoup d'argent ! Félicitations !

Toujours modeste, Johnny ajouta :

– C'est le plus grand de tous !

Et Mickey lui lécha les bottes. Il savait le faire quand il le fallait :

– Il n'y a aucun doute.

Johnny prit le bras de Warner :

– Connaissez-vous... euh... quel est votre nom, déjà, chérie ?

Warner lança à Mickey un regard terrible.

Il était furieux. Quel culot ! Il n'avait rien fait, lui ! C'était elle, la seule coupable. Elle, qui avait dit à Abigaile de venir la voir. Il n'attendrait pas longtemps pour s'expliquer avec elle. Mais pas maintenant. Pas en présence d'Abigaile, alors qu'elle devait décortiquer chacun de ses gestes.

Calme, ainsi qu'à son habitude, Warner répondit à Johnny :

– Warner Franklin...

D'une voix suggestive, Johnny la complimenta :

– C'est un joli nom, chérie... Warner, hein ?

Mickey dut lui serrer la main.

Et elle le serra trop fort, lui broyant quasiment les os.

– Chérie, voici Mickey Stolli ! Le président des Studios !

Johnny lui donna un coup de coude en clignant de l'œil :

– Ce type est important à connaître ! Qu'est-ce que vous faites dans la vie, chérie ? Actrice ?

– Non.

Warner aimait choquer et prendre son temps pour le faire :

– Je suis flic.

Johnny trouva cela extrêmement drôle :

– Un flic ? Vous ? Oh chérie... chérie... j'adorerais me faire arrêter par vous.

Warner eut un regard triomphant pour Mickey, en disant :

– Ça vous arrivera un jour, peut-être. Plus tard.

Mickey bouillait littéralement en revenant auprès d'Abigaile. Il l'attrapa par le bras, en grognant :

– On s'en va.

Les Stolli firent leur sortie. Le président des Studios et sa princesse d'épouse à Hollywood.

Nul ne savait ce qu'apporterait ce lundi matin.

48

Il était 3 heures du matin lorsque Lucky arriva enfin devant le loft qu'avait loué Lennie à New York. Elle regarda autour d'elle et dit à Boogie :

– Mon Dieu, mais c'est horrible ici. Pourquoi n'est-il pas resté dans notre appartement ?

Boogie eut une mimique d'incertitude :

– Ça me tue. Je suppose qu'il a voulu se cacher.

– Il a tout fait pour nous donner du mal.

Lucky se sentait nerveuse et surexcitée en même temps. Retrouver la trace de Lennie avait représenté une aventure de plus. Cette petite plaisanterie lui avait coûté une bonne dose d'adrénaline. Elle inspira profondément :

– D'accord, Boog. Montre-nous tes talents. Entrons là-dedans sans nous faire voir.

– Tu veux le surprendre au lit ?

– C'est tout à fait ça.

Boogie n'avait pas coutume de se permettre des commentaires, mais il en fit, tout de même :

– Drôle de confiance.

– Tu sais bien que j'ai confiance.

Boogie la regarda de travers.

Lucky se demanda s'il croyait vraiment découvrir Lennie couché avec une femme. Son mari était fou d'elle, mais il n'était pas fou pour autant. Leurs rapports étaient fondés sur la confiance, elle ne s'attendait pas à ce que Lennie brise cette confiance. Non qu'elle ne l'imaginât pas attiré par une autre femme. Mais, entre l'attirance et la réalisation, il y a une différence.

Le loft qu'il avait choisi se trouvait au huitième étage d'un immeuble délabré. Boogie ouvrit facilement la porte qui donnait sur la rue et ils pénétrèrent tous les deux dans l'immeuble. Là, ils se retrouvèrent en face d'une rangée de boîtes aux lettres. Celle de Lennie était marquée d'un L. G. mystérieux.

L'ascenseur n'était pas terrible. Lucky décida de prendre l'escalier de secours.

Boogie demanda :

— Vous vous sentez en forme ? C'est au huitième étage.

— Tu débordes de questions, Boog. Qu'est-ce qui t'arrive ?

— Je n'approuve pas du tout ça... dit-il sourdement.

Lucky soupira. Il ne manquait plus que Boogie soit mal à l'aise. Pourquoi était-il incapable d'entrer dans le jeu de l'aventure et de s'en amuser ? Elle le lui demanda gentiment :

— Comment ça se fait que tu n'approuves pas ?

— Ce n'est pas dans votre style.

— C'est là où tu te trompes. C'est tout à fait mon style.

Et ça l'était. Disparaître pendant six semaines. Revenir comme ça, d'un coup... Elle aimait. Qu'est-ce qui n'allait pas ?

Ils grimpèrent les étages, et Lucky alla plus vite que Boogie. Arrivés en haut, ils ouvrirent la porte de secours donnant accès à l'étage de Lennie. Ils se retrouvèrent face à une autre porte d'acier.

Boogie fronça les sourcils :

— Je peux me tirer d'un tas de pièges, mais de celui-là j'ai bien peur que non.

Lucky suggéra brillamment :

— Et si on essayait la porte de derrière ? Il doit bien y avoir un moyen plus facile pour entrer ?

Boogie hocha la tête dubitativement :

— J'en sais rien. Et s'il n'habitait pas ici ? S'il y avait un nouveau locataire ? Un nouvel occupant avec un fusil ?

Lucky gronda :

— T'as peur ? Je te croyais tellement macho.

Mais Boogie affirma :

— Je tiens à mes fesses.

— Alors, occupe-toi de tes fesses, et moi des miennes.

La porte de derrière s'avéra plus facile d'accès. Boogie dut s'en occuper cinq minutes, mais parvint à l'ouvrir.

Lucky mit un doigt sur les lèvres, tandis qu'ils pénétraient comme des voleurs dans la cuisine, une pièce petite et sombre.

– Chut!...

Une fois à l'intérieur, elle murmura à Boogie :

– Tu peux t'en aller maintenant. Ça va.

– Je ne peux pas vous laisser ici.

– Oh si ! Tu peux. Attends dans la voiture. Si je ne suis pas sortie dans dix minutes, tu pourras partir.

Borné, il s'obstina :

– Je n'irai pas.

Lucky, impatiente, chuchota plus haut :

– Veux-tu bien partir ! Tu vas gâcher la surprise.

Il ne bougea pas.

– Fiche le camp ou je te vire !

Il s'en alla à contrecœur. Elle referma la porte de la cusine et pénétra dans un immense studio. Au centre d'un espace à ciel ouvert, un escalier en colimaçon menait à une galerie. Comme elle semblait être le prolongement de l'appartement, elle se dit que la chambre à coucher devait se trouver en haut de cet escalier. Elle ôta ses espadrilles et grimpa comme une souris.

Au centre de la galerie trônait un énorme lit rond, au milieu duquel Lennie dormait à plat ventre, une couverture le protégeait à moitié.

Lucky ne put s'empêcher de sourire. Elle resta là un moment, à le contempler. Son mari. Son merveilleux mari !

Tout tranquillement, elle ôta ses vêtements un par un. Nue, elle se glissa sans bruit dans le lit, à ses côtés. Lennie grogna un peu dans son sommeil et posa un bras sur elle. Elle se glissa plus près encore et enroula son corps autour du sien.

Le désir vint en plein sommeil. Visible. Lucky sourit, en se demandant si elle devait se sentir flattée ou vexée. Ce désir était-il pour elle, ou le résultat d'un rêve agréable ?

Finalement, c'était sans importance, elle le désirait tout autant. Elle se frotta légèrement contre son dos, en murmurant :

– Lennie ? Réveille-toi...

Un nouveau grognement lui répondit, puis il ouvrit les yeux, entama une phrase :

– Qu'est-ce que...

– Chut !

Un doigt sur les lèvres pour le faire taire.

Encore endormi, Lennie marmonna :

– Je... J'y crois pas...

Alors, Lucky s'écria, enchantée de sa surprise :

— C'est moi, chéri... Je suis revenue !

Il se retourna, indécis :

— Comment as-tu fait pour me retrouver ?

Avec un rire doux, Lucky plaisanta :

— Tu croyais avoir affaire à qui ? Une femme ?

Il se redressa sur un coude :

— Tu sais que tu es trop forte pour moi ?

— Oui ! Oui !

— C'est Jess qui t'a dit où me trouver, hein ? Elle a toujours trop parlé.

— Je ne révélerai pas mes sources. Je suis là, ce n'est pas suffisant ?

Elle le caressait en parlant, ses mains parcourant tout le corps. Il tenta vainement de la repousser, sans vraiment le vouloir. Il était fou de rage, mais il avait perdu la bataille.

— Dieu du ciel ! Lucky... Que va-t-il se passer encore ? Une autre grande scène érotique, après laquelle tu pourras t'envoler à nouveau ?

— Sûrement pas. Je ne fais jamais deux fois la même chose. Tu devrais le savoir.

— La seule chose que je sache, c'est que tu es folle.

— Ça aussi, je le sais. Six semaines loin de toi, c'est plus que je puisse supporter.

Il s'assit, en passant la main dans ses cheveux.

— Ça en valait la peine au moins ? Tu l'as eu, ce contrat ?

Elle l'entoura de ses bras, posa sa tête contre sa nuque :

— Demain, je te raconterai tout demain.

— Non ! Non ! Comment as-tu fait pour entrer ici ?

Elle lui fit une petite grimace :

— Chéri, j'étais cambrioleur autrefois, je ne te l'avais pas dit ?

— Tu es vraiment quelqu'un d'étrange. Je devrais être fou de colère.

Elle gratta légèrement de son ongle un endroit dans la nuque, qu'elle savait vulnérable.

— Tu es prêt, Lennie ?

— Je suis censé faire quoi ?

— Tu es censé m'embrasser et me faire l'amour. Et nous sommes censés vivre un moment d'extase inoubliable.

Elle se tut un instant, sans cesser de lui gratter la nuque, puis murmura, provocante :

— Je suis prête. Et toi ?

348

Il ne résista plus. Comment faire? Il l'aimait.

Il l'allongea sur le dos et se pencha pour l'embrasser. De longs baisers brûlants, ses lèvres buvant les siennes. Ils rattrapaient six semaines de passion contenue.

Lucky soupirait voluptueusement. C'était comme la première fois, comme le premier baiser. Comme d'avoir eu faim et de croquer du chocolat pour la première fois depuis des mois. C'était comme une chaude journée d'été après la pluie. C'était comme au temps de leur voyage dans le sud de la France, seuls tous les deux.

Il l'embrassa fort et longtemps, jusqu'à ce que, ensemble, ils entament ce rythme lent et rapide, qui les mènerait là-haut, sur les cimes.

Les mains de Lennie parcouraient le corps de sa femme, sans relâche, passionnément. Il gronda contre son oreille :

– Je t'aime toujours, tu le sais?

Et elle murmura en enroulant son corps de plus belle, en l'incrustant au sien :

– Tu croyais que c'était fini?

– Je ne sais jamais quoi penser avec toi.

– Tu dois me faire confiance, Lennie.

Et ils firent l'amour.

Longtemps, langoureusement, paresseusement, de plus en plus lentement. Dans une fusion totale des corps, comme si plus rien d'autre ne comptait.

Elle s'abandonna jusqu'à l'extase, prenant plaisir à cet aboutissement sauvage, lancinant, qui allait venir. Et comme elle allait l'atteindre, elle murmura à son oreille :

– Je veux jouir avec toi. Je nous veux ensemble.

– D'accord, madame. Puisqu'il n'y a pas moyen d'aller nulle part sans toi.

Elle soupira de bonheur.

– Je t'aime Lennie. Je t'aime tant.

Et ils cherchèrent la double jouissance.

Elle les emporta enfin.

Alors ils s'endormirent profondément, enlacés, jusqu'aux premières lueurs de l'aube.

49

Eddie Kane faisait les cent pas dans le salon de Kathleen Lee Paul. Il parlait vite :

— Ma vie est un vrai merdier. Je ne sais plus du tout quoi faire. Tu ne peux pas m'aider, Leslie non plus. Et Mickey, lui, en a rien à foutre. Je suis un taré, et en plus je bats ma femme.

Il se frappa le front du plat de la main, un geste de dégoût de lui-même :

— Je n'avais jamais frappé ma femme auparavant. Tu comprends ce que je veux dire ? Je n'ai jamais frappé une femme de ma vie, et j'ai frappé Leslie, l'être le plus gentil au monde.

Kathleen ne se sentait pas vraiment concernée par les problèmes de conscience d'Eddie. Tout ce qu'elle voulait, c'est qu'il s'en aille. Nerveusement, elle demanda :

— Comment as-tu eu mon adresse ?

Elle calculait parallèlement quelle somme il lui devait encore.

Rageur, Eddie répondit :

— Tu crois que je n'ai pas appris une ou deux choses sur toi, pendant tout ce temps où on a travaillé ensemble ? J'ai essayé de t'appeler de ma voiture, je n'ai pas pu t'avoir.

Le tic nerveux qui déformait parfois son visage réapparut.

— J'ai besoin de marchandise. Et tout de suite.

Kathleen s'efforça à la patience, bien qu'elle n'en ait pas du tout envie ; au contraire, elle aurait bien tout envoyé promener.

— Eddie, je t'ai livré aujourd'hui. A nouveau pour 1 500 dollars, lesquels, si je peux me permettre de te le rappeler, ne sont pas encore réglés.

– Ouais, eh bien! tu veux savoir pourquoi j'en ai balancé une à ma femme? Tu veux savoir?

Il frappait maintenant du poing dans la paume de sa main :

– Elle a tout flanqué à la poubelle!

Les problèmes des autres ennuyaient profondément Kathleen. Elle aussi avait les siens et ils suffisaient. Ce qu'avait fait Leslie ne la concernait pas.

Eddie était au bout du rouleau.

– Comment supporter ça? J'aurais dû dire : « Merci, ma chérie, de sauver mon âme? » Impossible. Je me défonce quand ça me plaît!

Il alla vers la fenêtre et regarda dehors :

– Je peux m'arrêter quand je veux. En ce moment, je n'ai pas besoin de drogue.

Il se retourna vers elle :

– Mais il faut que tu m'aides.

– Si tu crois que je garde la marchandise chez moi, tu es moins intelligent que j'aurais cru.

Elle espérait se débarrasser ainsi de lui. Mais il n'y avait pas moyen de se débarrasser d'Eddie :

– Kathleen, ne me prends pas pour un con! Va chercher dans ton coffre, n'importe où, et trouve-moi quelque chose, n'importe quoi.

– Eddie, je ne peux pas admettre cette façon d'agir. Si tu restes chez moi, je te loge une balle quelque part. Je pourrai toujours raconter que tu essayais de t'introduire ici.

– D'accord, okay, tout ce que tu veux. Tu m'en donnes ou pas?

– Paye d'abord...

Cette fille lui tapait sur les nerfs.

– Je t'ai donné du fric ce matin.

– Tu me le devais. Maintenant, tu m'en dois encore plus. Tu n'as même pas payé pour la marchandise que ta femme a jetée.

Eddie eut l'air réellement étonné :

– Merde alors! Je devrais la payer aussi?

Kathleen répondit froidement :

– C'est pas à moi de le faire, en tout cas.

– Bon d'accord. Je te dois de l'argent. C'est pas une raison pour te mettre dans tous tes états.

De toute évidence, il n'y avait qu'un moyen pour le faire partir. Kathleen se décida brusquement :

– Attends-moi ici. Et ne touche à rien.

Pendant son absence, Eddie fouilla ses poches. Il n'y trouva que quelques cartes de crédit, son permis de conduire et environ 250 dollars. C'était tout.

Douloureusement, la scène avec Leslie lui revint à l'esprit. Elle avait dit gentiment, presque tendrement : « J'ai tout jeté, Eddie. On recommence une nouvelle vie. »

Sidéré, incapable de croire qu'elle puisse être stupide à ce point, il avait crié : « Tu as fait quoi ? » Et elle, de répéter « Je l'ai jetée, Eddie. Tu es intoxiqué. »

Elle se prenait pour qui, tout d'un coup ? Une infirmière ? Alors il l'avait menacée : « J'espère que c'est une blague ? » Elle avait répondu « non », comme si elle avait le droit de faire ce qu'elle voulait.

Il l'avait giflée si soudainement qu'il en était surpris lui-même. Une grande claque en plein visage et Leslie s'était effondrée comme une quille.

Bon dieu, il ne s'était même pas senti coupable sur le moment. Il avait d'abord tout chamboulé dans la maison, fouillé partout, vidé les tiroirs de leurs vêtements, la vaisselle des placards. Enfin, il était retourné dans la chambre, où Leslie était encore allongée par terre. Et il avait hurlé « Dis-moi où elle est, Bon dieu ! » Elle pleurait à ce moment-là. Et son œil commençait à enfler à l'endroit où la bague d'Eddie l'avait frappée. Elle ne pouvait que sangloter « Je l'ai jetée. » Et lui ne pouvait que l'insulter : « Putain ! Tu sais que je souffre. Un peu de coke, ça m'aide à supporter la journée. Tu n'es qu'une sale putain, un vampire ! Tu n'en voulais qu'à mon fric, et maintenant que j'en ai plus, tu veux me rendre dingue ! »

Les larmes coulaient sur ses joues ; misérablement, elle essayait encore de le calmer : « Eddie, je voulais simplement t'aider. »

« Si c'est le genre d'aide que tu me réserves, fous le camp d'ici ! C'est ma maison, je veux que tu sois partie quand je reviendrai ! »

Voilà. Il avait foncé dehors dans la Maserati et il était chez Kathleen, à présent.

Elle revint dans la pièce et il lui tendit ses quatre malheureux billets de 50 dollars.

— Voilà, en attendant, à moins que tu préfères un chèque

Kathleen resta glaciale :

— Je n'accepte pas les chèques.

Il haussa les épaules :

— Où est le problème, tu ne me fais pas confiance ?

– Je ne fais confiance à personne. Qu'est-ce que tu veux que je fasse de 250 malheureux dollars?

Alors là, elle pouvait bien se les mettre où elle voulait. Il n'avait besoin que de drogue, de rien d'autre. Il la cajola :

– Chérie... Allez! Fais-moi confiance pour le fric...

Au fond, il pouvait peut-être lui proposer de la baiser. Kathleen était le genre de femme à accepter.

Elle demanda avec curiosité :

– Qu'est-ce que tu comptes faire à propos de ta dette envers Bonnatti?

Il ramassa un briquet en or sur la table et l'examina. Cette femme avait l'air de se débrouiller drôlement bien.

– Je mets ma maison en vente. Lundi j'aurai un chèque de la banque. Il sera payé et toi aussi, ne t'inquiète pas.

Kathleen réprima une colère montante :

– Eddie, je ne fais d'affaires qu'en espèces. C'est la dernière fois.

Elle lui tendit le paquet.

– Tiens-le-toi pour dit.

Alors, il suggéra :

– Ça te dirait qu'on en profite ensemble, enfin tous les deux, quoi...

Il était fou? Pour rien au monde, elle ne touchait à la marchandise.

– Non. Contente-toi de sortir d'ici.

Dans la voiture, il renifla la poudre blanche sur le dos de sa main. Dès que l'effet se fit sentir, il redevint aussitôt plus calme, plus serein.

En fait, il avait le sentiment de pouvoir accomplir n'importe quoi.

Leslie était abasourdie. Jamais, dans ses cauchemars les plus fous, elle n'aurait imaginé qu'Eddie la batte. Cela lui rappelait une montagne de mauvais souvenirs. Petite fille, son beau-père la battait comme plâtre. Jeune fille, son premier petit fiancé avait fait la même chose. Depuis, elle s'était enfuie de Californie, en volant 1 000 dollars à son beau-père – elle reconnaissait d'ailleurs les lui devoir –, mais elle s'était juré que plus jamais un homme ne la battrait.

Et voilà que ça recommençait.

Leslie croyait sincèrement aimer Eddie. Mais Leslie n'avait rien d'une victime. Un coup, un seul, et il n'avait pas besoin de lui dire de partir, elle s'en allait de toute façon.

Elle se hâta d'enfouir quelques vêtements dans une valise.

Puis elle monta dans sa Jeep et fila tout droit chez Madame Loretta. Lorsque la bienveillante vieille dame la vit arriver elle se montra immédiatement accueillante et la conduisit au premier étage. Leslie demanda tristement :

— Est-ce que je peux rester ici, jusqu'à ce que je sache quoi faire ?

Madame Loretta hocha gentiment la tête :

— Tu reviens travailler ?

— Ce n'est pas mon intention.

— Je ne te bouscule pas. On en reparlera demain. Si tu prenais un bain chaud ? Et passe une bonne nuit de sommeil.

Leslie baissa la tête. Au moins, elle avait un refuge.

50

Le samedi matin, à New York, le jour se leva clair et léger. Le soleil filtrait à travers les minces volets du loft et réveilla Lucky. Elle fut un instant désorientée, puis sourit en se rappelant où elle était, que Lennie dormait à ses côtés, là où il devait être.

Elle se leva, en s'efforçant de ne pas le déranger, et se précipita dans la salle de bains. La douche était vieille et rouillée, la pression faible, mais elle resta quand même longtemps sous l'eau chaude, le temps de se réveiller.

Puis elle enfila le peignoir de bain blanc de son mari pour s'essuyer. Pieds nus, elle descendit à la cuisine et inspecta le contenu du réfrigérateur. Il n'y avait pas grand-chose : deux œufs, quelques tomates moisies, une tranche de pain rassis, un demi-litre de lait tourné. Pas de quoi faire la fête. Cuisiner n'était pas l'un de ses talents, mais elle se sentait tout de même capable de faire des œufs brouillés et des toasts. Elle réfléchit à ce qui pouvait être utilisable, ce n'était pas encourageant.

Alors, doucement, elle remonta l'escalier, enfila ses vêtements, prit son porte-monnaie, trouva les clefs du loft sur une table de nuit et sortit.

En bas, c'était New York, la ville folle, la bousculade, le bruit, les odeurs, les images et les sons qui lui avaient tellement manqué, en six semaines de Californie.

A l'épicerie voisine, elle acheta des petits pains frais, des œufs, des fruits, du beurre et du lait. Ensuite, elle demanda au vieil homme derrière le comptoir de couper une tranche de jambon frais.

Elle se hâta de rentrer, satisfaite. Lennie dormait encore, mais comment lui en vouloir, après une nuit si merveilleuse.

Lucky s'activa dans la cuisine, mélangea les œufs, fi réchauffer les petits pains. Elle pressa des oranges, fit du café et mit le couvert sur la table de la cuisine. Il ne restai plus qu'à brouiller les œufs dans la poêle et à crier :

– Lennie ! Tu veux venir, le petit déjeuner est prêt.

Pas de réponse.

Apercevant une chaîne stéréo, elle mit une bande de Stevie Wonder à fond, il chantait *Isn't she lovely*.

Enfin, Lennie consentit à descendre, les cheveux er bataille, à moitié endormi. Elle lui chanta joyeusement :

– Bonjour !

Il grommela :

– J'ai fait un rêve insensé. Qui es-tu ?

– Ta femme. Tu te rappelles ?

L'air déconcerté, et secouant la tête comme pour mieux y voir clair, il dit :

– Une femme qui cuisine ? J'ai une femme qui cuisine moi ?

Elle lui tendit une cuiller d'œufs brouillés :

– Goûte et dis-moi ce que tu en penses.

Il goûta les œufs avec précaution :

– Hmm... pas mal.

– Comment ça, « pas mal » ? Ils sont formidables Reconnais-le.

– Alors, te voilà de retour !

– Oh oui !

Il s'installa devant la table :

– Et toujours aussi dingue, hein ?

Elle lui fit la grimace :

– Tu me voudrais différente ?

– Ce serait bien si tu restais à la maison de temps er temps.

– Arrête de râler.

Elle recula pour le regarder :

– Dis donc... je te vois à la lumière du jour, maintenant C'est cette barbe-là qui m'a grattée toute la nuit ?

– C'est elle.

– Hum...

– Tu aimes ?

– Je déteste ça.

– Elle est rasée d'avance !

Elle mit tendrement ses bras autour de ses épaules en se faisant une joie de la surprise à venir. Mais il ne fallait pas la lui annoncer, pas encore.

– Je suis vraiment revenue.

– J'avais remarqué. Mais pour combien de temps, cette fois ?

– Finis les voyages, Lennie. On restera ensemble tout l'été. C'est une promesse Santangelo.

Il corrigea :

– Une promesse Golden !

Elle sourit :

– C'est vrai...

Il inspecta la table du petit déjeuner :

– Alors qui t'a transformée en femme d'intérieur de l'année ?

– Je me suis dit que tu aurais une petite faim.

Elle se pencha pour l'embrasser dans le cou.

– Je t'ai donné une petite faim, Lennie ?

– Énorme.

– C'est vrai ?

Il se tourna vers elle, ses mains entreprenantes se faufilèrent sous le tee-Shirt. Elle recula :

– Plus tard. Je veux te regarder manger.

Il mangea comme un affamé, attrapant tout ce qu'il voyait. La bouche pleine, il marmonna :

– C'est formidable ! Le meilleur repas que tu aies jamais préparé !

Cela la fit rire :

– Le seul repas que j'aie jamais préparé, tu veux dire ?

– Tu m'as fait de la soupe, une fois.

– Elle était bonne ?

– Passable.

– Merci beaucoup.

Elle jeta un œil autour d'elle :

– Cet endroit est un vrai foutoir. Qui s'occupe de toi ?

– Personne.

– Je vois ça. Et qu'est-ce que tu fais ?

– Ce que j'aurais dû faire depuis longtemps. J'ai écrit un scénario. Un film que je pourrai diriger.

Elle le taquina :

– Te voilà réalisateur maintenant ?

– Pourquoi pas ? Si Grudge Freeport l'est, n'importe qui peut l'être !

Elle l'encouragea :

– Je suis celle qu'il te faut ! Tu en seras la vedette, aussi !

Il rit :

– Et, tu crois que je laisserai faire ça par un autre ? C'est un rôle formidable.

– Je pourrai le lire quand?

– Pas avant que j'aie fini.

Il se tut, puis :

– Donc... je suppose que tu es au courant : j'ai quitté le tournage.

– Ce n'était pas vraiment un secret.

– J'avais prévenu que ça arriverait. Ils vont sûrement me faire un procès, mais ça n'a pas d'importance. Je devais le faire.

Elle faillit tout lui révéler à propos de Panther, mais s'arrêta juste à temps. L'affaire était trop importante pour la divulguer.

Rassurante, elle lui affirma :

– Ne t'inquiète pas. Ils ne te feront pas de procès.

– Qu'est-ce qui te fait dire ça? J'ai entendu dire que Mickey Stolli a piqué une telle rage qu'il a failli avoir une crise cardiaque!

– Écoute-moi, Lennie. Je sais qu'ils ne te feront pas de procès.

– Et pourquoi ça? Tu as fait intervenir Gino?

Il plaisantait et elle rit avec lui :

– Gino ne s'occupe pas de ce genre de choses.

– Mais il pourrait s'il le voulait, hein?

– Tu t'imagines toujours que mon père est un gangster important!

– Il ne l'était pas?

– Il a trafiqué de l'alcool pendant la prohibition. Puis il a dirigé un bar clandestin. Après quoi, il est allé vivre à Las Vegas, en toute respectabilité.

– Bien sûr...

– C'est vrai. Est-ce que tu l'as vu à New York?

– Je n'ai vu personne. Je suis resté enfermé ici.

– Il faut qu'on l'appelle.

– Plus tard.

Il éloigna la chaise et se leva en tendant les bras vers elle :

– Viens par ici, cuisinière...

– Pourquoi?

– Parce que j'aimerais bien te fatiguer.

Elle lui tira la langue :

– Que voilà une charmante attention.

– Dis-moi que tu n'aimes pas ça?

51

Le samedi matin, Los Angeles était dans le brouillard.

Emilio Sierra fut bien obligé de constater que Rita était restée toute la nuit. Ses vêtements constituaient une piste allant du salon à la chambre à coucher, et elle était endormie sur le lit. Un bon point pour Emilio.

Quel baiseur!

Il la secoua brutalement, la bousculant pour qu'elle se lève. Rita bredouilla en s'agrippant à l'oreiller :

— Quelle heure il est?

— Je te l'ai déjà dit. Il est tard et je dois sortir.

Rita enfouit son visage dans l'oreiller :

— Je vais rester là.

— Tu ne resteras nulle part. Je suis obligé de fermer la porte.

Il était nerveux, agité. Rita prit un ton accusateur :

— Eh! Qu'est-ce que tu t'imagines? Que je vais te voler?

Il mentit en vitesse :

— Mais non! Ma mère va venir. Je vais te déposer quelque part.

Elle s'habilla tranquillement, pas du tout gênée d'être nue devant lui. Elle était réellement excitante cette nuit, mais pas tant que ça dans la lumière crue du matin, le soleil filtrant à travers les fenêtres accusait les traits de son visage, sans maquillage.

Emilio la pressait de s'habiller. Elle s'exécuta en geignant.

Ensuite, il la poussa dans sa voiture, la reconduisit chez elle, en lui disant rapidement au revoir.

Elle cherchait encore à gagner du temps :

— Je te vois quand?

— Bientôt...

Il eut un clin d'œil encourageant :

– Je t'appelle.

Cette réponse classique ne l'enchanta guère, mais elle gagna la porte de son immeuble, comme si de rien n'était.

Intérieurement, Emilio se félicita : « Les femmes... plus on les traite durement, plus elles aiment ça... » Enfin débarrassé de Rita, il fila directement chez Vénus Maria. Il savait qu'il était trop tôt pour qu'elle soit déjà levée. D'autre part, c'était le week-end, le gardien avait congé, il comptait précisément là-dessus. Ce gardien était beaucoup trop protecteur avec elle et se méfiait toujours de lui. Seul avec Vénus Maria dans la maison, il avait plus de chance de pouvoir fouiller dans le coffre.

Même pas besoin de sonner à la porte d'entrée. Une fenêtre derrière la maison était d'un accès facile. Pourquoi la déranger, alors qu'elle dormait ? C'était bien mieux de la surprendre en plein sommeil, la petite sœur...

Effectivement, Vénus Maria dormait profondément, recroquevillée devant la télévision, un gobelet de glace vide par terre à côté d'elle, une simple veste en guise de couverture sur le corps.

C'était trop beau pour être vrai.

A pas de loup, Emilio avança dans le salon, monta les escaliers jusqu'à la chambre, en direction du coffre. Il savait où elle avait noté le code de la serrure. Rapidement, il chercha l'agenda de téléphone, repéra la combinaison codée, retourna en hâte vers le coffre, l'ouvrit, en sortit délicatement la photo de Vénus Maria en compagnie de Martin Swanson et la mit en sûreté dans sa poche. Tout cela ne lui avait pris que quelques minutes. C'était bien plus facile qu'il ne l'avait imaginé. Il n'avait plus qu'à disparaître et elle ne saurait même pas qu'il était venu.

Ce qu'Emilio ignorait, c'est qu'en ouvrant la fenêtre, il avait déclenché une alarme silencieuse, directement reliée à la police. Alors qu'il commençait à descendre l'escalier, il fut sidéré d'entendre le hurlement strident d'une sirène de police. Elle avait l'air de s'arrêter devant la maison...

Vénus Maria se réveilla d'un bond.

– Oh, mon dieu !

Elle venait de réaliser qu'elle s'était endormie devant la télévision, alors que la police sonnait déjà à la porte. Elle s'y précipita, encore ensommeillée.

Deux flics en uniforme se tenaient devant elle, au garde-à-vous. L'un d'eux avait la main sur la crosse de son revolver.

– Votre alarme a sonné, mademoiselle? Tout va bien?

Il la reconnut tout de suite et donna un coup de coude à son partenaire.

– Excusez-moi. Vous n'êtes pas?

Elle fit un signe affirmatif.

– Oui, c'est moi. Et je ne suis pas à mon avantage. Vous dites que mon alarme a sonné?

– Quelqu'un s'est introduit chez vous.

Dieu du ciel! l'admirateur dingue qu'elle redoutait en permanence devait être quelque part dans la maison. Elle frissonna.

– Je suis seule.

– Ne vous inquiétez pas. On va vérifier partout. Ça ne vous ennuie pas qu'on entre?

– M'ennuyer? Je suis ravie...

Emilio, caché en haut de l'escalier, tendait l'oreille. Comment se sortir de là?

Il fit le tour des possibilités dans sa tête. Il pouvait toujours prétendre que la porte de derrière était ouverte et qu'il était monté dans la chambre pour voir si elle était réveillée. Vénus Maria serait mécontente, mais que pouvait-elle faire contre lui? Il était son frère.

Mais avant qu'il ait pu bouger, les deux flics étaient en position en bas de l'escalier, armes pointées. L'un des deux hurla:

– A plat ventre, andouille! Et n'essaie pas de sortir une arme!

Dennis Walla décrocha le téléphone qui résonnait et marmonna dans le récepteur:

– M'ouais? Qu'est-ce qu'il y a?

– Dennis?

– Qui est à l'appareil?

– Dennis... C'est moi, Bert, ton informateur de New York. Bert... T'as la mémoire qui flanche ou quoi?

Avec un soupir de lassitude, Dennis reconnut en effet le rude accent cockney de Bert Sicombe, un collègue de New York. Histoire de rire, le journal avait fait surveiller Swanson par ce type.

Dennis bâilla en se grattant le bas-ventre:

– T'as trouvé quelque chose, mec?

– Ils sortent beaucoup c'est tout. Bon sang, ils sont jamais chez eux.

Bert avait l'air aigre.

– Ah bon! Et où ils vont?

– Essaye de te coltiner toutes les soirées de la ville et toutes les boîtes. C'est vraiment pas facile de les suivre!

– Ils ont l'air d'un couple heureux? Amoureux?

– T'as déjà vu un mari et sa femme en public qui n'aient pas l'air amoureux? Ils ne se quittent pas. C'est complètement écœurant.

– Hum...

Dennis prit une cigarette pour réfléchir, aspira profondément une bouffée :

– Hum... Je suppose qu'il sera moins heureux, lundi.

– Tu crois que ce salaud va nous faire un procès?

– Réfléchis, mec... Il n'est pas idiot à ce point. Quatre ou cinq ans, avec des avocats grouillant autour de toi, pour finalement passer au tribunal. Non, il ne fera pas de procès.

– Ouais. Mais c'est un dur, Swanson...

– T'en fais pas. Pas si dur que ça. Aujourd'hui, je vais récupérer une photo de lui avec Vénus Maria. Une photo très évocatrice. Quand notre histoire sera sortie, on aura des tas d'éléments pour l'appuyer.

– D'accord. Alors, j'ai fini mon boulot?

– File-les encore vingt-quatre heures.

– C'est du temps perdu...

– Eh bien, perds-le, puisque tu es payé.

Dennis aspira une autre bouffée de cigarette, l'écrasa dans un cendrier déjà rempli à ras bord, se retourna et se rendormit.

Tous les samedis matin, à 7 heures, Martin Swanson jouait au racket-ball pendant deux heures. Il faisait toujours le pari d'écraser son adversaire et, comme la plupart de ses adversaires travaillaient pour lui, il gagnait à coup sûr.

Il prit une douche après la partie, se sécha, s'habilla et escalada les escaliers en courant jusqu'au dernier étage de l'immeuble Swanson. Son bureau était construit sur le toit, il avait une superbe vue panoramique de la ville.

Il était trop tôt pour appeler Vénus Maria en Californie. Il se demandait comme elle avait réagi à son cadeau. Ce n'était pas vraiment un cadeau, en fait. Il avait perdu un pari. Mais de quelle manière!

Gertrude, son assistante personnelle, l'accueillit avec un sourire de triomphe. Elle était avec lui depuis onze ans et en savait plus sur ses affaires que n'importe qui.

– Bonjour, monsieur Swanson, comment allons-nous

aujourd'hui ? Je suis sûre que vous serez enchanté de lire cela

Elle lui tendit une liasse de fax.

— Oui, monsieur Swanson, il semble bien que nous allons prendre la tête d'un studio. Dois-je prévenir le pilote, pour qu'il prépare l'avion ?

Il parcourut rapidement le premier fax. Puis le second. Puis le troisième. Un sourire vola sur ses lèvres :

— Faites. Je partirai demain à la première heure.

Mickey fut réveillé en sursaut par une armée de jardiniers mexicains, qui faisaient ronfler leurs aspirateurs à feuilles juste en bas de sa chambre. C'était interdit. L'odeur des gaz d'échappement arrivait jusqu'à ses narines. Furieux, il se retourna vers Abigaile pour la secouer, mais elle était déjà levée et avait quitté la chambre. Il grommela :

— Nom de Dieu !

Combien de fois avait-il demandé que les jardiniers ne s'approchent pas de la maison le samedi !

Il regarda sa montre. Déjà 10 heures !

Il s'extirpa du lit douillet, se rendit à la salle de bains et s'examina dans la glace. Il remplit le lavabo d'eau glacée et plongea la tête dans la cuvette. Ça le réveilla d'un seul coup.

Le cerveau éclairci, il appela Warner, en parlant à voix basse, au cas où Abigaile écouterait :

— Qu'est-ce que c'est, ce jeu de con ?

— C'est fini, Mickey !

Warner n'avait pas l'air contente de l'entendre.

— Qu'est-ce que tu veux dire par « fini » ?

— J'en ai assez.

— Assez de quoi ?

— De tes humeurs, de ta femme et de la façon dont tu te sers de moi uniquement pour le sexe. En plus, je suis tombée amoureuse de quelqu'un !

Il manqua défaillir :

— Tu es quoi ?

— Oui, je suis amoureuse d'un autre !

Elle confirmait avec insanité ? Il demanda aigrement :

— Je me demande bien qui c'est !

— Johnny Romano.

Et elle lui raccrocha au nez.

Leslie Kane se réveilla à Los Angeles, toute frissonnante, en réalisant où elle était et ce qu'elle avait fait. Elle avait abandonné Eddie pour retourner à son ancienne vie. En y réfléchissant, ce n'était pas très intelligent, comme changement.

Elle repensa à son mari, les larmes aux yeux. Eddie n'était pas si méchant. Il avait ses problèmes, comme tout le monde. Et elle le laissait tomber juste au moment où il avait le plus besoin d'elle. Une drôle d'épouse!

La maison de Madame Loretta était très calme. Les matinées du samedi n'étaient pas favorables au commerce du sexe. La plupart des hommes s'occupaient de leurs enfants.

Allongée sur le lit, Leslie se demandait quoi faire. Une seule chose était sûre, il fallait donner à Eddie une bonne leçon. Pour qu'il cesse de la traiter en quantité négligeable.

Vingt-quatre heures devraient suffire.

Dans vingt-quatre heures, elle rentrerait à la maison.

A New York, il était 10 heures lorsque Deena ouvrit les yeux. Elle ôta son masque de sommeil, en satin noir, sonna la domestique, qui lui apporta son thé au lit en même temps que les journaux. Elle plongea directement dans la rubrique mondaine, avide de savoir qui avait fait quoi et à qui, et si elle avait raté une soirée intéressante. Rassurée, elle passa aussitôt aux pages de mode. Les autres événements du monde, les affaires criminelles, le reste de la terre ne l'intéressaient pas.

Le domestique vint lui dire qu'on la demandait au téléphone.

— Qui est-ce?

— Monsieur Paul Webster.

Tiens. Pourquoi le fils d'Effie l'appelait-il?

Elle décrocha l'appareil:

— Paul? Le petit Paul?

— Vous vous évertuez à me rapetisser, on dirait?

Belle voix. Très basse, très sensuelle. Deena ressentit un léger choc, malgré elle.

— Je ne crois pas que ta mère apprécierait que tu me fasses des avances.

Il attaqua directement:

— Qu'est-ce qui vous fait croire que je vous fais des avances?

— A moins que tu veuilles des nouvelles de ma santé, je ne vois pas! Quelle est la raison, Paul?

— Je vous trouve excitante, Deena.

Elle ne put retenir un rire amusé:

– Paul... J'ai l'âge de ta... enfin de ta...

– Sœur aînée par exemple ?

– Quelque chose comme ça.

– Je peux vous inviter à déjeuner ?

Elle se dit « pourquoi pas » ? Effie prendrait un de ces fous rires ! Seulement, Effie ne le saurait pas.

– Où veux-tu aller ?

Il répondit avec aisance.

– Au parc.

Elle pensa qu'il voulait parler de la *Taverne du Parc*.

– Quelle heure ?

– Je passerai vous prendre à midi.

Il attendit sa réponse.

– Je ne sais pas. Je...

Alors, il l'interrompit avec autorité :

– Midi. A tout à l'heure.

Elle sourit en raccrochant. Depuis un certain chanteur de *soul* musique, elle n'avait pas eu d'amant. Simplement parce que Martin disait qu'elle ne devait pas.

Mais pourquoi écouter Martin, puisqu'il faisait exactement ce qu'il voulait de son côté ?

Tout de même ! Paul Webster... un jeune homme... Le fils d'Effie.

Elle se réprimanda : « Deena Swanson, tu devrais avoir honte ! »

Eddie Kane, lui, ne dormit pas du tout. Il alla à une soirée sur la plage, dans une maison louée par Arnie Blackwood et Frankie Lombardo. Il se sentait bien, complètement défoncé. Il sniffa le plus de cocaïne possible, sachant qu'Arnie et Frankie en avait toujours une abondante réserve pour les amis, donc que ça ne lui coûterait rien. A un moment, il s'était risqué à demander une avance à Arnie. Arnie lui avait éclaté de rire au nez.

C'était plein de filles, mais Eddie n'avait pas envie de baiser. Il avait mal agi avec Leslie, il lui avait fait du mal, il ignorait comment elle avait réagi. Qu'allait-il bien pouvoir faire ?

Premièrement, il ignorait complètement où elle avait pu aller. Ensuite, il ne savait pas dans combien de temps elle déciderait de revenir.

Foutre en l'air, comme ça, une relation aussi parfaite. C'était toute l'histoire de sa vie !

Il émergea le samedi matin, effondré par terre dans le salon de Arnie et Frankie, en compagnie d'une demi-douzaine de paumés comme lui, qui avaient passé la nuit là. Par chance, il avait réussi à mettre de côté suffisamment de cocaïne, durant la soirée, pour s'offrir un bon coup de fouet avant d'entamer la journée. Après un petit tour à la salle de bains, sans plus, il se sentit bien mieux.

Il alla chercher sa voiture. « Foyer... doux foyer... *Home sweet home...* »

Il n'y avait plus qu'à espérer que Leslie l'y attendait.

52

– Ne tirez pas, je suis son frère!

Emilio hurlait, complètement paniqué. Le flic hurla de même :

– A terre tout de suite! Ou tu ne seras plus le frère de personne!

Vénus Maria hésitait à avancer derrière eux. L'autre flic l'arrêta :

– Mettez-vous en arrière, mademoiselle.

Elle venait de reconnaître la voix d'Emilio. Merde! Qu'est-ce qu'il fichait dans la maison sans qu'elle le sache? Elle se cacha dans la cuisine en essayant de réfléchir à ce qu'il convenait de faire.

Prudemment, l'un des flics grimpa l'escalier, l'autre restant en arrière pour le couvrir. Le premier flic attrapa Emilio sans ménagement, lui plaqua les bras dans le dos et lui passa brutalement les menottes.

Emilio protesta :

– Vous faites une grossière erreur, je l'ai dit, les mecs, je suis le frère de Vénus Maria. Pas un voleur!

– On verra bien. Allez, en avant!

– Sûr qu'on va voir! Je vous poursuivrai en justice!

Emilio reprenait un peu d'assurance. Le flic répondit d'une voix lasse

– Tu nous poursuivras en justice, hein?

Il avait entendu ça des centaines de fois dans sa carrière de flic. C'était quasiment le cri de ralliement de Beverly Hills.

Arrivés en bas, ils le traînèrent de force jusqu'à la voiture de police.

De nouveau complètement affolé, Emilio cria :

– Faites-la venir! Qu'elle m'identifie! Je vous le répète, je suis son frère!

L'un des flics retourna dans la maison et dénicha Vénus Maria dans la cuisine. Il demanda :

– Je peux avoir votre autographe? C'est pour ma petite fille. Ça lui ferait tellement plaisir.

– Bien sûr, dit Vénus Maria, en signant le bout de papier qu'il lui mettait souz le nez.

– Bon, je ne sais pas si on a coincé un de vos dingues de fans, ou un autre, mais ce type prétend qu'il est votre frère. Vous avez un frère?

Elle asquiesça tristement d'un hochement de tête.

– Quatre. Tous des minables.

– Si vous jetiez un coup d'œil avant qu'on l'emmène pour le coffrer?

Un instant, elle eut la tentation de dire non, puis elle songea aux gros titres des journaux et s'exécuta de mauvaise grâce.

Au-dehors, Emilio, coincé contre l'aile de la voiture de police, avait l'air d'un coupable.

Eh merde! C'était bien lui.

– Je suis désolée les gars, c'est bien mon frère. Mais je n'ai pas la moindre idée de ce qu'il venait faire chez moi. Il n'habite pas ici.

Les flics échangèrent un regard hésitant :

– On le laisse partir?

Elle n'avait pas le choix. Faire enfermer Emilio sous prétexte qu'il était le pire des emmerdeurs n'était pas de bonne guerre.

– Je crois que oui.

Bon gré, mal gré, il valait mieux. Bien qu'une bonne nuit de prison lui eût fait le plus grand bien. Histoire de lui rendre la monnaie de la pièce pour toutes les brutalités qu'il lui avait infligées durant toute son enfance et son adolescence.

Les flics lui retirèrent les menottes et Emilio se frotta les poignets en leur jetant un regard mauvais, bouffi d'orgueil.

– On ira devant le tribunal, comptez là-dessus, les mecs!

Vénus Maria l'interrompit :

– La ferme! Et rentre maintenant. Qu'est-ce qui t'a pris d'entrer dans la maison par effraction?

– Entrer par effraction?

Emilio prenait l'air atterré...

– Tu crois que je pourrais entrer par effraction? Moi?

Ton propre frère? Je suis venu déposer l'argent dans ton coffre, comme tu me l'as dit. Je te cherchais dans la chambre quand les flics sont arrivés!

Pas convaincue, Vénus Maria lui demanda:

– Et comment es-tu entré?

– Par la fenêtre de derrière, elle est toujours ouverte!

– Tu as déclenché le signal d'alarme. Il y a un faisceau devant.

Il s'efforça d'avoir l'air contrit:

– Pardon, petite sœur. Je ne voulais pas te faire d'ennuis.

Vénus Maria eut un regard désespéré à l'intention des policiers, en passant une main lasse dans ses cheveux platine.

– Je suis désolée de vous avoir dérangés, les gars. Il semble que ce soit une erreur.

Ils répondirent en chœur:

– Ne vous en faites pas! C'est quand vous voulez! On adore vos disques, on adore vos films.

Elle sourit:

– Merci. Si vous me laissiez vos noms? J'essaierai de vous envoyer des billets pour mon prochain concert.

Les flics avaient l'air ravis.

Emilio rentra peureusement dans la maison. Il fallait qu'il s'en aille maintenant. Pourvu que Vénus Maria n'ouvre pas son coffre et ne s'aperçoive pas de l'absence de la précieuse photo! Il l'avait soigneusement dissimulée à l'intérieur de sa veste. Mieux valait partir le plus rapidement possible.

Vénus Maria le suivit à l'intérieur en lui lançant d'une voix claire et forte:

– Quand tu viens chez moi, sonne à la porte. Tu peux faire ça?

Il acquiesça d'un signe de tête maussade.

– Donne-moi l'argent que tu veux que je garde ici. Et je t'en prie, Emilio, la prochaine fois, téléphone avant de venir!

Il se frappa le front en s'exclamant:

– Que je suis bête! Je me suis tellement précipité pour venir ici que j'ai oublié l'argent. Je l'ai laissé à l'appartement. Après tout, je ferais peut-être mieux de le mettre à la banque.

– Oui. Tu devrais.

Elle se demandait tout de même ce qu'il avait en tête. Il était prêt à filer en vitesse.

– À bientôt, petite sœur!

De tous ses frères, Emilio était le plus sournois. Elle ne lui faisait aucune confiance. Elle ne lui avait d'ailleurs jamais fait confiance, et voilà qu'il était pressé de partir, qu'il filait comme un rat.

La police l'avait peut-être énervé. Peut-être pas. Instinctivement, Vénus Maria devinait qu'il était sur le point de faire quelque chose de grave.

Tout le problème était qu'elle ne pouvait pas deviner ce quelque chose.

53

– Qu'est-ce que tu veux faire aujourd'hui ?
– Je ne sais pas et toi, qu'est-ce que tu veux faire ?
Lennie dit en riant :
– Bon, ça peut durer longtemps comme ça.
Lucky répondit tendrement, heureuse de profiter de la compagnie de son mari :
– J'espère bien.
– Je ne suis plus aussi jeune qu'avant.
– Personne ne l'est.
Ils plaisantaient ainsi en se renvoyant la balle, heureux d'être ensemble.
C'était une journée d'été torridè à New York. Ils avaient pris le petit déjeuner, fait l'amour encore... Il était temps d'envisager un programme.
Lucky se décida la première :
– J'ai bien envie d'aller voir Mary-Lou et son bébé. Ça te dirait ?
– Ça me dirait, si seulement j'avais su qu'elle avait accouché ! On ne m'a rien dit. Je suis qui, moi ? Le parent pauvre ?
– Mais non. Tu es le parent star de cinéma, le très riche, et qu'on aurait prévenu s'il n'avait pas disparu brusquement.
– Raconte-moi, c'est un garçon ou une fille ?
– Une fille ! Je n'ai pas encore vu Steven. Il doit être fou de joie !
– Appelons-le.
– D'accord. J'ai une idée. On va dévaliser Zabar, emporter une bonne bouffe, et on ira voir le bébé.
– Tu ne penses qu'à la bouffe en ce moment ! Qu'est-ce qui t'arrive ?
– Je prends des forces.

– Pourquoi?

– Une surprise.

Il grogna :

– Ah non, encore?

– Celle-là, tu l'aimeras.

– Est-ce que ça parle de voyages?

– Pas sans toi...

– Ça parle de sexe?

Elle le regarda, l'air interrogateur :

– Tu penses que le pouvoir est une question de sexe?

– Tout dépend qui a le pouvoir.

Mystérieuse, Lucky répondit :

– Tu verras.

– Tu es quand même un sacré numéro, Madame...

Elle rit :

– Là, tu ressembles à Gino.

– Pauvre vieux Gino. Il a dû souffrir le martyre pour t'élever.

– C'est bien pour ça qu'il m'a mariée à seize ans.

– Il a vraiment fait ça?

– Tu peux le croire. J'étais parfaite, genre petite épouse style Washington. Avec Craven, nous vivions dans une maison superbe, chez les Richmonds. Je jouais donc à la parfaite épouse, dans les règles... et devine? Voilà que Peter Richmond se présente aux élections présidentielles! C'est pas rigolo?

– Qu'est devenu le mari numéro 1?

– Ah... Craven. Il a rencontré une fille qui aimait les chevaux. Et je peux t'assurer que la seule chose qu'elle verra jamais entre ses jambes, c'est un cheval!

Lennie éclata de rire.

– Continue... Madame... j'adore quand tu parles grossièrement.

– Et pourquoi crois-tu que je parle comme ça?

– Pour m'exciter?

– Gagné.

Il l'attira à lui.

– Viens par ici, ma petite femme.

Lucky le repoussa tendrement :

– Pas maintenant.

– Et pourquoi ça?

– Il faut sortir, comme tout le monde. On ne va pas faire l'amour tout le week-end.

– Pourquoi pas?

– Non, Lennie... dit-elle fermement, en s'obligeant à résister.

Il eut un soupir de déception :

– Bon, d'accord. Alors, qu'est-ce qu'on fait ?

– On va voir mon frère. A moins que tu ne veuilles travailler. Je le comprendrais.

– Je suis resté bouclé ici tellement longtemps que j'ai failli devenir claustrophobe.

Curieuse, Lucky reposa la question :

– Je pourrai le lire quand, ton scénario ?

– Je te l'ai déjà dit, pas avant qu'il soit achevé.

– Et c'est pour quand ?

– J'aurai bientôt terminé le brouillon.

– Alors, je pourrai le lire, hein ?

– On verra.

– Merde, Lennie ! Je le lirai de toute façon !

– Voilà ce que j'aime chez toi, mademoiselle crâne de bois !

Lucky appela Gino, qui parut ravi de l'entendre. Il dit avec bonne humeur :

– Alors, comme ça, te voilà enfin de retour ? Il était temps.

– Bien sûr que oui !

– Tout a marché comme tu voulais ?

– Bien sûr que oui !

– Et tu en as parlé à Lennie ?

– Bien sûr que non !

Elle changea rapidement de sujet :

– Si on déjeunait ensemble aujourd'hui ? Je voudrais voir Steven et Mary-Lou. Elle est à la maison ? Comment va le bébé ?

– Oh ! Une question à la fois, s'il te plaît. Oui, ils sont tous à la maison. C'est une bonne idée. Tu manques beaucoup à Steven.

– On a pensé s'occuper des provisions pour déjeuner, et venir vous voir. Tu peux appeler Steven pour le prévenir ?

– D'accord ! Réunion de famille, alors ?

– Je meurs d'impatience, Gino.

Boogie les conduisit chez Zabar, après quoi Lucky décida qu'elle voulait acheter des cadeaux chez Bloomingdales. Au rayon des bébés, elle délira complètement, en choisissant jouets, vêtements, pour des centaines de dollars.

Exaspéré, Lennie lui fit remarquer :

– Qu'est-ce qu'elle va faire de toute cette marchandise, Mary-Lou ?

– S'en servir.

– Très drôle. On s'en va ?

– On s'en va.

Les bras chargés de paquets, ils se dirigèrent vers l'ascenseur. Les gens reconnurent Lennie et une foule l'entoura bientôt. Ils durent se mettre à courir pour sortir de là.

Hoquetant de rire, ils s'engouffrèrent dans la voiture. Lucky le taquina :

– Je suis contente de voir que tu es toujours une star. Je croyais que c'était fini.

Avec une ironie quelque peu désabusée, Lennie dit :

– Ouais. J'adore ça, me faire bousculer dans ce bon vieux magasin.

Elle effleura sa joue d'un doigt léger, tendre :

– Je t'aime, tu m'as manqué bien plus que je ne l'aurais cru.

– Ne t'attendris pas sur moi, je peux supporter le choc.

Elle lui tira la langue en pouffant de rire et il dit avec admiration :

– Oh, la jolie langue !

– Continue comme ça, et tu ne sauras jamais à quel point elle est jolie...

Toujours impassible, Boogie s'installa sur le siège du chauffeur.

– Où va-t-on maintenant ?

– Chez Steven, et vite !

Lucky se tourna vers Lennie :

– Tu as téléphoné à Brigette ?

– Pas depuis quelque temps. Mais je lui ai promis qu'elle pourrait rester avec nous à Malibu.

– Super ! On pourrait peut-être prendre le dernier vol ensemble, dimanche soir.

– Tu as l'air bien pressée !

– On ne va pas traîner ici, non ? Il fait chaud et lourd, là-bas on a une grande maison sur la plage qui ne sert à rien.

Il haussa les épaules :

– Comme tu voudras, je peux faire mes valises en cinq minutes.

– Pourquoi attendre alors ? Tu finiras ton scénario à la plage. Ce sera formidable. De vraies vacances d'été en famille, comme je les aime. D'accord ?

Lennie commenta tristement :

– Ouais. Le meilleur moment pour affronter les avocats.

– Je me tue à te dire qu'il ne faut pas t'en faire. Personne ne te fera de procès.

– Ne compte pas trop là-dessus, Lucky.
– Si, j'y compte. Et j'ai mes raisons.

Steven accueillit sa sœur d'une étreinte chaleureuse et d'un gros baiser :
– Mais où étais-tu passée ?
Elle mentit :
– Au Japon. Je suis devenue imbattable sur les massages du dos. Je peux voir le bébé ?
Mary-Lou sourit avec fierté :
– Allons-y, il est dans la chambre, à l'étage.
– Comment l'as-tu appelée ?
– Carioca Jade, répondit Steven.
Lennie prit un air faussement pensif :
– J'imagine qu'avec ça, elle n'aura pas de problème à l'école.
Et Lucky, enthousiaste :
– C'est un prénom superbe !
Carioca Jade était un joli petit paquet de langes, menu, fragile, attendrissant, sans défense. Steven prit sa fille dans ses bras et la tendit à Lucky :
– Dis bonjour à tatie...
– Tatie ? Ça ne me rajeunit pas !
Lennie répondit :
– Tu n'es plus une enfant non plus.
Lucky contempla le bébé :
– Merci ! Justement, il faut que je m'occupe de ma retraite, la semaine prochaine ! Steven, Mary-Lou, quelle enfant adorable !
– J'ai fait de mon mieux, dit modestement Steven.
Et Mary-Lou bondit :
– Comment ? tu as fait de *ton* mieux ?
Steven prolongea la plaisanterie :
– Et ça n'a pas été facile.
Mary lui lança un coussin à la figure :
– Sors d'ici !
Gino arriva peu de temps après et demanda une fois de plus à Lucky si elle avait parlé de Panther à Lennie.
– Je vais le faire ! Arrête de m'embêter avec ça !
– Quand ?
– Tu en fais une histoire ! Je lui dirai tout ce soir. Je veux savourer ce moment-là.
– Tu es sûre qu'il aime les surprises ?
– Ne t'en fais donc pas, Gino. Il sera ravi.

Ils restèrent deux ou trois heures à la maison, puis s'en allèrent en promenade. Elle avait libéré Boogie pour le reste du week-end.

Ils marchaient dans la rue, main dans la main, et Lennie demanda :

— Qu'est-ce que tu veux faire ?

Lucky sourit :

— Tu me demandes toujours ça. Le plus important, c'est ce que tu veux faire, toi.

— Tout ce qui te fait plaisir.

— Tu crois qu'on peut se balader comme des gens normaux, ou les gens vont te tomber dessus à nouveau ?

— On peut se balader comme des gens normaux. J'essaierai d'éviter les regards. J'ai découvert que le fait d'être reconnu ou non, c'est une question d'état d'esprit. Si tu veux qu'on te reconnaisse, on te reconnaît. Si tu ne veux pas, on ne te reconnaît pas. C'est aussi simple que ça.

— Bon. Alors, voilà ce que j'aimerais faire. Aller voir un bon film. Manger du pop-corn et m'en mettre partout, à en avoir la nausée, boire un de ces horribles trucs gazeux à l'orange et puis rentrer à la maison et puis faire l'amour toute la nuit. On peut faire ça ?

— Tu sais quoi ? Voilà pourquoi je suis fou de toi. On a les mêmes goûts.

Il réfléchit :

— Woody Allen ?

Elle répondit aussitôt :

— Mais bien sûr.

Ils firent la queue pour voir un film de Woody Allen qu'ils adorèrent. Ils en parlaient encore en rentrant à la maison.

Lucky ne réagit pas jusqu'au moment où ils se retrouvèrent dans le loft loué par Lennie. Tout d'un coup, elle se mit à rire en le regardant :

— Mais... attends un peu... qu'est-ce qu'on fait dans cette baraque ? On a un superbe appartement à New York !

— C'est romantique. Personne ne sait qu'on est là. Pas de téléphone. Rien. On reste là ce soir et on part pour Los Angeles demain ?

— Ça me va.

— Et maintenant ? De quoi as-tu envie ?

Comme elle l'aimait. Comme il lui avait manqué.

— Je voudrais manger chinois... Je voudrais de la musique, Marvin Gaye... et faire l'amour. Et toi ?

— Manger indien, Billie Holiday et faire l'amour.

– Je suppose que si on n'arrive pas à se mettre d'accord sur le repas, il attendra.

– Je suppose.

Elle haussa les épaules :

– Et si on ne se met pas d'accord, entre Marvin et Billie, ça sera pareil, hein ?

Il haussa les épaules encore.

– Eh bien... dit-elle lentement... Eh bien, il semble qu'il n'y ait rien d'autre à faire que...

Et ils s'écrièrent ensemble :

– L'amour !

Ils tombèrent dans les bras l'un de l'autre en riant comme des gosses.

54

L'idée de Paul d'emmener Deena à Central Park ne signifiait absolument pas qu'il l'invitait à la *Taverne du Parc*, le restaurant chic de Central Park. Deena était en Chanel de la tête aux pieds et, lorsqu'il vint la chercher, Paul annonça :

– On va faire un pique-nique.

Deena haussa un sourcil hautain :

– Vraiment ? Après tout, pourquoi pas ? C'est la fête.

Ce n'était tout de même pas à elle de lui faire remarquer qu'une jeune femme de classe, mariée à un homme riche et habillée par Chanel, ne fait pas de pique-nique dans Central Park...

– Je ne suis pas vraiment habillée pour l'occasion...

– Alors va te changer.

– Je crains que non.

Il la regarda intensément :

– C'est moi qui te rends nerveuse ?

Elle eut un rire amusé :

– Comment pourrais-tu me rendre nerveuse ? Je te connais depuis ta naissance.

Mais il semblait décidé à ne pas céder et elle dut capituler. Elle se hâta de monter dans sa chambre, d'ôter le tailleur Chanel pour enfiler un jogging (Christian Dior, tout de même) avec des tennis assortis.

Paul l'attendait dans le hall de l'immeuble. Deena se demandait ce que le portier en pensait. A quoi pouvait-il penser, ce portier ? Paul était assez jeune pour être son... jeune frère, par exemple.

Normalement, Martin était à son bureau. Le samedi matin, il partait toujours de bonne heure et ne rentrait jamais avant 6 ou 7 heures du soir. Pareil le dimanche. Il leur arrivait parfois de passer le week-end dans leur maison du Connecticut et, dans ce cas, Martin passait généralement son temps au téléphone ou devant le fax. Martin était un bourreau du travail, il trouvait difficilement le temps de se détendre.

Est-ce que cette pute le détendait ? ? Est-ce que cette pute parvenait à lui faire oublier son travail plus de cinq minutes ?

Deena s'efforça de chasser cette idée de son esprit. Ce n'était pas sain de ruminer ainsi sur Martin et Vénus Maria. En se taisant, Deena pouvait espérer que cette liaison s'éteigne peu à peu et retrouver Martin pour elle seule.

Mais si ça ratait ? Si la Putain parvenait à gagner du terrain ? Deena soupira. Elle avait sa solution.

Lorsqu'elle réapparut, Paul l'accueillit avec enthousiasme. Il l'examina de la tête aux pieds :

– Tu es superbe ! On va pouvoir se détendre et s'amuser.

Une fois dans la rue, elle regrettait déjà sa décision de l'accompagner :

– Comment allons-nous là-bas ?

Il la prit par la main :

– On va marcher !

Elle retira aussitôt sa main.

– Ah non ! Je ne marche pas.

Il la regarda, étonné :

– Tu ne marches pas ! C'est drôle. Il me semblait pourtant que tes jambes avançaient bien l'une après l'autre...

– Ne fais pas le singe, Paul. Prenons un taxi.

Mais il tenait à affirmer sa maturité :

– Non. On marche.

Deena se dissimula derrière une énorme paire de lunettes noires, en espérant ne pas tomber sur une connaissance. Certes, il n'y avait rien de mal à marcher en compagnie du jeune fils d'Effie. Mais tout de même...

Elle pénétra dans Central Park comme si elle pénétrait dans une jungle. Incapable de se rappeler depuis quand elle n'avait pas fréquenté de près autant de gens. Il fallait reconnaître que ça changeait un peu. Ce Paul Webster, ce jeune homme si attentionné, l'intriguait. De plus, elle avait bien besoin en ce moment qu'on lui dise des choses que Martin oubliait de lui dire la plupart du temps. Qu'elle était belle, intelligente, et séduisante, par exemple.

Nona bataillait pour enfiler un jean trop serré :

– Devine où est allé Paul, aujourd'hui.

Brigette mordit dans une pomme en répondant :

— Où ça ?

— Il a invité à déjeuner cette chère vieille lady Deena Swanson. Tu trouves pas ça drôle ?

Brigette faillit s'étrangler. Non, elle ne trouvait pas ça drôle. Ravalant son amour-propre, elle dit d'abord :

— Pour quoi faire ?

Puis ajouta aussitôt :

— Comment le sais-tu ?

— Je sais tout...

Nona était enfin parvenue à boucler la fermeture Éclair de son jean. Elle ajouta en confidence :

— Parce que j'ai écouté aux portes, quand il l'a appelée au téléphone.

L'air de rien, Brigette demanda ?

— Il l'aime ?

Et comme si de rien n'était, Nona rétorqua :

— Et toi, tu l'aimes ?

Brigette essaya de retrouver son calme :

— T'es pas folle !

— Moi, je crois que tu l'aimes.

Nona avait l'air sûre d'elle. Avant que Brigette ait pu lui répondre, Effie entra dans la chambre :

— Il y a un appel téléphonique pour vous, Brigette chérie. C'est votre beau-père, Lennie Golden. Nous aimerions beaucoup faire sa connaissance un jour. Demandez-lui donc de venir prendre un verre.

Brigette était ravie, elle avait craint que Lennie l'ait oubliée. Elle demanda à Nona :

— Alors, qu'est-ce que je lui dis ?

— Dis-lui qu'on viendra quand il veut. Tu lui as bien dit que je venais aussi ?

Brigette eut un regard vague :

— Bien sûr.

Nona fit la grimace :

— Je suis sûre que non. Dis-le-lui maintenant.

— D'accord.

Brigette courut au téléphone.

Lennie avait l'air heureux. Il expliqua que le voyage de Malibu était confirmé et qu'elle pouvait amener son amie. Il était d'accord pour que Brigette et Nona prennent l'avion dans une semaine.

Nona était tout à fait ravie et très excitée.

— J'ai hâte de faire la connaissance de ton beau-père. Il est aussi terrible que dans les films ?

Brigette manqua d'éclater de rire :

– Terrible ? Lui ?

Elle n'avait jamais songé à lui de cette manière, bien qu'il ait ses fans. A la réflexion, elle se dit qu'il devait être terrible, en effet, et taquina Nona :

– T'es vraiment dingue de lui, hein ?

– Pas autant que de Tom Cruise !

Nona attrapa sa veste.

– Allez ! On va faire des courses. J'ai envie de m'offrir le bikini le plus minuscule du monde.

Bert Slocombe se prenait pour le journaliste le plus malin de la ville. Reporter photographe, plus exactement, il ne se déplaçait jamais sans un petit appareil, facile à dissimuler. Bert était connu pour être le meilleur dans le métier ; il sortait toujours le plus juteux sur la vie des gens riches et célèbres. C'était d'ailleurs pour cette raison qu'on l'avait mis sur la piste des Swanson.

Ce matin-là, il avait d'abord pensé à filer Martin. Puis quelque chose lui avait dit de se concentrer plutôt sur Deena. Son intuition avait l'air d'être la bonne. La très élégante madame Swanson était sortie juste après le déjeuner, superbement sapée, dans un ensemble de jogging. Elle était accompagnée d'un jeune type qui ne cessait de lui lancer des regards gourmands. Et Bert savait reconnaître ce genre de regards gourmands à cent lieues à la ronde.

Content de lui, il se mit à les suivre en direction de Central Park. Il se doutait que quelque chose d'intéressant se préparait. Il s'en était douté à la seconde où il avait vu qu'ils ne montaient pas dans une limousine avec chauffeur.

Deena Swanson marchand à pied vers Central Park, c'était déjà une photo superbe en elle-même. Mais Deena Swanson accompagnée du jeune homme, c'était à coup sûr la photo à scandale ! A mettre en couverture ! Rien de tel qu'une femme mariée et célèbre en goguette – surtout avec un très jeune homme... – pour faire vendre des milliers d'exemplaires.

Bert se demandait qui était ce jeune homme. Il avait l'air plutôt beau garçon – des cheveux longs, une boucle d'oreille en or... Peut-être une star du rock. Ces musiciens de rock s'arrangeaient pour se montrer partout.

Ce n'était pas ça. Bert ne le reconnaissait pas.

A Central Park, le jeune homme sortit de son sac une grande nappe blanche et l'étendit sur l'herbe.

Bert était au paradis.

Il observait Deena en train de protester. Évidemment, elle n'était pas habituée à ce genre d'escapade, mais elle s'assit quand même dans l'herbe, ce qui facilita la tâche de Bert : il put se faufiler derrière un arbre et prendre de superbes photos.

Le couple resta dans le parc un peu plus d'une heure. Bert espérait que le type aurait un geste vers elle. Mais pas de chance, ils parlaient beaucoup, mais rien d'autre.

Il aurait bien aimé entendre ce qu'ils disaient. C'était malheureusement impossible, sans risquer de se faire remarquer. Il se déplaçait déjà d'un arbre à l'autre comme un satyre. Il se débrouilla tout de même pour prendre une photo significative. Deena avait une guêpe, ou quelque chose du même genre, dans les cheveux. Le garçon se penchait pour l'en déloger. Le public crédule ignorerait le pourquoi du geste. Il croirait plutôt à l'imminence d'un baiser sur la bouche. Superbe !

Bert les suivit encore sur le chemin du retour, vers la maison de Deena, et attendit un peu. Évidemment, le garçon ressortit assez vite de la maison et Bert le fila discrètement à distance.

Cette histoire, combinée avec celle de Vénus Maria, ferait plus de bruit que jamais. Il jubilait à l'idée d'annoncer les bonnes nouvelles à Dennis, à Los Angeles.

55

Une fois débarrassée de son frère Emilio, Vénus Maria appela Ron au téléphone. Toujours curieux, Ron aimait bien se mêler des affaires des autres :

– Où étais-tu la nuit dernière ?

– Chez *Spago*.

– Tu t'es baladée en ville, hein ? Et qui était l'heureux chevalier servant ?

– Cooper.

– Ah ! (Ron était intrigué.) Serions-nous enfin passés à l'acte ?

Vénus Maria soupira :

– Mais non, Ron. Nous ne sommes pas passés à l'acte. Cooper et moi, nous sommes amis, c'est tout. Comment peux-tu poser une question pareille ?

– Parce que je te connais. Tu n'es pas exactement ce que j'appellerais une femme patiente et comme Martin se fait désirer, j'imagine que tu ne vas pas poireauter longtemps.

Elle tortillait le fil du téléphone avec une certaine inquiétude. »

– Qu'est-ce qui te fait croire que Martin se fait désirer ?

– Il n'est pas disponible. Il est déjà pris.

– Je peux avoir tous les hommes que je veux !

Vénus Maria avait répondu comme un défi et Ron persifla :

– Prouve-le !

Ron la défiait toujours, ce qui la mettait en rage. Elle lui répondit du tac au tac, espérant lui clouer le bec :

– Je te le prouverai, d'accord ! Je te rappellerai plus tard.

Elle raccrocha sans lui laisser le temps de placer un mot. En principe, ils devaient commencer les répétitions de la prochaine tournée – *Tendre Séduction* – dans deux ou trois semaines. La tournée prévoyait vingt-deux villes. Ce serait exténuant, mais elle attendait ce moment avec impatience. Le disque *Tendre Séduction* sortirait en même temps que le clip de la chanson. Et elle devait tourner ce clip la semaine prochaine, sous la direction de l'un de ses meilleurs amis, le photographe italien Antonio.

Ron était déçu; il aurait voulu assurer la mise en scène. Elle avait tenté de lui faire comprendre que le changement était parfois bon pour tout le monde, mais Ron boudait, bien qu'il se soit réservé la chorégraphie.

Dans ce clip, Vénus Maria tenait trois rôles. Une femme très belle, une séductrice. Un homme très beau, du genre gigolo. Et un être mi-homme mi-femme. Comme d'habitude, il y aurait des controverses et des critiques. C'était d'ailleurs le but. Les fans, eux, allaient adorer; ils seraient fous de *Tendre Séduction*. Elle allait leur servir sur un plateau la Vénus Maria qu'ils désiraient tant.

Quand il s'agissait de ses fans, Vénus Maria ne se trompait jamais. Elle était la reine du clip. Leur princesse à eux. Elle représentait toutes leurs aspirations, tous leurs désirs. Inquiétante. Originale. Une femme absolument pas terrorisée par un monde dirigé par les hommes. La femme dérangeante.

Ce projet de tournée l'excitait énormément. Elle n'avait fait qu'une seule tournée dans sa carrière. Juste avant que le succès démarre vraiment. A cette époque, elle n'avait pas suffisamment d'expérience pour comprendre le phénomène d'osmose entre une actrice et son public. Maintenant, elle savait que ce serait une fête étonnante, une sorte d'échange suprême entre la star et ses fans, un transfert d'énergie et de puissance. Après cette tournée, à condition que le script soit modifié comme elle le voulait, elle serait la vedette du grand film de Mickey Stolli *Bombshell*, un rôle convoité par toutes les jeunes actrices de Hollywood.

D'abord, le clip, ensuite la tournée, puis le film. L'année serait bien remplie!

On lui avait dit que les billets s'étaient vendus en un temps record, dès l'ouverture des bureaux de vente.

Il n'y avait peut-être pas de raison de se faire du souci au sujet de Martin. Mais elle devinait que si cette union n'était pas consolidée avant son départ en tournée, tout serait fini entre eux.

Le coup de fil de Martin arriva fort à propos :

– Je vais à Los Angeles demain matin pour mes affaires. J'ai l'intention de racheter un studio de cinéma. Je viens te chercher à midi, on prendra l'avion pour San Francisco et on y passera la journée.

Elle n'aimait pas du tout qu'il décide à sa place :

– Et si j'étais prise ?

– Tu l'es ?

Il avait posé la question si abruptement qu'elle mit du temps à répondre :

– Non.

– Pourquoi tu me cherches toujours des crosses ?

– Parce que personne d'autre ne le fait.

Il rit :

– Ça, c'est une bonne raison. Tu as reçu les actions ?

Elle dit d'un ton léger :

– Ah ! ces petites choses ? Je les ai rajoutées à ma collection.

– C'est ce que j'adore chez toi.

Elle plaqua le récepteur tout contre son oreille, en murmurant :

– Quoi ?

– Tu es totalement indépendante.

« Bien sûr, Martin. Mais pas lorsqu'il s'agit de toi... »

– C'est le cas de beaucoup de gens, non ?

– Non. Sûrement pas.

A peine eut-elle raccroché, qu'elle se dépêcha d'appeler Ron.

– Il faut annuler la répétition du clip pour demain. Je prends l'avion, je passe la journée à San Francisco.

– Avec qui ?

– Martin.

– Hum...

Ron laissa filtrer un petit air de sous-entendu, puis :

– Le grand homme siffle et la petite Virginia galope.

– Ne m'appelle pas comme ça.

– Et pourquoi pas ?

– Tu sais très bien que ça m'emmerde.

– Je suis vraiment désolé, mademoiselle... Il en est encore, parmi nous, qui estiment pouvoir te parler comme à une simple mortelle.

Ron avait vraiment envie de l'emmerder aujourd'hui. Elle répondit en colère :

– La ferme !

Alors, il changea soudain de ton, le genre très maman poule :

– Tu veux que je vienne demain pour t'aider à choisir les vêtements de ta journée ? Il faut te mettre en valeur.

– Je suis capable de me débrouiller seule.

– Et les filles de Madame Loretta ? Je peux m'arranger pour qu'elles t'attendent à l'hôtel.

Pour amener des putes, on pouvait lui faire confiance. Jamais elle n'aurait dû l'immiscer dans son petit jeu.

– Les filles, ce n'était que pour une expérience d'un jour, d'accord ?

– Oh, bon ! Je voulais seulement m'en assurer. Qu'est-ce que tu fais aujourd'hui ?

Elle se radoucit. Il était son meilleur ami, après tout.

– Rien. Viens si tu veux.

– Je peux emmener Ken ?

Il était anxieux de la réponse, car il mourait d'envie de faire de la poupée Ken et de Vénus Maria, de bons copains.

– Pas question. Une autre fois, Ron.

– T'es une vraie salope.

– Merci. Je t'aime aussi, Ron.

– Amuse-toi bien demain.

– J'en ai bien l'intention.

Elle raccrocha pour appeler aussitôt Cooper et lui posa carrément la question :

– Qu'est-ce que tu fais ce soir ?

Il lui parut méfiant :

– J'ai rendez-vous avec une ancienne reine du porno, elle a dix-sept ans. Pourquoi ?

– Je peux venir aussi ?

A présent, il lui parut amusé :

– Tu suggères une soirée à trois ?

– Mais non ! J'ai simplement envie de sortir pour dîner. Martin arrive demain, j'ai pas envie de rester seule ce soir ! Je peux me joindre à vous, oui ou non ?

Il répondit sèchement :

– Je suis sûr que ma petite copine sera ravie ! On va dans une restaurant mexicain.

– Tu passes me prendre ?

Il eut un soupir résigné :

– Je ferai tout ce que tu veux, Vénus.

– Alors, viens me chercher. Ce sera super.

Martin rentra chez lui, après le bureau, d'assez bonne heure pour être là au dîner. Il fallait qu'il prévienne Deena de son voyage à Los Angeles, le lendemain, et il ne voulait pas susciter sa colère en rentrant trop tard.

Deena semblait particulièrement agitée.

– Je pars demain pour Los Angeles. Tu sais, cette affaire de studio, ça se précise.

Deena n'hésita pas une seconde :

– Je viens avec toi.

– Non.

Il avait répondu rapidement et Deena fronça les sourcils :

– Pourquoi ça ?

– Parce qu'il s'agit d'un rachat très compliqué. Et quand j'en suis arrivé à ce stade, je n'aime pas subir d'influence extérieure.

Elle le fixa dans le blanc des yeux :

– C'est ça que je suis ? Une influence extérieure ? Je me croyais ta femme.

– Tu sais bien ce que je veux dire.

Elle ressentit un vide au creux de l'estomac. C'était ça. Il repartait pour Los Angeles plus tôt que prévu. Toute cette histoire à propos du studio, dont le rachat se concrétisait, n'était que de la poudre aux yeux. La Putain n'avait qu'à faire un signe et il accourait.

Deena sentit que le moment approchait de mettre son plan à exécution.

56

Il serait bientôt temps de dire la vérité et Lucky était surexcitée par l'attente. Elle patienta tout de même jusqu'au samedi soir, tard dans la soirée. Ils avaient fait l'amour à nouveau et commandé une pizza ; Lennie s'installait tranquillement devant la télévision pour regarder une célèbre émission *Saturday Night Live*. Il l'appela :

– Alors, tu viens ?

Elle se brossait les cheveux dans la salle de bains – de beaux et longs cheveux noirs –, elle le rejoignit, uniquement vêtue d'une chemise de Lennie trop grande pour elle.

Il était allongé sur le lit. Elle le taquina :

– Tu vas vraiment regarder la télévision ?

– Chérie, je n'ai plus la force de faire autre chose.

– Il ne faut pas grand-chose pour te fatiguer, hein ?

– C'est vrai. Surtout quand on fait l'amour non-stop.

Elle se blottit contre lui :

– Tu t'en plains ?

– Tu veux rire ? Viens ici, ma femme.

Il l'embrassa profondément sur la bouche, si passionnément qu'elle chancela :

– Ne fais pas ça, à moins que tu veuilles vraiment aller plus loin.

– Oh ! mais je veux vraiment, ma belle...

Les mains de Lennie glissèrent sous la chemise trop vaste. Elle ne pouvait pas s'empêcher de vibrer sous ses caresses. Lennie lui faisait toujours cet effet-là.

– Je croyais que tu était fatigué ?

– J'ai récupéré très vite.

– Tu te prends pour Superman, Lennie ?

Il sourit avec langueur :

— Ne m'embête pas comme ça, j'ai été sérieusement privé de toi.

Mais elle le repoussa gentiment. Elle voulait bien faire l'amour, encore, mais il fallait lui apprendre la nouvelle avant. Elle s'y prit avec douceur.

— C'est le moment de sabler le champagne.

— Pourquoi ça ?

Elle prit une profonde inspiration.

— Tu te souviens de cette surprise dont je t'avais parlé ?

— Ouais !

— Elle est là.

Lennie regarda sa ravissante épouse et l'idée surgit comme un éclair. Elle allait lui annoncer qu'elle était enceinte. C'était cela la surprise. Il allait être le futur père le plus heureux du monde.

— Ne dis rien encore. Ne bouge pas. Je vais chercher le champagne. Je reviens tout de suite. Après, tu me diras la bonne nouvelle.

Elle se mit à genoux sur le lit :

— Je te promets que tu seras fou de joie.

Il ne pouvait s'empêcher de faire des mines, comme un idiot :

— Tu as raison ! Tu as toujours raison !

Et à son tour, elle lui rendit ses grimaces :

— Ça oui, j'ai toujours raison.

Il se précipita dans l'escalier, attrapa une bouteille de champagne dans le réfrigérateur, sortit deux verres et revint dans la loggia en courant. Lucky était assise, jambes croisées, au milieu du lit.

Il fit sauter le bouchon, versa le liquide doré dans les verres et le lui tendit. Elle porta un toast solennel, en se retenant de rire :

— Lennie Golden, je sais que ce n'est pas votre anniversaire, mais j'ai quelque chose pour vous.

Il tendit la main vers son visage, pour l'effleurer tendrement :

— Est-ce que je t'ai déjà dit combien je t'...

— Doucement... C'est ma surprise.

Il se redressa sur le lit :

— D'accord. Vas-y.

Il avait déjà en tête un prénom pour le bébé. Pour une fille, ce serait Maria, en souvenir de la mère de Lucky. Si c'était un garçon, pourquoi pas Lennie junior ? A moins que ce soit difficile de grandir avec un junior attaché à son nom... Oui, possible... Alors pourquoi pas Nick? Un vrai nom de gangster. Nick Golden! Ça sonnait bien. Un nom de gagnant pour un gamin gagnant.

Lucky savoura chaque mot de la phrase qu'elle prononça enfin :

— Lennie, je t'ai acheté les Studios Panther.

Il la regarda, complètement ébahi :

— Hein ?

Elle répéta les mots aussi lentement que possible :

— Je dis : je t'ai acheté les Studios Panther.

Il y eu un long silence. Lennie digérait l'incroyable nouvelle. Il finit par dire :

— Tu as fait ça ?

Et elle cria, heureuse :

— Il faut te le dire combien de fois ? J'ai acheté les Studios Panther! Nous avons acheté les Studios Panther. C'est à nous, Lennie. Les Studios sont à nous!

Il ne put s'empêcher de bredouiller :

— Et... et le bébé ?

Elle le regarda, embarrassée :

— Quel bébé ?

La nouvelle faisait lentement son chemin dans la tête de Lennie :

— Mon Dieu... c'est sérieux ?

— Bien sûr que c'est sérieux! Où crois-tu que j'étais pendant ces six semaines? J'ai passé un contrat avec Abe Panther, il me vendait les Studios à condition que j'y travaille en espionne pendant six semaines! Quelle aventure! Tu imagines? Moi, en espionne, jouant à la petite secrétaire obéissante, déguisée en Luce! Écoute-moi. Lennie, je me suis payé Mickey Stolli à fond, je t'ai même parlé un jour au téléphone!

Il était complètement en état de choc et répéta d'un air stupéfait :

— Tu m'as parlé au téléphone ?

Elle lui fit une grimace :

— C'est vrai. Incroyable, hein? Nous voilà·devenus des nababs du cinéma. On sera les meilleurs, on va faire de grands films!

Ce n'était pas exactement le genre de bonne nouvelle à laquelle il s'attendait. C'était plutôt une bombe :

— Lucky, tu es vraiment sérieuse, n'est-ce pas? Tu as vraiment acheté ces fichus Studios?

— Ça, tu peux me croire, je l'ai fait! C'est la raison pour

laquelle nous devons prendre l'avion demain pour Los Angeles. J'ai rendez-vous lundi matin ; je crois que tu devrais venir aussi. Ça sera super. Les avocats seront présents et Abe Panther lui-même. C'est une personnage à lui tout seul. Il me tarde de voir la tête de Mickey Stolli quand il va savoir, et surtout celle de sa femme, cette délicieuse Abigaile...

– Et ça t'a coûté combien ?

– Beaucoup d'argent, beaucoup, crois-moi. Mais quand il s'agit d'affaires, tu me connais. Et Panther les vaut, jusqu'au dernier centime. Il y a du terrain à vendre et une fabuleuse vidéothèque bourrée de films anciens. De plus, le secteur télévision est en pleine ascension. Évidemment, dès qu'on arrêtera la production de ces films stupides de fesses et de nichons, les revenus vont chuter. Mais ce ne sera que provisoire.

Les yeux noirs de Lucky luisaient d'excitation :

– Car j'ai l'intention de produire de bons films, Lennie. Je veux pouvoir montrer des personnages de femmes authentiques. Je veux dire, par rapport à ce qu'on voit sur les écrans en ce moment. On ne voit que des femmes calquées sur les fantasmes masculins. Les mecs qui font ce genre de films sont nuls, on dirait qu'ils détestent toutes les femmes. Ou bien on les poursuit avec un couteau pour les égorger, ou bien on les fait se déshabiller, pendant que des gamins se masturbent en regardant par des trous de serrures. Ce que je veux dire, c'est que ce genre de films ne fait pas l'apologie de la condition humaine, ils la dégradent.

Il était là, debout, hochant la tête en signe de désapprobation :

– Lucky. Tu ne connais strictement rien au cinéma.

– Pas la peine d'être un génie pour faire un film ! Tu les as vus, les mecs qui dirigent l'industrie du film ? De toute façon...

Elle parlait... parlait, sans respirer :

– De toute façon, voyons ce que nous allons faire pour ton film. J'ai jeté un coup d'œil sur les rushes, il y a des choses superbes. Si on coupe Marisa au montage, si on refait un casting, un nouveau tournage et que tu récrives le texte, on peut prendre un autre réalisateur et on refait tout ! Si on s'en occupe nous-mêmes, c'est parfaitement rattrapable.

Elle s'arrêta un instant pour reprendre souffle.

– Tu pourrais même faire la mise en scène toi-même. Pourquoi pas ? C'est une idée super.

– Et je travaillerai pour toi ?

Elle ne perçut pas la soudaine dureté de sa voix :

– Lennie, tu ne m'écoutes pas, j'ai acheté les Studios pour nous. Nous sommes ensemble dans cette affaire.

Il passa une main dans ses cheveux, visiblement agacé :

– Tu t'es servie de mon argent ?

Elle rétorqua patiemment :

– Je ne dispose pas de ton argent, tu le sais. J'ai utilisé mon argent.

– Celui que tu as hérité de Dimitri ?

Ce n'était pas un problème. Quelle importance d'où venait l'argent...

– D'accord, j'ai eu un mari riche, j'ai hérité d'une partie de la fortune Stanislopoulos. Mais c'est mon argent, maintenant. Je peux le dépenser comme je l'entends.

Il se mit à faire les cent pas dans la chambre.

– Alors, tu n'étais pas au Japon ?

Est-ce qu'il le faisait exprès de ne pas comprendre ?

– Pas vraiment.

– Bon ! Je vais te dire ce que j'ai sur le cœur. Tu étais à Los Angeles, en train de jouer le rôle de la petite secrétaire des Studios Panther, pendant que moi, je me crevais le cul à Acapulco, c'est ça ?

Elle corrigea :

– J'assurais notre avenir. Si tu veux rester une star de cinéma, il vaut mieux contrôler l'affaire. C'est le seul moyen.

– C'est toi qui vas contrôler l'affaire, Lucky. Et c'est moi qui travaillerai pour toi.

Elle était exaspérée :

– Mais arrête de dire ça ! Combien de fois devrai-je te le répéter ? Ce sont nos Studios ! Les nôtres ! Dis donc, Lennie, je me fais l'effet d'un vieux disque rayé !

– Pourquoi ne m'en as-tu pas parlé ?

Elle prit une cigarette :

– Parce que ça n'aurait plus été une surprise.

– Tu sais ce que je croyais, Lucky ?

– Non, quoi ?

– Je croyais que tu allais m'annoncer que nous allions avoir un enfant.

Elle le regarda, étonnée. Cette réaction négative était complètement inattendue et vexante. Elle s'éloigna de lui et répliqua d'un ton sarcastique :

– Je suis vraiment désolée. Tu serais peut-être plus heureux de me voir coincée dans une cuisine, pieds nus et enceinte?

– C'est si terrible?

Elle bondit hors du lit:

– C'est incroyable! Je me suis enfermée dans ces Studios pendant six semaines, j'ai fait semblant d'être une petite secrétaire, et tout ça pour quoi? Pour nous. Et maintenant que je t'annonce la nouvelle, en espérant que tu seras heureux, qu'est-ce que tu fais? Merde, tu n'arrêtes pas de me chercher des crosses.

– Je te cherche des crosses, moi? C'est ça, hein? Tu m'as menti pendant six semaines, d'une manière flagrante! Tu débarques chez moi pour faire l'amour pendant vingt-quatre heures sans respirer et, pour finir, tu m'annonces tout ça! Et c'est moi qui te cherche? Tu crois vraiment que le monde doit tourner autour de toi, Lucky?

Elle était incapable de comprendre sa réaction.

– Mais qu'est-ce que j'ai fait de si terrible? Dis-le-moi!

Il répondit tranquillement:

– Tu l'as fait sans moi. On aurait pu en parler avant. Je n'aime pas être laissé-pour-compte.

– Et je n'aime pas qu'on me dise ce que je dois faire. Je ne suis pas une enfant, Lennie.

– Tu agis parfois comme si tu l'étais.

Elle explosa.

– Va te faire foutre! Si la situation était inversée, tu voudrais que je saute de joie!

– Et tu le ferais?

– Oui.

Il la regarda un long moment, avant de dire:

– Tu sais ce que je ressens?

Elle tira une bouffée de cigarette:

– Quoi?

– Je me sens pris dans un piège. C'est exactement comme si tu t'étais dit: «Pauvre Lennie, il est mécontent de ces Studios, alors je vais les lui acheter!» J'ai l'impression d'être un rien du tout.

Elle prit un ton brusque:

– C'est la chose la plus ridicule que j'ai entendue.

– C'est ce que je ressens.

– Tu n'es pas logique.

– Ah non? Tu ne te rends pas compte de ce que tu as fait?

– Je me rends parfaitement compte de ce qui se passe. Je ne suis pas enceinte. C'est ça qui t'emmerde, c'est la vérité, n'est-ce pas?

Il ne répondit pas.

Lucky écrasa sa cigarette et gagna la salle de bains. Toute cette excitation joyeuse s'était transformée en une colère de frustration. Les hommes! Ils prétendent aimer les femmes à poigne et dès qu'ils tombent sur l'une d'elles, ces messieurs ne supportent plus la situation. Elle croyait Lennie différent. Apparemment, elle s'était trompée.

Elle s'habilla rapidement et dit sèchement :

– Je pars. Inutile d'envenimer la bagarre.

Lennie se sentit deux fois plus furieux :

– Qu'est-ce que tu dis? Tu pars?

– Je préfère ne pas rester avec toi ce soir.

C'était à son tour d'exploser à présent :

– Ah! Tu ne vas pas rester avec moi! Lucky, si tu sors d'ici, tu sors en même temps de ma vie!

Les grands yeux noirs avaient une lueur de mort lorsqu'elle tourna son regard vers lui :

– Tu me menaces?

Il cria :

– Tu pourrais écouter ce que j'ai à dire au moins! C'est toujours à toi de décider? de trancher les situations?

Les larmes lui montaient aux yeux, alors elle se détourna :

– Tu l'as très bien dit, Lennie. Je ne suis pas la bonne petite mère au foyer. Je ne le serais jamais. Je n'ai jamais prétendu l'être. Je n'ai rien contre le fait d'avoir un enfant un jour, mais j'ai encore trop de choses à faire pour l'instant.

Il répondit amèrement :

– Alors, il vaut mieux peut-être que tu les fasses toute seule.

C'était un cauchemar irréel. La réaction de Lennie, une déception terrible. Alors que ce moment aurait dû être fantastique pour eux deux. C'était le pire, au contraire. Peut-être avait-il raison. Peut-être n'étaient-ils pas faits pour vivre ensemble. Qu'avaient-ils en commun, finalement? Un certain sens de l'humour, la cuisine chinoise, les balades sur la plage et faire l'amour. Ce n'était pas suffisant.

Elle appela un taxi par téléphone et dit :

– Je vais à l'appartement. On a besoin de prendre des

distances tous les deux. Réfléchis, Lennie. J'ai fait ça pour toi, ne l'oublie pas. Je ne l'ai pas fait pour une simple question d'égoïsme.

En évitant de la regarder, il dit tout bas :

– Tu ne peux pas m'acheter, Lucky. Je ne porte pas d'étiquette « à vendre ».

– Là n'était pas mon intention. Je retourne à Los Angeles demain. Si tu décides de venir, j'en serai très heureuse. Fais-le-moi savoir.

Comme prise de nausée, elle courut vers la porte, en espérant qu'il la rappelle. En espérant qu'il allait dire que tout ça n'était qu'une plaisanterie, que tout allait bien et qu'il était aux anges.

Il ne dit rien de tout cela.

Dehors, dans la rue, une adolescente complètement droguée, les yeux agrandis, les cheveux longs en bataille, l'accosta en geignant :

– T'as pas 2 dollars ?

Lucky lui tendit un billet de 50 :

– Remets-toi sur le bon chemin. Fous cette drogue en l'air et refais-toi une nouvelle vie.

Stupéfaite, la fille hurla, dans le dos de Lucky qui s'éloignait déjà :

– Eh merde ! Et puis quoi, encore ?

Le taxi arriva sur les chapeaux de roues. Lucky ouvrit la portière et monta dans la voiture. Le chauffeur, un Portoricain, n'arrêtait pas de râler. En regardant par la vitre, elle aperçut les lumières, là-haut, chez Lennie. Il ne s'était même pas donné la peine de la suivre.

Elle murmura :

– Au revoir. N'écris pas, ne téléphone pas. Je peux me débrouiller sans toi.

– Hein ? dit le chauffeur.

Elle répondit tristement :

– Conduisez, c'est tout ce qu'on vous demande. Et tâcher de ne pas nous tuer.

57

Emilio Sierra livra sa « marchandise » à la grande satisfaction de Dennis Walla. La photographie de Vénus Maria
et de Martin Swanson valant son pesant d'or. A la fois intime
et sensuelle, on y voyait les deux personnages enlacés. Une
bonne photo pour la une.

Dennis était content d'Emilio, il le complimenta d'une
claque sur l'épaule :

— Tu as fait du bon travail, mec.

Emilio, lui aussi, était content. Il venait de décider de passer une petite semaine à Hawaii, en compagnie de sa dernière petite amie, Rita dite le Pétard. Au lit, c'était un véritable chat sauvage ; de plus, elle était jolie. L'idéal pour filer
de cette ville avant que la merde ne lui retombe sur la tête.
Ce qui devait immanquablement arriver, quand le magazine
Truth and Fact serait en vente dans les kiosques. Vénus
Maria serait folle de rage.

Dommage. Désormais, il n'avait plus besoin de sa petite
sœur. Sa nouvelle notoriété lui permettrait de devenir un
acteur célèbre à son tour. Maintenant, il pouvait s'offrir le
luxe d'appeler un agent ou un producteur important : « Je
suis Emilio Sierra ! » Il serait reçu avec les honneurs : « Emilio, comme c'est gentil à vous de m'appeler, cher ami, passez
donc me voir. »

Emilio rêvait. Tout cela allait lui arriver. Il était temps
que l'on reconnaisse enfin son talent.

Tout de suite après avoir récupéré la photo, Dennis reçut
un coup de téléphone de New York. Bert Slocombe était à
l'appareil et chantait victoire :

— Réserve-moi la page centrale ! Ça va faire mal !

— Qu'est-ce qu'il y a ?

– Bouge pas et écoute...

Après avoir entendu l'histoire que lui racontait Bert, Dennis préféra reporter à plus tard la première page.

Ce numéro de *Truth and Fact* allait faire un malheur. Et Dennis Walla avait bien l'intention de s'en attribuer tout le mérite.

Warner était dans la vie de Mickey depuis trop longtemps pour qu'il la laisse partir sous prétexte qu'elle en avait envie. Le fait qu'il aille régulièrement chez Madame Loretta n'avait à rien à voir avec leur liaison. Warner ne pouvait pas rompre! C'était à lui de décider que c'était fini.

Le samedi matin, il fit une partie de tennis assez rude avec un type prétentieux. Au lieu de déjeuner au club avec lui, il fila chez Warner. Elle n'était pas chez elle. Découragé, il repartit chez lui. Abigaile n'était pas là non plus. Il demanda à Consuela :

– Où est madame Stolli?

L'œil en coin, comme si elle critiquait cette manie d'Abigaile de faire tout le temps des courses, Consuela répondit :

– Mais... elle fait des courses, Monsieur...

Des courses. Mickey aussi savait ce que « faire des courses » voulait dire pour Abigaile. Elle n'était pas au marché, évidemment. Les courses, pour Abigaile, c'était courir les boutiques, chez Saks, Neiman, ou Marcus, avec un petit détour par Rodeo Drive.

Tabitha, la fille de Mickey, surgit au milieu de ses réflexions, en couinant :

– Papa, je peux avoir une Porsche pour mes seize ans?

Comment se faisait-il que, chaque fois qu'il rencontrait sa fille, elle lui demandait quelque chose? Le plus calmement possible, il répondit :

– On en reparlera quand tu auras cet âge.

Mais elle s'obstina à le harceler :

– Et pourquoi pas maintenant? Pourquoi tu ne veux pas me le promettre?

Elle était bien comme sa mère, implacable. Toujours patiemment, Mickey répondit encore :

– Parce que ce n'est pas le moment.

– Maman a dit que je pouvais!

S'il fallait croire Abigaile...

– Ah oui?

– Oui.

Le « oui » de la gamine était triomphant.

– Elle a promis que si j'avais de bonnes notes, si elle ne me prenait jamais avec de la drogue, si je couchais pas avec des garçons, je pourrais avoir une Porsche. Alors, j'ai décidé de ne plus fumer!

Mickey regarda sa fille de treize ans :

– Parce que tu fumes ?

Elle se défendit :

– Ben quoi! tout le monde fume à l'école!

Il se demandait ce qu'elle pouvait encore faire d'autre. Cette gamine paraissait déjà plus que son âge. Beaucoup trop même.

– Nous verrons.

Il répondit dans le vague, excédé par toute cette histoire père-fille. Il avait autre chose en tête.

– Un type t'a appelé, papa, il a demandé notre adresse.

Mickey sentit immédiatement un danger :

– Qu'est-ce que tu veux dire par « il a demandé notre adresse » ? .

– Pourquoi, c'est un secret d'État, ou quoi ?

– Je n'aime pas que les gens connaissent notre adresse, Tabitha, tu le sais.

L'air malin, Tabitha rétorqua :

– Mais je savais pas... papa. Tu me l'avais jamais dit...

– Si, je te l'ai dit.

– Oh! Je peux jamais rien faire dans cette maison! Si ça continue, je vais me payer une fugue!

Elle sortit, furieuse, et Mickey se dit : « si seulement ».

Le samedi était censé être un jour de repos et de tranquillité et tout ce qu'il récoltait aujourd'hui, c'était un surcroît de stress et de tension nerveuse. Merde. Mauvais, le stress, pour un homme de son âge. Non qu'il se sente vieux! Il se sentait parfaitement en forme physiquement; ses performances au lit en étaient la preuve. Mais le stress restait l'ennemi numéro 1. Et s'il devait se battre lundi matin avec Abe Panther et son propre beau-frère, le stress n'était pas fini. Du. tout.

A l'autre bout de la ville, dans la résidence de Johnny Romano à Hancock Park, Warner planait. Elle se disait qu'elle était morte et en plein milieu du paradis des étoiles de cinéma. Elle, Warner Franklin, petit flic des mœurs, faisant des cabrioles avec Johnny Romano! C'était trop.

Il l'avait appelée le matin, tout juste après qu'elle eut raccroché au nez de Mickey. Il chantonnait dans l'appareil :

– Viens donc chez moi, ma jolie... on lira les critiques ensemble.

C'est exactement ce qu'ils avaient fait.

Il aurait mieux valu que les critiques en question soient bonnes. Mais c'était ainsi, elles étaient très mauvaises. Cela n'avait pas l'air de contrarier Johnny. Il avait haussé les épaules avec nonchalance, en disant :

– Bof! Et après, ma jolie? Mon public m'adore, je lui appartiens. Il n'accorde aucun crédit à ces élucubrations de snobs. Tu crois que les gens comprennent quelque chose à ce qui se passe dans le monde de nos jours? Pas du tout, chérie. Mais Johnny, lui, sait parfaitement comment ça marche dans ce pays. Johnny donne aux gens ce qu'ils désirent voir, c'est tout.

C'était assez déconcertant de l'entendre parler de lui à la troisième personne. Mais Warner fit avec. Elle n'était pas si sûre qu'il ait raison d'avoir confiance en ce film. Hier soir, elle avait vu *Motherfaker*; Johnny était beau, grand, sexy, et tout, mais pas très bon acteur. Il représentait son idéal d'homme, mais c'était un drôle de macho aussi. Et son film ne faisait que célébrer cet état de fait.

La petite cour de la star grouillait dans la maison. Il y avait là des gardes du corps, des agents, des amis, des tas de gens qui ne lui voulaient que du bien. Pourtant il avait choisi sa compagnie et Warner en était extrêmement flattée.

Enfin, il avait dit :

– Allez, chérie, on va passer un petit moment en privé, toi et moi.

Et ils s'étaient retirés dans sa chambre, enfin seuls.

Du point de vue sexuel, cet homme était une sorte de taureau enragé. A côté de lui, Mickey Stolli était un classique du genre.

Pour Warner, rencontrer un homme jeune était une véritable révélation. Elle avait oublié que l'amour avait cette force et ce plaisir-là. Faire l'amour avec Mickey n'avait rien de très amusant, bien qu'elle l'ait toujours persuadé du contraire. Mickey n'était jamais complètement détendu. Il envisageait l'acte sexuel comme une sorte de match de tennis, réclamant énormément d'efforts. En conséquence de quoi, il devait réaliser une performance, sinon il était battu et puni.

Faire l'amour avec Johnny Romano, c'était exactement le contraire. Il riait beaucoup et fredonnait sans cesse à son oreille :

– Chérie... chérie... chérie...

Il pouvait bien l'appeler comme il voulait. Il était sa vedette de cinéma préférée. C'était un rêve devenu réalité. La petite Warner Franklin du quartier de Watts était, pour la seconde fois, dans les bras de Johnny Romano. Dieu, qu'elle adorait Hollywood! Johnny était là, allongé sur le lit, tel un aigle aux ailes déployées, brûlant de désir, et prêt à l'aimer.

Il demanda, en se caressant sans aucune pudeur, désinvolte :

– T'es vraiment flic, chérie ?

– Eh oui! Vraiment!

Elle admirait chaque centimètre de ce corps offert.

– Alors, prends ça...

Il montra son sexe comme une offrande.

Elle s'allongea sur lui, puisqu'il semblait le désirer ainsi, et il s'envola aussitôt vers le septième ciel.

Puis, elle se rhabilla pour aller travailler et il murmura avant de sombrer dans un profond sommeil :

– Reviens vite, chérie, ma belle...

Il pouvait en être sûr.

Cooper était seul, en venant chercher Vénus Maria pour dîner. Elle regarda derrière lui, étonnée :

– Qu'est-ce que tu as fait de la petite actrice de porno ?

Il haussa les épaules :

– Pourquoi te partager ?

– Si on dîne seuls tous les deux, les gens vont jaser.

Il l'observa attentivement :

– Ça t'ennuie ?

Elle fit « non » de la tête.

– J'ai l'habitude. Et toi, ça t'ennuie ?

– Pas du tout.

Inutile de préciser qu'il subissait la presse depuis plus longtemps qu'elle ne l'imaginait. Il chantonna :

– Alors, partons! Je meurs de faim!

Sur le chemin du restaurant, elle lui confia que Martin arrivait le lendemain et qu'ils devaient passer la journée à San Francisco. Soudain, elle eut une idée lumineuse :

– J'ai une idée géniale; si tu venais avec nous ?

Cooper éclata de rire :

– Voilà qui plairait à Martin. Il serait fou de joie.

Elle insista :

– Je t'invite. Tu es l'un de ses meilleurs amis, pourquoi pas ? Ce sera super. Si on nous voit ensemble, les gens croiront qu'on est en pleine romance à trois. Tu t'en fiches, je suppose ?

– Si seulement c'était vrai.

Il y avait une sorte d'ironie et de défi dans son regard noisette.

– Allons, Cooper ! Il faut vivre dangereusement.

– Et Martin, qu'est-ce qu'il va dire ?

– Il dira ce que je dirai.

– D'accord, miss Courage.

– Qu'est-ce que tu paries ? Ça sera super ! Je me débrouillerai pour que tu puisses parler à Martin. Je voudrais tellement que tu le fasses, pour moi.

Il acquiesça d'un léger signe de tête :

– Si ça te fait plaisir, je viendrai.

Elle lui prit la main en souriant :

– T'es le meilleur.

Tard ce samedi soir, fatigué et désœuvré, Mickey n'avait plus envie d'attendre à la maison le retour d'Abigaile, ou l'appel de Warner. Si bien qu'il téléphona à Madame Loretta pour la prévenir qu'il venait et qu'on lui prépare la petite Chinoise.

A son arrivée, on le conduisit discrètement à l'étage, dans une chambre intime.

Orange, la petite Orientale qu'il avait déjà eue, l'accueillit d'un sourire timide, ses longs cheveux noirs dans le dos. Obéissante.

– Que dois-je faire pour vous plaire, aujourd'hui ?

Rien de tel qu'une femme obéissante. Il ôta son pantalon et se laissa tomber sur le lit.

– Fais-moi une pipe.

Ce qu'il y a de bien avec les putes, c'est que l'on peut aller droit au but. Pas de fleurs. Nul besoin de conversation mondaine. Seulement l'acte. Le rêve de chaque homme.

Orange fit un petit salut et alla chercher un flacon d'essence aromatique. Mickey s'offrit le luxe de se vider l'esprit, tandis qu'elle le caressait délicatement. Ses doigts longs et fins accomplissaient des merveilles.

Tout oublier. Se laisser aller. Se détendre. Il ferma les yeux.

Lorsqu'il sentit la pression insistante de cette bouche talentueuse, il ne put se retenir de gémir à voix haute. Le plaisir était intense.

Malheureusement pour Mickey, à l'instant précis où il allait atteindre l'extase, la porte s'ouvrit brusquement et

401

Warner pénétra dans la chambre avec un collègue de la police des mœurs en civil.

L'homme dit :

– Allez! mon pote! On remet son pantalon. C'est une descente, on est de la police des mœurs.

Et Warner s'exclama de surprise :

– Mickey ?

La belle érection de Mickey se dégonfla comme un ballon crevé.

58

Carlo Bonnatti hurla :
– Mais qu'est-ce qui se passe, bordel de merde ?
Link, son garde du corps et homme de main demanda :
– Qu'est-ce que tu veux dire ?
– Je veux dire : qu'est-ce qui se passe, bordel de merde ?
Link haussa les épaules. C'était un homme grand, au visage étroit et aux yeux bridés. Une cicatrice horrible marquait sa joue gauche. Il dit en soulignant les termes :
– Tu as parlé en personne à Eddie Kane.
Carlos répondit impatiemment :
– Je sais. Et je sais aussi qu'il n'a pas de fric. Ce minable a sniffé. Mon foutu fric est parti dans son foutu nez !
Link fit une bonne suggestion :
– Tu veux que je lui brise les deux jambes ?
– Si je croyais que ça me rendrait mon fric, je dirais oui. Mais soyons réalistes. Ce sale con n'a plus un sou. Donc, il faut que j'aille aux Studios. Chez Panther. Chez Mickey Stolli. Prends-moi un rendez-vous.
Link fit un signe de tête entendu.
– Comme si c'était fait. Tu le veux pour quand ?
– Lundi. Débrouille-toi ! cracha Carlos, menaçant.
Il s'installa devant la fenêtre de son appartement, sur le toit de Century City. Il y venait chaque fois qu'il se rendait à Los Angeles. Il contempla la vue. Il aimait Los Angeles. Ce serait bien de passer plus de temps sur la côte Ouest. Loin de New York, de ses poussières, de ses crimes, de ses clochards traînant dans les rues.
A présent qu'il était un homme libre, ce n'était pas une mauvaise idée. Sa femme l'avait quitté après dix ans de mariage. C'était elle qui avait perdu quelque chose, pas lui.

Cette imbécile de bonne femme s'était fait la valise en compagnie d'une espèce de décorateur homo! Carlos avait l'intention de lui donner une leçon. Dans quelques mois, elle reviendrait en rampant pour l'implorer de la reprendre. A ce moment, il aurait l'immense plaisir de lui claquer la porte au nez.

Heureusement, il n'y avait pas d'enfants. Carlos avait toujours voulu un fils, mais sa femme ne le lui avait jamais donné. Il n'aimait pas les gens qui ne donnent pas.

Il n'aimait pas Eddie Kane.

Personne ne pouvait s'en tirer en doublant Carlos Bonnatti.

59

En remontant la fermeture de son pantalon, Mickey dit rapidement :

– Il faut que je passe un coup de fil.

Mais le flic s'en foutait complètement :

– Je vous l'ai déjà dit, mon pote, vous donnerez votre coup de fil au commissariat.

Warner était restée à l'écart. Elle regardait Mickey avec dégoût, hochant la tête comme s'il était le dernier des derniers.

Mickey concentra son attention sur le flic, sachant parfaitement qu'il n'avait aucune aide à attendre de Warner.

– Vous savez qui je suis?

C'est Warner qui répondit sèchement en avançant vers eux :

– Ouais! On sait qui vous êtes! Rien qu'un malheureux micheton!

On bouscula Mickey dans les escaliers avec les autres. Madame Loretta s'efforçait, pendant ce temps, de faire bonne figure, de rassurer ses clients et les filles. « Tout se passerait bien », disait-elle. Elle était entourée par des filles nues à des degrés divers. Parmi elles, Mickey crut apercevoir Leslie Kane. Mais il n'avait jeté qu'un coup d'œil et il avait pu se tromper.

Mickey était d'ailleurs en état de choc. Il ne pouvait en aucun cas se laisser arrêter dans un bordel et embarquer en prison comme un vulgaire criminel! Cela ressemblait trop à une mauvaise farce.

Il chercha à repérer autour de lui un chef quelconque.

– Qui est le responsable, ici?

Il y avait des policiers partout, mais il ne trouva nulle part le capitaine responsable de l'opération. A nouveau, Warner lui jeta un regard mauvais. Chacun de ses mots sentait le vitriol :

– Faites-nous le plaisir de la fermer, monsieur Stolli.

Il lui rendit son regard :

– Pourquoi tu ne me sors pas cette merde ?

– Tu t'y es mis tout seul, alors tu t'en sors tout seul. Et à voix basse elle gronda :

– Trou du cul !

Si les regards pouvaient tuer, Mickey aurait dû être six pieds sous terre.

C'était la femme avec laquelle il avait couché plus d'un an ? La femme qui passait le plus clair de son temps à lui répéter qu'il était merveilleux ? Quoi qu'ils aient pu vivre auparavant, c'était bel et bien fini.

On rassembla tout le monde au-dehors pour les embarquer dans un fourgon de police. Mickey se cacha le visage et se blottit contre la vitre. Il se demandait comment engager une procédure. Il aurait bien aimé traîner ces fils de putes devant un tribunal pour harcèlement.

Quand ils arrivèrent à la prison, des équipes de journalistes, de télévision, grouillaient déjà dans tous les coins pour les accueillir.

Charmant ! Quel cirque ! Comment cela pouvait-il lui arriver, à lui ?

Il envisagea la réaction d'Abigaile et se dit qu'il était un homme mort.

Bouclée dans le fourgon de police, Leslie Kane tremblait de toute cette injustice. Elle s'était efforcée en vain d'expliquer aux flics qu'elle n'était là qu'en qualité d'invitée pour une nuit. Ils s'étaient bien moqués de ses protestations d'innocence : « D'accord chérie. » Et ils l'avaient poussée dans le fourgon avec les autres.

Son cœur cognait dans sa poitrine. Quand Eddie saurait, il ferait des recherches sur son passé et tout serait découvert.

Quelle honte ! Eddie allait apprendre qu'il avait épousé une prostituée.

Elle s'efforçait de garder son calme. Ce n'était pas si terrible, après tout. Elle avait bien épousé un cocaïnomane ! Le temps était peut-être venu de mettre au clair leurs comportements à tous les deux.

Dehors, elle aperçut Mickey Stolli. Mickey Stolli... le patron des Studios Panther. Un pilier de la bonne société.

hollywoodienne. Le mari d'Abigaile, reine d'Hollywood. Que diable faisait-il là ?

Les hommes... Au temps où elle travaillait, elle avait toujours été surprise du genre d'homme qui venait là s'offrir un peu de bon temps. La présence de Mickey Stolli ne devait pas la surprendre. Il était typique du genre.

Les hommes fréquentaient les prostituées pour deux choses : la conversation et le sexe. La conversation venant toujours en premier.

Elle espérait qu'il ne l'avait pas vue et se détourna.

En arrivant de Londres, Primrose et Ben Harrison descendirent à l'hôtel *Beverly Hills*. Abigaile se sentit dans l'obligation de les inviter à dîner pour le samedi soir. Primrose la prévint au téléphone :

— On est fatigués...

Ce qui ne l'empêcha pas d'accepter l'invitation.

Et elle tombait mal, cette invitation ! Jeffries, le maître d'hôtel, et sa femme prenaient généralement leur jour de congé le samedi. Et Abigaile réalisa qu'il fallait qu'elle les trouve et les fasse revenir pour le service. Ils ne seraient pas contents. Elle ne l'était pas non plus.

Après avoir demandé à la cuisinière de préparer du poulet grillé, des brocolis et des épis de maïs, Abigaile demanda à Consuela :

— Où est monsieur Stolli ?

Consuela eut un haussement d'épaules fataliste. Les Stolli s'imaginaient toujours qu'elle savait où était qui, et n'importe qui ! Elle répondit vaguement :

— Sais pas M'mam. Monsieur Stolli sorti. Vous faire les courses.

— Je sais, je sais... râla Abigaile. Je suis allée faire les courses et je suis revenue. Est-ce que monsieur Stolli m'a laissé un message ?

Consuela fit signe que non. Elle se demandait bien pourquoi on ne lui donnait jamais de week-ends comme à la plupart des autres bonnes à Beverly Hills.

Quand elle eut retrouvé Jeffries, Abigaile alla voir Tabitha. En ouvrant la porte de la chambre de sa fille, elle fut accueillie par les sons stridents de la musique de Van Halen, hurlant dans la stéréo.

Elle cria au milieu du vacarme :

— Tabitha ?

Tabitha était étalée au milieu d'un lit en désordre, environnée de magazines de jeunes et ne l'entendit pas. Elle était trop occupée à discuter dans un téléphone rose bonbon.

– Tabitha!

Abigaile hurla cette fois, en traversant la chambre pour couper la stéréo.

Tabitha sursauta comme si on l'avait mortellement blessée.

– Pourquoi fais-tu ça?

– Parce que je désire te parler!

Abigaile se fit méprisante et hautaine :

– Je me demande comment tu peux t'entendre toi-même. Comment tu peux parler avec tout ce bruit! Tu vas t'abîmer les tympans!

– Qu'est-ce que tu peux être démodée!

Tabitha marmonna quelque chose au téléphone et raccrocha.

– A propos, papa t'a dit? Il a dit que j'aurai une Porsche pour mes seize ans!

– Ne sois pas ridicule, grogna Abigaile.

– Mais il l'a dit!

– Où est ton père?

– Sais pas.

– Il ne t'a pas dit où il allait?

– Sais pas.

Obtenir une information de cette gamine était pire que de persuader le pape de faire l'amour.

Abigaile sortit dignement de la chambre. Et, avant qu'elle ait pu franchir la porte, les hurlements de Van Halen retentirent deux fois plus fort.

Mickey fit tellement de raffut au commissariat, qu'on l'autorisa enfin à passer son unique coup de fil. Il appela Ford Werne.

Manque de chance, il n'était pas chez lui.

Leslie utilisa son unique coup de fil pour appeler la maison de la plage, en espérant qu'Eddie y serait. Il était bien là. Elle eut un cri de gratitude.

– Eddie!

– Chérie! Où es-tu! Je suis content que tu aies appelé. Je veux que tu rentres à la maison, chérie. Je suis désolé. Tellement désolé, si tu savais. Je ne te frapperai plus. Je ne sais pas ce qui m'a pris.

Leslie chuchota :

– J'ai des ennuis.

– Dis-moi seulement où tu es, je viens te chercher, c'est promis.

– Je suis en prison, Eddie. On m'a arrêtée. Il faut que tu me fasses sortir.

Choqué, Eddie demanda :

– Qu'est-ce que tu dis ?

– C'est une erreur. Je t'expliquerai tout quand tu seras là.

– Pourquoi t'a-t-on arrêtée ?

– Ça n'a pas d'importance. Viens me chercher.

– J'arrive.

60

Abigaile et Primrose s'embrassèrent avec raideur. Primrose était plus grande que sa sœur avec de fins cheveux blonds et des yeux de porcelaine. Son mari, Ben Harrison, un homme corpulent, faisait plus jeune que ses cinquante ans, en dépit de quelques cheveux grisonnants et d'une mine sombre. Il traitait Primrose avec une certaine déférence.

Sa première question fut pour demander où était Mickey. Avec une agitation visible, Abigaile répondit :

– Il va bientôt rentrer. Il est en rendez-vous d'affaires.

Ben rétorqua sèchement :

– Il faut qu'on parle. Je ne sais pas du tout ce qui se passe. Je sais seulement que nous sommes très mécontents d'être convoqués ici au dernier moment. Quelqu'un a-t-il contacté Abe ?

– Je l'ai vu la semaine dernière. Il ne m'a rien dit. J'ai bien essayé de l'appeler, mais Inga prétend qu'on ne peut pas le déranger.

En fronçant les sourcils avec inquiétude, Ben répéta :

– Qu'on ne peut pas le déranger ? Qu'est-ce que c'est que ce prétexte ?

Toujours guindée, préoccupée par l'absence de Mickey, Abigaile voulut clore la question :

– On le saura lundi matin.

Le dîner était à moitié achevé lorsque Mickey fit enfin son apparition. Abigaile l'entendit se faufiler en douce dans la maison. Il essayait d'éviter la salle à manger, pour disparaître dans l'escalier.

Avec un sourire aimable à l'intention de Ben et Primrose, Abigaile dit :

– Excusez-moi une minute...

Elle se précipita dans le hall d'entrée :

– Mickey! Où diable étais-tu passé?

Il était débraillé et inventa un mensonge :

– J'ai eu un accident de voiture.

– Un accident de voiture? La voiture n'a rien?

« La voiture n'a rien? » Voilà bien le genre de questions d'Abigaile.

– Ouais... répondit amèrement Mickey. Ouais, la voiture n'a rien. Je suis mort, mais la voiture n'a rien.

Sans tenir compte du sarcasme, Abigaile annonça :

– Ben et Primrose sont là. Dépêche-toi de nous rejoindre. Je n'ai pas envie de leur tenir compagnie toute seule.

Il protesta :

– Donne-moi cinq minutes tout de même, j'ai failli me tuer!

– Mickey...

Le ton de l'avertissement montait de volume. Qu'est-ce qui la préoccupait encore?

– D'accord, d'accord, dans cinq minutes.

Il se précipita dans l'escalier. Mon Dieu, le pire des cauchemars était devenu réalité! Se faire arrêter au moment où une putain chinoise lui faisait une pipe! Il n'y avait donc plus rien de sacré sur cette terre? Dieu merci, Madame Loretta avait repris ses esprits et contacté son avocat. L'homme était arrivé en un temps record et avait fait libérer tout le monde.

Mais Mickey devrait comparaître à une date précise devant le tribunal.

Si jamais Abigaile venait à savoir qu'il s'était fait prendre dans un bordel...

Le retour vers la maison de la plage sembla plus long que d'habitude. Eddie resta silencieux un long moment. Il tenait le volant d'une main, pianotait de l'autre sur le tableau de bord. Enfin, il dit :

– Qu'est-ce que tu faisais dans une maison de passe, Leslie?

– En arrivant à Los Angeles, au début, j'ai rencontré Madame Loretta.

Leslie était décidée à tout raconter.

– Elle avait l'air gentille. Elle m'a beaucoup aidée en fait. J'allais chez elle pour prendre le thé.

Eddie se mit à hurler d'énervement.

– Le thé? Tu croyais qu'elle faisait quoi? Qu'elle tenait un salon de thé?

Il reprit son souffle.

— Elle tient une maison de passe, Leslie. Tu dormais là-bas la nuit dernière. Mais qu'est-ce qu'il se passe ? Comment t'a-t-elle aidée, d'abord ?

Leslie regardait droit devant elle. La Maserati vrombissait sur la route.

— Je peux t'expliquer.

— Expliquer quoi ? Les faits parlent d'eux-mêmes.

— Combien de fois faut-il te le répéter ? J'ai dormi là-bas toute seule. Je n'avais nulle part où aller.

Eddie se frappa la tempe, sarcastique :

— Dieu du ciel! On se demande bien pourquoi j'ai l'air soupçonneux, pas toi ?

Anxieuse, Leslie le coupa :

— J'irai devant le tribunal ?

— Non. Je vais arranger ça.

— Tu peux ?

— Si je dis que je peux le faire, je peux le faire!

La voix de Leslie n'était plus qu'un murmure :

— Merci, Eddie.

La voiture fit une embardée soudaine. Eddie conduisait de façon pour le moins déconcertante. Il appuya sur l'accélérateur.

— Pourquoi ne m'as-tu jamais rien dit au sujet de Madame Loretta ?

Leslie répliqua calmement :

— Tu ne me l'as jamais demandé.

Il jeta un coup d'œil dans le rétroviseur, furieux :

— Ah bon ? Parce que c'est moi qui suis censé demander ? Par exemple : « Chérie, excuse-moi, tu es copine avec une proxénète ? » C'est ça que j'aurais dû demander ? Ce genre de connerie ?

Les yeux de Leslie s'emplirent de larmes. Elle n'avait rien fait de mal. Elle n'avait fait qu'aller dormir là-bas. Quoi qu'il en soit, c'était sa faute. C'était trop injuste.

— Eddie, s'il te plaît, ne m'embête pas. Je suis très fatiguée.

Il se montra outragé par un tel égoïsme :

— Fatiguée ? Et moi, dans quelle merde tu crois que je suis ? J'ai ce truand de Bonnatti sur le dos. J'ai pas besoin de cette responsabilité en plus.

Leslie soupira.

— Comment as-tu fait pour te mettre dans une telle situation ? Toi et Mickey, vous êtes associés. Pourquoi les Studios ne paient pas ?

412

Eddie ronchonna :

– C'est pas exactement Mickey qui doit de l'argent. Le fait est que nous avions réellement passé un accord. J'ai peur d'avoir pris une trop grosse part, en fin de compte. Je croyais qu'ils ne s'en apercevraient pas. L'ennui, c'est qu'ils s'en sont aperçu !

Leslie était soulagée d'avoir réussi à détourner la conversation de Madame Loretta.

– Il s'agit d'un million de dollars, Eddie.

– Je sais, je sais... J'avais quelques dettes à payer. Il fallait faire face. La coke n'est pas bon marché.

Fermement, Leslie se lança :

– Ce que tu devrais faire, maintenant, c'est oublier le fric et aller dans un centre de désintoxication. Je t'aiderai Eddie. Je serai toujours près de toi.

– Tu n'as pas l'air de comprendre ! Carlos Bonnatti fera pire que me couper les couilles si je ne paie pas !

– C'est ridicule. Des trucs comme ça n'arrivent que dans les films de gangsters.

Eddie rétorqua brutalement :

– Bienvenue dans le monde réel, chérie !

La tête complètement ailleurs, Mickey rejoignit sa belle-sœur et son beau-frère pour dîner. Il avait tellement de sujets de préoccupation, et il fallait rester là, assis, à supporter toutes ces conneries de mondanités !

Le sujet principal de la conversation concernait Abe Panther, évidemment. Que signifiait cette réunion, lundi ?

Mickey eut un haussement d'épaules :

– Aucune idée. Nous faisons beaucoup d'argent, les Studios vont bien. Le vieux ferait mieux de rester chez lui et d'en profiter. On n'a pas besoin d'interférences de ce genre.

Ben Harrison ne semblait pas approuver :

– Tu sais, Mickey, Abe n'aime peut-être pas le genre de films produits par Panther. Permets-moi de te dire que j'ai vu *Motherfaker*, et c'est un désastre ! Je ne voudrais pas montrer ce film à ma mère, même pas à mes sœurs !

– Possible, mais les gens vont l'adorer. C'est le genre que le public réclame à cor et à cri, en ce moment.

Ben eut une moue dubitative :

– Je ne sais pas. Vous aurez une belle recette pour le week-end, et ça retombera. Il n'y aura pas de bouche à oreille. Ou plutôt, le bouche à oreille sera du genre : « Restez chez vous. »

– Johnny Romano est une grande star! fit remarquer Mickey. Le public en est dingue.

– En tout cas, il s'aime. C'est plus qu'évident. Qui pourrait le limiter? Il n'y a personne pour tirer un peu sur les rênes?

Ben baissa la voix pour chuchoter :

– Tu sais le nombre de fois où il dit « connard » dans ce film? Sans parler des autres acteurs.

Primrose l'entendit tout de même, et le gronda :

– Ben, ne parle pas comme ça, s'il te plaît!

Mickey leva les sourcils. Primrose ne vivait en Angleterre que depuis quelques années, et voilà qu'elle se prenait pour la reine mère!

Jeffries, le maître d'hôtel, entra dans la salle à manger pour annoncer en baissant les yeux :

– Un appel téléphonique pour vous, monsieur Stolli.

– Qui est-ce? demanda Mickey durement. Je dîne!

– Il dit que c'est très important. Un monsieur Bonnatti.

– Bonnatti?

– C'est cela, monsieur.

Décidément, ce n'était pas un bon jour.

61

Confortablement installée dans le jet privé de Martin Swanson, Vénus Maria se sentait à des millions de kilomètres de son enfance. De cette maigre petite fille traînant sur la cinquième Avenue, qui contemplait de loin le mariage de Martin Swanson et Deena Akveld. Tout cela était réellement fabuleux! Elle était là, elle, aux côtés de Cooper Turner, une célèbre star de cinéma, et de Martin Swanson, le milliardaire. Elle les avait ensorcelés tous les deux.

Vénus Maria souriait. C'était une sorte de pied de nez au destin. Elle aurait aimé que Ron soit là, il aurait apprécié chaque seconde de cette scène.

Cooper alla faire un tour dans la cabine de pilotage et Martin se pencha pour lui parler à voix basse :

— Pourquoi as-tu demandé à Cooper de venir? C'était nécessaire?

— Cooper est ton meilleur ami, je pensais sincèrement te faire plaisir.

Martin répondit, irrité :

— Ça ne me plaît pas. On ne peut pas profiter d'une journée romantique à San Francisco à trois, quand elle est prévue pour deux.

Elle rit en sourdine. Martin serait-il jaloux?

— Ne sois pas bête. Cooper n'est pas casse-pieds. Il trouvera des tas de choses à faire.

Martin demeurait ironique :

— Parce qu'il va filer et nous laisser seuls?

— Non. Nous passerons un moment formidable tous les trois.

Elle avait répondu fermement, mais l'embrassa sur la joue

en effleurant délicatement son oreille de la langue, peti
avant-goût de la suite.

Cooper revint à sa place et elle s'excusa :

– Je vais me refaire une beauté.

En s'aventurant vers le fond de l'avion, elle fit un clir
d'œil à Cooper. C'était le moment pour lui d'engager une
conversation sérieuse avec Martin et de connaître ses inten
tions.

Le jet des Swanson était luxueux. Décoré comme ur
appartement de prestige, avec salon, cuisine en acier, une
chambre superbe et deux salles de bains en marbre.

Elle s'enferma dans la chambre et se jeta sur le grand li
rond. Ce jet était formidable, peut-être le lui prêterait-il pou
sa tournée... L'idée n'était pas très maligne : leur liaison
devait rester secrète.

Une limousine les attendait à San Francisco et le
emmena dans un grand hôtel, où une suite luxueuse leu
avait été réservée sur le toit. Martin devait se rendre à une
courte réunion de travail. Cooper et Vénus Maria puren
admirer pendant ce temps la vue panoramique sur la ville
Ils commandèrent du champagne.

Anxieuse, elle le pressa de questions :

– Alors, Tu lui as parlé ? Qu'est-ce qu'il a dit ?

Cooper réfléchissait à la réponse qu'il devait faire. Selon
lui, Martin n'avait pas suffisamment de cran pour quitte
Deena. Il adorait sa liaison avec Vénus Maria – qui n
l'aurait adorée d'ailleurs ? –, mais pas au point de bousille
son mariage. Deena représentait la stabilité, l'équilibre. Ell
était sa femme et ils avaient atteint tous deux un certain
degré social. Martin n'allait pas abandonner tout cela. C'étai
l'opinion de Cooper, mais ce n'était pas ce que Vénus Mari
voulait entendre.

– Eh bien !... dit-il, tu connais Martin, Monsieur bouch
cousue.

Elle était déçue.

– Ça veut dire que tu n'as rien pu tirer de lui ?

– Il te trouve fantastique.

– Oui ?

– Oh oui !

– Et c'est tout ?

– A part que je suis d'accord avec lui.

Elle rit, sans le prendre au sérieux :

– Ah bon !

Un peu plus tard, ils allèrent dîner en ville et firent sensa
tion.

Vénus Maria chuchota à Martin :

– Tu vois. Il vaux mieux que Cooper soit avec nous. Maintenant tout le monde pense que nous sommes ensemble, lui et moi. Tu imagines, si on nous avait vus, tous les deux, seuls à San Francisco ?

Martin approuva :

– C'était une sage décision, en effet.

Elle enfonça le clou un peu plus loin :

– La seule façon de nous montrer en public, c'est que tu quittes ta femme.

Ce n'était pas la première fois qu'elle lui disait ce genre de chose. Il ne répondit pas.

Après dîner, ils roulèrent en voiture jusqu'à la baie et, dans un petit café bourré de monde, ils dégustèrent quelques *capuccinos*.

Les femmes surgissaient de partout et pavanaient, forçaient le regard des hommes, en espérant se faire remarquer. Amener ici, ensemble, au même endroit et en même temps, deux hommes comme Cooper Turner et Martin Swanson, ressemblait à un défi irrésistible. Tandis que les hommes détaillaient Vénus Maria de la tête aux pieds, ainsi que les femmes d'ailleurs, Cooper et Martin ne quittaient pas des yeux les femmes en question. Vénus flirtait avec Cooper en le taquinant, une lueur malicieuse dans le regard :

– Tu n'as pas envie de baiser ?

Il répondit très sérieusement :

– De nos jours, baiser est une aventure dangereuse. Il faut connaître le passé sexuel de l'autre depuis sept ans au moins. Ça prend du temps et de l'énergie. Ce n'est pas comme autrefois. Ça me fatigue trop.

Martin lui jeta un regard étonné :

– Je n'aurais pas cru entendre ça un jour de ta bouche !

Vénus Maria fit bouffer les boucles platine autour de son visage :

– Oh ! il dit toujours ça. Ne fais pas attention.

Cooper sourit :

– J'essaie de me préserver.

– Pour quoi ? demanda Vénus Maria, curieuse.

– Tu le sauras quand elle viendra.

Il soutint son regard.

Elle détourna le sien.

Plus tard, ils reprirent l'avion de Martin, pour rentrer à Los Angeles. Vénus chuchota à l'oreille de Martin :

– Tu veux rester chez moi ?

– Je désespérais de rester chez toi. Si je ne suis pas arrivé plus tôt ce matin, c'est que j'essaie de faire attention à ma santé.

– Je te promets que nous serons seuls tous les deux, cette fois.

– Plus de jeu ?

Était-ce le fruit de son imagination, ou avait-il l'air un peu déçu ?

– Oui, Martin. Seulement toi et moi.

Ils dirent au revoir à Cooper dans la limousine. Pour Vénus Maria, il était très vite devenu un ami indispensable :

– Je t'appellerai demain.

– A demain.

– Bonne nuit.

Elle l'embrassa légèrement sur la joue. Et resta seule avec Martin.

Dennis Walla lisait attentivement la dernière édition de *Truth and Fact*, qui avait maintenant inondé le pays. La première page était la plus sensationnelle qu'il y ait eu depuis longtemps. A côté d'elle, les gros titres de l'*Enquirer* et du *Star* faisaient pâle figure.

Tout d'abord, les gros titres, en lettres rouges :

MARTIN SWANSON, LE MILLIARDAIRE AMOUREUX.

VÉNUS MARIA ET COOPER TURNER.

L'HÉRITIÈRE ET L'ÉPOUSE.

Autour des gros titres, cinq photos. Au centre, celle de Vénus Maria et de Martin Swanson. A gauche, un petit cliché de Vénus Maria et de Cooper Turner, entrant chez *Spago*. Au-dessous, une photo de tournage de Vénus et Cooper. Et, sur la droite, deux photos plus petites, l'une représentant Deena Swanson et Paul Webster à Central Park; l'autre montrant Paul et Brigette Stanislopoulos se promenant dans la rue.

Dennis était aux anges. Il n'aurait jamais pensé que l'histoire deviendrait si énorme. Au début, il avait l'intention d'utiliser les révélations d'Emilio sur Vénus Maria. Mais maintenant, il préférait les garder en réserve pour la semaine suivante. Cette semaine, il concentrait tout sur les trois romances des protagonistes. Une excellente page de couverture.

Bert Slocombe avait eu une chance insensée de tomber sur la petite fugue de Deena. Il avait encore doublé le bonheur de Dennis en se débrouillant pour prendre une photo du petit copain de pique-nique de Deena, en compagnie de Brigette Stanislopoulos, la jeune héritière du grand armateur. Quel coup fantastique!

Il y avait encore du texte au-dessus des photos.

VÉNUS MARIA, LA MAÎTRESSE DU MILLIARDAIRE.
L'ÉPOUSE BRISÉE ET LE JEUNE HOMME.
SWANSON SAIT-IL QU'ELLE LE TROMPE?

Dennis Walla balança la revue sur son bureau. Il était satisfait. Tous les rédacteurs en chef de la ville passaient désormais après lui.

Dennis Walla était en passe de devenir le plus célèbre journaliste de la presse à scandale du monde.

En l'absence des petits liens de soie et des deux prostituées exotiques, l'amour avec Martin était un peu prosaïque. Il était trop rapide, dans tous les sens du terme.

Au grand désappointement de Vénus Maria, les préliminaires avaient disparu, il n'avait à lui offrir qu'un acte minuté : vingt-cinq secondes de caresses sur les seins, les mains glissent le long des jambes, les écartent, et à l'ouvrage...

Vénus Maria était déçue. Ce n'était pas sa manière à elle d'envisager l'amour. Pas du tout. Il n'avait aucune vigueur, et tout était fini en quelques minutes. Complètement frustrée, elle demanda :

– Qu'est-ce que tu as ce soir?

De toute évidence, il ne s'était pas rendu compte que quelque chose n'allait pas.

– Tu n'es pas contente?

Elle fronça les sourcils.

– Non. Pas vraiment. C'était tellement rapide.

Martin ne semblait pas affecté. Il répondit en bâillant :

– Tu t'attendais à quoi? J'ai voyagé en avion vingt-quatre heures d'affilée. Et je ne suis pas Superman.

Vénus pensa amèrement : « Ça, tu pourras le répéter. » Elle détestait faire l'amour aussi mal. Elle se sentait frustrée, utilisée comme un objet. Pour bien faire l'amour, il faut prendre le temps, il faut que cela dure longtemps, de manière satisfaisante, détendue.

Mal faire l'amour, c'était le genre de ses frères avec les filles du quartier. Elles venaient se plaindre après, dans la vieille maison familiale, qu'on les traitait mal. Il était évident que ses frères considéraient que les femmes étaient sur terre pour faire le ménage, la cuisine, l'amour... et la fermer.

Les charmants monstres... C'est en les observant que Vénus Maria avait acquis une force, une volonté capable de tout. Elle y était parvenue. Vraiment parvenue.

Le sex-symbol moderne qu'elle incarnait maintenant devait rendre ses frères complètement fous.

Elle sauta du lit pour aller dans la salle de bains, en claquant la porte derrière elle.

Sale Martin! Il croyait peut-être qu'on allait lui offrir des liens de soie et des prostituées chaque fois qu'il ferait l'amour?

Elle imaginait que Cooper, lui, n'avait nul besoin d'intermédiaire pour s'exciter. Ce devait être un dieu au lit. Il est vrai qu'il avait eu suffisamment d'expériences durant toutes ces années. Un vrai Casanova. Le Don Juan d'Hollywood.

Elle n'aurait pas peur d'aller au lit avec lui. Mon dieu, non! Mais attention aux comparaisons. Il avait eu les plus belles femmes du monde...

Ah!... Cooper Turner et sa collection de célébrités. Vénus Maria n'aurait jamais pensé faire partie de cette cour.

Lorsqu'elle revint dans la chambre, Martin était endormi. Couché sur le côté, il ronflait bruyamment.

Elle se montrait peut-être injuste. Il avait fait un long voyage, il devait être épuisé.

Elle se blottit contre lui, entre les draps, et ferma les yeux. Il lui fallut quarante-cinq minutes pour trouver enfin le sommeil.

62

Lucky revint à Los Angeles, avec Boogie pour seule compagnie.

Lennie n'avait pas téléphoné et elle était bien trop fière pour l'appeler. Puisqu'il voulait que les choses se terminent ainsi, eh bien! qu'il en soit ainsi!

« Il faut regarder les choses en face », se dit-elle.

Elle avait acheté ces Studios pour Lennie, et il s'en foutait complètement. Bon. Il prenait cela pour une atteinte à son ego, ou à une quelconque susceptibilité masculine. Bon.

Pourquoi diable ne prenait-il pas les choses plus tranquillement, en appréciant la situation?

Avant d'arriver à son appartement de New York, elle avait appelé Gino pour lui raconter l'étrange réaction de Lennie. Il avait soupiré:

– J'ai bien essayé de te mettre en garde, fillette. Je me doutais qu'il aurait ce genre de réaction.

– Pourquoi dis-tu cela?

– Parce que c'est quelque chose de particulier aux hommes. Tu peux lui offrir un pull ou une cravate, mais des Studios de cinéma! Merde! Qu'est-ce que tu veux que je te dise...

Lucky, obstinée, ne comprenait pas.

– Son comportement est tout à fait démodé, je ne le supporte pas! L'idée de posséder les Studios Panther m'excite complètement! Il devrait aimer aussi.

– Alors? Qu'est-ce que tu vas faire, gamine?

– Je le laisse à New York, le temps qu'il reprenne ses esprits.

– Belle solution!

– Qu'est-ce que je peux faire d'autre?

– Et si tu essayais de l'aider?

– Trop tard. Maintenant, c'est à lui de faire le premier pas.

La vérité était qu'elle se sentait mortifiée et frustrée par l'attitude machiste de Lennie. Lui, plus que tout autre, aurait dû la comprendre. Elle n'avait jamais prétendu être une parfaite petite maîtresse de maison, environnée d'enfants. Il avait toujours su qu'elle était une femme de risques. C'était pour cela qu'il était tombé amoureux d'elle. A présent, il jouait à « Toi la femme, moi l'homme ». Presque comme s'il avait dit : « Sois esclave ou va-t'en! »

Ils avaient Bobby et Brigette, ce n'était pas suffisant pour l'instant?

Va te faire voir Lennie Golden. Lucky doit vivre sa vie.

Boogie la conduisit directement de l'aéroport de Los Angeles à la villa de Malibu. Miko l'accueillit d'une courbette polie :

– Content de vous voir de retour ici, madame.

C'était bon, en effet, d'être de retour. Elle se sentait forte. Elle se sentait invincible. Prête à tout.

Le dimanche soir, Morton Sharkey vint passer la soirée et ils parlèrent des Studios Panther. Elle avait tant de projets à réaliser. Des gens neufs à engager. Des tas de décisions à prendre sur toutes les productions. Qui devait rester, qui devait prendre la porte.

Plus tard, lorsque Morton fut parti, elle alla sur le balcon regarder l'océan.

Elle se fit une promesse en respirant profondément l'air frais de la nuit. « Tout ira bien, Santangelo. »

Toute sa vie, elle avait dû prouver ses capacités et se débrouiller seule. Les Studios Panther étaient comme le reste. Elle le prouverait à tout le monde. Et si Lennie ne voulait pas faire partie de l'aventure, elle la mènerait seule.

Lucky Santangelo était une battante.

Rien, ni personne, ne pouvait l'arrêter.

Abe Panther avait décidé que tout le monde arriverait ensemble aux Studios. Aussi, le lundi matin, Lucky se rendit-elle à Miller Drive, dans la villa de Abe Panther, accompagnée de Morton Sharkey.

Abe l'accueillit avec un air de fête :

– 'jour, fifille... Prête à botter des culs?

Elle répondit, comme il s'y attendait :

– Toujours prête à botter des culs!

Lucky était particulièrement belle ce matin, avec sa masse de cheveux noirs, son teint bistre et son regard sombre. Elle portait un ensemble de cuir beige de Claude Montana, des hauts talons, des boucles de diamants aux oreilles et un énorme diamant au doigt. La parfaite femme d'affaires, la classe, le style, la beauté. Quel contraste avec Luce, la petite souillon! C'était ça, la grande idée.

Abe avait l'air en pleine forme. Inga aussi, pour une fois! Il lui avait promis qu'elle pourrait assister à la réunion et elle s'était habillée pour l'occasion.

Lucky se demandait ce que le vieillard allait faire de tout cet argent. Probablement en profiter jusqu'à épuisement.

Elle demanda :

– La réunion se fait dans le bureau de Mickey?

Abe décida :

– Non. Dans la salle de conférences. Je veux y être avant les autres.

Lucky rétorqua :

– Mickey arrive de bonne heure, en général.

Avec un petit rire méchant, Abe lui tendit un exemplaire du *Los Angeles Time* :

– Peut-être pas aujourd'hui... Ceci est un vrai régal pour les yeux, ma fille.

Au bas de la première page, une photo de Mickey sortant d'un fourgon de police. Le titre disait :

UN PATRON DE STUDIO INTERPELLÉ AU COURS D'UNE RAFLE DANS UNE MAISON DE PASSE.

Lucky s'exclama :

– Oh! Mon dieu! Il en prend de tous les côtés aujourd'hui! Vous croyez qu'il viendra?

Et Abe hurla de rire :

– Bien sûr que oui!

Ils se mirent en route. Abe et Lucky dans la première voiture, Inga suivant derrière avec Morton Sharkey et l'avocat de Abe.

Sur le chemin, Lucky sentit monter l'excitation de Abe. En approchant du portail des Studios, il était presque en transe.

– C'est comme de rentrer chez soi, gamine. Je me demande pourquoi je suis parti.

Il se frottait les mains de joie.

– Pourquoi êtes-vous parti?

Il eut un haussement d'épaules :

– J'en sais rien. On entrait dans une nouvelle décade. Je n'aimais pas ce qui se faisait dans le cinéma. Le public voulait voir des choses auxquelles je ne m'étais pas préparé.

Lucky comprenait parfaitement. Abe était issu d'une époque différente.

– Ça vous fait quoi de revenir ?

Il redressa la tête, heureux :

– Ça fait joliment du bien.

Dans la salle de conférences, les secrétaires allaient et venaient nerveusement.

– Bonjour, monsieur Panther.

– Bienvenue, monsieur Panther.

– Vous désirez quelque chose, monsieur Panther ?

Abe prit sa place, en tête de la table, et indiqua à Lucky une place à sa droite. Elle obtempéra. Bien que les Studios lui appartiennent officiellement à présent, elle ne voulait pas le moins du monde lui voler son heure de gloire.

A 10 heures précises, Mickey Stolli entra. Suivi de Abigaile, Primrose et Ben.

Abe fit un geste de la main en l'air :

– Prenez place tout le monde... Faites comme chez vous.

Mickey fit le tour de la pièce, d'un coup d'œil. Son regard effleura Lucky sans la reconnaître.

Primrose se précipita pour embrasser Abe :

– Tu as l'air en forme, grand-père !

Abe répondit en faisant cliqueter son dentier :

– Comment se fait-il que tu n'écrives jamais ? Que tu ne téléphones jamais ?

Primrose soupira comme si la question était superflue :

– Nous sommes tellement occupés, grand-père. Les enfants t'embrassent.

Mickey intervint pour leur ordonner sèchement :

– Asseyez-vous.

Il n'était pas nécessaire que Primrose fasse du lèche-bottes au vieillard, en plus.

Quand tout le monde fut installé, Abe alla droit au but. Le ton rude, il commença :

– Je suis parti depuis dix ans et je vous ai laissé faire tout ce que vous vouliez. Aujourd'hui, j'ai pris d'autres engagements. J'ai vendu les Studios.

Il y eut un lourd silence. Quatre visages visiblement stupéfiés.

Mickey fut le premier à bondir sur ses pieds, incrédule :

– Vous avez fait quoi ?

– J'ai vendu les Studios, répéta Abe avec un petit rire rusé. Ils sont à moi, je peux les vendre, non ?

Abigaile devint tout à coup écarlate, en protestant :

– Grand-père, vous ne pouviez pas faire cela sans nous consulter !

Et Primrose l'approuva désespérément :

– Certainement pas...

– Les filles, j'ai le droit de faire tout ce qui me plaît ! Je suis assez vieux pour ça, et assez moche pour ça.

Mickey insista, la voix dure :

– Vous êtes en train de dire que vous avez vendu les Studios, c'est bien ça ?

Abe plaisanta :

– Une bonne note ! Il comprend l'anglais !

Ben se faufila peureusement dans la conversation :

– A qui les avez-vous vendus ?

– Mesdames... Messieurs...

Abe savourait chaque mot comme un délice :

– J'aimerais vous présenter la nouvelle propriétaire des Studios Panther.

Il se tourna vers Lucky :

– Permettez-moi de vous présenter Lucky Santangelo.

Alors, il y eut un autre grand silence. Un long silence. Que Mickey fut le premier à rompre, une fois de plus.

– De quoi s'agit-il ? C'est une nouvelle plaisanterie ?

Abigaile s'écria :

– Tu n'as pas le droit de faire ça, grand-père !

Morton Sharkey se leva pour prendre la parole :

– Mademoiselle Santangelo entrera dans ses fonctions dès aujourd'hui. A l'avenir, c'est à elle que vous aurez affaire.

Mickey cracha sauvagement :

– Si vous croyez que je vais rester à attendre qu'on me dise ce que je dois faire, surtout venant d'une bonne femme stupide ! Vous avez tort ! Je fous le camp d'ici !

« Bien », pensa Lucky.

C'était le tour de Ben. Il savait qui était Lucky Santangelo. Il connaissait sa réputation. Elle avait mis la main sur l'empire d'armement naval de Stanislopoulos lorsque Dimitri était mort. Et actuellement, sous sa direction, l'empire était plus prospère que jamais. Lucky Santangelo savait ce qu'elle faisait. Ben se lança :

– Maintenant, une seconde s'il vous plaît... Nous devons réfléchir et discuter de cette situation inattendue.

Abigaile, furieuse, incapable de se contrôler, le coupa :

– Qui a l'argent ? C'est notre argent !

Primrose essaya la voix de la raison :

– Grand-père, nous devons avoir un petit entretien en privé. Pas devant tout le monde.

Abe, qui appréciait chaque minute, ricana méchamment :

– Je vis mes propres funérailles ! Quoi ? Qu'est-ce qu'il y a ? Vous me voyez déjà mort ? Je fais ce que je veux de mon argent. Ce n'est pas *votre* argent, c'est *mon* argent.

Lucky prit la parole :

– Messieurs, une réunion de tous les directeurs des départements est prévue ici même, aujourd'hui à midi.

Mickey fit volte-face pour l'interpeller durement :

– Que savez-vous du monde du cinéma ?

La réponse cingla, glaciale :

– Je dirais que j'en sais autant que vous.

Il reconnut quelque chose dans la voix. Il l'avait déjà rencontrée, cette Lucky Santangelo. « Lucky Santangelo... Mon dieu... ce n'était pas cette nana dont le père était un ancien gangster ? Celle qui était mariée à Lennie Golden ? Mais oui, bien sûr ! Tout cela avait un sens à présent. Son mari s'était fait posséder par les Studios et sa bonne femme les achetait pour lui faire plaisir ! Quel fils de pute ! »

Mickey ne pouvait même pas regarder Abigaile. Sa chère épouse ne lui adressait plus la parole, en raison de cette histoire d'arrestation qui faisait la une du *Los Angeles Time*. En la découvrant, Abigaile était devenue hystérique. Elle avait hurlé :

– Sors d'ici ! Sors de ma vie ! Je vais te faire un procès, tu y perdras jusqu'à ton dernier centime ! Comment as-tu osé nous faire cet affront, à moi et à Tabitha ? C'est la plus grande humiliation de ma vie !

Il s'était défendu tant bien que mal :

– C'était une erreur. Je visitais cet endroit avec un metteur en scène. Ce type faisait des repérages. Je lui avais dit que l'une des scènes qu'il voulait tourner n'était pas très bonne. Il m'a emmené là-bas pour me prouver que ça fonctionnait. C'était pour le travail, Abby.

– Mickey Stolli, tu m'as menti pour la dernière fois !

Abigaile avait les yeux rétrécis de colère, à cette minute...

– On se reverra à la réunion de grand-père et nous nous conduirons décemment. Ensuite, tu feras tes valises et tu sortiras de chez moi. C'est fini entre nous.

Il se demandait ce qu'elle ressentait en ce moment. Abigaile ne pouvait plus continuer à l'ignorer après ce petit choc. Il jeta un coup d'œil dans sa direction.

426

Elle était anéantie.

Il regarda Ben et Primrose. Ben hors de lui, Primrose, prête à éclater en sanglots.

Abe savourait chaque instant de la panique qu'il avait provoquée. La petite tête de sadique! Mickey était amer. Il se leva. Inutile de rester dans ce foutoir. Il était capable de trouver du travail n'importe où en ville. Il avait fait de Panther l'entreprise prospère qu'elle était aujourd'hui.

Soudain il annonça :

— Je donne ma démission. Trouvez-vous un autre crétin.

63

Vénus Maria dormait nue. Petite fille elle avait lu un article sur Marilyn Monroe :

« Que portez-vous la nuit, mademoiselle Monroe ? – Chanel numéro 5. »

Vénus Maria ne portait donc rien d'autre que son parfum favori, Poison, et un tatouage délicat à l'intérieur de sa cuisse gauche représentant deux colombes, souvenir de deux jours de voyage à Bangkok.

Elle s'éveilla de bonne heure, s'étira languissamment, en cherchant Martin.

Il n'était plus là. Elle sauta du lit pour regarder dans la salle de bains. Pas de message. Rien.

A qui croyait-il avoir affaire ? A n'importe quelle dinde d'Hollywod, qu'on vient voir quand on est en ville, avec qui on couche, et au revoir ? Pas question. Elle était Vénus Maria. Elle méritait mieux que ça, merde ! Martin Swanson avait besoin d'une leçon.

En s'ébrouant sous la douche froide, elle y repensa.

Martin Swanson... Martin Swanson... pourquoi une telle obsession ? Que lui arrivait-il donc ? Après tout, ce n'était qu'un homme. Un de plus, c'est tout.

Une fois sortie de sa douche, elle s'enveloppa dans un peignoir-éponge et se frictionna vigoureusement les cheveux. Aujourd'hui, elle était en répétition vidéo. Elle adorait ça, n'avoir rien d'autre à faire qu'une répétition. Ne pas se soucier du maquillage, ne pas s'obliger à entrer dans la peau de son personnage de Vénus Maria. Elle pouvait être elle-même, coiffer ses cheveux en queue-de-cheval, ne pas s'encombrer de Rimmel, enfiler des vêtements sport et respirer.

Ron s'acharnerait à faire du travail sérieux. Mais il savait aussi le rendre plaisant. Elle avait décidé il y a longtemps qu'elle était une gitane au fond d'elle-même. Le travail était tout pour elle. La reconnaissance de son talent par les autres venait en prime.

Elle décida que Martin Swanson ne lui gâterait pas sa journée. Qu'il aille se faire voir ailleurs!

Au rez-de-chaussée, la femme de chambre, Hannah, l'accueillit avec le jus d'orange frais habituel, une soucoupe de fines tranches de pomme, melon, banane et orange, saupoudrées de chapelure de son diététique.

— Bon... jour..., chantonna Vénus sur deux tons.

Elle se sentait étonnamment bien, en dépit de cette gymnastique amoureuse de la veille, plutôt médiocre, et du départ matinal de Martin.

— Alors, Hannah, comment s'est passé le week-end?

Hannah n'aimait pas raconter que ces deux jours de repos n'étaient qu'un esclavage incessant dans le deux-pièces où elle vivait en bas de la ville. Deux enfants et un mari à s'occuper, ce n'est pas facile. Elle répondit simplement en faisant la vaisselle :

— Bien, mademoiselle Vénus.

Après le jus et les fruits, Maria s'offrit le plaisir de deux tranches toastées et tartinées d'une bonne couche de confiture anglaise.

Comme elle entamait la deuxième tartine, Ron arriva. Heureuse de le voir, elle le regarda, un peu étonnée :

— Qu'est-ce que tu fais là? On devait pas se voir à la répétition dans une heure?

Il tenait une revue à la main, qu'il posa soigneusement sur la table en annonçant d'un air dramatique :

— J'ai pensé qu'il valait mieux te parler d'abord.

Ron adorait faire l'important. Vénus demanda gaiement :

— Me parler de quoi?

Le ton de Ron changea :

— Tu veux dire que personne ne t'a rien dit? Tu n'as pas lu?

— De quoi parles-tu?

Il semblait en faire toute une histoire.

— Tu te souviens? Je t'avais prévenu pour Emilio, quand tu l'as fichu dehors.

Vénus eut un mauvais pressentiment. Elle n'allait sûrement pas aimer ce qu'elle allait entendre. Elle dit doucement :

– Oui ?

Ron mordit dans une tartine :

– Je ne lui ai jamais fait confiance.

– Ah ! Et tu crois que je lui faisais confiance ? Samedi dernier, il s'est introduit chez moi sans prévenir.

– Ah bon ! Je me demande ce qu'il cherchait ! Jette un œil là-dessus.

Il mit l'exemplaire de *Truth and Fact* sous son nez.

Elle le contempla avec horreur. Là, en première page, il y avait une photo d'elle et de Martin. *Sa* photo. Leur photo, prise par Cooper. Elle s'écria :

– Oh non !

– Oh oui ! dit Ron brutalement. Il est venu te voler cette photo probablement. Où l'avais-tu mise ?

Elle sursauta :

– Mais, dans mon coffre !

– Allons voir...

– Je ne peux pas croire qu'il m'ait fait ça ! dit-elle, furieuse. Je lui paie sa saleté de loyer, je le loge ici pendant des mois ! Ron... oh ! mon dieu, regarde le texte : *La semaine prochaine, le frère de Vénus Maria raconte tout !* Qu'est-ce que ça veut dire ?

Sur le mode distingué, Ron philosopha :

– Quand on est célèbre, on n'a pas le droit de chier en paix.

Vénus monta dans sa chambre, suivie de près par Ron. Elle se précipita vers le coffre, l'ouvrit, chercha la photo. Pas de photo.

– Il l'a volée ! Cette saloperie de gueule de rat de mec, de...

– Ne te retiens pas, dit Ron, en l'encourageant.

– Oh ! mon Dieu !... Que dit le texte ? Martin va exploser ! Oh, mon Dieu !

Ron essaya de la calmer :

– Ce n'est pas si terrible. Au moins Deena sait que tu existes, maintenant. Tu n'auras plus à raser les murs ou à ramper chaque fois que tu sors avec Martin.

Vénus Maria lui arracha le magazine des mains et se mit à dévorer l'histoire, à toute vitesse :

Le milliardaire Martin Swanson, qui téléphone souvent et rend souvent visite à la ravissante superstar Vénus Maria, renvoie sa belle et mondaine épouse, Deena, dans les bras de Paul Webster, le fils de la meilleure amie de Deena, une décoratrice de l'élite, Effie Webster.

*La star sexy, Vénus Maria, pourrait bien apprendre au
nabab milliardaire Martin Swanson deux ou trois choses pour
atteindre les sommets. Deena, le cœur brisé, s'est réfugiée dans
les bras de Paul en apprenant la fascination qu'exerçait sur son
mari la superstar du clip. Deena Swanson a fait un ultime
effort pour ramener à elle Martin Swanson. Pendant ce temps,
il comblait Vénus Maria de cadeaux. Selon un ami proche,
Vénus et Martin se sont rencontrés par hasard à New York, au
cours d'une soirée, il y a plusieurs mois. Mais à l'issue d'une
deuxième rencontre inopinée, à Los Angeles, ils n'ont pu résister plus longtemps. Les amis proches de Vénus Maria ont
d'abord déclaré à Martin Swanson : « Vous lui plaisez bien. »
Puis : « Elle vous désire. » Une semaine plus tard, le couple
s'est retrouvé dans un endroit secret de Big Sur. Selon un autre
ami proche, Martin aurait confié à Vénus Maria qu'il n'était
pas heureux en mariage. Un proche a déclaré : « Depuis le
début, ils étaient faits l'un pour l'autre. Martin l'a trouvée très
érotique, Vénus est fascinée par son pouvoir et sa richesse. »*

Vénus jeta le magazine, complètement hors d'elle.

— D'où sortent-ils un pareil tissu de mensonges ?

Ron suggéra :

— Appelons Emilio. Il est évident qu'on l'a payé pour ça.

Vénus fit une moue de dégoût :

— Comment peut-on faire ça ? S'il avait tellement besoin
d'argent, je lui en aurais donné ! Il n'a donc aucune fierté ?

Ron leva un sourcil sceptique :

— Emilio ? De la fierté ?

Vénus avait pris une décision :

— Passe-moi le téléphone.

Ron obéit. Elle fit le numéro d'Emilio, et n'obtint que le
répondeur.

— Va te faire foutre... brailla-t-elle dans l'appareil, avant
de raccrocher brusquement.

Et Ron remarqua :

— Voilà qui te soulage, ma chérie.

Vénus reprit le magazine :

— Écoute ça... Cooper va en être bouleversé.

Elle lut à voix haute :

*Tandis que Vénus Maria s'amuse avec Martin Swanson,
Cooper Turner demeure persuadé d'être son seul amant.*

— Tu imagines un peu cette saloperie ? J'appelle mon avocat !

— Qu'est-ce qu'il peut faire ?

— Je les poursuivrai.

– Comment pourrais-tu? La plus grande partie de ce qu'ils disent est vraie.

Elle n'avait pas songé à cela.

– Il vaudrait mieux avertir Martin.

– Où est-il?

– Il est parti de bonne heure. Il s'occupe d'une prise de contrôle quelconque, je crois qu'il s'agit d'un studio.

– En toute simplicité! « Nous les vrais riches »...

– Ron, rends-moi service. Appelle son bureau à New York, essaie de savoir où je peux le joindre.

– Qu'est-ce qu'il va dire, à ton avis?

Elle haussa les épaules:

– Je n'en sais rien. Il n'a pas l'habitude de ce genre de publicité. Moi, au moins, je sais ce qui m'attend. Jusqu'ici, on m'a tout fait. Depuis la lesbienne extraterrestre jusqu'à la femme à la triple poitrine. Et en une seule année! La lie de la terre!

– Ne te fais pas tant de bile, ma chérie... dit Ron gentiment. Si ça se trouve, Martin adorera chaque mot de ce papier.

Martin Swanson était en plein conseil d'administration lorsqu'une secrétaire vint lui tapoter légèrement l'épaule, en disant:

– Votre assistante à New York désire vous parler d'urgence, monsieur Swanson.

Martin imaginait mal ce qui pouvait être assez urgent pour qu'on l'interrompe au milieu d'une réunion. Il se leva:

– Excusez-moi, messieurs.

Il sortit. La secrétaire s'approcha de lui:

– Je suis désolée de vous avoir dérangé, monsieur Swanson, mais votre assistante a dit qu'il était impératif que l'on vous appelle immédiatement.

– Ne vous en faites pas...

Il l'éloigna d'un geste vague et prit le récepteur, en demanda sèchement:

– Que se passe-t-il, Gertrude?

– Monsieur Swanson, Vénus Maria essaie de vous joindre. Elle dit que c'est très urgent et qu'elle doit vous parler immédiatement.

– Très bien, Gertrude.

– Monsieur Swanson?

–ʼOui, qu'est-ce qu'il y a?

– Je crois savoir de quoi il s'agit.

Martin grogna, sarcastique :

– Vous le dites, ou vous le gardez pour vous?

Sentant qu'il perdait patience, Gertrude se décida :

– Il y a un magazine qui s'appelle *Truth and Fact*, ça ressemble à *l'Enquirer*.

– Et alors?

– Sur la couverture du dernier numéro, il y a un article vous concernant. Vous et Vénus Maria. Évidemment, je suis certaine qu'il s'agit de mensonges...

Elle hésitait à poursuivre, puis se jeta à l'eau :

– Monsieur Swanson, l'histoire n'est pas très jolie. Madame Swanson n'appréciera pas.

Martin se tourna vers la secrétaire :

– Il y a un kiosque à journaux près d'ici?

– Oui, monsieur.

– Soyez gentille, allez me chercher un numéro de *Truth and Fact*.

– Bien sûr, monsieur Swanson.

Il raccrocha et appela Vénus Maria sur-le-champ.

– Tu as vu *Truth and Fact*?

– Je viens de le lire.

– Alors? Tu voulais me parler? Qu'est-ce qu'ils ont? San Francisco? Cooper est sur la photo?

– C'est pire que ça, Martin. Tu te rappelles cette photo que Cooper avait prise de nous deux, un soir à la maison? Eh bien, elle se trouvait dans mon coffre et je soupçonne mon frère de l'avoir volée pour la vendre à *Truth and Fact*.

– Ton frère?

– Emilio. Il habitait avec moi. Un minable.

– Donc, si j'ai bien compris, ils ont publié la photo où nous sommes ensemble?

– Oui. Et c'est assez intime. On est assis sur le canapé, dans les bras l'un de l'autre.

– Tu ne l'avais pas déchirée?

Le ton de sa voix lui déplut :

– Bien sûr que non. Je l'avais mise dans mon coffre. Ça me paraissait un endroit sûr.

Soudain, il pensa à la réaction de Deena :

– Nom de Dieu!

Vénus aussi pouvait se montrer arrogante :

– Ne m'emmerde pas! Ce n'est pas ma faute!

– Et c'est la faute à qui?

– Je ne sais pas. Et franchement, je m'en fous!

Elle raccrocha. Il était temps que Martin apprenne à la traiter avec un peu de respect.

Ron, qui faisait semblant de n'avoir rien entendu, risqua une remarque :

– Problèmes au pays des Riches et Célèbres ?

Allusion à l'émission télévisée sur la haute société. Vénus Maria répondit :

– Allons répéter. J'en ai ma claque de ce con prétentieux !

64

La nouvelle se répandit comme un feu de brousse. C'était Hollywood, la capitale des suppositions, des potins et des scandales à tout-va! Tout le monde parlait déjà de l'arrestation de Mickey Stolli dans la maison de Madame Loretta. Un savoureux fait divers pour commencer la journée! La rumeur courait ensuite sur le rachat de Panther par Lucky Santangelo, avec l'aide du vieil Abe en personne.

Le bruit s'était répandu avant même la fin de la réunion. On se passa le mot. Tout le monde décrochait son téléphone, appelait, raccrochait, rappelait. La nouvelle vola ainsi d'un bout de la ville à l'autre.

Chez Panther, on se contentait de murmures, à propos de l'arrestation de Mickey Stolli. Ford Werne n'arrivait pas à comprendre. En principe, la règle était, pour celui qui allait chez les putes, de ne jamais se faire prendre. Mickey l'avait transgressée, tous les autres se sentaient visés.

C'était un drôle de lundi pour les Studios. Un lundi pas comme les autres.

Arnie Blackwood et Frankie Lombardo avaient tout juste fini de rigoler sur l'infortune de Mickey qu'on leur apprit la reprise des Studios par Lucky Santangelo, assortie d'une convocation de tous les directeurs des départements pour midi. Ils appelèrent immédiatement Eddie Kane.

Eddie décrocha son téléphone privé :

– Ouais?

Arnie demanda :

– Tu ne passes plus au bureau?

Eddie n'était pas en état de supporter des ennuis supplémentaires.

– Je viens quand ça me chante.

– Alors, je suppose que tu n'es pas au courant des dernières nouvelles... ajouta Frankie.

Ils parlaient dans un appareil de conférence, avec haut-parleur, et pouvaient suivre la conversation tous les deux. Eddie savait bien qu'Arnie n'appelait pas simplement pour avoir des nouvelles de sa santé. Peut-être pour se plaindre qu'il avait piqué trop de coke pendant la soirée? Qu'ils aillent se faire voir! Pas la peine d'organiser une partie, si on ne peut même pas se bourrer de coke! Il dit impatiemment:

– T'as quelque chose à me dire?

– Ouais! J'ai à dire qu'une nénette de New York hyper-friquée s'est pointée avec Abe, ce matin, et qu'elle a acheté ces putains de Studios.

Eddie crut avoir mal entendu:

– Quoi?

– Ouais... Le vieux a vendu les Studios sous le nez de Mickey! Tu savais pas?

Eddie répondit avec agitation:

– Tu crois que je serais là, si j'avais su? J'ai déjà mes propres problèmes.

Frankie ordonna brusquement:

– Rapplique, dépêche-toi. Il y a une réunion de tous les patrons des départements à midi. On a besoin de tout le monde.

Le cerveau d'Eddie se mit galoper à toute vitesse. Il se demandait si Mickey avait été mis au courant avant. C'était peut-être pour ça qu'il s'était montré tellement dédaigneux et glacial.

Mon dieu, bien sûr que oui! Arnie avait raison! Il fallait qu'il y aille! Il répondit:

– J'arrive.

Leslie bricolait dans la cuisine. Ravissante. Eddie n'avait toujours pas compris ce qu'elle faisait dans cette maison de passe. Éventuellement, il faudrait mener une enquête. Comme s'il s'agissait d'une matinée normale, il annonça:

– Faut que j'aille aux Studios, chérie.

Elle eut l'air consternée:

– Oh Eddie, non! Je croyais qu'on allait voir un psychologue pour parler de cure de désintoxication. Il faut vraiment que tu y ailles?

– Ouais.

Le tic nerveux d'Eddie était à son apogée.

– Ouais... c'est pas le moment pour ces histoires de psy. On verra ça la semaine prochaine, d'accord chérie ?

Non, Leslie n'était pas d'accord. Mais elle ne dit pas un mot.

Lucky possédait un avantage, elle connaissait ses interlocuteurs, eux ne la connaissaient pas.

A midi juste, ils se retrouvèrent dans la salle de conférences.

Abe avait filé. Suivi de Inga, suivi d'Abigaile, suivi de Primrose, suivi de Ben. Les deux derniers se plaignant amèrement, Lucky allait entendre parler d'eux !

L'armée des directeurs des départements avait à sa tête un Ford Werne, vêtu comme s'il jaillissait à la seconde d'une couverture de *Vogue Hommes*. Impeccable dans un costume d'Armani, et lunettes noires de pilote à 500 dollars. Bel homme, à condition d'aimer le genre tombeur.

Zev Lorenzo fit son entrée derrière Ford, se dirigea droit vers Lucky, tendit la main, et dit :

– Bienvenue à bord.

Formule complètement démodée.

Vint ensuite Grant Wendell junior, vice-président de la production internationale, et l'air du dernier des coursiers de la maison, avec ses pantalons larges, déformés et sa casquette de joueur de base-ball. Il l'honora d'un bonjour informel :

– Salut.

Lucky se demandait si Mickey allait tout de même se montrer, ou si sa démission était définitive. Il devait être durement secoué. Parfait. Mickey méritait bien un petite secousse dans son existence.

Teddy T. Lauden, lui, arriva presque en courant dans la salle de réunion. Le genre maigre, précis, jetant sans arrêt des coups d'œil à sa montre. Il avait choisi un mode de relation plus conventionnel :

– Bonjour, mademoiselle Santangelo. C'est un réel plaisir de faire votre connaissance. J'espère ne pas être en retard. J'avais une autre réunion. Je n'ai malheureusement pas eu le temps de l'annuler. Ainsi que vous pouvez le comprendre, ceci fut une énorme surprise pour chacun de nous.

Lucky fit un signe d'approbation et répondit calmement :

– Bien entendu. Je comprends que ce fut une surprise.

– Vous pouvez le dire...

Cette remarque venait de Ford Werne, qui ôta ses lunettes noires une seconde et les remit immédiatement sur son nez.

Lucky le cloua sur place :

– Je viens de le dire, monsieur Werne !

Il fut complètement surpris de voir qu'elle le connaissait, alors qu'il ne s'était même pas donné la peine de se présenter. Il enchaîna :

– Où est Mickey ?

Morton Sharkey, qui se tenait derrière Lucky, lui répondit :

– Il ne se joindra pas à nous.

En faisant le tour de l'assistance, Lucky remarqua l'absence de Buck Graham et d'Eddie Kane.

– Messieurs Graham et Kane nous rejoignent-ils ?

Grant Wendell haussa les épaules :

– Hum... J'ai eu Eddie ce matin, il est sur la route. Et, euh... Buck avait une autre réunion qu'il essaie d'annuler.

Lucky, extrêmement calme, semblait parfaitement dominer la situation. Elle dit d'un ton badin :

– Faisons dix minutes de pause, en ce cas.

Ford en profita pour réajuster ses lunettes hors de prix et se lever :

– Ça me va. J'ai un coup de fil à donner. Voulez-vous m'excuser ?

Lucky murmura à l'oreille de Morton :

– Quelle équipe !

Il répondit à voix basse :

– Ils essaient tous de conserver leur job, tant qu'ils n'ont pas de meilleure offre en vue.

– Je comprends parfaitement comment ça fonctionne dans cette ville. Ce n'est pas différent dans les autres affaires. Naturellement, s'il y a mieux au coin de la rue, on saute dessus. Sinon, on tient bon. En somme, c'est la règle du jeu.

– Je n'ai pas vraiment l'impression qu'ils aient envie de travailler pour une femme.

– Je suppose que non. On est à Hollywood, après tout. Les femmes n'ont pas exactement l'image du pouvoir, ici. Ford doit être pendu au téléphone en ce moment, à la recherche d'un job, non ?

– Ça ne m'étonnerait pas.

Buck Graham fit irruption dans la pièce, le visage tout

rouge. Buck était à la tête du département marketing. Sa spécialité était de s'en tenir à un dénominateur commun : quelle que soit la nature du film, Buck le vendait assorti d'une bonne dose de fesses et de seins. Pour lui, l'Amérique était en érection permanente.

Il avait utilisé une doublure pour l'affiche du dernier film de Susie Rush. En haut, la tête de Susie, en bas, un corps outrageusement dénudé. Elle était furieuse et le menaçait de poursuites si l'affiche n'était pas immédiatement retirée. Buck venait de céder de mauvaise grâce.

Enfin, Eddie Kane entra et l'auditoire fut au complet.

Eddie avait l'air d'avoir dormi tout habillé. Une barbe naissante lui donnait une allure négligée, ses yeux étaient plus injectés de sang que d'habitude et son regard plus vague que jamais.

Ses premiers mots furent :

– Où est Mickey ?

Buck lui fit un signe négatif :

– Pas là.

Eddie poursuivit sèchement :

– Il va venir ?

Grant intervint :

– Tu as vu le *Los Angeles Time* ? Si tu l'avais lu, tu comprendrais pourquoi il n'est pas là.

– Qu'est-ce qu'il se passe ?

– Il s'est fait prendre avec des putes.

Eddie avait à peine compris que Grant retourna à ses coups de téléphone, et Lucky entra au cœur du problème.

– Eh bien ! Messieurs..., dit-elle en se levant, je suis sûre que vous connaissez tous la nouvelle. Mon nom est Lucky Santangelo, je suis la nouvelle propriétaire des Studios Panther.

Elle se tut un instant, tandis qu'un murmure parcourait l'assemblée.

– Je suis nouvelle également dans l'industrie cinématographique. Mais je sais ce que je veux. Ce que je veux, c'est faire de bons films, des films dont Panther puisse être fier. Je m'intéresse à vos observations personnelles, concernant ce qui n'a pas été fait ici ces dernières années.

Nouvelle pause. Au moins, ils écoutaient. Quand elle avait repris la flotte Stanislopoulos, il lui avait fallu des mois avant d'obtenir l'attention des hommes responsables de la direction.

– Vous pouvez me faire confiance, quand je dis la chose

439

suivante : Panther n'a produit que trop d'horreurs, et je vous prie de croire que ce temps-là est fini. Je mènerai ces Studios vers de grandes réalisations.

Elle les fixa l'un après l'autre de son noir regard de feu, en achevant avec force :

– Messieurs, vous pouvez compter là-dessus!

65

Deena Swanson n'aimait pas du tout l'exercice. Le style Californienne hystérique, ne jurant que par des heures d'aérobic à la Jane Fonda, ne lui convenait pas. Elle détestait se dépenser. Mais c'était à la mode. Et personne ne pouvait accuser Deena de ne pas respecter la mode. Donc, à l'instar de toutes les New-Yorkaises un peu chics, elle s'offrait les services d'un professeur particulier à domicile. Il s'appelait Sven et, fort heureusement ne parlait pas très bien anglais, ce qui convenait parfaitement à Deena, puisqu'elle ne recherchait pas la conversation dans ce cas précis.

En quinze minutes de torture pure, Sven savait comment tirer le maximum de sa cliente. Trois fois par semaine, la journée commençait avec lui. Quand il s'en allait, Deena s'abandonnait avec délices aux plaisirs du bain, pendant quinze autres minutes, puis s'habillait pour aller au bureau avant le déjeuner.

Le déjeuner était le moment le plus important de la journée de Deena. Elle s'habillait pour ce déjeuner. Elle choisissait les accessoires de ses toilettes en fonction du déjeuner en question. Elle vérifiait la perfection du maquillage, des ongles et de la coiffure. Deena estimait qu'une allure soignée représentait le meilleur atout d'une femme.

La plupart des amies de Deena travaillaient aussi pour leurs maris, c'était du dernier chic. Ce qui revenait à donner leurs opinions sur le style, les tissus, les parfums, les produits de beauté, moyennant quoi on leur versait en retour un excellent salaire, en récompense de l'énergie dépensée. Mais elles trouvaient tout de même le temps de déjeuner.

Deena appartenait à ce groupe particulier de riches New-Yorkaises ne portant que de la haute couture, des bijoux authentiques et des manteaux de fourrure, ces derniers à condition d'être sûre de ne pas recevoir sur la tête le pot de peinture d'un fanatique de la protection animale!

Ce jour-là, Deena devait donc déjeuner au *Cirque*. Effie et elle s'y donnaient régulièrement rendez-vous chaque lundi.

Deena s'habilla avec soin d'un ensemble vert-jaune de chez Adolfo, sac et chaussures Chanel. Elle y ajouta des boucles d'oreilles Bulgari, ainsi qu'un collier, et une bague ornée d'un gros diamant, offerte par Martin à Noël dernier.

En bas de son appartement de Park Avenue, sa voiture et son chauffeur l'attendaient, pour la conduire à quelques pâtés de maisons, jusqu'à l'immeuble Swanson. Une tour étincelante, d'architecture moderne.

Elle adorait son bureau. Effie l'avait décoré dans les tons pastel, c'était un havre de tranquillité, loin des soucis domestiques.

Deena était fière de la bonne marche de son affaire de mode et de parfums. Elle s'était entourée, à ses débuts, des cadres les meilleurs, tous ceux qu'un bon salaire peut acheter, sur les conseils de Martin. Il n'empêche que son nom figurait sur les produits vendus. Et « Deena Swanson », ce nom se vendait bien.

Une secrétaire l'accueillit en lui annonçant qu'Effie Webster s'était décommandée pour le déjeuner. Déçue, Deena demanda :

– Pour quelle raison?

La fille haussa les épaules :

– Je l'ignore, madame Swanson.

Assez déconcertée, Deena demanda qu'on l'appelle. Autant qu'elle s'en souvienne, elle avait toujours déjeuné le lundi avec Effie.

La secrétaire revint l'informer :

– Madame Webster n'est pas à son bureau.

– Essayez chez elle.

– C'est ce que j'ai fait. Il n'y a que le répondeur.

Deena fronça les sourcils en réfléchissant. Voyons... Effie était-elle malade?

Elle s'installa derrière son bureau de bois blanc, face à une dizaine de crayons parfaitement taillés et alignés sur un porte-crayon design. Le bloc de papier blanc, portant son en-tête en lettres roses, « Deena Swanson », était à sa place. Ainsi qu'une photo d'elle et de Martin dans un cadre de métal argenté. Elle n'avait rien de particulier à faire dans ce bureau. Tout était pris en charge par les autres.

Elle appela Martin en Californie. Il n'était pas à son hôtel. Puis elle appela une de ses amies, une rousse extrêmement distinguée, qui faisait dans la ceinture et autres accessoires de luxe.

– Tu déjeunes, chérie ?

– Mais c'est lundi ! Ce n'est pas ton jour avec Effie ?

– Elle est malade.

– Ah, d'accord ! Je joue les remplaçantes, alors ?

– Si tu veux. Le *Cirque* à 1 heure ?

– Pourquoi pas ?

Tout était arrangé. Deena reposa l'appareil et appela la secrétaire :

– Envoyez des fleurs à madame Webster. Pour 100 dollars. Faites en sorte d'avoir un joli bouquet.

Nona soupira d'exaspération :

– Il me tarde de partir d'ici. Ma mère est complètement hors d'elle. J'ai prévenu Paul.

Brigette n'était guère plus enchantée. Elle avait tout fait pour se tenir à l'écart des feuilles de choux, pendant pas mal de temps, et voilà qu'on sortait une photo d'elle et de Paul, prise en cachette. Ça n'avait rien de si terrible, sauf que, juste au-dessus de cette photo, Paul embrassait quasiment Deena Swanson. Dégoûtant.

Effie Webster avait pris la chose comme une affaire personnelle. Son propre fils photographié dans une attitude compromettante avec sa meilleure amie !... Vraiment !

Elle convoqua Paul à la maison sur-le-champ, lui jeta sous le nez un exemplaire de *Truth and Fact* :

– Qu'est-ce que c'est que ça ?

– Oh ça ! dit-il, sans paraître lui donner une importance particulière. J'ai emmené Deena déjeuner. En voilà une affaire !

Effie, furieuse, attaqua :

– Ça ne ressemble pas à un déjeuner là-dessus ! Tu es pratiquement couché avec elle !

– Et alors ? Il y a du mal à ça ? C'est une femme, et je suis un homme !

Effie, de mauvaise foi, exagéra son argument :

– Tu es un enfant... Comment oses-tu sortir avec l'une de mes amies ? Et Deena est mariée !

Paul répondit brutalement :

– Je te l'ai déjà dit, on déjeunait. On baisait pas ! Puis-je aussi te rappeler que j'ai presque vingt-quatre ans et que je ne suis plus un enfant !

Effie le prit mal.

— Alors, cesse de nous réclamer de l'argent, et va-t'en d'ici. Je ne permettrai pas que tu me parles comme ça!

Paul quitta le salon en courant. Nona faillit se cogner à lui dans l'entrée :

— Qu'est-ce qu'il y a?

— Je ne supporte pas qu'elle me parle comme si j'étais un rien-du-tout. Ce n'est pas comme si je vivais ici. Je n'ai pas à rendre compte de mes actes! A personne!

— Alors, arrête de lui réclamer de l'argent. Elle te fichera peut-être la paix! rétorqua Nona, remarquablement avisée pour son âge.

— Ne t'en mêle pas! Tu ne sais même pas de quoi il s'agit!

— Bien sûr que si! Tu essaies de fréquenter sa meilleure amie. Pas étonnant qu'elle t'ait envoyé aux pelotes!

— Je fais ce que je veux.

— Tu veux voir Brigette, puisque tu es là?

— Ce n'est qu'une gamine! Arrête de faire l'entremetteuse.

Brigette avait entendu. Son estomac se noua. Comment avait-elle pu jeter un regard sur cet imbécile!

Dès que Paul fut parti, Nona tenta d'atténuer la chose :

— Ne fais pas attention à Paul. C'est un con. Tous les hommes sont cons. Ce devrait être notre nouveau Credo. Tous les hommes sont des cochons, t'es d'accord?

Brigette ne put se retenir de rire :

— Tu as raison.

— Barrons-nous d'ici, décida Nona. Appelle Lennie, pour voir si on peut prendre l'avion demain pour Malibu.

Deena était toujours assise derrière son bureau, se demandant ce qu'elle pourrait bien faire ensuite, quand la secrétaire l'informa que Adam Bobo Grant était en ligne.

Deena était toujours ravie d'entendre Adam. Outre qu'il était amusant, homosexuel et riche, c'était aussi l'un des meilleurs journalistes spécialisés dans les potins mondains à New York. Elle prit l'appareil :

— Cher Bobo. Qu'est-ce que je peux faire pour vous?

— Vous pourriez m'appeler Adam, pour commencer, c'est beaucoup plus macho, vous ne croyez pas?

— Mais, chéri, tout le monde vous appelle Bobo.

— Jamais pendant les heures de travail.

— C'est un appel de travail?

— J'ai besoin de votre confirmation sur quelque chose.

– Ma confirmation sur quoi, chéri?

– Sur cette histoire.

– Quelle histoire?

Bobo s'interrompit un instant, tout en continuant à suçoter son stylo Cartier. Il se décida enfin :

– Vous l'avez lue, n'est-ce pas?

Pour ne pas avoir l'air bête, Deena essaya de se rappeler ce qu'elle avait bien pu lire dans les journaux du matin. Rien de bien particulier.

– Mettez-moi au courant, euh... Adam. Et je ferai une déclaration.

A l'autre bout de la ligne, Adam Bobo Grant en conclut que Deena Swanson ignorait tout de ce qui se passait. Madame n'avait pas lu *Truth and Fact*. Et personne n'avait osé le lui montrer.

Il prit une décision rapide :

– Vous êtes libre pour déjeuner, Deena?

Déjeuner avec Alain Bobo Grant était bien plus passionnant que de déjeuner avec une femme. Deena annula mentalement son rendez-vous récent.

– Je suis libre, oui. Pourquoi?

– On déjeunera tôt. Je vous retrouve dans une demi-heure. Ça vous va?

– Superbe. Je garde ma table au *Cirque*?

– A moins que vous ne préfériez *Mortimer's*?

Deena réfléchit au meilleur endroit pour se faire voir avec Bobo. C'était au *Cirque* qu'on la remarquerait le plus.

– *Mortimer's* un lundi, vous croyez?

– Alors, d'accord pour le *Cirque*.

Deena était ravie. Elle allait profiter des derniers potins. Tout ce que Bobo ne pouvait pas écrire de trop scandaleux. Les choses vraiment immondes. Elle sonna la secrétaire et dit froidement :

– Annulez mon déjeuner. J'ai rendez-vous avec Adam Bobo Grant aujourd'hui.

Dès qu'il eut raccroché le téléphone, Adam Bobo Grant interpella un de ses mignons :

– T'as réussi à joindre Martin Swanson?

– Il est à Los Angeles. Pour l'instant, il est en réunion aux Studios Orpheus. On dit qu'il y a rachat dans l'air.

– Et Vénus Maria?

– J'ai contacté son agent de pub. Elle est en pleine répétition de son clip vidéo.

Adam Bobo Grant fit une moue pleine de sous-entendus.

— Essaie de les joindre tous les deux. Laisse mon nom et mon téléphone personnel. Dis que j'aimerais qu'ils me rappellent dès que possible. Et préviens Mack, au montage, qu'il me laisse une place en première page. Si je ne me trompe pas sur ces gens-là, on va se payer une nouvelle exclusivité dans l'affaire Swanson-Vénus Maria.

66

A l'heure où Lucky Santangelo présidait une réunion de
ous les responsables des Studios Panther, Mickey Stolli
encontrait Carlos Bonnatti dans son appartement de
'immeuble de Century City.

Mickey aurait bien ri d'entendre ce que cette bonne
emme stupide avait à raconter. Que pouvait bien savoir une
Lucky Santangelo sur la manière de diriger un studio et de
aire des films? Absolument rien.

Les nouvelles du matin l'avaient pris au dépourvu. Il avait
ru que Abe Panther revenait pour annoncer à tout le
nonde qu'il se remettait au travail. Pas du tout. Le vieux
nge avait vendu ces fichus Studios.

La tête d'Abigaile! Sa mine abasourdie valait son pesant
'or.

En quittant la réunion, Mickey avait dit :
– Je dois aller à un rendez-vous.

Ben, qui mettait toujours son nez partout, avait protesté :
– Il faut qu'on parle de certaines choses!
– Impossible!

Mickey avait tranché, avec une satisfaction non déguisée.
Mais Ben insistait :
– Ta démission est prématurée.
– Mais satisfaisante.

Abigaile l'avait fusillé du regard. Non seulement il venait de
e faire arrêter en compagnie de putes, mais il trouvait oppor-
un de fuir au moment le plus important de leur existence!

Elle s'était tournée vers son beau-frère, cherchant un
pui :
– Il faut immédiatement consulter nos avocats, n'est-ce
as, Ben?

Ben et Primrose étaient d'accord.

Mickey avait haussé les épaules : « Désolé. » Alors qu'il n'était pas du tout désolé.

Abigaile le fixait toujours. Ben la prit par le bras, d'un geste apaisant.

– Je suis sûr que Mickey nous rejoindra plus tard.

La voix d'Abigaile monta d'un ton, perchée. Elle cria :

– Plus tard, ce n'est pas suffisant ! Pourquoi me fais-tu ça à moi, Mickey ?

Abigaile Stolli, la reine de la génération du « moi », Mickey s'en fichait à présent. Il avait passé sa vie à s'inquiéter de ce que pensait Abigaile. C'était bien fini maintenant.

Une fois débarrassé d'eux, il passa par le bureau. Pas d'Olive à l'horizon. Pas de Luce. Où était donc cette idiote de secrétaire intérimaire ? Il était dans un tel état d'esprit qu'il l'aurait renvoyée sur-le-champ.

Son bureau était curieusement calme. Il prit le téléphone dans l'intention de dire à Warner ce qu'il pensait d'elle. Puis changea d'idée et raccrocha. Il en avait marre de Warner. De son côté, il ne lui ferait plus jamais signe. Il avait déjà contacté son avocat, qui lui avait affirmé qu'il trouverait un moyen de lui éviter de se présenter au tribunal.

Carlos Bonnatti l'avait appelé à la maison, en lui demandant de venir. Il n'était pas dans les habitudes de Mickey de se précipiter, mais connaissant les usages de ce monde-là, si Carlos Bonnatti voulait le voir, mieux valait y aller. Eddie Kane s'était bien fichu de lui. Et c'était évidemment à Mickey d'arranger les choses maintenant.

En roulant dans Century City, Mickey en vint à la conclusion que ce million de dollars était peut-être le problème de Panther, après tout, et que Lucky Santangelo pourrait en hériter.

Il essaya de joindre Eddie par le téléphone de voiture.

C'est une Leslie mourante qui lui répondit qu'il n'était pas là.

Un instant, Mickey eut la tentation de lui demander : « Je ne vous ai pas rencontrée chez Madame Loretta ? » Mais il se ravisa.

Carlos Bonnatti l'accueillit d'un sourire menaçant et d'une poignée de main molle. Il avait une voix assez grinçante. Une voix dangereuse, un parler lent :

– Monsieur Stolli... C'est gentil d'être venu. Il est temps que nous parlions. Il semble que je n'arrive à rien avec votre associé, monsieur Kane. Il est bon de nous rencontrer pour en discuter.

Mickey trouvait le cadre idéal pour ce genre de conversation. Un appartement tape-à-l'œil, deux gorilles dans l'entrée. Où se trouvait la vamp de service ?

Sans sourciller, il répondit :

— Vous avez tout à fait raison, monsieur Bonnatti. Comment puis-je vous aider ?

Carlos frottait ses doigts l'un contre l'autre, mains croisées :

— J'ai un petit problème. Il se peut que vous en ayez entendu parler. Mais vous dirigez un studio, alors il se peut aussi que vous ne soyez pas au courant de tout.

Sachant pertinemment de quoi il s'agissait, Mickey, imperturbable, demanda :

— Quel est votre problème ?

Dans les cheveux de Carlos, la brillantine scintillait. Il avait un sourire de serpent. Une voix basse, confidentielle, dangereuse :

— Eh bien ! Nous sommes entrés dans une affaire sans contrat officiel, mais une poignée de main est une poignée de main. J'ai eu affaire essentiellement à votre collègue, Eddie Kane. Notre produit partait avec les vôtres. C'était envoyé en Europe et l'argent nous revenait sans problème. Cela a parfaitement fonctionné pendant un certain temps...

Il fit une pause. Mickey l'observait. Costume bleu foncé, chemise de soie noire, cravate blanche. Le look parfait du truand. On reconnaît les New-Yorkais à un kilomètre. Ils sont toujours trop habillés, sous le soleil de Californie.

Carlos reprit :

— Donc... l'argent est bien arrivé pendant un certain temps, puis les sommes sont devenues de plus en plus petites. Je me doutais que quelque chose n'allait pas...

Il leva les bras en signe d'impuissance :

— Mais que faire ? Panther est une grosse affaire. Alors, je vous ai fait confiance.

— J'ai bien reçu le message, dit Mickey. Vous n'avez pas reçu la totalité de l'argent que vous attendiez ?

— Je dirais qu'il manque un million de dollars. Oui. Et qui a cet argent ? C'est la question. La grosse question.

— Vous voudriez savoir dans quelle poche se trouve cet argent, à l'heure actuelle ?

— Je refuse de montrer quelqu'un du doigt. Mais Eddie Kane est un nom qui me vient à l'esprit.

— Et il ne paie pas, c'est ça ?

— Il est impossible qu'un minable comme lui puisse rendre un million de dollars...

Carlos fit une nouvelle pause, puis enchaîna, doucereux :

– Alors, Mickey... vous comprenez mon dilemme.

Mickey comprenait parfaitement bien.

– Vous aimeriez que les Studios Panther vous remboursent.

C'était une affirmation, non une question.

– Exact. Si vous voyez un moyen de faire cela, vous sauveriez monsieur Kane d'un bien triste sort. Peut-être pourriez-vous retenir cet argent sur son salaire pour les vingt ou trente prochaines années...

Mickey approuva poliment.

– Cela paraît possible...

Carlos était tout de même surpris de la collaboration immédiate de Mickey.

– Mais comment procéder ? Une poignée de main ne suffira pas. Il me faut quelque chose d'écrit, quelque chose qui dise que Panther doit à ma compagnie un million de dollars. On pourrait même indiquer « pour services divers ».

Mickey fit un signe d'assentiment.

– Bonne idée. Appelez vos avocats. Je peux signer au nom de Panther, j'ai l'autorisation. Il n'y a qu'une seule exigence, il faut l'antidater. Et je dois signer les papiers aujourd'hui.

– D'accord. Mon avocat va s'en occuper. Pas d'autres questions ?

Et ils se serrèrent la main. Carlos Bonnatti et Mickey Stolli se « donnèrent » la main, tandis que Carlos ajoutait, en regardant longuement Mickey, avec insistance :

– Revenez vers 14 heures. Tout sera prêt. Vous êtes un homme très aimable, monsieur Stolli. Un homme bien. Si je peux vous rendre un service, un jour...

Mickey fit un signe de remerciement modeste :

– Merci...

Mickey parti, Carlos se mit à tourner en rond dans son appartement en réfléchissant à tout cela. Les doigts pressés sur les tempes, en signe de concentration. Parfois, il aurait aimé que son père soit là. Enzio Bonnatti avait un don bien à lui pour déceler la vérité des choses. Il était capable d'évaluer immédiatement une situation et d'expliquer le pourquoi du comment. Santino, son frère, était un connard. Une seule chose l'intéressait, les putes. Lui, Carlos, avait choisi le bon créneau : la drogue et le porno.

Carlos se savait plus intelligent que Santino. Merde, n'importe qui était plus intelligent que Santino ! Mais il aurait bien aimé tout de même avoir Enzio, le père, auprès de lui, pour discuter.

Mickey Stolli avait accepté trop volontiers, sans même livrer bataille.

Il se passait quelque chose et Carlos ne savait pas quoi. Mais dès que les papiers seraient signés, il récupérerait son argent. Pour le reste... peu lui importait.

67

Réfugié dans un petit bureau particulier des Studios Orpheus, Martin Swanson lisait l'article le concernant comme un voyeur. Il dévorait la page du magazine bon marché. Certaines choses l'estomaquaient.

MARTIN SWANSON, LE MILLIARDAIRE.

VÉNUS MARIA, LA RAVISSANTE SUPERSTAR.

DEENA, LA BELLE ET MONDAINE ÉPOUSE.

Et tous ces commentaires émanant de prétendus proches, de supposés meilleurs amis.

Martin avait toujours contrôlé la presse à son sujet et depuis si longtemps, que la provocation totale de cet article le choquait réellement. Il supposait de nombreuses ramifications. Que dire à Deena ? Elle serait furieuse en voyant sa photo avec Vénus. Comment lui expliquer ?

La photo n'avait pas été prise dans un restaurant, ou au cours d'une réception ; de toute évidence, c'était une photo intime et le canapé appartenait à quelqu'un...

Au moins, ils n'étaient pas nus. On ne les avait pas surpris au lit. Mais il suffisait de regarder la photo pour comprendre qu'ils couchaient ensemble.

Cette photo lui en rappela une autre. Celle de Deena avec le fils d'Effie. Que diable faisait-elle à Central Park en compagnie de Paul Webster ?

Martin ne considérait pas ce jeune blanc-bec comme un danger potentiel, bien sûr, mais cette photo donnait à Deena une image un peu excentrique, comme si elle était désemparée, désespérée, une chose de ce genre.

Martin poursuivit sa lecture de l'histoire.

Vénus Maria, la superstar sexy, pourrait bien apprendre

au nabab milliardaire une ou deux choses pour atteindre les
sommets...

Ah oui ? Qu'en savaient-ils ? Qui était le propriétaire de cette revue minable ? Il donna un coup de fil à New York pour que sa secrétaire se renseigne. Puis demanda :

– Avez-vous des nouvelles de madame Swanson ?

Gertrude répondit prudemment :

– Il me semble qu'elle est à son bureau.

– Quelqu'un lui a-t-il montré la revue ?

Gertrude était embarrassée :

– Je n'en ai aucune idée, monsieur Swanson.

– Si elle cherche à me joindre, dites que je suis en réunion pour la journée et qu'on ne peut pas me contacter.

– Certainement, monsieur.

Puisque cette histoire avec Vénus était maintenant rendue publique, Martin devait se montrer particulièrement prudent. En valait-elle la peine ? Avait-il envie de continuer à la voir ?

Elle avait tout compliqué, ce dernier week-end. D'abord en traînant Cooper jusqu'à San Francisco, ensuite en se plaignant de ses exploits sexuels. Quelle femme étrange ! Un jour, elle lui faisait le numéro des putes ; le lendemain, elle attendait qu'il batte un record, alors qu'il était crevé, fatigué par tout ce qu'il avait en tête. Au moins, quand on est marié, une femme comprend ce genre de choses.

D'un autre côté, Vénus Maria était un personnage unique. Une femme universellement désirée. Cooper la voulait, c'était évident. Et il la possédait, lui, Martin Swanson. Martin... Cooper... L'un, amant multimilliardaire... L'autre, séducteur multimilliardaire.

Il y avait de quoi sourire. Au fond, c'était drôle, cette situation.

Ce qui était moins drôle, en revanche, c'était d'expliquer cette photo à Deena.

Une sonnerie retentit dans le bureau. La voix d'une secrétaire dit :

– Monsieur Swanson, monsieur White voudrait savoir quand vous revenez à la réunion ?

– J'arrive tout de suite.

Martin replia le magazine. Il s'était fait bien trop de soucis pour cette publication minable de supermarchés. Il fallait mettre des avocats sur le coup. Pour les écraser, ces salauds, leur briser les couilles, comme seul un Martin Swanson savait le faire.

Il retourna en salle de réunion. Il rachetait les Studios Orpheus. C'était là une tâche bien plus importante et beaucoup plus sérieuse.

Sur le bureau de Cooper Turner, les deux magazines étaient étalés, côte à côte. La première page du *Los Angeles Time*, avec l'aventure de Mickey Stolli cernée au feutre. Et la couverture de *Truth and Fact*.

Cooper lut en premier l'histoire de Mickey. Elle l'amusa. La scène avait dû être drôle. Mickey Stolli arrêté en compagnie d'une pute! Cooper connaissait Madame Loretta. Pas dans le sens professionnel, mais une actrice avec qui il sortait à une époque devait interpréter une prostituée et elle avait voulu approfondir le rôle. Ford Werne avait arrangé une rencontre et Cooper avait passé un agréable moment avec son amie d'alors chez Madame Loretta. Ils avaient pris le thé et écouté ses histoires folkloriques.

Cooper se demandait quelle serait la réaction de Vénus Maria, en voyant le magazine. Son histoire avec Martin n'était plus secrète. C'était peut-être ce qu'elle voulait. Allait-elle en profiter pour le mettre au pied du mur ?

Du moins, à la lecture de l'histoire de Deena et de ce jeune homme, Cooper leva un sourcil sceptique. Martin n'allait pas aimer ça. C'était un coup dur porté à son orgueil démesuré.

Tout ça n'était pas son problème, finalement. Cooper appela le fleuriste pour faire envoyer une douzaine de roses chez Vénus Maria. C'était la moindre des choses.

Très vite, il devint évident que tout le monde, en salle de répétition, avait lu ce stupide magazine. Vénus Maria notait les coups d'œil en dessous et une certaine excitation ici et là. Elle se jeta vigoureusement dans la dernière partie de la séance de torture infligée par Ron.

La poupée Ken se promenait dans la salle. Bien propre sur lui, grand, visage immuable. Il portait un tee-shirt et des jeans très étroits, destinés à mettre en valeur un attribut sexuel étonnant. La grosse attraction était là, de toute évidence. Souvent, Vénus Maria avait pensé à demander à

Ron : « Qu'est-ce que tu lui trouves ? » Mais il lui avait suffi de le voir en jean pour comprendre d'où venait son succès.

— Si on allait déjeuner ensemble ?

Ron ne désespérait décidément pas que sa meilleure amie et son amant deviennent copains.

— Tu pourrais au moins essayer d'être gentille avec Ken. J'ai bien supporté Martin !

Tu parles ! Ron ne connaissait même pas Martin. Bonjour, bonsoir, c'est tout. Mais pour lui faire plaisir elle accepta. Ron était ravi :

— J'ai réservé une table chez *Ivry*.

Vénus Maria plissa le front, soucieuse :

— C'est un peu voyant, non ? Surtout aujourd'hui.

— On prendra une table dans l'arrière-salle. On entre, on sort, ni vu ni connu.

Ils partirent pour le restaurant à 12 heures 30, dans la superbe Mercedes de la poupée Ken. Vénus Maria, dissimulée derrière d'énormes lunettes noires, s'installa à l'arrière, en sueur.

— Je dois sentir le chameau... toi aussi, Ron.

— Pas moi en tout cas ! dit Ken.

Le déjeuner fut très ennuyeux. Ron n'était plus lui-même, il n'était que l'amant de Ken et s'escrimait à le mettre en valeur. Ken savait tout. Ken était le plus beau. En quittant le restaurant, Vénus Maria regrettait amèrement d'avoir accepté l'invitation.

Devant le studio d'enregistrement, un groupe de photographes guettait leur arrivée, les appareils se mirent à crépiter dès que la voiture apparut.

Vénus Maria sortit en vitesse de la voiture et soupira :

— D'où est-ce qu'ils sortent ?

— Tu fais la une aujourd'hui, ma chérie, ils courent après le scoop !

Ron posait derrière elle, tout heureux. Ken était aux anges.

— Ne vous en faites pas, je vous protège ! disait-il en souriant pour les photographes.

La poupée Ken jouant les terreurs ! La stupide poupée Ken.

— Qu'avez-vous à déclarer sur cette histoire, Vénus ?

— Avez-vous un déclaration à faire à propos de Martin Swanson, Vénus ?

— Est-ce que c'est vrai ?

– Vous l'aimez?

– Martin quitte sa femme?

Elle ignora les questions des journalistes et, toujours cachée derrière ses lunettes noires, se faufila dans le studio de répétition.

68

Lennie rumina pendant tout le week-end. Il téléphona à Jess, elle lui répondit qu'il était con. Il râla :

— Tu prends toujours le parti de Lucky, je suis ton ami tout de même! Qu'est-ce qu'il se passe?

— Réveille-toi, Lennie. Tu as épousé une femme exceptionnelle. Cesse de la combattre.

Cesser le combat. Vraiment! Qu'en savait Jess? Ce n'était pas elle qui s'était fait émasculer devant tout le monde! « Pauvre Lennie, qu'il est malheureux... Achetons-lui un studio! » Il n'en a rien à foutre, Lennie!

Pourtant, elle lui manquait déjà. Se replonger dans l'écriture du script ne l'aidait pas. Alors il téléphona à Brigette et ils se retrouvèrent pour déjeuner à Serendipity. Lennie embrassa la jeune fille sur les deux joues :

— T'as l'air en forme, petite. L'école te convient?

— L'école ne me convient pas, je la déteste. J'ai hâte d'en terminer.

Il lui ébouriffa les cheveux :

— C'est fini.

— Seulement pour l'été.

Elle grogna :

— Il faut que j'y retourne, non?

— Si tu veux grandir et devenir intelligente.

— Et ensuite, c'est l'université?

— Sûr.

— Pourquoi, Lennie? Si j'avais besoin d'apprendre un métier ou quoi, d'accord, mais je vais hériter de tout cet argent!

Il la sermonna, un peu triste :

— Oh! Tu veux faire comme ta mère? Te marier et

dépenser de l'argent? A quoi ça ressemble, ce genre de vie? Tu ferais mieux de penser à ton avenir.

Elle approuva de mauvaise grâce:

– Je sais.

Ils s'installèrent à une table de coin. Brigette commanda un hot dog de trente centimètres et un milk-shake.

Lennie lui fit une grimace:

– Tu manques d'appétit?

– C'est génial de te voir, Lennie. Je suis contente d'aller à Malibu.

Lennie contemplait le menu.

– Ouais... Eh bien!... j'ai quelque chose à te dire.

Elle attendait avec impatience. Il détestait lui faire de la peine.

– Euh... les choses n'ont pas tourné comme prévu.

Inquiète soudain, Brigette le bouscula:

– Qu'est-ce qu'il se passe?

– Lucky et moi... enfin, on a des problèmes... et on n'a pas vraiment réussi à les résoudre. Je ne crois pas que nous passerons l'été ensemble.

– Oh non! Lucky et toi, vous êtes tellement super ensemble! Non... s'il vous plaît! Ne vous créez pas de problèmes!

Il lui prit la main.

– Ah! si la vie était aussi simple. Écoute, je t'avais fait une promesse pour cet été. Alors, tu amèneras ton amie et on ira dans le sud de la France, ou en Espagne, ou en Grèce, enfin quelque part par là. On s'arrangera.

– Mais j'avais hâte d'être avec vous deux, Lucky et toi. Et Bobby aussi, il me manque tellement. Ça fait si longtemps que je l'ai pas vu.

Brigette avait une petite voix triste. Lennie s'efforçait d'ignorer une espèce de blonde, à la table d'à côté, qui avait décidé de ne pas le quitter des yeux. Il fouilla dans sa poche à la recherche d'un paquet de cigarettes.

– Ouais. C'est moche la vie, hein?

Brigette fixait obstinément la nappe à carreaux, en se demandant pourquoi tout allait toujours mal. Elle demanda, les yeux baissés:

– Je peux appeler Lucky?

– Si elle a du temps à te consacrer. Elle est très occupée à acheter un studio.

– Un studio de cinéma?

– Eh oui! Tu sauras tout en lisant les journaux. Elle a acheté les Studios Panther...

Lennie tira une bouffée de sa cigarette pensivement.

– Ma femme le nabab. La plus grande flotte du monde ne lui suffisait pas. Elle veut Hollywood maintenant!

– C'est pour ça que t'es mal?

– Oh! c'est une longue histoire. Mais si c'est ça qu'elle veut... Seulement, j'aurais bien aimé qu'elle m'en parle d'abord. Tu sais où elle était ces dernières semaines? Alors qu'on la croyait au Japon?

– Où ça?

– A Hollywood! Madame jouait à la petite secrétaire. Elle était là, en espionne.

Brigette écarquilla les yeux:

– Sans blague? C'est superexcitant!

– Oui, à condition de ne pas avoir d'autres responsabilités. Lucky est ma femme. J'aimerais bien la voir de temps en temps. J'aimerais bien profiter de son soutien.

Lennie écrasa sa cigarette au bout de deux bouffées.

– Je me demande pourquoi je te raconte tout ça.

– Parce que je sais écouter.

– Sûrement. Changeons de sujet. Et toi, raconte?

– Rien, dit Brigette vaguement. Pas grand-chose. En fait, j'allais te demander si on pouvait aller à Los Angeles demain, ou après-demain. La mère de Nona a piqué une crise. A cause de ce stupide magazine. Il y a une photo du frère de Nona avec Deena Swanson. Tu sais, la femme de ce milliardaire.

– Ah oui.

– Enfin, Paul a été photographié avec elle et c'est la meilleure amie de sa mère. Alors, vu la réaction, Nona et moi, on préférerait se tirer. Mais t'as pas l'air d'aller à Los Angeles, alors je suppose que nous non plus.

Elle était tellement déçue que Lennie décida de la réconforter.

– Tu sais quoi? On va finir de déjeuner, on parlera, et après on ira dans une agence de voyages, on organisera une virée. Qu'est-ce que tu en penses? Toi, moi, et... quel est le nom de cette fille?

– Nona.

– Va pour Nona.

– Et Lucky, et Bobby?

Lennie fit non de la tête.

– Une autre fois. Dans une autre vie.

69

Lorsque Deena quitta le superbe immeuble Swanson, les photographes attendaient dehors. Habituellement, ils n'étaient là qu'en cas d'événement exceptionnel. Elle leur sourit par principe et monta dans sa voiture avec chauffeur.

L'accueil de Sirio Maccioni, l'aimable propriétaire du *Cirque*, fut, comme toujours, débordant d'empressement. Il la conduisit jusqu'à la table où l'attendait Adam Bobo Grant.

— Chéri!

— Chérie!

Ils échangèrent le traditionnel baiser hollywoodien, dans sa version new-yorkaise, avec tutoiement.

— Tu es superbe comme d'habitude... Le vert tilleul te sied à ravir!

— Merci, chéri. Martin est du même avis.

— Ah oui?

Deena souriait, Bobo saluait les gens à la ronde.

— Et comment va le grand homme?

— Bien. En fait, nous aurons bientôt une belle histoire pour toi.

Bobo leva un sourcil intéressé:

— Ah oui? De quel genre, ma belle?

— Martin me tuerait s'il savait que je t'en parle, il faut me promettre de ne rien publier avant que je t'aie donné le feu vert.

Bobo protesta le plus sincèrement possible:

— Si tu ne me fais pas confiance à moi, à qui alors?

— Martin rachète les Studios Orpheus à Hollywood. Qu'est-ce que tu en penses?

Bobo se dit in petto: « Rien de tel pour faire de Vénus

Maria la vedette de tous ses films. Ce serait la raison du flirt ? » Puis tout haut :

– Comme c'est intéressant !

Il scrutait les gens dans la salle, sans cesser de surveiller les entrées et les sorties. Deena souriait en permanence, elle avait des dents ravissantes.

– C'est effectivement intéressant. Évidemment, nous devrons passer plus de temps à Los Angeles, mais je pense que ce sera amusant. Qu'en penses-tu ?

Bobo acquiesça d'un signe de tête. Deena était la reine des hypocrites. Elle n'en pensait pas un mot. Lui non plus :

– Ce sera très amusant, chérie...

Le sommelier s'approcha de la table, ils commandèrent à boire. Deena, un Martini ; Bobo, une vodka sans glace.

Deena eut un petit rire satisfait :

– C'est réconfortant de déjeuner avec quelqu'un qui ne craint pas l'alcool. Quand je déjeune avec des femmes, elles ne dépassent jamais la limite du Perrier, ou de l'Évian. C'est complètement ennuyeux. J'adore le Martini à l'apéritif !

Bobo acquiesça une fois de plus, puis se pencha vers elle, pour chuchoter :

– Maintenant, Deena, raconte-moi la situation.

– Quelle situation, Bobo ?

Essayait-elle d'éluder sa question ?

– Eh bien, Martin et toi, bien sûr !

Elle lui jeta un regard incrédule. Il se rapprocha, pour vérifier de près qu'elle ne mentait pas.

– Tu n'as pas lu *Truth and Fact* ?

Toujours sans avoir l'air de comprendre, Deena répéta :

– *Truth and Fact ?* Qu'est-ce que c'est ?

Bobo perdait facilement patience :

– Un genre de magazine. Le genre qu'on vend dans les gares.

– Ah !... Tu veux dire, comme le *Star* ou le *Globe* ? J'adore le *Globe*... « La femme sans tête accouche de triplés. » Superbe ! Ma femme de chambre me les apporte.

– Ce qui m'étonne, c'est que ta femme de chambre ne t'ait pas rapporté *Truth and Fact* !

Elle le regarda d'un air totalement innocent :

– Il y aurait quelque chose dans cette revue que je devrais savoir ?

– Ça oui, Deena !

Il posa une main délicate, et parfaitement manucurée, sur le petit poignet dodu. Une énorme bague – un saphir entouré de diamants – brillait à son petit doigt. Deena contempla la bague scintillante, et eut nettement la sensation qu'elle allait entendre une chose désagréable. De sa voix modulée, avec ce léger accent qui ajoutait à son charme, elle demanda :

– De quoi s'agit-il, Bobo ?

Cette fois, il n'hésita plus :

– Il y a une histoire concernant ton mari et Vénus Maria.

Deena sentit son estomac se nouer brutalement, mais elle réussit à garder un calme apparent. Prudemment, elle répondit :

– Ah oui !... On essaie toujours de mêler Martin à une histoire de fille. Ce doit être une de plus ?

– Il y a une photo d'eux ensemble. Et l'histoire révèle pas mal de détails.

Deena retira sa main :

– Quel genre de détails ?

– Oh ! Par exemple qu'on les voit ensemble depuis plusieurs mois. Que Martin est soi-disant fou d'elle, et qu'elle est amoureuse de lui.

Bobo fit une pause, avant de donner le coup de grâce :

– Je ne voulais pas te parler de tout ça, Deena, mais je ne veux pas que la presse te dévore vivante. Surtout ce genre de presse. La revue n'est sortie qu'aujourd'hui et je voudrais te protéger.

Il attendit sa réaction un instant, mais Deena demeurait de glace. Alors, il poursuivit :

– Je suis prêt à écouter ta version des faits et à la publier comme il te plaira.

Les dents serrées, Deena répondit :

– Je n'ai pas d'histoires à raconter. Il faut d'abord que je lise cette revue, Bobo. Quand je l'aurai lue, alors, je pourrai faire un commentaire.

Il prit l'enveloppe marron qu'il avait apportée, et la lui tendit :

– Elle est là, et reviens m'en parler.

Elle prit la revue et se dirigea vers les toilettes, la tête haute.

Son sang se figea en lisant le texte. En regardant la photo de Martin avec Vénus Maria, elle sut qu'elle devait agir.

Vénus Maria venait de signer son arrêt de mort.

Deena Swanson pouvait le lui jurer.

70

Après sa réunion avec les responsables des départements, Lucky décida de faire connaissance avec les acteurs célèbres qui travaillaient pour les Studios.

La salle de conférences était son bureau pour l'instant, ce qui donnait à Mickey Stolli un ou deux jours pour débarrasser les lieux. Il l'avait privée du plaisir de le mettre à la porte. Dommage.

Morton Sharkey lui avait déniché un assistant compétent qu'il avait emprunté à un autre bureau. Otis Lindcrest était noir, la trentaine, et très efficace. Il semblait connaître parfaitement tous les maillons de la chaîne et se démenait dur pour faciliter au maximum le travail de Lucky.

Il y avait tant de choses à faire qu'elle ne savait par où commencer. Le plus important était de superviser les projets de production, passés ou futurs, et de décider de la ligne générale de Panther à l'avenir.

Parmi les dirigeants qu'elle avait rencontrés, Lucky était incapable d'en choisir un à qui faire confiance. Il faudrait du temps pour les connaître, en tant qu'individus, et pour apprécier leur loyauté.

Dans l'immédiat, elle avait l'intention de les recevoir un par un, au cours des prochaines semaines. Pendant ce temps, elle s'occuperait du contrat de Lennie et demanderait à Morton de le résilier. Elle avait déjà entamé le processus :

— Morton, envoyez-lui une lettre pour lui annoncer qu'il ne travaille plus pour Panther désormais et qu'il est libre de nous quitter, à moins qu'il décide du contraire.

— Pourquoi faites-vous ça ?

— Je ne veux pas qu'il se croie des obligations envers Panther uniquement parce que j'en suis devenue propriétaire.

S'il décide de rester travailler chez nous, ce sera formidable. Dans le cas contraire, il est libre d'aller ailleurs.

Morton crut bon de souligner :

– Lucky, c'est un atout. Un gros atout!

Mais elle répondit fermement :

– C'est aussi mon mari. Je ne veux pas qu'il se sente lié à cette maison.

Les fleurs se mirent à affluer, en provenance de tas de gens inconnus. Accompagnées de messages de félicitation et de bienvenue. Elles venaient des agents, des producteurs, des directeurs. Les stars, elles, ne se donnaient pas la peine d'envoyer des fleurs, elles se contentaient d'en recevoir.

Otis lui fit la liste de tous les acteurs des Studios. Pour un si jeune homme, il savait pas mal de choses. Lucky lui demanda avec curiosité :

– Depuis combien de temps êtes-vous dans la partie?

– J'ai commencé au bas de l'échelle, au tri du courrier, ensuite je suis passé à la production. Puis j'ai été premier assistant pendant cinq ans.

Elle nota qu'il était tenté par la production. Mais, pour un garçon parti de si bas, il était déjà indispensable à la place qu'il occupait.

Elle ne quitta pas les Studios avant 21 heures. Boogie lui tendit l'exemplaire de *Truth and Fact* dans la voiture qui la ramenait chez elle :

– J'ai pensé que vous aimeriez lire ceci.

Elle jeta un coup d'œil à la revue, passa rapidement sur l'article concernant Martin Swanson et Vénus Maria. Quel intérêt? De toute façon, elle ne croyait jamais à ce genre de ragots. Mais lorsqu'elle vit la photo de Brigette, Lucky se sentit aussitôt concernée. Depuis son aventure tragique avec Tim Wealth, Lucky la savait trop jeune, et trop fragile, pour se retrouver une fois de plus mêlée à un scandale avec un autre malfrat. Paul Webster ressemblait tout à fait à cela. Avec ses cheveux longs, ses yeux noirs trop vifs. Lucky dit à Boogie :

– Fais-moi penser à téléphoner à Brigette demain matin. Et appelle Londres, préviens Mike Baverstock à la British Airways de surveiller Bobby et sa gouvernante. Ils arrivent par avion vendredi. Oh! dis aussi à Otis de ne pas me prendre de rendez-vous vendredi après-midi, j'irai les chercher à l'aéroport.

Quand ils arrivèrent à la plage, il était plus de 22 heures.

Lucky demanda avec espoir à Miko :

– Des messages pour moi?

Miko salua :

– Bonsoir, madame. Non, pas de message.

Apparemment, Lennie n'avait pas envie d'appeler.

Elle était bien trop fatiguée pour manger. Trop fatiguée pour faire autre chose que dormir.

Elle sombra immédiatement dans un profond sommeil.

Au réveil, elle se sentit fraîche et revigorée. Elle se doucha, s'habilla et prit son petit déjeuner. Les journaux de cinéma parlaient d'elle, entre autres choses.

LUCKY SANTANGELO RACHÈTE PANTHER.
MARTIN SWANSON ENTRE À ORPHEUS.

Il lui tardait de retourner aux Studios. Elle avait énormément de travail en prévision. Une chose était sûre : diriger un studio était un véritable esclavage.

Son premier rendez-vous avait pour nom Johnny Romano. Il arriva dans la salle de conférences, environné de sa suite virevoltante.

A peine entré, il marqua un temps d'arrêt. Cette femme était belle.

Lucky demanda :

– Pouvons-nous nous entretenir en privé, monsieur Romano?

– Bien sûr, chérie, avec plaisir!

Il fit signe à sa petite cour de quitter la salle.

Lucky se leva, fit le tour de la table et se dirigea vers lui pour lui serrer la main.

– Je m'appelle Lucky Santangelo! Pas « chérie »

Il prit sa main pour l'attirer vers lui, en disant d'une voix rauque :

– Vous êtes une femme très belle. Bienvenue dans ma vie.

Elle retira sa main.

– C'est la tirade la plus rebattue que je connaisse. Vous l'avez utilisée combien de fois?

Il rit bêtement :

– D'habitude, ça marche.

– Pas avec moi.

– D'accord, d'accord! Donc, vous êtes une jolie femme, et moi, Johnny Romano, je vous fais du gringue. C'est si terrible que ça?

Lucky choisit d'ignorer la remarque.

– Vous savez que votre film a fait une bonne recette ce week-end, Johnny.

– Bien sûr, chérie... dit-il, sûr de lui.

– Mais je pense que nous allons assister à une chute considérable le week-end prochain.

Il haussa le menton, offrant une superbe mâchoire de star à son interlocutrice :

– Qu'est-ce que vous dites, chérie ?

– Je dis que *Motherfaker* est une sombre merde pour sexistes !

La mine de Johnny s'assombrit. Personne ne lui avait jamais parlé ainsi. Il la foudroya d'un regard noir :

– Vous êtes dingue ou quoi ?

Elle hocha la tête :

– Pas dingue ! Je me contenterai de vous donner un conseil utile.

Il la nargua avec arrogance :

– Et c'est quoi ?

– Vous supportez les critiques, j'espère ?

– Vous ne m'en croyez pas capable ?

Il avait répondu du tac au tac, énervé.

– Johnny, vous avez un physique superbe. Tout le monde vous adore. Vous faites très mec, vous êtes beau et sexy. Mais ce film vous prive d'une grande partie du public. Les enfants ne peuvent pas le voir. Quant aux personnes âgées, elles ne veulent même pas entendre parler de vous. Je me demande pourquoi, pour la raison que j'ignore, vous vous obstinez à jouer les anti-héros. Résultat : tout le monde déteste votre personnage. Vous ne pouvez pas vous empêcher de dire « connard » à chaque réplique ! C'est vous qui avez écrit le scénario du film, Johnny. Je suis sûre que votre vocabulaire est plus étendu.

Il la regarda dans le blanc des yeux :

– Ce film va rapporter une putain de fortune à Panther et vous le critiquez ?

– Je dis que vous êtes capable de faire beaucoup mieux. J'aimerais que vous fassiez un autre film pour Panther. Mais je suis également disposée à déchirer votre contrat et à vous laisser partir. Parce que je n'ai pas l'intention de produire un deuxième *Motherfaker*. Si vous voulez faire une longue carrière, il faut la bâtir et non la démolir. Vous vous contentez de dire au public : « Allez vous faire foutre, je fais ce que je veux et fermez-la. » Ça ne marche plus, Johnny.

Il éclata de rire :

– Vous êtes folle! Je peux aller où je veux dans cette ville, j'aurai tous les contrats que je veux!

Elle dit soudain :

– C'est peut-être ce que vous devriez faire.

Johnny n'en croyait pas ses oreilles. Cette bonne femme était dingue?

– D'accord, madame. Si c'est ça que vous voulez, c'est probablement ce que je vais faire!

Elle le défia du regard :

– Allez-y. Mais si vous êtes intelligent, vous m'écouterez. Ne prenez pas de décision pour l'instant. Pensez-y. Nous en reparlerons la semaine prochaine.

Lorsque Johnny Romano quitta la salle de conférences, il n'était pas heureux.

Le second rendez-vous de Lucky avait pour nom Vénus Maria. La blonde superstar entra gaiement dans la salle, sourire aux lèvres, enthousiaste :

– C'est vraiment super! Une femme aux commandes! Mon rêve devient réalité. Comment avez-vous réussi?

Lucky lui rendit son sourire :

– Je me suis dit qu'il était temps. J'ai l'intention de botter quelques derrières, vous êtes partante?

Le sourire de Vénus Maria se fit encore plus éclatant :

– Vous êtes bien tombée avec moi!

– J'espère bien. J'ai besoin de toute l'aide possible.

– Vous l'avez.

Vénus Maria se laissa choir sur une chaise, en étirant ses jambes. Elle portait des jeans déchirés, un tee-shirt avec l'inscription « Sauvons la planète », et une veste longue recouverte de badges. Ses cheveux platine étaient ramenés tout en haut de sa tête. Aux pieds, des chaussettes blanches, et des tennis Reebok.

– Je répète mon prochain clip. Ça va être formidable.

Chaleureusement, Lucky entama la conversation :

– Je suis ravie que vous fassiez partie de Panther. J'ai su que vous deviez faire *Bombshell*. J'ai su aussi que vous n'étiez pas très contente du script.

– Comment l'avez-vous su?

– Parce que vous me l'avez dit.

Vénus Maria était éberluée :

– Moi? Je vous l'ai dit? On s'est déjà rencontrées?

Lucky prit une cigarette.

– Mais oui. Mais vous ne vous en souvenez pas, évidemment!

– A New York?

– Non, ici même, aux Studios. Vous avez râlé au sujet du script, et maintenant que je l'ai lu, je suis d'accord avec vous. On va le récrire. En fait, je viens juste de rencontrer celui qui est chargé de le faire. Il a compris ce que nous voulons.

– Ah oui?

– Oui.

– C'est un rapide.

– Inutile de perdre du temps. Je sais le genre de films que vous voulez. *Bombshell* devrait être un pamphlet sur la manière dont on traite la femme. J'ai raison?

– Tout à fait.

Vénus Maria semblait toujours perplexe.

– Je n'arrive pas à retrouver où on a pu se rencontrer.

– La secrétaire de Mickey Stolli.

– Hein?

– Souvenez-vous. La secrétaire de Mickey Stolli. Celle qui avait des verres de lunettes en forme de loupe, une coiffure affreuse, et des vêtements horribles? Vous avez été gentille avec elle.

Vénus était toujours perplexe.

– Oui, et alors?

– C'était moi.

Vénus Maria bondit de sa chaise, interloquée :

– Vous? Allons donc! Vous me faites marcher! Vous?

Lucky éclata de rire.

– C'était moi, oui. Je m'étais déguisée.

– Non!

– Si!

– Eh bien!

– Je ne voulais pas acheter sans connaître le fond des choses. J'ai donc travaillé pendant six semaines incognito pour en découvrir certaines...

– Et vous avez réussi?

Lucky aspira une bouffée de cigarette, en souriant :

– On dirait.

– Je le souhaite!

– Je vous dis cela, parce que je crois pouvoir vous faire confiance. Mais je ne veux pas que les cadres le sachent. Je leur dirai un jour, peut-être. Peut-être pas. Qu'ils continuent à se demander comment j'en ai appris autant sur eux...

– Merde alors! s'exclama Vénus. Ça, c'est extraordinaire! J'adore ça!

– Quoi qu'il en soit, voilà mon plan. Nous allons terminer

le script de *Bombshell* et en faire un film formidable. J'ai quelques noms de réalisateurs en tête. Pourquoi pas une femme?

– J'adore les metteurs en scène femmes. Mais chaque fois que je dis ça, on me regarde comme un zombie.

– Il me semble qu'une femme pour la mise en scène, c'est la solution. J'en connais plusieurs. Vous avez entendu parler de Montana Grey?

– Bien sûr, c'est elle qui a écrit et réalisé ce petit film étonnant, *Les gens de la rue*. Je crois qu'elle est très bien. Et qu'elle a beaucoup de talent.

– Bien. Elle doit venir me voir demain. En ce qui me concerne, je la trouve parfaite. Vous êtes contente?

– Contente? Je suis en extase!

– Si elle aime l'idée, j'arrangerai un rendez-vous entre nous trois.

– Quand vous voulez.

– Et je veux voir la projection de *Strut*. Je crois qu'il y a des coupures à faire. Je dois voir Cooper Turner, je lui en parlerai.

Vénus Maria eut un sourire amical:

– Vous aimerez Cooper. C'est un type bien. Ne croyez pas toutes les histoires qu'on raconte sur lui. Oh, j'y pense... Ne croyez pas non plus à toutes ces histoires sur moi!

Lucky sourit:

– Moi aussi, j'ai eu droit à quelques gros titres. Croyez-moi, je comprends.

– Et comment les «garçons» prennent-ils votre arrivée?

Lucky inspira une bouffée de cigarette:

– Ils n'ont pas l'habitude de voir arriver une femme pour les commander.

– Pas du tout.

Elle exhala voluptueusement la fumée:

– J'ai toujours adoré les défis.

71

Emilio Sierra avait réservé une chambre double, dans une charmant hôtel d'Hawaii, avec vue sur la mer. En réalité, il se retrouva avec Rita dans une chambre surplombant un parking, et qui n'avait rien d'extraordinaire. Furieux, il se mit à râler :

— C'est pas assez chic.

— Ça ira quand même, chéri ; au moins on peut voir la mer de loin.

« Stupide, cette nana ! » Comment faisait-il pour tomber tout le temps sur les plus stupides ?

— C'est moche comme tout. Je vais leur faire un scandale.

Il se précipita à la réception de l'hôtel en demandant à voir le directeur.

Dix minutes plus tard, le directeur était là. Un homme grand et mince, aux manières courtoises et au sourire constipé.

— Oui, monsieur ? Que puis-je faire pour vous ?

— J'ai demandé une chambre avec vue sur la mer !

Emilio suivait en même temps des yeux une rousse à la poitrine avantageuse dans un tee-shirt moulant, qui passait devant lui d'une démarche désinvolte.

Le directeur parut mortifié, comme si la réclamation d'Emilio lui était une injure personnelle.

— Vous n'êtes pas content de votre chambre ?

La rousse disparut à l'horizon du hall, ce qui permit à Emilio de se concentrer sur le problème :

— Pas du tout, mec. Elle pue, cette chambre.

— Je suis certain qu'elle ne pue pas, monsieur...

— Sierra, dit Emilio en épelant son nom. Vous avez dû entendre parler de ma sœur, Vénus Maria ?

Le directeur se demandait s'il devait ou non le croire. Il parut tout de même impressionné et demanda avec une certaine admiration dans le ton :

— Vénus Maria ? La chanteuse ?

— L'actrice ! fanfaronna Emilio. Je suis de Los Angeles. Hollywood plus exactement. Je suis acteur moi aussi.

Le directeur fit un petit salut poli. Il avait reçu dans son hôtel des gens bien plus importants que le frère de Vénus Maria. Le président des États-Unis, par exemple.

— Eh bien ! Monsieur Sierra, actuellement nous n'avons rien d'autre à vous proposer, mais je vous promets que dès que quelque chose se libère, je vous préviens.

Emilio grogna :

— Je ne suis pas satisfait !

C'était formidable d'avoir de l'argent ! Il adorait ça. Pour la première fois de sa vie, il avait l'impression d'exercer un pouvoir.

— C'est tout ce que je peux faire.

Le directeur priait le ciel que ce client grossier aille s'installer dans un autre hôtel.

— Donnez-moi autre chose, ou je campe sur place, dans l'entrée de l'hôtel.

Emilio fit du chantage, menaça, se plaignit tant et tant qu'on finit par les installer dans un bungalow sur la plage. C'était plus cher, mais pour une fois Emilio se dit qu'il pouvait s'offrir ce luxe. Surtout depuis qu'il avait touché le gros lot. Maintenant, il pouvait vivre au-dessus de ses moyens. Rita n'avait pas l'air d'apprécier tellement. Elle était excitante. Mais complètement idiote aussi. Ils étaient à peine installés dans leur chambre que Rita crut apercevoir une petite souris des sables galoper par terre. Elle se mit à crier, hystérique, en sautant sur le lit :

— Oh, mon Dieu, Emilio ! Il y a une souris !

Complètement indifférent, Emilio marmonna :

— Et alors ? Elle va pas te bouffer !

— J'ai peur !

Rita hurlait, en refusant de descendre du lit.

Emilio se souvint qu'à New York autrefois, quand Vénus Maria n'était encore qu'une enfant et qu'il pouvait la faire marcher, elle aussi avait eu peur d'une souris. Un jour, avec ses frères, ils en avaient attrapé trois et les avaient cachées dans son lit entre les draps. Quand elle avait découvert l'horrible surprise, elle avait hurlé pendant une heure. Mais elle s'était bien vengée, il devait l'admettre. Deux jours plus tard, elle avait concocté un pot-au-feu appétissant avec ce qui semblait être des morceaux de poulet. Ce n'était pas du poulet. Elle avait fait cuire ces saloperies de souris pour les servir à dîner.

Rita n'ayant pas l'air de se calmer, Emilio fut donc contraint de retourner voir le directeur pour se plaindre une fois de plus.

Alors, pour se débarrasser de lui et de sa gourgandine, l'hôtelier les installa dans une suite de rêve. Deux pièces comprenant une chambre luxueuse avec lit vibrant. Et un salon donnant sur une immense terrasse surplombant un tapis de sable blanc et une mer divinement bleue. Il n'y avait rien de mieux et, même si ça devait lui coûter la peau du dos, Emilio dit à Rita :

– Alors, contente ?

Elle approuva d'un signe de tête.

Après quoi, il s'installa sur la terrasse, pendant qu'elle déboutonnait son jean, histoire de lui montrer à quel point elle était contente.

C'est parfois payant d'être dépensier.

Le matin suivant, il expédia Rita au kiosque à journaux acheter un numéro de *Truth and Fact*.

Quand elle lui eut ramené le magazine et qu'il eut pris connaissance de l'article, Emilio se mit dans une colère noire. Où était passée l'histoire que Dennis avait enregistrée ? Il n'y avait même pas une photo de lui ! Il n'y avait que celle qu'il avait volée, avec Vénus et Martin. C'était quoi, ce trafic ?

Furieux, il téléphona à Dennis Walla à Los Angeles, en hurlant au téléphone :

– Où elle est mon histoire ? Vous deviez la publier cette semaine !

– La semaine prochaine ! Lis le texte de couverture.

– Vous m'aviez dit cette semaine ! Et vous avez utilisé la photo que je vous ai donnée. Écoute, mec, on m'a payé pour une seule semaine ! C'est de l'arnaque !

Dennis se dit que, décidément, les parents de stars étaient toujours les plus avides.

– Attends un peu, mon vieux... T'as déjà gagné plein de fric. Ton histoire, on la publiera quand on le décidera, et à notre manière. Ce n'est pas à toi de nous dire ce qu'il faut faire.

Emilio raccrocha, mort de rage. C'était stupide de retourner à Los Angeles maintenant. Vénus Maria savait de qui venait l'histoire, elle serait furieuse après lui. Elle lui ferait sûrement un procès.

Rita virevoltait devant la glace, en admirant ses jambes un peu courtes, mais parfaites.

— Qu'est-ce qu'il se passe, chéri ?

— Rien.

Il n'était pas sûr de pouvoir lui faire confiance.

— Viens là.

Le grand lit vibra durant dix minutes, puis ils sortirent profiter du soleil hawaiien.

Le soleil hawaiien déçut Emilio. Il était maigre, le soleil hawaiien. C'était une journée nuageuse, avec de fortes rafales de vent.

Il choisit deux places bien en vue, au bord de la piscine. Rita et son bikini attiraient les regards des hommes à cinquante mètres à la ronde.

Emilio était content. Après tout, elle n'était pas si stupide, cette fille. Et il aimait être avec une femme qui attire l'attention des autres.

Pour le déjeuner, Rita suggéra de rentrer à l'intérieur, en remarquant sagement :

— Le temps est peut-être nuageux, mais le soleil est brûlant derrière les nuages. Tu devrais faire attention.

Il fanfaronna comme d'habitude :

— Moi ? Je ne brûle jamais ! Je bronze.

— Pas moi, dit Rita en remontant le haut de son bikini qui venait de glisser, laissant apercevoir un bout de sein effronté. Ça ne t'ennuie pas que je rentre ?

Non, ça ne l'ennuyait pas. Il était bien trop occupé à contempler la jolie ronde des femmes bronzées en bikini.

A 17 heures, Emilio avait viré au homard.

Il revint dans la suite en geignant :

— Mon Dieu, pourquoi est-ce que tu ne m'as pas prévenu ?

Rita passait une crème parfumée sur son corps nu.

— Mais je t'ai prévenu, chéri !

Il s'attendrissait sur son cas.

— Je comprends pas. Le ciel était nuageux. Comment j'ai fait pour brûler comme ça ?

— Ça ne compte pas, à Hawaii. Le soleil brûle, même derrière les nuages. J'ai essayé de te le dire.

Soupçonneux, il grogna :

— T'es déjà venue ici ?

— Une fois ou deux.

Elle ne jugea pas utile de parler de son dernier voyage en

compagnie de deux athlètes et d'un metteur en scène sado-maso, lequel avait un penchant certain pour la discipline militaire.

Emilio souffrait réellement. Rita courut à la pharmacie et en revint avec une montagne de lotions apaisantes. Elles ne firent pas grand effet. Emilio souffrit toute la nuit, et ne souffrit pas en silence.

Le lendemain matin, il découvrit dans la glace une peau couleur langouste, et décida de rentrer à Los Angeles.

– Je vais pas dépenser mon fric à rester au lit. On s'en va.

Rita haussa les épaules.

– Comme tu veux.

Elle avait déjà décidé qu'Emilio n'était bon que pour une petite aventure. Tant qu'il aurait de l'argent, elle resterait. Mais combien de temps durerait l'argent ?

Sûrement pas longtemps.

72

Otis vint annoncer :

– Il y a là un nommé Harry Browning qui veut vous voir. Il n'a pas de rendez-vous, mais il a l'air passablement énervé.

Lucky acquiesça d'un signe de tête :

– Ça va. Faites-le entrer.

Harry entra dans la pièce, fit quelques pas et s'immobilisa. Il attendit que la secrétaire ait fermé la porte et regarda Lucky d'un air accusateur :

– Vous êtes Luce, n'est-ce pas ?

Enfin ! Quelqu'un avait découvert son déguisement.

– Vous êtes le seul à m'avoir reconnue. Vous êtes fin connaisseur.

– Je pensais que vous travailliez pour Abe Panther.

– Dans un sens, oui. Nous avons pensé tous les deux que c'était une bonne idée de venir ici incognito. Un exercice intéressant. J'ai découvert énormément de choses.

– Vous n'avez pas été honnête avec moi.

Harry était un peu coincé, de toute évidence mal à l'aise dans cette confrontation.

Il était inutile de lui expliquer les choses en détail.

– Je serais heureuse que vous restiez aux Studios, Harry. Nous allons changer beaucoup de choses ici et j'aimerais également que vous me fassiez des rapports personnels.

Soupçonneux, Harry demanda :

– Pourquoi ?

– Parce que vous voulez la même chose que moi. Tous les deux, nous voulons faire de Panther un grand studio à nouveau. Finie l'exploitation de mauvais films. Finis les directeurs qui ne pensent qu'à mettre les actrices au lit dès qu'elles passent le seuil de leur porte. Fini. Vous êtes de mon côté?

Lentement, il fit signe que oui.

Peu de temps après Harry, Susie Rush fit son apparition. Susie avait l'habitude de traiter avec des hommes. Elle arriva vêtue de fronces et de volants, un nœud rose dans les cheveux. Lucky lui trouva une ressemblance avec la poupée Kewpie.

La poupée fronça les lèvres, à la retrousse, comme une gamine:

– Eh bien, dites donc! C'est un drôle de bouleversement dans le système!

Lucky, pour être gentille et accueillante, demanda:

– Que puis-je vous offrir? Un verre? Thé? Café?

– Une explication serait agréable. Après tout, quand j'ai signé un contrat avec ces Studios, Mickey Stolli était le patron. Je n'avais pas envisagé un changement.

Très à l'aise, Lucky expliqua:

– La première chose que vous devriez savoir, c'est que, bien que vous ayez un contrat avec les Studios, vous êtes entièrement libre de faire ce que vous voulez. Je ne veux retenir personne chez Panther contre son gré.

– Oh!

Susie ne s'attendait pas à cela.

– Mais je sais également que vous êtes une des valeurs sûres des Studios. Ainsi que je l'ai dit à tout le monde, mon but est de ramener Panther au top niveau. J'aime votre style de films. Vous faites des films que toute une famille peut regarder. Et vous êtes une actrice merveilleuse.

Susie la regarda avec méfiance. Elle n'était pas habituée aux compliments des autres femmes. Et pas habituée non plus à rencontrer des femmes de pouvoir, comme Lucky Santangelo.

D'un ton très professionnel, Lucky enchaîna:

– Voilà ce que j'aimerais faire pour vous: dites-moi le genre de film qui vous intéresse. Je sais que vous avez des projets actuellement. Et s'ils vous tiennent à cœur, nous les prendrons en considération.

– En fait... j'aimerais bien changer de style. Ma carrière est dans une impasse. Je voudrais jouer des rôles différents.

– Quel genre?

– Le rôle principal de *Bombshell*. En fait, Mickey me l'avait promis.

C'était tout à fait surprenant comme idée. Lucky remarqua:

– *Bombshell* est une idée de Vénus Maria.

– Oh oui !... Mickey avait dit en effet que Vénus Maria pourrait peut-être s'y intéresser. Mais quand je lui ai dit que j'aimais le script, il a immédiatement proposé que je fasse des essais. Je dois vous rappeler que je ne suis pas censée faire des essais normalement, pour quoi que ce soit. Mais je sais que je peux tenir ce rôle. Il est fait pour moi.

– Je dois vous dire une chose, Susie. Vénus Maria est définitivement engagée pour ce rôle. Mais si vous avez un autre script, nous verrons ce que nous pouvons faire.

Les lèvres de Susie se rétrécirent soudain en une ligne mince :

– Je veux faire *Bombshell*. On m'a proposé un autre film chez Orpheus, vous savez...

Lucky sourit gentiment. Elle n'allait pas se laisser faire du chantage par des actrices obnubilées par leur ego.

– Si ce film vous convient, Susie, je vous conseille de le faire. Je vous l'ai dit tout à l'heure, je ne retiens personne.

Susie se retira, ne sachant plus exactement où elle en était.

Tout se passait bien jusqu'ici. Le dernier rendez-vous de Lucky était consacré à Cooper Turner. Il était dans l'une des salles de presse et plutôt que de lui demander de venir, elle décida d'aller le retrouver.

Les stars n'impressionnaient pas du tout Lucky. Elle les avait observées toute sa vie. Au temps où Gino possédait des hôtels à Las Vegas, elle les voyait arriver pour les grandes parties de casino, les inaugurations, les grandes soirées. Puis elle était devenue la femme du fils du sénateur Richmond Craven, et toutes les célébrités du moment faisaient souvent le trajet jusque chez eux, à Washington.

Être star, cela signifiait une personnalité fragile. Un moi fragile. Lucky en était parfaitement consciente. Se retrouver maintenant face à face avec les stars en question, obligée de traiter avec elles, c'était à la fois intéressant et un réel pari.

Cooper Turner était plus beau qu'au cinéma. Un visage superbe, encore juvénile, des cheveux ébouriffés, des yeux d'un bleu de glace pénétrants. Et un sourire dévastateur, dont il se servit immédiatement.

– Alors, c'est vous le nouveau patron ?

Elle lui tendit la main :

– Eh oui !

La poignée de main était solide. Derrière ses lunettes d'écaille, il la gratifia d'un regard intense :

– Vous êtes une surprise. Je m'attendais à rencontrer un dragon femelle.

– L'apparence ne compte pas.

– Bien sûr que si ! dit-il négligemment en ôtant ses lunettes. Les jolies femmes attirent toujours l'attention. Je ne dis pas que vous n'êtes pas intelligente, mais l'allure, ça aide. Et de l'allure, vous en avez, chérie...

Elle lui répondit du tac au tac :

– Vous en avez aussi, chéri...

Il rit :

– Touché, miss Santangelo.

Lucky en vint au but de sa visite.

– Je cherche à visionner des passages de *Strut*. Quand pourrai-je le faire ?

– La semaine prochaine, par exemple ?

– Ça me convient. Ce sont vos débuts de réalisateur ?

Sans les lunettes, les yeux bleus devenaient métalliques :

– Vous voulez dire que vous avez suivi ma carrière ?

Elle lui retourna le même regard. Rivalisant avec lui. Regard noir des Santangelo.

– Disons que votre carrière n'était tout de même pas le centre de mon univers.

Il rit de nouveau.

– Non. En fait, j'ai fait un bide avant ça. Mais ce sera meilleur. Vénus Maria y fait une performance tout à fait spéciale.

– J'en ai entendu parler.

– Ah ! La rumeur du studio ! C'est bien.

– Il semble que votre film soit le seul convenable actuellement. Vous avez vu *Motherfaker* ?

– Mon temps est précieux. Je ne suis pas masochiste.

C'était au tour de Lucky de rire.

– Je comprends ce que vous voulez dire. Voulez-vous que nous déjeunions ensemble la semaine prochaine ? Je crois que nous avons beaucoup de choses à examiner. Le marketing de *Strut*, par exemple, est primordial.

– Et si je vous invitais à dîner ?

Lucky rétablit les choses très vite :

– Vous connaissez mon mari, Lennie Golden ?

– Vous êtes mariée avec Lennie Golden ? dit-il, surpris.

– Vous ne le saviez pas ?

– J'ai dû suivre votre carrière d'aussi près que vous avez suivi la mienne.

– A mon tour de dire « touché »...

Il l'éblouit d'un inégalable sourire de star.
– Je suppose. Déjeuner donc. Avec plaisir.

La seule vedette que Lucky devait encore rencontrer, Charlie Dollar, était à l'étranger et ne rentrerait que deux semaines plus tard. Charlie n'avait rien en projet de production. Lucky fit passer la consigne : « Trouvez un rôle qui convienne à Charlie. Quelque chose qui fasse sensation. »

Le dernier rendez-vous de la journée concernait les Ignobles, Arnie Blackwood et Frankie Lombardo.

Arnie, le grand échalas efflanqué, cheveux gras lissés en queue-de-cheval, lunettes miroitantes cachant un regard vitreux, parla le premier :

– Félicitations, mignonne... C'est du gâteau.

Frankie, cheveux bruns en broussaille et barbe hirsute, compléta l'idée :

– Ouais, mec! On va bosser ensemble comme si on avait passé la vie au lit ensemble...

Lucky répondit d'un sourire agréable :

– Heureusement, ce n'est pas le cas.

Ils s'esclaffèrent tous les deux.

– Elle a le sens de l'humour, dit Arnie.

– Une belle fille comme toi, qu'est-ce que ça vient foutre dans un boulot pareil? rajouta Frankie.

Il répandit son encombrant squelette sur une chaise, content de lui.

Lucky répondit, sarcastique :

– La même chose qu'un bel homme comme vous, probablement. Puis-je me permettre de vous rappeler qu'il ne s'agit pas de boulot? Je suis propriétaire de Panther.

Frankie n'aimait pas ça du tout.

Arnie se dirigea vers la table de conférence et posa ses deux mains à plat. Penché en avant, il demanda :

– Vous allez rester ici ou bien c'est provisoire? Quel est le contrat, Lucky? Vous avez acheté les Studios pour revendre le terrain et filer, ou quoi?

Sourire glacial, Lucky répondit :

– Je suis là pour rester. Et vous?

– Oh! nous aussi, on est là pour ça.

Arnie retira ses lunettes miroitantes pour les nettoyer avec le pan de sa chemise, il les remit ensuite sur son nez. Frankie passa les mains dans ses cheveux dépeignés, tira un peu sur sa barbe mal soignée. Les deux hommes avaient l'air anéantis.

– J'annule vos deux projets actuels. Autant vous le dire franchement, je ne les aime pas. Ce n'est pas le genre de films que Panther va produire.

Arnie était incrédule.

– Vous annulez quoi, chérie ?

Calme, et parfaitement sûre d'elle, Lucky répondit :

– Je me fais mal comprendre ? Si vous avez besoin d'un interprète, je serais ravie de vous en trouver un.

– Où est-ce qu'on s'est déjà vus, vous et moi ?

Frankie s'était remis sur ses pieds, agressif.

– Disons que j'ai traîné dans les Studios quelque temps. Je sais tout ce qui s'y passe.

– Tout, hein ? ricana Arnie.

– C'est ça.

Il fallait qu'elle garde son calme, mais ces deux trous-du-cul allaient peut-être lui faire perdre patience.

– D'accord poupée, on va vous dire un truc. On vous prend pas au sérieux. On a deux films en tournage en ce moment et trois autres en préparation. Nos films font marcher Panther. Vous voyez ce que je veux dire ? Nos films assurent tous les bénéfices dans cette taule. Et vos soi-disant superstars ne font que des flops !

– Oui. Mais je suis là pour vous informer que le système a changé. Je me fiche du genre de films que vous faites. Je n'apprécie pas du tout de voir des filles à qui on arrache leurs vêtements, ou qu'on tabasse ! Viol, violence, sang, ça ne me convient pas. Est-ce que je suis claire, cette fois ?

Arnie la fusilla d'un regard insultant :

– Réveillez-vous, regardez le box-office. C'est ça qui marche.

– Tout le problème est là. Si c'est « ça » qui marche, je ne veux pas filmer « ça ». Je n'aime rien de tout ce que vous représentez. Alors, monsieur Lombardo, je suppose qu'il vaut mieux nous en tenir là.

Frankie se gratta la barbe.

– Vous nous virez ? C'est ça ?

– Tiens, vous commencez à me comprendre. C'est amusant.

Arnie avait enfin assimilé le message, en effet :

– Putain de connasse ! Vous n'avez pas le droit de nous traiter comme de la merde ! C'est nous les deux plus gros producteurs d'Hollywood. Et en plus, on a un contrat avec Panther !

– Vous voulez que je vous dise monsieur Blackwood, monsieur Lombardo ? J'en ai rien à foutre !

C'est ainsi que s'acheva la première journée de travail de Lucky. Il n'était pas question de se faire des amis, ou de rechercher une alliance. Mais la journée était satisfaisante. Le projet à venir était de réunir une équipe de gens pour créer le genre de films qu'elle souhaitait produire.

Lucky Santangelo était sur des rails.

73

La fièvre Swanson monta comme une épidémie, un oura-
gan déferlant, furieux, qui envahit tout. Chaque journal,
chaque émission de télévision semblait vouloir parler de
cette histoire. De son côté, Adam Bobo Grant mit le paquet.
Il publia tout ce que lui avait dit Deena, en première page.

JAMAIS JE NE DIVORCERAI, hurlaient les gros titres. J'AIME
MON MARI.

Dennis Walla avait fait démarrer l'affaire. Mais Adam
Bobo la lança sur une grande échelle. La première page du
New York Runner était autre chose que celle de *Truth and
Fact*. Le public croyait aux histoires qu'il lisait dans le *New
York Runner*.

Bert Slocombe expédia un fax sur le sujet à Dennis Walla
à Los Angeles. Dans son bureau de Hollywood, Dennis le lut
avec une inquiétude grandissante. Il y reconnut quelques-
unes de ses propres notes. Adam Bobo, cette vieille plume
d'écrivaillon, l'avait plagié et il n'y pouvait absolument rien.
Dennis ne se mettait jamais en colère. En revanche, il espérait toujours faire de l'argent avec cette histoire.

Il prit son téléphone et appela Adam Bobo à son journal.
Un assistant débordé l'informa que monsieur Grant n'était
pas disponible. Dennis insista :

— Dites-lui que c'est important.

Mais l'assistant, imbu de toute son importance, ne voulait
rien savoir :

— Je suis désolé, si vous avez un message pour monsieur
Grant, je peux en prendre note.

Alors Dennis, de son lourd accent australien et d'un ton
autoritaire, le prévint :

— Écoutez... Je ne le répéterai pas deux fois. Dites-lui seu-

lement que c'est moi qui ai écrit l'histoire du divorce des
Swanson, pour *Truth and Fact*. Et, qu'en plus, j'ai l'exclusivité du frère de Vénus Maria. On va publier une histoire de
lui, la semaine prochaine. J'ai pensé que cette information
l'intéresserait. Si ce n'est pas le cas, ça m'est égal, mais
grouillez-vous d'aller le lui dire, mec!

L'assistant le mit en attente sur la ligne, cinq bonnes
minutes, avant que Adam Bobo Grant, l'échotier en chef, le
suprême ragoteur, ne daigne venir au téléphone.

— Monsieur Walla?

— J'ai lu votre histoire. Joli plagiat.

Adam Bobo se vexa :

— Je vous demande pardon?

— J'ai dit : joli plagiat. Vous avez piqué la moitié de
l'article dans *Truth and Fact*. Mon article, c'est moi qui l'ai
écrit.

Bobo soupira, l'air profondément ennuyé :

— Vous me téléphonez pour vous plaindre?

— Non. On peut peut-être faire affaire.

Bobo se ranima aussitôt :

— Affaire?

— Ouais... disons que vous avez des détails pas inintéres-
sants et que ma prochaine histoire sera juteuse, vous verrez.
La semaine prochaine, je publie un gros morceau, en exclusivité. Je me suis dit que, puisque vous faisiez un tel plat sur
les Swanson, vous auriez peut-être envie de jeter un coup
d'œil sur l'article avant publication.

— Pour de l'argent, évidemment... dit Bobo, crispé.

— Ouais. Pour qui me prenez-vous, mon vieux? Pour une
œuvre de bienfaisance?

Bobo réfléchit rapidement. Son billet quotidien avait
beaucoup de succès, et il était toujours agréable de faire la
première page. D'un ton aigre, il demanda :

— Combien?

— Un prix d'ami.

«Tu parles », pensa Adam Bobo Grant. Mais de toute
façon, il allait accepter.

Vénus Maria se plaignait à Martin au téléphone :

— Les photographes campent littéralement devant chez
moi.

— Ne crois pas qu'ils ne me suivent pas partout!

Était-ce une idée, ou Martin avait l'air assez satisfait?
Depuis la parution de *Truth and Fact*, ils s'étaient parlé

deux fois, mais sans se voir. Ils essayaient maintenant d'organiser un rendez-vous discret.

– Il vaut mieux ne pas penser à ma maison. Je parie qu'à ton hôtel, c'est impossible aussi. Mais j'ai une idée, Martin. Si j'arrive à sortir sans être suivie, je peux aller jusqu'à l'hôtel *Bel Air*, qu'est-ce que tu en dis ?

Il dit que c'était là une excellente idée et qu'il allait louer une suite sous un nom d'emprunt pour qu'ils puissent y passer la nuit ensemble. Vénus Maria s'aventura à poser la question :

– Tu as parlé à Deena ?

– Non. Je ne lui ai pas téléphoné.

– Elle a dû lire.

– Je préfère ne pas lui parler de ça au téléphone. J'en discuterai avec elle en rentrant. Je suis en train d'acheter un studio, tu sais, j'ai été débordé.

Vénus répondit d'un ton cassant :

– Parce que moi, évidemment, je suis là à ne rien faire ?

Il se radoucit :

– J'ai hâte de te voir.

Après avoir raccroché, Vénus Maria prépara un plan de fuite. Dans un sens, c'était amusant d'essayer de berner les paparazzi agglutinés autour de chez elle.

Elle demanda à Ron de venir et il se précipita, mort d'envie de participer au jeu. Ils affublèrent une secrétaire d'une perruque blond platine, de lunettes sombres et de vêtements de Vénus Maria.

Quand ils jugèrent qu'elle était fin prête, la fille sortit en courant de la maison, sauta dans une voiture et dévala la colline. Et comme prévu, les photographes la prirent en chasse.

Pendant ce temps, Vénus Maria sortait par une porte de derrière, dans la voiture de Ron. Ils rigolèrent comme des gosses jusqu'à l'hôtel *Bel Air*.

La fugitive, vêtue d'un long manteau, d'un chapeau mou et de lunettes noires, se faufila rapidement dans la suite louée par Martin.

Il l'attendait. A peine était-elle entrée qu'il se jeta sur elle comme un adolescent frustré.

Elle recula, en essayant de refuser cet assaut.

– Martin !

Mais il ne l'écoutait pas. Il l'embrassait frénétiquement, en froissant ses vêtements.

Elle ôta son chapeau, déploya sa chevelure blonde platine.

Il enfonça ses mains dans les boucles, en grondant presque :

– Mon dieu, comme tu m'as manqué...

Et de déboutonner le manteau, de tâtonner sous le sweater avec fébrilité. Elle ne l'avait jamais vu aussi passionné. Manifestement, les gros titres lui avaient tourné la tête.

Ils finirent par faire l'amour à même le sol. Elle n'avait jamais connu un Martin aussi sauvage.

Lorsqu'il fut enfin calmé, Vénus Maria lui dit en riant :

– Ouah! Tu t'es enflammé ce soir! Qu'est-ce qui t'arrive?

– Tu veux dire que j'étais froid avant?

Elle ne le disait pas, mais le pensait certainement. D'un ton neutre, elle changea de conversation :

– Une amie m'a téléphoné de New York aujourd'hui. Nous faisons la une des journaux là-bas. Et hier soir, on a parlé de nous à *Entertainment tonight.* Pourquoi tout ce remue-ménage médiatique?

– Tu es une dame célèbre.

– Il n'y a pas que moi, Martin. C'est toi qui as capté l'imagination du public. Le milliardaire par-ci, le milliardaire par-là. Et tu es en passe de te faire une véritable réputation d'étalon.

– Ne sois pas ridicule...

Mais il n'avait pas l'air tellement fâché.

Elle se pencha pour ramasser ses vêtements éparpillés :

– Je vais me plonger dans un bon bain chaud. On peut commander quelque chose dans la chambre? Je meurs de faim.

– J'ai déjà commandé du caviar, des steacks, et des sorbets. Ça t'ira comme fête?

– Quelle aventure! On est là, seuls tous les deux. Personne ne sait où nous sommes. Excitant, non?

– Pour moi, oui.

– J'avais remarqué.

Elle ne put retenir un sourire avant de plonger dans le bain chaud et moussant, pour s'y prélasser longuement.

Martin vint dans la salle de bains avec deux verres de champagne et s'inclina au-dessus de la baignoire pour lui en offrir un.

Elle s'allongea voluptueusement dans l'eau :

– Alors? Que va-t-il se passer? Maintenant que Deena est au courant, le jeu est complètement différent, non?

Martin rechignait à se laisser entraîner dans cette conversation :

– On verra bien ce qu'elle va faire.

– Et toi, qu'est-ce que tu en dis?

– Je suis marié avec Deena depuis dix ans. Il m'est impossible de partir comme ça.

– Ce n'est pas ce que nous cherchions ?

– Si, mais il y a la manière de faire les choses. Il vaudrait mieux que Deena me demande de partir.

– Si elle a de la fierté, c'est ce qu'elle fera.

Il hocha la tête en silence.

– Martin, tu vas prendre une décision, n'est-ce pas ?

Nouvel hochement de tête.

– Parce que si tu ne le fais pas... ajouta-t-elle avec force, je renonce à cette liaison. Justement maintenant que tout le monde est au courant.

Il laissa traîner sa main dans la mousse, effleurant le bout d'un sein.

– Tu ne me fais pas de chantage, j'espère ?

Elle lui offrit un sourire désarmant :

– Est-ce que je suis capable de faire une chose pareille ? Viens ici, étalon milliardaire. Viens dans la baignoire avec moi.

Il eut un sourire d'excuse :

– Je n'ai plus dix-neuf ans.

Elle s'assit, l'entoura de ses bras mouillés :

– Faisons comme si. Jouons à faire comme si...

A New York, Deena arpentait son appartement, malade de colère et d'humiliation. Elle se sentait comme mise en quarantaine. Ce qui n'était pas tout à fait le cas. Le téléphone n'arrêtait pas de sonner. Tout le monde avait appelé, sauf Martin. Et elle n'arrivait pas à le joindre. En Californie, une armée de secrétaires et d'assistantes lui avait répondu qu'il était en rendez-vous important, qu'il ne pouvait pas être dérangé, etc.

Des rendez-vous ! Il était avec la Putain, oui !

Deena avait déjà mis son plan en action. Le détective privé qu'elle avait embauché plusieurs mois auparavant, était en chasse à Los Angeles. Il avait pour instruction de rapporter un dossier complet sur Vénus Maria, de surveiller ses faits et gestes sans répit. Le détective ignorait totalement l'identité de sa cliente. Deena avait tout organisé par téléphone et il devait déposer ses rapports dans une boîte aux lettres.

Deena savait très exactement ce qu'il fallait faire, bien qu'elle n'ait pas prévu l'énorme publicité qu'avait engendrée l'histoire de Martin et de Vénus Maria.

Elle relut la liste des communications téléphoniques. Toutes les femmes mariées de New York l'avaient appelée. Elles voulaient toutes connaître les dessous de l'affaire.

Adam Bobo Grant l'avait appelée trois fois. Que voulait-il avoir de plus? Il n'en avait pas assez?

Elle ramassa le *New York Runner* et relut l'histoire en première page. Tout le monde savait que *Truth and Fact* était un ramassis de ragots dans le *New York Runner*, l'histoire était plus crédible.

Elle parcourut la page des yeux.

Deena Swanson, ravissante en tailleur « tilleul » signé Adolfo, refuse d'évoquer sa rivale, Vénus Maria. Unique commentaire: « Je suis certaine qu'elle a beaucoup de talents. »

Quelques lignes plus bas:

Un instant, Deena reste silencieuse, elle observe la foule dans le restaurant. Une femme fragile. Une belle femme. Une femme sur le point de perdre son mari?

Bobo avait eu au moins la délicatesse de mettre un point d'interrogation à la fin de la phrase.

Non, elle n'était pas sur le point de perdre son mari. Elle était sur le point de ne rien perdre du tout.

Depuis six mois déjà, elle avait tout préparé, et maintenant, l'inévitable était là.

74

Mickey Stolli manipulait les événements comme personne. Il était passé maître à ce jeu. Il excellait au-delà de ses propres prévisions.

Tout d'abord, il avait surpassé en finesse Abe Panther et Lucky Santangelo, en signant une lettre antidatée à Carlos Bonnatti, chargeant Panther de l'entière responsabilité d'une dette de un million de dollars. Lettre d'apparence légale. Ensuite, il avait enfoui ce document dans une pile de dossiers.

Après quoi, il s'était entendu avec Martin Swanson et avait conclu un joli contrat avec Orpheus, pour un salaire double de celui qu'il avait chez Panther, plus un intéressement aux bénéfices.

Martin Swanson lui avait parlé franchement :

– La seule chose qui m'intéresse, c'est de faire de l'argent. Vous pouvez amener qui vous voulez avec vous. Nous allons faire d'Orpheus une machine à faire de l'argent.

Son propre business mis à l'abri, Mickey était retourné vers Abigaile, à la maison. Chère et tendre Abigaile. Elle s'était mise à boire. Qu'est-ce que ça pouvait bien lui faire ? Une nouvelle vie s'offrait à lui.

Ce qu'il y a de bien à Hollywood, c'est que quand on tombe, on ne peut que remonter. Se faire prendre dans un bordel, après tout, ce n'était pas si terrible ! Il n'avait pas commis de crime affreux, il n'avait fait que coucher avec une fille.

La vente des Studios Panther avait complètement déprimé Abigaile. Elle lui en aurait presque pardonné son arrestation.

Mais pas tout à fait. En rentrant chez lui, après cette rencontre de choc avec Lucky Santangelo, Mickey s'était vu accueillir par une femme en détresse. Tout le monde l'attendait dans la bibliothèque.

Abigaile se voulait concrète :

– On va s'asseoir, et discuter de chaque détail. Ben a gentiment offert de passer un contrat avec les avocats.

– De quel contrat s'agit-il ?

Mickey s'était servi à boire. Il se sentait heureux à cet instant. Il allait être libre.

Ben était sérieux, il faisait une mine de six pieds de long :

– Mickey... on ne peut pas laisser Abe agir comme ça.

Mickey avala une longue rasade de scotch :

– J'ai l'impression qu'on n'y peut rien.

– Oh si ! on peut.

Ben était l'homme rigoureux de la famille mais – Mickey le savait –, ça ne l'avait pas empêché de flageller une blonde starlette, aux formes plantureuses, qui travaillait dans un film produit par Panther. L'histoire s'était passée à Londres, l'été précédent.

Paresseusement, Mickey marmonna :

– Quoi, par exemple, Ben ?

– D'abord, Abigaile m'a parlé de tes problèmes, et tu ne peux pas la quitter maintenant.

Ben arpentait pompeusement la bibliothèque, marchant de long en large.

– Nous sommes en situation de crise. Il faut présenter un front uni. J'ai déjà parlé à mon avocat. Il pense que nous pouvons faire déclarer le vieux irresponsable.

– Pas question. Abe n'a rien d'un irresponsable. Il marche et il parle. On est à Hollywood, pour l'amour de Dieu ! Il est vieux ? La belle affaire. Regarde Georges Burns ! et Bob Hope !...

– On pourrait au moins en discuter.

– Discuter de quoi ? Ma femme veut que je parte ? Alors je pars !

Ben posa une main qui se voulait apaisante sur l'épaule de Mickey :

– Pense à Tabitha.

– Écoute, je n'ai pas demandé à partir, comprends-le bien, c'est Abby qui me jette dehors. N'oublie pas.

– Maintenant, elle te demande de rester.

– Trop tard.

Abigaile, la mine sévère, définitivement figée, intervint :

– Il faut qu'on en parle, Mickey!

Mickey haussa les épaules :

– Il n'y a pas à discuter. J'ai baisé à droite et à gauche. Je me suis fait prendre. Je dois maintenant en assumer les conséquences. Je suggère que tu ailles voir un avocat.

Primrose se joignit au débat, fermement :

– Tu n'as pas l'air de comprendre, Mickey. Abe a vendu les Studios, plus rien n'est comme avant.

– Toi, reste en dehors de tout ça. Ce qui se passe entre ma femme et moi ne te regarde pas.

Ben s'efforçait d'affirmer son autorité familiale :

– Nous sommes tous concernés, au contraire.

– Pas en ce qui concerne ma vie privée. Ce que nous faisons de notre mariage ne concerne que moi et Abby. Ça ne regarde personne.

Mickey avait envie d'ajouter : « Et va te faire foutre. » Mais il jugea cela inutile.

Sans plus discuter, il monta dans sa chambre et prépara une petite valise. Ensuite, il grimpa dans sa Porsche, fila droit à l'hôtel de *Beverley Hills,* où il s'enferma dans un bungalow.

Mickey Stolli redevenait opérationnel.

Quarante-huit heures plus tard, l'information concernant le nouveau poste de Mickey avait fait le tour de la ville. La profession n'était pas encore au courant – après tout, le contrat n'était même pas signé – mais le reste de la ville savait.

Eddie l'avait accompagné aux Studios, où il empaquetait ses papiers et ses affaires personnelles.

Fiévreusement, Eddie cherchait à avoir des nouvelles de son problème :

– Alors, Mickey? Tu as eu des nouvelles de Bonnatti?

– Je m'en suis occupé. Comme je m'occupe toujours de tes conneries.

Eddie refusait de se sentir coupable :

– Eh!... doucement, c'était juste une combine...

– Ouais. Le genre de combines dans lesquelles tu te fourres tout le temps.

– Alors... Tu t'en es occupé comment?

Cette fois, il jouait l'indifférent.

– Peu importe. Et ferme-la. Ça ne te regarde plus. Il existe un document qui dit que ça regarde les Studios.

– Vraiment ? Tu as arrangé ça ?

– Laisse tomber, Eddie. D'accord ?

– J'ai entendu parler de toi et de Orpheus...

Eddie hésitait à faire sa suggestion.

– Voilà... qu'est-ce que tu dirais de m'embarquer avec toi dans l'aventure ? Je te porte pas bonheur ?

– Tu te fous de moi, Eddie ?

– Non, Mickey. J'ai besoin d'un boulot.

– Tu as déjà un boulot.

– On dit que Lucky Santangelo va faire une lessive dans la maison.

Eddie prit un script, le regarda d'un air complètement hagard, le reposa, puis :

– Emmène-moi avec toi, dis ?

Mickey soupira. Quand, mais quand ce diable d'Eddie allait-il cesser de lui réclamer des faveurs ?

– Va te faire blanchir et je verrai ce que je peux faire.

– Blanchir ?

Eddie avait l'air choqué :

– J'ai pas de problèmes !

– Tu parles ! Je vais te dire, Eddie. T'es accro. Débrouille-toi pour te faire désintoxiquer, on en reparlera après.

Mickey se tut un instant, puis :

– A propos... c'est pas ta femme que j'ai vue chez Madame Loretta ?

Eddie devint écarlate :

– T'es pas fou ?

– Si, c'était elle ! Qu'est-ce qu'elle faisait là ?

Cette fois, Eddie était réellement furieux :

– T'as besoin de lunettes, Mickey !

– Et toi, t'as besoin de te récupérer.

– Conneries !

– Panther va s'écrouler quand je ne serai plus là. Tout le monde va suivre. Johnny Romano, Arnie et Frankie, Susie... Ils vont tous rappliquer chez Orpheus.

Eddie ricana de dépit :

– Ouais. Tu vas embarquer tout le monde sauf moi. C'est ça ?

– Je viens de te le dire : change de comportement et tu en seras.

Changer de comportement. Plus facile à dire qu'à faire. Défoncé, Eddie avait l'impression de posséder le monde et, dans son état normal, celle que rien ne valait la peine d'être vécu. Pourquoi ne pas continuer comme ça ? Pourquoi le monde entier s'acharnait-il après lui ?

Il abandonna Mickey pour rentrer chez lui.

Leslie était en train de faire visiter la maison à un agent immobilier. Une femme. Il les regarda, d'un air énervé. Leslie voulut faire les présentations.

Eddie l'interrompit brutalement :

– Laisse tomber. On ne vend plus.

L'agent immobilier eut l'air surpris.

– Que voulez-vous dire, monsieur Kane ? Il me semblait que nous étions d'accord ?

– Pas d'accord, chérie. On a décidé de ne plus vendre.

Leslie, les joues rouges, l'interpella :

– Eddie ?

Elle n'alla pas plus loin et l'agent immobilier, voyant s'évanouir une commission juteuse, tenta d'intervenir :

– J'ai l'impression que vous devriez reconsidérer votre décision, monsieur Kane. Quand on a décidé une fois de vendre sa maison, ce n'est pas une bonne idée d'y rester.

– Fichez le camp.

– Monsieur Kane !

– Dehors !

L'agent immobilier s'en alla. Et Leslie put demander :

– Qu'est-ce qui s'est passé, Eddie ?

– Les choses s'arrangent. Je n'ai plus de dettes.

– Oui ?

– Absolument. Viens chérie. On sort.

– Où ?

– C'est une surprise.

Mickey était en train de vider le contenu d'un tiroir dans une mallette, lorsque Lucky entra dans son bureau. Il leva les yeux, leurs regards se croisèrent. Elle était adossée à la porte et l'observait.

– Eh bien, monsieur Stolli ! Vous partez ?

– C'est ça, répondit-il brièvement.

C'était quoi, son jour de visite ?

– Je suis contente pour vous. Voilà qui m'épargne le désagrément de vous virer, hein ?

Il la regarda comme si elle était folle :

– Parce que vous alliez me virer ?

– Ça vous paraît bizarre ?

– Oui. En tout état de cause, oui.

– Et dans quel sens ?

492

– Une bonne femme de New York, comme vous! Qu'est-ce que ça connaît des affaires du cinéma? Vous aurez désespérément besoin de moi!

– C'est tout ce que vous avez à dire?

– Que voulez-vous que je vous dise? J'ai passé les dernières années de ma vie à bâtir ces Studios et Abe vous les vend, derrière mon dos. Je ne travaillerai pas pour vous, chérie... même si vous étiez la dernière femme de la ville.

Lucky demeurait calme :

– Vraiment? Vous n'aviez pourtant pas le temps de souffler, ces derniers temps?

Il sourit avec dérision :

– Votre mari vous a raconté des histoires, hein? Eh bien, je vais vous préciser les faits. Lennie Golden n'est pas un type si merveilleux que ça. Jetez donc un coup d'œil aux bobines!

– Je ne parlais pas de Lennie.

A cet instant, Brenda, l'une des secrétaires d'Eddie Kane, entra dans le bureau. Elle avait éclairci ses cheveux et ça lui allait bien. Elle jeta un coup d'œil à Lucky, pour la dévisager, histoire de raconter aux autres filles à quoi ressemblait le nouveau patron, puis dit à Mickey :

– J'ai déchiré tous les papiers que vous m'aviez demandé de conserver, monsieur Stolli.

Mickey lui lança un regard furibond.

– Quels papiers? demanda Lucky.

Mickey répliqua rapidement :

– Des choses personnelles. Rien à voir avec vous.

– S'il s'agit de papiers concernant les Studios, je préférerais que vous ne déchiriez rien.

Mickey eut un sourire de triomphe :

– Il est un peu tard pour ça.

Qu'elle aille se faire foutre. Elle le prenait pour qui? Il fit signe à Brenda de sortir de la pièce, en disant : « Je vais m'en aller. »

Lucky s'avança et prit la chaise en face du bureau. Brenda s'attardait sur le pas de la porte, mourant d'envie d'écouter. Lucky demanda, l'air de ne pas y toucher :

– Comment va Warner?

Mickey fut pris de court :

– Hein?

– Warner Franklin. Ce flic noir, au service de laquelle vous étiez deux fois par semaine. Oh!... et cet enfant à vous, à Chicago... celui auquel vous envoyez un chèque tous les mois? Vous aviez épousé sa mère? Ou était-ce une petite amie de plus?

Le teint de Mickey vira au rouge carmin. Il fusilla Lucky du regard, en faisant un geste désespéré à Brenda pour qu'elle fiche le camp.

Brenda sortit enfin.

Mickey était furieux. Il grommela d'un ton rogue:

— D'où sortez-vous cette information?

Lucky prit la voix de Luce:

— J'ai travaillé pour vous, monsieur Stolli. Je vous ai ciré les pompes, monsieur Stolli. Vous êtes un patron tellement charmant. C'est un vrai bonheur de travailler pour vous.

Il la regarda dans les yeux, incrédule. Elle n'était pas... non... ce n'était pas elle...

— Si, si.

Lucky lui confirmait la mauvaise nouvelle, sourire aux lèvres:

— J'étais Luce. La petite Luce, que vous avez si gentiment bousculée. C'est fou ce qu'un déguisement peut faire, n'est-ce pas?

Le rouge carmin devint plus intense, gagna du terrain, envahit la nuque et le crâne de Mickey:

— Espèce de putain d'espionne! Pourquoi avez-vous fait ça?

— Avec Abe, nous avons pensé que ce serait amusant. Vous savez, par exemple, de regarder de près ce que fait le cancre favori! C'est comme ça qu'il vous appelle affectueusement, Ben et vous: «les cancres»...

— Je vais vous dire un truc... vous êtes peut-être une femme qui a beaucoup d'argent, mais vous allez tout perdre, centime par centime, dans cette affaire. Parce que ces Studios vont sombrer. Toucher le fond. J'emmène tout le monde avec moi. Il ne vous restera que de la merde!

Calmement, Lucky se dirigea vers la porte, où Brenda était supposée ne pas écouter.

Elle dit froidement:

— Brenda, ma chère! Faites venir la compagnie de désinfection. Je veux que ce bureau soit entièrement nettoyé avant de l'occuper.

Pour la sixième fois, Leslie demandait:

— Où allons-nous, Eddie?

— C'est une surprise, tu verras. Détends-toi.

Il lui tapota le genou affectueusement.

Leslie ne se sentait pas détendue. Pas détendue du tout. Eddie avait quelque chose en tête, et elle pouvait s'attendre à tout.

75

Deena était effondrée par cet article de presse. Plus effondrée encore que Martin n'ait pas tenté de la joindre. Au fur et à mesure que les jours passaient, sa colère empira, au point qu'elle finit par laisser un message énigmatique à Gertrude :

— Dites à monsieur Swanson que s'il ne me rappelle pas dans l'heure, je fais une déclaration qu'il pourrait regretter, à Adam Bobo Grant.

Ça marcha. Moins d'une heure après, Martin était au téléphone. Deena, glaciale :

— Comme c'est agréable d'avoir de tes nouvelles.

— Mon dieu, tu ne peux savoir comment ça s'est passé ici !

— Je ne peux pas savoir ?

— J'essaie de prendre le contrôle d'un studio. Je passe mon temps en réunion, vingt-six heures par jour. Et chaque fois que j'essaie de t'appeler, on dirait que je tombe mal !

— Vraiment, Martin ?

— En plus, je préférerais en parler à mon retour.

— Quand rentres-tu ?

Il réfléchit rapidement :

— Je serai à New York pour le week-end.

— Nous sommes invités à une soirée, samedi. Je peux compter sur toi ? Il vaudrait mieux qu'on nous voie en public ensemble, tu n'es pas d'accord ?

Il hésita, répugnant à aborder franchement le sujet. Mais il était difficile de l'ignorer plus longtemps.

— Chérie, tu n'es pas fâchée contre moi au moins ? Cette photo dans le journal, c'est un faux ! Un travail de montage. Mes avocats s'en occupent. On va les poursuivre en justice.

— Ah bon ?

– Tu ne crois pas que c'est nécessaire ?

– Comme tu veux, Martin. Et comme tu le dis, nous discuterons de ça quand tu seras rentré.

Martin la croyait-il réellement dupe ? Pensait-il sincèrement qu'elle allait croire une minute que la photo était un faux ? Elle mourait d'envie d'en parler à Effie. Malheureusement, Effie ne répondait pas au téléphone. Manifestement, elle était encore bouleversée par cette photo avec Paul.

Deena prit la décision de tout mettre sur le tapis. Elle expédia un mot bref, demandant une chance de se justifier. Si Effie était vraiment une amie, elle répondrait.

Paul Webster avait téléphoné trois fois. Deena n'avait pas rappelé. Elle avait assez de choses en tête pour l'instant. Et sa dernière contrariété avait pour nom Adam Bobo Grant. Deena était bouleversée qu'il ait pu trahir ses confidences. Elles s'étalaient maintenant jour après jour en première page du *New York Runner*.

Deena Swanson aime son mari et refuse de l'abandonner. « Quoi qu'il se passe, a-t-elle déclaré aujourd'hui, Martin et moi refusons de croire à ces affreuses rumeurs. »

Mais Martin et elle avaient besoin d'une bonne conversation. Dès qu'il rentrerait.

Entre-temps, son plan concernant Vénus Maria avançait doucement. Elle serait bientôt en mesure de le déclencher.

Abigaile n'était pas pour rien la petite fille d'Abe Panther. Elle était elle aussi douée d'une certaine roublardise et décida que Mickey Stolli avait besoin d'une leçon. Il l'avait humiliée, ainsi que Tabitha. Publiquement déshonorées, et nul n'avait l'air de s'en soucier, sauf elle.

Ses amies n'avaient pas trouvé grave qu'on l'ait surprise dans un bordel, ce n'était qu'une anecdote, contrariante, certes. On lui conseillait : « N'y fais pas attention, la plupart des hommes sont coureurs. Quelle importance quand ça ne trouble pas la vie de famille ? »

Ah ! mais il y avait eu des répercussions dans la maison, justement. La première page du *Los Angeles Time* ! Il n'y avait pas pire.

Tandis que Primrose et Ben traitaient avec les avocats, Abigaile ruminait chez elle. Rapidement, une chose devint claire, Mickey ne voulait pas se laisser entraîner dans une histoire pour Panther, parce qu'il avait un nouveau poste. Il prenait la tête des Studios Orpheus.

Abigaile râlait. Il serait le commis de Martin Swanson, un point c'est tout. Il ne comprenait pas ça ? Mickey n'avait aucune idée de la difficulté de travailler pour quelqu'un d'autre. Il n'avait jamais eu de comptes à rendre au vieil Abe. Il en aurait sûrement à rendre à Martin Swanson.

Abigaile se souvint de la secrétaire de Mickey aux Studios, Luce. Celle qui lui avait donné le numéro de téléphone de Warner Franklin. Elle repensa donc à Warner Franklin, cette femme flic, noire, haute de deux mètres. Pourquoi cette fille, Luce, lui avait-elle donné le numéro ? Et pourquoi Mickey avait-il trouvé une excuse aussi plate ? Rien de tout cela n'avait de sens. Et pourtant, en y réfléchissant bien...

Abigaile relut l'histoire de Mickey dans le *Los Angeles Time*. Il était écrit qu'on l'avait interpellé alors qu'il était en compagnie d'une belle de nuit orientale.

Orientale... Noire... Les mots de Warner Franklin revinrent soudain à la surface :

« Je suis aussi la maîtresse de votre mari. »

C'est ce qu'elle avait dit au téléphone.

« La maîtresse de votre mari »... Abigaile fouilla dans son bureau à la recherche du numéro de Warner Franklin. L'avait-elle noté ? Non. Mais elle se souvenait très bien de son adresse, et Abigaile voulait en savoir plus. Si Mickey avait l'intention de la quitter, elle ne le laisserait pas filer sans une punition. Il fallait qu'il paye. Oh ! il allait payer !

Abigaile monta dans sa Mercedes et roula en direction d'Hollywood.

76

La première semaine de Lucky aux Studios passa très vite, de réunion en réunion, et encore des réunions. Il fallait prendre des décisions, arrêter le tournage de certains films, en continuer d'autres, discuter des problèmes de distribution, de préproduction, de post-production, de presse, et d'argent. Lucky se retrouvait soudain baignant dans le processus créatif. Elle assistait aux réunions concernant les scénarios, visionnait les rushes quotidiens, les montages, s'occupait des budgets et, la nuit, complètement épuisée, elle lisait des synopsis.

Morton Sharkey s'amusait de son énergie :

– Vous n'êtes pas obligée de tout faire. Il y a des employés pour les affaires courantes. Vous êtes censée ne vous occuper que des décisions importantes.

Mais Lucky était entrée à fond dans l'action, pleine d'enthousiasme :

– Je veux garder les rênes. C'est ma responsabilité.

Le vendredi, elle était allée avec Boogie à l'aéroport chercher Bobby et sa nounou jamaïquaine, Cee Cee. Un moment de bonheur. Son fils avait bondi de l'avion jusque dans ses bras. Il avait six ans et demi et il était merveilleux.

Lucky l'avait fait sauter en l'air à bout de bras.

Au bout d'un petit moment, l'enfant, gêné, s'était débattu de toutes ses forces :

– Eh ! maman... pose-moi par terre, je suis trop grand maintenant !

Elle l'avait alors étouffé de baisers, en lui chantonnant à l'oreille, folle de joie : « Tu es à moi ! A moi ! A moi ! A moi ! » Bobby bavarda durant tout le trajet jusqu'à la maison, tandis que Cee Cee, la nounou, se contentait de sourire placidement.

A peine arrivé, Bobby demanda :

– Maman ? Où est Lennie ?

– Il travaille, chéri.

– Il va venir bientôt ?

– Bien sûr.

En fait, elle n'avait pas de nouvelles de Lennie. Pas un mot. C'était décourageant. Elle avait espéré qu'il surmonterait sa colère et qu'il appellerait pour faire la paix.

La deuxième question de Bobby fut :

– Où est Brigette ?

Lucky avait essayé de la joindre à plusieurs reprises. Mais elle l'avait ratée chaque fois. Elle promit :

– Je vais encore essayer. On arrivera peut-être à la convaincre de venir bientôt. Ça te plairait ?

Cela plaisait beaucoup à Bobby.

Lucky appela chez les Webster. Effie répondit :

– Vous avez de la chance pour une fois, justement elle est là. Ne quittez pas, une seconde.

Brigette eut l'air tout heureuse :

– Lucky ! Oh ! je suis désolée qu'on se soit ratées à chaque fois. Comment vas-tu ?

– Très bien. Mais l'important, c'est : comment tu vas, toi ? New York te plaît ?

– Oui. C'est formidable. Est-ce que Bobby est là ?

– C'est justement pour ça que je t'appelle. Je suis allée le chercher à l'aéroport aujourd'hui. Il est déçu que tu ne sois pas là. J'espère que tu vas venir ?

Brigette hésita.

– J'étais pas sûre que tu veuilles encore de nous.

Ce « nous » voulait-il dire qu'elle viendrait avec Lennie ?

– Bien sûr que je veux encore de toi. Lennie a dit qu'on passerait l'été ensemble.

– Oui... je sais...

Brigette était embarrassée.

– Mais Lennie a dit que toi et lui, vous aviez une espèce de... conflit. Alors, on a fait d'autres projets.

– Qui a fait d'autres projets ?

– Eh bien ! en fait, c'est Lennie. Il nous emmène, mon amie et moi, dans le sud de la France.

Lucky eut un petit frisson. Lennie avait fait des projets de voyage sans lui en parler ! Il partait sans un mot ! C'était ça, leur union, selon lui ? Dieu du ciel, mais il s'en fichait vraiment !

– Vous partez longtemps?

Brigette lui parut vague.

– Lennie a parlé de dix jours, ou deux semaines peut-être.

Lucky respira profondément. Longuement. Relax. Ce n'était pas la peine de mêler Brigette à cette histoire.

– Eh bien! ce sera merveilleux. Vous viendrez peut-être à Malibu à votre retour?

– J'aimerais bien. Je peux inviter mon amie?

– Bien sûr.

Lucky réfléchit, puis ajouta prudemment:

– A propos... j'ai vu *Truth and Fact*. Qui est ce garçon avec lequel on t'a photographiée?

– Paul? Oh, personne! C'est le frère de Nona, tout simplement. Tu sais comment ils sont, ces photographes. Ces imbéciles me suivent à la trace dès qu'ils me repèrent.

– Je me posais seulement la question. Je ne veux plus que tu te mettes dans des situations compliquées.

– Lucky, j'étais gamine quand c'est arrivé avec Tim Wealth. Je suis grande maintenant.

– Pas si grande que ça.

– J'ai dix-sept ans. C'est vieux. Tu cavalais déjà sur la Côte d'Azur avec maman quand tu avais à peine mon âge. Et tu t'es mariée quelques mois après.

Exact. Elle ne pouvait pas le nier. Olympia et elle, toutes les deux en fugue. Jusqu'à ce que Gino et Dimitri parviennent à récupérer leurs filles aventureuses. Et puis, un mariage forcé avec Craven Richmond, Monsieur Personnalité!

– D'accord chérie! Simplement, je me fais du souci pour toi.

– Ce n'est pas la peine, Lucky. Je peux me surveiller toute seule.

– Bien. Appelle-moi quand tu rentreras.

– Oui. C'est promis.

Lucky raccrocha pensivement et partit à la recherche de Bobby. Il jouait sur la plage. Il courait, nageait, jouait avec le chien du voisin.

Il s'amusait bien. Plus tard, il s'endormit en regardant la télévision.

Elle le prit dans ses bras pour le mettre au lit, et le borda. Elle repoussa doucement la mèche tiède et brune sur son front. Il ressemblait tant à Gino. Même teint olivâtre, mêmes yeux noirs, mêmes cils recourbés.

Un petit Gino, en miniature. Dieu qu'elle l'aimait!

Elle l'embrassa et quitta la chambre.

Les nuits étaient encore plus solitaires. Elle avait du mal à supporter l'idée que tout soit fini avec Lennie. Cela faisait trop mal.

Un moment plus tard, elle l'appela depuis sa chambre. C'était exactement ce qu'elle s'était promis de ne pas faire. C'était lui qui était fâché, c'était à lui de faire le premier pas. Et après ?

Il répondit à la troisième sonnerie.

– M'ouais.

Elle ne savait plus quoi dire. Ce n'était pas son genre, pourtant, d'être à court de mots. Après un long et douloureux silence, elle raccrocha.

Si Lennie l'aimait vraiment, il lui courrait après. Il prendrait l'avion pour la Californie et tout s'arrangerait.

Misérablement, elle réalisa qu'il ne le ferait pas.

Elle se mit au lit et dormit d'un sommeil sans repos. Dormir était difficile. Lennie lui manquait tant.

77

Martin Swanson revint à New York en avion. Il avait quitté cette ville en homme d'affaires connu, il y revenait en star médiatique.

Étrangement, Martin avait retenu l'intérêt du public, toujours affamé de célébrités. Il était plutôt jeune encore. Extraordinairement riche. Et, de plus, il était question de sexe. Que pouvait-on trouver de mieux pour faire un gros titre, en ces années 80 ?

Deena l'accueillit comme si tout était normal.

Mais il préféra entrer dans le vif du sujet :

— On ne peut pas faire comme si de rien n'était. Il va falloir faire face.

— C'est à toi de faire face, Martin...

Deena s'efforçait de maîtrise sa rage.

— Est-ce que tu veux vivre avec cette... cette... femme ?

Deena était-elle en train de suggérer qu'il pourrait vivre avec Vénus Maria tout en restant marié ? Il aurait bien aimé. Il n'était peut-être pas nécessaire de tout chambouler. Il mentit tout de même.

— Je n'y ai même pas songé. En dehors de l'OPA sur Orpheus, je n'ai pensé à rien d'autre.

Il ajouta sans réfléchir :

— Vénus Maria est quelqu'un de spécial.

Deena leva haut un sourcil narquois.

— Spécial ? ironisa-t-elle. Spécial comme quoi ? Une danseuse de ballet ? Ou un acteur, ou un avocat ? En quoi est-elle spéciale, Martin ? Est-elle suffisamment spéciale à tes yeux pour abandonner la moitié de ta fortune ?

— Qu'est-ce que tu veux dire ?

— Si tu songes à divorcer, c'est exactement ce qui t'arrivera.

– Tu veux divorcer ? C'est ça que tu veux dire ?

– Je suis en train de dire que ça ne m'amuse pas du tout d'être pourchassée par les médias, de voir ma vie privée en première page. C'est gênant. Et je me sens bête et humiliée.

– Oui, eh bien ! puis-je rappeler qu'une des raisons pour lesquelles nous sommes dans tous les journaux, c'est ton habitude de donner des interviews exclusives à cet Adam Bobo Grant ? Tu ne pourrais pas dire à ce petit pédé d'arrêter ?

– Bobo s'est conduit en véritable ami avec moi. Je n'arrivais même pas à te joindre au téléphone à Los Angeles. Ce n'est pas loyal, Martin.

– Tu me connais quand je traite un contrat.

– Tu ne voyais pas que c'était suffisamment grave pour prendre le temps de me parler ?

– Deena, je suis là maintenant ! Qu'est-ce que tu veux de plus ?

– Je veux que tu cesses de la voir.

Ça y est. Elle l'avait dit. C'était limpide. Et la première fois qu'elle faisait du chantage à Martin à propos d'une femme. Il n'avait plus qu'à s'incliner maintenant, et tout irait bien.

Deena retint son souffle. Le moment était crucial.

Sans la regarder en face, Martin répondit :

– Laisse-moi le temps de prendre une décision.

Deena soupira. En ce qui la concernait, Vénus Maria était morte.

Il s'avéra que Dennis Walla avait eu raison. La parution suivante de *Truth and Fact* et la « révélation » d'Emilio Sierra sur sa célèbre sœur furent un nouveau succès. Deux semaines de suite, pas mal ! Dennis allait de victoire en victoire. On aurait dit que le public était affamé d'histoires de gros sous, de pouvoir et de sexe libidineux. Le public adorait les magouilles.

Dennis Walla était un contact journalier avec Adam Bobo Grant. Il alimentait en détails croustillants sa chronique de ragots new-yorkais, et Bobo s'en servait dans des colonnes.

Dennis faisait suivre Vénus Maria en permanence par deux hommes, un photographe, et Bert Slocombe. Ils lui rapportaient tous ses faits et gestes. En fait, ils étaient devenus plus malins et la repéraient sous les déguisements les plus divers.

Tantôt elle portait une perruque de cheveux noirs et

longs. Tantôt elle se dissimulait sous un énorme chapeau mou et de grosses lunettes noires, à la Garbo. Parfois aussi, elle se précipitait dehors, en courant, sans maquillage, les cheveux en queue-de-cheval, espérant qu'ils ne la reconnaîtraient pas. D'autres fois, elle s'habillait en femme de chambre.

C'était un jeu. Ils gagnaient. La plupart du temps, elle n'arrivait qu'à sauter dans sa voiture en faisant mine de les ignorer. Mais lorsqu'elle était particulièrement énervée, elle ne se privait pas d'un bras d'honneur.

Ils cernaient la maison, les Studios et la salle de répétition. Elle ne pouvait pas faire un mouvement sans qu'ils le sachent.

Pour Martin Swanson, ce n'était pas aussi facile. On lui avait assigné deux reporters de plus.

Un paparazzo en vadrouille avait réussi un cliché de Vénus Maria et de Martin, se promenant sur la pelouse de l'hôtel *Bel Air*. *Truth and Fact* l'avait acheté dans l'intention de le publier en première page dans la prochaine édition; avec un gros titre flamboyant :

LE NID D'AMOUR DÉCOUVERT !
LE MILLIARDAIRE ET L'ACTRICE !

Un bon filon en perspective pour la troisième semaine.

Dennis avait-il parfois des regrets d'envahir ainsi la vie privée des gens ? Pas du tout. Il se savait sur un bon coup et ne se sentait absolument pas coupable.

En revenant d'Hawaii, Emilio l'appela pour se plaindre :

— J'ai trouvé un message de ma sœur sur mon répondeur, elle me dit d'aller me faire foutre. Elle est furieuse après moi. Et c'était avant que l'histoire soit publiée.

— Maintenant elle est dans tous les kiosques. Tu devrais la lire, c'est du nanan. Du juteux. Tu seras fier de toi, mec.

Le fameux petit voyage à Hawaii avait coûté plus cher que prévu. Emilio aurait bien aimé tirer davantage de cette affaire. Après tout, il était improbable que Vénus Maria lui reparle un jour. Alors, il dit à l'insatiable Dennis :

— J'ai encore quelque chose pour toi.

— Ah oui ? Quoi ? demanda aussitôt Dennis, curieux.

— Oh ! juste des trucs, des détails à propos de Vénus dont je me suis souvenu. Les copains d'école. Son premier petit ami. Ce genre de choses.

Dennis était accroché :

— Tu as ça ?

— Ouais ! Combien tu peux donner ?

– Pourquoi tu me dis pas exactement ce que tu sais, on verra après.

– Je te l'ai dit. Les petits copains de l'école, ses petits amis, tout ce que tu cherches.

– Raconte-moi l'histoire style : « le jour où elle perdit son pucelage », et je verrai si ça en vaut la peine.

Emilio décida de ramener ses fesses à New York. Et se creusant un peu le ciboulot, il pourrait dénicher ce que voulait Dennis.

78

Cooper attendait Lucky à l'entrée de la salle de projection, sobrement vêtu et toujours aussi beau. Il y avait une projection de *Strut*, et Lucky avait envie de la voir.

En observant Cooper, elle se demanda paresseusement s'il lui viendrait à nouveau le désir de coucher avec un autre homme. Avant Lennie, elle avait vécu librement. Qu'allait-il se passer si leur union se brisait? Coucher avec quelqu'un, dans ces années 80, était une aventure. Un pari dangereux.

Cooper la prit par le bras, pour la conduire à l'intérieur :

— Vénus nous rejoint.

— J'espérais bien qu'elle viendrait.

— Comment ça se passe? Ça vous plaît de diriger des Studios?

— Ça prend énormément de temps.

Lucky s'installa dans un fauteuil au fond de la salle. Cooper s'assit à côté d'elle.

— J'ai entendu dire que vous aviez jeté les deux Ignobles?

— C'est le surnom que leur donnait Lennie.

— Oui, c'est le surnom que tout le monde leur donne. Est-ce qu'ils vous font un procès?

Elle haussa simplement les épaules :

— Qui sait? Qui s'en soucie? Nous sommes parfaitement couverts. Je leur ai dit que je voulais bien honorer leur contrat, mais que je ne ferai aucun de leurs films stupides. S'ils ont envie de tourner leurs saletés sexistes, ils peuvent le faire ailleurs.

— Je vois. Subtile interprétation.

— Je ne pense pas qu'ils aient suffisamment d'imagination. Vous ne croyez pas? De plus, le bruit court qu'ils rejoignent Mickey à Orpheus.

Cooper sourit :

– Ah! Mickey, Arnie, Frankie. La belle équipe!

Vénus Maria arriva en retard, dans la précipitation et en se plaignant :

– Ces paparazzi me rendent folle! Ils campent devant chez moi comme une bande de romanichels! J'ai failli en cogner deux, ce matin.

Cooper l'embrassa sur la joue.

– Tu aurais peut-être dû.

– C'est ça, bravo! Je vois d'ici les gros titres : « Vénus Maria, la tueuse de paparazzi! » De très bon goût.

Lucky demanda à Harry, par l'interphone, de commencer la projection. Ils s'installèrent confortablement pour regarder.

A partir du moment où Vénus Maria apparaissait à l'écran, il était évident que ce film était le sien. Elle était formidable et son jeu captivant. Cooper ne semblait pas s'en préoccuper. Cela donnait l'impression qu'il était bon réalisateur.

Vénus se mit à crier en se cachant à demi les yeux :

– Oh, mon dieu! Je déteste me voir! C'est horrible. Tu vois mes dents, comme elles ont l'air grandes? Et mes cheveux? Je déteste mes cheveux.

Cooper chercha sa main dans l'obscurité et lui dit durement :

– Tais-toi. Tu es une star. Affronte les choses en face.

Cooper n'était pas mauvais non plus. Il avait à l'écran la même dose de charme, d'humour et de sens de la dérision. C'était une habile performance.

Quand la lumière se ralluma, Lucky leur dit en confidence :

– Nous tenons un succès. En dépit du fait qu'il a été tourné sous le règne de Mickey Stolli.

Cooper grogna gentiment :

– J'y suis pour quelque chose. Mickey voulait dix-sept filles aux seins nus dans le premier budget. Je lui ai dit de laisser tomber.

Vénus Maria était anxieuse :

– Qu'est-ce que vous en pensez, tout le monde? Est-ce que je suis acceptable?

Lucky était stupéfaite que Vénus Maria ait besoin à ce point d'être rassurée.

– Vous êtes une actrice née. Vous illuminez l'écran, réellement.

Vénus rougit de plaisir :

– C'est vrai ?

– Oui. Vous serez une superstar de cinéma. Et je vais m'assurer que ce film soit traité exactement comme il doit l'être.

Cooper intervint sèchement.

– Sûrement. Buck Graham est actuellement en train de dessiner l'affiche : une amazone nue, entourée d'une douzaine de nymphettes, la poitrine en délire.

Tout le monde rit. La réputation de Buck Graham était légendaire.

Lucky proposa de déjeuner tous les trois. Ils allèrent au *Grill Bar Columbia*, se ruèrent sur des pâtes et passèrent leur temps à décortiquer chaque employé des Studios.

A leur sortie, les paparazzi s'étaient rassemblés en force. Les nouvelles allaient vite.

Vénus Maria s'exclama :

– Dieu Jésus ! On ne peut plus aller nulle part. Allez ! Viens Cooper, donnons-leur une photo inoubliable. Lucky, prends-lui l'autre bras.

Elles s'accrochèrent toutes les deux à Cooper en souriant aux caméras. Les photographes se déchaînèrent.

Vénus Maria éclata de rire :

– Voilà qui va leur donner matière à réflexion.

Cooper hochait la tête, incrédule :

– Je n'arrive pas à croire à toute cette publicité autour de Martin. D'un homme d'affaires conservateur et inconnu, il est devenu un super étalon !

Vénus l'interrompit :

– Inconnu, pas exactement.

– Oui, mais pas comme un Warren Beatty non plus ! Maintenant, il fait la couverture de tous les magazines, de tous les journaux à travers le pays. La bataille des Swanson. Qu'est-ce qui se passe entre eux ?

Vénus Maria haussa les épaules :

– Tu crois que je sais ? Une nuit à l'hôtel *Bel Air*, ça ne constitue pas une liaison.

– Une nuit ? s'étonna Cooper.

– Il était trop occupé avec les Studios Orpheus.

– C'est évident. Le travail d'abord.

– De toute façon, il rentre à New York demain. Je suppose que nous découvrirons le mystère ensemble. Je commence à tourner une nouvelle vidéo et je ne ferai que ça pendant deux semaines. Ce que Martin décide, c'est son problème.

Lucky aimait de plus en plus Vénus Maria. Cette fille avait de l'esprit. Elle faisait ce qu'elle avait envie de faire. Et le faisait à sa manière à elle.

D'une certaine façon, elle ressemblait à Lucky elle-même.

Bobby et sa nounou s'étaient installés tranquillement à Malibu, mais Bobby ne cessait pas de réclamer des nouvelles de Lennie et de Brigette. Pour l'occuper, Lucky invita l'un de ses camarades d'Angleterre.

Enfin, Lennie appela.

– Salut... dit Lucky.

Elle retint son souffle, espérant qu'il allait dire : « Je suis désolé, je me suis conduit comme un imbécile. J'arrive tout de suite, on va régler ça tous les deux. »

Mais il demanda froidement :

– Lucky, qu'est-ce que c'est ce foutoir à propos de mon contrat ?

– Je pensais que tu serais content. Panther te libère de tout engagement. Tu peux déchirer ton contrat.

Il n'avait pas l'air aussi content qu'elle l'espérait.

– Ah, vraiment ?

– C'est ce que tu voulais, n'est-ce pas ?

– Bien sûr.

– Tu n'as plus à t'inquiéter qu'on te traîne en justice.

– Ah ! Tu pensais me poursuivre ?

– Pas moi, Lennie. Mickey. Mais Mickey est hors du coup maintenant. C'est moi qui décide.

Elle hésita un instant :

– Si tu voulais, tu pourrais même être à mes côtés !

– Eh Lucky ! On a déjà eu ce genre de conversation !

Quand Lennie devenait insupportable, il était affreusement insupportable. La voix de Lucky se durcit :

– Pourquoi m'appelles-tu ? Pour me remercier de t'avoir libéré de ton contrat ? C'est ça ?

– Je voulais dire... euh... Merde ! j'en sais rien. Qu'est-ce qui nous arrive ?

Il venait de faire un pas. Elle l'emboîta.

– Si tu prenais l'avion ce week-end, on pourrait parler. On en a besoin, Lennie. Je suis prête à écouter ton point de vue, si tu es prêt à entendre le mien.

Il y eut un long silence, puis :

– Non. Ça ne peut pas marcher. J'emmène Brigette en France. On part demain.

Supplier n'était pas son genre. Mais Lennie en valait la peine. Lucky insista :

— On pourrait rester ici, tous ensemble. Ce n'est pas ce que tu voulais?

— Non, Lucky... dit-il résolument, comme s'il y avait beaucoup réfléchi. Je ne peux pas prendre un avion uniquement parce que ça te convient.

— Qu'est-ce que tu veux dire par là?

— Tu diriges Panther. Tu es à Los Angeles. Alors, c'est commode maintenant, hein? Tu peux nous programmer tous! Nous caser dans ton emploi du temps surchargé! Mais la prochaine fois, que se passera-t-il? Le jour où tu auras décidé d'acheter un hôtel à Hong Kong? Ou en Inde? Je suis censé rester dans mon coin à t'attendre? Lucky, souviens-toi de ça, je ne suis pas du genre à attendre.

— Tu veux divorcer?

Les mots lui collaient presque à la gorge.

Il lui renvoya la question :

— Et toi?

— Si on ne vit pas ensemble...

— Eh! Si c'est ce que tu veux...

— Je n'ai pas dit ça.

— Ouais! Eh bien, on en reparlera plus tard!

Et il lui raccrocha au nez.

Elle ne pouvait pas croire qu'il irait aussi loin.

D'abord, elle se sentit blessée, puis furieuse. Que voulait-il d'elle?

Un bébé.

Pieds nus et enceinte.

Une femme convenable.

Eh bien! Nom d'une pipe, elle avait autre chose à faire d'abord. Et si ça ne lui plaisait pas, tant pis!

Elle appela Mary-Lou et Steven pour leur demander s'ils avaient envie de venir passer deux semaines avec le bébé.

Mary-Lou fut enthousiaste :

— Bonne idée. Je vais d'abord demander au bébé, à Steven ensuite.

— Comment se porte Carioca Jade?

— Adorable!

— Tu reprends quand le tournage de ta série?

— Tu ne vas pas le croire : tout est annulé. Je m'en vais, j'ai un bébé, et regarde ce qui m'arrive!

— Ça te contrarie?

— Bien sûr que oui. Mais Steven est enchanté. Il veut que je reste à la maison à changer les couches.

Lucky approuva rudement :

– Évidemment, c'est ça qu'il veut!

– Steven est tellement traditionnel. Mais je fais avec. Il se sent bien comme ça.

Lucky pensa un instant à Steven. Il lui manquait. Mais il était écrit qu'elle n'aurait jamais de temps pour les gens qui comptaient vraiment dans sa vie.

– Dis donc, quand tu viendras, on pourra te faire faire un film? Qu'est-ce que tu en dis?

Mary-Lou se mit à rire:

– Un film?

– Tu es une grande star de télévision. Pourquoi pas?

– Ça me va! dit Mary-Lou joyeusement. Je vais raconter ça à Steven. Ça va le tuer. Il estime que je ne devrais plus travailler.

– Les hommes!

– Ah oui alors!

Lucky appela ensuite Gino pour l'inviter. Il se laissa facilement convaincre. Il avait l'air las:

– Je me sens fatigué, gamine.

– As-tu parlé à Paige?

Elle savait que Paige le préoccupait toujours.

– Non. Elle connaît mon sentiment. Si elle ne quitte pas Ryder, je ne la verrai plus.

– Oh!... allons, Gino! Paige et toi, vous faites le tour de tous les hôtels depuis des années. Quelle différence qu'elle ait un mari?

– Eh! Je prends peut-être des principes en prenant de l'âge... Qu'est-ce que t'en penses, gamine?

– Ça, je le croirai quand je le verrai.

– Tout juste!

Il promit de venir bientôt. Elle avait hâte que tout le monde arrive. Une maison pleine lui ferait moins penser à Lennie.

Et pendant ce temps le travail aux Studios continuait. Parmi tous les cadres de Panther, Lucky choisit Zev Lorenzo, Ford Werne et Teddy T. Laaden. Ils formaient la meilleure équipe. Quant à Eddie Kane, il faudrait le laisser partir. Buck Graham, lui, ne serait jamais dans le ton. Elle n'avait rien décidé encore au sujet de Grant Wendell junior. Les deux Ignobles étaient définitivement en dehors du coup. Bien entendu, ils menaçaient de faire un procès.

Lucky leur avait demandé:

– Sur quel terrain voulez-vous attaquer? Vous avez un contrat de trois ans pour faire des films que Panther vous paie. Mais les Studios sont en droit de les approuver ou non. Et moi, ça m'est égal de vous payer à vous regarder le nombril pendant trois ans. Alors, qu'est-ce que vous en dites?

Ils lui répondirent de ne pas y compter et s'en allèrent comme prévu.

Ben Harrison réclama un rendez-vous. Il se proposait pour prendre la place de Mickey. Lucky lui fit remarquer qu'elle avait déjà pris elle-même la place de Mickey.

Ils s'imaginaient peut-être tous que c'était un jeu?

Elle décida de garder Ben pour traiter les affaires en Europe, jusqu'à plus amples informations sur ses capacités. Abe surnommait ses deux gendres : les cancres. Il se trompait peut-être au sujet de Ben.

Le plus important était de tracer la bonne ligne des Studios. Plus de violence gratuite envers les femmes. Foin des spécialités « seins-fesses ».

La rumeur se répandit rapidement à Hollywood que Panther était un lieu de création de projets nouveaux, un creuset d'idées intéressantes, enthousiasmantes. Les scénarios commencèrent d'affluer.

Et le travail se poursuivit. Hollywood attendait de voir ce qui en sortirait.

Avec Lucky Santangelo aux commandes, cela s'annonçait bien.

79

La seconde fois, Abigaile savait exactement où se garer. Inutile de faire le tour du pâté de maisons. Elle gara sa voiture en zone rouge, continua à pied jusqu'à l'immeuble, et appuya sur la sonnette marquée FRANKLIN.

Dès qu'une voix de femme lui répondit, elle demanda d'un ton autoritaire :

— Warner Franklin ?

— Qui est là ?

— Abigaile Stolli. Je voudrais vous parler.

Il y eut une longue attente, pendant laquelle Warner se demanda ce qu'il lui fallait faire. Finalement, elle accepta :

— Troisième étage. Faites attention à la porte de l'ascenseur, elle se bloque quelquefois.

— Merci, dit Abigaile poliment en restant sur la réserve.

Cette fois son cœur ne s'emballait pas. Elle tenait à se contrôler. Mickey Stolli venait de lui mentir pour la dernière fois de sa vie.

Arrivée au troisième étage, elle avança résolument vers la porte de l'appartement.

Warner ouvrit brusquement et la dévisagea.

Abigaile la dévisagea de même.

— Je peux entrer ?

Elle se sentait tout de même mal à l'aise, mais décidée à aller jusqu'au bout. Warner ironisa :

— Vous êtes sûre que vous n'allez pas vous sauver, cette fois-ci ? J'ai comme l'impression qu'une tête de Noire vous fait trembler dans vos culottes.

Abigaile afficha aussitôt son plus beau profil de garce « made in Beverley Hills ».

— Je vous demande pardon ?

– Oh! Laissez tomber.

Warner se demandait bien ce que lui voulait la femme de Mickey.

– Entrez.

Abigaile la suivit dans le petit appartement.

– Un verre?

Abigaile remarqua le pistolet, dans son étui, négligemment abandonné sur une chaise. Elle frissonna :

– Non merci.

– Asseyez-vous.

Elle s'assit, les bras autour des genoux, les mains visibles. Parfaitement manucurées, ongles brillants, « made in Beverley Hills », toujours. Les ongles de Warner étaient coupés court, et dépourvus de vernis.

– Vous m'avez dit quelque chose au téléphone l'autre jour, vous vous souvenez?

– Non, qu'est-ce que c'était?

Warner était de mauvaise humeur. Johnny Romano, l'amour de sa vie, ne la rappelait pas. Warner n'avait pas l'habitude de se faire sauter et de tirer sa révérence. Elle n'appréciait pas du tout.

Abigaile dit avec une certaine nervosité :

– Vous avez dit que vous étiez la maîtresse de mon mari. C'est vrai?

– Étiez est le terme exact.

– « Étiez »? Vous voulez dire que c'est fini?

– Vous ne croyez tout de même pas que je vais continuer de fréquenter mon mec si je le pince avec une pute? Vous, peut-être; mais moi, sûrement pas.

Abigaile soupira :

– Je vois que vous avez lu le journal, vous aussi.

– Non, je n'ai rien lu. Il se trouve que c'est moi qui ai procédé à l'arrestation.

Abigaile manqua de défaillir :

– Depuis combien de temps fréquentiez-vous Mickey?

– A peu près dix-huit mois.

La franchise tranquille de Warner horrifia Abigaile :

– Dix-huit mois!

Warner se dit alors que la plupart des hommes méritaient vraiment ce qui leur arrivait.

– Vous feriez aussi bien de vous mettre à l'aise. Si ça vous intéresse, je vais tout vous raconter.

Eddie conduisait affreusement mal, Leslie avait l'habitude. Elle boucla sa ceinture en priant pour que tout se passe bien.

Mais ce n'était pas sa façon de conduire qui l'inquiétait le plus. Une vague d'angoisse la prit lorsqu'elle se douta de l'endroit où ils allaient.

Et, comme prévu, Eddie s'arrêta finalement devant la maison de Madame Loretta.

Leslie garda sa ceinture. Elle attendit, parfaitement calme.

Il ne dit pas un mot.

Au bout de quelques minutes, Leslie demanda, toujours calmement :

– Eddie ? Qu'est-ce qu'on fait là ?

– Eh bien ! on est venu prendre le thé. C'est ce que tu faisais, non ? On bavarde autour d'une tasse de thé ?

– Oui, c'est vrai. Mais je téléphonais toujours avant.

– D'accord, chérie. Mais on m'a dit que Madame Loretta était très accommodante. Toujours prête à recevoir du monde. Elle sera contente de nous voir.

– Eddie...

Elle le regarda d'un air malheureux :

– Eddie... Pourquoi me fais-tu ça ?

– Pourquoi je fais quoi, chérie ? Je ne comprends pas.

– Tu comprends parfaitement bien.

Il jeta autour d'eux un coup d'œil faussement innocent :

– Qu'est-ce qu'il y a ? Quelqu'un que tu ne veux pas voir ? Allons, chérie ! descends de voiture, nous lui rendons seulement visite, comme tu le fais d'habitude.

Lentement, Leslie défit sa ceinture et sortit.

Il la prit par la main et l'obligea à avancer jusqu'à la porte d'entrée.

Une des domestiques vint ouvrir à la première sonnerie.

Eddie demanda poliment :

– Madame Loretta est-elle là ?

– De la part de qui ?

– Dites-lui que Leslie est là. Dites-lui... qu'elle est prête à reprendre son travail.

Leslie se tourna vers lui, les yeux pleins de larmes, et dit à voix basse :

– Espèce de salaud. Depuis quand le sais-tu ?

En colère, il répliqua :

– Pourquoi ne m'as-tu rien dit ?

– Parce que tu n'aurais pas compris.

– Qu'est-ce qui te fait croire ça ? Tu sais que tu aurais dû me le dire. Tu n'avais qu'à dire : « Eddie, je suis une putain, les hommes couchent avec moi pour de l'argent ! » Tu penses que j'aurais pris la fuite, hein ? Que je ne t'aurais pas épousée ?

– Tu n'es qu'un sale fils de pute.

– Je suis honnête, moi. Toi, tu es une tricheuse. Maintenant, je vais te laisser là, chérie, parce que c'est là que tu dois être. Et ne prends pas la peine de rentrer à la maison.

– Tu ne peux pas me faire ça.

– Tu m'as bien regardé ?

– Tu ne m'aimes pas, dit-elle tristement. Tu m'avais toujours dit que tu m'aimais.

– Eh... j'aimais la jolie fille de l'Iowa. Je ne peux pas aimer la fille qui a dû se faire tous les mecs des environs.

Il se détourna pour partir.

– Au revoir, Leslie. Encore merci pour la baise gratuite.

– C'est ça que tu veux, Eddie ? Parce que, si c'est ça, n'espère pas que je revienne.

Il eut un rire violent :

– Qui te demande de revenir ? Il faudrait que j'aie perdu la boule pour avoir envie que tu reviennes.

Il s'éloigna en vacillant vers la luxueuse Maserati.

Défoncé, comme toujours, Eddie ne savait plus vraiment ce qu'il faisait.

80

Otis annonça :

– Il y a un type qui veut vous voir. Il dit qu'il vous connaît. Il paraît que vous êtes une vieille amie.

– Est-ce qu'il a rendez-vous ? demanda Lucky.

– Non. Il est arrivé dans une limousine avec chauffeur, et deux autres types dans la voiture. Je suppose que la limousine a impressionné les gardes. Personne ne l'a arrêté.

– Comment s'appelle-t-il ?

– Carlos Bonnatti. Ça sent le gangster italien. Il en a tout l'air, en plus. Un directeur de casting n'aurait pas trouvé mieux.

– Bonnatti ? Que vient faire Carlos jusqu'ici ?

– Alors, vous le connaissez vraiment ? Je peux le faire entrer ?

Carlos Bonnatti. Un nom du passé. Les Santangelo et les Bonnatti, ça remontait si loin. Tant d'années...

– Oui. Faites-le entrer.

Carlos avait la démarche Bonnatti et le même regard de gangster, inquiétant. Lorsqu'il entra dans le bureau, Lucky eut l'impression folle de se retrouver dans une machine à remonter le temps. Tous les mauvais souvenirs revenaient soudain à la surface. Le meurtre de sa mère... le jour où elle était allée voir Enzio Bonnatti pour obtenir le financement de son hôtel à Las Vegas. Enzio, le père de Carlos, son parrain. Un homme tellement diabolique qu'il n'y avait qu'une seule manière de traiter avec lui...

Elle connaissait Carlos depuis toujours, sans pourtant le connaître du tout. Était-il comme son sadique de frère, Santino ? Ou comme Enzio, plus vicieux encore ?

Elle ne savait pas. Et ne voulait pas savoir.

Quelle importance à présent? Ils étaient morts tous les deux.

Bon débarras.

Carlos déambulait à travers le bureau, comme s'il en était le propriétaire :

– Bien, bien, bien!... Petite Lucky Santangelo... voilà que nous nous rencontrons à nouveau...

Lucky n'avait pas du tout l'intention d'être polie.

– Qu'est-ce que tu veux, nom de dieu?

Il grimaça :

– Charmant accueil. Pour une amie d'enfance, c'est tout ce que tu as à me dire?

Il s'arrêta de marcher :

– Qu'est-ce que tu crois que je veux, Lucky?

– Pas la moindre idée, Carlos. Tu devrais le dire et t'en aller.

Le regard de bandit inspecta le bureau. Le style chromé et cuir de Mickey Stolli y était encore visible.

– Bel endroit. Il paraît que tu es le nouveau patron ici? Tu t'es bien débrouillée, dis donc, pour la progéniture stupide de Gino...

– Laisse tomber, Carlos. Et va te faire foutre ailleurs.

– Toujours distinguée la dame! Hein?

– Tu ne reconnaîtrais pas une dame d'une pute à un franc!

Il la fixa, immobile :

– C'est vrai.

Elle pensa sonner pour appeler Otis et faire virer ce trou-du-cul. Mais il valait peut-être mieux éviter de mettre de l'huile sur le feu.

Carlos s'assit :

– Panther me doit un million de dollars. Ce sera un plaisir de te prendre du fric.

Lucky se leva :

– Dehors! Je ne suis pas d'humeur à supporter un chantage.

Sans faire le moindre mouvement pour partir, Carlos ajouta :

– Je ne suis pas sûr que tu comprennes...

– Oh si! Je comprends parfaitement bien. Je sais tout ce qui s'est passé dans ce studio avant moi. Tu avais un contrat avec Eddie Kane et Eddie t'a arnaqué. C'est ça?

Carlos la regarda mollement, sous ses paupières tombantes.

Alors, un instant, l'image d'Enzio passa devant Lucky. Ce visage d'Enzio, juste avant qu'elle l'abatte.

C'était de la légitime défense. L'affaire n'avait même pas été jugée.

Mais ce visage... Elle répéta :

– Sors de mon bureau.

– Lucky, tu te trompes complètement. Ma compagnie a rendu certains services à Panther. Des services légaux. En retour, ils ont signé une reconnaissance de dette. Tes Studios me doivent un million de dollars. Je suis là pour le toucher.

– Personne ne te doit rien.

Ils s'affrontèrent brutalement du regard.

Carlos fouilla dans sa poche, en sortit une copie du contrat officiel qu'il posa sur le bureau de Lucky :

– Lis-le, dit-il en se levant. Je reviendrai chercher l'argent.

Sans un mot de plus, il sortit.

Otis passa la tête dans l'entrebâillement de la porte :

– Tout va bien ?

– Oui, Otis. Merci.

– Qui était ce type ?

– Ça n'a aucune importance.

Elle prit le document et se mit à le lire. Il avait l'air de provenir d'une compagnie d'avocats de Century City.

Elle parcourut la page des yeux. C'était un papier légal, stipulant que les Studios Panther devaient à la société Bonnatti la somme de un million de dollars pour services rendus. C'était signé Mickey Stolli.

Quels services ? Quelle sorte de scandale financier ?

Elle regarda la date. Elle indiquait le mois précédent.

Impossible. Ça ne pouvait pas être vrai. Quand elle était Luce, elle n'avait pas quitté le bureau du secrétariat et avait écouté toutes les conversations. Elle savait qu'Eddie Kane devait de l'argent et que Mickey avait refusé d'endosser la dette au nom de Panther. Si ce contrat existait, comment se faisait-il que Mickey ait refusé ? Or, il aurait dû le connaître.

Il se passait quelque chose de bizarre. Ce document devait être un faux.

Elle appela Teddy T. Lauden au service financier.

– Teddy, est-ce que vous pouvez faire faire un contrôle des impayés ? Dites-moi si nous avons quelque chose au nom de Bonnatti Incorporated. Si c'est le cas, faites-moi parvenir le document.

Teddy lui envoya l'original du contrat Bonnatti, en y ajoutant une note manuscrite précisant qu'il s'agissait d'un contrat établi par Mickey Stolli et dont lui, Teddy, n'avait pas eu connaissance.

Mickey avait rendu à Abe la monnaie de sa pièce. Et il lui collait à elle, en même temps, l'affaire sur le dos.

Ce fils de pute!

Lucky n'avait pas l'intention de payer à Carlos Bonnatti le moindre centime. Elle connaissait le vrai du faux; il n'était pas question de se laisser faire.

Pour Lucky, c'était avant tout une question de principe.

81

Les médias les bombardèrent sans répit. Partout où ils allaient, Deena et Martin Swanson étaient assaillis de questions par une nuée de journalistes indiscrets.

Deena, glaciale, avertit Martin :

– Je ne peux pas continuer à vivre comme ça. Je vais dans une station thermale.

– A Golden Door ?

– Non. Il y a une nouvelle station à Palm Springs, il paraît qu'elle est excellente. J'ai besoin de partir, Martin. Tu t'es montré honnête avec moi, et j'apprécie. Maintenant, j'ai besoin d'être seule.

Il approuva sa décision. Au fond, Deena prenait mieux la chose qu'il ne l'aurait supposé. D'ailleurs, il n'avait pas dit de but en blanc qu'il voulait divorcer. Il avait simplement demandé du temps pour prendre une décision. Mais en étant tout à fait honnête, il devait convenir que cette publicité l'amusait.

Passer pour un Don Juan lui remontait le moral, d'autant plus qu'en affaires, il n'était pas mauvais non plus.

Les commandes affluaient pour la nouvelle voiture, la Swanson. Bien avant qu'il l'ait présentée au public.

Un divorce... Il n'y avait jamais sérieusement pensé, avant cela. Si Deena acceptait de le laisser partir... Mais il ne lui laisserait pas la moitié de sa fortune. Il fallait qu'elle soit folle pour avoir envisagé une chose pareille. Non. Les avocats feraient un arrangement honnête.

– Donc, tu n'assisteras pas à l'inauguration de la Swanson à Detroit ?

La réponse fut glaciale :

– Définitivement, non. Je suis sûre que tu te débrouilleras très bien tout seul.

– Tu penses être absente combien de temps ?

– Dix jours environ.

Elle l'observa une seconde, avant d'ajouter :

– Tu seras à Detroit ?

– Oui. Ensuite, je prendrai l'avion pour Los Angeles. Je dois régler certaines choses à Orpheus. Dès que je me serai débarrassé de Zeppo, je mettrai Mickey Stolli à sa place. Je vais m'occuper de la nomination des autres cadres, pendant que j'y serai.

– Martin, dit-elle calmement, promets-moi une chose...

– Laquelle ?

– Ne prends aucune décision avant mon retour. N'annonce rien officiellement. Si nous devons nous séparer, annonçons-le ensemble au moins, et dignement. D'accord ?

Il acquiesça :

– Je ne souhaite pas te gêner.

– Ce qui me gênerait vraiment, c'est que tu revoies Vénus Maria sur la Côte. Alors, sois gentil de ne pas le faire. Quand nous aurons pris une décision, tu seras libre de faire ce que tu veux.

Elle s'arrêta une seconde.

– Je ne te demande pas grand-chose, n'est-ce pas ?

Il acquiesça de nouveau :

– Comme tu veux.

Elle le fixa de son regard bleu pâle :

– C'est une promesse que je te demande.

– Mais...

– Ta promesse, Martin !

– Très bien, dit-il à contrecœur.

– Merci.

Dans sa chambre à l'étage, elle donna les instructions nécessaires à la femme de chambre pour préparer son voyage.

– Vous serez absente longtemps, madame Swanson ?

– Assez longtemps.

Dès que la femme de chambre fut partie, elle choisit quelques bijoux dans son coffre, pour les emporter avec elle. Tout au fond était dissimulé le pistolet qu'elle avait acheté six mois plus tôt sous un nom d'emprunt. Au cas où. Il valait mieux se préparer, bien qu'à l'époque, elle n'ait pas pensé que le jour viendrait de s'en servir.

Après s'être enfermée dans la salle de bains, elle mit le

chargeur d'une main experte, puis le cran de sûreté, et cacha l'arme au fond de son sac à main.

Quand elle revint dans la chambre à coucher, Martin était prêt à se mettre au lit. Il portait un pyjama de soie bleue et arborait un sourire de convenance.

Elle le regardait, ce mari baladeur. Qu'est-ce qui le poussait dans les bras d'autres femmes ? Était-elle une épouse si épouvantable ? Elle était séduisante, toujours soignée, bien habillée. Elle l'aimait, prenait soin de lui. Elle était disponible sur le plan sexuel. S'il voulait bien d'elle. Alors, pourquoi ?

– Tu as vu ça ?

Martin lui tendit un magazine où on le voyait de profil.

– La photo n'est pas terrible. C'est mon mauvais profil.

Il se prenait pour qui, tout à coup ? Une star de cinéma ? Hollywood montait à la tête de Martin Swanson. La publicité faite autour de lui le grisait complètement.

Le lendemain matin, Martin partit au bureau avant le départ de Deena. Elle le prévint qu'elle allait se servir de leur avion privé.

Il l'attendait à l'aéroport. Elle monta à bord, fit un petit signe au capitaine et à l'équipage, et s'installa tranquillement près d'un hublot. Quand toute cette histoire serait finie, elle ferait refaire la décoration de cet avion. Elle commencerait par l'avion. Puis leur maison de New York. Ensuite la villa d'été, et enfin leur maison du Connecticut.

L'avion se dirigeait sur Palm Springs directement.

Le vol fut agréable. Elle parcourut quelques magazines et dormit un peu.

A l'arrivée, une voiture avec chauffeur l'attendait pour la conduire à la station thermale. « Ultime Recours » : c'était le nom du centre de relaxation.

Ultime Recours...

« Le bien-nommé », se dit-elle.

Emilio se pavanait comme un roi dans son ancien quartier. Il s'était offert un manteau en poil de chameau et un Borsalino blanc orné d'un ruban noir. Il portait le Borsalino façon gangster, et le manteau posé sur les épaules, flottant négligemment. Pour estomaquer la populace, il avait amené Rita avec lui. Cheveux roux, jolie croupe et minauderies à l'avenant. Emilio l'encourageait, en supporter fanatique :

– Mets des fringues qui en jettent, chérie ! Je veux qu'on respire le fric !

Et Rita de glousser, toujours flatteuse :

– On sait que t'en as!

Emilio avait pris une chambre d'hôtel. Il ne se voyait pas dans la maison du père, sachant pertinemment que ses frères feraient du gringue à Rita. C'était dans la famille. Rien à y faire. Les mâles Sierra étaient une engeance de baiseurs.

Il fit son apparition avec Rita à l'heure du déjeuner du dimanche. Les amis et la famille étaient tous là. Il était à peine arrivé que tout le monde demanda :

– Où est Vénus?

– Elle ne vient pas?

Il y avait de la déception dans l'air. Ça ne leur suffisait pas de recevoir le grand Emilio, tout frais débarqué d'Hollywood, et sa petite amie starlette?

Emilio répondit, magnanime, en se débarrassant de son manteau d'un mouvement d'épaules :

– Elle m'a envoyé à sa place. Elle est très occupée en ce moment. Il se trouve que j'ai quelques jours libres avant de commencer mon premier film.

Un cousin au second degré s'exclama :

– Toi? un film?

– Eh ouais!... Un film de Stallone. Je joue le rôle du meilleur copain de Syl...

Rita le foudroya du regard. Elle avait déjà entendu mentir, mais Emilio faisait du mensonge un art raffiné.

Comme il s'y attendait, les frères étaient tous là. En regardant leurs épouses, on comprenait pourquoi Emilio pouvait remercier le ciel d'avoir suivi Vénus à Hollywood. Remercier le ciel de s'être sorti de Brooklyn.

Le père tapotait avec satisfaction une bedaine pleine de bière :

– J'ai lu des trucs sur toi...

– Ah bon?

Emilio prenait l'air de rien, alors qu'il adorait être le centre d'attraction.

– Ouais... Dans le *Truth and*... je sais plus, un truc merdeux. Y'a ta photo dedans.

– Elle a été faite spécialement pour ça...

Emilio parlait modestement, comme s'il avait l'habitude de voir sa photo dans les journaux tous les matins.

– On t'a payé?

Le père se grattait délicieusement le bas du ventre, un tic de famille chez les Sierra.

On pouvait lui faire confiance, en tout cas, pour réclamer de l'argent.

– Bien sûr qu'on m'a payé, papa...

Emilio en rajouta :

– On m'a drôlement bien payé même!

– Alors, quand est-ce que tu m'en donnes?

Emilio n'avait pas prévu ça, mais puisqu'il voulait passer pour un grand homme, il fallait bien sortir deux billets froissés de 100 dollars.

– Tiens, voilà du liquide, papa. Il y en a d'autres, là d'où ça vient!

Le père le regarda, sur le point de faire une remarque désobligeante, changea d'avis, fourra les billets dans sa poche. Il savait qu'il n'obtiendrait rien d'Emilio. Le gamin s'était toujours montré radin.

Un par un, Emilio prit à part les membres du clan, pour les interroger. En mentant bien entendu :

– Le magazine *People* m'a demandé d'écrire un article sur Vénus. Qu'est-ce que vous vous rappelez sur elle? Quand elle était petite, qu'est-ce qu'elle faisait? C'était qui ses copains?

– C'était une gentille fille... dit oncle Mickey.

– Une petite salope... dit sa femme.

– Elle étudiait beaucoup, dit un des cousins.

– Elle faisait l'école buissonnière, dit un autre.

– Je la connaissais bien, dit un copain de classe... dont Emilio se souvenait comme étant l'ennemi mortel de Vénus.

Une fille qui n'était même pas dans sa classe affirma :

– On était les meilleures amies...

Emilio soutira des informations à ses frères.

– C'était qui, déjà, le type graisseux qu'elle voyait à l'école? Elle est sortie avec lui? C'était son premier flirt?

L'un des frères se souvint :

– Ah oui! je me rappelle de sa gueule. Un petit con tout maigre. Un soir, je les ai pincés en train de se faire des papouilles dans la cuisine. J'ai été obligé de les mettre dehors.

– Comment il s'appelait?

– Vinnie... ou quelque chose comme ça...

– Non, corrigea le frère aîné, c'était Tony Maglioni. Il est chauffeur de taxi maintenant. Il stationne au bar de la pizza, le samedi soir.

Rita s'ennuyait ferme. Elle goûtait mal au plaisir de se faire pincer les fesses par les frères et le père d'Emilio. Une expérience qu'elle ne trouvait pas drôle. Au début, oui. Elle avait pu jouer la star et leur raconter plein de choses sur Hollywood. A présent, ça devenait ennuyeux, elle voulait s'en aller.

– Viens, Emilio... partons...

Et l'un des frères la singea, en donnant de grands coups de coude dans les côtes d'Emilio :

– Viens, Emilio, partons...

Puis il chuchota :

– Elle a l'air bonne... J'aimerais bien en avoir un morceau.

– T'as une femme et des gosses, dit Emilio.

– Ça empêche pas l'envie, ricana le frère en faisant des bruits de succion avec la bouche.

Emilio ramena Rita à l'hôtel.

S'il arrivait à mettre la main sur ce Tony, il pourrait peut-être en tirer une histoire.

Martin quitta New York en avion le lendemain, et s'envola pour Detroit, afin d'assister à l'inauguration de la nouvelle automobile, la Swanson. Toute cette publicité qui l'associait à Vénus Maria n'avait fait qu'augmenter l'énorme quantité d'informations sur lui, dans la presse. Pourquoi pas, si ça faisait vendre la voiture ?

Il songea que la publicité exploserait vraiment s'il arrivait à convaincre Vénus Maria de l'attendre. Ce serait un coup formidable. A part Deena qui serait furieuse.

Martin se demanda à quoi ressemblerait un mariage avec Vénus. Excitant, sûrement. Différent. Stimulant.

Il regretterait Deena. En un sens, elle représentait une valeur sûre. Mais il avait quarante-cinq ans, il était temps de vivre vraiment.

Et Martin se délectait de faire les gros titres de la presse.

Tandis que Deena, installée dans le confort de la station thermale, se sentait parfaitement calme.

Elle avait une solution très simple au problème. Elle s'apprêtait à l'appliquer.

Jour après jour, elle s'en rapprochait.

82

Saxon était venu coiffer Vénus Maria chez elle, avant une importante séance de photos avec le grand Antonio. Elle se plaignait de se sentir prisonnière dans sa propre maison :
– Je ne peux pas faire un pas dehors sans être suivie.
– Je sais.
Saxon avait de la sympathie pour elle, mais il ne pouvait savoir ce que c'était d'avoir son portrait dans tous les journaux à scandales.

Bon dieu ! Qu'elle remette seulement la main sur Emilio et elle étranglerait elle-même cet enfant de putain. Comment avait-il osé ! Comment osait-il !

Elle avait essayé de le retrouver, mais apparemment il s'était enfui lâchement pour se planquer, elle n'arrivait à joindre que ce fichu répondeur téléphonique.

Le deuxième article dans *Truth and Fact* était un vrai torchon. Un tissu de stupidités, du genre : « Comment Vénus met des rouleaux dans ses cheveux », « Comment elle se promène sans maquillage », « Comment elle s'admire devant la glace pendant des heures », « Comment elle porte parfois des sous-vêtements d'homme », « Comment elle aime nager toute nue ».... Tout ça lui donnait la même impression que si on avait cambriolé et pillé sa maison.

Saxon s'affairait autour d'elle, appliquant de la mousse, séchant son œuvre à l'air chaud. Il rejetait sans arrêt en arrière sa crinière épaisse, bien plus impressionnante que la plupart de celles de ses clientes.

Vénus lui demanda avec curiosité :
– Vous êtes « gay », Saxon ?
Du tac au tac, il rétorqua :
– Non, chérie, seulement heureux !

– Sérieusement ?

Il lui massait la tête, à l'aide d'une mousse onctueuse :

– C'est une question extrêmement privée.

Il parlait de vie privée ? Aurait-il aimé faire la une des journaux ?

En vérité, il aimerait probablement ça. Vénus insista :

– Alors ? Vous l'êtes ?

Il prit le temps de frictionner les cheveux de Vénus entre ses mains, avant de répondre :

– Je ne crois pas que cela vous regarde.

– Allez, Saxon ! dites-moi. On pourrait peut-être se comprendre ?

– Vous êtes une drôle de garce, non ?

– Vous aussi.

– Si ça vous intéresse, je balance entre les deux.

Vénus chuchota :

– J'adore cette expression. C'est tellement démodé. Balancer entre les deux. Vous savez, ça me rappelle des souvenirs de cour de récréation. Quand on jouait à la balançoire ou au manège. Il fallait choisir, hein ? Mais ça veut dire quoi, exactement ? Ce n'est pas affreusement dangereux en ce moment ?

– Vous posez des questions que personne n'ose poser.

– Je suis comme ça. Mais quelle est votre préférence ?

Il se mit à rire :

– Ça ne vous regarde pas.

Vénus se fit enjôleuse :

– Allez !... par exemple, si vous aviez le choix, entre... disons Ron et moi, qui choisiriez-vous ?

Il fit voltiger sa brosse adroitement :

– Vous deux.

La réponse lui coupa le sifflet. Elle le regarda dans la glace tandis qu'il coiffait ses cheveux, et lui fit une petite grimace.

Saxon avait beaucoup d'admiration pour Vénus Maria. Une super star comme elle, débordée par un emploi du temps infernal, trouvait le temps de s'occuper d'œuvres de charité, de venir en aide à des causes auxquelles elle croyait. Elle travaillait beaucoup pour le sida, mais aussi pour l'Association des mères, contre l'alcool au volant, et pour la Ligue contre le viol. Elle préférait le faire discrètement, afin que ses efforts ne soient pas perçus par le public comme une occasion de se faire de la publicité.

Saxon s'aventura un peu :

– Puisqu'on en est aux affaires privées. Que se passe-t-il entre vous et Martin Swanson ?

Elle grommela :

– Vous me faites penser à Ron. Il ne cherche à savoir que ça !

– Vous pouvez avoir confiance en moi. A qui irais-je le répéter ?

– Oh ! à toutes les femmes de Beverley Hills ! Votre salon est le paradis des ragots. N'est-ce pas, Saxon ? Tout le monde y parle de tout le monde. C'est un nid de rumeurs ignobles !

– Je ne peux pas l'empêcher.

– Parce que ça vous plaît.

Il la frôla en passant derrière elle et elle jeta un coup d'œil sur son jean. Presque aussi serré que celui de la poupée Ken, ce qui n'était pas peu dire.

– Je parie que vous entendez parler de tous les scandales, au salon ?

– Disons plutôt que nous en entendons parler les premiers.

– Est-ce que les gens ont parlé de Mickey Stolli quand il s'est fait arrêter avec une pute ?

– On peut dire que ce fut un grand sujet de conversation.

Elle rit :

– Mais j'en suis un plus grand encore, hein ?

– Pas autant que Martin Swanson. Elles adorent toutes Martin Swanson.

Vénus rectifia :

– Elles adorent son argent.

– Exact. Elles adorent son argent et son pouvoir. Pour être une femme d'Hollywood, il faut épouser un homme qui possède les deux, et apparemment Martin en a plus que les autres.

Il eut un rire malicieux :

– C'est vrai qu'il en a plus que les autres ?

Elle rit comme lui :

– Quand je baise, je ne raconte pas.

Yves, le maquilleur, suivi de deux stylistes, arriva ensuite. Ron, également, suivi de la poupée Ken.

La poupée Ken portait son éternel jean collant, un tee-shirt blanc, style années 50. Tout ce qui pouvait mettre ses muscles en valeur. Et il en profita pour en jouer devant les stylistes.

Ron établit son droit de propriété, d'entrée de jeu :

– Regardez-le... Il a tourné une pub pour de la bière ! Il n'est pas divin ?

– Divin! répondit Vénus Maria, avec une ironie non dissimulée. A propos, tu connais Saxon?

– Si je connais Saxon?

– Nous étions justement en train de parler de sa vie sexuelle...

– Vraiment?...

Ron eut l'air très intéressé :

– Et comment se portent les écoliers de treize ans, Saxon, mon cher?

Saxon rejeta une mèche de cheveux en arrière, en riant :

– Tu te trompes. Ça, c'est ton territoire, Ron.

Vénus Maria éclata de rire :

– Dieu du ciel! Il n'y a rien de pire que deux pédés qui se chamaillent.

Le grand photographe, Antonio, arriva à midi, suivi d'une équipe d'assistants zélés. Vénus l'accueillit avec enthousiasme :

– Chéri!

– *Bellissima!* s'attendrit Antonio.

Ils se jetèrent dans les bras l'un de l'autre pour s'embrasser.

Antonio était extrêmement célèbre, extrêmement capricieux et extrêmement radin. Heureusement pour lui, il mettait rarement la main à la poche, car les magazines qui commandaient des photos de stars payaient toujours. *Style Wars*, pour lequel il allait faire cette séance, ne payait pas autant que les autres. Car *Style Wars* était bien au-dessus du lot. Un mélange de *Vanity Fair* et de *Interviews*. C'était le magazine dans le vent. Un *must* en matière d'avant-garde.

Antonio déambulait dans la maison de Vénus, les assistants dans son sillage, pour décider de l'endroit où il ferait la photo de couverture. D'habitude, Vénus n'acceptait pas de faire des photos chez elle. Mais pour Antonio et *Style Wars*, elle faisait une exception.

– Qu'en penses-tu, chérie? La chambre à coucher? Miss Vénus Maria au creux de son lit, nue, un unique drap de soie noire couvrant sa beauté?

Vénus Maria frémit à l'idée d'un simple drap de soie noire, comme barrière entre elle et son public vorace.

– Oui. Ça me plairait...

– Pourquoi pas, chérie? Après tout, tu es une grande star. La séduction est primordiale.

Vénus se tourna vers le conseiller habituel :

– Qu'est-ce que tu en penses, Ron?

– Ça me paraît bien.

En réalité, il était plus absorbé par la soirée d'anniversaire qu'il mijotait pour elle.

Dans trois jours, elle aurait vingt-six ans. Il préparait cette soirée surprise depuis six semaines. Si tout marchait selon ses plans, ce serait un truc fantastique.

– Imagine, dit Antonio en faisant de grands gestes, imagine, *bellissima*... Ton corps, une jambe dénudée, les cheveux blonds remontés en haut de la tête... hein ? Et la soie noire, jusqu'au menton... On pourrait peut-être avoir un peu d'audace, laisser entrevoir un sein ?

Vénus Maria répondit fermement :

– Pas de nu. Je ne l'ai jamais fait et je ne le ferai jamais.

– Pour Antonio... tu peux changer d'avis ?

Pour Antonio, elle aurait fait beaucoup de choses, mais elle avait pris cette décision au début de sa carrière. Elle ne se déshabillerait jamais.

Elle aurait pu le faire, si elle avait voulu. Elle avait une belle poitrine, des seins ni trop gros, ni trop petits. Juste à la perfection. La perfection des seins de Vénus Maria. Cela la fit sourire intérieurement.

Antonio expliqua à Saxon comment il voulait la coiffure. Saxon comprit parfaitement. Une cascade de mèches folles au sommet de la tête, et quelques accroche-cœurs s'échappant naturellement sur les côtés. Il était enthousiaste :

– Vous serez merveilleuse, Vénus !

– Naturellement qu'elle sera merveilleuse, puisque Antonio le dit !

Tandis que Saxon lui mettait des rouleaux dans les cheveux, le maquilleur – l'artiste –, se mit au travail.

Antonio passa en revue les vêtements apportés par les stylistes, histoire de décider qu'elle ne porterait rien du tout. De toute évidence, il n'était séduit que par l'idée du drap de soie noire.

Martin appela au beau milieu de cette effervescence.

Ses sentiments étaient assez ambigus. Et, depuis ce flot de publicité, il n'avait fait aucune imprudence particulière pour la voir.

Depuis cette nuit ensemble à l'hôtel *Bel Air*, il prétendait être trop occupé par la prise de possession d'Orpheus, ou bien qu'il était suivi et qu'il devait demander à ses avocats de s'en occuper, et encore qu'il ne voulait pas donner à Deena un motif de lui prendre sa fortune. Ensuite, il était retourné à New York.

Tout cela était compréhensible, mais énervait toujours Vénus Maria.

Ou Martin s'engageait, ou il ne s'engageait pas. C'était oui ou non. Elle n'allait pas jouer plus longtemps le rôle de la petite maîtresse d'Hollywood.

Estimant probablement qu'elle guettait ses allées et venues avec anxiété, Martin dit :

– Je suis à Detroit.

Vénus répondit froidement :

– Ah bon ?

– Tu as l'air fâchée.

– Je suis fâchée, Martin, en effet. Je refuse de rester plantée là à attendre plus longtemps. Quand tu es venu, on s'est vus une fois. Ce n'est pas assez. Tu es rentré à New York depuis presque une semaine, et je n'ai pas eu de nouvelles de toi. Que se passe-t-il entre Deena et toi ?

Il prit le ton « homme d'affaires sérieux » :

– Je n'ai pas envie d'en parler au téléphone. J'ai besoin d'être avec toi.

– En ce cas, il te faut choisir.

– J'ai choisi.

– Ah bon ?

– Oui.

– Tu veux me dire ce que tu as choisi ?

Martin prit une profonde inspiration et annonça :

– Je quitte Deena.

Elle attendait ces mots-là depuis des mois et pourtant, en les entendant enfin, elle eut comme un frisson de doute. Voulait-elle vraiment Martin pour toujours ? Était-ce vraiment l'union dont elle rêvait ?

Impatiemment, il demanda :

– Eh bien ? Tu n'as rien à dire ?

Vénus parvint à articuler :

– Je suis sous le choc.

– Pourquoi sous le choc ?

– Parce que je ne pensais pas que tu le ferais.

– Je le fais pour toi. J'assiste au lancement de la Swanson et je saute dans un avion pour te voir.

– Tu viens pour moi, ou pour Orpheus ?

Il préférait faire l'impasse sur la promesse faite à Deena. De toute façon, elle ne le découvrirait jamais.

– Je viens pour toi, Vénus, pour que nous parlions ensemble de l'avenir.

– Tu as l'air sérieux.

– Je suis sérieux. Très sérieux.

– Hum... On verra.

Lorsqu'elle revint dans la chambre, Ron demanda :

– Qui c'était ?

– Tu es fichtrement curieux. Tu sais parfaitement qui c'était ! Martin, évidemment.

– Oh ! Le super étalon vole à ta rencontre ?

– Tout juste.

Ron se mit à gamberger. S'il arrivait à avoir Martin pour la soirée d'anniversaire, ce serait vraiment une belle soirée pour elle.

Pendant que Vénus était au téléphone, Antonio avait trouvé le moyen de tomber amoureux de la poupée Ken.

Il le regardait en faisant la moue, puis décida :

– On le mettra en arrière-plan. Toi, Vénus chérie, sur le lit. Ken appuyé contre le montant du lit. Ça sera merveilleux. Tellement... comment dites-vous déjà ? Macho... Ken, déboutonne le haut de ton jean !

Il claqua des doigts pour faire venir les stylistes :

– Et on me déchire ce tee-shirt. Très Marlon Brando... très sixties...

Ron corrigea, pour le plaisir de marquer un point :

– Tu veux dire fifties... je pense ? Évidemment, je n'étais pas né ; mais toi, tu devrais savoir, non ?

Antonio ignora Ron. Et Saxon chuchota :

– Hum !... je sens venir des nuages au paradis.

Vénus Maria fut enfin apprêtée, maquillée. Ses cheveux platine bouclés en chignon sur la tête, le corps légèrement maquillé et poudré. Vêtue d'un petit bikini, et de rien d'autre que ses mains pour couvrir sa pudeur, elle glissa sous le drap de soie noire que le styliste avait soigneusement disposé sur le lit.

Elle savait bien ce que voulait Antonio. La pose classique : une jambe dépassant du drap, provocante ; elle, assise, tenant le drap à hauteur du menton, mais les épaules nues et le sourire séducteur. Le look Vénus Maria en somme. Elle l'avait perfectionné à la longue. Elle le travaillait soigneusement depuis des années.

– *Bellissima*... chérie !

Antonio roucoulait le *bellissima*, en la visant de son objectif.

– Ken, maintenant tu t'approches plus près.

Négligemment adossé contre le mur du fond, Ken échangeait avec Antonio de profonds regards.

534

Ron, qui se tenait à l'écart, voyait tout le manège. Vénus vit sa bouche se transformer en un trait mince et crispé. Signe d'un trouble profond chez lui.

Quelqu'un mit Stevie Wonder sur la chaîne stéréo. Et la musique se répandit dans la maison.

Vénus Maria savait mieux que personne jouer de l'objectif, faire l'amour à la caméra. Elle mouilla ses lèvres, pour leur donner plus de relief et de séduction. Ses yeux rayonnaient de sensualité. L'expression générale était la sexualité pure.

Elle regarda l'objectif, jouissant de chaque seconde avec lui.

83

Gino arriva avant Steven et Mary-Lou. Lucky prit un jour de congé pour aller le chercher à l'aéroport et emmena Bobby avec elle.

Elle eut du mal à le reconnaître quand il traversa le terminal, à sa descente d'avion.

Qu'était devenu le fier Gino?

Qu'était devenu le fameux sourire des Santangelo?

Où était passé Gino le Bélier?

Mon dieu! Se pouvait-il que Gino vieillisse?

Son père, son merveilleux père, si plein de vitalité, qu'elle avait toujours cru plus jeune et plus fort que les autres.

Elle le serra dans ses bras:

— Alors? Qu'est-ce qui t'arrive?

A son tour, il la serra dans ses bras:

— Je te l'ai dit, gamine. Ça a fini par m'arriver aussi.

— Quoi? demanda-t-elle anxieusement.

— L'âge, je suppose. Je suis fatigué, gamine. Si fatigué.

Entendre Gino parler de cette façon était sidérant.

— Toi, Gino? Jamais.

Bobby voulut attirer son attention:

— Hé! grand-père?

— Hé! Bobby!

Gino étreignit son petit-fils avec émotion.

Boogie les conduisit à la maison de la plage et, durant le trajet, Bobby très excité parla de son école à Londres et de ce qu'il faisait. Il annonça fièrement:

— Mon copain est là, grand-père! Je lui ai dit qu'il ne pouvait pas venir à l'aéroport avec moi, parce que je voulais voir mon grand-père le premier.

– C'est bien. Et n'oublie pas ce que je vais te dire. J'ai deux ou trois choses à t'apprendre pendant ce séjour.

Bobby était complètement surexcité :

– C'est quoi, grand-père ?

Lucky fit remarquer :

– Bobby n'est pas un Santangelo. C'est un Stanislopoulos.

– Foutaises ! Bobby n'a rien d'un Stanislopoulos. Il ressemble tout à fait à un Santangelo.

Lucky accepta l'argument en riant :

– Tu as raison. Foutaises.

– Merci.

Ils se sourirent tendrement.

– Alors, que deviens-tu ?

– Oh, rien de spécial ! Je reste à la maison. Quelquefois, je fais une balade. Ou une partie de poker.

Elle détestait voir son père inactif. Depuis qu'il avait vendu la plupart de ses compagnies, il ne semblait plus s'intéresser aux affaires.

– Tu sais ce qu'on devrait faire, Gino ?

– Non, quoi ?

– Construire un hôtel. On a fait le *Mirage* et puis le *Marigiano*, mais ils ne nous appartiennent plus. Si on construisait un nouvel hôtel ? On l'appellerait *Panther*. Plus grand que le *Mirage* et mieux que le *Marigiano*. Qu'est-ce que tu en dis ?

– Je ne construirai pas un autre hôtel, même si tu me payais pour ça.

– Pourquoi pas ? Tu aimais ça. Tu as été l'un des premiers à Végas.

– C'était il y a bien longtemps. Le monde est différent aujourd'hui.

– Pas tant que ça. On le ferait ensemble. J'adorerais construire un nouvel hôtel.

– Ouais. Et tu crois que tu y arriverais entre deux contrats aux Studios ?

– Je déborde d'énergie.

– N'en parlons plus. Je suis trop vieux.

Gino admettant qu'il était vieux ! Lucky n'en revenait pas. Quelque chose, quelque part, s'était cassé.

Elle attendit d'être à la maison, et que Bobby aille jouer dehors avec son copain, pour faire allusion à Carlos Bonnatti.

Gino réagit aussitôt :

– Il est venu te voir ? Il t'a menacée d'une manière ou d'une autre ?

– Tu plaisantes ? Je ne vais pas laisser ce trou-du-cul me menacer de quoi que ce soit. Je sais qu'il s'agit d'une dette truquée, bidon, et je ne paierai pas.

– Tu sais quoi, gamine ? Paie-la, cette dette. Débarrasse-toi de lui. Ce n'est pas le moment d'avoir des ennuis avec les Bonnatti. On en a eu assez durant des années.

Lucky était surprise de sa réaction :

– Je ne peux pas croire que ce soit toi qui parles ainsi, Gino. Payer une dette que nous ne devons pas ? Permettre aux Bonnatti de nous extorquer de l'argent ? Pas question.

– La vie est trop courte pour se faire du souci avec ce genre de choses. Tu as de l'argent. Paie-le.

Les yeux noirs de Lucky se rétrécirent, comme pour mieux observer son père :

– J'ai dit : pas question.

Il fallait faire quelque chose pour Gino. Il était en crise. Elle devait trouver un moyen spectaculaire de le sortir de là.

Gino joua un moment avec Bobby, puis décida de faire une sieste. Lucky courut au téléphone pour appeler Paige pendant ce temps. Une domestique lui répondit. Lucky demanda :

– Madame Wheeler est-elle là ?

– Un moment, s'il vous plaît.

Paige vint à l'appareil.

– Salut ! C'est Lucky Santangelo. Comment allez-vous, Paige ?

– Lucky ! Ça me fait plaisir de vous entendre. Félicitations. Je suis enthousiasmée par l'affaire Panther ! Ryder l'est moins. Il aimait bien faire des affaires avec le merveilleux Mickey Stolli. Mais j'ai entendu dire que vous aviez des projets intéressants ?

– Je l'espère. Je voudrais faire des films qui mettent les femmes en valeur.

– Vous y arriverez ! dit Paige chaleureusement. Vous arrivez toujours à faire ce qui vous tient à cœur. Quand on était ensemble, votre père se vantait toujours de vous.

Lucky fut agréablement surprise :

– C'est vrai ?

– Toujours.

– On pourrait se voir ? Je n'ai pas particulièrement envie de me lancer dans un déjeuner, mais on pourrait peut-être prendre une verre quelque part ?

– D'accord. Moi aussi, j'aimerais vous rencontrer. Quand ?

– Le plus tôt possible.

84

Le sud de la France était merveilleux en cette saison. Soleil chaud, femmes superbes, restaurants formidables, une atmosphère de tranquillité.

Mais Lennie était malheureux. Il ne pensait qu'à Lucky. Assis au bord de la piscine, à Eden Roc, il regardait Nona et Brigette s'amuser. Les deux filles passaient des vacances formidables. Elles s'étaient fait des tas d'amis et passaient leur temps à la piscine, ou à faire du ski nautique. Il ne les voyait quasiment que pour le déjeuner où elles consentaient à les rejoindre, lui, Jess et son mari – Matt Traymor –, venus pour lui tenir compagnie.

Jess, sa meilleure amie, l'abreuvait de conseils, en le morigénant :

– Tu t'es montré puéril dans cette histoire, Lennie. Lucky n'est pas le prototype de l'épouse moyenne. Tu le savais quand tu l'as épousée. Tu l'aimes. Tu as besoin d'être avec elle. Et te voilà en train de jouer au gamin fâché, sous prétexte qu'elle a acheté un studio sans te demander la permission. La belle affaire !

Obstinément, Lennie répondait :

– Elle aurait dû m'en parler.

Jess fronça le nez, qu'elle avait déjà en trompette.

– Et pourquoi ça ? C'était une surprise pour toi.

Décidément, personne ne comprenait la situation.

– Pas pour moi, Jess. Pour elle. Ce qui la branche, c'est le pouvoir.

– Non. Elle a fait ça pour te faire plaisir. Parce que tu n'arrêtais pas de te plaindre et de râler contre ton contrat, contre le film et les gens avec qui tu travaillais. Elle s'est dit que ce serait amusant. Et entre nous, elle peut sûrement se le permettre.

Lennie tenta de s'expliquer :

— C'est comme si elle m'achetait, Jess. Tu comprends ce que je veux dire ?

— Qu'est-ce que c'est que ces conneries ? Pour l'amour du ciel, tu es son mari ! Donne-lui une chance !

— J'essaye.

— En t'éloignant !

Jess regarda son ami. Ils se connaissaient trop bien tous les deux pour se mentir.

— Écoute-moi bien, Lennie. Lucky Santangelo est la meilleure chose qui te soit jamais arrivée. Réveille-toi. Prends conscience de la chose avant qu'il ne soit trop tard.

Lennie lui fit la grimace :

— Évidemment, toi et Matt, ça a l'air de bien marcher. Comment faites-vous ?

— Quand on se marie, on s'engage sérieusement, et je le dis sérieusement. J'ai raté une première fois, et toi aussi. La deuxième fois, tu sais exactement où tu vas. Je veux vivre avec Matt parce que je l'aime. Tu n'aimes pas Lucky ?

S'il aimait Lucky ? Il l'aimait plus que tout au monde. Mais pouvait-il vivre avec elle ? C'était une autre question.

Jess eut un soupir d'exaspération :

— Quelque chose ne va pas chez toi, Lennie.

— Quoi ?

— Tu t'arranges drôlement bien pour foutre ta vie en l'air.

— Merci.

— Pense à ce que je t'ai dit. C'est si terrible ce qu'a fait Lucky ? Elle n'a tout de même pas couché avec n'importe qui... pour l'amour du ciel !

— Elle m'a menti.

Jess en avait assez.

— Elle t'a menti pour ton bien, trou-du-cul ! Pourquoi ne vas-tu pas la voir au moins ? A deux, vous trouveriez peut-être une solution. Je déteste l'idée que ça se termine comme ça. Vous n'êtes que deux têtes de mules. C'est ça le problème.

Plus tard, seul dans sa chambre d'hôtel, Lennie réfléchit à ce que lui avait dit Jess. C'est vrai, il était têtu comme un âne.

Et Lucky aussi, ce qui ne voulait pas dire qu'ils soient incapables de se parler.

Jess avait surtout raison sur une chose. Il aimait Lucky. Il n'avait pas envie de rompre leur union. Il était temps de faire quelque chose.

La voix de Lucky, neutre, annonça :
– Vous êtes viré !
Eddie se crispa :
– Pourquoi ?
– Parce que je n'aime pas la manière dont vous traitez les affaires.
Eddie ne pouvait pas admettre d'être congédié par une femme. Il répliqua méchamment :
– Ah bon ? Vous êtes là depuis cinq minutes et vous n'aimez pas la manière dont je traite les affaires, hein ?
– Eddie... je sais parfaitement ce qui s'est passé.
– Eh ! eh ! eh ! pas de problèmes. On m'a offert un boulot chez Orpheus.
– Alors, je vous conseille de le prendre.
– Je fais mes paquets aujourd'hui.
– Oh ! faites-moi donc une faveur.
– De quoi s'agit-il ?
– Quand votre dealer arrivera, cette charmante miss Lee Paul, transmettez-lui donc un message de ma part, vous voulez bien ? Dites-lui que si jamais elle remet les pieds sur ce terrain, elle se retrouvera les fesses en taule !
Eddie la fixa un instant, tendu, puis quitta le bureau.
Plus tard, Lucky retrouva Paige. C'était une femme extrêmement chaleureuse, pleine de vie et bourrée de charme. Lucky comprenait parfaitement qu'elle puisse manquer à Gino. Paige commanda un Campari-soda, avant de s'installer.
– Vous avez l'air en pleine forme, Lucky. Hollywood vous réussit.
– Merci. Vous n'avez pas changé, Paige.
Paige fit bouffer ses cheveux teints en roux :
– J'essaie de tenir le coup. Comment va le petit Bobby ?
– Superbement bien.
– Et Lennie ?
– Aussi.
Lucky n'avait pas envie de s'étendre sur le sujet, elle changea de conversation :
– A propos, devinez qui est là ?
Paige le savait très bien, mais demanda qui, tout de même.
– Gino est là. A la maison sur la plage, avec Bobby et moi.
Paige sirota son Campari, l'air de rien :

– Ah bon?

– Il vieillit, Paige.

Elle eut un sourire chaleureux :

– Gino ne sera jamais vieux.

– Pourtant, il vieillit sans vous.

Paige se mit à jouer avec un bracelet d'or à son poignet.

– Ce n'est pas moi qui ai cessé de le voir. C'est le contraire.

– Je suppose qu'il vous désirait pour lui tout seul. Vous connaissez Gino.

Paige souriait toujours :

– Il a toujours été exigeant.

Lucky alla tout droit au but :

– Alors? Vous quittez Ryder, oui ou non?

– C'est pour ça que vous êtes venue?

– C'est une sacrée bonne raison, vous ne trouvez pas?

Paige appela le garçon pour commander un second verre.

– C'est Gino qui vous envoie?

– Il ignore que je suis ici. Il me tuerait s'il savait que je me mêle de ses affaires.

– Ça oui! C'est sûr.

– Alors, Paige?

– Vous, les Santangelo, vous êtes tellement sûrs de vous.

– Pensez-y, Paige. Vous voulez bien me faire cette faveur?

– J'y penserai, Lucky.

– C'est tout ce que je voulais entendre.

85

Deena loua une voiture deux jours avant. Une berline Ford. Marron foncé. Passe-partout.

La fille derrière le comptoir ne pourrait jamais se souvenir d'elle. Deena s'était affublée d'une longue perruque noire, de lunettes foncées, d'un jean et d'une veste de jean également. Sa propre mère ne l'aurait pas reconnue.

Elle présenta un faux permis de conduire, avec photo adéquate.

La fille devait rêvasser à son petit ami chauffeur de poids lourds. Elle mâchonnait du chewing-gum, en demandant :

– Vous en aurez besoin combien de temps ?

Deena répondit en modifiant sa voix :

– Une semaine environ.

Elle paya en espèces.

– D'accord. Signez là.

La fille s'en fichait complètement.

Deena hésitait à s'embarrasser de son déguisement plus longtemps. Ce n'était probablement pas nécessaire. Elle avait soigneusement préparé chaque détail de son plan et ne laisserait aucune trace derrière elle.

Une fois la voiture louée, elle alla dans un parking souterrain, prit un ticket, et la laissa sur place.

La Cadillac argent fournie par l'établissement de l'Ultime Recours était également garée dans ce parking. Elle la reprit, se rendit chez Saks, dans les toilettes pour dames, ôta sa perruque, ses lunettes noires, ses jeans, et ressortit habillée en Deena Swanson.

Après quelques courses moins importantes, elle retourna à la station thermale dans la Cadillac.

La Ford pourrait l'emmener partout où elle voulait, personne ne ferait jamais la relation entre elle et cette voiture.

L'étape suivante du plan était de s'en servir.

86

Quand il se mettait à vouloir vraiment quelque chose, Ron était capable de s'organiser remarquablement. Ses projets, destinés à la soirée surprise de l'anniversaire des vingt-six ans de Vénus Maria, avançaient à toute vitesse. Il avait envoyé personnellement chaque invitation, en faisant jurer à chacun de garder le secret. Pour en être tout à fait sûr, il avait envoyé à chacun des invités une petite carte discrète, joliment imprimée, de chez Tiffany, où il était gravé : « Venez. Et gardez le secret. »

Il avait invité trois cents personnes, tout le monde, depuis Cooper Turner et les stars de chez Panther, jusqu'à Mickey Stolli et sa joyeuse bande de directeurs. Évidemment, les invitations étaient parties avant le bouleversement qui s'était produit chez Panther.

Il avait donc invité par la suite Lucky Santangelo, laquelle avait répondu qu'elle serait ravie de venir.

Le gâteau était commandé. Une énorme pièce montée de trois étages, avec une reproduction de Vénus Maria au sommet et des disques en sucre de chaque côté, portant les titres de ses succès.

Pour parfaire le gâteau, il fallait la présence de Martin Swanson. Si Ron parvenait à offrir à Vénus la présence de Martin, cette soirée serait vraiment la sienne.

Il avait prévu une tente installée dans le jardin derrière la maison. Il s'était débrouillé pour obtenir des fleurs et des mets exotiques. Trois groupes de musique différents, une discothèque, tout ce qu'aimait Vénus Maria.

Parmi les invités, il y avait également des danseurs, son équipe personnelle, ses amis, et des gens qu'elle ne connaissait pas encore très bien, mais qui lui plairaient.

Malheureusement, il avait commis l'erreur d'inviter Emilio.

Il avait envoyé l'invitation bien avant que les ignobles révélations paraissent dans les journaux.

Mais l'imbécile n'aurait sûrement pas le culot de venir. Non. Ron n'envisageait même pas cette possibilité.

Pour être sûr que tout le monde s'amuse, il avait également invité une vingtaine de jolies filles et une vingtaine de jolis garçons, pour faire plaisir autant aux maris qu'aux épouses d'Hollywood.

Les garçons avaient été recrutés par Ken. Il avait déniché de jeunes acteurs, des amis à lui, et les plus beaux mannequins masculins de la ville.

Ron lui avait donné pour instruction de s'assurer que la moitié au moins soient hétérosexuels. Et Ken avait répondu, à la grande exaspération de Ron :

— Tu veux que je les teste personnellement ?

— Aucune importance.

Quelle pute, ce Ken! En ce qui concerne les filles, Ron s'en était occupé lui-même. Il avait pris contact avec Madame Loretta, qui possédait sans aucun doute le plus beau cheptel de filles de la ville. Il avait précisé à cette « chère Madame » :

— Pour une fois, elles n'auront pas besoin de se déshabiller. Danser seulement, s'amuser et surtout être absolument superbes.

Rien de tel pour réussir une soirée que de beaux hommes et de belles femmes. Succès assuré.

D'ailleurs, Vénus Maria adorait cette forme d'humour ambiguë, consistant à mélanger prostituées et femmes mariées.

Ron avait institué Cooper Turner son conspirateur associé, par le fait qu'il était censé amener Vénus Maria à cette soirée.

— Tu comprends, au moins, si elle pense qu'elle sort avec toi, elle sera superbe. Et même en admettant qu'elle arrive avec ses fringues des mauvais jours et qu'elle soit furieuse, ça m'est égal. En fait, je lui ai offert une tenue de chez Gaultier, un truc divin, en cadeau d'anniversaire. Elle pourra se changer en arrivant.

La soirée devait avoir lieu le lundi. Il ne restait plus que deux jours. C'était très difficile de garder le secret. Mais il l'avait gardé si longtemps qu'il tiendrait bien deux jours de plus.

Warner Franklin se présenta au portail du manoir de Johnny Romano, à Hancock Park, et fit résonner la cloche.

Quelqu'un de l'entourage de Johnny répondit. Il ne reconnut pas, en Warner, la fille noire, de un mètre quatre-vingts, avec laquelle Johnny folâtrait quelques semaines plus tôt. La seule chose qu'il vit, c'est un uniforme immense.

Très professionnelle, Warner demanda :

— Monsieur Romano.

Ce à quoi le larbin répondit :

— Il est occupé.

Warner pouvait se montrer dure à l'occasion :

— Il faut que je revienne avec un mandat ?

Cette fois, le larbin était mal à l'aise :

— C'est à quel sujet ?

— Ça concerne monsieur Romano. Si vous voulez garder votre place, vous feriez mieux de l'amener ici !

Le larbin se hâta en ronchonnant tout bas. Quelques minutes plus tard, il réapparut avec Johnny. Le beau Johnny. Le Johnny aux beaux yeux. Le sensuel, le macho, le fils de pute de Johnny.

A la grande déception de Warner, il ne la reconnut pas. Il portait une robe de chambre en tissu-éponge. Plusieurs chaînes d'or s'emmêlaient autour de son cou. Ses cheveux longs bouclaient sur le col de la robe de chambre. Deux gardes du corps se tenaient derrière lui. Il dit succinctement :

— Ouais ?

Warner le revoyait au lit avec elle. Elle le désirait.

Elle ôta ses grandes lunettes de soleil pour le regarder :

— J'ai essayé de te joindre. Impossible de te mettre la main dessus.

Enfin il la reconnut et s'exclama :

— Merde alors ! C'est toi ? Regardez-moi cet uniforme !

Warner savait que l'uniforme avait quelque chose d'excitant pour certains hommes. Elle gardait souvent le sien à cause de cela. Et de toute évidence, Johnny faisait partie de ces hommes-là.

— Pourquoi tu m'as pas rappelée ?

Il leva les bras en l'air, désinvolte :

— Eh !... Chérie, est-ce que je sais moi, si t'as appelé ? Chuck, est-ce que Warner a appelé ?

— Je sais pas Johnny, je vais écouter les messages.

Johnny ne put s'empêcher de sourire. Il admirait le culot de cette fille de venir chez lui, comme si c'était son droit.

– Je te dirais bien d'entrer, mais je suis en train... heu... de répéter.

Elle voulait qu'il sache qu'elle n'était pas une groupie de plus, juste bonne à passer une nuit.

– Quand puis-je te voir ? J'en ai marre d'essayer de te joindre au téléphone.

Il se dit rapidement qu'il n'avait pas grand-chose dans sa vie pour l'instant. Il y avait bien les jumelles blondes, actuellement occupées à se rouler dans son lit. Ça irait pour une soirée, mais après...

– Je vais te dire un truc, chérie. Lundi, je vais à une grande soirée. Je t'emmène, qu'est-ce que t'en dis ?

– D'accord.

– Ça marche.

Johnny eut une rapide vision-souvenir de son incroyable poitrine.

Et Warner était contente. Il avança une main, pour passer un doigt gourmand sur le revers de son uniforme.

– La prochaine fois qu'on sera tous les deux, si tu amenais ton uniforme, hein ?

– Peut-être.

Et Johnny était content.

– Donne-moi ton adresse, je te ferai prendre en limousine. 20 heures, lundi soir. Mets quelque chose de sexy.

– Pour toi ?

– Et pour qui d'autre, chérie ? Qui d'autre ? Qu'est-ce que tu crois Johnny Romano, c'est le roi !

87

Dans son appartement-terrasse, à Century City, Carlos Bonnatti ne cessait de ruminer. Cette Lucky Santangelo... qui le traitait comme de la merde, qui le faisait traîner pour son fric. Il était à lui, ce fric, de plein droit. Qu'elle aille se faire foutre, que Gino, son père, aille se faire foutre. Les Santangelo se croyaient toujours mieux que tout le monde. Foutue famille !

Carlos se souvenait de son enfance, et son enfance, c'était Enzio. Il l'entendait encore se plaignant de ce « sale fils de pute, qui se croyait plus malin que les autres, qui ne se mêlait pas de drogue et de prostitution. Qui se prenait pour un type réglo sous prétexte que Monsieur se faisait du fric comme usurier ou en ratissant les casinos. Qu'il aille se faire foutre. Enzio allait lui faire comprendre ».

Pauvre Enzio.

Carlos avait dû renoncer après l'assassinat d'Enzio par cette pute de Santangelo. Il avait autre chose à faire que de se perdre dans les querelles de famille. Il voulait diriger ses affaires à sa manière. Santino, son frère, avait fait vœu de se venger, mais Carlos avait pris ses distances avec lui. Et Santino aussi s'était fait tuer. Mais Santino était un imbécile, il l'avait toujours été. La seule chose qui comptait pour lui, c'étaient les filles.

Carlos, lui, avait des priorités absolues. L'argent d'abord. L'argent avant tout. Et voilà que cette putain de fille Santangelo lui tenait tête.

Il était temps de lui dicter les règles Bonnatti.

« Vingt-quatre heures, espèce de pute, et si tu ne payes pas... »

88

L'hôtel *Beverley Hills* a beau être l'un des plus luxueux du monde, on n'y vit pas comme chez soi. Mickey Stolli s'en aperçut très vite.

Il s'était installé dans un bungalow. Mais à quoi sert une cuisine quand on n'a personne pour y préparer les repas?

Les repas pouvaient être servis dans la chambre, mais il s'y sentit bientôt à l'étroit.

Le samedi, Tabitha insista pour venir le voir.

— Je veux aller à la piscine, papa, il y a des tas de beaux garçons à la piscine!

— Mais non, il n'y a pas des tas de beaux garçons, il n'y a que des vieux producteurs.

— Comme toi, papa?

— Je ne suis pas producteur.

Tabitha portait un short large et une chemise floue. Mais une fois à la piscine, elle se déshabilla et apparut à Mickey en bikini minuscule, bien trop petit pour elle. Il n'avait pas réalisé que sa fille avait grandi si vite. Sans l'acier de son appareil dentaire, on ne lui aurait jamais donné treize ans. Mickey se fâcha:

— Remets ta chemise!

— Je veux prendre un bain de soleil, papa!

— J'ai dit: habille-toi!

Tabitha fit la tête, mais remit sa chemise.

— Quand est-ce que tu reviens à la maison?

— Qui dit que je dois revenir à la maison?

— Maman a dit que tu allais revenir.

— Elle a dit ça, hein?

— Oui. Maman dit que tu t'en sortiras pas tout seul.

— Elle veut que je revienne?

– Je sais pas.

Mickey salua quelques connaissances en se rendant au restaurant de la piscine. Il s'installa à une table avec sa fille.

Tabitha se mit en tête de commander tout ce qui existait au menu.

Mickey la ramena plus sagement au *Club Sandwich*, avec une boisson chocolatée. Il choisit pour lui-même des œufs bénédicte.

Tabitha regardait passer d'un œil gourmand un chauffeur de bus mexicain. Elle dit soudain :

– Je pourrai fêter mes seize ans à Orpheus ?

Dieu ! qu'elle énervait Mickey.

– Qu'est-ce que j'en sais ? Bon dieu ! en voilà une question ! Tu auras treize ans dans trois mois !

– Je fais des projets à l'avance. Maman dit qu'on devrait toujours en faire. Elle m'a appris à faire ça.

Le chauffeur de bus lui rendit son regard. C'était ça, *Beverly Hills*. Mais il n'y avait aucune chance pour qu'ils se rencontrent à nouveau un jour.

– Tu sais, papa, quand grand-père mourra, il me laissera tout son argent.

Mickey sursauta :

– Vraiment ?

– Tout l'argent qu'il a eu du Studio. Il l'a partagé entre moi, les enfants de tante Primrose, et Inga. Quand grand-père mourra, on aura tout. Tout, papa. Je vais devenir vraiment riche.

– Parfait. Comme ça, tu pourras t'occuper de mes vieux jours.

– Tu peux t'en occuper toi-même. T'es riche.

Pas aussi riche qu'il l'aurait voulu, tout de même. Avec curiosité, il demanda :

– Et ta mère ?

– J'en sais rien. Elle touche des intérêts, ou un truc comme ça, jusqu'à ma majorité. A ce moment-là, c'est moi qui aurai tout. Je m'achèterai une Porsche, une Corvette et une Thunderbird rouge. Qu'est-ce que t'en penses, papa ?

Exactement comme sa mère. Elle dépensait tout, avant même de l'avoir.

Tabitha s'empara d'un petit pain et le fourra dans sa bouche goulûment :

– C'est comment, Orpheus ? Aussi bien que Panther ? C'est qui les stars chez eux ? Tom Cruise ? Et Matt Dillon ? Dis, je peux rencontrer Rob Lowe ?

Elle l'énervait de plus en plus, bon dieu!...

– Je n'ai pas encore signé le contrat. Il faut attendre que Zepo s'en aille et il fait des histoires.

– Quelles histoires?

Il rêvait, ou ce chauffeur de bus faisait de l'œil à sa fille?

– Il menace de faire un procès, de discuter le contrat. Quand tout sera réglé, je pourrai m'installer.

Tabitha ne cessait de s'agiter sur son siège.

– Je pourrai venir voir? Quels films tu vas faire?

– Fiche-moi la paix. Je ne suis pas de bonne humeur.

Tabitha se mit à se ronger un ongle.

– Il faut que tu sois gentil avec moi. Je suis une enfant traumatisée, parce que mes parents sont séparés.

Elle avala une gorgée de chocolat:

– On ira au cinéma? On ira à Westwood? Dis, on ira à Tower Records?

– Tu pourrais pas la fermer un peu?

Bon Dieu! Ce serait comme ça tous les samedis?

Mickey allait se mettre à détester les week-ends.

Warner téléphona à Abigaile, tout excitée:

– J'ai fait ce que vous m'aviez conseillé!

– Je vous avais dit que ça marcherait!

Warner gloussa:

– Il était vraiment surpris de me voir!

– Je m'en doute.

– Il m'a invitée à une soirée, lundi.

– Comme c'est gentil.

Warner était amicale, à présent. Chaleureuse, même:

– Vous savez, Abby, je vous avais vraiment mal jugée. Toutes ces choses que Mickey m'avait racontées sur vous! Il m'avait faire croire que vous étiez la pute de Beverley Hills! Dieu sait que j'en ai rencontré, des putes, quand j'étais flic à la circulation. Si seulement j'avais su la vérité à votre sujet, jamais j'aurais eu de liaison avec votre mari!

Abigaile répondit hypocritement:

– Je comprends, ma chère... Après tout, Mickey peut se montrer très convaincant. Nous déjeunerons peut-être ensemble un de ces jours. Le *Bistro Gardens*? Ce serait agréable, non?

– Le *Bistro Gardens*? J'y suis jamais allée! Avec plaisir!

– Bien. Appelez-moi quand vous voudrez.

Elle raccrocha le téléphone, en se disant qu'il valait mieux faire amie avec l'ennemie. C'était un avantage. Et Abigaile avait toujours préféré prendre l'avantage.

Madame Loretta informa succinctement le petit groupe de filles sélectionnées par elle.

– Nous allons à une soirée.

Texas, une blonde délicate et fine de vingt-deux ans, demanda :

– Pour mettre de l'ambiance ?

– Non. Pas pour mettre de l'ambiance. Il s'agit uniquement d'une promenade de santé.

Madame Loretta s'adressa à Leslie :

– Une occasion parfaite pour toi, ma chère.

– Quel genre d'occasion ?

Leslie était parfaitement indifférente. Depuis que Eddie l'avait quittée, elle n'avait plus envie de rien.

– L'occasion parfaite pour te trouver un mari ! Il y aura plein d'hommes riches, d'hommes arrivés, et Leslie, ma chère... j'aimerais beaucoup que tu travailles pour moi, mais j'aimerais encore mieux te voir installée le plus tôt possible. Tu es ce que j'appelle le genre à marier.

Leslie hocha la tête, sans un mot. Elle se demandait comment Eddie s'organisait sans elle. Il s'était montré dur, pourtant elle ne pouvait pas s'empêcher de penser à lui.

Madame Loretta avait fini son petit *briefing* :

– Lundi soir, les filles. Soyez à votre avantage. Nous allons à la soirée la plus extraordinaire de la ville.

89

Entourée de toute sa famille, Lucky se sentait bien. Gino, Bobby, Steven et Mary-Lou, et le bébé Carioca Jade, c'était réconfortant. Quand Lennie était là, ce n'était pas pareil, bien sûr. Et tout ce monde autour d'elle lui faisait sentir davantage son absence. Il lui manquait encore plus.

Elle se demandait où il était, ce qu'il faisait et s'il était heureux.

Aux Studios, les choses semblaient prendre une vitesse de croisière. Le nouveau script de *Bombshell* était excellent. Vénus Maria venait de le lire et l'aimait beaucoup. Montana Grey, la réalisatrice, avait visité les Studios et rencontré Lucky et Vénus. C'était une femme intéressante, incontestablement. Grande, élégante, mais surtout pleine de talent. Lucky l'avait engagée pour diriger le film.

Deux autres synopsis lui plaisaient aussi. Elle en avait commandé le développement. Elle était tombée sur une comédie noire, qui devrait changer Susie Rush des rôles sirupeux dont elle était lasse. Susie paraissait intéressée, mais elle avait déjà pris une option sur un autre projet à Orpheus. En découvrant que le contrat n'était pas encore signé, Lucky avait proposé à Susie un cachet plus important et un pourcentage sur le film. Rien de tel qu'un pourcentage pour emporter la décision d'une actrice. De plus, c'était une occasion que Susie attendait depuis longtemps. Finalement, elle venait de dire oui.

En si peu de temps, Lucky avait l'impression d'avoir fait énormément de choses à Panther.

L'une de ces choses était de revoir le montage de *Macho Man*. Si Lennie voulait bien y retravailler, le film était sûrement récupérable.

Elle aurait peut-être dû l'appeler.

Non.

Il aurait peut-être dû l'appeler.

Comme elle l'avait prévu, *Motherfaker* s'écroulait lamentablement au box-office. Malgré l'affluence du public le premier week-end, le bouche à oreille allait achever de le démolir.

Johnny Romano n'était plus une star comblée.

Le week-end était une détente bienvenue. Le samedi, après déjeuner, Steven proposa à Lucky une balade sur la plage. Bobby voulait venir aussi.

– Non. Je voudrais être seul avec ta maman. On ne se voit jamais. C'est une occasion rare.

Lucky prit son frère par la main :

– Tu exagères, grand frère.

– Pas le moins du monde.

– Je suis là, maintenant.

– Ça tombe bien, nous allons marcher ensemble.

Ils se promenèrent donc le long de la plage. Seuls.

– Ça va bien entre Mary-Lou et toi, je suis contente. Et Carioca Jade est merveilleuse... Tu as raison, Steven, on ne se voit pas assez.

Lucky s'appuyait au bras de son frère.

– Madame l'admet enfin !

– D'accord, père de famille de l'année ! A part ça, qu'est-ce que tu as fabriqué d'autre ?

– Parlons plutôt de ce que tu fabriques, toi.

Il l'observa un instant, puis se décida :

– J'ai entendu parler de ton montage financier anonyme... Tu es vraiment quelqu'un, Lucky !

Lucky répondit sombrement.

– Oui. Et regarde où ça m'a menée. Je gagne un studio, je perds un mari.

Steven s'immobilisa :

– Qu'est-ce que ça veut dire ?

– Tu n'es pas au courant ? Lennie est devenu fou furieux en apprenant ce que j'avais fait. Pas du tout content que je possède Panther. En fait... nous avons parlé divorce.

Steven secoua négativement la tête, avec force :

– Ça, pas question.

– J'ai bien peur que si.

– Ton problème, Lucky, c'est ton obstination. Les choses doivent toujours se passer comme tu veux. Tu ne supportes pas la contradiction.

– Holà! On dirait que tu me connais comme ta poche.

– Il n'y a pas si longtemps que je te connais, mais je me sens très proche de toi. T'avoir comme demi-sœur, c'est une expérience dans la vie !

– Oui. Toi aussi. Tu te souviens de la première fois qu'on s'est rencontrés ? Dans l'ascenseur ?

Il ne put s'empêcher de sourire :

– Ah !... l'ascenseur... le fameux ascenseur. Quand on s'est retrouvés coincés, pendant la grande panne de New York. Deux étrangers face à face, qui n'avaient rien de commun. On se connaissait à peine...

– J'étais inquiète pour Gino, qui rentrait au pays après tous ses problèmes fiscaux. Et tu étais vraiment nerveux !

– Oui. Et toi, complètement dingue. On était là, coincés dans le noir, on ne se connaissait pas, et la seule chose dont tu as parlé, c'est de sexe ! Je pensais en moi-même : « Qui c'est, cette dingue avec qui on m'a enfermé ? »

Lucky éclata de rire :

– C'était l'époque où j'étais jeune et farfelue.

– Tu sais, Lucky, rien n'a changé. Tu es toujours aussi emmerdante !

Elle le regarda sérieusement :

– C'est si terrible ce que j'ai fait à Lennie ?

– Eh bien ! je n'appellerais pas ça partager les choses de la vie, tu ne crois pas ? Mary-Lou m'a appris une chose : pour qu'un mariage marche, il faut faire les choses ensemble. Se confier l'un à l'autre, ne jamais s'éloigner l'un de l'autre.

– Tu cherches à me faire comprendre que je n'aurais pas dû prendre Lennie par surprise, avec cette affaire Panther ? J'aurais dû le mettre au courant ?

– C'est ça, gamine.

– Steven ! Tu te mets à parler comme Gino !

– Ça n'a rien de méchant.

– Tu peux imaginer ce que c'était de grandir avec Gino comme père ? Tu réalises que la vie des gens est plate et ennuyeuse la plupart du temps ? Moi, j'avais Gino comme père ! C'était le père le plus magique du monde !

– Je suis désolé d'avoir raté ça.

– Mais tu l'as maintenant. Il t'aime, Steven.

Elle se rapprocha pour l'embrasser :

– Et moi aussi, je t'aime.

– C'est réciproque, gamine.

– Arrête de m'appeler gamine !

Ils reprirent leur promenade interrompue.

Pleine d'espoir, Lucky demanda :

– Tu crois que Lennie va revenir ?

– C'est sûr.

– Comment le sais-tu ?

– Parce que tu es toi. Aucun type ne te quitterait.

Elle sourit :

– Merci, Steven. C'est ce que j'avais besoin d'entendre.

– En tant qu'avocat, je vais te donner un bon conseil.

– J'en ai besoin ?

– Tu n'en as encore jamais reçu.

– C'est quoi, le bon conseil ?

– Quand Lennie reviendra, dis que tu es prête à revendre ce fichu studio, si c'est ça qu'il veut.

– Eh !... attends un peu. Je ne veux pas devenir une épouse au foyer.

– Lucky... Donne une chance à ton mariage. Il n'y a rien de mal à partager. Souviens-toi de ça.

– J'essaierai.

A la maison, Carioca Jade gazouillait dans son berceau. Mary-Lou prenait un bain de soleil, Gino dormait, tandis que Bobby trimbalait des seaux de sable de la plage à la terrasse.

Miko regarda Lucky, l'air extrêmement peiné :

– J'ai demandé à monsieur Bobby de ne pas ramener de sable ici, mais il m'a répondu que vous lui aviez donné la permission.

– En voilà une affaire, Miko... C'est le week-end, laissez-le s'amuser.

– Si vous le dites, madame.

Miko supportait difficilement cet afflux d'invités dans la maison. Et Lucky en appréciait chaque instant.

Lennie annonça tout de go :

– On prend l'avion pour l'Amérique.

Brigette sursauta de surprise :

– Comment ? On vient à peine d'arriver. Pourquoi on repart ?

– Tu n'as pas envie de voir Lucky et Bobby ?

– Si, mais je croyais que toi et Lucky, vous ne vous parliez plus ?

– Tu veux que je te dise ? La vie est trop courte. Il est temps qu'on règle ça.

Brigette approuva joyeusement d'un sourire.

– Alors, toi et Nona, vous faites vos bagages et je

m'occupe du reste. Pas un mot, hein? Je vais faire une surprise à Lucky. D'accord?

L'appel arriva le dimanche à midi. Lucky décrocha le téléphone, au bord de la piscine. La voix basse et grinçante de Carlos Bonnatti ne pouvait être confondue avec aucune autre :

— Paie, putain! J'en ai marre d'attendre. T'as vingt-quatre heures! Si je récupère pas mon fric d'ici là, tu seras dans de vilains draps. Les Santangelo ont baisé les Bonnatti depuis trop longtemps. Le moment est venu de rembourser... Alors tu paies, putain! Ou tu sais ce qui t'attend!

Lucky ne prononça pas un mot. Elle reposa le combiné, jeta un regard à Gino. Il avait l'air si détendu, allongé sur son transat, la tête en arrière, au soleil, Bobby jouant à ses pieds.

Qu'il aille se faire foutre, ce Carlos Bonnatti, avec ses menaces! Lucky Santangelo ne se laissait intimider par personne.

Elle était capable de se débrouiller. Elle avait déjà songé à la manière de s'y prendre.

90

Tony Maglioni, un bellâtre aux cheveux gominés, affublé d'un grand nez, tenait sa cour dans les environs d'un bar pizza où Émilio se pointa, traînant Rita derrière lui. Écœurée, elle marmonna :

– Qu'est-ce qu'on vient foutre dans ce palace à la con ?

– Assurer mon avenir... répondit Emilio en se demandant où elle avait appris des tournures de phrases aussi colorées. Et tâche d'être aimable avec tout le monde, parce que cette fois, on va viser haut.

Rita se renfrogna. Elle en avait marre d'être aimable avec tout le monde. Elle avait cru qu'en arrivant à Hollywood, elle pourrait enfin laisser le passé derrière elle. Brooklyn surtout.

Emilio se souvenait vaguement de Tony, bien qu'il soit plus jeune que lui. Il se présenta :

– Salut, Tony ! Emilio Sierra.

Tony était du genre à se souvenir du Bottin local. Il se leva de table :

– Salut, Emilio, mon pote. Comment ça va ?

– Je suis en ville. Je voulais pas te rater.

Un seul coup d'œil sur Tony lui avait rafraîchi la mémoire. Vénus Maria aimait beaucoup ce type. Un vrai béguin d'écolière pour lui. Elle l'avait poursuivi pendant des mois, jusqu'à ce qu'il l'embrasse enfin dans la cuisine, un soir où la maison était vide.

– On m'a dit que tu étais chauffeur de camion maintenant ? A Manhattan, hein ?

– Ouais. J'ai un camion. Il m'appartient en partie, tu sais ? Et j'ai d'autres bricoles à côté. Je me débrouille, quoi. Et toi, Emilio ? Qu'est-ce que tu deviens ?

Emilio haussa modestement les épaules.

– Je vis à Hollywood, on parle de me faire tourner un film. J'aurai le rôle du meilleur copain de Sylvester Stallone.

Tony fut très impressionné. Sa petite amie aussi. Une petite traînée aux cheveux frisés, en minijupe, qui louchait, mais avait de beaux seins.

Rita soupira, écœurée une fois de plus. Ça ressemblait à quoi, cette salade à propos de lui et de Stallone, qu'Emilio racontait tout le temps ?

– Ça ne t'ennuie pas qu'on se joigne à vous, Tony ?

– Assieds-toi, assieds-toi... s'empressa Tony, avide de l'impressionner à son tour. C'est le roi de la pizza, ici. Je suis un peu dans la partie. Mange, régale-toi !

Il balança une tranche de pizza huileuse à Emilio.

Emilio s'assit, obligeant Rita toujours récalcitrante à prendre la chaise voisine.

Il mordit avec précaution dans un morceau de piment rassis :

– Ouais. Eh bien ! J'ai toujours su que tu irais loin, mec. Pas question pour Tony Maglioni de rester en bas de l'échelle, hein ?

Tony hocha la tête. Cet Emilio était un type à la coule. Il lui sourit d'un petit air satisfait :

– Alors, comment va ta sœur ?

Emilio lui rendit son sourire. Il était temps de parler entre mecs.

– Elle se débrouille vachement bien.

Tony chantonna :

– Ouais, ouais... la petite Virginia... ouais.

– Vous étiez ensemble autrefois, vous deux, non ?

Tony fit de grands gestes démonstratifs :

– Eh ! Je l'ai sortie quelquefois. Une sacrée gamine...

– Je parie que t'aurais jamais pensé qu'elle deviendrait une grande star de cinéma, hein ?

Tony se mit à rire :

– Qui l'aurait cru ?

– Tu sais, si jamais tu passes par Hollywood... Vénus et moi, on a une grande maison là-bas... Viens nous faire une petite visite, ça lui ferait plaisir de te voir. Elle parle beaucoup de toi.

Emilio venait d'appâter. Et Tony semblait mordre à l'hameçon.

– Ah ouais ?

Sa petite amie se pencha vers Emilio :

– Il ira nulle part sans moi!

Aussitôt, Tony la repoussa méchamment :

– Tu veux la boucler ? Tu vas la fermer, ta sale petite gueule ? On discute entre hommes!

Rita ne supporta pas son attitude :

– Emilio. Allons-nous-en!

Sans un mot, Emilio lui flanqua un coup de pied sous la table, pour l'avertir de se tenir tranquille. Il poursuivit :

– Tu sais... Vénus ne s'est jamais mariée. J'ai comme l'impression qu'elle en pince toujours pour toi. En fait, j'en suis sûr.

– Moi ?

Tony grimaça un sourire exhibant deux dents irrégulières, l'unique défaut de son visage de bellâtre.

– Eh, t'es bien obligé de l'admettre, vous étiez très proches tous les deux, pendant un moment.

Tony eut alors un rire sale :

– Y avait pas plus proches...

La fille fronça les sourcils, en geignant :

– Tony... Dis à ce type qu'on va se marier. Allez, dis-lui!

Tony se tourna vers elle à nouveau. Elle lui fournissait une occasion, il la saisit :

– Tu sais quoi, chérie ? Je viens de rompre nos fiançailles!

91

« Qu'as-tu fait de ce million de dollars, Eddie Kane ? »
Il se posait la question chaque matin au réveil.

Il était difficile d'y répondre. Tout ce qu'il savait, c'est qu'il était fauché. Pas d'argent en banque. Pas d'argent en poche. Il n'avait pas pu gaspiller toute cette fortune !

Non. Il avait eu des frais. Il y avait la maison, une penderie bourrée de vêtements de luxe, et le mariage avec Leslie, et la Maserati hors de prix. Pour paraître, un homme devait dépenser du fric.

« Qu'as-tu fait de ce million de dollars, Eddie Kane ? »

Cette question le hantait. Depuis qu'il avait laissé tomber Leslie, il était pris dans une spirale descendante. Il passait la plupart de ses nuits chez Arnie et Frankie, où il trouvait la drogue en abondance et les filles avec.

Pourtant... Aucune n'était comparable à Leslie.

Il pensait beaucoup à elle. Ses grands yeux, son corps soyeux, offert, son sourire tendre.

Merde alors ! Ce n'était qu'une pute. Il avait eu bien raison de la laisser tomber.

Possible.

L'ennui, c'est qu'il voulait qu'elle revienne, maintenant, et il ne trouvait pas le moyen d'y parvenir sans perdre la face.

La cocaïne l'aiderait peut-être à trouver la solution.

Sniffer, sniffer encore, et il trouverait peut-être la réponse à tout, ou presque.

Deena s'était installée dans la petite routine des stations thermales. Elle était svelte. Son corps oint de crèmes et de lotions les plus diverses et les plus chères. En fait, elle était au mieux de sa forme et n'avait aucun besoin de cette cure thermale. Mais là n'était pas le problème.

Chaque matin, elle accomplissait plusieurs longueurs de piscine en plein air, allait se faire masser pour le plaisir et prenait ensuite un déjeuner léger à la salle à manger. Après quoi, elle disparaissait officiellement dans sa suite privée, jusqu'au lendemain matin.

La routine. Installer la routine. C'était le plus important de tout. Elle évitait tout contact avec les autres femmes, parlait à peine au personnel et se renfermait sur elle-même.

Naturellement, tout le monde savait qui elle était.

Le lundi matin, la nouvelle édition de *Truth and Fact* était arrivée dans les kiosques. En première page s'étalait une photo géante de Vénus Maria et de Martin se promenant sur la pelouse de l'hôtel *Bel Air* en se tenant par la main et en se regardant dans les yeux.

RENDEZ-VOUS SECRET POUR LES AMANTS!, braillaient les gros titres.

Deena contempla la photo un long moment et sut alors, avec certitude, qu'elle avait attendu trop longtemps.

— Allô! Dennis! C'est moi, ton pote Emilio! Je suis de retour en ville!

« Sortez le ban, hissez les drapeaux », pensa amèrement Dennis. Comment faire pour se débarrasser de ce type?

— Qu'est-ce que tu as pour moi, Emilio?

— Ce que j'ai pour toi? s'exclama Emilio avec arrogance. J'ai les bons trucs, cette fois. Je sais avec qui elle a couché pour la première fois, avec tous les détails.

— Qui est le type?

— Va te faire voir.

— Je peux pas imprimer l'histoire, si je connais pas son nom.

— Je vais te la raconter, l'histoire, et après, t'auras le nom. Après que j'aurai touché le fric, bien sûr!

Emilio devenait intelligent pour son âge.

— Qu'est-ce qu'il se passe? Tu nous fais plus confiance?

Emilio, méprisant, déclara :

— Je ne fais plus confiance à personne.

— Et comment je peux savoir si c'est vrai, ton histoire?

— Je fais vendre du papier ou non? Il faut que je passe un examen chaque fois que j'amène un tuyau?

– Ta sœur fait vendre du papier. Sans elle, tu n'es rien, mec.

– Eh, merde! Je ferais mieux d'aller voir le *Enquirer*. Il se pourrait qu'on me considère un peu mieux là-bas.

Dennis soupira, l'air las.

– D'accord, prenons rendez-vous. J'enregistrerai tous les détails et on se mettra d'accord sur le prix.

Emilio raccrocha, triomphant.

Rita se pomponnait devant le miroir de la salle de bains. Elle avait emménagé dans cet appartement comme chez elle. Ses affaires traînaient partout. Il ne savait pas comment c'était arrivé, mais c'était un fait.

Au fond, Emilio ne s'en souciait guère. Il n'avait jamais vécu avec une femme jusque-là. Surtout avec une aussi jolie fille que Rita. Elle dit, en entrant dans la chambre :

– Ta sœur est folle furieuse.

– Comment tu le sais?

– Parce que j'ai écouté le répondeur. J'ai tout entendu. Elle bout de rage.

– Elle s'en remettra. Au fait, tu sais pas? J'ai une petite surprise pour toi, chérie, ce soir.

Pourvu qu'il ne lui offre pas son corps en guise de surprise. Elle demanda :

– C'est quoi?

– Je t'emmène faire la connaissance de Vénus. Son petit copain pédé, Ron, a organisé une surprise-partie pour son anniversaire.

– Ah ouais! dit Rita ironique. Elle doit mourir d'envie de nous voir...

Emilio se pavanait comme un coq :

– On m'a invité, moi!

Soupçonneuse, Rita demanda :

– Quand ça?

– Depuis longtemps. Rappelle-toi que je suis son frère. Évidemment qu'elle m'attend! Elle sait que je viens.

– Raison de plus pour qu'elle soit furieuse.

Emilio détestait qu'une femme ait réponse à tout. Son père avait raison. Les femmes étaient au monde pour trois choses : la cuisine, le ménage et la baise. Fin de l'histoire.

– Qu'est-ce que j'en ai à foutre? Je veux aller à cette soirée. Pas toi?

Les yeux de Rita se mirent à briller :

– C'est une grande soirée?

– Plus que grande.

Rita acceptait. Qu'on essaye seulement de tenir Rita à l'écart d'une grande soirée...

– Tout ce que tu veux, Emilio.

Le lundi, Deena observa la routine habituelle. Elle disparut dans sa chambre après le déjeuner. Là, elle se prépara. Elle sortit la longue perruque noire et la tenue de jean. Enfin, elle exhuma le revolver de sa cachette.

Très vite, elle put se glisser dehors sans se faire remarquer, monter dans la Cadillac, aller jusqu'au parking où elle avait laissé la Ford. Elle roula jusqu'à Los Angeles.

Ce soir, elle tuerait Vénus Maria.

92

Ron surveillait tout ce remue-ménage chez lui. Les gens couraient de tous côtés. C'était le chaos le plus complet.

Il dit à Ken, en gémissant :

— J'espère qu'elle appréciera. Ils écrabouillent toutes mes bougainvillées !

— Mais bien sûr qu'elle appréciera. Ce sera magnifique.

Mais Ron se faisait un sang d'encre :

— On ne peut pas se contenter de magnifique. Il faut que ça soit la soirée de l'année.

— Ça le sera.

— Tu crois vraiment ?

Ron était si nerveux. Il y avait consacré tant de temps et de soin. Mais, bonne nouvelle, il avait réussi à trouver Martin à Detroit, et Martin avait promis qu'il prendrait l'avion pour être là à temps et faire la surprise à Vénus Maria. Toutefois, se souvenant de sa promesse à Deena, Martin avait demandé :

« Il y aura beaucoup de photographes ?

— Pas du tout ! C'est une soirée privée. Il est possible qu'il y en ait un à nous, mais je ferai en sorte qu'il ne vous prenne pas ensemble, Vénus et vous.

— Parfait ! »

On venait juste de montrer à Martin le dernier numéro de *Truth and Fact*. Quand Deena l'aurait sous les yeux, les problèmes empireraient. Quoi qu'il en soit, il ne pourrait pas réserver sa réponse à Deena plus longtemps.

Ron avait énormément de mal à se décider pour les plans de tables. Placer des cartons avec le nom de chaque invité était trop compliqué. Il valait mieux donner aux gens un numéro de table, afin qu'ils sachent exactement où s'asseoir.

Il plaça Ken, Lucky Santangelo, Cooper Turner, lui-même et bien entendu Martin, à la table de Vénus. Peut-être y ajouterait-il une vedette ou deux.

Toujours nerveux, Ron alla de nouveau inspecter la tente. Tout avait l'air merveilleux. La toile de tente était noire, éclairée par des lumières féeriques accrochées tout autour. La nuit, elles paraissaient comme autant de petites étoiles. Le reste du décor était noir et argent. Un thème dramatique que Vénus Maria adorerait. Quant aux bouquets de fleurs, c'était une explosion d'exotisme, en provenance directe d'Hawaii. Des écrans immenses étaient installés de chaque côté de la tente. Des projecteurs invisibles y projetteraient tout au long de la nuit des portraits de Vénus Maria.

Ken posa une main réconfortante sur le bras de Ron :

– Il faut te reposer.

Ron se dégagea. Il était mécontent de Ken depuis le petit incident avec Antonio. Et l'avait prévenu : « Plus de flirt. »

Vexé que Ron puisse imaginer le moindre flirt, Ken avait répondu : « Comme si j'en avais envie. »

– Jamais je n'ai donné une soirée comme celle-là. Quelle responsabilité...

– Ce sera un grand succès. J'en suis sûr.

– Je me fiche pas mal du succès, dit Ron irrité. Je t'ai déjà dit que je voulais la soirée de l'année.

– Mais c'est pareil.

Ron le fusilla du regard.

Qu'en savait-il, celui-là ?

Abigaile n'avait aucunement l'intention de se priver de mondanités sous prétexte que Mickey s'était conduit comme la plupart des hommes de la ville, – mis à part le fait que la plupart des hommes étaient assez malins pour ne pas se faire prendre. Elle avait bien l'intention de se rendre à la soirée de Vénus Maria. Son problème était de trouver un chevalier servant. Abigaile n'avait pas d'amis masculins. Tous les hommes qu'elle connaissait étaient des amis de Mickey.

Elle se faisait coiffer chez Ivana, par Saxon, lorsque soudain lui vint une idée lumineuse :

– Saxon, mon cher, dit-elle d'un air condescendant, ça vous plairait d'assister à une formidable soirée d'Hollywood ?

Abigaile Stolli l'invitait à une soirée ? Saxon n'arrivait pas à y croire. Certes, ce n'était pas la première fois qu'une cliente lui faisait une proposition. Mais de sa part, il ne s'y attendait pas.

Abigaile attendait sa réponse, avec impatience :

– Eh bien ?

Il chercha à gagner du temps, en réfléchissant à la chose.

– Eh bien quoi, madame Stolli ?

– Vous voulez m'accompagner à une soirée, oui ou non ?

Il devait exister des milliers d'hommes comme lui. Pourquoi lui ?

– Eh bien, je...

Il ne savait pas quoi dire. Peut-être fallait-il accepter ? Elle avait l'air désespérée.

– Bien sûr, oui... à quelle soirée, dites-vous ?

– Une soirée d'anniversaire pour Vénus Maria.

– Je suis déjà invité à cette soirée, madame Stolli.

– Invité ?

Abigaile était surprise. En principe, on n'invitait pas les coiffeurs à des soirées aussi prestigieuses.

– C'est moi qui m'occupe de sa coiffure. C'est une excellente amie.

– Ah oui ? J'ignorais. Vous ne me l'avez jamais dit.

– C'est que je suis discret.

– Eh bien, puisque vous y allez, vous pourriez être mon cavalier ?

Saxon ne voyait pas comment s'en sortir. Il allait stupéfier tout le monde. Il avait hâte de voir la tête de Vénus Maria, quand elle s'apercevrait qu'il était avec Abigaile Stolli. Quel fou rire !

– Ce sera avec grand plaisir, madame Stolli. Je passe vous prendre ?

C'était là la seule crainte d'Abigaile :

– Quelle voiture avez-vous ?

– Une Jaguar.

Elle réfléchit un instant avant de décider si une Jaguar était acceptable.

– Heu... parfait.

– Vers quelle heure voulez-vous ?

– A quelle heure ça commence ?

– Ron voudrait que tout le monde soit là pour 19 heures 30. Il veut faire un effet de surprise. Je vous prendrai donc à 19 heures 15. Vous devriez me noter votre adresse.

Abigaile s'exécuta et quitta le salon de coiffure, soulagée. Si Mickey pouvait s'offrir des aventures avec une femme flic de un mètre quatre-vingts... elle pouvait bien se rendre à la soirée de Vénus Maria en compagnie d'un coiffeur particulièrement beau. Pourquoi pas ? Tout était bien ainsi dans le meilleur des mondes.

Après avoir longtemps ruminé la chose, Mickey décida lui aussi d'aller à la soirée de Vénus Maria. Il n'avait rien d'autre à faire. Se retrouver nuit après nuit, dans la même chambre d'hôtel, aussi luxueuse soit-elle, n'avait rien de passionnant. Chez lui, il avait sa piscine aux dimensions olympiques, son sauna, son bain de vapeur, sa salle de gymnastique, et son bureau superbe, contigu à la salle de projection. Tous ces petits conforts d'un chez-soi lui manquaient terriblement.

S'il devait divorcer d'Abigaile, il ferait bien de songer à acheter une maison, et le plus vite possible. La vie à l'hôtel n'était pas faite pour lui.

Martin Swanson le faisait traîner. Impossible de le joindre. Chaque fois qu'il appelait, c'était pour tomber sur l'un des assistants, qui ne lui parlaient que de Zeppo White. Ils devaient manœuvrer prudemment avec ce Zeppo White. Son contrat avec Orpheus était très intéressant financièrement. Il ne devait pas avoir l'intention de partir. Du moins pas volontairement.

Mickey avait demandé combien de temps ça prendrait. On lui avait répondu : « Bientôt. »

Ce « bientôt » à répétition était devenu une expression qu'il détestait.

Il ne trouvait même plus la force de retourner chez Madame Loretta. Chaque fois que l'idée lui passait par la tête, il se souvenait de la main de fer s'abattant sur son épaule, et de cette voix qui disait : « Vous êtes en état d'arrestation ! »

Pareil pour Warner. Lui faire l'amour lui manquait ; ses flatteries, ce plaisir sans complication qu'il trouvait avec elle, lui manquaient aussi.

Mais c'était terminé. De ça, il était absolument certain.

93

Rita portait une robe rouge qui soulignait la moindre courbe de son corps superbe. Elle virevolta devant Emilio pour qu'il juge de l'effet produit :

– Tu aimes, chéri ?

Emilio siffla :

– Sexy !

Heureuse de son approbation, elle fit encore deux petits tours, en demandant :

– Et toi ? Qu'est-ce que tu vas mettre ?

Emilio venait de s'offrir un pantalon neuf en cuir marron, et une veste assortie. Il avait pensé porter cet ensemble avec une chemise vieux rose à jabot.

Il enfila le pantalon de cuir, qui lui collait aux cuisses de manière peu flatteuse, le faisant paraître encore plus gras-souillet qu'il n'était. Rita ne prit pas la peine de le lui faire remarquer. Emilio n'était qu'un minable sans intérêt, elle n'avait même pas envie de l'emmerder. Il se pavanait comme un coq ridicule devant elle.

– Alors, je suis sexy, moi aussi ?

– Très... très sexy.

Elle ne mentait presque pas, car il commençait déjà à s'exciter contre Rita, laquelle était toujours inquiète :

– Tu es sûr que ta sœur sera contente de te voir ? Elle a hurlé dans le répondeur : « Va te faire foutre ! » J'ai pas l'impression que tu sois le bienvenu. Surtout depuis le dernier numéro de *Truth and Fact*.

– Arrête, je t'en prie ! Elle m'adore ! Les Sierra sont une famille très unie.

– D'accord.

Rita n'avait pas envie de discuter. La soirée s'annonçait

formidable, elle ne voulait pas la manquer. Elle irait d'une façon ou d'une autre. Avec ou sans Emilio.

Warner fit une folie. Elle s'offrit une robe à paillettes dorées. Si son idole, Magic Johnson, la voyait dans cette robe, il craquerait complètement. Elle la compléta d'une veste assortie. En se contemplant dans la glace, elle se dit que Johnny Romano allait adorer, mais « au cas où », on ne sait jamais... elle plia son uniforme dans une petite valise avec ses menottes et son revolver.

Elle demanda au chauffeur de la limousine, qui vint la prendre, de ranger la valise dans le coffre, en ajoutant, l'air amusé :

– Quand nous rentrerons de la soirée, chez monsieur Romano, faites-moi penser à ne pas l'oublier.

– Bien sûr, madame.

Le chauffeur la lorgnait dans le rétroviseur, en se disant qu'elle avait les plus beaux seins qu'il ait jamais vus.

– Merci...

Warner monta dans la voiture, en exhibant largement ses jambes.

– Allons-nous chercher monsieur Romano ?

– Nous y allons !... répondit le chauffeur, ravi du spectacle.

Johnny Romano s'admirait dans la glace, en répétant :

– Je suis une star de cinéma, je suis une star de cinéma... Regarde-moi, mec, je suis une star de cinéma.

Il n'y avait personne dans la pièce, mais Johnny adorait entendre le son de sa propre voix. Ça l'excitait et le stimulait en même temps.

– Eh mec ! je suis une star de cinéma !

Il répétait ces mots pour la troisième fois en se souriant dans la glace. Relax... Il avait l'air relax.

Un mannequin, avec qui il était sorti quelque temps, lui avait fait connaître Armani, et le style italien lui allait vraiment bien. Coupe stricte, costume noir, chemise noire et cravate blanche. Avec son teint olivâtre, ses cheveux bruns et ses yeux noirs, il avait tout à fait l'allure d'une star de cinéma.

Sa petite cour l'attendait en bas. La petite cour faisait n'importe quoi pour lui.

Quand on est star de cinéma, on n'a même pas à lever le petit doigt.

Il se souvenait d'avant, quand ce n'était pas aussi facile.

Oh oui! Il se souvenait de son premier métier à Hollywood. Il garait les voitures des autres! De grandes, superbes voitures de luxe. La plupart des gens dont il garait les voitures le traitaient comme s'il n'existait pas. Quelques-uns, plus généreux, donnaient un bon pourboire. Mais la plupart du temps, il avait de la veine s'il récupérait les 2 dollars que coûtait le parking.

Parfois, à l'occasion d'une soirée, il retrouvait les mêmes personnes dont il garait jadis les Rolls et les Porsche. Quel pied ce serait de leur dire : « Eh mec! j'ai pissé sur le coffre de ta voiture. J'ai volé ta radio. J'ai piqué tes cassettes! »...

Ils n'apprécieraient sûrement pas la plaisanterie. Mais lui, comme il aimerait ça...

C'était avant la célébrité. Avant de devenir Johnny Romano. Avant d'être une star de cinéma.

Un ultime regard dans le miroir. L'homme était terrible. L'homme allait les tuer! En dépit des critiques catastrophiques sur le film et de sa descente infernale au box-office.

Pourquoi s'en faire? Les gens l'adoraient. Ils lui reviendraient.

Il ouvrit grand la porte de sa chambre, en s'écriant :
– Eh! Johnny Romano est prêt! On y va!
Et la petite cour se mit au garde-à-vous.

Les Ignobles semblaient avoir adopté Eddie Kane. Il était leur type d'homme. Arnie demanda :
– Tu vas à cette soirée? C'est un genre de surprise pour Vénus Maria. On pourrait s'y faire quelques nanas. C'est le meilleur endroit pour ça.
– Sûr! approuva Frankie. Tu viens avec nous.
Eddie se souvenait vaguement qu'il avait reçu une invitation, quelques semaines auparavant... Mon Dieu, quelques semaines lui paraissaient une éternité. Il se décida :
– Pourquoi pas? Je fais un tour chez moi pour me changer. J'ai besoin d'une douche.
– Pourquoi tu la prends pas ici?
Frankie était toujours un hôte attentif. Ce qui fit pouffer de rire Arnie :
– Ouais! Pourquoi t'emménages pas ton bordel ici?
Ils éclatèrent de rire ensemble.
– Bon, les mecs, je vous retrouve là-bas. Filez-moi l'adresse.
Frankie la gribouilla sur un bout de papier et la lui tendit.

Eddie retourna chez lui en voiture. En cours de route, il appela Kathleen Lee Paul :

– J'ai besoin d'un achat. Tu peux venir chez moi ?

Elle fut tranchante :

– Tu me prends pour ta bonne ? Il se trouve que j'ai à faire ce soir.

– Et il se trouve que je suis l'un de tes meilleurs clients, je te le rappelle.

– C'est ça. Le meilleur client qui ne paie pas. Tu m'en dois encore. Tant que t'auras pas payé, t'auras rien.

Il raccrocha le téléphone, furieux. La salope !

La Maserati fonça sur la route. Dieu ! qu'il aimait cette voiture. Il vendrait sa maison. Il vendrait sa garde-robe, mais jamais il ne se résignerait à vendre sa putain de bagnole.

Lucky annonça à Gino :

– Nous allons à une soirée.

Il grogna :

– Oh non ! je suis crevé.

– On dirait un vieux rouscailleur. Nous allons à une vraie soirée hollywoodienne, ce sera très agréable.

– Très agréable, hein ?

Il la regarda comme si elle était folle.

– Tu veux savoir à combien de trucs de ce genre je suis allé avec Marabelle Blue, quand on était ensemble ? A combien, quand j'étais marié avec Susan ? Elle me traînait parfois à trois soirées par nuit. Bon Dieu... Agréable ? Tu plaisantes ?

– Et si tu arrêtais de râler ? Je veux que tu fasses la connaissance de Vénus Maria. C'est une femme fabuleuse.

– Eh, gamine, quand tu auras mon âge, quand tu auras vu et connu des tas de choses... tu veux que je te dise ? Tu ne voudras plus rien voir.

– Cesse de parler comme ça. Tu m'agaces. On y va, d'accord ?

Gino hocha rageusement la tête :

– Tu es une bonne femme infernale.

– Oui, oui, oui ! je sais. Et j'ai aussi une bonne langue ! Tu me l'as toujours dit. Je ressemble à mon papa.

Ils rirent tous les deux.

– Lucky, tu es vraiment devenue quelqu'un.

– Toi aussi, Gino. Toi aussi. Va te changer maintenant. Je veux te voir en costume.

Mary-Lou et Steven avaient emmené les enfants chez une

tante de Mary-Lou, à Santa Barbara. Ils devaient y passer la nuit.

Lucky avait donné congé à Miko pour le week-end, avant qu'il ne tombe carrément en dépression. La maison était en désordre, mais peu importe, du moment que tout le monde était content.

En faisant l'examen de sa penderie, Lucky se décida pour un tailleur blanc, et rien en dessous. Une fois habillée, elle était incroyablement belle, avec ses boucles de cheveux noirs, indisciplinées, ses yeux noirs de gitane, sa bouche sensuelle et le joli bronzage du week-end. En la voyant, Gino déclara :

— Gamine, que veux-tu que je te dise ? Je suis fier de toi.

— Merci, Gino... papa.

Leurs regards se rencontrèrent, de père à fille. Ils étaient indissolublement unis.

Et Lucky dit en souriant :

— Nous allons à une soirée !

94

– Tuez-la! dit Carlos Bonnatti.

– Qui? demanda Link.

Carlos Bonnatti faisait les cent pas dans son appartement-terrasse de Century City.

– Qui? Lucky Santangelo.

– C'est comme si c'était fait.

– J'espère bien.

– Ne vous en faites pas. La dame est déjà morte.

– Ce n'est pas n'importe qui, la dame, c'est une Santangelo. Ça doit être fait dans les vingt-quatre heures. Il vaudrait mieux que ça ait l'air d'un accident.

– C'est parti, patron!

Carlos inclina la tête. L'heure de la vengeance était enfin venue.

95

Cooper était à l'heure pour prendre Vénus Maria chez elle.

— C'est si important de sortir pour dîner ? J'aimerais mieux rester à la maison. Demain, c'est mon anniversaire et Martin doit venir. Je préfère me coucher de bonne heure.

Cooper haussa les épaules :

— Je te ramènerai vers minuit. Juste à temps pour te souhaiter un bon anniversaire. Ça te va ?

— Très drôle, Cooper.

— Je veux seulement te distraire.

— Alors, où est le grand secret ? Pourquoi as-tu tellement insisté pour qu'on sorte ensemble, ce soir ?

— Quand je t'aurai expliqué, tu comprendras.

— Ça a quelque chose à voir avec Martin ?

— D'une certaine manière... Tu te souviens, quand tu m'as demandé de lui parler ?

— C'était il y a longtemps. Les choses ont changé depuis.

— J'ai cru remarquer. Mais je continue à penser qu'on devrait discuter ensemble de certaines choses qu'il m'a dites.

Elle soupira :

— D'accord, Cooper. Si c'est ça qui te tracasse.

Il n'esquissa pas l'ombre d'un sourire :

— Oui, c'est ça.

Elle se mit à la recherche de son sac :

— Nous sommes affreusement sérieux ce soir.

— Je m'entraîne pour le jour où tu m'annonceras ton mariage.

— Ça t'ennuierait ?

Ils échangèrent un long regard en silence, puis Cooper changea de sujet :

— Tu ne te changes pas ?

Elle portait un jean lacéré au genou, un tee-shirt blanc moulant et une grande veste d'homme.

Elle se moqua de lui :

— Oh ! Je suis navré... Ça ne va pas pour un *Mac Donald* ?

— J'ai réservé une table chez *Spago*.

— Encore ? Je ne vais pas me faire photographier chaque fois qu'on sort ensemble. Martin n'appréciera pas.

— Martin se fiche complètement de toi et de moi. Nous ne sommes que des amis. Rappelle-toi.

Elle persista, têtue :

— Je ne me change pas.

— Comme tu veux. Tu ne pourras pas dire que je ne t'ai pas prévenue.

Cette fois, elle était perplexe :

— Prévenue de quoi ?

— De t'en foutre.

— Tu m'as l'air bizarre ce soir, Cooper.

Il la regarda. C'était la femme la plus désirable, la plus excitante qu'il ait rencontrée depuis longtemps, et elle appartenait à un autre.

— Ah oui ? Bizarre ? Pourquoi dis-tu ça ?

Il jeta un coup d'œil à sa montre

— Allons-y. Plus vite on y sera, plus vite je te ramènerai chez toi.

— Charmant ! On ferait peut-être mieux de sortir avant minuit, en effet.

— Qu'est-ce que ça change ?

— Je te l'ai dit, c'est mon anniversaire, à minuit.

— Tu aurais dû me prévenir. Je t'aurais apporté un cadeau.

— Ça ira. Tu n'auras qu'à m'envoyer des fleurs demain. Des orchidées. Je suis dingue des orchidées.

Elle le prit par le bras :

— Filons en vitesse. Je crève de faim.

Lennie déposa les filles au *Beverley Hilton*. Il ne lui semblait pas très judicieux d'aller recoller les morceaux avec Lucky en y trimbalant Brigette et Nona.

D'ailleurs, elles préféraient de beaucoup rester à l'hôtel, avec le service dans la chambre et la télévision par câble. Elles étaient parfaitement heureuses

Pour la cinquième fois, il leur demanda :

— Vous êtes sûres que tout ira bien ?

Brigette le poussa gentiment vers la porte :

– Tu veux sortir de là ? On n'est plus des gamines, tu sais ?

– Je sais. Mais il faut me promettre : pas de garçons dans la chambre !

Nona se mit à glousser, en faisant l'innocente :

– Qu'est-ce qui te fait croire qu'on pourrait amener des garçons ici ?

– Moi aussi j'ai eu votre âge. On n'oublie pas. C'est physique, si vous voyez ce que je veux dire ?

Les deux filles baissèrent la tête, puis l'escortèrent en riant jusqu'à la porte.

– Ouais... Ouais... Lennie, on a compris, maintenant va-t'en, pour l'amour de dieu. Salut !

Il se sentait vraiment mieux. Comme s'il avait un poids en moins. Tout se passerait bien. Il le savait.

Le concierge de l'hôtel lui appela un taxi et, sur la route de la plage, il essayait de mettre au point une belle tirade. Pourquoi pas : « Je rentre à la maison ! »

Ça devrait aller.

Ken attendait Martin Swanson à l'aéroport. Tout fier qu'on lui ait confié la mission.

– Vénus Maria ne se doute pas du tout que vous serez là. En fait, elle ne se doute même pas qu'il y a une soirée.

– Pas de photographes ? Vous êtes sûr ?

– Absolument sûr.

Ken guida Martin vers une limousine qui les attendait. Martin réitéra son appréhension :

– Je ne peux pas me permettre d'être photographié. J'en ai plein le dos de la presse. La publicité en ce moment, c'est tout le contraire de ce qu'il me faut. Tout cela devient ridicule.

– Oh oui ! Nous comprenons parfaitement.

Ken approuvait, en espérant que la presse le poursuive, lui.

– Parfait.

Et Martin se tut ; il n'était pas d'humeur à discuter.

Ken mit ses lunettes – il faisait pourtant déjà nuit –, en disant :

– Vous lui faites une surprise merveilleuse.

– J'en suis certain, répondit Martin en toute modestie.

Sans le savoir, ils se croisèrent sur l'autoroute, Lucky et Gino en direction de Beverley Hills, Lennie dans un taxi, se dirigeant vers Malibu.

En arrivant à la maison, il fut déçu de la trouver déserte.

Il ouvrit avec sa clé et regarda autour de lui. Un vrai bordel. A quoi jouait Lucky?

Et merde! Il aurait dû la prévenir. Il s'imaginait toujours qu'elle passait ses soirées à l'attendre à la maison.

Zut! Bon. Elle allait sûrement rentrer. Il n'avait plus qu'à l'attendre.

Et sur une autre route, non loin de Los Angeles, Deena, au volant de la Ford de location, roulait vers sa destination.

96

Les rythmes enivrants d'un joueur de bongo à demi-nu accueillaient les invités dans la demeure pour le moins éclectique de Ron. Il professait une véritable passion pour les hauts plafonds, le marbre noir, les miroirs et autres extravagances de verre. Sa maison était un décor dramatique, pour le moins.

Les invités avaient été priés de venir avant 20 heures, ce qui donnait à Ron le temps de vérifier que tout le monde avait à boire ainsi qu'un superbe plateau de hors-d'œuvre à portée de main.

Une armée de serviteurs travaillait à tout-va, tandis que défilait la procession des sommités d'Hollywood. Ron ne connaissait pas tout le monde, mais le nom de Vénus Maria avait suffi pour les faire tous venir.

Parmi les premiers arrivés, de nombreux couples mariés : les Tony Danzas, les Roger Moore, et Michael Kaine avec sa superbe épouse Shakira. Susie Rush leur emboîtait le pas, souriante, accompagnée par son mari. Al King, le chanteur vint ensuite avec son épouse exotique, Dallas. Puis quelques directeurs de studios, y compris Zeppo, Ida White, Mickey Stolli et un Eddie Kane passablement débraillé que Ron ne se souvenait pas avoir invité.

Les vibrations étaient bonnes. Il y avait dans l'air une sorte de bourdonnement indescriptible.

Ron accueillit personnellement le metteur en scène culte, Billy Wilder, et son élégante épouse Audrey, certainement la femme la plus élégante de la ville. Il fit un signe de main aux Jourdan (Charles), aux Poitier (Sydney), et aux Davis. La soirée s'annonçait bien.

La limousine couleur argent de Johnny Romano glissa dans l'allée. Warner était assise à ses côtés, leurs genoux se touchaient et sa jupe était fendue haut sur les cuisses.

— Eh, chérie! Si on s'offrait un petit câlin?

Johnny se fit pressant en glissant une main entre les genoux de Warner, qu'elle tenait bien serrés l'un contre l'autre.

— Pas maintenant. Plus tard.

— Si, maintenant, chérie...

Les doigts de Johnny s'efforçaient d'atteindre l'endroit tant désiré.

— Allez! Johnny le veut, chérie... Donne-toi à papa...

Elle le repoussa brusquement d'une tape sur la main :

— Gamin, tu viens de prendre une bonne claque!

— J'ai l'habitude.

Il lui sourit :

— C'est oui?

Les gardes du corps étaient à l'arrière de la voiture. Dans les situations intimes, ils s'efforçaient de rester impassibles. Ce qui n'était pas facile, mais indispensable avec la plupart de leurs patrons.

— T'as jamais baisé à l'arrière d'une limousine?

Johnny la regardait avec insistance et elle n'osait pas lui répondre que c'était la première fois qu'elle montait dans une limousine. Bien qu'elle ait souvent donné des contraventions à ce genre de voitures.

— Non.

— Chérie... Johnny dit que ton éducation est à refaire. Et Johnny va t'aider.

Elle répéta, véhémente :

— Non. Pas maintenant.

— Quand alors? Demain? Tu veux que je t'envoie la voiture demain matin?

Elle avait prévu de passer la nuit chez lui.

— Mais je serai avec toi demain matin, non?

— Oui, bien sûr chérie, si tu veux.

— Je le veux, Johnny.

Warner Franklin n'avait pas du tout envie de se faire baiser sur la banquette d'une limousine pour se faire renvoyer chez elle après.

— D'accord, chérie! Je vais te dire ce qu'on va faire. On va faire un saut à cette soirée, une petite apparition, une heure par exemple, et puis on filera et je te baiserai dans « ma » limousine, hein? Je vais te baiser pendant tout le trajet, jusqu'à la maison. Ça te va?

582

Il était difficile pour Warner de ne pas se laisser tenter. Du moment que ça se passait « chez lui ». Quelque chose chez ce Johnny Romano la faisait fondre.

Adam Bobo Grant n'aurait raté cette soirée pour rien au monde. Il en avait eu vent à New York, et avait téléphoné aussitôt à Ron, pour se faire inviter.

Et Ron était très heureux de l'inviter. Bobo avait donc sauté dans le premier avion, certain de ne pas le regretter. Il y avait des stars partout. Assez pour remplir ses colonnes durant un mois.

Il naviguait au milieu d'elles, avec son inépuisable sourire, en essayant de noter le moindre détail. Afin de complimenter Ron, il fit l'effort de s'extasier :

– Maison étonnante... tout simplement... différente.

Ron était ravi :

– Vous aimez ? Vraiment ?

– Je viens de vous le dire, non ?

Bobo avait répondu sèchement, car il venait d'apercevoir Lionel Richie et sa belle épouse, en compagnie de Luther Vandross et des Bacharachs. Mais Ron demeura extasié :

– Peut-être aimeriez-vous être mon hôte un jour prochain ?

Bobo ne voulut pas s'engager a priori et ne répondit pas, trop occupé à faire signe à Tita et Sammy Cahn qui arrivaient justement. Puis il se mit à la poursuite de Clint Eastwood.

Eddie errait à la recherche de quelqu'un de connaissance, en tout cas quelqu'un avec qui parler. La rumeur allait vite et tout le monde savait déjà qu'il n'était plus à Panther.

Il se retrouva nez à nez avec un copain acteur.

– Salut, Eddie. Comment ça va, mec ?

– Bien.

Eddie s'efforçait de cacher une agitation nerveuse presque incontrôlable. Le copain jeta un œil autour d'eux, avant de lui demander :

– T'as de la blanche ?

Qui était-ce ? Une saloperie de dealer ? De quel droit ce connard lui posait-il cette question ? D'ailleurs, il n'en avait pas, et même s'il en avait eu, il ne l'aurait sûrement pas partagée avec ce trou-du-cul.

Il essaya de retrouver Arnie ou Frankie, mais ils n'étaient nulle part.

Mickey s'était installé au bar, en discussion avec Zeppo White. Eddie fut surpris de les voir se parler. Il avait entendu dire que Zeppo n'avait pas l'intention de quitter Orpheus sans bagarre. Et pour l'instant, Mickey n'avait pas de travail, à moins que Martin ne le paie à ne rien faire.

Mais on était à Hollywood, et à Hollywood, il faut toujours faire bonne figure, en espérant être le meilleur. Mickey était en sursis, un survivant, comme Eddie.

Une lente procession de voitures avançait dans l'allée.

Rita contemplait son visage dans un miroir de poche, avec inquiétude. Une fois de plus, elle posa la question :

– Tu es sûr qu'on est invités ? Et si on nous jetait dehors ? Je veux dire, je supporterais pas ça, Emilio ! Personne ne m'a jamais jetée dans ma vie ! De nulle part !

Cela n'était pas strictement exact. Rita s'était fait renvoyer trois fois, ainsi que d'un bar où les serveuses étaient seins nus car elle avait refusé de coucher avec le propriétaire. Mais cela, bien entendu, appartenait au passé, oublié depuis longtemps. Après tout, elle avait décroché, depuis, trois rôles parlants au cinéma. Elle était actrice à présent.

Soudain, Emilio râla :

– Qu'est-ce qu'il y a ? Tu me fais pas confiance ? Je t'ai déjà dit et répété que Vénus Maria et moi on est très proches.

– C'est elle qui t'a donné la permission d'écrire tous ces trucs sur elle ?

Emilio aurait bien voulu que Rita cesse de faire continuellement des remarques.

– J'ai pas à demander. Elle comprend. Quand j'aurai le fric, je partagerai sûrement avec elle.

– Ah oui ? Comme si elle avait besoin de ça !

– Alors, je lui donnerai rien. Ça n'a aucune importance. On est de la même famille. Tu veux la boucler ?

Rita soupira :

– Si tu le dis... Mais la nouvelle histoire ? Toute cette salade à propos de sexe que Tony t'a racontée ? Comment elle se tient au lit, et la première fois qu'elle a couché avec un type, et tout ça ?

Nom de Dieu, quoi faire ? La bâillonner ?

– On s'en fiche. Elle aussi.

– Je vois pas comment ils pourraient le publier, de toute façon.

Et Rita referma son miroir.

Emilio aurait bien voulu lui clouer le bec une bonne fois pour toutes. Elle parlait trop.

Leur voiture atteignait l'entrée de la villa et les valets de pied chargés du stationnement se précipitèrent pour ouvrir les portières.

Rita glissa de son siège, s'immobilisa, debout, un instant, puis remonta sa robe le long de ses cuisses; les deux employés faillirent se rentrer dedans. Enfin, la tête haute, elle prit le bras d'Emilio et fit son entrée dans la maison.

En apercevant Rita évoluer dans l'entrée d'un pas dansant, Ron grommela :

– C'est quoi, cette pétasse ?

On aurait dit un tapin d'Hollywood Boulevard. Au moins, celles de Madame Loretta avaient de la classe.

Ron grommela une fois de plus, mais intérieurement cette fois, en remarquant Emilio. Il fallait avoir des couilles pour faire ça! Et Emilio n'en avait pas.

Alors que Ron s'apprêtait à venir à leur rencontre, il fut pris à partie par Antonio, le photographe :

– Ah! Où est donc votre ami ? Je voulais lui parler de la photo.

Ron était furieux. Cet Italien miteux en avait encore après Ken ? Dédaigneusement, il répondit :

– Il n'est pas là, désolé.

Antonio parut troublé :

– Pas là ? Je ne comprends pas...

– Si vous avez un message, je lui ferai parvenir.

Antonio n'était pas du genre à se faire rembarrer :

– Oh non! J'ai promis de lui en parler personnellement.

Espèce de petit monstre lubrique! Ron dut ronger son frein et en oublia son idée de mettre dehors Emilio et sa pute.

Lorsqu'il s'en souvint, ils avaient disparu dans la foule.

Rita était excitée de déambuler parmi les invités. Ils venaient de s'introduire au sein même de cette fabuleuse soirée, et elle n'était pas du genre à rester pendue au bras d'Emilio et de son costume de cuir minable. Il avait l'air d'un maquereau d'Hollywood Boulevard.

Elle lui sussura à l'oreille :

– Tu me rapportes un verre, chéri? Je vais aux toilettes. On se retrouve au bar.

Avant qu'il ait pu objecter quelque chose, elle avait filé.

Les têtes se retournaient sur son passage. Elle savait qu'elle était superbe. Sinon, pourquoi l'aurait-on regardée ainsi? Ce soir, elle devait faire une très grande impression.

Une impression digne d'une grande carrière future.

Rita allait faire tomber Hollywood sur le cul.

97

Quand Saxon vint chercher Abigaile Stolli, il se retrouva face à une gamine agressive de treize ans, qui lui demanda, en le regardant de toute sa hauteur :

– Qui êtes-vous ?

– Saxon.

L'enfant était redoutablement précoce. Avec une certaine méchanceté, elle constata :

– Tu ne ressembles pas aux amis de ma mère.

« Dieu merci », se dit Saxon.

– Est-ce que ta mère est là ? En principe, je dois l'accompagner à une soirée.

Tabitha rigola :

– Tu emmènes maman à une soirée ? Hou ! Attends un peu que papa l'apprenne.

– Tes parents ne sont pas séparés ?

Simple remarque de Saxon qui fit ricaner la gamine :

– Ça ne te regarde pas !

Heureusement, Abigaile choisit ce moment pour arriver et intima l'ordre à sa fille de déguerpir. Mais Tabitha n'en tint pas compte. Elle regarda longuement sa mère :

– T'as l'air bête. Pourquoi tu t'es maquillée autant ? Ça te va pas. C'est moche, beurk !

Sans presque desserrer les dents, Abigaile répondit :

– Bonne nuit, chérie.

Dans la voiture, elle voulut excuser le comportement de sa fille.

– Tabitha est bouleversée. C'est une période très difficile pour nous. Je suis sûre que vous avez entendu parler des... débordements de mon mari.

Entendu parler ! On ne parlait que de ça au salon de coiffure depuis des jours. Saxon eut un léger haussement d'épaules :

– C'est le genre de choses qui arrive.

Abigaile portait un tailleur élégant de Valentino, d'innombrables bijoux, des vrais, et embaumait, un peu trop peut-être, le parfum Joy.

Saxon huma discrètement l'air environnant :

– Vous sentez bon, madame Stolli.

– Merci.

Elle regardait droit devant elle. Saxon n'était qu'une escorte valable pour la soirée. Sans plus.

Mais en arrivant, elle remarqua soudain que les visages se tournaient vers lui. Saxon était grand et beau, les gens ne s'attendaient pas du tout à ce genre d'homme pour remplacer Mickey. Abigaile se délectait de ce regain d'attention. Apercevant de loin Zeppo et Ida White, elle entraîna Saxon par la main. Le regard perçant d'Ida décortiqua Saxon de la tête aux pieds. Puis elle prit Abigaile à part et lui chuchota à l'oreille :

– Tu es venue avec ton coiffeur ? Ça ne se fait pas, chérie. Ne recommence pas. Je comprends que tu sois désemparée et que tu veuilles reprendre avec Mickey, mais ce genre de conduite est inacceptable.

Abigaile se rebiffa immédiatement. Cette vieille corneille défoncée à la coke se permettait de donner un conseil ?

– Ce n'est pas mon coiffeur, c'est mon amant !

Ida fronça les sourcils en accent circonflexe, complètement choquée :

– Je... je suis désolée... je ne savais pas...

Abigaile eut un petit sourire triomphant :

– Pourquoi Mickey allait-il dans une maison de passe à ton avis ? On ne couchait plus ensemble depuis des mois ! Saxon et moi, nous sommes très proches l'un de l'autre.

Là-dessus, elle se rapprocha de Saxon, en le serrant par le bras, tendrement.

Le malheureux était aussi surpris qu'Ida. Il se laissa entraîner, loin d'une Ida estomaquée, tandis qu'Abigaile claironnait :

– Viens, chéri !

Il était temps maintenant que Vénus Maria fasse son apparition. Ron fit le tour de ses invités. Tout le monde semblait s'amuser, la plupart étaient arrivés à l'heure. Il ne manquait que Martin. Mais Ken devait le ramener de l'aéroport à temps pour la surprise.

Cooper connaissait tout du projet. Il devait prendre Vénus Maria chez elle, faire semblant de l'inviter à dîner et, dans la voiture, lui annoncer : « J'ai une surprise pour toi. » Ensuite il lui banderait les yeux et l'emmènerait chez Ron.

Vénus Maria serait enchantée, elle qui adorait tant les mystères.

Ron avait mis en scène son arrivée. Chacun devait se taire, il la conduirait au centre de la pièce, là il enlèverait d'un coup sec le bandeau et tout le monde crierait : « Surprise! ».

Il fit une petite annonce pour prévenir les invités. Il récolta de nombreux applaudissements et quelques rires. Mais chacun voulait bien entrer dans le jeu. On était à Hollywood, après tout.

Et Vénus Maria était une superstar.

Warner était toujours suspendue au bras de Johnny Romano et elle fit une entrée remarquée, comme d'habitude. Toutes les têtes se tournèrent vers eux. Quel couple!

Elle aurait bien aimé que sa famille, là-bas, à Wats, puisse la voir dans une soirée pareille, à Hollywood, au bras d'une vedette de cinéma. Plus qu'une vedette de cinéma... Johnny Romano, le King!

A combien de gens dans cette salle avait-elle collé des contraventions, quand elle était à la circulation ? Ça, c'était quelque chose! Warner Franklin et Johnny Romano!

Johnny arborait un large sourire. Cette soirée était importante pour lui. Sa première sortie en public depuis que les recettes de son film dégringolaient lamentablement au box-office.

Il devait faire bonne figure.

Il devait leur montrer qu'il s'en foutait royalement.

Warner à son bras, il se sentait drôlement bien. Elle, au moins, ce n'était pas une de ces gourdes d'Hollywood. C'était une femme. Une vraie femme. Une femme de un mètre quatre-vingts!

Après avoir salué Ron, ils tombèrent sur Mickey Stolli.

Un Mickey sidéré.

Une Warner ravie.

Après un bonjour rapide, Mickey s'apprêtait à inventer une excuse pour s'échapper lorsque apparut Abigaile, traînant un mec super, aux cheveux longs. Ignorant complètement Mickey, elle s'exclama :

– Chère Warner! Comment allez-vous?...

Comme si elles étaient les meilleures amies du monde!

– Oh, Johnny! tu es superbe comme toujours...

Mickey en prenait plein la figure. Comment avaient-ils fait, tous, pour devenir tellement copains? Il jeta un regard en biais à Abigaile :

– Qu'est-ce que tu fais ici? Et qui c'est ce lèche-cul?

Abigaile fit l'étonnée :

– Lèche-cul? Je ne vois pas de quoi tu parles.

– Ce connard avec sa coupe punk!

– Ah! Tu veux parler de Saxon? Je ne t'ai jamais parlé de Saxon? Mais si, Saxon possède ce merveilleux salon de coiffure sur Sunset. Ça s'appelle Ivana! Tu es sûr que je ne t'en ai jamais parlé, Mickey?

Sur ce, elle prit le bras de Saxon :

– Chéri, il faut que je te présente celui qui sera bientôt mon ex-époux : Mickey Stolli.

Saxon effleura Mickey d'un regard distrait, à l'instar de Warner, et dit avec désinvolture :

– Salut. Ravi de vous connaître. J'ai beaucoup entendu parler de vous.

– Allez! Viens, Saxon, dit gaiement Abigaile. Allons faire un tour.

Elle gratifia Mickey d'un sourire de triomphe et s'éloigna.

Mickey n'arrivait pas à le croire : Abigaile s'amusant dans une soirée? Abigaile souriante? Avec un type? Abigaile était censée bouder dans sa belle demeure de Hollywood. Toute seule.

Mickey se dit alors que, décidément, ce n'était pas son jour, ni sa soirée.

Rita se précipita sur Mickey, tout excitée :

– Je vous connais! J'ai vu votre photo dans les journaux! Vous êtes?... Vous êtes Mickey Sulli, c'est ça?

– Stolli.

Il regarda cette fille minable en robe rouge. Trop collante. Trop maquillée. Trop de cheveux.

– Qui êtes-vous?

– Je suis Rita.

– Rita qui?

– Rita! La future Vénus Maria. Je chante, je danse... En fait...

Elle se rapprocha encore de lui.

– En fait, je sais tout faire. Tout ce que vous voulez. Et, au cas où il n'aurait pas compris le message :

– Je dis bien « tout »!

Mickey n'eut pas le temps de répondre, Emilio s'était approché à son tour et lança à la fille, d'un ton accusateur :

— Je t'attendais au bar! Où t'étais passée?

Rita eut un regard désolé pour Mickey :

— Mon ami. Il est un peu coincé.

Là-dessus, Emilio explosa :

— Qui c'est, le coincé?

— Je vous prie de nous excuser, monsieur Scully...

Elle hésita une seconde :

— Euh... Vous engagez actuellement? Si c'est le cas, je serais ravie que vous pensiez à moi, Rita. Je chante, je danse, je...

Emilio l'entraîna sans ménagement.

Cooper rangea soudain la voiture sur le bas-côté.

Vénus Maria le taquina :

— Oh non! Pas ça! Rappelle-toi ce qui t'est arrivé, la dernière fois que tu t'es arrêté en voiture...

Il se mit à rire :

— Cette fois, c'est différent.

Elle prit le ton professionnel :

— D'accord. De quoi s'agit-il alors?

— Je veux que tu fasses une chose pour moi.

Elle était décidée à le faire marcher à nouveau :

— Une pipe? C'est hors de question, Cooper.

— Arrête!

— Pourquoi?

— Tu te tais, c'est tout, et tu mets ce bandeau sur tes yeux. J'ai une surprise pour toi.

— Oh super! J'adore les surprises!

— Je sais. Alors sois mignonne et fais ce que je te demande.

— J'adore quand tu es autoritaire avec moi, Cooper.

Il prit un foulard de soie dans la boîte à gants et le noua autour de sa tête.

— Ça fait sexy... Il faudra que je m'en souvienne. Ça finira où? Nue dans ton lit?

— Aguicheuse, hein? Tu l'es réellement. Seulement, tu parles beaucoup, mais tu ne fais rien.

Amusée, Vénus continua le jeu :

— Ne me tente pas.

— Est-ce que je peux me concentrer sur le volant?

— Tu en es capable? dit-elle en plaisantant. Tout en rêvant à moi, nue dans ton lit?

591

Il dit tristement :
— Assez, Vénus.
— Dis-moi où nous allons.
— Et la surprise alors ? Laisse-toi faire.

Deena roulait sur Sunset Boulevard. Les portières de sa voiture étaient fermées à clé. Elle avait soigneusement étudié un plan de Los Angeles et de Beverly Hills et savait très exactement où elle allait.

Parvenue à Dohent Road, elle prit à gauche en direction des collines.

Bientôt, très bientôt, elle serait devant la villa de Vénus Maria.

98

Lucky avait d'abord pensé révéler à Gino la menace de Carlos Bonnatti, puis elle décida de ne pas le faire. A quoi bon lui donner du souci ? Elle était parfaitement capable d'affronter Carlos. Elle trouvait toujours une solution aux obstacles qui lui barraient la route.

Elle avait un petit revolver dans son sac, pour sa sécurité personnelle. C'était devenu une habitude rassurante. Surtout en ce moment.

– Bon Dieu... grogna Gino. Je déteste ces soirées. Pourquoi je suis venu ?

Lucky plaisanta :

– Tu vas peut-être rencontrer une belle star, elle te dégoûtera de New York, et tu viendras vivre ici.

– La belle affaire. Quand on a vu une star, on les a toutes vues.

– Qu'est donc devenue Marabella Blue ?

– Elle a épousé un torero, puis elle a épousé un chanteur, et après, je ne sais plus.

– Elle est toujours dans le coin ?

– Je m'en fous.

– Si tu veux, je me renseignerai.

Gino éclata de rire :

– Pour quoi faire ? Je tiens à ma petite vie tranquille. Je suis un vieil homme.

– Arrête de répéter ça ! On s'en fout. Un jour, tu as quarante-cinq ans pour l'éternité et le lendemain, tu te prends pour un vieillard. Qu'est-ce qu'il y a entre les deux ?

– Rien, gamine. Je regarde la réalité en face. C'est tout.

Ils arrivèrent à la soirée, cinq minutes avant Vénus Maria.

Lucky était une observatrice née. Elle adorait regarder

autour d'elle toutes ces vedettes qui se bousculaient pour se faire admirer.

Au moment où Al King passait devant eux, elle chuchota à l'oreille de Gino :

— C'est drôle tout ça, non ?

— Aussi drôle que la fraise du dentiste sur une gencive malade.

Ils crièrent tous ensemble :

— Surprise !

Vénus Maria arracha le bandeau en s'écriant :

— Incroyable ! Qui a préparé tout ça ?

Tout fier, à ses côtés, Ron minauda :

— A qui penses-tu ?

— Mon Dieu, quelle merveilleuse surprise ! Tout le monde est là !

— Bien sûr, ma princesse. Et quand tu verras les cadeaux ! On va en mettre du temps pour les ouvrir !

— Merci, Ron. Tu es le plus merveilleux des amis.

Elle l'embrassa tendrement.

— J'ai une autre surprise pour toi, pour ton anniversaire. Une robe fabuleuse. Tu voudrais peut-être te changer ?

Elle regarda son jean déchiré et son blazer trop grand :

— Merde, Cooper ! Pourquoi ne m'as-tu rien dit ?

— Viens, chérie, je t'emmène dans ma chambre.

— Ron... Tu sais t'y prendre pour exciter une fille !

Elle le suivit dans les escaliers jusqu'à sa chambre, sous un tonnerre de « *Happy Birthday* ! ».

Martin l'attendait là.

Elle s'arrêta net.

Ravi de l'effet, Ron chantonna :

— Surprise... surprise... Tout à fait comme prévu !

— Joyeux anniversaire, dit Martin.

Elle lui sourit :

— C'est toi, mon cadeau ?

Ron l'interrompit :

— L'un d'entre eux... Je vais vous laisser seuls maintenant. Mais juste une minute. Dépêche-toi de nous rejoindre. Voici un autre cadeau.

Il désigna sur le lit une boîte enveloppée de papier de soie.

— Merci, Ron.

— Ça me fait plaisir.

Et il les laissa seuls.

Vénus Maria avança à petits pas vers Martin. Elle le prit

par le cou, pressa son corps contre le sien et lui donna un long baiser gourmand.

– Je te souhaite la bienvenue, Martin.

Ils s'embrassèrent quelques instants encore, puis Vénus demanda d'une voix soupirante, à la manière de Marylin Monroe à ses débuts :

– Je t'ai manqué ?

– Oh ! que oui !

– Prouve-le !

Il se jeta sur elle :

– La voilà, la preuve.

Elle eut un rire doux :

– Oh ! Martin ! Tu es vraiment en manque.

Puis elle glissa à genoux, défit la ceinture de son pantalon et, avant qu'il ait réalisé, sa bouche le fouillait passionnément.

Voilà ce qu'il aimait en Vénus Maria. C'était son anniversaire, et c'était lui qui recevait le cadeau.

Au rez-de-chaussée, Ron surprit Ken et Antonio en grande conversation. Il se précipita sur Ken pour le prendre par le bras, possessif. Ken était enthousiaste :

– Antonio dit que mes photos sont superbes. C'est important pour ma carrière, ces photos avec Vénus Maria. Tu n'es pas d'accord ?

Ron soupira. Il tombait toujours sur des ambitieux. Il ne pouvait pas se contenter d'être beau et de rester à la maison ? Il répondit, résigné :

– Si. C'est très bien.

Ken se penchait anxieusement vers Antonio :

– Je pourrai les voir quand ? Je ne peux plus attendre !

– Demain. Tu n'as qu'à venir au studio. Chez moi, c'est mon studio. Nous prendrons un déjeuner léger et je te montrerai les photos.

Et Antonio accorda un regard vainqueur à ce pauvre Ron. « Et voilà, se dit Ron. Il pourrait aussi bien lui enlever son pantalon tout de suite, tant qu'il y est. »

Les filles de Madame Loretta se mêlaient facilement aux invités. C'étaient incontestablement les plus jolies femmes de la soirée. Madame Loretta avait l'œil, et le bon. Elle les choisissait fraîchement débarquées du train ou de l'avion. Toutes ces filles venaient à Hollywood dans l'espoir d'être stars. Quelques passes ne nuisaient pas à leur carrière future.

Le cheptel de Madame Loretta était célèbre. Plusieurs de ses pensionnaires avaient déjà épousé des vedettes, des producteurs, une autre était fiancée à un milliardaire arabe. Cela lui donnait énormément de satisfaction.

Leslie était l'une des plus intéressantes qu'elle ait eue. Elle désirait le meilleur pour elle.

Ce soir, Leslie était en compagnie de Tom, un mannequin, ami de Ken. On leur avait conseillé de se mêler à la foule des invités et de se faire remarquer.

Tom demanda :

– On vous paie pour cela ?

Sur la défensive, Leslie rétorqua :

– Pourquoi me paierait-on ?

– On dit que certaines filles, ici... Bon je ne dis pas que vous en faites partie... Mais que certaines filles travaillent pour Madame Loretta.

– On dit aussi que certains invités sont des homosexuels. Vous êtes homosexuel ?

Tom rougit :

– Je suis acteur.

– Vous prétendez qu'il n'y a pas d'acteurs homosexuels ?

– Je suis bissexuel.

Leslie murmura :

– Je suppose que cela recouvre une multitude de péchés...

Lorsque Vénus réapparut, Martin à ses côtés, un murmure courut dans l'assistance. Elle était transformée. De la gitane en blue jean, elle était passée à la Vénus Maria que tout le monde admirait. La reine du clip, la sensuelle, la scandaleuse, l'excitante Vénus Maria. Elle avait revêtu le cadeau d'anniversaire de Ron. Une robe-tunique de Jean-Paul Gaultier, avec une veste en lamé, des bracelets d'émail rouge et noir à chaque poignet.

Elle murmura à Martin :

– Tout le monde nous regarde. Je suppose qu'ils sont surpris de te voir.

– Pas de photographes surtout.

– Ne deviens pas paranoïaque. Ron ne laisserait pas entrer des photographes dans une soirée comme celle-ci.

Un serveur leur offrit du champagne. Martin serra la main de sa compagne :

– Je suis venu pour rester.

Elle but le champagne à petites gorgées et fronça le nez joliment :

– Vraiment ?
– C'est ce que tu veux, n'est-ce pas ?
Elle lui sourit :
– Oh oui, Martin ! C'est ce que je veux. Vraiment.
Et même en le disant, elle n'en était pas sûre.

99

– Alors on s'amuse ? demanda Cooper abruptement.

Lucky lui sourit :

– J'essaie de tirer le meilleur profit de tout. Cette soirée est passionnante.

– A condition d'aimer les soirées.

– Ce qui n'est pas votre cas.

– Il me tarde en effet de me mettre au lit, pour lire un bon bouquin.

– Si j'ai bien compris, ce serait bien la dernière chose à faire au lit, en ce qui vous concerne ?

Il lui jeta un regard perplexe :

– Je me demande pourquoi tout le monde me prend pour un étalon insatiable.

– Parce que c'est vrai.

– Et vous y croyez ?

– J'ai lu beaucoup de choses sur vous.

– Vous croyez tout ce que vous lisez ?

Lucky lui fit une grimace :

– Évidemment, pas vous ?

Il changea de sujet de conversation.

– Comment se fait-il qu'on ne vous voie jamais avec votre mari. Où est donc Lennie ?

– En Europe actuellement.

– Comment fonctionnez-vous tous les deux ? Un de ces mariages où l'un prend un chemin, et l'autre le sien ?

– Ça ne vous regarde pas.

– Je vois. Ça ne vous gêne pas de parler de ma vie amoureuse, mais de la vôtre, surtout pas ?

Lucky soupira :

– Disons qu'en ce moment, nous avons... un problème ou deux à régler.

Voilà ce que Cooper voulait entendre. Lucky l'attirait depuis leur première rencontre.

– Je suis très fort pour résoudre les problèmes. C'est ma spécialité.

– J'en suis certaine. Mais je peux résoudre les miens. Merci.

Le sujet était clos. S'il n'y avait pas Lennie, elle aurait trouvé Coooper tout à fait séduisant. Malgré sa réputation d'homme à femmes. Pourquoi pas... elle aussi avait eu « sa » réputation.

Cooper ne se résignait pas à la quitter des yeux :

– Vous êtes une femme très étonnante.

C'est Lucky qui baissa les yeux à sa place :

– Dites-moi... C'est votre numéro habituel, ou vous improvisez à chaque fois ?

Gina s'offrait un petit remontant au bar.

– Salut, Gino !

Il se retourna pour se retrouver nez à nez avec Paige.

– Qu'est-ce que tu fais là ?

– La même chose que toi, je m'emmerde.

– Tu es avec Ryder ?

– Non.

Il remarqua qu'elle ne portait pas son alliance et commença à se poser des questions :

– Avec qui es-tu ?

Elle posa ses mains sur les siennes. Des mains parfaites. Il sentait son parfum, musqué, fort.

– J'ai quelque chose à te dire, Gino.

– Oui ?

– As-tu gardé cette bague ?

– Quelle bague ?

Elle écarquilla les yeux :

– Quelle bague ? L'énorme bague en diamants, tu ne te rappelles pas ? Celle que tu m'as offerte quand tu m'as demandé de quitter Ryder ?

Il avala une gorgée de scotch. Il la désirait à nouveau.

– Non, je l'ai rendue. Pourquoi ?

– Dommage, dit-elle pensivement.

– Qu'est-ce qui t'arrive, Paige ?

Elle se mouilla les lèvres, avant de dire :

– Qu'en penses-tu ?

– J'ai l'impression que tu es...

Elle acheva la phrase pour lui :

– Prête à rentrer à la maison avec toi, Gino.

– Pour toujours ?

– Oui.

Il éclata de rire.

– Il était temps !

– Martin, pourrais-je vous demander une déclaration ?

Martin sursauta d'horreur. Que faisait là ce Adam Bobo Grant ? Ron avait affirmé qu'il n'y aurait aucun journaliste. Absolument aucun.

Suffisamment habile pour ne pas laisser paraître son mécontentement, Martin dit aimablement :

– Bonsoir, Bobo.

Lequel Bobo sussura, en posant une main amicale sur son bras :

– Je suis tellement désolé de ce qui se passe entre Deena et vous. Mais ce qui devait arriver, arrive.

Martin chercha désespérément de l'aide autour de lui. Ron. Il lui fallait Ron. Quand il lui mit enfin la main dessus, il manqua l'étrangler. Si Bobo écrivait la moindre chose sur cette soirée, Deena saisirait l'occasion de lui prendre sa chemise.

Mickey et Abigaile se retrouvèrent nez à nez, dans une sorte de valse hésitation, près de la cheminée. Mickey cracha son venin :

– Tu es écœurante.

– Moi, je suis écœurante ? Et toi, avec cette... putain.

– Ça vaut mieux qu'un coiffeur. Il est plus jeune que toi. Comment peux-tu te rendre aussi ridicule ?

– Ne me dis pas ce que j'ai à faire, Mickey Stolli. Tu es parti. Et, en partant, tu as fermé la porte derrière toi. Ma vie m'appartient à présent.

Surpris lui-même de ce qu'il disait, Mickey dit :

– Je veux revenir.

– Ah oui !

– Oui. Qu'en penses-tu, Abby ?

Le dîner était servi. Un buffet sur une longue table, chargée de toutes sortes de mets. Homard frais, poulet grillé, côtes d'agneau au barbecue, pommes de terre frites, maïs en sauce, pain chaud à l'ail, et des tonnes de salades.

600

Vénus Maria, tout excitée, admirait la table :

— Tout ce que j'adore, Ron, tu t'es surpassé. Je suis si heureuse. C'est une soirée sensationnelle. Comment as-tu fait pour garder le secret ?

— Ça n'a pas été facile. Mais tu en vaux la peine.

Elle s'assit entre Ron et Martin, cristallisant sur elle l'attention de tous. Personne n'avait jamais organisé pour elle une soirée d'anniversaire. Elle en était réellement touchée.

Abigaile la rejoignit avec une assiette pleine.

— Repas traditionnel, ce que je préfère.

— Moi, c'est pareil. Au fait, vous connaissez Martin Swanson ?

Lucky tendit la main. Martin lui rendit une poignée de main molle.

Hum ! A l'école, les filles faisaient toujours des plaisanteries sur les garçons à main molle. « Poignée de main molle, zizi mou », disaient-elles. Si c'était vrai, que faisait donc Vénus Maria avec lui ?

Lucky garda ses pensées pour elle, évidemment :

— J'ai beaucoup entendu parler de vous.

— J'ai connu votre ancien mari... Dimitri, un homme passionnant.

— Vous avez fait des affaires avec lui ?

— Nous en avons parlé, mais sans jamais conclure.

— C'est peut-être mieux ainsi. Dimitri était féroce en affaires.

Martin haussa un sourcil :

— Je ne suis pas un chaton, non plus...

— Je n'ai pas dit ça. Mais Dimitri était vraiment féroce.

— J'ai l'impression que nous allons nous retrouver en concurrence.

— Que voulez-vous dire ?

— Vous avez acheté Panther. Je reprends Orpheus. En fait, Mickey Stolli doit le diriger pour mon compte.

— Si vous vous débarrassez de Zeppo !

— Oh ! Je vais m'en débarrasser.

Il se tut un instant, puis enchaîna :

— Vous devez être désolée de perdre Mickey Stolli ?

Lucky répondit lugubrement :

— Oh oui ! Il va nous manquer terriblement à Panther.

— Je suppose que vous seriez encore plus désolée de perdre Vénus ?

Vénus l'interrompit aussitôt :

– Qui a dit qu'elle allait me perdre ?

Martin répondit doucement :

– Nous n'en avons pas encore discuté, mais j'ai de merveilleux projets pour toi à Orpheus.

– Je suis très heureuse chez Panther...

Vénus fit un signe à Angel et Buddy Hudson, avant de poursuivre :

– Lucky a fait complètement récrire le scénario de *Bombshell* pour moi. Et *Strut* est un film formidable. Tu verras. Je n'ai pas l'intention de partir.

Martin eut un sourire poli.

– Ce n'est pas le moment d'en parler. Je te raconterai nos projets pour toi, une autre fois.

Vénus revint à la charge :

– Martin, je me fiche complètement de tes projets. Je suis chez Panther. Point. D'accord ?

Il n'insista pas. Une fois seul avec Vénus, il lui apprendrait les choses de la vie. S'ils se mariaient, elle serait la star d'Orpheus. Rien d'autre.

Un serveur effleura l'épaule de Lucky :

– Miss Santangelo ?

– Oui ?

– Un message pour vous, de votre père.

Lucky prit le message gribouillé par Gino :

Je t'abandonne, gamine. Paige et moi, nous partons pour l'hôtel Willshire *à Beverley Hills. Retiens ton souffle – je serai peut-être rentré demain. Tu avais raison. Je ne suis pas si vieux que je le pensais.*

Lucky eut une petite grimace de satisfaction. Gino repartait en guerre. Selon sa vraie nature.

Le gâteau d'anniversaire était extraordinaire. Tellement énorme qu'il fallut le traîner sur une table à roulettes.

Au moment où Vénus souffla les bougies, un enfant nu surgit au sommet, comme un ange.

– Oh ! Mon dieu ! Mon rêve !

Des centaines de ballons tombèrent du plafond, tandis qu'une vingtaine de danseurs brésiliens tournoyaient sur une conga endiablée.

Vénus se tourna vers Ron pour l'embrasser :

– C'est vraiment étonnant.

– Une soirée dont tu te souviendras. De la part du vieil ami, à l'amie.

Ils se regardèrent tendrement, en se remémorant les jours passés.

– Merci, Ron. Merci encore. Je t'aime tant.

Et nul ne remarqua qu'un homme, appelé Link, se faufilait parmi les invités.

100

« Pour notre bonheur, espérons que ce jour n'arrivera jamais. »

Deena se souvenait des paroles, qu'elle avait prononcées devant Steven Berkeley et Jerry Myerson, les deux avocats. Il y avait combien de mois déjà ? Au fond d'elle-même, avait-elle réellement imaginé que ce jour viendrait ?

Probablement pas. Pourtant, il était arrivé ; et Deena ne se déroberait pas devant la tâche qu'elle s'était fixée.

Elle était assise dans la Ford, devant la maison de Vénus Maria. Sa propre voiture garée à quelques mètres de là. Elle savait que la villa était vide, à l'exception de la femme de chambre qui dormait dans une chambre sur l'arrière. Elle connaissait aussi le système d'alarme, la localisation des faisceaux et ce qu'il fallait faire pour éviter de les déclencher.

Vénus Maria... L'image de cette femme dansait devant ses yeux. Une putain. Une petite putain. Une pute. La Pute.

Que lui trouvait donc Martin ? Il ne pouvait pas l'aimer. Elle ne représentait que le symbole du sexe. Deena devait le sauver des griffes de Vénus. Quand La Pute rentrerait chez elle, elle réglerait le problème pour toujours. Personne, jamais, ne pourrait la soupçonner. Deena était bien trop intelligente pour cela. De plus, pour tout le monde, elle dormait dans sa chambre, au centre de cure thermale de Palm Springs. Comment pourrait-on remonter sa piste jusqu'à Los Angeles ?

Deena laissa son esprit vagabonder dans le temps.

Quatorze ans. Elle n'avait que quatorze ans, quand elle avait surpris son père au lit avec une autre femme.

Deena Akveld était alors une jeune fille insouciante.

Visage sérieux, pâle, cheveux roux et longs. Elle rejoignait son père tous les week-ends. Ils faisaient des randonnées ensemble. Son père adorait la chasse et la pêche et, puisque Deena était sa fille unique et qu'il n'avait jamais eu de fils, il l'emmenait partout avec lui. Elle savait courir comme un garçon. Pêcher comme un garçon. Elle savait tirer comme un garçon. Son père était fier d'elle.

Deena n'avait même pas de poitrine. Curieux exploit, alors que toutes les gamines autour d'elle bombaient une poitrine naissante. Elle était fière d'être aussi forte et d'avoir le pied aussi leste que n'importe quel garçon.

Rione Akveld, son père, possédait une petite auberge dans les environs d'Amsterdam. Un lieu de rencontre pour les amateurs de chasse et de pêche. Il offrait à ses hôtes le gîte et le couvert, leur louait du matériel de camping.

Quand elle n'était pas à l'école, Deena aidait à l'auberge. Elle faisait les lits, la vaisselle, et un peu de ménage. Cela ne représentait pas énormément de travail. Et tant qu'elle avait les week-ends avec son père, elle était parfaitement heureuse.

Ce week-end là, elle avait quatorze ans depuis un mois.

Sa mère, qui travaillait durant la semaine comme traductrice à l'ambassade américaine, rentra fatiguée ce soir-là.

« Tu n'iras pas chez ton père aujourd'hui, Deena, tu vas rester ici pour m'aider. »

Deena était effondrée. C'était samedi. Leur meilleur jour à tous les deux. Elle se mit à crier :

– Mais papa m'attend!

– Pas aujourd'hui, je te le répète. Il faut que tu m'aides. Il y a beaucoup de choses à faire ici.

Deena était furieuse, mais à mesure que la journée s'écoulait, sa mère se sentit mieux. Elle réalisa à quel point sa fille était bouleversée et finit par lui donner la permission de rejoindre son père dans l'abri de chasse, situé à une heure de là.

Deena remercia sa mère, l'embrassa, sauta sur sa bicyclette et partit. Elle avait tant de choses à raconter à son père. Toutes les blagues de l'école, entendues dans la semaine, et qu'elle apprenait pour lui. C'était si bon de se retrouver en bateau, sous le soleil, dans la brise légère. Ensemble, seuls tous les deux.

Deena était heureuse, elle pédalait de toutes ses forces, en sifflotant.

Quand elle arriva à l'abri de chasse, la petite voiture noire de son père était garée à l'extérieur. Heureusement, il n'était pas encore descendu au lac sans elle.

Elle entra, toute contente de le surprendre.

Et il fut surpris, c'est vrai. Il était nu sur le lit, allongé, étiré bizarrement, son derrière allait et venait comme celui d'un cochon sauvage, et il faisait d'horribles grognements.

Un instant, Deena ne comprit pas. Qu'avait-il? Il était malade?

Et puis elle aperçut la femme sous lui. Une femme nue, avec une poitrine énorme et beaucoup de poils en bas du ventre. La bouche ouverte, elle poussait des soupirs : « J'aime... J'adore... Encore... encore... »

Deena était parfaitement calme. Elle prit le fusil de son père, à côté de la porte.

Il devina sa présence et se dégagea de la femme juste à temps.

Deena fit feu.

Une balle explosa dans la poitrine de la femme, la tuant sur le coup. Deena avait visé juste, comme son père le lui avait appris.

Il se jeta sur elle pour lui arracher le fusil, en hurlant : « Oh, mon Dieu! Qu'as-tu fait? Qu'as-tu fait, au nom de Dieu?

Deena le regarda, hagarde. Tout s'était passé si vite, elle ne réalisait pas ce qu'elle avait fait.

— Tu l'as tuée, tu l'as tuée, hurlait son père.

Alors elle dit tranquillement, calmement :

— On peut aller pêcher maintenant?

Un peu plus tard, lorsqu'il fut remis du choc, son père la prit sur ses genoux et lui parla d'une voix lente, grave et douce :

— Tu ne diras à personne ce qui s'est passé aujourd'hui, tu m'entends? Parce que si tu en parles, on te mettra en prison. On jettera la clé et tu ne seras plus jamais libre.

Puis il la secoua énergiquement par les épaules.

— Deena, tu m'écoutes? Tu comprends ce que je dis? Elle acquiesça d'un hochement de tête.

— Oui, père. On peut aller pêcher maintenant?

Il se frappa le front, désespéré.

La femme dans son lit était une auto-stoppeuse qu'il avait prise un peu plus tôt dans la journée. Personne ne l'avait vu avec elle. Personne ne ferait le rapprochement. Il demanda à Deena de l'aider à l'envelopper dans les draps, pour en faire un gros paquet de linge qu'ils mirent dans le coffre de la voiture.

A la tombée de la nuit, ils la jetèrent dans la rivière. Son père avait ajouté des briques, et elle disparut dans l'eau sombre et glacée.

Il dit alors :

« Cela n'est jamais arrivé. Tu comprends, Deena ? Il ne s'est jamais rien passé.

– Très bien, père. On ira pêcher demain ?

– Oui.

Et l'un comme l'autre, ils ne firent plus jamais allusion à l'incident.

Deena savait être patiente. Vénus Maria rentrerait à un moment ou à un autre, elle le savait.

Alors, tout serait terminé.

Personne n'avait le droit de trahir Deena Akveld.

101

Lennie fit plusieurs fois le tour de la maison. Il n'avait aucune idée de l'endroit où pouvait se trouver Lucky. Et les autres. Même Miko n'était pas là. Il songea à une réunion quelque part.

Il fouilla dans le réfrigérateur et y trouva du rosbeef et de la salade de pommes de terre qu'il engloutit aussitôt.

Maintenant qu'il était de retour, il avait hâte de s'expliquer avec Lucky. Pourtant, il lui fallait attendre. Il aurait dû l'appeler, l'avertir qu'il prenait la route. Merde! Quel idiot!

Aux environs de 11 heures du soir, fatigué, il décida de faire ce qu'il aurait fait à New York. Aller dans sa chambre, ôter ses vêtements et se mettre au lit.

Mais avant, il ôta l'ampoule de la lampe, pour que Lucky ne puisse pas le voir en entrant. Comme ça, il pourrait la surprendre. Elle se mettrait au lit, et lui... il y serait déjà.

Il crut s'allonger et fermer les yeux un instant seulement, mais il plongea dans un profond sommeil presque aussitôt.

Ça devait arriver. Vénus Maria aperçut Emilio avant que Ron ait pu faire quelque chose pour le faire sortir avec sa copine. En voyant le couple, la colère lui monta soudain à la tête :

— Ron, qu'est-ce qu'il fout là? Vire-le en vitesse, ce faux-jeton de pleurnichard! Je ne veux plus voir sa sale tête.

Ron fit venir deux gardiens chargés de la sécurité et désigna Emilio et Rita.

– Débarrassez-vous d'eux. Discrètement.

Tout se serait bien passé, en effet, si Emilio avait bien voulu s'en aller discrètement. Mais non. Ça ne pouvait pas se passer comme ça.

– Ôtez vos mains de là! hurla Emilio, lorsque après avoir tenté de le convaincre poliment, les deux gardiens utilisèrent la manière forte.

Les gens se retournèrent pour observer la scène.

– Excusez-moi un instant.

Vénus Maria bondit soudain de son siège et fonça sur le couple. Elle regarda son frère dans le blanc des yeux, tandis que Rita faisait un petit geste :

– Salut, je suis Rita. Emilio m'a dit que c'était d'accord pour qu'on vienne ce soir, je suis une fan. Je suis...

Vénus la fit taire d'un regard glacé. Sa voix aussi était glacée en s'adressant à son frère :

– Emilio, fous le camp de ma soirée. Et tout de suite!

Il se mit à geindre :

– Eh, petite sœur, qu'est-ce que j'ai fait? Rien de terrible, hein?

Puis il changea de registre. Il était blessé à présent :

– Je suis ton frère tout de même. On est de la même famille. On devrait être proches. En fait, je crois que nous...

Elle prit un élan formidable pour le gifler en pleine figure :

– Ça, c'est pour m'avoir vendue, dit-elle férocement. Adieu Emilio. Surtout, ne reviens pas.

Emilio réagit violemment. L'humiliation publique lui était insupportable. Il devint cramoisi :

– A qui tu causes, bordel de merde? T'es pas une grande vedette pour moi! Je sais tout sur toi. Et je vais tout cracher au plus offrant. Alors, fais gaffe, petite sœur! Je l'aurai, ton petit cul prétentieux. Et bien!

Vénus Maria lui tourna le dos, ordonnant aux gardiens :

– Emmenez-le.

Ils essayèrent de le coincer, mais il parvint à se dégager :

– Je peux partir tout seul. Mais ça ne veut pas dire que je ne reviendrai pas!

Ron le regarda partir, suivi de Rita, pathétique de désarroi.

– Eh bien! Je suppose que c'est bien fait pour lui.

Il fit de grands gestes aux invités :

– Allez! La soirée continue.

Enfin il se pencha vers Vénus Maria, pour lui demander gentiment :

– Ça va?

– Oui. Un frère de moins, un souci de moins. Il fait partie du passé, maintenant.

Lucky, Cooper, Vénus Maria et Martin s'en allèrent tous en même temps. Ron les accompagna jusqu'à sa porte.

– Tu as fait quelque chose de formidable...

Vénus Maria se jeta à son cou, affectueusement.

– Et mes cadeaux! Quelle drôle de moisson! J'ai hâte de les ouvrir.

Ron mourait d'envie de les voir, lui aussi.

– Viens demain matin, on les ouvrira ensemble.

– Surtout ne t'avise pas de le faire avant moi! Je te connais.

– Comme si c'était mon genre!

– Vraiment, c'est la plus belle nuit de ma vie, Ron. J'ai passé une excellente soirée.

Lucky approuva :

– C'était fantastique.

Ron fit la grimace :

– Sauf pour Emilio.

Vénus lui donna une légère bourrade :

– Oublie ça. C'est un minus.

Cooper déclara ironiquement à Lucky :

– J'ai cru remarquer que votre père n'avait pas perdu de temps pour faire des connaissances.

Elle sourit :

– Ah! Le grand Gino! Autrefois on le surnommait Gino le Bélier. Il a probablement fait plus de connaissances que vous, Cooper!

Tout le monde rit.

– Je crois qu'il m'aurait plu, autrefois, dit Vénus Maria. Il a de grands yeux noirs si attirants. Il a dû être quelqu'un en son temps.

– Oh oui, dit Lucky.

Cooper plaisanta :

– Alors, comment faisons-nous? Je pourrais peut-être ramener Martin? Lucky, vous partez avec Vénus. Quant à vous, Ron, vous finissez la soirée avec qui vous voulez.

Tout le monde rit à nouveau.

Cooper posa son bras sur les épaules de Lucky :

– Sérieusement. Vous n'allez pas rentrer seule à la plage. Je vous raccompagne.

– Je vais parfaitement bien. J'ai une voiture et un chauffeur, quelque part par là.

– J'ai dit que je vous raccompagnais.

Lucky se sentait particulièrement vulnérable ce soir. Il se passait quelque chose avec Cooper.

– Bon... Tant que vous n'espérez pas que je vous invite à prendre une tasse de café.

– Qu'est-ce que vous avez, les femmes, en ce moment ? Si je raccompagne Vénus, elle me prévient d'avance qu'il ne se passera rien... Voilà que je vous escorte, et vous me gratifiez du même discours, avant même de monter dans la voiture. Je ne sais plus m'y prendre, ou quoi ?

– Je suis mariée.

– Je sais. Je vois votre mari partout.

– Ce n'est pas ça.

– Alors, je vous ramène chez vous. Il ne se passera rien.

Il fut un temps où tant de choses auraient pu se passer entre eux... Cooper était terriblement séduisant. Mais Lennie occupait encore son esprit.

Ron cherchait autour de lui :

– Où est Ken ?

L'un des gardiens chargés du stationnement l'informa que Ken était parti avec Antonio.

Ron prit mal la nouvelle.

– Vous êtes sûr ?

– Oui, m'sieur. Je sais qui est Ken. Il était dans la Cadillac d'Antonio.

Vénus Maria comprit la douleur de Ron. Elle le prit par le bras, en lui murmurant :

– Souviens-toi. Il n'est pas assez bien pour toi.

Ron essayait de cacher son humiliation :

– Tu as raison. J'ai dépensé trop d'argent pour lui. Il faudra que le prochain prétendant soit plus riche et plus vieux. Je veux qu'on s'occupe de moi pour une fois.

– Voilà. Tu as tout à fait raison. Cherche-le bien, Ron. Tu mérites ce qu'il y a de mieux.

Martin attendait Vénus dans la limousine. Elle le regarda une seconde, puis regarda Ron :

– Tu veux que je reste ? Je peux rester si tu veux.

611

– Non... Non. Je suis un grand garçon. Je me débrouille. Va, le roi de New York t'attend.

Il avait un pauvre sourire.

– Qu'il attende! Je m'en fiche.

– Allez! Va. Joyeux anniversaire.

Ron l'embrassa sur la bouche.

– On a fait du chemin, tous les deux.

– Oui. C'est vrai...

Elle rejoignit Martin.

Pendant ce temps, Lucky montait dans la Mercedes de Cooper.

Ron se détourna et avança lentement vers la maison. En ce qui le concernait, la soirée était bien finie.

Lorsque Johnny Romano était excité, personne ne pouvait l'arrêter. En rentrant chez lui dans la limousine, il étouffait complètement Warner.

Elle essayait vainement de se dégager. Mais il insistait :

– Écarte les jambes... chérie.

Il se mit à rire de sa plaisanterie.

– C'est pas ça que tu dis aux criminels pour les fouiller? Écartez les jambes, mains en l'air...

– Johnny... non!

Warner voulait conserver une certaine dignité, mais sa jupe était si courte qu'il l'avait remontée jusqu'à la taille sans effort.

D'une main, il lui ôta adroitement son slip.

– Et le chauffeur... Johnny...

– Il regarde pas.

Johnny pensa qu'il en avait vu d'autres, le chauffeur.

D'un mouvement rapide, il fut sur elle, la pénétrant brusquement, tandis que la limousine filait sur Sunset boulevard.

D'un côté Warner appréciait la chose. D'un autre côté, elle ne pouvait s'empêcher de prier. «Oh, mon Dieu! pourvu qu'on ne nous arrête pas! La honte d'être arrêté en train de faire ça dans une voiture... Ce serait trop dur à supporter.»

– Si ce rat écrit quelque chose, je lui fous un procès aux fesses!

Martin ronchonnait dans la voiture qui montait vers les collines.

Vénus se blottit contre lui :

– Qui?

– Ce trou-du-cul, ce rat de Adam Bobo Grant! A-t-on idée d'avoir un nom pareil.

– Bobo est inoffensif.

– Aussi inoffensif que la braguette de Johnny Romano!

– Martin!

Vénus riait aux larmes.

– J'ignorais que tu pouvais être aussi drôle!

– Moi aussi. Écoute, il vaut mieux que je t'en parle. J'ai fait une promesse solennelle à Deena : de ne pas te voir durant mon voyage. Si Bobo publie quelque chose là-dessus, elle va se mettre dans une rage folle.

– Et après? Tu la quittes, n'est-ce pas?

– Oui. Mais je voudrais que ça se passe à l'amiable. Je ne veux pas lui laisser la moitié de ma fortune.

C'était donc cela qui le tracassait. L'argent...

– Légalement, tu n'es pas obligé?

– Non. Mais quand une femme devient dingue, elle trouve toujours des avocats encore plus dingues. Je lui ai fait une promesse. J'aurais dû m'y tenir.

– C'est un peu tard à présent, Martin.

– Tu as raison.

– Je vais te dire ce qu'on va faire... Demain matin, j'appelle Bobo, et je lui promets une déclaration en exclusivité, ou un truc comme ça. Je suis sûre qu'il m'écoutera, je lui dirai qu'il nous fiche la paix. Tu es content?

– Oui. Mais ça me tracasse tout de même. J'avais prévenu Ron, pourtant. Je ne voulais pas de journalistes.

– Personne ne considère Bobo comme un journaliste. Il fait partie du décor.

– Il ne fait pas partie de mon décor à moi. Qu'est-ce qu'il fichait là, d'ailleurs? D'habitude, il est à New York?

– Il n'y a qu'à parler de soirée à Bobo et il rapplique.

La limousine glissait lentement le long de l'allée.

Martin remarqua :

– Tu devrais vivre dans un meilleur quartier. Il n'y a même pas de portail électrique. N'importe qui pourrait te suivre.

– J'ai un système d'alarme électrique.

– Ce n'est pas une protection suffisante pour quelqu'un comme toi. Et, en tout cas, pas suffisant pour moi. Demain, tu te mettras à chercher une nouvelle maison. Ce sera mon cadeau d'anniversaire.

Il ne se rendait pas compte qu'il avait affaire à une femme qui travaillait.

– Je n'ai pas le temps, Martin. Tu en trouveras une.

– On pourrait chercher ensemble? J'ai un expert immobilier, je lui demanderai de nous chercher ça, il nous fera visiter quelques propriétés agréables. On pourrait faire ça le week-end prochain?

Ça ne l'enchantait pas de déménager. Elle aimait bien sa maison.

– Tu restes ici ce soir?

– Bien sûr.

Ils renvoyèrent la limousine et pénétrèrent dans la maison.

Vénus le contourna pour lui faire face :

– Alors, monsieur Swanson. C'est mon anniversaire. Qu'avez-vous apporté pour moi?

Martin sourit.

– Que n'ai-je pas apporté pour toi, tu veux dire, viens ici.

Elle avança doucement vers lui, lui mit le bras autour du cou, et l'attira à elle.

Il s'arrangea pour détacher le haut de sa robe, et lui caresser la poitrine.

– J'adore quand tu fais ça, Martin.

Vénus tremblait d'impatience.

– Caresse-moi, comme pour un jour d'anniversaire... Pas trop vite. Prenons notre temps. Ce soir, je veux faire l'amour lentement. Très... très doucement.

Il l'embrassa plus longuement. Elle haletait doucement, et tomba sur le lit.

– Déshabille-moi.

Il obéit. Elle ne portait rien qu'un slip minuscule.

Martin ôta sa veste d'un mouvement d'épaules, desserra sa cravate et se pencha sur elle pour l'embrasser à nouveau.

Ni l'un ni l'autre n'entendirent Deena entrer dans la chambre.

Vénus rejeta les bras en arrière, la nuque tendue, en soupirant voluptueusement :

– Martin... ta bouche... j'adore ta bouche...

Ils n'entendirent pas, non plus, le déclic du cran de sécurité de l'arme.

Vénus Maria cherchait à débarrasser Martin du reste de ses vêtements.

En les jetant par terre, elle chuchota gaiement!

– Plaisir... garanti.

Il grogna du désir, alors qu'elle l'embrassait à son tour.

– Oh, mon dieu, je t'aime...

Les mots prononcés par Martin atteignirent Deena mortellement.

Il l'aimait?

Martin aimait La Pute?

Impossible.

Impensable.

L'ultime trahison.

Vénus Maria murmura alors:

– Il y a longtemps que j'attendais que tu le dises. Tu le penses vraiment, Martin? Tu m'aimes vraiment?

– Oui, chérie! Oh oui!

L'explosion d'un coup de feu interrompit cette tendre conversation.

102

– Vous ne roulez pas assez vite, dit Lucky.

– Pourquoi, nous sommes pressés ?

Cooper lui jeta un regard interrogateur.

– Il est 1 heure du matin. Il faut que je sois aux Studios à 6 heures.

– Moi aussi. Ce serait plus pratique que je reste avec vous cette nuit.

Elle se mit à rire.

– Je vous l'ai déjà dit. Pas question de rester, pas question d'entrer, même pour une tasse de café. Rien du tout. Je suis une femme mariée.

Il posa la main sur ses genoux :

– Une femme mariée ravissante.

– Je peux vous poser une question ? dit Lucky en retirant adroitement sa main.

– Allez-y.

– Vous sentez-vous toujours obligé de faire la cour aux femmes que vous rencontrez ?

– Pourquoi pas ? répondit Cooper en souriant. Avec ma réputation, une femme attend toujours quelque chose. Si je ne bouge pas, elle se demande ce qui ne va pas chez elle. Loin de moi l'idée que vous ne vous sentiez pas séduisante.

Lucky éclata de rire, cette fois.

– Cooper, je peux vous assurer que j'ai confiance en moi, ne vous faites pas de souci à mon sujet.

– Oh ! mais si !

– Quel gentleman !

– Merci.

– De plus, je suis très instinctive.

– Ah oui ?

– Par exemple, je sais que vous aimez Vénus.

– Ce n'est qu'une amie.

Cooper était soudain sur la défensive.

– C'est votre amie et vous l'aimez beaucoup, exact?

– Vénus est avec Martin.

– En effet, elle a touché le gros lot.

– Mais ils sont très heureux!

– Allons, Cooper! Vous savez comme moi qu'ils ne vont pas ensemble. Il ne va pas tarder à courir après une autre. C'est son style, non? Aller de conquête en conquête. Beaucoup d'hommes d'affaires sont comme ça. C'est la chasse qui les intéresse.

– C'est possible, dit prudemment Cooper.

– Vous pouvez me croire. Je sais de quoi je parle. J'étais comme ça avant.

– Comme quoi?

– Oh... l'important, c'était de conquérir et de passer à autre chose. Mon père disait toujours que je me comportais comme un garçon. Si j'avais envie d'un homme, il me le fallait. C'était ce que l'on peut appeler le syndrome du « ne m'attrape pas, c'est moi qui t'attraperai ». Je refusais de m'engager. Évidemment, c'était les années 70, au temps où l'on pouvait coucher sans problème. Maintenant, c'est différent. Non seulement il faut être certain du standing de l'autre, mais en plus connaître son passé médical sur sept ans au moins! Sans parler du préservatif qu'on trimbale sur soi.

– Vous parlez toujours aussi franchement?

– Bien sûr, c'est le seul moyen.

– En tout cas, c'est roboratif.

– Merci.

– En fait...

– Oui, Cooper?

– Je serais ravi de vous avoir pour amie.

– Si vous voulez. Lennie et moi, nous serons vos meilleurs nouveaux amis!

– J'aimerais bien.

« Si Lennie revient jamais », se dit Lucky en soupirant. La Mercedes roulait le long du Pacifique.

– Prenez à gauche. La villa est dans ce quartier. Le Colony.

Cooper amorça le virage en demandant si Gino allait rentrer.

– J'en doute, très sincèrement. Quand ils commencent tous les deux, Paige et lui, on ne sait jamais où ils vont s'arrêter.

– A son âge.

– Je vous souhaite la même chance.

– Hum...

– En y réfléchissant, vous serez sûrement comme ça.

Cooper stoppa la voiture devant la villa.

Lucky dit sérieusement :

– D'accord. Vous pouvez venir prendre le café. Mais c'est tout ce que vous aurez !

Il sourit.

– J'apprécie cette offre généreuse, mais merci, non.

Elle lui rendit son sourire.

– Alors bonne nuit, Cooper.

Il se pencha pour l'embrasser sur la joue.

– Bonne nuit, Lucky.

Elle sortit de la voiture et se dirigea vers la porte d'entrée, lui fit un petit signe de la main, et disparut.

Cooper fit le même petit signe, mit le moteur en marche et démarra.

Ils ne remarquèrent ni l'un ni l'autre la voiture noire qui venait de les dépasser, pour se garer quelques mètres plus bas dans la rue.

Elle était à l'intérieur depuis deux minutes, lorsque la sonnette retentit. Croyant qu'il s'agissait de Cooper, elle ouvrit la porte immédiatement.

Elle n'avait aucune chance de pouvoir se défendre. Link l'attrapa, avant même qu'elle ne crie, en la bâillonnant d'une main.

Elle essaya de le mordre.

Il recula pour lui asséner un coup de poing de l'autre main, en plein visage.

Lucky sombra dans l'inconscience, sans le moindre bruit.

103

Sur le chemin du retour, Rita ne cessa de tempêter, complètement déchaînée :

— Jamais je ne me suis trouvée dans une pareille situation ! Comment peux-tu me faire ça ! Il y avait des tas de gens importants ce soir, Émilio, et on s'est fait jeter par ta faute. Comment as-tu pu me faire ça ?

Il répondit amèrement :

— Laisse tomber, t'en fais pas. Tu entendras parler de cette soirée pourrie dans *Truth and Fact...* Je vais les étaler dans la presse, tous ces trous-du-cul ! Je vais leur montrer, à tous ces faux-jetons, ces minables ! Personne n'a le droit de virer Émilio Sierra !

— Et qu'est-ce que tu feras quand tu n'auras plus de salades à raconter ? C'est tout ce que t'as ! Si tu te fais des ennemis de tous ces gens-là, tu ne pourras plus jamais bosser dans cette ville !

— Qu'est-ce que t'en sais ?

— J'en sais beaucoup.

La dispute ne fit qu'empirer et lorsqu'ils arrivèrent à l'appartement, Rita était décidée à déménager. Elle emballa ses affaires et appela un taxi, pendant qu'Emilio hurlait :

— Tu trouveras jamais un mec comme moi !

— J'en veux pas, non plus ! hurla-t-elle à son tour.

Au *Beverley Wilshire,* pendant ce temps, Paige déposait un baiser reconnaissant sur la bouche de Gino, en se blottissant dans ses bras. Elle soupira heureuse :

— Bonne nuit, Gino.

— Pourquoi on est si bien ?

— Parce qu'on est ensemble...

Paige secoua sa chevelure cuivrée. La main de Gino effleura sa jambe, remonta vers le haut de la cuisse.

– Ensemble pour toujours?

– Je veux ma bague!

– Tu l'auras dès demain, chérie. Demain, on ira faire les courses...

Ils s'embrassèrent encore et se glissèrent sous les couvertures. Gino demanda avec curiosité:

– Pourquoi as-tu mis si longtemps?

– J'avais peur.

– De moi?

– De m'engager à nouveau.

– Eh bien, ça y est!

Elle sourit avec bonheur:

– Je sais, Gino. Je sais.

– Prends-en l'habitude, gamine.

– C'est fait.

– C'est bon de rentrer chez soi, dit Mickey.

D'une voix acerbe, Abigaile rétorqua:

– Tu n'es pas encore chez toi. Tu peux garder ton bungalow à l'hôtel jusqu'à ce que nous soyons sûrs de nous. Tu n'es ici qu'à l'essai, Mickey!

– Qu'est-ce que c'est que cette histoire d'essai? Il y a un bout de temps qu'on est mariés, non? On sait où on en est!

– Si nous devons nous réconcilier, il faut que tout soit différent. Plus de maîtresses. Plus de putains. On devrait voir un conseiller conjugal.

Mickey rugit, incrédule:

– Un conseiller conjugal? Toi et moi? Tout le monde se ficherait de nous!

Vénus Maria était partie, mais beaucoup d'invités étaient encore là. Ron les aurait bien mis dehors. Le départ de Ken avec Antonio le démoralisait complètement. Ils étaient ensemble depuis plus d'un an. La fidélité... ça n'existait plus. Ken n'était qu'un profiteur. Vénus avait raison depuis longtemps. La poupée Ken... Quelle description parfaite. C'était bien lui.

Adam Bobo Grant rejoignit Ron.

– Soirée superbe, Ron. Vous faites bien les choses! Quelle classe!

– Merci, Adam.

– Dites-moi, qu'est devenu votre ami?

– Ce n'est plus mon ami.
– Vraiment ?
– Vraiment.

– Vos cheveux sont superbes, dit Saxon en caressant les cheveux de Leslie.
– Merci.
– D'ailleurs, vous êtes superbe. Vous êtes actrice ?
Elle le regarda de ses grands yeux langoureux :
– Non, et vous ? Vous êtes acteur ?
Il fit bouffer sa crinière de cheveux :
– J'en ai l'air ?
Leslie dit timidement :
– Vous êtes assez beau pour ça.
– Avec qui êtes-vous venue ?
– Des amies. Et vous ?
– Moi... avec une dame mariée, en instance de divorce, qui a changé d'avis ce soir et s'est réconciliée avec son mari !
– Vous sortez souvent avec des femmes mariées ?
– Je les attire, en quelque sorte...
Saxon détailla la beauté fraîche de Leslie :
– Pourquoi, vous êtes mariée ?
Elle baissa les yeux :
– Je ne sais plus.

Frankie et Arnie avaient dégoté quatre filles. Arnie interpella Eddie au passage :
– On rentre à la maison ! Allez ! bouge tes fesses !
Eddie tournait en rond depuis le début de la soirée. Il avait aperçu sa femme et ne l'avait plus quittée des yeux. En ce moment, elle était en grande conversation avec une espèce de trou-du-cul à cheveux longs. Il n'aimait pas, ça l'embêtait. S'il n'avait pas parlé à Leslie, c'est qu'il ne savait pas quoi lui dire, au fond.
Il laissa partir Arnie, en marmonnant :
– Ouais, d'accord, je vous rejoins dans une minute.
– On se tire maintenant, dit Frankie. A plus tard.
Une fois de plus, Eddie alla se réfugier aux toilettes. Il étala ce qui lui restait de coke, prépara trois lignes avec minutie, et les sniffa à l'aide d'un billet de 100 dollars roulé en tube.
Au moment où la cocaïne explosait dans son cerveau, il eut une révélation soudaine.
Lui, Eddie Kane, allait marcher droit.

Elle, Leslie, allait l'aider.

Et que les autres aillent se faire foutre. Il avait pris sa décision.

La soirée s'acheva lentement. Peu à peu, les invités s'en allèrent, un à un les domestiques achevèrent leur travail, et tout le monde alla se coucher. Les musiciens aussi firent leurs bagages et partirent. Les garçons de parking amenèrent les dernières voitures.

Puis ce fut le calme et la tranquillité.

La soirée était finie.

104

Dans le silence de la villa de Vénus Maria, une main tremblante rampa vers le téléphone et composa désespérément le 911.

Une voix hystérique résonna dans l'appareil :

– Au secours! Je vous en prie! S'il vous plaît! Aidez-nous. On a tué quelqu'un. Venez vite, vite...

Quelque chose venait de réveiller Lennie. Il ne savait pas quoi. A moitié endormi, il tâta l'oreiller voisin pour savoir si Lucky était rentrée. Elle n'était pas là. Où diable était-elle allée ?

Il se leva pour aller dans la salle de bains, en jetant un coup d'œil sur sa montre. Plus d'une heure du matin! Il se passait quelque chose d'anormal. Une impression. Le genre d'impression qui succède à un cauchemar.

Il fit le tour de la maison, sans trouver personne. Il lui sembla que les vagues sur le rivage faisaient un bruit énorme. Dans la salle de séjour, les portes-fenêtres donnant sur la plage étaient ouvertes.

Étrange. Il ne se souvenait pas de les avoir vu ouvertes.

Il traversait la pièce pour aller fermer la fenêtre, lorsqu'il aperçut de loin, éclairé par la lune, un homme tirant un corps vers la mer.

Instinctivement, Lennie cria :

– Hé! Qu'est-ce que vous faites ?

L'homme se retourna, laissa tomber le corps et se mit à courir le long de la plage.

Lennie dévala les escaliers quatre à quatre, courut vers la mer en direction de l'endroit où il avait aperçu l'individu.

Lorsqu'il arriva, essoufflé, il n'y avait plus personne.

Lennie avança dans les vagues, il ne voyait rien, mais il était sûr que l'homme avait jeté un corps dans l'océan. Une nouvelle vague en rouleau explosa sur le sable, puis se retira.

Et soudain, Lennie aperçut le corps. Un corps étendu que la mer attirait lentement à elle.

Lucky ? Mon Dieu, c'était Lucky ?

Pris de panique et tremblant de tous ses membres, il s'efforça de la prendre sous les aisselles et de la tirer vers lui, en luttant contre la mer. C'était un poids mort, lourd, qu'il réussit enfin à hisser sur le sable sec.

Est-ce qu'elle respirait encore ? Il était incapable de s'en rendre compte. Il essayait de se rappeler ce qu'on lui avait appris sur le massage cardiaque, les noyades... Que faut-il faire en cas de noyade, mon Dieu ?

Sortir le corps de l'eau. Retourner le noyé. Et faire quelque chose. Dieu du ciel, quoi ? Le plus affreux des cauchemars devenait réalité.

Le pire de tout, c'est qu'il ne savait même pas s'il serait capable de la sauver.

105

Les funérailles furent tragiques. Les gens qui suivaient le cortège funèbre étaient habillés de noir. Une foule incroyable avait envahi l'église.

Martin était là. Ignorant la meute hystérique des paparazzi qui le suivait dans la travée de l'église, il avançait, la tête inclinée, en automate.

Des hélicoptères tournoyaient dans le ciel, se disputant l'espace aérien, des photographes, agrippés aux portes, se penchaient dangereusement dans le vide.

Le prix de la célébrité.

– J'ai l'impression d'avoir fait dix rounds avec un champion poids lourds...

Lucky plaisantait en remuant les lèvres avec précaution. Sa mâchoire avait viré au noir après le coup de poing de son agresseur. Son bras était cassé. A part ces deux blessures, elle se sentait bien. Mais Lennie insistait pour qu'elle reste au lit quelques jours.

– Si jamais il t'était arrivé quelque chose... je...

Lucky mit un doigt sur ses lèvres, pour le faire taire.

– Je suis là. Tu es là. C'est suffisant. Ne pensons plus à ce qui aurait pu arriver, si tu ne m'étais pas revenu...

Lennie la regardait tendrement :

– Je suppose qu'on est fait l'un pour l'autre, madame Golden.

Lucky lui rendit un sourire tranquille :

– Oui, monsieur Golden. Je suppose aussi.

– C'était une femme remarquable. Remarquable et respectée. Elle manquera à beaucoup de monde.

Martin regardait droit devant lui, pendant que le révérend poursuivait son éloge funèbre.

Oui, elle lui manquerait. Vénus Maria aussi. Elle était partie pour Mexico. Elle y avait épousé Cooper, deux jours à peine après que Deena eut retourné le revolver contre elle. Elle s'était fait éclater la cervelle devant eux.

Le destin.

Qui pouvait maîtriser le destin?

Pas même Martin Swanson.

Humilié en public, Martin Swanson avait perdu la face en quelques jours. Son image en avait pris un coup.

Mais il remonterait la pente.

On n'arrêtait pas Martin Swanson. Une image ternie pouvait retrouver du lustre. Il travaillerait pour parvenir à ce but.

Ils regardaient les obsèques à la télévision. Lennie dit sans émotion :

— Dur moment.

— Pour qui? demanda Lucky.

— Pour tout le monde.

— Je suppose, oui.

— Écoute, j'ai parlé une nouvelle fois avec la police. Ils n'ont aucune piste sur ton agresseur. Tu es sûre de ne rien savoir?

— Aucune idée.

Lucky prit un magazine au hasard, pour le feuilleter. Lennie n'était pas sûr de la croire. Mais que faire?

Bobby, arrivé en courant dans la pièce, cria sur l'air des lampions :

— Grand-père va se marier! Grand-père va se marier!

Il en faisait des bonds sur le lit de Lucky qui abandonna sa revue :

— Quand ça?

— Le plus vite possible, c'est ce qu'il a dit! Et je suis témoin, il l'a dit aussi!

Brigette avait suivi Bobby dans la chambre. Aussi excitée que son frère :

— C'est vrai. Gino a dit qu'il allait se marier avec Paige; dès que le divorce sera prononcé. Ils vont aller vivre à Palm Springs.

Lucky fit la grimace :

— Gino a horreur de Palm Springs. Il va détester.

— Avec Paige, il supporterait l'Alaska, plaisanta Lennie.

Brigette se mit à sauter sur le lit, elle aussi.

– Lennie, on peut t'emprunter ta voiture avec Nona ? On veut aller voir Paul à l'aéroport.

– La Ferrari ? Ce n'est pas possible. Prends la Jeep.

Brigette fit la tête. Puis, elle affirma, hautaine :

– Je sais passer les vitesses, tu sais.

– C'est très bien. Prends la Jeep.

– Je peux venir avec vous ? brailla Bobby.

– Parle plus bas, ta mère a besoin de repos.

– Je peux ? hurla encore le gamin en bondissant du lit.

– Si tu veux venir, attrape-moi, sale moutard !

Brigette se mit à courir, Bobby à ses trousses ; ils quittèrent la chambre.

Lucky se racla la gorge :

– Hum... Et tu veux d'autres enfants ? Ces deux-là ne te suffisent pas ?

Lennie sourit :

– Je croyais que si. Mais maintenant, je sais ce que c'est que de te perdre, ou presque. On fera ce que tu voudras. C'est à toi de décider.

– C'est ce que j'ai fait !

– Hein ?

– J'ai une nouvelle surprise pour toi.

Lennie fit la moue.

– Et qu'est-ce que c'est, aujourd'hui ?

Le sourire ne quittait pas le visage de Lucky :

– Tu vas aimer la surprise...

– Dis-moi ce que c'est, pour l'amour de Dieu.

– Lennie... Je suis enceinte !

– Comment ?

– Oui. Nous attendons un enfant. Et nous avons les Studios. Et nous allons produire ton film. Et nous sommes toujours mariés. Tu te rends compte que ça fait presque un an qu'on est mariés ?

Lennie eut l'air étonné :

– Un an, hein ? Et on disait que ça ne marcherait pas.

– Sabre le champagne, mari !

– C'est comme si c'était fait, femme !

Leurs regards se croisèrent, complices, heureux. Ils étaient deux. Deux à être têtus, un peu fous, et intelligents.

Une nouvelle aventure pouvait commencer.

Épilogue

Abigaile et Mickey Stolli se réconcilièrent.

Mickey devint peu après le directeur des Studios Orpheus, bien qu'à cette époque, les Studios en question soient déjà la propriété d'un consortium japonais.

Abigaile continua à organiser ses soirées mondaines. Et Mickey à courir les femmes.

Tabitha, leur fille, fêta son quatorzième anniversaire par une fugue amoureuse en compagnie d'un barman latino-américain de dix-huit ans. Ce qui n'amusa pas du tout ses parents, qui l'expédièrent dans un pensionnat extrêmement strict, en Suisse.

Johnny Romano écouta finalement les conseils de Lucky. Il accepta un premier rôle dans une comédie romantique et simple, où il ne disait plus « putain de bordel de merde » en guise de dialogue. Le film – une production Panther – fut un énorme succès.

Johnny le célébra en demandant Warner en mariage au cours d'une tournée en Europe. Il l'avait emmenée avec lui pour avoir de la compagnie. Mais la nuit qui précédait leur mariage en Italie, Warner fit la connaissance d'un joueur de basket de un mètre quatre-vingts, dont elle tomba éperdument amoureuse.

Johnny Romano fit donc le pied de grue à l'église.

Emilio Sierra se mit à brader toutes les histoires qu'il pouvait sur sa sœur. Jusqu'à ce qu'il n'en ait plus à raconter, donc qu'il n'ait plus d'argent. Il rentra à New York et devint barman dans une discothèque un peu spéciale. Là, il rencontra une comtesse européenne d'un âge certain qui fut aussitôt éblouie par son charme louche.

Emilio partit avec elle à Marbella, où il apprit à danser le tango.

Ils formaient un couple éminemment disparate.

Eddie Kane tenta de se réconcilier avec sa jolie femme. Leslie ne demandait pas mieux. Après tout, il avait besoin d'elle et il promettait de ne plus toucher à la drogue. Mais quelque chose la fit reculer : elle pensait qu'ils devaient encore réfléchir tous les deux.

Sur la route de la maison de la plage, Eddie, bourré de cocaïne, et sa précieuse Maserati, firent une embardée. Il perdit le contrôle de la voiture qui alla s'écraser contre un mur de béton.

Eddie Kane ne survécut pas à ses blessures.

A l'occasion de son quatre-vingt-neuvième anniversaire, Abe Panther épousa Inga Irving.

Ses deux héritières de petites-filles, Abigaile et Primrose, en eurent le cœur brisé.

Après une courte aventure avec Adam Bobo Grant, et toujours marqué par la perte de sa poupée Ken qui vivait avec Antonio, le pauvre Ron vit enfin son rêve exaucé. Il rencontra un homme beaucoup plus riche, beaucoup plus âgé, et beaucoup plus sage par conséquent. Ce nouvel ami était propriétaire d'une importante compagnie de disques dont les fêtes extravagantes coûtaient des millions de dollars.

Pour la première fois de sa vie, Ron se trouvait enfin en situation de recevoir et non plus de donner. Il accepta avec joie une Rolls Royce, une Rolex en or et un petit Picasso.

Vénus Maria en fut heureuse pour lui.

Leslie Kane, devenue veuve, s'en alla travailler au salon de coiffure Ivana. Ce qui permit à Saxon de ne plus la quitter des yeux.

Malheureusement, Eddie ne lui avait rien laissé que des dettes.

Un jour, Abigaile Stolli l'aperçut et la trouva tout à fait ravissante. Elle demanda : « Êtes-vous actrice, ma chère ?

— Non », répondit Leslie. Mais Abigaile insista auprès de Mickey afin qu'il lui fasse faire un bout d'essai pour son dernier film à grand spectacle.

Sur l'écran, la beauté de Leslie était incandescente.

Au bout d'un an, elle était devenue star.

Brigette Stanislopoulos rencontra le petit-fils d'un ancien rival de son grand-père Dimitri. Le garçon était grand, blond, et censé être plus riche qu'elle.

A l'annonce des fiançailles, Paul Webster voulut se placer dans le décor et lui déclara son amour.

Mais Brigette était devenue sage avec les années, et lui répondit : « Trop tard. Essayez quelqu'un plus vieux que vous. »

Steven se sentit coupable, lorsqu'il entendit la nouvelle de l'étrange suicide de Deena. Mary-Lou le consola : « Tu n'aurais rien pu faire, cette femme était complètement auto-destructrice. »

Steven était tourmenté. Il aurait dû en parler à Martin, faire quelque chose. Mary-Lou estimait que non.

A sa grande consternation, et au dépit de son associé Jerry Myerson, Steven découvrit que la provision de un million de dollars, offerte par Deena, était restée dans les caisses de la compagnie. Après une interminable discussion, il finit par convaincre Jerry de donner la somme à une œuvre de charité.

Il se sentit beaucoup mieux après.

Gino Santangelo dirigeait ses affaires par le miracle d'un simple coup de fil. C'était efficace.

Carlos Bonnatti fit une chute malheureuse du haut des dix-neuf étages de son appartement-terrasse de la Century City.

Personne ne put prouver ce qui s'était réellement passé.

Quant à Link, l'ex-gorille de Bonnatti, il se fit tuer au cours d'une prétendue agression à main armée. Dont les auteurs ne furent jamais retrouvés.

Gino et Paige se marièrent entre-temps. Elle devenait ainsi sa quatrième épouse.

Et ils furent très heureux.

Après le scandale, Martin Swanson mit péniblement de l'ordre dans sa vie. Deena lui manquait. Elle avait été pour lui une véritable associée et l'avait beaucoup aidé.

Vénus Maria ne lui manqua pas. Elle représentait trop de responsabilités.

A la suite de certains investissements un peu louches sur des titres sans valeur, son empire se mit à basculer. Il émigra en Espagne pour éviter d'être arrêté et entama une histoire d'amour avec une voluptueuse cantatrice d'opéra.

Il se remit à envisager par étapes son retour triomphal à New York.

Vénus Maria et Cooper Turner demeurèrent les enfants chéris du public.

Un cocktail explosif.

Le moindre de leurs actes était commenté en détail.

Leur mariage fut heureux. Mais les paparazzi leur faisaient toujours la chasse. Ils guettaient, guettaient, toujours prêts à bondir sur le scoop.

Lucky et Lennie furent les heureux parents d'une petite fille aux cheveux noirs et aux yeux noirs.

Ils l'appelèrent Maria.

Ils dirigèrent ensemble les Studios Panther et unirent leurs efforts pour y produire un catalogue de films agréables, intelligents et novateurs. Parmi ceux-là, des comédies, bien sûr, mais ils excellèrent également dans les films dramatiques à thème courageux, donnant aux femmes de nouvelles possibilités de s'exprimer.

Ainsi que Lucky l'avait promis, les Studios Panther retrouvèrent leur grandeur d'antan.

Un an après la naissance de la petite Maria, un autre enfant vit le jour, un petit garçon cette fois.

On l'appela Gino.

Achevé d'imprimer en février 1993
sur les presses de l'Imprimerie Bussière
à Saint-Amand (Cher)

PRESSES POCKET - 12, avenue d'Italie - 75627 Paris Cedex 13
Tél. : 44-16-05-00

— N° d'imp. 639. —
Dépôt légal : mars 1993.
Imprimé en France